第一部

 著

四川科学技术出版社

图书在版编目（CIP）数据

云球·第一部 /白丁著. --成都:四川科学技术出版社，2018.12（2019.3重印）
ISBN 978-7-5364-9328-5

Ⅰ．①云... Ⅱ．①白... Ⅲ．①长篇小说－中国－当代 Ⅳ．①I247.5

中国版本图书馆CIP数据核字（2018）第275899号

云 球 (第一部)

YUN QIU

出 品 人　钱丹凝
著　　者　白 丁
责任编辑　宋 齐
封面设计　李 朋
版面设计　李 朋
责任出版　欧晓春
出版发行　四川科学技术出版社
　　　　　四川省成都市槐树街2号　邮政编码：610031
成品尺寸　170mm X 240mm
印　　张　30
字　　数　410千字
印　　刷　北京顶佳世纪印刷有限公司
版　　次　2019年1月第一版
印　　次　2019年3月第二次印刷
定　　价　89.00元
ISBN 978-7-5364-9328-5

引 子

　　遥远的天边，天色渐渐暗了下来，四面八方的云团正在聚集，一场即将肆虐大地的暴风雨，正在那里做着最后的冲锋准备。克雷丁的心中热血沸腾，眼中则充满了决心和渴望。

　　他的臂膀肌肉虬结，把用最好的花纹豹皮做的背心撑得快要崩裂，紧紧地贴在他微微出汗的皮肤上。他的双腿犹如粗壮树根，夹得胯下的黑色艾克斯骏马焦躁不安，微微地踱着步，却不敢有丝毫移动。他的双手青筋横亘，各拿着一把阿利亚精钢铸就的灵山巨斧，它们毫无疑问是天下最大的斧子，厚重的斧扇足有他自己的脑袋那么大。

　　在这个不可一世的男人面前，在这对灵山巨斧的冰冷利刃之下，不知道曾经倒下了多少桀骜不驯的国王、猛将和英雄豪杰。今天，山地人将成为另一个在克雷丁面前臣服的王国。

　　克雷丁的眼睛紧紧地盯着远处的地平线，那里有一条红色的细线微微跳跃着，正在变得越来越粗。他也隐隐约约听到了从那里传来的声音，轰轰隆隆像雪崩一样，低沉而雄壮。他知道，那是山地人的军队，正在杀气腾腾地逼近。他不在乎，他很期待，他的军队也很期待。他最精锐的五千人，正整整齐齐列队站在他的背后，悄无声息，仿佛并不存在。他看得到两翼身着黑衣的战士们，每个人的眼睛里，都充满了必胜的信心和腾腾的杀气。他们的人数只有山地人的一半，但他不在乎，他们经常斩杀十倍于己的敌人，他甚至从来不屑于去使用那些降伏王国的兵力，因为他不需要。

他最信任的勇猛将领和忠诚好友，林奇，就在他的身边。

林奇骑着他的白色艾克斯骏马，穿着黑白相间的狼皮背心，握着他的五尺绝杀长刀，同样由阿利亚精钢锻造。他像往常那样面无表情，漠不关心，只是冷冷地看着前方。似乎对他而言，前方扑面而来的不是凶残的敌人，此时此刻也并非事关帝国存亡的生死之战。面前所有的一切，不过是微不足道的一群蚂蚁的愤怒，他们带来的烦恼，无非是先举起右脚还是先举起左脚。但无论是右脚还是左脚，踩下去的结果都一样，蚂蚁们将尸骨无存，不会在他心中留下哪怕一丝的涟漪。

这让克雷丁很满意也很欣赏。他自己是帝国永不停歇的力量源泉，而林奇则是帝国最稳定的台基和支柱，永远静静地默不作声，却永远忠诚地支撑着无论多么重大的责任。

在他们无止境的战斗中，克雷丁的王土不停地扩张，山地人只是前进路上的一颗小石子。克雷丁的心不在山地人身上，也不在山地人背后的广阔平原，而在更远方传说中丰茂水草聚集的黑江谷地，以及比黑江谷地更遥远的蛮野森林，直至一望无际的大海。

但克雷丁没有意识到，在缥缈的虚空中，有很多双眼睛正在盯着他，他们比他紧张得多。

—— 01 ——

克雷丁的覆灭

任为的脑袋靠在高高的椅背上，他快要睡着了，耳边忽然响起叮铃铃的电话声。他睁开眼，眼前漂浮着接听电话的虚拟界面，是卢小雷的电话。界面不是很稳定，在空气中略微地晃动着，他的 SSI[①] 视觉组件，看起来还是有些问题。

"什么时候能不晃了？"

他一边想着，一边用左手拇指和无名指使劲地互相掐了一下。这是他设定的通用确认动作，在这个界面能够接听电话。据说，只有 2.3% 的人选择了拇指和无名指互掐作为通用确认动作。超过半数的人都选择了拇指和中指，而另外有 40% 的人选择了拇指和食指。他小时候，养成了一个坏习惯，一紧张就使劲地用拇指轮流掐着食指和中指。这导致他不得不选择更加不常用的无名指。这显得与众不同，不过总比有人选择食指和中指好。他试过，那样也不是不行，但据说因为食指的触觉隔了一层指甲，导致触觉组件有时会产生误判。权威数据表明，准确率下降了 0.04 个百分点。

他对通用取消动作的选择和 95% 的人一样。选择了拇指和很少用的小指，以免下意识地误操作。但是实际上，自从 SSI 普及以来，由

[①] Sensory System Intervention，感官介入系统，通过在大脑中的神经主干上植入芯片，在需要的时候对视觉、听觉和触觉的传入信号进行修改，使大脑感受到实际并不存在的各种感觉，同时包含了通讯组件用于访问网络，可以让人在大脑中直接访问网络。

于通用取消动作使用得太多，小指的总体使用率，已经跃居到仅次于拇指的第二位，这也是权威数据。

所谓权威数据，都来自远景科技。他使用的 SSI 就是远景科技的产品。远景科技是第一大 SSI 提供商，市场占有率超过 70%，他们的数据应该不会有大的偏差。

电话接通了，耳边传来卢小雷的声音："任所长，你过来看一下吧，克雷丁大帝也完蛋了。"

任为的 SSI 听觉组件也有问题，左耳的声音似乎总比右耳要小，但是按道理应该没什么不同。他曾经去远景科技的门店测试过两次，两边的标准音量完全一致，误差不超过 0.1 个百分点，看来只能归结为自己的心理问题了。

的确，任为觉得，最近自己的心理是有些问题，也许一直就有问题，他对自己的心理健康一向没什么信心。这一两年，云球的演化总是不顺利，这样那样地出乎意料，对他而言，确实压力太大了。毕竟，自从云球人出现，一切都变了。随着云球人一步一步走出懵懂状态，逐渐形成所谓的社会，他也一步一步走进更困难的局面。

看看，又出问题了，克雷丁大帝怎么也完蛋了？

克雷丁和山地人的决战开始之后，按照重大事件实时观察的惯例，云球的系统时钟调整到了和地球时钟相同，大家都在观察室观察。而任为出于某种自己也不知道的原因，也许是灰心，也许是恐惧，躲在自己的办公室休息。终于，他担心的事情还是出现了。任为叹了口气，他的侥幸心理没什么用。

唉，克雷丁大帝可是云球有史以来最强大的统治者，就算完蛋也不应该这么快吧？按道理，这种事情经常在云球上演，并没有什么了不起。但是，对于今天的地球演化研究所来说，对于今天的任为来说，克雷丁的命运几乎就是他们的命运。

"好吧，我马上过来。"他说，声音很小，无精打采。不过，卢小雷应该听得很清楚，应了一声就挂了电话。

任为走出自己的办公室，沿着走廊走到了观察中心。观察中心并没有采用 SSI 视觉介入成像，而是采用了传统的 3D 电球 ① 和 2D 屏幕。说起来，地球研究所作为技术最前沿的科研机构，使用电球和屏幕而非 SSI，显得稍微有些复古。但任为喜欢这样，喜欢大家在一起讨论的时候，共同看着一个真实的影像，还可以随时指指点点，而不是开着电话会议，各自看着自己脑中的影像。

现在大家都站在那里，围着观察区。任为走到观察区旁边，几个人看到他过来，赶忙给他让了个位置。

观察区是一个大正方形，底座比大厅地面略低，长宽都有十几米，周围围了一圈栏杆，中间是大大小小的电球。电球都是圆形，底座又比观察区底座略高一点。在正中间，是一个最大的主电球，直径有七八米的样子，里面的云球人只有大拇指大小，这个显示比例可以调整，现在是默认比例。主电球周围是一些副电球，按照不同比例展示着战场中的不同局部，其中的人像比主电球大得多，有些甚至接近真人大小。它们的面积比主电球小，展示的宽广度不够，但细节却清楚得多。

观察区里所有电球显示的内容都差不多：一场混战，冷兵器时代的混战。居高临下看下去，巨大而血腥的战场看起来气魄非凡。特别是主电球，视野宽广，覆盖了整个战场。如果有人第一次见到，应该会觉得很震撼。不过，地球所的人显然看多了，并没有什么强烈的反应。

斧子和大刀切割着骨头和肉，到处是断肢残臂在飞。特别是在一些显示比例比较大的副电球中，实在显得过于血腥。虽然，在地球所，对于大家来说，云球人的血肉横飞也不是什么新鲜事，但还是有一些女同事习惯性地皱着眉、眯着眼、歪着头，随着战场上的景象变换，不时地浑身抽搐一下，并发出"哎呀"的声音。

这可不是 3D 影像技术刚出来的时候，模模糊糊、颤颤悠悠，现在的 3D 影像非常逼真。这么说吧，如果一个电球和真实世界同比例显示，让一个真人走入电球的显示区，对于普通人的眼睛来说，这个真人很难从一堆 3D 虚拟人中被分辨出来。事实上，在一些有大型 3D 电球的

---

① 在圆形基座上显示 3D 影像的观察球。

剧场、游乐园或者展览馆中，主办者经常让观众参与，来玩儿一些从虚拟人中找真人的游戏。那时，错误地把虚拟人指认为真人，是观众最大的欢乐来源。

任为也承认，虽然这些人只是量子计算机虚拟出来的云球人，但是场面也的确过分了些。而他们会调慢云球速度进行仔细观察的场景，恰好有很大比例都是这种画面。没有办法，毕竟战争是历史长河中很重要的部分。

"克雷丁大帝呢？"任为问。

"死了。"卢小雷简洁地回答，甚至没有扭头看任为一眼。和那些女孩子不同，卢小雷看得津津有味、目不转睛。他方方正正的脸庞上正满溢着兴奋不已的表情，微微喘着粗气，胸膛明显地起伏着。他的小平头有一段时间没理发了，头发显得稍长，在他说话的时候甚至也小小地颤动了几下。

"谁干的？谁能打得过他？"任为问。

大家都知道，在云球世界中，克雷丁大帝的战力独一无二。自从云球上出现人类，地球所几乎监控了每一个重要的云球人，并且进行了各方面参数的全面跟踪和分析。从分析结果看，克雷丁大帝无论是智力还是武力，都是云球有史以来的第一人。至少在被监控过的云球人中，他毫无疑问是第一人。而且，相对第二名来说都有碾压性的优势。虽然这一切，克雷丁大帝自己并不知道。

"不会是 Bug 吧？"任为接着问。

"不是 Bug。"卢小雷说，"是林奇干掉他的，把脑袋砍下来了。"他说着话，眼睛仍然紧紧地盯着主电球，"克雷丁大帝一死，他的部队就崩溃了。我看，萨波帝国基本就要完蛋了。"

任为皱了皱眉。林奇？他虽然一直有不好的预感，但怎么也想不到是林奇。

"消息还没传回去。他们要是有电话，国内早就暴乱了。"运维总监张琦说。他看起来比卢小雷平静多了，正像任为一样，略微皱着眉头，白皙瘦削的面庞看起来显得有些严肃。

"我一直不看好他，他的队伍虽然战斗力强悍，但是他的统治过于暴力。形势瞬息万变，他一旦出问题，很多人一看形势不对，就会另想出路了。"张琦接着说。

"都是聪明人。"卢小雷说。

"什么聪明人？无耻的人吧！"所长助理孙斐说，说话的时候还撇了撇嘴，显得很不屑。平常，她的瓜子脸上经常挂着明亮的笑容，但是这会儿，显然心情不太好，笑容不见了，大大的眼睛里，目光也冷冰冰的，还带着些许怒气。

孙斐以前是地球所上级单位前沿科学院欧阳院长的助理，因为对地球所的项目情有独钟，三年前主动调了过来。她做事风风火火，既积极又认真，对前沿院方方面面的资源也比较熟悉，在争取经费和改善工作环境方面给了任为很多帮助。

"到底怎么回事？"任为问，"林奇不是他的人吗？我以为是最忠心耿耿的一个。之前有什么迹象吗？"

"看不出什么明显迹象，除了有时候好像有些……怎么说呢……也许是无聊吧！"张琦说，一边摇了摇头，表示不解，"我一直在观察他，确实是忠心耿耿。开战前，他和山地人见过一次面，去劝降。当面痛斥山地人，险些被扔油锅。他和克雷丁大帝从小一起长大，两个人私交一直很好。"

"他至少砍了五十个山地人。打着打着，突然一转头，把克雷丁大帝干掉了。"卢小雷说，"吓我一跳。"

"查看林奇的思维过程了吗？"任为问。

"看了，没有什么明显先兆。就是忽然之间，波形有了抖动，像是一瞬间涌出的念头，我看是随机的量子涨落吧！你们都知道，那些思维过程的日志，根本没有用。只能定性地看，不能深入分析，人工智能不就是这样嘛！每一个计算步骤都记录了下来，却根本解读不了。最多也就是看看各种脑波的波形，不过是些情绪起落而已。其实，那日志根本不像一个人的思考过程。就像人类大脑，你记录了所有的化学变化，也不代表你能搞明白什么。"卢小雷说。

"我觉得很简单。他这么优秀的人，怎么就和克雷丁生在了一起呢？既生瑜，何生亮！"孙斐说。看起来，她更喜欢林奇。

"我回看了好几次，林奇的眼神，把大刀砍向克雷丁大帝那一刹那间的眼神。就像平常一样，很平静、很空洞，看不出什么感情。"卢小雷说，"真的和平常一样！"他加重了语气，表示强调。

"但是，注意，他那一刀是从背后砍向克雷丁大帝的，是在克雷丁大帝完全看不到的角度。为什么他的选择那么精确？否则，虽然林奇也很厉害，但以克雷丁的能力，如果在视野中的话，就算是出其不意，克雷丁恐怕也不会死。"张琦说。

"好吧，那林奇现在哪里去了？"任为接着问。

"他也死了。他砍了克雷丁大帝，盯着尸体看了几秒钟，那几秒钟的眼神，就像看着一条死鱼一样，还是很空洞。然后，他就掉转马头，往战场外面跑。跑了没几步，他居然马失前蹄。马翻了，人掉下来，他被山地人乱刀砍死了。说实话，那艾克斯马虽然神骏，但也确实太累了。他都折腾了一天多了，人和马也就喝了几次水，没吃什么东西，我要是那马的话，早就罢工了。"卢小雷说。显然他非常同情那匹马，同时又像是要解释，林奇的死不能怪那匹马。

"思维过程日志里，他死的时候波形抖动了几下，峰值不高。应该是心里有些乱七八糟的东西，但是不多。最后一会儿波形很平，似乎很放松。"张琦说。

"可惜啊！克雷丁大帝，我的克雷丁大帝，你怎么就死了呢？"卢小雷终于从电球上抬起头，望着天花板大喊，还举起了他的双臂，尽量舒展，一副对着苍天呐喊的样子。

有几个人笑了起来。

"唉，死了就死了吧，有什么办法？从好处想吧，什么克雷丁大帝，什么萨波帝国，不都是扯淡嘛！还没有北京大。所谓远征，其实还没走出河北就被干掉了。这种帝国，在云球里面有上千个，有什么好激动的？就算他不死，我也不看好他。"张琦说。他虽然也有些失望，但是，他对克雷丁大帝和萨波帝国一向有点不以为然。

"知道什么叫希望吗？"卢小雷转过头瞪着张琦，"你说，还有谁比他有希望？我看别的那些王国什么的更扯淡！好歹萨波帝国有二十多万人了，别的王国有超过十万人的吗？五千人就是一个国家，都是什么东西？能比萨波帝国更有前途？"

"一千年前那个虎湖王朝，都五十万人了。"张琦说。

"不也灭亡了吗？"卢小雷说，"倒是没有人背叛。但是国王一死，二十多个儿子分家，马上分崩离析。而且那个国王，叫什么来着？蠢得要命，就知道娶老婆、生孩子。"

"你不是一直很羡慕吗？"孙斐说。

又有人笑了起来。卢小雷有点脸红，"谁羡慕了？"他说，"我不是就希望哪个国家赶快成长起来嘛！咱们这都等了三千年了，弄来弄去，也没等来埃及，也没等来亚述，也没等来夏商，全他妈的是部落，是城邦。这帮云球人，能不能有点出息啊！"

"人数就算很多，还是很快就会分裂。所以，一时一刻的人数不是关键。"张琦说。

"那到底什么是关键啊？"卢小雷问。

张琦沉默不语。

"你急什么？三千年？对你来说，从农耕文化普及到现在，不就是八个多月吗？任所长他们之前花了十年，才从一个空空的云球等到了云球人类出现。你着什么急啊？是不是？任所长？"孙斐说，扭头看了看任为。

"他来的时候，就已经有农耕文明了，不理解我们面对没有智慧的云球时那种痛苦。"张琦说，"不过现在，我们确实也应该着急了。"

"好吧，好吧。"的确，卢小雷来的时间不长。他接着说："我看你们的热情都被消磨了。"然后好像想想又觉得不对，扭头对着任为和张琦，又接了一句："任所长，张总，我不是说你们啊！"

"就是说我了？"孙斐说，瞪着卢小雷，"你以为我不着急吗？我比你着急。"

"哼!"卢小雷哼了一声,撇撇嘴,没说话。他不太敢正面反驳孙斐,或者说,尽量不这么做,孙斐可不好惹。

任为没有吭声,他在想着什么。

逐渐,主电球里的人都死得差不多了,特别是身穿黑色铠甲的那些人,那是克雷丁大帝的队伍。他们死伤殆尽,已经完全崩溃。而所有副电球里,几乎都只剩下尸体了。

任为终于开口说话:"好了,好了,别看了。张琦、孙斐,你们准备一个文档,详细捋一下萨波帝国和克雷丁大帝,作为阶段报告的附件。明天给我先看看,后天咱们就要去院里向领导汇报了。小雷,你把云球时钟恢复正常吧,咱们老这么看,我们死了云球也还都是部落呢!另外,把林奇一生的思维过程副本送到脑科学研究所,让他们看看。"

"嗯,我看脑科学所也搞不出什么。以前,他们特别热心,老主动跑到我们这里来,搞得我都觉得他们别有用心。但是最近,不知道怎么回事,他们都神神秘秘,已经有一个月没来过了。而且,我们找他们的事情,也不怎么搭理,优先级很低。"卢小雷说,看起来很不满,一定是上次交流的时候受到了什么冷遇。

卢小雷是监控室主任,今天正好亲自值班。他坐下身子,做了些操作。每个操作员身边都围了一圈小电球和2D屏幕,他的旋转椅欢快地转了一圈。观察区中,所有电球的影像都消失了。

"柳所长他老婆去世了,他心情不好也可以理解。"张琦说。他说的柳所长是脑科学研究所的所长,叫柳杨,是个很怪的人,不光脑科学所,连地球所的人都怕他。

"什么?柳所长他老婆去世了?"卢小雷还不知道这件事情。

"对啊,发生了车祸,柳所长也受伤了,好在并不重,已经恢复了。"张琦说。

"他老婆小他二十岁呢!特别漂亮,据说柳所长伤心坏了。他们感情特别好,大家都说,全世界的人里面,柳杨也只对他老婆一个人正常一点。"孙斐说。

"但我不是说柳所长,其实最近我倒没见着他。而是脑科学所其他人，所有人，整个脑科学所都一样，神神秘秘，奇怪得很，不知道为什么。"卢小雷说。

"散了吧，散了吧。"任为说。

大家说着话，走出观察中心。张琦和孙斐没动，孙斐问道："后天什么时候汇报？这次又要挨批评了吧？"

"后天下午，我们得想想。"任为说，"挨批评倒没关系，关键是我们得想想怎么活下去。三千年了，云球人都没什么进步。这样下去，我们也真要活不下去了。"

"是啊！"张琦说，"说起来，原因能找到很多，但好像总没找到关键的。"

"报告还要像以前那么写吗？我看领导们也不怎么关心了。"孙斐问。

"写总要写，不过，的确这些实验进展问题不是关键。关键问题是资源和能源的消耗。随着云球的发展，我们的消耗确实增长得太快。虽然我们想了很多办法，但看起来都不是根本的解决办法。我要是领导，我也会有意见。"任为说。

"硬件太贵了，电费也太贵了。我们总是想办法控制消耗，但这影响云球世界的演化。而且，节约的那点硬件和电费，根本是九牛一毛，很快就被增长的云球人消耗了。提醒你啊！任所长，这两周，系统中的脑单元增长很快。云球人太能生孩子了，各种环境系统被挤占得很严重，要尽快想办法解决。"孙斐说。

"嗯。"任为不置可否，扭头走出观察室。

—— 02 ——

云球的困境

　　像往常一样，会议在前沿科学院一个狭小的办公室里举行。任为他们的研究所和项目在前沿科学院的地位非常微妙。本来前沿院的工作注重前瞻性的研究，相对传统科学院而言更喜欢云球这样的项目，但自从运行云球的计算机集群成为前沿院、全国甚至全球科学界数一数二的资源和能源消耗大户以后，地球所的地位就很快下降了。毕竟，他们太能花钱了。实际上，近几年来，在并没有做出什么实质贡献，也看不到什么明确前景的情况下，地球所一贯遭受一些领导和其他研究所的非议。如果不是欧阳院长的鼎力支持，他们能不能坚持到现在都是问题。

　　但即使是欧阳院长，也都已经没办法帮他们争取到更多的资金。他们的有限资金，大部分都消耗到电力上了。这导致云球的计算资源和存储资源一直很紧张，无法进行升级和扩容，甚至正常维护都有困难。他们不得不对云球的某些子系统进行删减以节约资源，从而保证云球的正常运行。大家都觉得，计算资源的限制也许就是云球人社会进化停滞的核心原因。任为不得不认真考虑，是否可以在云球系统中进行一些大刀阔斧地删改，而不是挤牙膏式地调整。

　　不过这次和往常不同，来开会的只有欧阳院长和社会合作局的王陆杰局长。往常一般都有更多的专家和领导参加，今天这种情况，显然不是个好兆头。

　　王陆杰的出现本身就很奇怪。地球所作为基础科学研究机构，虽然和各种科研机构有各种合作，但并没有和社会上的企业打过太多交道。社会合作局主要从事的工作，是将前沿院的科研成果在企业中落地并进行商业化。别看前沿院的工作更注重前瞻性，但这几年对研究成果的实用性转化也不少，做到这一点需要对前沿科学的深刻理解和独特视角，王陆杰和他领导的社会合作局功不可没。实际上，任为也想过，但从未想出地球所的成果有什么可以落地的东西，所以之前，地球所和社会合作局几乎没有接触。任为也不认识这个王陆杰，虽然耳闻不少，但今天算是第一次见面。王陆杰出现在这里，他是有什么想法吗？任为有点疑惑。

　　王陆杰中等个头，胖乎乎的，看起来很和气。他微笑着，热情地和任为、张琦和孙斐打着招呼，紧紧地握着每一个人的手，还要用另一只手亲切地拍拍对方的肩膀、胳膊或者手背，仿佛像是许久未见的老熟人一样。

　　欧阳院长看起来就不像王陆杰那么和气了，至少今天是这样。

　　作为德高望重的科学界元老和领导，欧阳院长的一贯形象完全符合大家预期，身材中等，略显瘦削，满头银发，面色红润，眼神明亮有力，显得精神矍铄。平常的时候，欧阳院长看起来神情严肃又不失亲切。但是今天，他看起来只有严肃，至于亲切，似乎比平常少了很多。任为看着他，心里这么觉得。他不知道这是事实还是想象，如果说自己为了云球的项目资金感到心虚和紧张，导致了他对欧阳院长的表情有所臆测，他一点都不觉得奇怪。

　　欧阳院长正在对他们说："你们的云球计划已经进行了十年。你们很清楚，这个项目从一开始就很有阻力。我们前沿院虽然和传统科学院不同，更加注重前瞻性研究，但总要有个前瞻，而你们却几乎没有任何对前景的明确预测，更谈不上什么可预期的回报。但是，无论是计算资源、存储资源还是用电量，这个项目的消耗都非常惊人。拿用电量来说吧，你们一个项目的总用电量，几乎相当于一个一百万人的城市。"

"里面实际生存了五千万人。"孙斐说,"对不起,院长,打断您了,其实我们很节省。"

"小孙,我知道你的意思。"欧阳院长说,"云球里面是有五千万虚拟人。但是,你也要意识到,如果是同样五千万个真正的机器人,而非虚拟的云球人,对社会的贡献会是什么样?"说着他挥了挥手,阻止孙斐继续插话。

"我知道你要说,五千万真正的机器人,会消耗更多电量和硬件。不过从效果考虑,这仍然不成比例。自从核聚变革命以来,能源价格大大降低,这种价格降低甚至导致了世界大战。你们也知道,事实证明,虽然核聚变有很高的能量产生效率,但并没有像以前的人们想象中那样,解决所有问题。核聚变电站的建设,需要大量稀土来制造聚变炉。而稀土原料的缺乏,限制了聚变炉的制造。进一步,就限制了核聚变电站的建设。所以,电费虽然比石油时代便宜了很多,但在你们的这个用电量的级别上,仍然非常昂贵。另外,量子计算机的产能一直受到限制,也是由于稀土资源的限制。除非某一天,在某个地方,发现了意想不到的巨量稀土资源,否则,你们面临的资金缺口,长期来看将一直非常巨大。"

欧阳院长话说得稍微有点快。他意识到了,停顿了一下,然后才接着说,语速变慢了很多。

"你们很清楚,机器人是有实用价值的,五千万机器人的价值很容易算出来。如果忽略全仿真机器人身上的仿真皮肤和机械骨架——那些东西并不值钱——从计算资源的角度讲,你们的一个云球人,和一个全仿真机器人占用的资源差不多。实际上可能还要更多,全仿真机器人可远没有你们的云球人那么聪明,云球人更接近真实的人类。好吧,孙斐,我知道你要说什么,就算你们的云球人,略等于五千万全仿真机器人吧!但是,你知道全世界现有的全仿真机器人有多少吗?不足一千万!其他大量的机器人都是专用机器人、家政机器人、农业机器人、制造机器人、采掘机器人、养殖机器人或者战争机器人等等。

这些专用机器人，和全仿真机器人相比，其实很简单，计算资源的消耗很小。这些你们都懂，这种对比还不说明问题吗？"

欧阳院长看着他们，目光中透着忧虑。仿佛他们就是太空中的一个黑洞，不停地吞噬着靠近他们的一切物质和能量。现在，周围的物质和能量已经消耗殆尽，而不断增长的黑洞还在嗷嗷待哺。

"你们应该知道，我一向很支持你们。不过，这个项目确实有一点尴尬。可以不讲回报，但至少它需要更大的说服力。这个项目的最初目的是研究地球的演化，所以你们的机构被命名为地球演化研究所，项目被命名为云球。后来，涉及生物演化和人类学，这是你们自己很重视的一个侧面。另外，还有很多其他学科的应用，以及未来更多的可能性。目前为止，应该说也已经取得了一定的成就，在国际一流期刊上，发表了上百篇相关领域的论文。但是相对于资源的消耗，这个项目始终缺乏一个足够强大的存在理由。我是说和投入相比，一个能够匹配的存在理由。你们知道，我们前沿科学院本身就面临投入产出比的问题，国家对我们的要求很宽松，而我们立项时也可以接受比传统科学院宽松得多的投入产出比的标准。但是，就是这个宽松的标准，你们地球所仍然远远无法达到。"

任为知道，欧阳院长说得对。在传统科学院，云球这样的项目，根本就不可能被立项。前沿科学院专门做虚无缥缈的项目，所以虚无缥缈没关系，但像云球这样耗费不可思议巨资的虚无缥缈就有关系了。

欧阳院长接着说："地球演化的研究，其实已经被证明有很大瑕疵。当然这不能全怪你们，人类自身对地球的了解还远远不够。最初设计的云球模型，很多地球物理和地质学参数都是近似值，甚至是推测值，演化结果和地球实际发生的情况不相吻合也就不奇怪了。不过，你们也要意识到，你们的有些成果，不是和地球物理或地质学的研究有一些偏差，而是彻底否定了地球物理或地质学的一些既有成果！完全推托到参数的不准确上，恐怕也很难自圆其说。理论上有可能你们是对的，地球物理或地质学的那些既有成果是错误的。但你们只是计算机模拟，别人却有很多勘测和实验证据！你们的研究成果，想要说服主流科学界，如果不说完全不可能，那也要说非常困难。云球充其量也只能作为一个不太靠谱的参考体系存在。这从一个侧面证明，最初的出发点就有一定问题。任为，你应该记得，当时就有很多人反对，应该说他们的反对是正确的。不过，你关于未来对生物演化进行模拟研究的预期说服了我，让我力主上马了这个项目。"

任为点点头，含糊地应了一声。

"地球演化需要的算力也不太大。所以，起初这个项目从资源消耗的角度看并不算太过分。"欧阳院长继续说，"结果，项目上马没有多久，地球演化的研究就失败了。我可以这么说吧？虽然云球系统里成功地诞生了一个完整的行星，但用它来研究地球的既定目标却失败了。"他顿了顿，"随着地球演化研究的失败，生物却已经在云球中诞生了。从而按照你的预期，开始了生物演化的研究，这算是一个进步。但是生物出现后，对计算资源的需求，马上就上了几个台阶。而且，生物演化的成败，同样很难评价。从产生了生命以及后来产生了云球人的角度，可以说，云球系统揭示了生命诞生过程的奥秘。也从一个侧面有力地证明了达尔文学说。不过，和地球演化研究类似，你们在推出一些新成果的同时，也否定了很多科学界有普遍共识的既有生物学成果。同样，你们是计算机模拟，别人有理论、有标本、有实验证据，你们的说服力仍然不够。甚至，因为你们的一些异类成果，你们遭到了一些世界顶级科学家的抵制，网络上也有很多对你们的攻击和谩骂。虽然，这些言论不值得回应，但是，也从侧面反映出了很多问题。"

"这几年，你们的研究基本上都集中在了人类学方面，在地球演化和生物演化上曾经出现过的问题再一次出现。从某种角度看，云球诞生以来，夸张一点说，几乎是以否定现代科学为己任。你们消耗了这么大的资源，缺乏有力的实证，却频繁地去否定别人！这种情况，不允许大家有点看法是不可能的。好在你们运气好。人工智能领域和量子计算领域的很多实验，都需要超大规模的应用场景。现实中很少能找到你们这样庞大的场景，所以从人工智能领域和量子计算领域，你们获得了很多赞助和投资，仍然过得相当不错。但其实，你们只是别人的实验品，你们应该心知肚明。大家非常关心你们的运行状态，却不关心你们的运行结果。这不是你们的悲剧吗？你们要明白，实验品再重要，其存在总是暂时的，实验完毕就不再需要实验品了。自从来自人工智能领域和量子计算领域的赞助资金越来越少，你们就越来越困难，基本上依靠国家拨款才能生存。其他跨界研究带来的收入非常少，已经不足以提供什么有力的支持。"

"我们演化了完整的过程，从一块石头到一个行星，然后出现生命，从海里到陆地，从单细胞生物到多细胞生物一直到人，这还不够吗？"孙斐终于忍不住又插话，显得有点激动。

"不要老插话！"任为冲孙斐说，"听欧阳院长说，好吗？"

"没关系。"欧阳院长笑了笑，对任为说，"小孙给我做助理的时候就是这样，毛病一直没改。估计，你做她的领导，也没被少折腾吧？"

"挺好，挺好。"任为说，"她帮了很多忙。要不是她到处张罗，我们活得更不好。"

"嗯，对。"欧阳院长又笑了笑，很肯定地对孙斐点点头，"你说得没错，所以你们还活着！可这证明了什么呢？你们创造了一个和我们的地球完全不同的世界，还是有智能生命的世界，很了不起。但是，这和我们的地球到底有什么关系？你们以前有科研成果，未来也会有更多的科研成果。我相信，随着云球社会的发展，社会学和经济学方面的研究价值，也会变得越来越大。可你们注意到没有？你们再一次转换了主题。从地球演化到生物学，从生物学到人类学，再从人类学到社会学，将来再从社会学到经济学。经济学之后也许还会有新的选题，谁知道呢？你们九年前就可以改名叫作生物学研究所，然后两年前可以改名叫作人类学研究所，现在可以改名叫作社会学研究所，也许明年就可以改名叫作经济学研究所了。这样做，真的合理吗？要知道，至少目前，你们的云球人，社会演化程度还很落后，和现在的地球社会完全脱节，研究价值并不大。现在，我们大家脑中都植入了SSI，你们不也都有吗？做个广泛的民意调查或者数据收集，其实很容易。即使考虑到最严格的隐私保护，也能够轻易收集到超大规模的数据。现实世界是一个最好的样本，比你们的样本好太多了。"

欧阳院长再次顿了顿，又说："本来，如果你们的云球可以随意控制，也许可以制造出各种特别的实验场景。这在地球的现实社会中不具备条件，是你们的一个独特优势。但是，你们根本不愿意打断云球人的自然演化过程，根本不进行这方面的研究，所以你们的价值就进一步缩小了。而且，据我所知，你们并没有控制云球人的能力。人工智能的不可解释性在你们这里也没有得到解决。最多，你们能够在云球的自然环境里制造一些天灾，或者神迹？总之，你们并没有很好的技术手段，对云球进行随意地控制，特别是对云球人进行随意地控制。"

"这么说，您的意思是，关于我们项目的资金问题，院里已经有结论了？"任为问。这些否定云球的话，他已经听了很多，甚至，他自己也对自己说了很多。这些话让他的心里觉得空空荡荡，他想要直接听到结论了。

"是，也不是。"欧阳院长说，"院里的科研资金怕是没有了，或者说很少了。还能撑一段时间，然后恐怕只够你们发工资了。至于云球嘛，我们在探索一些新的思路，广泛征求了科学界的意见，跟上级领导也做了汇报。总体来说，有两个指导原则。第一，鉴于目前的情况，科研资金不能再无限制地往这个无底洞里投。第二，这个项目还是具有巨大的潜在意义。说起来，你们毕竟创造了一个世界，所以要坚持搞下去，但是资金的问题需要通过其他办法解决。"

"其他办法？什么办法？"任为问。

"这就是王局长来参加我们会议的原因。现在有一些想法，不过王局长对你们的情况还不是很了解，特别是最近的进展，你先介绍一下。"欧阳院长说。

"听说最近你们碰到了一些问题？"王陆杰插话问。他微笑着，从见面开始，他一直微笑着，完全不像欧阳院长那么严肃。他的笑容仿佛不是他的表情，而是长在他的脸上。

"是的，"任为说，"我们是碰到了一些问题。云球人从农耕社会的部落普遍出现，到现在已经过了三千多年了。当然，是云球里的三千多年。农业技术、手工业和军事技术等一些技术层面，云球人有了一些进步。但是，在社会组织形态的演化上，却碰到了很大问题，可以说遇到了瓶颈。按照我们人类的历史来看，部落会合并发展，会越来越大，逐渐出现国家。国家之间会出现战争，出现更大的国家。只有在更大的国家中，地域和人口达到一定规模，能够控制的资源也达到一定规模，集群效应才能显现，大规模的经济和技术发展也才成为可能。然后进一步的制度发展就会出现，最后推动人类进步。但是目前，云球人的发展停滞了。"

任为下意识地摇摇头，"绝大多数部落都在几千人的规模。曾经出现的最大部落只有五十多万人，而且相当松散。我们称之为帝国，但其实，只是体现了我们的美好愿望，那根本称不上国家。上个星期，云球人中又出现了一个二十多万人的部落，内部组织相对紧密，看起来很有希望。不过前天的时候，他们又在一场大战中失败了。部落首领被杀，然后部落就分裂了。这样的部落还出现过几次，但看起来都很偶然，持续的时间都很短。更重要的是，在这些强权部落中，权力的顺利传承一次都没有发生过。要么就是分裂，要么就是被入侵，导致规模缩小，甚至被灭亡。也就是说，所有强权部落，都靠一个强人在有生之年组织起来，他一死，部落也就散掉了。反而，能够很多代传承权力的部落，都是毫无进取心的平庸部落，规模也都比较小。"

"有什么可能的原因？"王陆杰问。

"坦白讲，我们并不知道确切原因，只是有一些猜想。"任为说，然后扭头看看张琦，"你说说。"

"我认为，"张琦说，"主要原因可能和计算资源的限制有关。最直观的理解，所有突变的出现，都只有一定的概率，基本都是极小概率事件。所以，无论是生物演化还是社会演化，只要谈到演化，一定需要足够大的基数来产生突变。因为资源限制，我们总在用各种方式控制云球的总规模，也就是控制产生突变的基数。基数被控制，突变产生的机会自然也就很渺茫了。您能想象到，随着云球总人数的增加，内在的联系会指数级地增加，对计算资源的要求也就大大增加。就像动物的大脑，脑细胞的数量增加，带来的信息量和计算量会指数级增加，而且这个指数曲线的斜率非常陡峭。"

"简单地说，整个云球系统的运行速度在不断下降。"张琦接着说，"不同阶段，我们会为云球时钟和地球时钟设定一个不同的时间比例尺，这取决于云球的计算量和计算能力的对比。除了个别的时候，我们会为了观察把比例尺调低，大多数时候系统会按照我们设定的比例尺来运行。刚开始的时候，云球上没有生命，计算比较简单，比例尺很大，几百万年的云球演化只需要地球上的一天，而且即使这么快，对自然的模拟也相对比较完整。后来出现生命，这个时间比例尺就不得不大幅下降，几十万年一天，几万年一天。这个阶段，为了优先保证生命的正常演化，很多对自然的完整模拟就被牺牲掉了。甚至，我们不得不对模拟对象进行分类，越来越多的对象只在必须时才被模拟。出现人类之后，时间比例尺的下降速度就更快了，几千年一天，几百年一天，现在已经是十年一天了。即使这样一个缓慢的时间比例尺，系统还经常做不到。这还是在经过几次系统扩容的基础上。虽然云球人觉察不出来，他们就像往常一样生活着，但是，如果再这样继续下去，总有一天，云球的演化速度会和我们现实世界的演化速度一样。那时，云球的存在就真的没有任何意义了。说实话，系统必须再次扩容，但我们的资金却跟不上。既然计算能力上不去，我们就只能退而求其次，限制计算量了。"

"所以，我们不得不对系统进行一些删减。"张琦吸了一口气，仿佛在说一件需要努力才能说出口的事情，"例如，我们删除了一些边远部落的存在，限制了云球总人数。您可能知道，一个云球人的诞生，会自动在系统的某个量子芯片中占据一个独立的区域，用于存储和计算。我们把这些独立的区域叫作脑单元。所谓五千万云球人，就是说我们系统中有五千万个脑单元。脑单元会隔离自己的计算资源，拒绝其他功能的访问。这导致大量脑单元的存在，会急剧侵占总体计算资源，其他功能可以使用的计算资源大量减少。所以，我们不得不删掉一些部落，这意味着释放了一些计算资源给其他功能用，比如基础物理系统、基础化学系统或者应用层的大气环境系统等等。然后，除了太阳系以外，我们也彻底删除了对银河系的模拟，更不要说宇宙了。毕竟，那些模拟本来就不是十分准确，参考价值并不大，也不是我们的主要研究方向。而这样做，就一定程度上降低了这些功能的计算需求。"

"听起来各个子系统都独立运作？"王陆杰问。

"不完全是，云球人的脑单元是这样。一些高级动物也有脑单元，不过占用资源比较小，它们也是这样，完全并行计算，相互之间隔离和独立。但是，大多数计算能力相对要求比较低的功能，或者还没找到对应量子算法的功能，只能用传统计算方法进行，那就不是独立运作，也不是并行计算。比如一株植物的模拟，计算过程还是采用传统数学方法，在传统 CPU 中分时间片完成。"张琦说。

"那脑单元和其他子系统之间的同步呢？你刚才说，云球的运行速度在不断下降。会不会下降得不一致？"王陆杰问。

"当然，所有子系统必须根据统一的系统时钟协调所有行为。脑单元也一样，否则云球人中就会出现极大的混乱。有时，只是因为系统的某些部分变慢了，我们就不得不调慢整个系统的时钟。"张琦说。

"好吧。嗯，你刚才说，你们删除了银河系的模拟，那云球人看到的星星呢？"王陆杰问。

"您问到点子上了，这可能也和目前的困境有关系。"张琦说，"在云球人产生后不久，为了节约算力，我们就采用了一个简单的周期模型来模拟星空。这样做几乎不耗费什么算力。但自此以后，我们发现，关注星空的云球人比例以及这些人的关注度，都发生了一定程度的下降。一直到目前，云球人中的原始宗教、巫术以及其他各种关于神仙鬼怪的传说，都很不发达。地球人类史研究无法给出地球上类似时代的确切数据，无法进行直接比较。但是从壁画、石刻以及其他史料等原始素材看，我们认为，在这方面，地球很可能比云球发达得多。之前，欧阳院长曾经协调过人类学研究所和考古所，帮我们做过这方面的研究。"

张琦看了欧阳院长一眼，欧阳院长微微点了点头。

他接着说："理论上，目前的云球人，应该还谈不上对星空有什么有意义的思考。不过，对星空进行这样低劣地模拟，可能会导致在云球人眼里，星空失去了部分神秘性。进一步，就可能以某种方式影响了云球人的思想发展。我们觉得，这是一种很合理的怀疑。另外，在云球中，除了云球的太阳发出的各种辐射以外，没有任何其他宇宙射线。以云球人目前的知识水平，按道理说，这应该也没什么关系。但我们怀疑，这是否也会对云球人的思想发展产生影响？这些不能算是计算资源限制对云球人产生的直接影响，应该算是间接影响。这种间接影响非常多，几乎无处不在。"

"刚才提到，删掉边远部落，也会发生类似的情况。"孙斐插嘴道，马上又略微否定了一下自己，"不，可能产生影响的方式还要更直接、更明显一点。"

她接着说："这些部落大部分在一些偏远的海岛上，或者沙漠沼泽之类的地方，和大陆上的主流部落联系很少。但是，这些人的消失却带来了一系列影响。比如，某些海岛部落被删除后，他们原来捕食的海洋中特定鱼类的种群数量，在临近海域出现了上升。这导致其他一些海生动物的生存环境发生变化，进而发生了迁徙，并引发了进一步的变化。在一系列的连锁反应之后，影响了大陆边缘的鱼类产量。有些地方的鱼类产量发生了上升，有些地方的鱼类产量则发生了下降。然后，部分临海部落的食物充足度提升，好战程度下降了。同时，另一些临海部落的食物充足度下降，好战程度却上升了。"

"这些问题，从逻辑上都说得通。但是，究竟如何产生影响，我们很难有定量分析。"任为说。

"要说特别直接的影响，也有一些。"张琦说，"您知道，在云球人类出现之前，在过去几年里，或者说，在云球过去的几亿年里，云球上曾经出现了三次大规模物种灭绝和十来次小规模物种灭绝。其中，两次大规模物种灭绝和三次小规模物种灭绝，是我们主动采取的动作。另外，有一部分是云球中的自然事件。还有一部分，应该算是我们的技术事故，发生在系统升级和更换备件的时候。事故原因还不太清楚，我们复查过，没有发现什么操作错误，可能是技术的成熟性问题，这个就不细说了。"

张琦摇了摇头，仿佛为那些事故感到疑惑。

他接着说："至于我们主动采取的几次物种灭绝，说到底，完全是因为资源限制的原因。如果任由某些物种肆虐发展，对资源的占用很可能导致云球人类根本无法出现。所以，我们不得不灭绝一些物种，这可以说是对云球人类特别直接的影响。这些物种灭绝，对云球人类来说都是正向影响的事情，负向影响的事情我们的确没有做过。其实，即使是这样正向影响的事情，也是一种对云球的干预。任何干预，任所长都是非常反对的。我个人的态度虽然算是支持，但同时，我也认同，任所长的顾虑非常有道理。所有干预的行为，我们只是迫于压力不得已而为之，并不觉得这是正确的选择。任所长最终能够同意进行这些干预，一个重要的原因是，在当时的云球演化阶段，云球人类还没出现，都是些植物和低等动物而已。现在在已经产生了云球人和云球社会的情况下，我们对于干预的态度，像欧阳院长所说，确实是更加慎重了。"

张琦说着，停了一下，看了看任为。任为没有看他，接过话头说："我一直认为，我们不应该干预云球。否则，云球将更多地体现出人类的意志，而非自然演化的意志。我们的确迫于资源的限制，做了一些我们认为不应该做的事情。"

"我记得，我们激烈争论来着。"欧阳院长说，"现在看，效果还是不错的嘛！"

"总的来讲，这是一个混沌系统，像真实的人类世界一样，充满了蝴蝶效应。目前来说，讨论演化停滞，我认为计算资源的匮乏是排在首位的原因。不过其次，"张琦接着说，"我们也怀疑云球人的基因对于扩张和发展的态度。我们观察到，云球人总体上不如真实的地球人类好战。我们认为，他们的生存环境和地球上同时代人类的生存环境相比，应该差别不大，并非予取予求的舒适，他们理应表现得更进取一点。可是他们似乎更安于现状，即使现状并不那么好。可以这么说，除非到了要集体饿死的地步，他们很难发动战争。只是有个别的强人，他们建立了比较大型的部落。其中少数，甚至已经可以算是国家。但任所长刚才说到过，他们死了以后，他们的继承人全都无力维持，更不要谈继续扩张了。实际上，他们可能是无心维持更无心扩张，主要不是能力问题，而是意愿问题，这有些时候很难分辨。我们观察很多云球人的思维方式，总体来讲，面对难题的时候，他们倾向于放弃。从人类历史来看，战争是推动人类进步的不可或缺的方式之一，特别是对于早期人类。云球缺乏战争，这从演化角度讲，恐怕不是什么好事。"

"关于基因，我知道地球人类做得还不够好，即使在云球中，你们也不能完全搞清楚吗？"王陆杰问。

"是的。您应该知道，云球人类并非来自于我们的创造，完全是来自于云球中的自然演化过程。可以说，这是我们云球系统最大的成就。本来，我们认为通过观察云球人，我们可以彻底揭开人类的奥秘。这一点曾经给我们带来过一个黄金时期，投资大大增加。"张琦说。

"可是，你们什么都没得到。"欧阳院长说。

"为什么呢？难道云球人的生长过程你们不是全程监控吗？"王陆杰问。

"是的，我们是全程监控。对于基因如何影响他们的物理性特征，我们应该算是很清楚。不过，对于基因如何影响他们的思维和行动，我们就知道得很少了。我们可以在他们的幼儿期做出相对准确的预测，但随着年龄的增长，特别是在大概两岁到三岁以后，他们就越来越琢磨不定了。"任为说。

"似乎有别的东西在起作用，不仅仅是简单的后天影响。"张琦说，"我们内部经常会说，某某事情的原因，是量子涨落或者量子的不确定性。其实，这是我们不理解时一个自嘲的说法，并没有什么根据。不过有时候，我觉得这些自嘲的说法也许有一定道理。毕竟，云球人的大脑本来就基于量子计算机和量子算法。我们已经很努力。在很多云球人个体上，我们都用日志记录了所有思维过程，也就是量子计算机的全部计算过程。这些云球人的记忆和思维，理论上随时可以查询，但是实际上，思维过程日志看起来很简单，甚至可以说，什么都没有。

思维计算似乎跳跃着进行，完全不连贯，没有过程，只有结果。而记忆存储更是很难理解，似乎他们不记得任何东西，同时又记得所有东西。很多记忆一会儿出现一会儿消失，过程很不稳定，结果却很稳定。"

孙斐又插嘴说："我们认为，量子计算机的成熟度还有待提高。虽然量子计算机的计算能力很强，但是它们的运行过程相当不清楚。人工智能的算法过程也一样，刚才欧阳院长提到，人工智能的不可解释性仍然存在。不过，在云球中，连这种不可解释性都还没有机会碰到，研究就中断了！因为我们的数据根本就不足够多，还谈不上解释的问题。所以，量子计算领域和人工智能领域，减少对我们的赞助和投资，这件事情我们根本就不理解！其实，他们需要进步的地方还很多，特别是在具体处理过程的深度解析方面。"显然，对于量子计算领域和人工智能领域的投资减少，她还感到耿耿于怀。

"是啊，我们只能说是量子涨落或者量子的不确定性。"任为无奈地说，"那些量子计算机厂商的人也说不清楚。他们说，他们做别的事情基本上没有碰到过这种情况，至少没这么严重，说我们的事情太复杂了。由于从结果角度看还不错，他们就没什么兴趣解决这种问题了。我们也能理解，这种问题，不影响效果，又少见，又复杂，很难要求那些厂商重视。"

"陆杰，他们的云球人和我们人类相比，基本应该算作完全不同的物种。"欧阳院长插话说，"虽然系统显示，云球人和地球人基因结构很相似，但基因内容的差别很大，比猪和人的基因差别还大。所以，他们在云球人身上得到的结果，对人类的生物学研究或者医学研究并没有直接好处，只能理论性地借鉴一下。"

"我明白。云球人来自于独立演化，在不同环境下，独立演化出来的两个物种居然完全相同，这很难想象。云球人能够发展出和人类类似的智能，已经很了不起了。"王陆杰说。

"智能和物理存在不同。相同目的的物理存在，可能的方式有无数种。而智能的本质，是以因果律为基础的逻辑，我们很难想象，会出现真正不同的逻辑。"任为说。

"云球人和地球人的外形差不多。"张琦说,"一般来说,可能云球人比地球人更漂亮一些,身材也更健美,脂肪比率比较低。从目视角度,应该没有太大区别。不过,他们的内脏结构和地球人有很多不同。比如,他们只有一个肾,类似胆囊的东西却有两个,这些就不细说了。这些区别虽然看起来不一定非常起眼,但应该说,从科学角度看,这确实导致了严重问题。在云球中得到的绝大多数学科的科研成果,确实不能在真实的人类世界中进行直接应用,也确实不能形成严谨的结论,而仅仅具有一定的理论参考价值。甚至,就像欧阳院长提到的一样,还会出现很多相反的情况,否定了现实世界的科学结论。"

"不过,"他接着说,"这个所谓的问题,也许正是云球项目最大的价值所在。"

"哈哈……"王陆杰笑了起来,他一直在微笑,现在的笑声大了不少,"明白,我明白你的意思。就像最初的非欧几何,现在最没用的东西,将来也许就是最有用的东西。实际上,不管有没有用,对科学家或科学界来讲,这种未知本身,价值就很大。没有对未知的好奇,就没有今天的人类世界。所以,院里虽然没钱投资你们了,但还是交给我一个任务,想办法支持你们的发展。"他顿了顿,接着说:"我和你们不一样,我不是科学家。你们碰到的技术问题,什么演化停滞啊,什么和真实世界的不一致性啊,我也帮不上忙。不过,我的关注点有些不同,你刚才讲了云球和地球的不同点,你们科学家会觉得这些很重要,而我觉得不重要。"

"不重要?"任为有点奇怪,要知道,这么多年他们碰到的最大问题,就是这种不同——这导致他们在任何学科的研究成果,都无法让人完全信服,"怎么会不重要呢?我们的科研成果,以及其他人利用我们的系统做出的科研成果,都很容易被人诘难。"

"那是因为,你们很严肃地想要证明什么,或发现什么。这当然没错,但我不一样。"王陆杰说,"我看过云球世界的 3D 影像资料。是接了给你们找钱的任务之后看的,还是要做做功课嘛!我并不像你们一样关心那些历史上的关键时刻,所以,我是随机看的,我看的是一段很普通的市井生活。哦……"他顿了一下,"也不能说普通,毕竟有人死了。一个人被杀了,因为他是个富户,欺压一个穷人,然后那个穷人被逼急了,处心积虑设计了一个圈套,把这个富户给杀了。我必须要说,我看的时候,并没有感觉到和真实人类有什么区别。"

"这个……"任为很迟疑,扭头看了看张琦和孙斐,他们也在看他,带着同样迟疑的表情。他接着说:"看这么一小段,应该看不出来什么明显的不同。"

"也许,显得大家,都太漂亮了吧?"张琦说。

"您能听懂他们的语言?"孙斐问。

"你们有翻译器啊!不过那东西做得有点粗糙,不像普通外语把翻译器集成到 SSI 听觉组件里那么方便,还要带个耳塞,这不太好。但是也将就能用吧,地球上有些小语种的视频还有字幕呢,也能看啊!而且,还可以改进嘛,也不是什么难事。"

"好吧,所以您的意思是?"任为疑惑地问。

"云球是一个具有巨大商业价值的娱乐资源,你们不觉得吗?"王陆杰说,微笑地看着他们。

— 03 —
好主意

　　云球娱乐化？这对任为来说实在冲击太大了，对地球所的每一个人都一样。

　　自从任为他们带回来这个消息，大家在各种场合讨论着。总的来讲，反应的分化很大，有人认为这是对科学的侮辱，但也有人认为这是个天才的主意。能够赚钱，可能是很多钱，谁知道呢？而有钱，能让地球所和云球活下去。

　　开始的时候，任为他们并没有传播这个消息，他们觉得那只是一个不靠谱的想法，但是很快就发现不对头了。

　　王陆杰第二天就打来电话，说要带一个合作伙伴来和他们聊一聊，任为果断地拒绝了。他很严肃地告诉王陆杰，他们在会议上并没有同意这个想法，只是没能完全拒绝。事实上，在会议中，他们迅速地想出了很多理由来证明这个主意不可行。

　　任为马上提到了两点。首先，他强调了地球人和云球人的差别。从体质、性格到文化、环境，云球人可能会对人类社会带来很多冲击。其次，他警告说，人类社会的过多参与可能会彻底毁掉云球。现在，在除了科学界以外几乎没有社会参与的情况下，网络上已经流传了很多攻击和诋毁，如果社会参与那么充分，云球遭受的压力将不可想象。

　　这两条理由并不是那么有说服力。对于第一条理由，云球和地球的差别或者云球人和地球人的差别，这种差别固然存在，但就像之前王陆杰所浏览的片段，并不会让普通人很容易地觉察到。对于任为的第二条理由，用王陆杰的话来说，进入社会，有更高的曝光度，其实正好是一个为云球正名的机会。

后来又聊了很多，虽然任为并没有让步，张琦也表达了很多担心，孙斐更是激烈地反对，但欧阳院长同样没有让步，王陆杰则一直笑嘻嘻的劝说他们几个。

会议并没有结论，或者说，"再想想"变成了最后的结论。

显然，从王陆杰这么着急的行动中可以看出，前沿院已经做了决定，并没有真的留给他们"再想想"的机会。

眼看着自己多年的心血，即将沦为八点档的连续剧。作为一个科学家，任为的心脏像被一只不知从哪里伸出的手紧紧攥住了。虽然还在跳动，却像是在高原上，只能非常艰难地跳动，甚至连带着呼吸都感到了困难。他不得不在内部会议上告诉大家这个消息，希望大家群策群力，想出更好的办法。

没想到，卢小雷第一个表态，觉得这简直太好了。

"我一直琢磨这件事情来着，就是没敢说。我天天都在看戏，云球的戏，大戏，真的很好看。"卢小雷看起来兴奋极了。

"你都看些什么？"孙斐正为这件事情怒气勃发，卢小雷这下子撞到了枪口，孙斐的话语中混合着愤怒和鄙夷，"你都看些什么？以为大家不知道吗？要不要拿出来大家看看啊？看看你的品德，还是看看你的品位？还好意思说，你脸皮真厚。"

"我没看什么，我看什么了？我没看什么。"卢小雷忽然显得心虚起来。

"呸！你算个科学家吗？天天偷窥云球人卿卿我我。对云球美女比什么都感兴趣，还有哪些事情我就不说了。要我说，你还不如买几个ASR[①]呢！"另一个姑娘说。这姑娘叫叶露，负责人事，和孙斐是闺蜜。她圆圆的脸盘上，有着柔和的五官线条。这会儿，虽然不像孙斐那么愤怒，大大的眼睛里却充满着和孙斐一样的鄙夷。

---

① Advanced Sex Robot，高级性爱机器人。

"他本来就不是科学家，不过是个操作员。"孙斐说。有叶露帮腔，她的声音没那么大了，却依旧充满着鄙夷。

"孙斐，你太过分了，我是监控室主任！"卢小雷腾地站了起来。他的嘴唇微微抖动着，一时之间，却也说不出什么更多的话。

"别说了，"任为大声说，"都干嘛呢？"

卢小雷很努力地控制着自己，愤愤不平地坐下了。

"卢小雷是监控室主任，监控是他的工作。他需要监控方方面面的情况，这是工作。我们是在做科学研究，不要做无谓的道德判断。卢小雷对云球的监控工作做得非常好，经常发现我们注意不到的细节。他对云球的了解程度，难道不是我们所有人当中最深入的吗？"任为接着说，"云球中本来就有很多看起来违背人类道德观念的事情。我们讨论过很多次，作为类似云球人上帝的存在，看着一幕幕人间惨剧的发生，不，应该是云球人惨剧的发生，而无动于衷，我们应该吗？所以说，什么偷窥？不要再纠缠这些乱七八糟的东西。我再说一遍，这是工作。我并不认为卢小雷或者他的团队，做了超出工作范围的事情。"

"哼！好吧，不说他。但是，任所长，卢小雷算是工作，如果开放到社会上呢？那些观众也是工作吗？"孙斐仍然气愤难平，不过是勉强压住而已。任为知道，其实她不是针对卢小雷，她是针对云球娱乐化这件事情。

"范围肯定还是要界定，我相信主动权还是在我们手上。孙斐，冷静一点，冷静一点。"张琦说，他就坐在孙斐边上，把孙斐的卡通茶杯拿起来递给孙斐，"喝点水，喝点水，别那么着急。"他说。

"这也太侵犯人权了，我是说云球人的人权。"架构师张理祥说。张理祥是云球系统的核心架构师之一，他长着一张看起来有点阴郁的脸，却总带着莫名的笑容，让人很难猜到他到底在想什么。

"他们还没发展到注意人权的地步。"财务总监李悦说，"你什么时候开始关心人权了？你不是只关心你的财务状况吗？你也应该关心一下我们地球所的财务状况。"和张理祥一样，李悦也是个中年男人，但他的长相看起来比张理祥明朗得多，不过表情中却没有张理祥那样的笑容，而只有满满的忧虑和些许的厌烦。看来，每天看着那些财务数字，地球所的财务状况确实给了他不小的压力。

"我是关心财务状况，关心财务状况怎么了？谁没有点生活压力呀！但是，我也关心人权啊！财产权是人权的一部分！至于所里的财务，那是你的问题，不是我的问题。"张理祥对李悦说。接着，又扭过头对大家说："眼前是有瓶颈，可是如果突破了呢？谁知道呢，也许只要几个月，就算几年吧，就进化到我们的地步了。他们要是知道，自己的生活是另一个世界的电视剧，不知道会怎么想。你的生活要是别人的电视剧，你会怎么想？观众指着你对别人说，你看，你看，那家伙演的真差，真是个蠢货。随便你们——反正要是问我，我可不想我的生活成为别人的电视剧。"张理祥说。

"他们又不会知道。"李悦对张理祥说，"不要想他们的人权了，先看看我们的人权吧！我们的财产权！我们的生存权！再这样下去我们就要失业了，你的财产权也就得不到保障了。"

"进化到我们的地步？你想多了！这么推理，那不是说会超过我们？我们反倒要向他们学习？真要这样，也许我们要操心别的事情了。比如，他们会不会反抗我们？他们会不会干掉我们？"说话的是行政部主任齐云。显然，她对张理祥的人权关怀也不以为然。她的年龄比孙斐和叶露大不少，是个亲切的中年女人。她的齐肩短发在她说话的时候微微飘动着，丰满的脸庞上带着温暖的笑容。不过，这笑容并不是针对云球人。作为勤勉称职的后勤部队，她更操心地球所的人们。而财务状况，是她操心的所有事情的基础。

"不，这是一个问题，也许是最大的问题。他们再发展下去会怎么样？真的不能超越我们吗？如果他们不能超越我们，是受到了什么限制？"另一个架构师沈彤彤说。沈彤彤是地球所最早的架构师之一，从地球所成立的第一分钟开始，就和任为一起参与了云球的建立。虽然已经是中年人，但沈彤彤依旧像年轻时一样清秀，岁月仿佛没有在她身上留下太多痕迹。这可能和她的纯粹有着很大的关系，她的家境很好，不像张理祥那么关心钱的问题，脑子里只有云球的代码。经常，在大街上走着路，她就能沉思到恍恍惚惚，有时又好像忽然想通了什么，露出振奋的表情，攥着拳头小小地挥动一下，好像给自己加了一把力。如果恰好看到这一幕，你一定能够就判断出，她是一个女工程师。这会儿，她就一边说着话，一边愣愣地看着桌面，好像正在沉思她提出的这个深奥的问题：如果他们不能超越我们，是受到了什么限制？

这样的会议开了好几次，都没有结果。大家的意见南辕北辙，而且总是有各种新的问题冒出来。

这个话题很容易牵扯到一些麻烦的议题——这些议题却和眼前的问题并没有什么直接关系，比如人权、伦理、道德什么的。这倒也不奇怪。原来的云球是一个在世界的某个小角落里运行的小黑箱子，虽然在科学界还有些名气，在公众眼中却很不起眼。其实，没什么人真正知道这到底是什么东西。即使这样，网络上也有这样那样的说法，其中有些已经让人很不舒服。一旦把云球推向社会，很可能会变成一个人人瞩目的明星。至少这么做的初衷就是这样，否则干嘛要推向社会呢？大家已经逐渐接受，它可能是具有巨大的商业价值，但随之而来的一定是各种复杂的问题。面临的将是公众舆论的拷问，而不仅是会议室里的诘难。

至于王陆杰的话，所谓正好通过娱乐化进行正名的说法，恐怕是王陆杰忽悠他们的成分多一些。正名的同时，惹麻烦的机会更大。这些问题原本就存在，以前大家可以假装它们不存在，但未来多半可就不行了。自己偷偷摸摸地做些什么，和在众目睽睽之下做些什么，心理感受的差别恐怕很大。这一切带来的压力，最终也会实实在在地影响所能够采取的决策和实际行动。

讨论来讨论去，讨论的主题总是偏离。特别是经常偏离到一个和会议初衷完全不同的方向上。大家总是不由自主地讨论，娱乐化之后，云球以及地球所，应该如何生存？如何面对公众？如何面对压力？甚至，如何面对挣来的钱？虽然有几个人，特别是孙斐，总是在话里话外表示出对这些铜臭气的鄙夷和厌恶，但钱就是钱，讨论如何花钱，其实是会议中最有创造力也最欢乐的部分。

任为原本希望讨论的主题是找到一个合理的办法，阻止云球的娱乐化。这个主题本质上，是要想到另外一个挣钱的办法，如果有钱了，自然娱乐化就不需要了。

但是，办法并没有。

资金短缺的问题，本来就不是第一天面对了，大家也不是第一天琢磨这个问题了。这个问题已经被琢磨烂了，这么长时间一直都没办法，也不能指望这两天，忽然之间就有办法了。

如果拨款的来源断了，按照以前的经验，靠科学界的资金肯定没法过日子。过去的十年中，除了从量子计算领域和人工智能领域获得大量资金以外，其他科学领域虽然也有很多合作，但几乎没挣到什么钱。毕竟，科学界的钱无论多少总是不够用。烧钱的项目可不仅仅是云球。随着量子计算领域和人工智能领域的成熟，至少是那些领域内的人们自以为是的成熟，任为他们想破脑袋，也实在找不到新的可以无偿支援他们的冤大头了。

原本，云球还有一些同道。世界上还有两个类似的项目，一个在巴黎，一个在西雅图。不过，前两年都已经先后下马了。这两个项目并没有像他们云球那么烧钱，相应的进展水平也远远不如他们，但是，它们的研究机构都早早就看到了不妙的前景，果断终止了项目。这不知道算是幸运还是不幸。幸运的是，所有有点需求的事情都必须来找云球了，他们因为自己的独一无二，成了科学界的稀缺资源。而不幸则是，这些失败的项目仿佛是在诅咒他们，让越来越多的人相信，他们也不会有好结果。

任为的妻子吕青是卫生总署的官员，他们夫妻俩有时会讨论工作上的事情，但最近有一段时间没怎么说过了。吕青似乎工作压力也很大，忙着参加各种会议，在家时也总在查资料写报告。他们经常只能在吃着家政机器人露西做的晚餐时，简单地聊两句八卦。

不过今天，任为决定问问吕青怎么看云球娱乐化的事情。

在任为心中,吕青一贯很有见地。这可能和她的工作有关。多年来,她一直忙着参与各种卫生政策的制定。这些政策,在任为看来,都很难做出抉择。任何政策,总有获利的人群,也总有受伤的人群,谁都不好说话。政策制定这件事情,永远是在夹缝中求生存,试图挤过一道接一道窄窄的门,到处都是妥协的艺术。

也许,吕青会对云球娱乐化有些不同的看法。至少,她可以帮助自己舒缓一下紧张的神经。对于这一点,任为很有信心,吕青可不像他那么容易心事重重,她坚强得多。

他让露西去睡觉了,也就是待机了。虽然露西只会做饭和打扫房间,但任为一直不习惯在谈话时,有一个运转的机器人在旁边听着。他倒也没觉得自己的话多么机密,或者怀疑露西会把他们的话作为大数据提交给谁,可是,不舒服就是不舒服。家政机器人的大规模普及,也就才几年时间而已。他觉得,像自己一样难以适应,这种情况在民众中恐怕很普遍。吕青好像适应得多,一点都不在乎。不过,虽然并不在乎,她倒也不会阻拦任为让露西待机。

听他讲了半天,吕青并没有说什么。她盯着手中的大白馒头思考着,不时撕下一小块塞进嘴里。

漂亮的机器人露西,使用传统的多层不锈钢电蒸锅,做出美味的大白馒头。每次看到或想到这个,任为总觉得画面很奇怪。昌明的科技和传统的需求诡异地掺和在一起,展现出一种极致的对比。

“其实,任为,我也正想跟你聊聊我的事情。我想也许有点相像,或者至少……怎么说呢……有点关联。”吕青抬起眼看着任为说,眼中满是忧虑。

这是一双很漂亮的大眼睛。大学的时候,吕青是校花,她的美貌可是闻名遐迩。那时候,这双漂亮的大眼睛,总是充满着跳跃的阳光,让略显阴郁的任为第一眼就倾倒其中。后来,从一天天的相处,到一天天的恋爱,他逐渐领略到,吕青拥有的不仅仅是那些跳跃的阳光,她拥有的还有坚强的内心和冷静的头脑。这些都来自于她的家庭,特别是她的父亲,一位老将军。

这些阳光、坚定和冷静，恰恰都是任为所不具备的品质。他一直很聪明，却一直觉得自己缺少很多东西，他对自己充满怀疑和忧虑。而吕青给了他这些他所缺少的东西，他觉得他的人生开始完整了。

但是，自从吕青进入卫生总署工作以后，任为觉得她眼中的阳光越来越少了。当然这也正常，人生不是一个大学生所能够想象的。不过，吕青眼中多出的东西有时会让任为不安。说得好听一点，那也是一种冷静，是吕青原有的冷静更上一层楼的坚实表现。说得不好听一点，那是一种冷漠，是吕青原有的冷静在向某个未知方向的滑落。

今天吕青眼中的忧虑倒并不常见。好像她碰到了一些问题，靠自己的坚强和冷静，已经不能完全应付。

"哦，好，你说。"任为说。

"我们现在也碰到一个困难，说起来和你还有点关系。"吕青说。

"和我有关系？"任为很奇怪。

"是的，准确地说，和你妈妈有关系。"吕青说。

任为的父母生孩子比较晚。任为出生时，父亲五十五岁，母亲四十八岁。现在父亲已经去世，母亲已经九十三岁了。六年前，妈妈就得了老年痴呆症，现在住在郊区的疗养院中。以前，任为夫妻每个星期会去探望她一次，但最近几年，他们去探望得越来越少。这是因为，妈妈已经完全不认识任为夫妻俩了，甚至，她也不认识她以前最疼爱的孙女任明明了。

说起任明明，任为总是觉得一肚子气。

任明明今年也就十九岁而已，前一段时间，却告诉他们，她已经和人同居了。任为夫妻俩没见过这个和女儿同居的人，还因为这个吵了几次架，搞得任明明都不愿意回家了。当然，之前她回家也并不多。任为总觉得现在教育过于发达，各种辅助教育的技术工具太多，这不是好事情。孩子们十八九岁就大学毕业，不愿继续读书的话，就进入社会。这时候他们太年轻了，很不成熟。任明明就是其中一员，她大学毕业的时候甚至才十七岁。这几年，SSI 的出现和普及更加助长了这种趋势。谁都可以直接在大脑中连接网络，查询海量知识库，然后通过嘴巴说出来。那么，谁又搞得清楚，你是本来就有这个知识，还是刚刚从网上查出来的呢？

事实上，妈妈已经不认识任何人了。妈妈不能说话，甚至眼睛都很少睁开了。她曾经得过各种老年病，血压高，心脏不好，脑血管也有问题，肝功退化，肾也不行，不过医生把它们处理得很好。说起来，现在的医疗水平真是药到病除，大多数时候，身体检查都表明妈妈在机体上几乎没有任何问题。但是，她确实老得肌肉已经完全无力了，更关键的是，她确实老得已经不能思考了。

老得已经不能思考了，任为经常这么给自己解释，因为医生也解释不清楚。现在，越来越多的老年痴呆不像以前那样，能够观察到脑白质的明显萎缩或脑血管的明显堵塞。这些能观察到的机体变化，通常能够被医生轻松化解。像脑血管堵塞之类完全是小菜一碟，脑白质萎缩的治疗虽然困难一些，总体来讲也可以控制。而任为的妈妈，就像越来越多的新型老年痴呆病人一样，几乎观察不到任何脑部机体的明显病变，但就是不可避免地衰老了，一直老到不能思考了。

"你们是在制定针对老年痴呆病人的政策吗？"任为问。

"你先说说，关于妈妈，下一步你打算怎么做？"吕青问。

"我想，可能是时候送到 KillKiller 去了。"任为迟疑了一下说，"不过，也许你父亲会觉得没必要，你觉得呢？"

吕青的情况和任为正好相反。吕青的母亲在十几年前就因为一种罕见的癌症去世了。那会儿医疗技术不如现在，那种罕见病放到现在也许能治好。吕青的父亲还在世，这位老将军也已经快要九十岁了，但身体依旧很好，同时保持着非常好的精神状态。甚至这些年，他几乎就没有在家里待过，把绝大多数时间花在了周游世界上面。

退休之前，老将军作为军队的高官，交游很广阔，朋友遍布世界各地，这让他能够在游山玩水之余，也能够到处找到朋友叙旧。但用他自己的话说，旅行和叙旧本身并不重要。重要的是当他卸下肩头的责任，他需要换一个视角重新认识这个世界。并且重新思考和践行，在他的余生，将用什么样的方式和这个世界相处。

任为这么说，是因为老将军上次回来的时候，谈到任为妈妈的情况，任为提起过一次，想要在必要的时候送妈妈去 KillKiller。老将军并没有反对，也没有对 KillKiller 做出任何评论。但是，他沉默了一会儿，然后说，将来自己并不愿意去 KillKiller，并且要求他们承诺不对自己那么做，他宁愿化作骨灰和老伴儿待在一起。

后来，他们并没有就这个话题继续讨论，吕青含混地回应了他的父亲。她说："回头再说，不讨论这个，您身体好着呢！"接着，她迅速岔开了话题。老将军似乎知道孩子们的言不由衷，他重复了一遍自己的愿望，但没有要求孩子们确认。任为还记得老将军那时候平静而坚定的语气。说不清为什么，这给了任为一些压力，每次想到要将妈妈送去 KillKiller，他总觉得心中有些许不安。

其实，老将军自己不愿意去 KillKiller，这并不奇怪。在任为的记忆中，很早以前，老将军就说过，人到了一定岁数，该走就要走，不要强留在这个世界上，于人于己都没什么好处，对世界而言只是无谓的负担，对自己而言则只是无尽的折磨。

他不仅仅这么说，在现实中，他也很好践行了自己的想法。在吕青的母亲去世之前，在 ICU，看着痛苦的老伴儿，并没有用很长时间，老将军就做了决定，告诉医生放弃治疗。在老伴儿去世之后，他沉默地望着老伴儿的脸，握着老伴儿的手，很久很久。任为记得，老将军并没有掉眼泪，也没有说什么。但是，他看到了老将军的眼睛，那里面充满了悲伤。后来，老将军把老伴儿的骨灰装了一个小瓶子带着，十几年了，从来没有离开过身边。

"KillKiller！"吕青重复了一遍这个英文单词，没有理会关于她父亲的话题，"真是个好名字，你知道这意味着什么吗？"

"我还没仔细研究，就是以前在网上看到的那些简单介绍。他们也算是医院吧，我想……"任为说，有点犹疑，"好像他们一般都建在沙漠中，至少也是比较偏远的地方，去探望一次可不像去郊区那么容易。但是，据说他们把老人们照顾得很好，甚至比普通的医院更好，价格也比住在医院里便宜。不过他们的费用，医疗保险不涵盖，需要病人自己付钱，这个可不如医院，好在我们也不缺钱。"

"你知道为什么医疗保险不涵盖吗？"吕青问。

"我想是因为他们的新疗法吧？"任为说，"他们的疗法不同于普通的医学治疗。他们使用了一些量子技术，还有恒定的超强电磁环境、脑介入刺激、合成化学刺激等等，反正很复杂，好像并没有通过你们的官方认证。我在网络上看到过，他们还在争取通过政府的官方认证，他们好像说很有信心。"

"没有通过官方认证的医疗技术，但却在大面积地实施，这明显违法，你想这怎么可能呢？"吕青接着问。

"嗯，是啊！确实是个问题。"任为摇摇头，表示不理解，"我没怎么想过，不过我想，任何疗法通过你们的官方认证，总要有个过程，不是说通过就通过，只是时间问题吧？"

"不，不是时间问题。他们的疗法不会通过官方认证。至少，之前的疗法不会，以后疗法改进，就不一定了。"吕青说，"你的脑子一直在你的云球里面，当然不会去想这些地球的问题。其实原因很简单，因为 KillKiller 不是医院，而是墓地。"

"墓地？"任为大吃一惊。

"是的，墓地。所以，他们的疗法是一种保存遗体的方法，不是一种治疗疾病的方法。如果不是为了获得医保，并不需要通过官方认证。只要家属同意，也不违法。对外，他们讲是治病，是医疗。对我们卫生总署，他们的说法却很复杂。一方面，他们讲是在保存遗体，这样可以规避官方认证的问题，现在就可以合法运营。另一方面，他们也在想方设法通过官方认证，以获得医保的涵盖。所以说，你明白吗？目前，妈妈其实并没有资格进入 KillKiller，因为她还没有去世。不过他们有预备区，可以先进预备区，只要和他们签订合同，承诺去世后进入 KillKiller 就行。在预备区的阶段，他们的疗法都是很普通的疗法，和医院没什么区别，当然，医疗保险也涵盖这部分治疗费用。"

"好像宣传不是这样。"任为说，"预备区倒是听说过，但没听说是为了等死啊！"

"宣传当然不是这样。"吕青说,"难道宣传说我们提供保存遗体服务吗?那不就真的是墓地宣传了吗?价格可是墓地的十几倍几十倍。可是实际上,按照现在的法律,他们就是在保存遗体。"

"好像是活着的吧?不可能,你说得不对吧?"任为说。

"我怎么可能说得不对呢?我是卫生总署的人,我去过 KillKiller。至少十几次,去过五六个不同的基地,还去过他们主要竞争对手的基地,包括他们的总部和主要竞争对手的总部。都是这几个月去的,你这几个月都没注意,我总在出差吗?唉,你脑子里只有你的云球,什么时候才能注意一下你周围的真实世界?"

"说什么呢?你不也一样,脑子里都是你的卫生政策吗?"任为争辩说。不过想想也是,吕青的确总在出差,他也的确并没有太在意,要不怎么交流这么少呢!

"我打交道的都是死人,这几个月都是。你打交道的都是虚拟人,活生生的虚拟人。"吕青盯着他。

任为忽然有点心虚,"好了,好了,"他说,"别扯了,说正事,我不明白你要说什么,你说明白点。"

"你可还是学霸,怎么会不明白?"吕青顿了一下,问道:"什么人是死人?"

任为似乎明白了。他问:"你是说,他们都是已经脑死亡的人?"

"对,现在法律对死亡的定义是脑死亡。"吕青说,"KillKiller 的所有客户都已经脑死亡。所以,严格意义上,我不能称之为病人,我只能称之为客户。客户?不,这样也不精确,哪会有死的客户呢?"

任为愣了一会儿,说:"我明白了。在他们之前,病人,或者说客户,脑死亡以后,由于失去了总指挥官,机体很快就会死亡,但他们找到了某种方法,维持机体在总指挥官缺席的情况下继续活下云。"

"对。"吕青说,"所以都已经是死人了,医疗保险怎么能够涵盖死人呢?"

"机体还在运转,心脏还在跳动,但脑子已经死了。"任为喃喃自语,思索着这种奇怪的情况。

"是的，脑死亡的概念，是全脑功能包括脑干功能的不可逆终止。也就是说，他们大脑的细胞都已经死了，KillKiller 在冒充他们的大脑，向躯体发出信号。"吕青说。

"怪不得父亲不愿意去 KillKiller。"任为说着，一边想，不知道老将军那时候知不知道这些事情。

"你不用理会他。"吕青说。

任为想了半天，说："好吧，我明白你的意思。但你说的这些，和我们关系也不大。我本来也没打算报销 KillKiller 的费用。我想，妈妈就算是去世以后，或者脑死亡以后，我还是愿意保留一个有温度的躯体，我没有父亲那么坚强。"

"还有栩栩如生的面容，甚至比在世时面色还要红润。而且没有痛苦，因为没有感受痛苦的器官。不，这么说不准确，应该说，有基本的痛感，但处理痛感产生痛苦的过程没法发生了。反正，结果就是没有痛苦。"吕青说。

"这个有点诡异。"任为做出了一个很难受的表情，使劲扭了一下头，仿佛要甩掉什么。他接着说："我觉得父亲会觉得没必要，你是不是也觉得没必要？"

"不，我不反对。我也希望能够经常握住妈妈的手，感受一下妈妈的温度。"吕青说。任为知道，她是真心的，她一直和妈妈感情很好，甚至比自己和妈妈的感情还好。

沉默了一下，任为说："那么，我们一定要讨论这个吗？听你说的这些，情况确实有点诡异，让人觉得不舒服。"

"我要讨论的是我们。"吕青说，"我们卫生总署，现在碰到麻烦了，大麻烦。"

任为看着她。她顿了一下，接着说："之前，由于 KillKiller 的客户全部脑死亡，卫生总署一直拒绝支付医疗保险费用，逻辑上和法律上都很合理。之前很长时间了，一直有人权组织各种宣传，希望把 KillKiller 涵盖在医疗保险范围内。当然，他们背后都有 KillKiller 或者他们这个行业的支持和推动，也得到了客户亲属的全力支持。虽然如此，我们仍然有足够的理由拒绝他们的要求。但现在出问题了，KillKiller 的技术得到了进一步的发展，一个关键的发展。现在，他们不但能维持躯体的运转，而且能够长期维持一小部分大脑细胞的活性。注意啊！是大脑细胞，不过，是一小部分，大概 0.0000002% 吧，六个零。"

"大概两千多个脑细胞，恰好够果蝇记住一种味道。"任为说。他在大学的时候可是学霸，否则也配不上吕青这个校花。

"其他的脑细胞，虽然已经死了，但被技术固化在一个特定的状态，不会再发生进一步的负面化学变化。甚至，你很难证明它们已经死了。严格地说，也许它们只是在某种程度上失去了功能性。脑血管里还有血液在流动，因为心脏很健康。氧的交换还在进行，虽然交换水平很低。脑电图上也还有波形，虽然波形比较平坦，但确实不是直线。你很难定义，脑子里是一堆神经元还是一堆草履虫。"吕青低着头说，好像在思考，也好像有点沮丧。

"那么这人是死了还是活着呢？或者说，我们该不该支付医疗保险呢？"说着，吕青抬起头，望向天花板。

"为什么不呢？你们担心医保基金破产吗？让大家的医保多交点好了。"任为不以为然地说。

"你什么时候变得这么幼稚了？"吕青收回望向天花板的目光，盯着任为。

"幼稚？"任为的大脑迅速地思考着。忽然，他的心脏，刚刚因为聊天稍稍放松的心脏，再次体会到被一只手攥住的感觉，呼吸也瞬间急促起来。

"你是说，这些死人……或者……我不知道……还是叫死人吧！这些死人会挤满全世界，因为它们不会再死一次了？"任为问。

"对，活人会没地方待。"吕青说，声音很平静，但任为听着，觉得充满了凉凉的气息。

他愣愣地没有说话。

"如果全世界的医疗保险都涵盖 KillKiller 的服务，大家在亲人死去的时候，有什么理由不让国家付钱，来保存这些遗体呢？要知道，墓地反而要自己付钱。"吕青说，"所以，我们完全可以假定，绝大多数人会让国家付钱，把亲人的遗体，保存在 KillKiller 或者他们的同行那里。粗略地估算，他们这个行业，一年至少会增加三亿客户。一百年后，他们的客户总数，就和现在地球人的总数一样多。先不考虑单个的国家政府有没有那么多钱来支付这些费用——要知道，这些费用的规模会让很多国家迅速破产——国家破产就破产吧，我们只从全人类的角度看。这种情况会导致一个还在工作年龄的人，差不多就要负担三个这样的遗体。不要忘记，现在全世界的老龄化问题本身就已经很严重了。工作年龄的人口，除了要负担这些遗体，还要同时负担活着的老人。平均三到四个，有的国家甚至是五到六个。而且，还有孩子。接着再想想，两百年后，这些数字是多少？这一切，看起来都是国家在出钱，但最终，还是要落到这些工作年龄的人口上。"

任为沉默了很久，吕青也沉默着。他们就这样对视着，天色渐渐暗下来了。

"这种情况，就是仅仅脑死亡，躯体还存活，每个人都会这样？"任为问。

"绝大多数死人都是。只有少数受了严重外伤的人，比如心脏被捅了一刀的人，才会心脏先于大脑死亡。以前医疗技术不好的时候，各种躯体疾病也会导致躯体先于大脑死亡。现在医疗技术太好了，多数情况下，躯体很难死亡，医生总有办法治好那些躯体的疾病。虽然太老了也会出现肌肉无力，会瘫痪在床，但离躯体的真正死亡还是很远。所以现在，衰老导致的脑死亡是最主要的死亡方式。"

"那你们打算怎么办？"任为问，他觉得确实很难办，甚至开始替吕青感到绝望了。

"不知道。"吕青说。

"其他国家呢？"任为问。

"有几个国家已经同意纳入医疗保险了，其他国家正在争吵。Yes Or No，到处都是大规模游行。每个人都在想自己的父母还有未来的自己，或者被烧掉，或者在 KillKiller 当个没死的死人，你说选择会是什么呢？"吕青说，"当然了，人人平等嘛！嗯，活着，永远活着，前提是国家买单，要不然可付不起。不是每个人都像你这个科学家一样有钱。而且，不知道要付多长时间呢，看起来可像是永远啊！"

"那几个国家，不害怕自己破产吗？"任为问。

"赫尔维蒂亚是第一个通过法律将 KillKiller 纳入医保的国家。他们有钱，目前不会有问题。布隆迪、坦桑尼亚、刚果，非洲几个生产稀土的土豪国，至少暂时没问题吧。但是挪威、希腊、意大利，嗯，大概乐观主义者觉得过一天算一天吧，问题自己会解决，用不着替未来操心。这几个国家都是刚刚选出新政府，新政府在竞选时的纲领就是这个，'政府不再杀人'什么的，很好用啊！选票更重要。新政策都是明年开始实施，我们正在等着看他们新的年度预算案。"吕青说，顿了一下又接着说："还有几个国家正在竞选，有些竞选人的口号也差不多。比如韩国，民生党的口号是'还犹豫什么，杀掉养育你的人，这是大国党让你做的'，怎么样，够劲爆吗？日本有个候选人说'干脆在父母六十岁的时候就干掉他们吧，反正你迟早要这么做'。当然，谁都能看出来，他们说这样的反话，只是为了刺激选民的神经来给他们投票。可是你应该也能体会到，关于这个问题，双方有多么剑拔弩张。"

"他们，那些已经纳入医疗保险的国家，全民都纳入了吗？有没有什么条件？"任为问。

"各自有些条件，不过我看，很快所有条件都会被突破，这种东西，怎么靠得住呢？"吕青说。

"那其他，那些还没做决定的国家，那些大国家，又都是怎么想的呢？"任为问。

"美国还在众议院吵个没完没了。法国上个礼拜有两个议员打起来了，还有人扔催泪弹。德国倾向于 Yes，英国 No，加拿大 Yes，俄罗斯 No，巴西 Yes，阿根廷 No，印度一会儿 Yes 一会儿 No。世界范围看，总的来讲势均力敌，我们的态度很重要。"

任为没说话。

过了半天，吕青又追了一句："所以我们压力很大。"

"看来这件事情挺轰轰烈烈，我都不怎么知道。"任为说，显得有点惭愧。

"但云球的事情你知道得多呀！克雷丁大帝、菲尔娜王妃、斯特林克王子，还有林奇将军。"吕青调侃地说，不过并没有显得很轻松。

沉默了一会儿，任为问："如果你们还没有决定，那有没有什么倾向？"

"我不知道。"吕青说。

"你有问过父亲的意见吗？"任为问。他知道，这个可能性不大。以前有些时候，有些困难的事情，吕青会问父亲的意见，甚至他自己也会问。开始的时候，老将军虽然不经常直接给出意见，却经常会给出一些思路，或者提出一些启发性的问题，这总是能够给他们带来很大帮助。但是，随着他们的年龄逐渐增长，老将军就渐渐不再参与讨论他们的事情，而是更希望他们自己去思考，自己去面对困难。后来，他们慢慢也就问得越来越少了。不过这次，任为觉得，眼前的问题似乎确实很困难，他想，也许吕青会去问问父亲。

吕青摇摇头，说："没有，你知道，他现在又不愿意随便说什么。最近他在塞内加尔，好像很高兴。我给他打电话，他都没时间接的样子。我不想打扰他的兴致。"

又过了一会儿，吕青忽然问："你有什么建议吗？"

"我的建议？"任为愣了一下。通常，面对这种问题，他能提出的建议不太多。在吕青看来，他自己也同意，他能够考虑到很多方面，算是很周到。但正因为如此，他经常过于纠结，很少能给出什么坚定的建议。

不过，他还是开始认真思考。

他看起来很犹豫，仿佛需要下什么决心，努力了一会儿，然后终于下了决心。他很严肃地说："我觉得可以，重新定义死亡。"

"怎么定义呢？"吕青看起来很平淡，她接着问。对于任为很努力才提出来的建议，她好像丝毫没有觉得奇怪。

"意识，"任为说，"意识的消失。"

"什么是意识？"吕青问。

"这个……"任为又很犹豫，好像不知道怎么回答才合适，"学术界有一些定义。"他说，"但是，我认为这些定义都不完备。而且我觉得，无论现在怎么定义都不重要。你们完全可以重新定义。按照一个合理的方式，一个对你们而言更加合理的方式，这至少能够给你们一个腾挪的空间。"

"好吧，你说得对。也许，我是说也许，真会像你说的这样改一改。改法律，重新定义意识，我们会有重新定义意识的好方法。"吕青顿了顿，好像要说什么，但迟疑了一下，又吞了回去。然后接着说："不管是什么方法，我想都需要公众的理解。从最普通的理解上，有认知、有逻辑、有情感就是有意识了。"

"差不多吧！"任为说。

"你有没有想过这意味着什么？"吕青说。

"这又意味着什么？"任为重新又回到疑问的状态，他想了想，说："没有人性？违反人权？魔鬼？"

"全都是，不过这对你不重要。对你重要的是，你以为这是在定义死亡，其实这是在定义活着。"吕青说。

"也可以这么说，有意识才是活着。"任为说。

"如果我说，有意识就是活着呢？"吕青接着问。

"有点勉强，最多只能说有意识是活着的必要条件，不能说有意识是活着的充分条件。"任为说。

"嗯，你这么想很好。"吕青点点头，冲他笑了笑。

任为有点茫然，不知道吕青什么意思。但忽然之间，仿佛有一根尖尖的刺，从虚无中产生，猛地插入他已经被攥紧的心脏。他仿佛感觉到大量的血涌出，就这样充满了他的胸腔，他浑身无力，大脑缺氧。

这时，吕青已经扭过头，眼睛看着窗外，若有所思。她没有注意到任为越来越紧张的反应。

"那时候，如果云球在公众视野中，你的那些云球人，算不算活着呢？"终于，吕青的最后一击让任为眼前一黑，晕了过去。

—— 04 ——

热播剧的孕育

一个月后，任为才回到地球所上班。

医生告诉他，由于长期超负荷工作，他的血糖水平非常低，心理压力又太大，所以才会莫名其妙地晕过去。他在其他方面的医学指标也都不太好，虽然没什么重大病变，但确实到了需要休息的时候。于是，他请病假在家里休息了一个月。

在他休息期间，张琦的新任命下来了，他被提拔为地球所的副所长。从好的方面看，领导们很体贴任为，了解到他的身体状况后，很快推进了张琦的提拔问题。这个问题因为地球所的未来尚不确定而搁置了很久，现在终于解决了，这无疑会让任为的工作量减少很多。但从坏的方面看，领导们意识到，任为对云球娱乐化的负面态度居然严重到了请病假躲避的程度，也需要找一个不那么反感的人来平衡一下。

其实，张琦也反对云球娱乐化，这点上和任为并没什么不同。不过，在另外一个问题上，他和任为的分歧比较大。这个问题就是，对云球的干预。

任为一直认为，最好是对云球不要做任何干预，让它自我演化，看看究竟会发展到什么样子。但张琦不这么想，他认为，反正云球已经不是地球，云球人也不是地球人，整个系统对于地球社会的借鉴意义有限，说难听点，也就那么回事。所以，不如深入干预，让云球尽量演化到他们希望的样子，从中可以得到更多的成果。

　　任为能够接受的合理干预，就是替换星空或者消灭边缘部落，这种看起来无关大局的事情。其中最怪力乱神的动作，也许就是在严重的灾荒之年，无端地加大降雨量让农作物疯长了。但张琦希望，直接干预主流社会的走向。例如，完全可以干掉那些危险分子，扼杀阻挡进步的力量。这种想法，让任为完全无法接受。

　　这种分歧本来并没有很大，但自从云球演化停滞以来，随着大家的压力逐渐变大，它也悄悄变大了。

　　确实也是没有什么好办法。说起来，早点干掉林奇的话，克雷丁大帝就不会死了，萨波帝国也许就发展壮大了。不过，谁又会提前知道林奇怎么想的呢？张琦也承认，干掉林奇当然不是最好的选择。但他认为，在目前的情况下，做出一个看起来不是最好的选择，也许长期来看，恰好就是最正确的决定。

　　娱乐化是一个机会，很可能可以借此推进对云球的干预。任为觉得，张琦是因为这么想才慢慢转变了态度，开始支持云球娱乐化了。

　　在任为住院休息的一个月里，娱乐化的工作在地球所的内部逐步推进。能够有效推进的原因，除了张琦的主导以外，任为并没有真正反对也很重要。任为基本上采取了默许或者说放任的模糊态度，这种态度来源于吕青。

　　任为晕过去以后，很快就醒过来了。吕青显得很愧疚也很担心，她实在没想到，怎么几句话就把任为给弄晕过去了。看来他身体状况真不行，要么就是精神状况真不行。

　　她逼着他去医院，建议他休息。他则一直陷在低落的情绪里，说不出的恐惧，说不出的混乱。吕青是个聪明人，她迅速发现了症结，她制造的症结，她发现可能她没把话说清楚。

　　"我并不是说你是杀人犯。"吕青找了个机会对任为说。

　　"我不是吗？"任为问，感觉心情很糟糕，心脏跳得很快。

　　"其实这个问题，你们之前也讨论过很多次啊！"吕青说。

　　任为不说话。

"你们之前做的事情，只是你们的工作。"吕青又说。

"但是我们从没有想到法律要改了，法律可能要保护云球人了。"任为说。

"所以，你应该支持云球娱乐化。"吕青说。

"什么？你想让我被抓起来吗？"任为几乎叫起来。

"你不会被抓起来。"吕青说，"怎么，你以为我说的那些话，是想反对云球娱乐化吗？"

"难道不是吗？"任为问。

"恰恰相反。"吕青说，"即使法律改了，我是说即使，我不知道会不会改，你更应该让云球娱乐化。你们之前做的事情，是在法律修改之前，不会受到追溯。而且，谁会知道那些事情呢？没有多少人知道吧？也没有人有兴趣知道。事实上，以前并没有太多人关心你们。你们是纯学术项目，科学界开始挺感兴趣，后来因为和现实世界差别太大，兴趣也就小了。普通公众根本就不了解，很多人觉得你们摆弄的东西就是个人工智能游戏而已，还在奇怪你们什么时候开放呢！说真的，我就听人这么讲过。总之，我想你们没必要让公众知道那些事情。对云球来说，那都是些小事情，对地球更是小事情。都是过去的事情了，也就几个边缘部落，规模大的灭绝不都是恐龙什么的吗？总不至于因为你杀了一些养在计算机里的宠物，就把你抓起来吧？"

她看着任为，看到他挺认真地在听，她接着说："其实我知道，对你而言，重要的不是被抓起来，重要的是你心里内疚。你为那些云球人内疚，为你的工作内疚。如果真是这样，你更加不应该关注过去，你应该关注未来。你想想，有一天法律改了，真的要把云球人当作人来保护了，那不正遂了你的意吗？你恰恰需要通过娱乐化的手段，来感化大众，达到这样的目的。那你就不需要担心人类去杀云球人了，更不需要你亲自决定来做了。我记得，你每次做那些决定的时候都很纠结，即使是把一些植物种类清除掉，你都会失眠。我理解你，那就像杀死亲自养大的小动物。但以后，你不用这么做了。"

任为没说话，吕青说的基本是事实。他脑子很乱，一时理不清其中的利弊得失。能够保护云球人吗？如果是这样，那确实是一件好事，可他不确定是否会这样。

"实际上，很有可能，你可以一劳永逸地解决你的资金问题。"吕青接着说。

"一劳永逸地解决资金问题？"任为不明白。

"你只不过删除了一些边缘部落，就被吓得晕了过去。那又有谁，敢做出一个决定，给整个云球断电呢？"吕青说。

任为愣住了，是这样的吗？他愣愣地盯着自己的妻子。他的脑子在艰难地思考着。他知道吕青和自己的角度不同，他努力地从吕青的角度考虑问题。他虽然脆弱，但他很聪明，只是有时他的聪明会被脆弱所扼杀。很快，他抓住了吕青的观点。

云球中有五千万人，五千万法律承认的人。谁会有胆量做一个决定，给云球断电，不再让云球运行，让所有这些人在一瞬间消失呢？如果说，他晕过去只是为了自己曾经清除过十几万人——最多几十万人，难道有上百万人？他脑子很乱，他记不清了，无所谓了——那么现在要清除五千万人，哪些人的内心，能够强大到不晕过去呢？

任为沉默了很长时间。

终于，他又开口了："还有，有人觉得这是一个机会，一个去干预云球的机会。"

吕青笑了笑，放松了一些。她意识到，任为的关注点已经发生了变化，现在的话题比之前的话题要轻松多了。

"你是说张琦吧？"她说，"那就让你们俩因为完全相反的原因，支持同一件事情吧！有什么不可以吗？"

"那你觉得究竟张琦会怎么干呢？"任为问。

"我觉得，他可能只能用其他方法来干预云球人了。"吕青说。

"什么方法？"任为问。

"反正不能杀人了。也许，竞选吧！"吕青说，又冲着任为笑了笑。笑得莫名其妙，任为想，她有什么话没说。

"会看到的，不要着急。我想他也只是有一个努力方向而已，怕是没什么具体想法。"吕青接着说。

"好吧。"任为没有追问，他脑子没有那么乱了，却还有点恍恍惚惚。

"那么……"他接着说自己更关心的话题，"如果你们并没有修改法律，而是给了 KillKiller 医疗保险呢？"

"那就更不是问题了。那说明人性的力量多么伟大！我们养了那么多死人，难道还不应该养活着的云球人吗？不过那时候，可能需要你跳出来据理力争，证明云球人和地球人没什么区别。娱乐化同样是好事，显然有助于让公众这么认为。只是对前沿院领导来说，你们的吃相可能就有点难看了。要不，你让孙斐去嚷嚷好了，她适合干这件事情，她比你还喜欢云球人呢！她可以在网络上发几篇文章，肯定有效果。放心吧，圣母总会有。都有人为植物呼吁平权，何况你的云球人！"吕青说，语气似乎有些嘲讽的样子。

"这？"任为不知说什么好，"到底为什么会这样？"他喃喃自语了一句，没指望听到回答。

"资源啊！"吕青却回答了，"都是资源惹的祸。云球资源不够，地球资源也不够，我们面临同样的问题。"

"嗯，资源。"任为说，"是啊！资源。"

"先是粮食，然后是淡水，然后是石油，然后是稀土。对你来说，云球缺的是资金，但对云球人来说，缺的就是粮食。将来云球人的科学技术发展到我们的程度，也会受制于稀土。"吕青说，"这就是根本问题。"她顿了顿，又说："当然，也有人说，资源多也没用。资源再多，消耗更多，人类就是这样。谁知道呢？也许吧！"

"是的，云球资源都是按照地球资源进行配置，如果地球不行，云球也不行。"任为并没注意关于人类的问题。

"也不一定啊！也许云球人更聪明，找到了解决办法。那你们就为地球立了大功了。你们同事不是有不少人这么想吗？觉得这才是云球的终极价值，虽然渺茫了一点。总之，这不是卫生总署的工作范围，这是你们科学界的问题。"吕青说。

任为又沉默了，脑子仍然谈不上清醒，但心脏感觉舒缓了很多，心情也平静了不少。

"试试吧！总比给云球断电好。你没问题，你的云球不是问题。"吕青说。沉默了一会儿，又说，"我的问题才是个问题。"

"但我真希望，我像你一样。"任为又喃喃自语了一句。

张琦、李悦、齐云、卢小雷等娱乐化支持派，在和孙斐、叶露、张理祥、沈彤彤等娱乐化反对派的战斗中，明显占了上风。毕竟，这是前沿院领导的意思。孙斐他们对任为很有意见，难以想象，在关键时刻，他居然病了。不过，在他们的奋力争取中，支持派们也做了很多妥协。任为重新来上班的第一天，就看到了大家博弈后的妥协结果：《云球社会化项目指导原则》。

这种重要文件通常还会有纸质版本，而任为也喜欢纸质版本，孙斐一贯了解他，提前就把纸质版本放在他桌子上了。

云球社会化项目指导原则

本文档为规范和指导云球社会化项目撰写。

在云球社会化项目实施过程中，地球演化研究所及合作方均应严格按照该文档的规定开展工作。地球演化研究所在和任何第三方签订任何形式的合作协议时，本文档的全部内容应作为第三方合作协议的一部分。

1）云球社会化项目指且仅指将云球中的内容部分地、有选择地向第三方合作伙伴开放，允许且仅允许事先选定的第三方合作伙伴通过后期剪辑的方式，将所获得的云球中的内容编辑成为 2D 或 3D 电影或电视剧向公众播放。

2）向第三方合作伙伴开放的内容仅限于已记录的视频和音频，不允许进行任何现场直播，也不包含除视频和音频之外任何其他的内容。

3）向第三方合作伙伴开放的内容必须经过特定的流程进行筛选。筛选流程分为三个步骤：第一步由地球演化研究所和第三方合作伙伴协商确定选题；第二步由地球演化研究所根据第一步确定的选题从云球中筛选出初步内容；第三步由第三方合作伙伴对初选内容进行二次筛选和编辑。

4）第三方合作伙伴对初选内容进行二次筛选和编辑时，仅允许进行删减、排序和组合，不允许进行任何修改。

5）第三方合作伙伴对初选内容进行筛选和编辑后，需将完成的版本交由地球演化研究所进行确认，然后才可进行进一步的电影或电视剧的制作，最终完成的电影和电视剧，需经地球演化研究所进行二次确认，然后才能向公众播放。

6）任何情况下，第三方合作伙伴不允许直接观看未经地球演化研究所筛选的原始的云球内容。

7）任何情况下，第三方合作伙伴必须将任何剪辑、制作等过程中产生的最终不会向公众播放的内容材料完全、彻底、不可恢复地删除和销毁。

8）任何情况下，第三方合作伙伴不得提出任何对云球世界的介入或干预要求，以避免影响云球世界的自然演化。

写得不错，任为想，但他对第二点做了一点修改：

2）向第三方合作伙伴开放的内容仅限于已记录的视频和音频，不允许进行任何现场直播，也不包含除视频和音频之外其他的内容。同时，开放的内容仅限于签订正式的合作协议之日起之后发生的云球内容。

他觉得应该再把这个交给欧阳院长看一看，欧阳院长没意见的话，就可以和王陆杰去见合作伙伴了。他休息期间，王陆杰去看了他两次，第一次跟着欧阳院长一起去，第二次则单独跑了一趟。要知道，他们只是刚认识而已。

在任为看来，王陆杰的用意显而易见。虽然没好意思在自己生病休息的情况下正经谈工作，话里话外却看得出来他很着急。可能是合作伙伴逼他逼得很急吧，任为想。

几天后，他们开了个小会。欧阳院长显然觉得，他们的指导原则充满了某种抗争的味道，但好在也同时体现了很多妥协。鉴于除此之外，任为没有再表现出什么额外的抵触，看起来还算配合，所以除了不明显地皱了几次眉头之外，欧阳院长并没有发表任何修改意见，而是花了更多时间关心任为的身体状况。王陆杰倒是提了一些意见，尤其是关于内容选择的问题，不过，看来他觉得目前能够向前走是最重要的事情，所以也没有深谈和争论。

张琦和孙斐都没怎么发言。其实，对于任为在《云球社会化项目指导原则》第二条中加上的一句话，他们俩都有些奇怪。在路上，孙斐就问来着，张琦也附和着问了一句。任为简单地回答说"没必要"，但他们似乎并没听懂。

除此以外，从坐车过来开会到开会结束回去，整个过程中，张琦和孙斐都几乎没什么交流。看来在任为休息的一个月时间里，他们已经充分地、可能是过于充分地交流过了。现在，他们甚至都不互相交换一个眼神。任为知道，他们俩的关系原本很好，但是显然，关于云球娱乐化的问题，已经重塑了地球所的社交关系。任为想，卢小雷现在一定和张琦关系好得很，立场一致嘛。而孙斐，一定更看不上卢小雷了。

既然大家已经没有原则性分歧，接着王陆杰就安排合作伙伴来谈具体实施的细节了。

看着苏彰美丽的面庞上甜蜜的微笑，任为简直可以说自己快要被她迷住了。不过，只是快要而已，他早过了会被美女迷住的年龄。再说，她也不比当年的吕青更美。苏彰和吕青不同，年轻时的吕青阳光灿烂，现在的吕青冷静理性，苏彰不是这种样子。

苏彰妩媚可人，连声音都带着一种化掉人心的韵律。不过，在那韵律后面，似乎又隐隐约约藏着些化不掉的忧郁和悲伤，若有若无，为她增加了一些神秘感。这种神秘感才是她魅力的最大来源，也许只是自己这么觉得吧,任为想,自己有些时候是太敏感了。其实,任为虽然被吸引,但并不喜欢这种风格,他觉得好像里面藏着一些软弱。他自己已经够软弱了,不希望任何外部因素来进一步强化这种软弱。

显然大家不是都像任为这么想,看起来卢小雷就很喜欢苏彰。他们两个聊得非常开心,以至于任为他们好像都成了配角。不过鉴于卢小雷已经被指定为云球社会化项目的协调主任,所以他和苏彰多聊聊也对。王陆杰满意地看着他俩,仿佛看到了云球社会化项目大获成功的美好前景。目前,这个项目的名称已经被确定为"社会化"。"娱乐化"的叫法行不通,特别是在地球所内部,已经成了禁忌。因为这个叫法实在显得太俗了,怎么听都和之前的基础科学研究的定位反差太大。

当然,孙斐就不是那么高兴了,她一贯坚决反对云球社会化。但是现在,云球社会化不但已经成为事实,而且负责人居然是卢小雷。她看到的就是云球从云端一跤跌到尘埃里的悲催前景。从任为的不作为、张琦的支持,到卢小雷的满怀热情,让她连辞职的心都有了。她一直闷闷不乐地坐着,一言不发。

张琦则很平静,没有任何看得出来的情绪。他的确想着,可以借助云球社会化项目的推进,找机会适当地干预云球的演化,跨越目前的演化停滞困境,并且更重要的是,总体上推进演化速度。之前的演化速度太慢了,十多年也就到这么个地步。他知道,这实际上已经很快了,云球中十年里发生的事情,可是地球上几十亿年间发生的事情。但是,十年对他的人生可不短,他多么希望在他的有生之年,看到云球追上地球。不过,他也知道,这里面有问题,就像沈彤彤说的:"这是一个问题,也许是最大的问题,他们再发展下去会怎么样?真的不能超越我们吗?如果他们不能超越我们,是受到了什么限制?"

虽然如此,但在和孙斐他们的争吵过程中,张琦也不得不做了一些让步,在《云球社会化项目指导原则》中加了一条他十分反对的条款:

8)任何情况下,第三方合作伙伴不得提出任何对云球世界的介入或干预要求,以避免影响云球世界的自然演化。

他之所以接受，有两方面的原因。一方面。这里的用词是不允许第三方，并没有写不允许地球所的自己人，比如作为副所长的他。另一方面，他很寄希望于地球所可以很快感受到来自王陆杰和合作伙伴的压力——这显然可以预见到。

目前看，这个苏彰的样子虽然年轻，倒像是老道的商人，应该有能力、有方法给大家带来影响和压力。苏彰和卢小雷谈的热络是很不错的开端，但看到孙斐冷冷的样子让他心烦，将来的主要阻力也一定来自孙斐他们那伙极端反感社会化的人。本来张琦认为，任为也会是极端反对的力量，那就麻烦了，毕竟他是领导。奇怪的是，自从生病以后，任为的态度越来越不清不楚，处在一个很模糊的地段，反倒是孙斐成了绝对主力。现在，这个苏彰看来并不讨孙斐喜欢，不知道将来会不会改善，希望苏彰有能力改变孙斐吧！至于那个王陆杰，一副心满意足的样子，反倒让张琦觉得不能指望。

王陆杰确实感到心满意足，不过对他来说，这只是一个阶段性的心满意足。他在前沿院实施了很多社会化项目，不乏非常成功的案例，他的工作一贯卓有成效。但他觉得，目前在前沿院，云球是他看到的最有市场潜力的一个项目。欧阳院长没有向任为他们提到，他自己也没有说过，其实云球社会化是他主动向欧阳院长提出来的建议。一方面，这解决了欧阳院长、前沿院和地球所的一个燃眉之急。另一方面，这是他观察了很久之后产生的想法。他认为云球将是一个革命性的项目。不仅仅是地球所，也不仅仅是前沿院，而是整个社会，将来都会被云球改变。眼前的确碰到了一些阻力，任为的不明所以，张琦的别有心思，孙斐的冷眼相对，这都在他的意料之中，他不觉得是什么问题。科学家嘛，他打交道打得多了，都有自己的想法，这不奇怪。云球那些技术障碍或者技术前景，他也不关心。他反倒觉得，现在的云球就挺好。真正的问题是，这样一个优质的商业资源，怎样找到最有效的途径，才能发挥出最大的潜力。拍拍影视剧只是一个开始，一个微不足道的起步。起步虽然重要，但真正的惊喜应该在后面，源源不断的惊喜。这需要思考，还需要行动，这正是他要做的事情。

苏彰代表的是国内很有名的一家娱乐公司，宏宇娱乐。这个公司的业务几乎横贯所有娱乐行业，电影、电视、出版等等，他们还运营着几款非常火爆的虚拟现实游戏，排行榜前十名中有三个游戏由他们在运营。不过那些所谓虚拟现实游戏，对地球所而言其实很幼稚，里面的人工智能连婴儿都算不上，只能算胎儿。

云球项目在苏彰看起来则实在太震撼了。第一次来开会的前一天晚上，她竟然一夜没睡着觉。对她这么一个经验丰富的市场副总裁来说，兴奋到睡不着觉也太夸张了。不过，没办法不兴奋啊！想想看，这要是开放出来，让孩子们进去玩儿，那得火成什么样子啊！

可是，可是，可是，这些脑子里长锈的人，这些脑子里长锈的科学家，居然说，云球，只许看不许碰。她一边心里暗暗地咒骂，一边和这个简直好像爱上自己的卢小雷漫不经心地聊着。咒骂归咒骂，她已经决定，暂时接受现实吧！虽然有雄厚的资金，但要不是和王陆杰多年的老关系，能不能拿到这个机会都不好说。别的事情，还是慢慢再想办法吧！办法总会有，她想。那个任所长看不出什么意见，总也心不在焉。张所长明显会支持自己，卢小雷更没问题，就是那个孙斐，好像是个刺头。唉，慢慢再想办法吧。

大家决定，先出个电视连续剧。主题就是萨波帝国的灭亡，名字就叫《克雷丁的覆灭》。本来，克雷丁的故事，现在都还在大家脑子里呢，就像昨天发生的一样。

按道理，这段故事，发生在地球所和宏宇公司签署合作协议之前，不符合任为在《云球社会化项目指导原则》第二条中加上的那句话的要求。不过，合作协议才刚刚签署了没几天，虽然在云球里也过了些年头了，但要寻找有趣的故事，特别是能够跟克雷丁的故事相比的宏大故事，还需要时间等待。反正，卢小雷他们找过，目前是没找着。小故事倒是找到不少，可要拍一个电视连续剧，不是一个小故事能应付的。而且这是首次出手，大家都觉得，还是要有一些震撼力才行。

否则从宣传的角度不好着力，收视率就不好保证了。

在王陆杰、张琦、卢小雷和苏彰的劝说下，任为又想到，其实这段时间他们并没有在云球中干什么坏事，所以嘴一软，也就同意了。他明确要求，下不为例，大家忙不迭地答应了。

虽说下不为例，但王陆杰、苏彰和张琦都很高兴。这是一个信号吗？所谓指导原则，一上来就被突破了。

这就算一个阶段性成果，真不容易，下面可以开始具体操作了。除了孙斐和叶露他们少数几个人，大家都希望这能是个热播剧。

—— 05 ——

贝加尔湖疗养院

　　《克雷丁的覆灭》在紧张的剪辑中。所里为卢小雷配备了几个人手，在远离主楼的院子角落的一栋小楼里，给他们找了几个办公室和操作室，他们的部门被命名为社会化项目办公室。

　　他们很快就把有关克雷丁的所有素材从云球中拷贝了出来，然后就和宏宇的专业人员天天混在一起进行剪辑和编排。苏彰一两天就来一次，每个人那里都转一转，话里话外地做着各种说服工作。除了孙斐，她和每个人都俨然成了好朋友。

　　任为一再和她说，有事情打电话就好，天天跑没必要。但苏彰坚持要跑过来，她说面对面是一种由衷的尊敬，也是一种需要坚持的传统，这让任为无可奈何，却让卢小雷很高兴。

　　任为又碰到了烦心事，妈妈看来终于要不行了。任为和吕青找医生确认了好几次。经过多次会诊，医生给出了很确定的答复：妈妈虽然仍没有什么大的机体病变，或者说那些已被治疗的病变并不重要，但她的脑功能已经严重衰退，换句话说，已经很接近死亡了。按照目前的状况，估计也就再撑两三个月。

　　其实，任为和吕青的直接感受也是这样。这些日子，他们去看望妈妈的时候，还会推着轮椅带妈妈到院子里晒太阳。秋天的温度不高不低，多彩的树木和天空非常漂亮。往常的妈妈即使不说话，至少还会抬起眼皮到处看看。但现在，妈妈总是微低着头，对什么都没反应。对景物没反应，对声音没反应，对任为在她头上慢慢抚摸的手没反应，对吕青在她背上轻轻捶打的拳头没反应，对夕阳下拂过的微风没反应，对雨前掠过的冷风也没有反应。甚至偶尔飘落在脸庞上的雨滴，都不能让她的眼睛眨一眨。

医生提到了 KillKiller，说他们这样的有钱人完全可以考虑。而且他说，KillKiller 将来一定会纳入医保，当然他也说到，这只是传言，他可不敢保证。他调出来网络资料库，拨打了任为和吕青的号码，他们接受了邀请，加入了资料浏览群。SSI 系统轻松地将 KillKiller 疗养院的影像重叠在他们眼睛看到的真实世界之上。但眼睛的感受却是那些影像明亮得更像真实世界，真实世界却像是朦胧的轻纱，轻轻地漂浮着，显得若有若无。

那些疗养院从院子里看起来美极了，虽然它们的院墙外都是荒凉的沙漠和戈壁滩。

这位年轻医生并不知道吕青的背景。他一边控制影像进行不断地切换，一边滔滔不绝地介绍着。他说，KillKiller 在国内的七个疗养院都已经人满为患了。虽然都在扩建，但床位平均需要等两年，可以看出多么地受欢迎。当然，也可以去几家小一点的竞争品牌的疗养院，不过 KillKiller 的技术最领先，所以去其他品牌的疗养院，还不如直接考虑国外的 KillKiller。比如，俄罗斯最新建成的贝加尔湖疗养院，设施最新。说起来，贝加尔湖在国外，好像不太方便。其实，离北京只有两千多公里，早就通了超级高铁，一个小时就到，方便性方面一点问题都没有。中俄两国不但免签，而且早已经济一体化，将来医保也不是问题。

最重要的是，贝加尔湖疗养院在贝加尔湖边。一边是湖，一边是一望无际的松树林，这一点，那些沙漠戈壁可比不了。这让贝加尔湖疗养院的空气质量非常优良，这种环境的疗养院可是全球唯一一个。

在湖边！你能想象吗？KillKiller 的疗养院居然在湖边！当然，那里刚刚建好，顾客不够多，稍微显得有点冷清。可能人们还在毫无理由地怀疑是不是不太成熟。否则的话，估计床位很难抢到呢！

"他们都在疗养舱里，这有什么用呢？"听到这里，吕青不屑地插了一句。但年轻医生没有理她，更没细想她怎么知道疗养舱，他可还没提到呢。

终于，吕青打断了年轻医生的介绍，拉着任为走了。她说她觉得头疼，需要赶紧回家休息一下。年轻医生有点愕然，他意识到自己可能过于热情了，有点尴尬。

任为和吕青一路上默默不语，各自看着自动驾驶汽车窗外的车流。

"你觉得怎么样？"任为问。

"去贝加尔湖疗养院看看吧，我看，你好像感觉不错。再说，妈妈也喜欢贝加尔湖的松树林。那年我们还去过，我记得她很高兴。现在，虽然她看不见，但也算个心理安慰吧！当然了，如果你想在国内，我可以找关系安排，也没问题，那很容易。"吕青说。

"嗯，就贝加尔湖吧！我们抓紧时间去看一下，妈妈的情况不太好，不要来不及了。我最近不太忙，时间都可以，你是不是需要安排一下时间？"任为说。

"当天往返，周六吧！"吕青说。

贝加尔湖的秋天很美。

贝加尔湖的湖水很深邃，贝加尔湖的松林很广袤。任为和吕青坐在湖边的长椅上，眼前是湖水，背后是松林。但任为的心却无法被这些所吸引，他心里充满了无法描述的感觉，不知道是震惊还是迷惑。

在疗养院里的时候，他甚至无法听到引领他们参观的工作人员的介绍，只是在一排排巨大的架子中间茫然地移动着脚步。那些架子足有十几层楼那么高，但架子上的一层格子并没有一层楼那么高，所以格子的层数足有好几十层。每个格子的高度、宽度和深度都设计得很精细，恰好可以横着放置一个疗养舱。

疗养舱的盖子是透明的，看起来像是个大冰柜，不过精致得多。整个空间的视觉感受让任为想起云球公司的机房。这些架子就像机架，那些疗养舱就像一台台插在机架上的量子计算机。但是，疗养舱比量子计算机大得多，这整个空间，则比他们的机房不知道要大多少倍。虽然他们的机房，在自己人嘴里，一直都用"宏大"这样的词形容来着，因为那可也是些长宽各几公里的怪物建筑。但在这里，明显是小巫见大巫了。

很多机器人在其中走来走去。那是些奇怪的机器人。它们有两条腿，像露西一样，但那些腿可以迅速升高，以便可以轻松地够到最高处的疗养舱。露西可不会这样，她连踮脚尖都不会。当这些机器人的腿升到最高的时候，它们的样子看起来真是不可思议，细细的腿支撑着位于几十米高度的身体。如果一个人长成这样，一定会被认为是一个怪物，可能会把小孩子吓出毛病。

任为很怀疑，它们在这样不成比例的高度，托住疗养舱拉出来的时候，会不会跌倒。但看起来，它们对重心控制得很好。抽取疗养舱的时候，它们的胳膊也伸长了一些，还好不那么离谱。它们把疗养舱抱着……权且这么说吧……后退两步，迅速降低成为普通人的高度。接着，它们转个身，就这样沿着走廊走了出去，静悄悄地，毫无声息。

任为知道，这是亲人们来探望了。将来他来探望妈妈的时候，妈妈就会这样躺在疗养舱里，被某个机器人抱着送到探视室。在探视室里，他看到这些机器人的时候，会觉得它们和露西一样，几分钟前正在为妈妈做早餐，而不会想到几分钟前它们曾经拥有几十米长的两条腿。

当它们面带微笑，礼貌地向他致意，然后走出探视室，他就可以打开疗养舱盖，抚摸妈妈的面庞，感受妈妈的体温和面色，仿佛她还活着，刚刚吃过机器人为她做的早餐。

如果不是吕青通过 KillKiller 的高层打了招呼，他们并不能来到仓储区内部，不，应该说疗养区内部。这些景象不会在任何宣传资料里出现。资料里都是院子里的景象，还有探视室什么的，或者好些看起来很资深的科学家正在做着什么演讲，再或者一些不知名的细胞正在不明所以地蠕动着。

实际上，疗养区才是这里的主体。院子也有，但和这些疗养区相比，就像大海里几个不起眼的小岛。这些病人并不会有什么待在院子里的想法。那不过是亲属们，偶尔透过探视室窗口向外张望时，产生的一个临时需求而已。

任为虽然为这些景象而震动，但吕青显然已经看多了，没有显现出任何值得一提的表情。

"有个好消息。"在沉默地观看了很久贝加尔湖的景色之后，吕青忽然说。

"什么？"任为问："好消息？"

"是的，KillKiller 公司，这一个多月，技术又有了突破。"吕青说。

"什么突破？"任为问。

"记得我说过，他们能让一点点脑细胞保持活性吗？"吕青问。

"嗯，好像，0.0000002% 吧？"任为一边说着，一边默默地数着零的个数。

"对，"吕青说，"现在是 100% 了。当然这个人本来得是好的，来之前已经脑死亡的就不能算了。"

"啊？"任为猛然从椅子上跳起来，"那就不是死人了！"

吕青扭过头来，静静地看着他，"是的，不是死人了。"

吕青的平静让任为也静下来了。"长生不老实现了……不可能吧？"他犹疑地问。

"你觉得呢？"吕青说着，轻轻地摇摇头。

"唉！"接着，她又叹了一口气，声音不大，但看得出来，她一点都不高兴。怎么看，她都不像是听说了实现长生不老这种事情时，应该有的样子。

"究竟怎么回事？"任为重新坐下，看着吕青问。

"他们就是技术升级了。他们可以利用一种电磁场和化学刺激结合的方法，使脑细胞始终保持活性。事实上，任何身体细胞都可以，甚至细胞还可以分裂增殖。他们不得不允许适量的细胞自然死去，否则细胞就太多了。"吕青说，"简单说，他们的确做到了长生不老。他们做的动物实验，已经让某些短命动物的生命延长了五倍，仍然没有死亡的迹象。而且人体临床实验也成功了，只是目前还没有投入应用。不过我想应该很快了。只要政策允许，技术上没什么问题了。"

"那……"任为张口结舌，"真的长生不老？"

"事实上，还不仅是长生不老。在脑死亡达到一定阶段之前，一部分脑细胞已经死亡，一部分仍然存活的情况下，他们能够利用仍然存活的那部分脑细胞，恢复全脑的活性。"吕青说。

"返老还童？太神奇了！"任为抬头遥望着远方，下午的阳光让黝黑的贝加尔湖水看起来更加神秘。

话是这么说，但看吕青的样子，她不但不高兴，甚至有些低落，任为也兴奋不起来了。

"不全是，肌肉组织还是会衰老无力，不像年轻的时候那么强健，但也差不多了。"吕青说。

"可是你……为什么……看起来一点也不高兴呢？"任为问，"这难道不是一件好事吗？难道不是，重大的科学突破？"

"重大的科学突破？也许吧。"吕青说。

"你究竟什么意思？"任为问。

"你想象一下，"吕青稍稍沉默了一下，扭过头，伸出手握住了任为的手说，"他们让一个细胞，或者说一群细胞，一直活下去，现在就是这样。但是，如果把单个细胞作为一个独立物体看待，其实和机器也差不多。他们无非是使用一种方法，让一部机器永远不坏。你们地球所就有很多机器。你想想，允许任意使用外部资源，去保证一部机器永远不坏，这很难吗？"

任为想了想，说："这不难，事实上，机器质量好，很容易比人活得久远，更何况允许不计成本地维护。"

"是啊！"吕青说，"细胞本质上也是一部机器，虽然它很复杂，也不见得比现在这些机器复杂多少。"

"是的。对现在的科技而言，如果只是谈论单个细胞的复杂度，也没有什么特别困难。"任为说，"但这说明什么呢？他们可不是让单个细胞活着，是让全脑活着。甚至，你刚才说，是让整个人体活着。"

"问题就在这里。"吕青说，"这看怎么定义。我们可以有两个定义，一个是人体活着，一个是组成人体的全部细胞活着，这两者有差别吗？"

"组成人体的全部细胞？不就是人体吗？难道你是指灵魂，或者说，意识吗？"任为问。

"组成人体的全部细胞。"吕青又沉默了一会儿，"想想看，如果能够让一个细胞活着，当然能够让几百亿个细胞活着，理论上只是工作量的差别。"

"人体的全部细胞不等于人体，差的就是意识了，你就是这个意思。"任为说。

"KillKiller 确实做到了让人体的全部细胞活着，可是我们不能确定，他们确实做到了让人体活着。"吕青说。

"证据呢？"任为问。

"他们获得了一些家属的同意，也获得了几个小国家政府的同意，进行了相当规模的人体实验，参与者都是类似妈妈这样的病人。和动物实验一样，看起来结果很好，实验人体几乎 100% 状况良好。但是，所有实验人体，都看不出有任何意识迹象。"吕青说。

"像植物人？"任为问。

他很快想到，妈妈的大脑也一直没什么病变，或者说，曾经有过的病变都被治疗好了。虽然说,这可能和妈妈一贯不错的身体素质有关，但医生肯定也是功不可没。不过，虽说如此，妈妈事实上还是一直衰老下去了。看起来，KillKiller 的技术显然比普通医院更进一步。如果普通医院可以暂时把妈妈的身体和大脑治疗得很好，那么，KillKiller 可以永远把妈妈的身体和大脑保持活性，当然也可以理解。

"不，还不如植物人。"吕青说，"他们和植物人一样，对外界没有任何反应，但我们倾向于认为还不如植物人。你知道，和普通人的脑电波不同，植物人的脑电波是杂散波形，通常被医生表述为无意识、有认知，或者至少有部分认知。其实，这是一种混淆的解释。你可以这么认为，植物人的脑电波之所以杂散，表明大脑皮层处于一种混乱状态，一种不稳定的状态。既然如此，那么通过治疗，也许可以让它祛除混乱、恢复稳定。事实上也是这样，很多植物人都有可能恢复。这些年，医疗水平提高很大。通过各种治疗，植物人的康复率在持续不断地提升，已经超过了一半。其余无法康复的一小半中，多半是有物理性的脑损伤，人体无法修复这些物理性损伤。说到这里，KillKiller 的技术也许还可以帮助提升植物人的康复技术。"

任为觉得吕青的手有点凉。似乎湖边的风逐渐大了起来，有些凉气袭来。

吕青接着说："但是，KillKiller 的实验人体不一样。脑电波即不是脑死亡的一条直线，也不是植物人的杂散波形，而是一种规律的波形，非常规律，像是小孩子们在实验室里弄出来的波形。你能想象一个人的脑电波，波形周而复始地循环，几乎没有任何变化吗？"

"听起来像机器产生的波形，"任为说，"也许可以理解为是另一种人。"

"另一种人？"吕青愣了一下，好像很感兴趣，"你这个说法很好，另一种人，对！他们的大脑一点也不混乱，处于一种稳定的状态，但又和活着的人不同，就是另一种人。自顾自地活着，消化，摄入营养，新陈代谢，却不交流、不思考。"

"也许这才是真正的植物人，像植物的人。以前的植物人并不是植物人，叫错了名字。"任为说。

"也不是这样，他们并不真的像植物。植物自主地从外界摄取营养，可不需要那么复杂的外部技术手段来维持。"吕青说。

"好吧，那么都不是植物人。"任为说，"这种情况下，KillKiller 是不是不需要像以前那样，冒充大脑向躯体发出生理信号了？"

"是的，完全不需要。大脑自己会发出那些基础的生理信号。"吕青说。

"那也真了不起了！"任为一边说，一边在想。

按普通理解，大脑衰老到一定程度，没有了司令官，身体也就不工作了，原来 KillKiller 通过冒充大脑来解决这个问题。现在看来，这个理解本身不完全对。KillKiller 一定是让大脑处在一个中间状态。这个司令官缺乏思考能力，但仍然能够习惯性地下发日常运作的指令，而且还能大致不发生错误。

"我们认为，"吕青说，"以前我们说的植物人并非没有意识，KillKiller 的这些病人才真的没有意识。植物人，只是因为某种损伤，导致意识处于某种病态，或者说特殊状态，就像承载意识的大脑处于某种特殊状态一样。通过治疗，意识和大脑本身都可以从这种特殊状态中恢复过来。而现在，KillKiller 病人的意识真的离开了。走了，不在了，找不回来了，不可能恢复。"

"可是有脑电波，比植物人的脑电波看起来还要漂亮的脑电波，所以他们不是死人。"任为说，"你注意到了吗？上次你说的是 KillKiller 的客户，这次你说的是 KillKiller 的病人。"

吕青沉默了一会儿，说："是的，你说的另一种人。"

"这就是你们的苦恼。"任为说，"你们要在活人和死人之间定义第三种人，才能规避支付医疗保险。"

"你觉得我们很卑鄙吗？"吕青听他的口气有些怪，问道。

"没有，没有，我觉得这个世界很奇怪。"任为赶紧笑了笑，伸出左手，轻轻拍了拍握住自己右手的吕青的手。他知道，其实吕青比他煎熬得多，因为吕青的工作就是搞平衡，在各种人性、道德、利益和政治之间搞平衡。那种进退失据的处境，如果换了他，早就崩溃了。

"好吧，我暂且相信你吧。说实话，我早就觉得自己是个坏人了。"吕青说。

"不，不，"任为又拍了拍她的手，"我不觉得你是坏人，我觉得你们是做着世界上最难做的工作的一群人。"

吕青脸上挤出一个微笑，耸耸肩，又沉默了一会儿，然后说："好吧……不管了，本来是想告诉你，对你也许是个好消息。妈妈现在的状况，如果尽快送过来，她的大脑也不会死去了。我们始终会有一个完整的妈妈，大脑也还活着的妈妈。"

"意识没有了，也不完整。"任为低下头，"唉，其实都一样。"他说。

虽然这么说，但想着妈妈大脑里的细胞还充满活力，总比大脑里装满了死细胞要好多了。

"不过也是，感觉还是好多了。"他喃喃自语地补充了一句。

他们看着贝加尔湖的秋色，水面的涟漪越来越多，松树梢也有些动静，风慢慢大了起来。吕青放下任为的手，把自己的两只手握在一起揉搓了几下。

过了一会儿，她忽然说："意识走了，脑细胞好好地活着，你不觉得挺有意思吗？"

"嗯？"任为想了想，没明白这有什么意思，"你想说什么？"他问。

"就像葡萄去了籽。"吕青的话听起来莫名其妙。

但任为有点明白了，"你是说，能去掉籽的基础是，籽确实存在。"他说。

"不是吗？"吕青反问。

"这个……"任为想了想，说："听起来是那么回事。这件事情应该找柳杨问问，他是专家。脑科学研究所，你知道，我们经常把云球的一些数据送去，让他们帮忙分析分析。以前他们特别感兴趣，最近却好像不怎么感兴趣了，奇怪得很。说起来，我还得去找找他，我们很需要他，他得帮我们看看那些数据。"他摇摇头，仿佛想起柳杨是件很难受的事情。

"嗯……我是想说……我和柳杨，"他接着说："有过一些不着边际的聊天，他好像一直这么想，葡萄籽确实存在。最近他们神神秘秘，好像有什么发现。不过，也可能是因为他老婆出车祸去世了，所以才这么奇怪。你们是不是也该找他们聊聊？"

吕青盯着他看，不说话，盯了半天。

"怎么了？"任为问。

"嗯，不怎么。"吕青说，把眼睛移开，"我们一直在和柳杨他们聊。上次不是提到要定义死亡、定义意识吗？这种事情，怎么离得开柳杨呢？他可是权威。唉，琳达真是可惜，她是个好姑娘，但柳杨这个人，实在是奇怪得很。"吕青说。

"就是啊！很奇怪，他是个疯子。"任为说。

"嗯，阴森森的疯子，很吓人。和他在一起，经常觉得后脖梗子发凉。"吕青说。

"你都后脖梗子发凉，看来他的确很吓人，我不是自己吓自己。他们有什么进展吗？我可有一段时间没见过他了。"任为问。

"会知道的。意识，意识究竟是什么？"吕青说，"如果有一个人能够精确地定义意识，那一定是柳杨。再般配不过了。他就是个鬼，鬼当然要鬼来发现。"

"发现？定义还是发现？"任为问。

"会知道的。"吕青重复了一遍，站起身来，将两手握紧拳头，举向天空，做了一个伸展动作。接着说："好了，走吧，该回北京了。"

—— 06 ——

高估的生意

秋天已经结束，冬天到来了。

任为把妈妈送到贝加尔湖疗养院了，暂时还在预备区待着。疗养院的人再三保证，妈妈将会非常非常好，比健康人还好，永远这样好。任为相信他们做得到。但他离开的时候，仍然觉得不安，心里又涌现出吕青的父亲表达自己不愿意去 KillKiller 时平静而坚定的语气。他忍不住让吕青给父亲打了个电话。吕青很快就打了，父亲说很好，回头会来探望，这让任为感觉好了很多。

送妈妈去贝加尔湖的时候，久违的任明明终于出现了，陪着跑了一趟。她还算有点良心，奶奶清醒的时候可是一直最疼爱她。说实话，要是奶奶能看到她现在那副模样，不知道是什么反应呢。也许比任为和吕青更接受不了，不过，也许会比他们的态度要好点吧。吕青的父亲对任明明的态度就比他们要好，虽然也会对她提出一些批评，但不会像任为和吕青那么容易着急。可他总是不在家，平常只是通个电话，偶尔回趟家，好不容易见一次，态度比较缓和也就难怪了，任为给自己这样解释。唉，科学家的父亲和高级技术官员的母亲，生出一个这样的女儿，让人说什么好呢？

任为想见柳杨，但一直没有见到。柳杨各种推三阻四，完全没有兴趣见他，甚至，经常不接电话也不回电话，留言就更没动静了。实际上，整个监控室的人都在频繁地抱怨，说是脑科学所都快变成神秘组织了，谁也见不到他们的人。甚至，他们最近已经完全拒收地球所的数据，更谈不上提供帮助了。他们总是说，太忙，太忙，回头再说。

云球还没什么进步，部落们还在玩儿他们的过家家。快一千年过去了，他们还待在好像是永恒的蛮荒时代中。和以前不同的是，有一群对他们来说就是上帝的人们，在疯狂地盯着他们寻找娱乐元素。当然，他们并不知道。

《克雷丁的覆灭》终于剪辑完成了，准备在元旦上映。也没几天了，大家都期待着结果。要知道，卢小雷他们已经准备了好几部新剧的题材，用他们的话说，"精彩着呢！"他们急着迎接《克雷丁的覆灭》的巨大成功，然后他们就可以再接再厉了，很多激动人心的东西在前面等着他们。

《克雷丁的覆灭》总共剪辑了三个版本。一个 2D 版，一个 3D 版，还有一个 SSI 版，都是二十五集，每集六十分钟。

目前的娱乐界，三种视觉体验都各有自己的市场。

古老的 2D 版和配套的电视机仍然拥有一批忠实拥趸。原因很简单，和 3D 版使用的电球相比，贴在墙上的薄膜电视机最不占地方，不需要一块空地给那些 3D 假人待着。毕竟人类还没有走出地球，地方就那么大，太高的楼，人们又不愿意住。人口则急剧增长，据说已经突破三百亿大关。可以想象，大多数人家的住宅并不宽敞。所以 3D 版的客户群，只能是那些追求视觉体验，同时家里又比较宽敞的人。但是 SSI 的出现，却又极大地冲击了 3D 版的客户群。本来以为要颠覆 2D 电视的 3D 电球，自己反而快要被 SSI 颠覆了。当然，SSI 也有自己的问题。一来，SSI 刚刚普及了几年，很多人并不习惯，特别是中老年人。二来，SSI 还有些成熟性问题亟待解决，任为的视觉介入和听觉介入的感受问题就是个很好的例子。这让 SSI 无法完全取代电球，甚至无法完全取代 2D 电视，几种方式各自形成了自己的用户群。

团队讨论来讨论去，最终决定制作三个不同版本。反正故事都一样，场景本身的截取也都基本相同，并不需要额外多耗费太多精力。主要工作量就是技术制作的过程而已。

　　技术上最落后的 2D 版本，制作过程反而有最大的工作量。无论是编导还是剪辑，工作都最复杂。这里面的主要问题是，必须在场景中选择能够最好表达故事的那一面作为正面来面对观众。要知道，这里没有剧本，也没有演员表演。如果是演员表演，导演会预先设计，随时都让演员有一个好的站位，观众观看的角度会很舒服。眼前这种自然场景的截取，有时总有一堆后脑勺对着观众，这可不好。

　　现在也有一种技术，可以在 2D 薄膜电视中显示 3D 视频，并且可以实现观众自主切换视角的功能。但 2D 版本的影片作为一个古老的事物依旧存在，一个优势就是让观众接受导演的选择而非自己做出选择。这很重要，一方面可以更好地表达导演的想法，另一方面大多数人并不喜欢自己有那么多选择。所以，在 2D 版本中允许切换视角的做法，早就被影视界证明并不讨好。一般情况下，大家都不会那样做。

　　3D 版本不需要考虑视角问题，也没办法考虑视角问题。就算不允许用户坐在那里切换视角，用户也可以随时站起来走到电球背后去，看看不同视角的影像。所以，必须有用户自主切换视角的功能，电球遥控器上都有这样的功能键，而且可以随时连接到观众的 SSI 中进行控制。360 度视角的全息影像，观众随时可以调整到任何角度观看，通常来说这对制作者的要求更高，工作量也更大，但在目前的特殊情况下，这反而对工作量是一个减小。

　　SSI 版本就是没有电球的 3D 版本。不需要任何显示设备，闭上眼睛就可以看了。周围都是一片黑暗，故事的场景就现在你的视野中。你可以像 3D 版本一样任意控制角度，有时也可以将视野拉近拉远，可以假装在场景中走来走去，甚至可以贴住某个角色的面部，仔细观察他脸上新涂的胭脂或者新长出来的痘痘。所谓走来走去，本质上只是观察点的调整。和 3D 版本比较，相当于观察点可以在电球的内部。3D 版本做不到这一点，你无法把脑袋伸到电球里面去。不过，一定要搞清楚，这是假的，实际上你还在原地。移动的只是你的眼睛，你的身体并没有移动，你不能走到某个地方然后坐下来。

还有一个更高级的选项，就是 ASSI [1] 版本。

ASSI 是 SSI 系统和 MSI [2] 系统的结合。SSI 的感官介入只是对输入大脑的神经信号进行干涉，对大脑输出的神经信号没有任何干涉。而 MSI 则对大脑输出的部分神经信号，主要是肢体运动信号进行截取，用于指挥虚拟躯体。MSI 截取后的信号会被输出到相链接的其他系统中，指导对应的虚拟躯体做出相应动作，并通过 SSI 反馈感官感受。在真实躯体中，这部分运动信号被屏蔽，真实躯体不会做出动作，也不会有感官感受的反馈。真实躯体的低级神经反射完全不用担心，因为理论上真实躯体并没有动作，不会触发低级神经反射。ASSI 主要应用于游戏领域，取代早先沉重、笨拙、用户体验奇差、实际上几乎完全没法用的虚拟现实装具。

大家认真考虑了制作 ASSI 版本的可行性，并分析了成本和收益，最终还是决定放弃了。

首先，拥有完整的 ASSI 系统，也就是安装 MSI 芯片的人并不是很多。MSI 的安装者主要集中于青少年重度游戏玩家。数据上看，有越来越普及的趋势，但目前，这个群体还不能算很大。

其次，虽然 ASSI 版本的游戏很多，不过这些游戏有一个共同特点，就是游戏中所有目标的行为都可以被程序所控制。虚拟人物自然不用说，真人玩家也可以被严格限制。ASSI 传输过来的动作，不仅影响了对应的虚拟躯体的动作，实际上还需要和虚拟环境中的其他人和物发生互动，这就复杂了。谈到互动，在这次的影片中，这完全做不到。举个例子，ASSI 可以允许你在屋子里走来走去，并且找一把椅子坐下。这当然比眼睛飘来飘去找个观察点好多了。系统可以探知椅子的位置、高度、硬度、温度和触感，以便给你非常真实的坐下的感受。但影片中的下一幕，可能是一个云球人走过来，坐在同一把椅子上。其实就是坐在你身上，或者更准确地说，坐在你的身子里面。你不会有什么实际的感知，他们就像空气一样，但这样的感受恐怕并不好，甚至很

---

[1] Advanced Sensory System Intervention，高级感官介入系统。
[2] Motion Signal Intervention，运动信号介入系统。

糟糕。不幸的是，和游戏不同，系统无法阻止这一幕的发生。这是影片，所有故事都是已经发生过的既有事实，无从改变。

ASSI 版本被否决了。但讨论 ASSI 的时候，大家很自然地发现，如果不是抽取云球中已经发生的故事拍摄影片，而是通过 ASSI 直接把地球人接入到云球系统中进行观察，那情况就完全不一样了。

云球仍然不会是一个传统的虚拟现实游戏，地球人和云球人的任何互动，不管技术上能不能实现或者如何实现，都不可能在现阶段进行讨论。但是至少，云球系统可以把环境参数实时传递过来，ASSI 可以利用这些参数为观众创造出完全不同的感受。

地面在哪里？周围有什么东西？那些东西是什么形状？天空中是不是在下雨？每个雨滴何时到达？将这些参数传递到 ASSI 中，云球系统都可以做到。那么，在 ASSI 的帮助下，地球人就可以自由自在地在云球中到处晃荡。

他们看得到云球的一切，同时，却不会被云球人看到。他们可以在云球的草地上散步，可以在云球的山峰上攀岩，可以在云球的海上扬帆。他们不会坐到云球人的身体里，因为云球系统传递过来的环境参数会阻止他们做出这样的事情。不过，云球系统依旧无法阻止云球人坐到他们的身体里。他们要自己小心，避开这一尴尬情形的发生。

同时，云球的花花草草也不会因为他们一脚踩下去而死掉，云球里的雨滴虽然会给他们带来凉凉的感觉，自己却依然穿过了他们的身体落在地面上。因为在云球里，他们根本不存在。云球不会因他们产生任何改变。这一切，发生在 ASSI 中，而不是发生在云球中。

这听起来很酷，马上有人建议开发实时体验的游戏。但现在不行，此时此刻首先应该做好眼前的事情。ASSI 实时体验，作为未来的一个可能，可以讨论，要说执行，只能被暂时搁置。

即使如此，大家仍然感到非常兴奋。卢小雷不停地催促进度，他希望快快地前进，早日走到那一步。苏彰不会像卢小雷那样把兴奋摆在脸上，但也看得出，同样为这种前景激动不已。王陆杰则平静得多，他心里想，这才是刚开始，慢慢来，要兴奋的东西多着呢！

制作过程之所以花了这么多时间，是传统的演艺人员无法想象的原因。原本，制作团队觉得这件事情很简单，又不需要演员演，只是后期剪辑嘛！剪辑工作，在传统的影视界虽然也很重要，但工作量占比不算太大。可是他们很快发现，这里和传统影视制作的情况完全不同。在这里，适用一句古老的情报界用语，情报不是太少而是太多。在那么浩瀚的场景的海洋中，截取那么几滴水，用来讲出一个有意思的故事，原来不是一件容易的事情，而让自己纠结却很容易。大家深刻地理解了，什么叫作痛苦的根源来自于选择。

然后大家的协调也乱糟糟。苏彰、卢小雷、制片人、导演、宣传总监，以及每一个参与制作的人，还有一些偶尔插话的领导，比如苏彰背后的老板，或者任为、王陆杰、张琦和孙斐，每个人都在同样的素材里看到了不同的故事。

"原来，一件简单的事情，可以做得这么复杂！"大家都这么说。但无论如何，在吵了这么长时间之后，总算是给搞完了。

下面，就等着元旦开始上映，然后大赚一票了。宏宇公司的人们想着飙升的业绩和提成，地球所的人们则想着终于可以升级和扩容软硬件，并且不需要控制电力的使用了。事实上，自从宏宇集团预付了版权费用，电力已经不再控制了，采购的第一批量子计算机也已经在路上了。他们用的量子计算机很特殊，处理性能要求很高，并且整合了很多固化的算法。所以厂家没有现货，需要按单生产，这就花费了不少时间。但是现在，确实已经在路上了。

广告已经在大街小巷和网络上铺天盖地了，无数的观众期待着。大多数人刚开始搞不清楚什么是云球，但苏彰和卢小雷的团队写出来的推广文章越来越多，这帮助了人们的理解。不过，调查显示，大多数人的理解并没有什么惊奇，他们认为，就像之前的传说一样，这只是另一个大型虚拟现实游戏。唯一有点不一样的地方，就是只能看不能玩儿。这有点奇怪，但好像不是什么吸引人的东西。

这挺好，这很符合任为的想法，他本来就想低调一些。

这却让苏彰很有压力，她是有业绩目标要完成的。她不会像孙斐那样争吵，对于客户，她总是会找到委婉的表达方式。但是，这并不影响她的坚持。即使抛开业绩目标不看，就这么白白降低了云球的吸引力，她也觉得实在是太浪费了。她反复要求团队，在推广中一定要强调云球和普通虚拟现实游戏不一样的地方。虚拟现实游戏，在这个世界上已经是最普及的娱乐方式，如果没什么特别的噱头，实在是很难吸引人。

卢小雷当然支持苏彰的想法。于是，团队在新一拨的宣传文章中，反复强调，云球和普通的虚拟现实游戏不同，完全不同。

虚拟现实游戏虚拟了物质世界，但其中的人绝大多数都是真人玩家。虚拟的假人虽然也有不少，却都是随时准备被砍的巡山小妖或者路人甲。我们反其道而行之，不仅仅虚拟了世界，还虚拟了其中的所有人，只是为了演戏给大家看。怎么样？

这听起来好多了。不过，也有很多人持反对意见。他们觉得，这样其实更加没吸引力，因为多数人对于虚拟人的期望都很低。他们觉得，那就是些巡山小妖而已。你偏偏要告诉他们，这里的巡山小妖和真人一样，对他们而言，这可能是很搞笑的说法。巡山小妖就是巡山小妖，有什么好看的呢？

当然，网络上，也还是有些懂行的人。他们讲真实的云球，或者说接近真实的云球。介绍或者猜测，云球的这个那个。有些对，有些不对，但至少，他们能够意识到云球不是个游戏。他们进行各种分析，云球的价值、能力、目的和愿景。不过，这些声音，在娱乐的海洋里，只是几条另类的鱼罢了，游着游着，游累了也就回去休息了。

任为观察到，苏彰和张琦作为项目合作双方的直接领导，情绪有些起伏，各自都仿佛有些什么别的心思。

对于张琦，任为很容易理解。张琦是个真正的科学家，他对云球的热情不亚于任为。他真心希望云球发展下去，目前的娱乐化只是他做出的妥协，也算是一种策略。他真正想的事情，始终是如何介入云球，推进云球的演化。目前的状态，对张琦不知道是祸是福。大家都相信，《克雷丁的覆灭》可以大卖，大卖之后，地球所自然得益良多，资源的限制可以大大突破。但是对于张琦介入云球的愿望，是有帮助还是有阻碍呢？任为没想明白这个问题，也不知道张琦想没想明白这个问题。看起来，起初的时候，张琦的情绪有些焦虑，现在却越来越平静了。那么，他认为他的希望，实现的可能性在增大吗？

苏彰恰好相反。开始的时候，她相当兴奋，现在却看起来越来越焦虑了。她在担心《克雷丁的覆灭》上映后的前景？这也很正常，她有业绩上的压力。因为这种理解，在苏彰的团队进行第二拨宣传，大肆宣扬云球和普通虚拟现实游戏的不同时，虽然不符合任为的低调想法，但他也没有过于阻拦。

一直以来，苏彰依旧频繁地出现在地球所。按道理，她没必要这样。她负责业务，不负责项目管理。但她的频繁出现，从来没有中断过。看起来，她和卢小雷越来越热络了。大家都在传，他们谈起了恋爱。这也没有什么，既然大家都是单身，谈个恋爱不值得大惊小怪。但是，考虑到双方的合作关系，任为总觉得这有些什么不对。特别是，想到苏彰甜蜜的眼神后面，那淡淡忧郁带来的些许神秘感，任为总觉得，故事没有那么简单。

任为自己，说实话，他对这些娱乐产业的事情没什么判断力。

任为基本不追剧，甚至连新闻都不看。其实现在看新闻很方便，随时闭上眼，拇指和无名指连掐两下，SSI 产生的伪视觉就浮现在闭上的眼皮下面。眼球动动，手指动动，很快就可以沉浸到杂乱无边的各种消息中。但是，任为不喜欢看新闻。世界上的挠头事情太多，如果新闻看多了，他总会不明所以地情绪低落。

不过，自从知道 KillKiller 的事情已经在全世界闹翻天之后，他看新闻还是多了不少。前两天，他还看到了一篇新闻，说 KillKiller 正式公布了吕青说的新技术。不出意料，再次在全球引起轩然大波。好多地方又爆发了新一轮大游行，要求将 KillKiller 费用纳入医保范畴。现在连脑死亡的借口都没有了，那是活人。政府居然拒绝支付一大批活人维持生命的费用？这听起来太说不过去了。

经济学家们一再警告，国家会破产。但老百姓显然并不关心这个，他们更关心亲人的生命。各国政府都吵作一团，各种发言人，在各种媒体上，发表着各种言论。

吕青已经封闭开会去了，好几天不见踪影。连偶尔打个电话都急匆匆地，两句话就挂掉。

自从吕青把云球人的意识和地球人的意识挂上钩以后，任为就再也没有一天心里能够平平静静。他好像一直在做梦，注意力不集中，眼前的一切都朦朦胧胧。开始，他以为自己压力太大，好像真的犯了屠杀罪，内疚和负罪感始终萦绕在他的脑中。从前可以用的借口，云球人是并不真实存在的虚拟人，这个说法，现在不管用了。他觉得，自己的内疚和负罪感可以理解。可后来，他逐渐觉得，那不仅仅是一种压力，更是一种说不清楚的灰心和无聊。可为什么会这样？他也搞不清楚。他觉得自己心里隐藏着什么，他看不到。他本来不是这样，他性格平和甚至可以说有点内向，但在云球项目上，他一直觉得自己热情似火，现在那热情却在逐渐消逝。所以，对于《克雷丁的覆灭》以及它会带来的一切，他有时想，自己是不是不够关心？他甚至并没有完整看过任何一集样片，只匆匆浏览过一些短短的片段。他也从没提出过什么有意义的意见，只是几次表示了对视角选择的不同想法，那不过是因为他确实不喜欢看后脑勺罢了。

元旦的晚上，《克雷丁的覆灭》终于上映了，第一集和第二集。实时收视率突破了历史记录。

数据显示，最受欢迎的人物，是克雷丁年轻美貌的第四个妻子，菲尔娜王妃。任为就很喜欢她，还愚蠢地和吕青提起过，搞得吕青吃醋来着。好在，对于现实的地球，菲尔娜王妃的存在不过几天时间。

林奇的受欢迎程度排名第二。后面还有几位，勇武无敌的克雷丁仅仅排在第八位。这有些出乎意料，不过也无伤大雅。

虽然是元旦，吕青依旧没有回家，任明明也没有回家。任为只能孤零零地自己在家。对于《克雷丁的覆灭》，说实话，他其实没什么兴趣。但后来想想，这太不应该了，为了对得起自己付出多年努力的云球，他改变了主意，还是认认真真地看完了全部两集。

看完之后，任为觉得有些收获。原来，林奇最后的行为也不是完全没有征兆。

在林奇年轻的时候，当时有三个妻子。他曾经突然在某个清晨，残暴地杀了其中一个妻子。为此，他还被抓了起来，差点被老克雷丁砍头。好在，他的家庭相当有势力，他本人和当时还不是国王的小克雷丁王子也是好朋友。不用说，当时的法律根本不叫法律，理所当然地还处在若有若无的状态。所以，他逃脱了，流落异乡足足五年。这五年里，他又莫名其妙地杀了好几个人。虽然不能说都毫无缘由，但确实，他做决定时的鲁莽程度，或者说迅速程度，都有些奇怪。

林奇的这些行为，和他冷静的外貌以及后来在政治上的成熟表现，很难联系到一起。至少，以现代地球人的观点来看是这样。看来，他精神上也许有些问题，突发性的问题，任为对自己说。当时在监控的时候，可能要监控的东西太多，你很难把注意力放到这些乱七八糟的事情上面。至于精准的判断或预测，就更不要提了。但这些乱七八糟的事情，可能恰恰隐藏了人物的很多真相，甚至隐藏了世界的很多真相。

当天晚上，播放结束之后的深夜，宏宇公司和地球所的联合制作团队以及其他制作、发行相关方，一起举办了一个盛大的酒会。还请了一只当红的乐队来助兴。但任为并没有去，他真的没有兴趣，他不喜欢人那么多的场合。不过显然，他错过了一些小小的趣事。

据说，在酒会上，所有人都喝得酩酊大醉。特别是卢小雷，他兴奋得像个孩子，上蹿下跳。最后，在大家的起哄声中，他在乐队舞台上，向台下的苏彰大声示爱，引发全场的欢呼。但是，苏彰并没有喝醉，对卢小雷的示爱也没有积极地回应，她只是平淡地说："他喝多了。"然后就转身走开了。这不免让卢小雷很尴尬，大家则很扫兴。

事实证明，苏彰没喝多是对的。因为，当大家睡了一个典型的假日懒觉，醒来又度过一个短短的假日白天之后，到晚上，就立即发现，第三集、第四集的实时收视率居然下降了一半。

元旦的假期有五天。等到假期结束，大家回来上班的时候，前一天晚上那两集的收视率，已经掉到第一集、第二集的十分之一还不到。

大家都阴沉着脸。说起来这不是地球所的责任，他们只负责提供素材。但是毕竟，除了之前已经预付的版权费用，本来还有更大笔的广告分成可以期待。这下子完了，收视率的暴跌，毫无疑问，对地球所将造成很大的经济损失。

好在，也有好消息，地球所购买的量子计算机到货了。

这只是升级和扩容计划中的很小一部分，其他本来都指望广告分成呢，看起来希望有点渺茫。不过眼前的这一小部分，已经让任为很欣慰了。虽然最近情绪有些低落，他心里对云球的未来仍然还是很期待的。眼前的这些量子计算机，远不能解决根本问题，但至少可以解燃眉之急。张琦、孙斐和大多数人也都为此感到高兴，一定程度上冲淡了收视率暴跌带来的负面情绪。

回想一下，云球系统的硬件，已经有三年没有进行升级了，更谈不上扩容。这些量子计算机的型号都相当老了，有些简直就是老古董，性能严重不足，早该换掉了。

最后一次大规模升级，还是在云球人类诞生之前，同时进行了少量扩容。那时，还是个充满了六足小虫子和庞大恐龙的时代。那些恐龙，也不知道该不该叫恐龙。他们曾经请一些真正的古生物学家来看过，古生物学家们说，那些东西不是恐龙，只是些看起来和恐龙一样大也一样蠢的虚拟爬行动物罢了。甚至有人话里话外地怀疑，那是地球所主动创造出来的、别有用心的某类东西。

那次硬件升级和以前一样，并不顺利。

其实升级过程本身很正常，像往常一样正常。但是，在升级完成后的几天里，逐渐出现大批云球生物的死亡，这就像往常一样不正常了。

所有量子计算机，都在非常欢快地运行着，看不出任何异常。系统日志中，怎么看也找不到任何问题。他们完全不知道原因，可以说，非常、非常、非常地郁闷，无法形容的郁闷。不过，万幸的是，他们本来就做了计划，要对云球生物进行一次清理，好给已经出现的那些像小老鼠一样的哺乳动物腾地方。所以，就只能当是系统帮忙先做了一部分。虽然是乱搞，并不符合他们的计划。那些各种各样像恐龙的东西，本来就是他们要清理的目标，这点，冥冥之中的系统好像和他们的想法一样。在他们动手之前，那些东西已经死了一多半，他们的工作量倒是减轻了不少。但是，那些像小老鼠一样的哺乳动物，也有一多半完蛋了。只能庆幸它们并没有全部完蛋。看起来，它们的生命力相当顽强，很快就恢复到了原先的数量。

这次又要面临同样的问题了。而且这次，云球中不仅仅有动植物，还有云球人了。任为很担心。

云球出现生物后，每次大规模升级都会死一批生物，而扩容并不会，这是他们总结出的唯一规律。任为一直在考虑，这次是否只扩容不升级。但是，有些机器型号实在太老了，如果只扩容不升级，那么万一电视剧收视率又上来了，他们赚到更多钱的话，可以买的新机器可就需要他们直接去扩建机房了。实际上，只要进行升级而不是进行扩容，机器总数量没有那么多，这就完全没必要。

孙斐也有同样的顾虑，但张琦不怕。

张琦本来就连主动干预都不觉得有什么问题，这种事故他就更加不放在心上了，只要那些云球生物别死光了就行。从经验上来看，一定不会死光。张琦曾经说过，他们不是要证明什么严格的数学定律，他们是要看看云球怎么演化。这一切，都可以看作是云球宇宙的意外。想想看，真实的地球宇宙里，也到处是意外。这有什么关系呢？有时候，任为觉得，张琦的话也有一定道理。但更多时候，他又觉得，硬要把他们这些地球人，类似云球人上帝一般存在的地球人，在技术上发生的事故，就这样算作了云球宇宙的意外，总是显得很牵强，有点说不过去。

　　他们开了几次会,安排好了有关升级和扩容的各种准备工作。但是,他们迟迟没有做出最终决定,到底是升级还是扩容? 他们很纠结。不过,就在这时候,欧阳院长打来了一个电话,让他们不需要自己做决定了。因为,欧阳院长跟他们说得很清楚:

　　"只扩容,不升级。"

—— 07 ——
无望的爱情

卢小雷正在对着苏彰发脾气:"我知道你心情不好,谁心情好呢?谁能想到《克雷丁的覆灭》是这个样子?我已经很努力了,我跟他们提过几次了,能不能现在就启动 ASSI 实时体验项目,没人理我呀!我有什么办法?你就是看不起我,不要跟我说什么工作压力大。我工作压力不大吗?那天晚上,我跑到舞台上,跟你说我爱你,那时候,《克雷丁的覆灭》前两集,收视率可是好得很呢!你不也是就走了吗?搞得我那么尴尬!你就是看不起我?对不对?地球研究所,都是大科学家。但我呢,确实不是科学家,我怎么就混进去了呢?你说的,你说过我就是混进去的。我算什么呢?操作员?对,孙斐就这么说我。你也这么想,对不对?你是大公司的副总裁,你了不起。我不是科学家,我配不上你,对不对?我是科学家我也配不上你,对不对?科学家又有什么了不起,还不是没你有钱?"

他们坐在北海边的长椅上,天气已经很冷,冬天的萧瑟景象和冰冷空气并没能让卢小雷冷静。好在,他的叫嚷也不用担心引起周围人的注意,因为周围很远距离内都没有什么人。

苏彰并没有被卢小雷的过激语言激怒。但是,她也不像平常的甜腻样子,而仿佛像是在这冬天的湖边冻住的一座雕塑。她标致的脸庞真像一尊完美的中世纪贵族女性头像,漆黑的长发垂下来遮住了一点点,让她的眼睛处在淡淡的阴影中。

“小雷，我跟你说了，我喜欢你，但是我不爱你。”沉默了很长时间，苏彰平静地说。

“你不爱我？你不爱我？”卢小雷又爆发了，“你不爱我你和我上床？你在耍我吗？我就那么不值得爱吗？不对，你说过你爱我，你说过不止一次，你在骗我吗？你太过分了。我应该相信什么？你说你爱我，你又说你不爱我？你说，我到底应该相信什么？”

“对不起，是我不好。”苏彰说，“我是说过我爱你。但是，你知道，那是在……怎么说呢……在床上。你应该相信我现在说的话，现在我没有骗你。我们可以做很好的朋友，但是，我不能嫁给你。”

“在床上说的话不算数？真的吗？我说的话可算数。这样我还能说什么呢？和我上床不代表爱我，床上说爱我也不代表爱我，这就是你吗？当然了，现在都什么时代了，我应该知道。我太愚蠢了，是我活该。但是，你这算不算骗我呢？你为什么要骗我呢？他们说我看云球人的小电影，我是看了，可是我不会随便跟人上床。我爱你我才这样，我真的爱你，你怎么能这样呢？在床上说的话不算数？好吧，我学到了，不过你记住，我说的话算数，就算是在床上说的话也算数。”他一边摇着头，一边呵呵地低笑了几声。

又是很长一段时间的沉默，两个人都不说话。

在凛冽的空气里，卢小雷终于慢慢平静了些。他说：“对不起，我可能太激动了。不过，苏彰，你说你不爱我，我还是很难相信。我不是说上床的事情，我是说，我看过你的眼神，我想你的时候脑子里都是你的眼神。我觉得那个眼神，是爱我的眼神，里面有很多，我认为，是爱情的东西。”

“小雷，我没法解释清楚。但是，我真的不能嫁给你。”苏彰的口气听起来斩钉截铁。

“你不用马上做决定。”卢小雷说，“我是想娶你，但不是说必须马上娶你，你慢慢想，如果过几年你想通了呢？我真的不明白，为什么我想娶你，你反倒马上要分手呢？”

“因为我没觉得我们在谈恋爱。”苏彰说，声音很小，“是我不好，可能我们所处的环境差别太大。你知道，娱乐圈很乱，也许这么说，对很多人并不公道，但是，可能至少，比你们科学界要随便一些，或者说，要开放一些。我以前没有和科学界的人打过交道，我不知道，我觉得是这样吧！我在娱乐圈，演员、导演、电视台、制片人、投资人，这些人可能不像你们科学界的人，那么认真、那么传统。"

"你是说，你也随便和其他人上床吗？"卢小雷扭过头看着苏彰。

"不能说随便，"苏彰说，"但比你想象得多。"按道理，她说这种话，应该算是鼓起了勇气，不过看起来她只是显得很疲惫。

"什么？你从来没说过。"卢小雷站了起来。

"我以为你知道，或者说，你能想到。"苏彰说。

"我知道？我能想到？我是神仙吗？不，你骗我，我不相信。你怎么会这样呢？你这么漂亮，你不缺钱，你什么都不缺，你为什么？不会的，你骗我。你为了让我死心才这么说，对不对？我不会死心。"卢小雷又爆发了，"你不会的，你骗我。你有过男朋友，我知道，但你刚才说的话，是在骗我。哦……要么……我知道了，你做生意有很难的时候，是不是和老板或者和客户上床了？你告诉我，我去找他算账！或者，是导演？是演员？不会，你是他们的衣食父母才对。不可能，你是被强迫的吗？谁强迫你了？"

"不是。"苏彰终于也大喊了一声，"小雷，你冷静！"

猝不及防的大喊让卢小雷一下子噎住了，他呆呆地看着苏彰，过了一会儿，他坐了下来。

"不是，小雷，你想得不对。"苏彰说，"我真的不是你想的清纯玉女。至于为什么会这样，我只能告诉你，是我自愿。没有什么目的，我不会为了金钱出卖我自己。但是，我不在乎，可能只是随随便便为了一杯鸡尾酒。我不在乎，我只是不在乎而已。我是个坏女人，和你不一样，好吗？"

卢小雷呆呆地不说话。

"对不起，我大意了，我很抱歉。"苏彰说，"我没觉得你会这么认真。我不记得我碰到过你这么认真的人，我不是认真的人，仅此而已。

原谅我，小雷，我看错了。我是说，我把你想得和我一样坏，但你是个好人，是个真正的好人。我不是在说那种套话，我说的是真话。不是你配不上我，是我配不上你。"

卢小雷仍然说不出话，苏彰也沉默了。时间就这样慢慢流逝，两颗心的生命力仿佛也随着时间一起在流逝，空气都像死了一样的冷。卢小雷禁不住颤抖了起来。

很久很久，仿佛过了一个世纪。卢小雷一直看着静静的湖面，然后忽然说："没关系，苏彰，我明白了，虽然我很难受。"他的声音听起来已经显得很平静了，"我的确很难受，但是我要理性地想一想。我的社会阅历并不丰富，不过我看了很多云球里面的悲剧。云球人在我们看来，只是一些量子计算机虚拟出来的人，但对他们自己而言，又何尝不是一个完整的人生呢？我看了那么多云球人的故事，我觉得他们和人类没有区别，至少我看不出来。而我面对那些悲剧，"他摇摇头，"大的悲剧，小的悲剧，我从来都只会傻笑，我真是没心没肺。我哪里比他们强了？我的痛苦算痛苦，他们的痛苦就不算痛苦？我明白了，苏彰，我明白你的话，我不应该这样对你发脾气。人和人不同，每个人当然都可以选择自己的人生。我昨天还看过一个新闻，现在结婚率只有百分之三十多，大家不结婚。可是大家生了很多孩子，一不小心就生了很多孩子。反正，现在生孩子不危险也没成本，孩子们都被国家照顾得很好。我明白，我不逼你嫁给我。你不用嫁给我，或者说，在真的愿意嫁给我之前，你不用嫁给我。但是我想跟你说，我真的爱你。我不在乎你是什么样，我不在乎你认真不认真，我不在乎你和多少人上床。我不只是在说过去，我也在说未来，你可以选择你的生活。可我希望我是你生活的底色。无论你的生活多么绚丽多彩，我始终在：我是底色。就像是你在白纸上无论画出多么绚丽的画，那张白纸始终都在。我就像那张白纸，我始终在。我仍然希望娶你，娶一个会跟别的男人上床的女人。"他把头扭开，又扭回来，盯着苏彰说："我爱你，我不在乎。"

泪水沿着苏彰的面庞流了下来。"我……"，她好像想说什么，但终于欲言又止，只是流着泪。

卢小雷掏出一小包餐巾纸，抽出两张帮苏彰擦去泪水，轻轻吻了吻苏彰在寒风中冻得发白的嘴唇。苏彰一动不动，新的泪水又流了下来。

"你想说什么？"卢小雷问，"没关系，我现在想通了，你说什么都没关系。也许晚上回家，我又想不通了，但是我相信，明早我又会想通。人们总是这样，变来变去，可我觉得，我爱你的心不会变。"

苏彰看着他，那眼神的确充满深情。"看看你的眼神，"卢小雷说，"看看，你说你不爱我，你自己相信吗？"

苏彰耳边响起了铃声，眼前飘出一行字：

卢小雷邀请你加入视频资料浏览群

她下意识地用拇指碰了碰食指，她自己的大眼睛立刻展现在自己眼前。那的确是一双充满深情的眼睛，但很快，那里面溢满了悲伤。

"不要难过。"卢小雷紧紧抱住了苏彰。苏彰的头在卢小雷的肩膀上，面对着蜿蜒伸向远方的湖边小路。小路的一边是北海的湖面，另一边是在冬天看起来很稀疏的白蜡林。这时，卢小雷眼中的景象也通过 SSI 通讯系统传了过来。于是，她的视野中叠加上了她背后的景象，这条湖边小路的相反方向。那景象非常奇异，仿佛造物主把这条小路从他们坐的地方掰成两段，然后又折在了一起。

很快，背后的景象消失了，卢小雷挂断了视频通讯。

"我……"苏彰说，"我不想说什么。"

"没关系。说也好，不说也好。想也好，不想也好。都没关系，我不在乎。"卢小雷说。

苏彰的泪水始终在流。她其实想说，却实在没有勇气开口。因为，她可以骗卢小雷说她不爱他，但她没有办法骗自己。她爱他，是的，她非常爱他，她非常爱卢小雷。

—— 08 ——

伟大的发现

为什么只扩容不升级？欧阳院长并没有解释原因，但任为很快就知道了，是从吕青那里。

吕青的封闭会议终于结束了，晚上回到家中显得很疲惫。露西做了吕青最爱吃的几个菜，吕青狼吞虎咽地吃着，一点也没有女性的优雅。看来，她不但累坏了，也饿坏了。难道，封闭开会连饭都没得吃吗？不会的。任为觉得她一定是压力太大没胃口吃，这会儿胃口好了，可能说明压力小了。那么，一定是有什么进展。

任为不想打扰她，坐在旁边静静地看着她吃饭。看着她的样子，任为想起任明明。真是奇怪，女儿和母亲完全不一样。母亲理性、客观、坚定，女儿则感性、激烈、善变。昨天晚上，任明明打电话说，周日要回家一趟，有些事情要谈。任为当然答应了，谈就谈吧，他也有些事情要谈，所以也没问要谈什么。实际上，关于任明明，任为有好多事情想谈。工作啊，感情啊，甚至言谈举止或者着装打扮，那个红色爆炸头，那个鼻环，任为早就想认认真真地谈谈了。更不要说，她的同居男友，这么重要的事情，总要对父母有个交代吧！

回想起来，他们夫妻俩，现在工作很忙，但年轻的时候工作更拼命，没什么时间和女儿沟通。好不容易有点时间的时候，又不一定有心情。就算有心情，也许又会看见任明明一脸嫌弃的样子，那心情也就消失了。确实，沟通太少了，任为有时觉得很内疚，有时也很焦虑。但是，到了面对任明明的时候，他又经常被一种无力改变的感觉所控制，只是在被动地等待着。他不敢说他想不通任明明为什么变成了这个样子，毕竟他亲眼看着，任明明从小时候乖乖的小姑娘逐渐变成了叛逆少女。他知道，作为父母，他们并不成功。无论如何，过去的岁月都已经无法回来了。

任明明大学毕业后，就坚决不愿意读书了。她自己找了工作，一家皮肤仿真公司，PerfectSkin，完美皮肤。公司不大，任为没听说过什么大品牌机器人使用他们的仿真皮肤产品，应该是经营得不怎么样。任明明学的专业是材料，到这里工作倒也挺合适。不过，她只是在公司做个秘书，专业知识似乎没什么用，这实在有点浪费。实际上，像任明明这样，大学毕业就工作的人并不多。在现代社会，有点上进心的话，仅仅依靠大学知识肯定是不够用的，就算有 SSI 帮忙也不行。但任明明就是很坚决地做了决定，任为和吕青也没什么办法。他们一直还希望，有一天能够说服她，再继续读书。

"周日明明要回家，你在家吧？"任为问。

"好啊，在家。"吕青吃完了，"露西，收拾一下。"她对露西说。

"她说有事情要谈。"任为说。

"谈吧，有一段没见她了吧！嗯……不对……送妈妈去疗养院的时候她去了。"吕青也没问要谈什么，她换了个话题，"我跟你说，现在我就要和你谈件事情，很重要的事情。"

"哦？"任为说，"你说。"

"你要有点心理准备啊！"吕青说，"别再晕过去了。"

"你说什么呢？"任为有点不高兴。

"好，好，我开玩笑呢，亲爱的。"吕青笑了起来，"不过我要说的事情确实很震撼。"

她顿了顿，仿佛稍微做了一下准备，然后开始说："记得那天我们说起柳杨吗？这些天我们一直在和柳杨开会。知道为什么你们那个欧阳院长让你们只扩容不升级吗？就是因为柳杨。嗯，我还要再叮嘱你一下，只扩容，不升级。"

"哦？"任为很好奇，"升级扩容的事情你也知道？怎么回事？"

"知道，当然知道。这半个多月，包括元旦，我们经历了什么，你很难想象。柳杨把我们都惊住了。本来是我们政策部门的会议，但完全被柳杨喧宾夺主了。"吕青说。

"柳杨？怪不得他不见我，我打电话给他，留言给他，他经常不接不回。他也没说封闭开会。唉，也不奇怪，他这人一贯这样神神秘秘的。"任为说。

"这次他的神秘，有合理的理由。"吕青说。

"合理的理由？"任为说，"哦……对……你们要定义第三种人。他是脑科学权威，被找去参加会议也很正常。他有什么发现吗？发挥用处了？看起来你虽然很累，但情绪好像放松了很多。"

"说放松了也对。不过，后头有更麻烦的事情，那再说吧！先说眼前，他帮我们彻底解决了 KillKiller 的问题。医保肯定不会涵盖了，至少暂时是这样。以后恐怕还要吵架，但吵的内容会不一样了。"吕青说。

"怎么解决的？他做出了完备的死亡定义？"任为问。

"死亡定义？对。"吕青说，马上却又来了一个转折，"不，这已经不重要了。他做出了更重大的发现，他发现了意识！注意啊！不是定义了意识，而是发现了意识。意识不需要被定义，它就在那里。和一件家具一样，就在那里，不需要被定义。记得上次我们说的话吗？他发现了鬼，他就是个鬼，鬼发现鬼再正常不过了！"吕青说。

柳杨发现了意识？柳杨发现了鬼？

任为很吃惊，说不出话，张大了嘴巴。

吕青笑着，看了看任为，接着说："你不服他还不行，他确实很厉害。这可能是质能方程式之后最大的发现了。不对，也许比质能方程式更伟大吧？"

"到底怎么回事？"任为的嘴张了半天，终于闭上嘴，又张开嘴问。

"他们的项目是涉密项目，涉密等级很高，直接汇报到更高层的领导。连欧阳院长都只是大概知道，不清楚细节。按说，我现在不该跟你说。"说着话，吕青凝视着任为，好像在判断他会不会泄密。过了一会儿，她接着说："有几件事情，逼着领导们不得不把他们的项目解密了。主要是因为我们，但是你们也起了一定作用。估计，再有一个月？或者两个月？也可能几周？总而言之，很快要解密了。所以，我跟你说说也无妨，不过在解密之前，你就不要去乱说了。"

"这违反保密规定。"她仿佛又犹豫起来，但终于还是接着说："谁让我们是夫妻呢？我实在憋不住了。"

"是啊……之前……你好像一直憋着什么没说。"任为说，他想起最近几次长谈，吕青都出现过欲言又止的情况。那时候，他都心乱如麻，没有追问。

"嗯，我不是想瞒你，确实不能说。其实确切地讲，之前我也不知道什么，都是很不确定的东西，但现在确定了。"

"好吧，我知道了，没关系。现在你快说吧！"任为说。

"他们发现了意识，简单说就是这样。他们发现，意识是一种客观存在的实体，一种能量场。"吕青说，"他们把这种能量场叫作意识场。他们不仅发现了意识场，而且还从动物身上提取到了意识场。独立的意识场，和躯体分离的、独立的意识场，完全不依赖于躯体。从老鼠到羊，再到狗和牛，他们都提取到了。不过，太低级的动物好像没有，比如海蜇、海绵或者水母之类。植物也没有，这下素食主义者有的说了。"

"素食主义者？你说什么呢？哦……你是说……不能吃有意识场的东西？那么……海蜇……还是可以吃。"任为觉得脑子又有点乱，努力地加快着思考的速度，"让我想想，独立的意识场？提取意识场？这个……你接着说。"

"人类的意识场还没有提取。主要是不能拿人做实验。但是，他们可以检测到人类的意识场。检测意识场已经很方便了，是无损检测，不会对人体有任何伤害。他们发明了一个机器，他们叫意识探测仪，你就当作一种特殊的示波器吧。这种示波器，能够探测到意识场泄漏出来的能量，并展示出波形。他们管这种波形叫作意识波。注意啊！

不是脑电波，是意识波。如果法律允许的话，我相信，他们很快就可以把人的意识场从躯体中提取出来。提取出意识场之后的躯体，他们称之为'空体'。意思就是，没有意识的躯壳。这个名字还挺有创意，听起来很贴切。"吕青说得有点兴奋，歪着头，仿佛在体验那个创意。

"那……"任为说，"那意识场和空体，都是……都是什么形态呢？"

"空体很简单，可以认为就是 KillKiller 的病人。或者反过来说，KillKiller 的病人就是空体，柳杨已经检测过。"吕青说，"实验表明，在正常情况下，空体基本无法存活。空体失去意识场，只能存活从几秒到几周不等的时间，取决于一些复杂的条件。柳杨他们还没搞清楚。这个问题，也许 KillKiller 更清楚。看起来，KillKiller 解决了这个问题。或者说，KillKiller 解决的所有问题，其实就是这一个问题：空体存活的问题。简单说，本来，没有意识场的空体很快会死亡。首先是脑死亡，躯体死亡得慢一点。我们之前说过的比喻，司令官的比喻，很合适。但是我们不知道，司令官背后还有个大老板。这个大老板，就是意识场。按道理，没有大老板的司令官应该活不下去。KillKiller 却找到了一些方法，能够让没有大老板的司令官活下去。开始，是让没有司令官的军队活下去，现在，是让没有大老板的司令官活下去。司令官活着，军队当然就更不在话下了。"

"所以，空体就是第三种人。"任为说。

"对，第三种人。不是哪位科学家定义出来的第三种人，是科学实验证明的第三种人。他们不是活人，因为活人是活着的意识场和活着的空体的结合。他们也不是死人，因为死人既没有活着的意识场也没有活着的空体。他们是第三种人，只有活着的空体，但意识场已经死亡。按照柳杨的说法，做这个判别很容易，同时打开两台示波器看看就好了。空体，只有脑电波但没有意识波，脑电波也很简单。活人，既有脑电波也有意识波，脑电波也更复杂。而死人，两者都没有，脑电波和意识波都是一条直线。"吕青说。

"所以，你们可以不用付医保了。"任为说。

"是的，"吕青说，"是的。任为同志，我们只为活人负责，你必须自己支付妈妈的 KillKiller 医疗费用了。"她看起来很兴奋。

"说这件事情，有必要这么开心吗？"任为有点不高兴。

吕青也马上意识到拿妈妈说事很不合适，马上说："对不起，亲爱的，对不起。你知道我的意思，我不好，我道歉。我其实是要说，国家不会破产了。"顿了顿，她又说，"刚才说，后面还有麻烦，因为人权组织也许会认为，空体也有权获得医保。所以，后面还会争吵。不过，暂时，有一个很充足的理由，不用支付这种医保了。国家也暂时不会破产了。"

"好了，好了，接着说。"任为原谅了吕青的冒失。她其实是个很好的儿媳妇，妈妈清醒的时候，喜欢和依赖她超过了自己。

"我们开了这么多天会，就是基于这个理论，讨论可能采取的政策草案、宣传方针、公关计划、实施细节等等。柳杨真是帮了大忙，而且真是及时！涉及的事情挺多，所以这么多天没回家。"吕青说。她看着任为，显得有点抱歉。

"没关系。"任为说，"空体很容易理解，那意识场呢？那是什么？"他着急地问。

"意识场嘛，这个就比较复杂了。你让我想想……应该怎么说……这些东西可不是我的专业。让我想想，柳杨给我们普及时的说法。"说着吕青微微扬起头，好像在梳理自己的思路。

"柳杨的说法是这样，意识场是一个由很多很多微观粒子组成的网状的结构。这些微观粒子之间，通过某种类似量子纠缠的机制，链接在一起。微观粒子本身可以处于不同的能级，代表了不同的状态，能级的跃迁导致状态的变化，进而就形成了存储和计算的机制。"吕青说，好像在背诵考试题的答案。

"听起来很像量子计算机。"任为说。

"柳杨就把这个粒子网络叫做意识场。"吕青说，"不过他也不十分确定，这只是他的猜想。现阶段这不重要，重要的是，他确实发现了它，并且提取了它。"

"嗯，"任为说，"粒子就是场量子化的结果，二者是一回事。那么，意识场应该是由大量意识粒子组成的，就像电磁场是由大量光子组成的。如果电磁场衰减足够就能得到单个光子，是不是说意识场衰减足够就能得到单个意识粒子？也许他发现了一种新的基本粒子——好吧，这太专业了，我们不讨论这个了。总之，我能明白他的意思。那这个意识场，和大脑是什么关系呢？"

"大脑是意识场的宿主。意识场和大脑细胞之间，也形成了一种类似量子纠缠的链接关系。柳杨说，这种链接形成了两个通道。一个通道是信息通道，大脑和意识场通过这个通道交换信息。另一个通道是能量供给通道，大脑通过这个通道为意识场提供能量。"吕青回答。

"太玄学了。"任为摇了摇头，将信将疑。

"不，是真的。"吕青说。

"那这些意识，空间位置在哪里呢？在大脑当中吗？"任为问，"还是像电磁场一样，飘浮在空中无处不在？边界范围在哪里？头盖骨？"他稍微顿了一下，又接着问："按照你说的，地球上有意识场的生命可很多，到处都有意识场。难道，这个空间到处都漂浮着各种意识场吗？你的意识场，我的意识场，厨房里蟑螂的意识场，都飘在这个房间里吗？会不会太拥挤了？会有叠加的问题吗？会传播吗？会反射或者衍射吗？会随着距离而衰减吗？"任为说着，东张西望了一下，"真闹鬼了。"他接着说。

"不知道，柳杨说他不知道。"任为一股脑问了很多问题，吕青的回答却很简单。她接着说："大多数事情，柳杨并没有搞清楚，这不重要。重要的是，他已经搞清楚的那些事情。柳杨说，意识场和大脑进行信息交换时，会发生少许的能量泄漏。他们的意识探测仪，就是通过探测这种能量泄漏来探测意识场。目前，他不知道，意识场本身究竟在哪里。不过他猜测，很可能是在高维空间，不是我们的三维空间。你的问题，人类意义上的拥挤或者重叠的问题，应该并不存在。在实验中，这些能量泄漏，和大脑的状态变化密切相关。但从空间位置来看，涌现出来得都很突然。附近相当范围的可观察粒子，没有发生任何衰变之类的行为，更没有普通意义上的电磁辐射，也没有检测到外部辐射，所以这些能量泄漏，不可能来自于三维空间。"

"这么说，这里什么都没有，鬼不在这里。"任为仿佛松了一口气。

"不用吧，就是有鬼，你也不用那么怕吧！"吕青撇了撇嘴。

"怕？我倒不是怕，只是觉得浑身不舒服。你不会不舒服吗？想想看，你的意识场和一群蟑螂的意识场挤在一起。"任为说，同时使劲晃了晃头，好像要摆脱蟑螂。

"哦……"好像吕青真被任为说得有点不舒服了，"好吧。现在你知道了，柳杨说它们都在高维空间。这里嘛，只有无线通讯的电磁波，还有中微子什么的，但并没有意识场。"

"在高能物理实验中，也确实经常出现这种情况。一些微粒，在能级跃迁时消失了，过一会儿却又出现了。物理学家推测，粒子在消失的瞬间，是隐匿到高维空间了。至于他们检测到的能量泄漏，应该和某种自发辐射类似。在真空中，高能级电子和量子涨落相互作用，就可能会导致这一类自发辐射。"任为接着说，还点了点头，好像表示柳杨的推测很有道理。

"你比我懂多了。"吕青说。

"意识场和大脑怎么协同工作呢？"任为问。

"柳杨认为，大脑的思维功能和信息存储，主要在意识场中完成。"吕青说，"大脑本身，只能处理基础的生理功能，还包含一些简单计算，比如加减乘除之类的事情。就复杂记忆和思维而言，大脑只是一个预处理器和中继器。另外，大脑也为意识场提供了能量，或者说，大脑是意识场的电池。"

"说得过去，复杂的事情意识场来做，简单的事情大脑来做，分工很清晰。"说到这里，任为忽然意识到什么，发起了呆。

"是不是想到你们的云球了？"吕青问。

"是啊！按道理说，很多云球人的记忆和思维，系统都已经记录了详细的日志，但无论是记忆还是思维过程，都无法从日志中获得完整的重现，和这个有关系吗？"任为喃喃地说。

"有啊！所以，欧阳院长才要求你们，只扩容不升级。"吕青说。

"为什么呢？"任为问。

"你们总是找柳杨帮忙，他对你们的云球很了解。在现在这样一个情况下，这不是很明显了吗？"吕青说。

"很明显？"任为喃喃自语，他觉得有点麻木，"很明显？我们的云球人也有意识场？"

"显然是的。"吕青说。

"我们量子芯片中的脑单元，就是云球意识场赖以生存的大脑宿主？就像人的大脑一样？"任为继续喃喃自语，"我们升级的时候，换掉旧的量子芯片，会导致大批意识场失去宿主而死亡？我们以前几次升级导致大批生物死亡，就是这个原因？所以只能扩容不能升级？我们的云球人的思维跳跃和记忆缺失，就是因为这些思维和记忆，其实是在意识场中完成，而不是在脑单元中完成？脑单元和人类大脑一样，只是完成一些基础工作？它们只是意识场的预处理器和中继器？它们只是意识场的能源供给体？只是意识场的电池？"他不停地低声发问，但又好像在回答自己。

吕青看得有点担心，"喂，你没事吧？"她问。

任为抬起头看看她，有些木然。"我没事……"他迟疑了一下，又说了一遍："我没事。我明白了，"他接着说，"……也不能算全明白，我……有点适应不了。柳杨确定吗？我们云球中有意识场？欧阳院长一直都知道吗？"

"柳杨很确定，不过他没说为什么那么确定。他有点支支吾吾，稍微有些奇怪，但看起来，还是很确定。"吕青轻微地摇了摇头，好像回忆起柳杨支支吾吾的样子，依然觉得有些奇怪。

"他说，他会找你们，会进一步确认。至于欧阳院长，他以前应该是不知道。你们前沿院的领导，一直都只知道柳杨他们在研究意识，但对进度并不了解，更不会知道脑科学所对你们云球的了解程度。你也应该知道，脑科学所很多项目涉密。这个意识场的项目，涉密等级最高，直接汇报到更高层领导那里去，资金来自军方。不过，要解密了，应该要解密了，瞒不住了。关键是，它太有用了。"

"有用？"任为说，"你说有用？说有毁灭性还差不多。"

"毁灭性？"吕青说，"是的，也许吧！但是，事实就是事实。再说，你也太悲观了。你们云球，也一样有毁灭性，却也有用，看你从哪个角度看了。"

"好吧，不管怎么样，柳杨他们太了不起了。"任为说。

"你们也一样啊！他们发现了鬼，你们可是创造了鬼。"吕青说。

"创造了鬼？还是别这么说了。"任为说，"是柳杨主动通知欧阳院长，提醒我们，只扩容不升级？"他接着问。

"是的，据他说，他把欧阳院长吓着了。"吕青说，"他得意着呢！"

"把欧阳院长吓着了？是啊，谁不会被吓着呢？"任为说。显然，他也被吓着了。

"也许欧阳院长，不是被吓着了，而是后悔死了。"吕青说。

"后悔？"任为愣了一下。

"嗯，他也许会觉得，当年他不该支持云球上马。你们创造了五千万个意识场，还不包括那些动物，怎么办呢？不过，谁知道呢？欧阳院长是大科学家，也许不会像我这么实用主义。但是，现在怎么办呢？"吕青说。

"怎么办呢？"任为重复了一遍，他的心又揪了起来，他觉得很不舒服。他努力地长吸了一口气，想让自己平静一点。吕青已经早早地就把意识和云球人联系了起来，还把他搞晕了过去。但那时，这只是一个逻辑上的说法。而现在，这已经是一个科学上的结论。

吕青笑了笑，好像有些尴尬。她伸出手，使劲摇了一下任为的肩膀。她说："你担心什么？记得我上次说的话吗？你晕过去那一次，不，是你醒过来以后。你永远不用担心资金了，记得吗？虽然也不会很容易，还是需要去挣钱，或者去争取拨款。但是无论如何，如果真没钱了，到了最后一刻，没有人敢把云球断电。那里面，有五千万个意识场，和我们人类一样的意识场，只是没有皮肤和骨骼。放心吧！谁敢去杀掉他们呢？"

"我们可是杀过不少。"任为低下头，"就是升级导致的那些不算，我们也还是亲自杀掉过不少。最近一次我们清除掉的那些部落，加起来就有几万人，以前甚至还有几次十几万人的，人数少的次数就更多了。"他看起来有点发愣。

"你又来了！"吕青声音快了不少，好像有点着急，"不准再晕过去，你刚才答应了！跟你说过好多次了，那是过去的事情，有什么关系呢？你这个性子，真是要命！此一时彼一时，不要给自己扣莫须有的帽子好不好？也用不着内疚！用不着自责！如果都像你这样，我们卫生总署的人还活不活了？我们的政策，无论怎么制定，总有些人，因为某些政策原因，成为被伤害的一批人。说不定哪次，他们就死在什么病上了！就是因为医保费用不够。这种情况，可不能说是可能有，而应该说是肯定有，肯定还不少。那可都是地球上的真人，我们还活不活了？"

"好，好，你放心，我不晕过去。"任为说。听着吕青大起来的声音，里面带着些严厉，反而让他觉得心脏舒服了一些，头脑好像也清醒了一点。

他叹了一口气，接着说："先不说这个。你刚才说，柳杨他们能够提取意识场。怎么提取呢？提取了以后呢？怎么存储？我应该用存储这个词吗？"

"对，这个才最重要。刚才那些理论，其实柳杨也说不太清楚，里面有很多猜测的成分。不过操作层面，他就做得很好了。先说存储，他们发明了一个机器，叫意识机，专门存储意识场。我觉得，可能就是一个微型量子计算机。你们云球的脑单元都能作为意识场的宿主，那么，单独弄一个量子芯片，产生出类似的脑单元，作为意识场宿主应该也是可以的吧？说不定，柳杨是受你们启发呢！我是说真的，当然他不承认。我问过他，我觉得真有可能，因为，他是先发现你们云球人有意识，然后才发明了意识机。"

"他早就发现云球人有意识了？"任为问。

"怎么定义'早'？也就大半年的事情，突破都发生在这大半年以内。"吕青说。

"嗯。"任为回想着这大半年来和脑科学所打的交道。云球人类出现之后很久，地球所才开始和脑科学所打交道，总共也就一年出头的时间。开始打交道并不多，但后来越来越多。一度，脑科学所经常有人来地球所驻场工作几天，好像也带来过各种设备。任为或者其他同事都没有太在意。毕竟是他们找脑科学所帮忙，不是脑科学所自己找上门。他们还满怀感激来着。现在想想，应该就是在那时候，很多暗流涌动的事情，已经在背后发生了，只不过他们一无所知而已。

"他们怎么提取呢？怎么把意识场从大脑中……怎么说呢……提取……或者……弄到……意识机中？"任为问。

"他们叫迁移，迁移到意识机中。提取是前半部分，这是我的叫法，其实他们叫作解绑，把意识场和大脑解绑。后半部分叫绑定，把意识场和意识机的脑单元绑定。解绑加绑定，合起来就叫迁移，这是他们用的语言。"吕青说，"你猜猜看，这个过程是什么样？"

"意识场和大脑，有某种类似量子纠缠的链接，解绑意识场，就是要打破这种链接。最直接的想法，就是某种电磁刺激了。不过，什么样的电磁刺激能达成这种效果呢？"任为一边想着一边说，像是在自言自语，"唉，高维空间，玄学，他们看不到更抓不到它。探测器只是探测泄漏的能量。能怎么办呢？"他继续自言自语。

"除非，"任为好像想到了什么办法。顿了顿，他接着说："除非反过来想。你用的词，提取而不是解绑，很重要。提取，反过来是驱赶。他们有探测过，多大年龄的动物才有意识场吗？"

"不同的动物不一样，马那种生下来就会站着的动物，生下来就有意识场。人这种需要很长哺乳期的动物，两三岁才会有。"吕青说。

"人这种动物？哦……也对。嗯……云球人也是两三岁才变得不可捉摸。也就是说，大脑要成熟到一定程度，才会有意识场。换句话说，意识场对宿主有特定的要求。当然了，这是废话，一张桌子总不能成为意识场的宿主吧？"说到这里，他忽然有点怀疑，"不会有一天，发现桌子也有意识场吧？不，你说植物就没有，海蜇、海绵、水母也没有。所以，很确定，意识场对宿主有要求。那么，如果我们有办法，让宿主的状态，就是让大脑的状态，不符合意识场的要求，那么意识场会不会自动离开？或者，意识场会死掉，而不是离开？我不知道，但这也许是个思路。"

"你真棒！"吕青眼睛里露出敬仰的眼神，"我老公好厉害！柳杨不如你！你只需要几分钟，他却花了好几个月。"

"什么呀？"任为被捧得有些不好意思，"我说的思路对吗？"

"太对了！其实很简单，柳杨他们却花了好久才想到。然后，他们开始用简单手段破坏大脑。比如砍头，可以杀死动物，但是不能解绑意识场。看起来，意识场是死掉了，不是离开了。他们做了很多实验，都不行。后来，他们终于发现了诀窍。"吕青说。

"诀窍是什么？"任为问。

"猝死！"吕青说，"必须让大脑猝死。"

"猝死？"任为沉思着，"对啊！"他说，"很有逻辑。在大脑慢慢死去的过程中，可以想象，意识场的供能慢慢减少，意识场也会持续衰弱，然后死掉。但猝死，忽然断能，如果，我是说如果，意识场有一点点储能能力，那么它有机会发现危机，从而做出应激反应。这就像温水煮青蛙，青蛙会死掉，把青蛙扔到沸水里，青蛙却会马上跳出来。"

"是这样。"吕青说，"大脑猝死，意识场就会离开大脑，不会死掉。"

"不过，这种猝死，"任为还在持续地思考，"应该不是那么容易。一般来说，人们理解的猝死，对于大脑来讲并非猝死。大脑会缺血，但是还会活一会儿。不是有传说，被刽子手砍头的人，脑袋滚下断头台以后，眼睛还能眨一眨吗？所以，他们用简单手段杀死动物肯定不行。"

"对，你说得太对了。"吕青说，充满了钦佩的口气，甚至伸出了大拇指表示赞赏，"和柳杨说得一样。所以，他们采用了瞬间深冻的方法。十毫秒之内，全脑深冻到零下两百度。可不是砍头这么粗暴，但效果比砍头干脆得多。大脑瞬间就不工作了，然后意识场就离开了。"

"大脑传递热量要时间，这十毫秒也不容易啊！"任为说。

"他们先通过外科手术，在大脑中植入了大量纳米管。"吕青说。

"够复杂的。"任为说。

"复杂还是小问题，还有其他更严重的问题。这意味着，大脑被破坏了。虽然，意识场并没有被破坏，它离开了，但是，大脑被彻底破坏了。"吕青说。

"这个？"任为有些疑惑，"有什么关系吗？"想了想又补了一句："当然很残忍，最好能人道一点。"

"人道？"吕青说："其实从人道角度，已经是最人道了。还有什么死法，有这么快这么没有痛苦？问题不在于是否人道，问题在于意识场离开之后，宿主死掉了，意识场将来就不可能回来了。"

"啊？"任为有点吃惊："他们还打算让意识场回来？"

"当然了，"吕青说，"总是可以有梦想的嘛！"

"那……梦想实现了吗？"任为问，"找到更好的方法了？"

"实现了，找到更好的方法了。最终，他们还是用了一种电磁刺激。但是，这种电磁刺激，并不是针对意识场和大脑的链接，而是直接针对大脑，让大脑猝死。用来刺激的电磁波，是一种非常特殊的波形，根据脑电波计算出来，他们叫作猝死刺激。猝死刺激起到的作用和普通电击不同，它的强度并不足以伤害大脑。它基于特定的频率和相位，和大脑产生某种谐振，导致全脑细胞瞬间麻痹。注意啊！脑细胞并没有死掉，只是瞬间麻痹，很快就恢复了。所以，不是真的猝死，是假的猝死。虽然是假死，对意识场来讲，它却瞬间失能了。显然，意识场无法分清楚，那些脑细胞是假猝死还是真猝死。其实它稍等一会儿，就什么事情都没有了。但它没有等，它离开大脑了。"吕青说。

"嗯，记得咱们上大学的时候，有一次有个小地震。西北一楼二层的一个男生，听到有人喊地震，就从窗户跳出来了，结果腿摔断了。别人的反应都没那么快，待在那里。结果震了一小下，然后就结束了，什么都没发生。"任为说。

"是啊！记得。"吕青笑了起来，"就是这么回事。"

"那意识场也够傻的。"任为说。

"这不是它擅长的部分吧！"吕青说。

"这么说，大脑没有受损害，以后还可以把意识场迁移回来？迁移，这词用得对吗？"

"对，迁移。只要是假猝死，以后就可以把意识场迁移回来。"吕青说。

"这会儿——我是说意识场离开之后，剩下的就是空体了，对吧？和 KillKiller 的病人，是一样的空体？"任为问。

"对，是的。不过，脑科学所保存空体的技术没那么好。他们只能保存几天。所以，如果需要意识场迁移回来，几天之内必须完成，这倒也不是什么问题，和 KillKiller 合作的话，理论上说，几年以后再迁移回来也可以。"吕青说。

"这个……"任为低头想了想，"我有点问题。嗯……先不说这个……先说……现在意识场离开大脑了，解绑完成了，那意识场现在是什么状态？又怎么，绑定，对，绑定，到意识机上呢？"

"柳杨说，需要对意识机诱导刺激。就像猝死刺激是根据脑电波计算出来的一样，诱导刺激可以根据意识波计算出来。如果大脑和意识机的空间距离足够近，而意识机被实施了诱导刺激，意识场就可以迁移过去。至于迁移的过程中，柳杨认为，意识场可以有一小段时间处于没有宿主的状态。就像人可以憋一会儿气一样，但时间很短，几十毫秒吧。在这个很短的时间里，意识场会搜索附近的合适宿主。所以，在大脑和意识机距离足够近的情况下，意识机作为新宿主，就会被搜索到。"吕青说。

"附近的合适宿主？如果有另外一个大脑呢？"任为问。

"理论上也可以。把意识场从意识机迁移回原来的大脑，或者说，迁移回空体，就是绑定一个大脑的过程。所以，所谓迁移，不一定是大脑到意识机，也可以是意识机到大脑、意识机到意识机或者大脑到大脑。都可以，实验都成功了。"吕青说。

"那……"任为有些迟疑，"旁边有别人的话，不会随机进入别人的大脑吗？"

"如果是一个空体大脑就有可能。但是，如果是一个没有解绑意识场的正常大脑，那就不行。"吕青说，"对不是空体的大脑也实验了很多次，全都失败了。看来，一个大脑只能承载一个意识场，互相的排斥性很强。就是说，意识场只会进入空体，符合条件的空体。不是空体就不行，当然桌子也不行，板凳也不行，它很挑剔。不过柳杨也说到，也许——只是说不能完全排除——会出现这样的情况，一个宿主大脑中有两个意识场。他认为，某些多重人格的病人，就是这样的情况。但不一定是有别的意识场进入，也可能是因为某种原因，原来的大脑本身产生了两个独立的意识场。"

"也许能够帮助治疗那些多重人格病人。"任为说。

"也许，不过柳杨还没有进行这方面的研究。"吕青说。

"那个新宿主，一定要接受诱导刺激吗？"任为问。

"不一定，但最好这样做，否则成功率很低。"吕青说。

"为什么？"任为问。

"不清楚，柳杨认为诱导刺激就像路牌。如果没有路牌，你也许能找到目标，也许不能，迷路机会很大。而且要知道，你寿命很短的话，就意味着能用来找路的时间很短。所以，迷路了还能及时找到路，在仍然活着的时候，就到达目标，这个机会就很小了。"吕青说。

"嗯，听起来有道理，诱导刺激根据意识波计算得出，可能可以和意识场发生某种谐振，就像猝死刺激和大脑发生谐振一样。"任为说。

"是的，这些东西，柳杨还在研究中。"吕青说。

"嗯，"任为应了一声，接着问："他们怎么证明意识机储存了意识场呢？"

"很简单啊！刚才不是说了嘛，他们可以把意识机储存的意识场迁移回原来的空体。那个动物……怎么说呢……活蹦乱跳，和这一通操作之前看起来没什么不同。身体很健康，至于脑子，虽然不知道那些动物在想什么，但无论是医学检查还是行为观察都没有什么异常，以前的习惯和技能也都在。更有力的证明是，通过这样的一系列操作，他们甚至可以把动物 A 的意识场迁移到动物 B 的空体里，把动物 B 的意识场迁移到动物 A 的空体里。实验证明，它们的身体都很健康，而大脑确实像是互换了。习惯和技能互换了，自我认知互换了。举个例子，它们睡觉的时候，自己主动换了窝。"吕青说。

"嗯，我明白了。我的意思是，意识场在意识机中的时候，是什么状态呢？"任为问。

"嗯，你还是关心你的云球。"吕青说，看着任为，有点紧张，好像还是害怕他又晕过去。

"柳杨他们的意识机很简单，没有什么功能，只是为了储存意识场使用。所以，意识场在意识机中的时候，似乎不工作。能够检测到很微弱的意识波，供能通道建立了，电池的作用发挥了，但信息通道似乎并没有建立。他们从意识机里只能获得一些杂乱的信号。显然，你们的云球厉害多了。"她接着说。

"往回迁移的时候，就是意识机到大脑的时候，从意识机中解绑意识，是不是简单断电就可以？不需要进行猝死刺激吧？"任为问。

"是的。"吕青说。

"就是说我们云球升级的时候，那些量子计算机中的意识场，断电了以后，还存活了一会儿。"任为说。

"又想你的云球。"吕青说，"跟你说这个，搞得我也很紧张了。"

"他们一定恨死我们了。"任为说，没有理吕青的话。

"恨你们？"吕青说，"不会的。他们不知道你们的存在，他们的感官都在云球系统中，都是你们虚拟出来的感受，他们不会恨你们。"

"我知道，我知道。我只是，唉，不说这个了。"任为从云球的思维中转回来，又接着问问题："意识场会衰老吗？"

他没有要晕过去的迹象，吕青放心了一些。

"在人体中，显然会啊！躯体出问题造成的意识场死亡就不用说了。即使躯体不死亡，躯体的衰老还是明显导致了意识场的衰老和死亡。KillKiller 的存在，不就完美地证明了这一点吗？至于在意识机中，好像也不乐观，但目前还不确定。只能说，从意识波来看，确实有逐渐衰弱的迹象。不过，也可能是随机事件，或者是有其他原因。柳杨他们还没有结论，没有足够的时间观察或者研究。毕竟这件事情，从头到尾，总共也只有几个月的时间。"吕青说。

"哦……这样，"任为说，"我刚才就想问的一个问题。假如，我是说假如,意识场在意识机中不衰老,而空体可以被 KillKiller 保存很多年,然后,还可以把意识场从意识机中迁移回到空体中,这是不是某种长生不老呢?"

"哦……不行吧!先不说意识场是否衰老,KillKiller 只是保存了那些衰老的空体,控制继续衰老,但并不能返老还童。"吕青说。

"如果,很年轻的时候就把意识场解绑,把空体交给 KillKiller 保存呢?"任为问。

"这个?"吕青盯着任为,"这是个好问题。"

"再说,你提到过,KillKiller 甚至能够让细胞增殖,你怎么确定这不是返老还童的过程呢?"任为问。

"这个……"吕青低头想了想,"我不能确定。但是,那些细胞增殖是在外部刺激下的增殖,并非是在大脑协调下的有序生长,应该有很大问题。所以,KillKiller 反而要想办法控制这种增殖。事实上,也并没有看到哪个 KillKiller 的病人身体越来越年轻。虽然气色不错,也就如此而已了。你可以这么想象,还是用司令官的例子来说,征兵是一个统一协调的有序的过程,不是任意一个士兵随便把表兄弟拉来就当兵了,或者随便生个孩子就当兵了。那是肿瘤,不是生长。"

她沉默了一下,又说:"不过,也不好说。大老板虽然不在了,司令官却还活着。征兵这种事情,只是正常的运营而已,需要大老板参与吗?你的问题,有这个可能性。但至少今天,按照我对 KillKiller 的了解,他们的技术,还不能在大老板不在的情况下,让司令官能够独立承担起征兵这个责任。司令官也已经很老了。目前来讲,那些细胞增殖,只是士兵们私下里生了些孩子,是在外部刺激下非法生的孩子。KillKiller 认为,总体上有坏处,是肿瘤,必须控制这个过程。"

显然她还是有些担心,因为她又接着说:"看来,柳杨打开了潘多拉的盒子。"

"可能里面还有很多小盒子。"任为说,"机器人呢?他说我们的云球人有意识场,那还有那么多机器人呢?"

"他说,产生意识场需要有足够的计算强度,机器人不行。"吕青说。

"机器人的计算强度不够？"任为有点疑问，"大多数机器人是专用机器人，功能单一，可能计算强度不够。但是，也有全仿真机器人啊！那些机器人，和云球人差别也不大。"任为问。

"柳杨说不行。他检测不到任何机器人的意识场，他检测过。"吕青说。

"好吧。"任为还是觉得有点奇怪，全仿真机器人虽然比云球人差一些，但应该也算很好了。

"柳杨的确打开了一些盒子，可对你不是坏事。"沉默了一会儿，吕青说。

"为什么？"任为问。

"以前是你们找柳杨帮忙，他爱理不理，以后他要找你们了。"吕青说。

"为什么？"任为又问。

"动物实验做了那么多，轮到人了。可他们不能随便拿真人做实验啊！据说，他们已经几次申请过用真人做实验，都被卫生总署严词拒绝了。说是临床实验，但谁都看得出来，这和普通药物的临床实验完全不同。这个申请流程，不归我们部门管，而且他们这件事情涉密级别高，所以我之前不知道。这次，是他们再次申请人体临床实验。本来，申请多少次都不会行，人体实验没法做。不过这次，部长想到了我们。所以我们才有机会去逼柳杨，认真讨论我们的事情。否则，柳杨那个人，有那么容易帮别人想问题吗？"吕青说。

"人体临床实验？这次怎么答复他？要答应吗？"任为问，顿了一下，紧接着又问："为了节省医保费用，和他做个交易吗？"

"交易？没有。"吕青说，"开始，我们没有答复，我们要先讨论我们的问题。"

"他不会吃亏，最后还是要答复。"任为说。

"最后答复了，用云球人。其实，我开始就想到了，我觉得挺好。还有比云球人更合适的吗？"吕青说，有点紧张地看着任为。

"什么？可他们也是人啊！按照他的理论，还有，你的理论。"任为大声说，"你！你们不能这样！"

"别生气，别生气。"吕青赶快说，又伸出手，摇了摇任为的肩膀，"云球人现在还不是人，好不好？你着什么急？法律还没说什么呢！还有个时间窗口，好好想想，这个时间窗口能做点什么，这更重要。千万别把时间浪费了，真等云球人是人了，也就真的结束了，什么都做不了了。再说，你们云球，藏着多少秘密啊？的确需要研究，不是吗？就像你刚才提的那些问题，为什么云球人有意识场，而机器人没有？为什么云球人的脑单元可以和意识场建立信息通道，而意识机却不可以？你不想知道答案吗？"吕青说。

看来，任明明的事情是小事一桩，任为已经把它忘记了。

—09—

柳 杨

果然，柳杨很快找上门来。

整个地球所，现在都处在焦头烂额的状态。任为一天天心不在焉。孙斐一天天火气满满，卢小雷一天天阴阴沉沉，大会小会唠叨着用ASSI实时体验的事情。就张琦还算正常，不厌其烦地告诉卢小雷，别着急，再等等。

这会儿，不是脑科学所对地球所爱答不理，而是地球所对脑科学所爱答不理了。他们不知道脑科学所忽然派来一大帮子人，到底想干嘛？说是要帮他们研究云球演化停滞的原因，但这说不通啊！怎么会突然之间，就毫无缘由地一百八十度大转弯呢？

任为知道原因，他完全同意了脑科学所的所有要求。他想应该很快，大家也就都知道怎么回事了，解密意识场的事情应该没多久了。这件事情想起来，真有点复杂。他很聪明，却不在这些方面，加上他的脑子一团混乱，所以虽说同意了，但也谈不上有多积极。

"你们的事情，吕青跟我说了一些。"在办公室里，任为对柳杨说。

"现在解密了吗？我怎么不知道。"柳杨东张西望地观察着任为的办公室。这办公室很简洁，除了办公家具和两盆发财树以外，什么其他的东西都没有。而且柳杨也不是没来过。但他仍然好像是到了从来没来过的一个很奇怪的地方。他不停地摇头晃脑，看看这里，看看那里。

反倒是一眼都不看对他说话的任为。

任为觉得很烦躁，这是面对柳杨常有的情绪。

柳杨长得就不像个好人。瘦削的脸庞白的可怕，几乎没有鼻子，两只眼睛很大，眼珠子是深灰色，眼白也是灰蒙蒙的，不仔细看，几乎无法分辨出两者的边界。他总是喜欢东张西望，要不然就是阴森森地盯着你。如果发现他盯着你的时候，你得知道，多半他心里正琢磨着什么不可见人的东西，下一步就是让你难堪和愤怒。所以，当他东张西望的时候，你还相对安全。想到这点，任为觉得平静了一点。

"不是马上要解密了吗？"任为说。

"也许吧，"柳杨说，"但我不知道，原来马上要解密的时候，就已经可以到处乱讲了。"

"我没有到处乱讲。"任为有点火气，"好好说话，行吗？"他说。

"我在好好说话。吕青告诉了你，不就是到处乱讲吗？"柳杨说。

任为说不出话来，使劲哼了一声。

"你在到处看什么呢？"过了一会儿，任为问。

"没看什么。你这里有什么好看的吗？"柳杨说，说着话依然东张西望，看着他可能已经看了几百遍的四周。

"好吧。"任为无可奈何，"我想问问你，你们到我们这里，到底研究目的是什么？"

"你不是知道了吗？吕青不是告诉你了吗？"柳杨说。

"她就告诉了我一点点背景而已！她怎么会知道你们的计划呢？"任为说。

"我不知道她知道不知道，这你要问她。"柳杨说。

"好吧，你好好说话。你还不是要我配合吗？我们好好配合，行吗？"任为使劲压抑着烦躁。

"好好配合？配合得很好啊！再说了，不是你要不要好好配合的问题，是你必须好好配合。"柳杨撇撇嘴，很不以为然的样子。

任为火了，他使劲地往椅子背上一靠，椅子发出腾的一声响。他顺手把手里的一支笔扔到了桌子上，又发出连续的两三声清脆的碰撞声。

这时，柳杨忽然停止了东张西望，扭过头来盯着任为。那双眼睛很深邃，权且这么说吧，虽然看着灰蒙蒙，但里面透着死水深潭般的森森寒气。任为不知怎么，就浑身一凉。刚刚的火气，好像被深潭里舀出的一盆冰水兜头剿灭了。

"任所长，"柳杨的语调变得很慢，"我不是来找你配合我，我是来挽救你。"

"挽救？"任为觉得后脖梗子又发凉了，后背则好像已经渗出了一些汗水，"挽救什么？"他问。

"哈哈……"柳杨大笑了两声，"你慢慢自己想吧。"他迅速又恢复了冷冰冰的语气。

"云球吗？演化停滞吗？这是资源的问题，我们自己可以解决。你知道，最近我们有一些收入，社会化的收入。已经按照你的建议，开始扩容了，应该会有效果。"任为说。

"云球？演化停滞？"柳杨说，"我才不关心什么演化停滞。你们开始挣钱的事情，我倒是听说了。不错啊！作为科学家，你脑袋还是蛮灵活的嘛！"

"我们没挣到多少钱，别嘲笑我们了。"任为说。

"收视率太低，没广告商？那还不容易，让观众用ASSI直接进去看啊！"柳杨说。

"这怎么行？这是严谨的科学实验。难道你会把你的实验室开放让老百姓进去看吗？"任为又不高兴了，"把实验内容的一部分公开是一回事，把实验室开放让人看着做实验是另一回事。"

"严谨的科学实验？"柳杨死死地盯着他，"不，这不是科学实验。"

"什么？"当任为的恼火碰到柳杨的目光时，总像是碰到了一面不可逾越的墙，"你什么意思？"他问。

"这就是我要挽救你的地方。"柳杨说，"这不是科学实验，这是生活。"

任为还是一阵阵地觉得冷，腿都不自觉地抖了起来。好在办公桌阻挡了坐在对面的柳杨的视线，否则他一定会毫不留情地嘲笑。

他没有接话。

"你明白我在说什么，"柳杨说，"我知道你明白。你已经被吓得六神无主了，怎么样？有一段时间睡不着觉了吧？你创造了一个世界，你是上帝，你创造了一个世界。然后，你还对这个世界犯下了无数罪行，就像上帝杀掉了所有埃及人的长子。这一切，都快要大白于天下了。哈哈……哈哈哈……"他大笑起来。

"那只是虚拟人，不是人。"任为解释着。但他自己都觉得，这解释苍白无力，"他们还不如机器人。机器人还有个躯壳，有自己的脑袋，有自己的手和脚。而他们，只是活在量子计算机里。"

"脑袋？手？脚？是说你们家的露西吗？她只会做饭打扫卫生……还不怎么好。知道我怎么知道的吗？因为我家有同款机器人。那还是琳达活着的时候买的。买的时候，好像还咨询过你们家吕青。哦……我可怜的琳达！"他忽然收起了阴森的目光，取而代之的是满满的悲伤，眼泪居然流了下来。

任为简单知道柳杨和琳达出车祸的过程。琳达当场就去世了，柳杨自己也受了重伤，不过已经恢复得很好。当时，柳杨和琳达去看电影，回来的时候已经是半夜。路上没什么人，自动驾驶汽车莫名其妙地撞到了公路隔离栏上起火燃烧，事故地点离脑科学所很近。琳达就这样离去了。自动驾驶汽车厂商没有找到原因，赔了柳杨一大笔钱。但是，柳杨拒绝任何赔偿，而是坚决要求厂商召回所有同款自动驾驶汽车。这件事情现在还没完。据说，迫于公众压力，厂商已经准备召回了。

说起这件事情，柳杨很可怜，谁都知道他和琳达感情很好。就像面对任为一样，柳杨这人一向很怪。同事、下属、领导都不喜欢他，朋友嘛，应该没什么朋友。不过，他是个天才，像金子一样，迟早会发光，不仅是在事业上，在爱情上也一样。在打光棍很多年之后，一个小他二十岁的美女，就是琳达，爱上了他并且嫁给了他。他们爱情故事的细节没人知道。但大家都看得到，他在琳达面前是个普通人。不是柳杨，而是一个普通人，一个深爱着妻子的普通人。

现在，柳杨又重回孤独。也许，他的性格因此更加怪僻了？任为不知道。但提到琳达，任为总是觉得，柳杨的一切都值得宽容。

任为不知道怎么去安慰柳杨。不过他不用再多想，因为柳杨已经恢复了。不知道算不算恢复，但至少他不再流眼泪了，他从椅子上站了起来。他咆哮着："是啊！脑袋、手、脚，还有嘴巴、鼻子、眼睛、脚趾头、手指甲、头发梢，太多了，这就是人！精神呢？意识呢？灵魂呢？谁告诉我，什么是人？什么是我？什么是你？"

他看起来像是疯了，在屋子里绕着圈子走来走去。这屋子并不大，他绕的圈子很小，中间怕是连两个人都站不下。他急促地绕着，并且继续咆哮，但话题忽然又扯到任为身上。

"任为，你完蛋了，你知道吗？你完蛋了！你的云球人都是人，因为他们拥有人的精神，拥有人的意识，拥有人的灵魂！知道吗？意识！意识！意识！老子发现了意识！我是最伟大的科学家。什么牛顿，什么爱因斯坦，都是垃圾。我才是最伟大的，我发现了意识，我解答了终极的哲学问题。我是谁？你是谁？谁是我？谁是你？意识，知道吗？意识，这才是关键。手和脚不是问题，砍掉你的手，你还是你。但是，杀了你的意识，你就是一堆肉。和我们家门口超市里卖的猪肉、羊肉、牛肉、鱼肉或者蝎子肉、蚂蚁肉没区别。可以把你剁了放在货架上，两百块钱一公斤。随便买，放在保鲜袋里带回家。然后放到锅里，加上水，加上盐，琳达还会放上很多老抽，我的琳达，"他好像又流了几滴眼泪，"我的琳达。她知道我爱吃炖排骨，放了很多老抽的炖排骨。"

他沉默了下来，慢慢停住脚步，坐回椅子上。

任为愣愣地看着他。真是个疯子，他想。但是，他依旧身体发冷，双腿不停地抖着。

"知道吗？意识！吕青跟你说过了吧？意识场，这才是关键。你的云球人有意识场。因为你们的量子计算机集群性能强大，你们的演化策略非常成功，云球人大脑的计算强度超过了柳杨阈值。知道吗？柳杨阈值，以我名字命名的生物学参数，同时也是物理学参数。云球人大脑的计算强度超过了柳杨阈值，所以，他们发展出了意识场。他们和人一样，不需要手和脚。虽然那也许也很重要，不，那不重要，那不重要，重要的是意识场。你因为有你的意识场才是你，我因为有我的意识场才是我。露西不同，自动驾驶汽车也不同，我的那辆撞死琳达的自动驾驶汽车，它叫卡珊德拉。他妈的这是什么名字？卡珊德拉，听着就不吉利，我怎么那时候没想到呢？所以出事故了，这怪我！怪我！但是你知道吗？那是最高级的自动驾驶汽车。卡珊德拉比露西复杂多了。可还是不够复杂，计算强度没有超越柳杨阈值。它们产生不出意识场，无论它们多么逼真，无论它们的躯体使用了什么高级技术。对了，你女儿，叫什么来着？任明明，对，任明明，你怎么给女儿起来这么个名字？明明，好吧，明明。我见过她，红色爆炸头是吗？鼻环，还有鼻环！有性格！还是那样吗？她不是做仿真皮肤的吗？那些仿真皮肤，温温润润，还内置了比人类触觉细胞还要灵敏的触觉传感器。甚至还有汗毛，明明没提过吗？机器人不需要出汗，他妈的他们还让仿真皮肤出汗。然后，把仿真皮肤铺在机器人的躯壳上。摸起来好极了，你分不出来是真人皮肤还是仿真皮肤。还会出汗，黏黏糊糊，让人兴奋，对不对？那些 ASR 性爱机器人，比和真人做爱还要好。但是，他们的计算强度不够，达不到柳杨阈值。没用，任，你完蛋了。只有你的虚拟人，没手没脚没有仿真皮肤的虚拟人，他们达到了柳杨阈值，他们才是人。"

"可是，不也有功能完备的全仿真机器人吗？"任为很艰难地插了一句话。

"全仿真机器人？"柳杨愣了一下，"是的，全仿真机器人。也许未来某一天，全仿真机器人会产生意识场，可是，知道吗？全仿真机器人经常升级。那些公司总能研发出新功能，他们两个月就升一次级。而且显然，技术不成熟，他们总有 Bug，总要维修。没有时间，全仿真机器人没有足够的时间，产生意识场需要时间，它们的计算强度还是不够。谁知道呢？也许产生了，然后升级的时候就被杀死了。或者它们根本就不会有，它们不是脑单元那种结构。我不知道。我们买了一百多个全仿真机器人，没有发现意识场。他们太年轻了，刚出厂。

我们还在养着，希望能把意识场养出来。那些机器人人权组织成天叫嚣，叫嚣什么呢？今天的机器人根本没有意识，就是机器，不是人。还有那些狗养的机器人厂家，天天过来说要升级，还说免费。我不要升级，我不要升级，我不要升级。怎么他妈的就听不懂呢？这是骚扰知道吗？这是杀人知道吗？还升级，这帮笨蛋。我养着他们，谁会养着他们？只有我。这帮愚蠢的用户，他们只知道追踪新型号。知道全仿真机器人平均的更新期是多长时间吗？两年，只有两年，老型号就淘汰了。但是，他们脑子里那个小小的微量子计算机，怎么着也得五年……或者……十年，才能产生意识场。"他疑问地摇摇头，"我不知道，两年来不及，一定来不及。难道我要养那些机器人十年？都是老古董了，收破烂的人也会骚扰我，让我把这些古董机器人卖给他们。那时候它们还不如一个写字台值钱。你这个写字台，酸枝木写字台，很好！收破烂的人回收旧机器人给的钱，还买不了你写字台的一条腿。知道回收以后怎么办吗？拆掉！拆掉！拆掉！"他又站起来，用手撑着桌面，隔着办公桌把头伸到任为头前，重重地说，好像害怕任为听不懂。任为下意识地向后躲了一下。

"拆掉！拆成芯片、电线、骨架、金属壳、仿真皮肤、纳米纤维，还有机械手和机械脚。"他接着咆哮，"意识场呢？走了，飞了，死了，反正不在了。杀人犯，都是杀人犯。你也是，你杀的最多。你一个部落一个部落地杀人。还把杀人的资料送给我让我看，让我分析这个分析那个。知道我分析出什么了吗？我分析出你在杀人，你在向我炫耀，你杀人有多么厉害！"

"我不是炫耀。"任为觉得自己满身大汗。

"也许吧！"柳杨忽然声音低沉下来，"谁不杀人呢？"

他愣了一会儿，看着刚才任为扔到桌子上的那只笔。那是一支智能笔，可以像普通钢笔一样写字，但更重要的功能是写字的同时，它会把内容上传到指定的某台网络服务器上，并且会实时将内容翻译成多种语言版本。出现书写错误时它会报警，不仅是错别字，也包括出现语法错误时，甚至包括出现各学科的专业知识错误时，它都会报警。

它里面有处理器，不是完整的量子计算机，但也包含一个小小的量子芯片。

"谁知道呢？"低头对着那支笔，柳杨接着说，"这支笔，如果给它一千年，会不会产生意识场？不，时间不能解决所有问题。它单位时间的计算强度不够。我一定对吗？伟大的科学家也会犯错，对不对？我还没完全搞明白。我不知道，但也有可能。你觉得这支笔太旧了，有划痕了，你扔了。它躺在垃圾桶里，电池慢慢在消耗。在一个没有人知道的肮脏角落里，旁边是喝空的咖啡杯、苹果核和一条只剩下鱼刺的红烧鱼，一起待着。然后电池终于没电了，一个意识场的孕育过程就完结了。一个胎儿，你让它流产了。流产违法吗？好像在有些国家违法。前两天哪里还有游行，是反对堕胎还是支持堕胎来着？反正，这支笔被堕胎了。"

这段话反而让任为好受了些。

"虽然机器人还没有自主产生的意识场，但听起来，你可以把人的意识场迁移到机器人身上。"任为说。

"不，不行。"柳杨说，"现在还不行。"他忽然有点沮丧。

"你的意识机，其实不就是个简化版的、没有四肢的机器人吗？"任为问。

"是的。但是，意识场只是待在那里，没有完全结合，或者说，没有工作。"柳杨说。

他好像陷入了沉思，头扭向了一边，看着墙面。这一会儿，他看起来倒挺平静，这不多见。

"我认为那是因为意识机从来没有产生过意识。"他喃喃地说，"自主产生意识场，和作为其他意识场的宿主进行工作，需要相同的条件。否则，只是一个放了珠宝的盒子。珠宝在里面，但盒子却还只是盒子。"

"那你确定我们的云球人有意识场吗？"任为问道。

"当然，我们之前已经检测过了。我们带了加湿器，我们说那是加湿器，其实那是意识探测仪。哈哈哈……你见过……那么大的加湿器吗？再说，我们带加湿器干嘛？"柳杨又激动起来，头扭过来，兴奋地看着任为。

任为想起来，那天问吕青，柳杨是否确定云球人有意识场，吕青说柳杨很确认，但又支支吾吾，原来是这样。看来，现在只有自己和柳杨两个人，他一激动就说出实话了。不过，这有什么关系呢？尤其是，如果这件事情是柳杨做出来的。

"而且我们已经计算过了，你们云球的计算强度远远超过柳杨阈值。每一个脑单元的计算强度都超过了柳杨阈值。其实，不是明摆着吗？云球人的表现和真人有区别吗？"柳杨继续嚷嚷着。

"哦……还是……有一些区别。"看起来柳杨并不是真的提问，但任为插话回答了他，"你看，他们演化停滞了，人类的演化可走到今天了。再说，你们的人说，那是专用的计算设备，不是说加湿器。"

"什么？他妈的！我让他们说那是加湿器！他们为什么不听我的？这帮混蛋！全是混蛋！好吧，我要整死他们。他们这帮笨蛋，早就该整死他们。不过，这不关你的事。你说什么来着？这个……对……"柳杨的激动继续升级，双手不再撑着桌子，开始在空中挥舞，"演化停滞。我同意你的看法，你需要扩容。不能升级，只能扩容。原因在于资源，这点你是对的。或者，如果你很穷，你可以想办法帮帮他们。"

"帮帮他们？怎么帮？"任为问。

"我不知道，那是你的问题。"柳杨说，"但不能再通过杀人的方法了。我们很快会证明，你们之前是在杀人。不过，我们不会告诉别人，你放心。"

他的手不再挥舞，重新撑住桌子，他的头略微前伸下探，就快要碰到任为的头了。他把声音放得很低，好像是在讨论什么阴谋。

"这是我们之间的秘密。当然，如果真的能保守住这个秘密的话。哈哈哈……"接着他又笑了，幸灾乐祸那种笑，像是他算准了这个秘密保守不住。

"你连开放实验室让大家参观都不敢，那么进到实验室里动手动脚，你就更不敢了。"他接着说。

"实验室不就是用来动手动脚的吗？你在说什么？"任为说。

"哦。"柳杨愣了愣，仿佛发觉自己说得不太对，"我是说，到实验品里面去。告诉你，我很有信心，我不但能证明云球人是人，我还会有办法让人，真人，进入到云球。我是说真的进入，和云球人说话，和云球人做爱，而不是用 SSI 把影像导出然后参观。"

"啊？"任为惊了一下，他愣愣地在思考。

柳杨的眼中，少见地出现了鼓励的目光，热切地看着他。

"你是说，"任为说，"你是说，要把人的意识场，迁移到云球人身上去？"

"是啊！我已经把人的意识场迁移到意识机上去了，为什么不迁移到云球人身上去呢？"柳杨说，显得很得意。

"你已经把人的意识场迁移到意识机上去了？"任为吃了一惊，"你做过人体实验了？"

"啊——"柳杨似乎也吃了一惊，"没有，没有，当然没有。我是说如果有那么一天的话，你知道，一定会有那么一天，一定会有的。"

"好吧，就算有那么一天，可你没法让意识场和意识机进行互动，意识机只能保存意识场。"任为说。

"是的。但云球不同！我不是说了嘛，产生意识场和作为意识场的宿主是一回事，需要同样的能力。意识机不行，云球可以。云球的能力比意识机强太多了！"柳杨说。

"这个……这……可以吗？你是认真的吗？"任为有点慌。

"当然了，我一贯是个认真的人！不是吗？"柳杨盯着任为，"我们测量过，你的机房里满是意识场，在四维或者五维或者他妈的什么维度的空间。这是我要研究的一个问题。一个伟大的科学家要研究的东西很多，这只是一个小问题。意识机用了和你们同款的量子芯片，可你们的算法，哦……哦……我不说这个……不说这个。我暂时……只是暂时……不知道怎么让意识场启动。我不知道怎么让这个意识机成为一个人，像云球人那样的人。他需要一个环境，是的，我不知道怎么塑造这个环境。当然这是暂时的，这是我要研究的另一个问题，一个小问题，很小。"说着，他用右手拇指和食指比划了一个很小的距离，接着说："你这里有一个环境，一个现成的环境。你们很偶然地制造了一个环境。虽然，你们像傻子一样，但是，你们的运气不错！"

任为听明白了，他的确有求于自己。不过又怎么样呢？他的样子更像自己有求于他。

任为说："好吧，但我并不想干预云球。就像你说的，我不想在实验品里动手动脚，那就失去了我们观察自然演化的初衷。"

"那你就等死吧！"柳杨说。

"我们在讨论云球演化的问题，我怎么就等死了？"任为说，有点不高兴，"最多我们想办法多挣些钱。我甚至可以同意让大家参观一下实验室。不就是需要挣钱吗？有钱、有资源的话，我相信演化停滞问题一定会解决。"

"我才不管这个。刚才我就说了，我才不关心什么演化停滞。停滞好了，只要已经有意识场，对我来讲就已经够了。你面临的是群体的社会学问题，我要解决的是个体的生物学问题。刚才这些，只是我好心给你出出主意，你爱听不听。不过，你等死的事情可不是这个事情。我是说，你真的等死吧！你杀了那么多人，总有一天，会有人权组织来干掉你，或者警察会来把你抓走。"柳杨说着，露出微笑，仿佛看到几个手持冲锋枪的蒙面人，冲进来对着任为扫射。而他为此感到很高兴，忍不住越笑越开心。

"这和我们谈的事情有什么关系？"任为问，他被柳杨搞得头昏脑涨，几乎失去了思考能力。

柳杨收起笑容，说："我可以救你。我们是朋友，对不对？我们是朋友，对，朋友要互相帮助。等我成功了，我可以把你送到云球去做个云球人，你就可以逃脱制裁了！在这个世界，你无法逃亡，因为你的生物学痕迹会被追踪。你知道，追踪技术很发达，你很快会被抓回来。可是，意识场只有我能追踪，人权组织或者警察可不会。你到了云球，谁也不知道你是谁，你就安全了。哈哈哈……"他哈哈大笑，又忽然顿住，说："不过，我知道你是谁。我还是能干掉你……或者抓住你，交给人权组织或者警察，那还是挺有意思。"他抬头凝视着什么，眼睛微微眯着，嘴巴半张着，仿佛正在体会着那种快感，但他凝视的方向，空空如也，只有一个洁白的墙角。

"你疯了！"任为腾地站了起来，"你……你……"他用手指着柳杨，"你真是个疯子。"

—— 10 ——
贴心的迈克

周日的早晨，任为昏昏沉沉地醒来。吕青还在酣睡。他从床上爬起来上了厕所，又回床上靠着床头坐了一会儿。一夜的噩梦让他的心脏怦怦乱跳，不过想不起来都是些什么内容。他觉得再也睡不着了，就起来洗漱了一下，穿好衣服，出门去买早点。这会儿其实已经不早，快要九点了。周末的时候，他们起床通常比较晚，时间不一定，所以一般不让露西做早饭。

今天任明明回来吃午饭，这可不容易。吕青说要多做两个菜，任为就想着，顺手把菜买了再买早点。他在菜市场晃晃悠悠，周围一半是家庭主妇，一半是家政机器人。虽然现代社会到处充斥着高科技，但在菜市场的嘈杂声音里，依旧弥漫着油盐酱醋，偶尔夹杂一些家长里短。这让任为觉得很放松。这里的讨论，只关乎生活，不关乎生命。

回家后，和吕青吃完早饭就已经快十一点了。吕青和露西开始准备女儿回家的中午饭。任为觉得很疲惫，坐在沙发上居然又睡着了，直到门开的声音把他吵醒。他看到任明明和一个小伙子走进家门。

这时候，餐厅饭桌上似乎已经摆了一些做好的菜。从任为的视角，可以看到一盘肉末茄子。

小伙子长得很精致。任为很奇怪，自己怎么会想起"精致"这么个词，尤其是看到一个小伙子的时候。但确实，这个词很贴切。他的脸庞就像是古希腊的雕塑，大大的眼睛，浓密的眉毛，挺拔的鼻梁，细腻紧致的皮肤。黑色头发是一个左偏分发型，非常普通却干净整洁。整个头部都像是经过精密地计算，身材也非常适中，不高不低，不胖不瘦。他穿着深棕色夹克和浅灰色长裤，在衣服轮廓下，依然能够让人感觉到充满力量的躯干和四肢。

小伙子的抢眼甚至掩盖了任为对亲女儿的注意力。在瞬间的惊奇之后，任为才发现了女儿的变化，那就是惊诧了。任明明的头发虽然仍是红色，但却不再是爆炸头了，而是贴着脑袋像溪水一样流下来，流到肩膀的位置淡淡地消失了，柔顺自然，像深山中的清泉一样清新。那个奇怪的鼻环，也已经不在她那挺拔秀丽的鼻子上了，她两侧鼻翼都光滑净洁，没有任何曾经带过鼻环的痕迹。恍惚之间，任为都想不起来，本来她的鼻环到底是在左侧还是右侧。

刚从厨房走出来的吕青，显然也被眼前站着的一对儿金童玉女惊着了，她像任为一样呆呆地看着他们。

任明明仿佛预料到他们的震惊。她歪了一下头，同时撇了撇嘴，似乎在表示不以为然。然后她说："爸，妈，给你们介绍一下，这是我男朋友，迈克。你们不是一直要见一见吗？我给你们带回来了。"

"叔叔好！阿姨好！"迈克彬彬有礼地说，脸上带着谦和的微笑，冲任为和吕青鞠了一躬。他的声音是标准男中音，就像是电视台的新闻主播。

一直到寒暄了几句之后，任为都还没有缓过劲来。他从来没想到过，女儿找了个这么帅的男朋友，还这么彬彬有礼。看起来，是个很优秀的孩子。他一直以为，那会是个穿铁钉皮衣的摩托小子。而且，这个小伙子不但自身优秀，似乎还一定程度改变了女儿，那个爆炸头不见了，鼻环也不见了。虽然，一脸嫌弃的表情好像还有一些，但也只是时隐时现。如果真是这样，那实在是太好了。

"我和明明一个公司，做测试工作，我们是同事。"任为问迈克做什么工作的时候，他说。任为注意到，迈克一边说着话，一边帮任明明从饭桌下拉出了椅子。这种古老的绅士行为，任为已经很久没看见过了。任明明却仿佛很习惯，一屁股坐了上去。

吕青看起来和任为一样心神不定。她盯着迈克，忽然问了一句："你多大了？你父母还好吗？"

父母还好吗？任为觉得这个问题问得有点突兀。不过看来迈克并不觉得，他微笑着回答："哦，我二十八岁，父母在我小时候就去世了。"

"哦，对不起。"吕青说。

"没关系，很久以前的事情了。"迈克说。

"工作怎么样？忙吗？"任为把话岔开了。

"挺好，不算太忙，明明帮了我很多忙。"迈克一边回答，一边扭头冲任明明笑了笑，那笑容非常温暖，任明明却并没有理他。

"吃点东西。"任为说。

"好，谢谢叔叔阿姨。"迈克说。他看了看饭桌上的菜，先帮任明明舀了一勺肉末茄子，对任明明说："这是你最爱吃的菜，我要尝尝阿姨的手艺了。"接着又舀了一小勺，送到自己嘴里。慢慢地咀嚼了几秒钟，好像在仔细地体验味道，然后安静地咽了下去。接着，他说："真的很好吃。"

"是不是有点咸？"吕青说，"我们家口味重，不知道你习惯不习惯。"

"不算很咸，在 68% 的位置。"迈克说。

"68%？"吕青愣了一下。

"我是说咸度，在我吃过的菜里面。"迈克说。

"他做测试，这是他的职业病。"任明明说。她大口地吃着，可没有迈克那么文雅，但表情看起来并不像觉得有多么好吃，冷冰冰的。不过，这才是任明明，任为想，要说她有些改变也相当有限。当然，头发和鼻环能够改变，已经很不容易了，这是任为和吕青想做了很久，而一直都做不到的事情。

"你们不是做仿真皮肤吗？"任为问，"怎么，也测试味道吗？"

"我们也要做新业务啊！我们的仿真皮肤又卖不出去。"任明明插了一句。

"什么新业务？"任为问。

任明明没有回答。迈克看了看她，扭过头对任为说："嗅觉数字化和味觉数字化。"

"嗅觉数字化？味觉数字化？"任为说，带着些疑问。

"这个领域好像还不太成熟，SSI 系统都还没有包含嗅觉和味觉介入。"吕青说。

"是的，我们也在尝试。"迈克说，"没有那么难。有些公司，新的 SSI 实验版本已经包含了嗅觉和味觉介入。但是，嗅觉和味觉的数学表达有很多标准，业界还没有统一。而如果 SSI 使用的话，必须全网统一才有意义。所以，已经包含嗅觉和味觉介入的 SSI，在统一标准之前无法使用。"

任明明一直没说话，自顾自地吃着东西。其实大家都没怎么吃，但她可不管这个。

"统一标准是大公司才能干的事情。你们公司规模不大，怎么才能参与呢？"任为问。

"我们分析嗅觉和味觉。无论怎么表达，都需要基础的数据。"迈克依然面带微笑，不时看一下任明明。

"嗯。"吕青点点头，"但是，你只是品尝一下，就能分析得那么准吗？"

"他就是干这个的。"任明明忽然插话，"他能干的事情还多呢！"

迈克又看了一下她，说："是的，我就是干这个的。"

任为也觉得很不可思议。68%，靠舌头得出这样的数据？

吕青还是盯着迈克，"你还能干什么？"

"我的表达可以很精确。刚才我吃的这一口肉末茄子，味觉表达式是 N3M54A9Sa66H9Ut77Y7X2Tr6E33I8B4C52Pi90Q11Lj1Ku114G9V9Sa46，这是按照克里梅尔标准的表达。"迈克说。

任为和吕青都呆住了。

任明明拿餐巾纸擦了擦嘴,好像吃饱了的样子。"说说嗅觉表达式。"她说。

"Kal65ksf33Kjh99Las8Tus900Poi887Ced786Loj112Ted450Mon331Y ou96Qse76Muy884Cos820Vuy993Xox25Zus771，这是按照辛雨同标准的表达。"迈克说，依旧谦和地微笑着。

"辛雨同教授我见过。"吕青说，但口气就像是见了鬼。

任为愣愣地不知道说什么。

"还有呢！接着说，你还能干什么？"任明明说，好像有点不耐烦，觉得迈克不太爽快。

"哦，好的。"迈克说，"我已经把刚才那一口肉末茄子消化了。消化率99.94%，产生热量8.9卡，蛋白质含量35.5%，脂肪含量13%，糖分18%，纤维素98毫克，维生素4毫克，微量元素23种，消耗S8型消化液650毫克。需要更详细的数据吗？"

"不需要了。"任明明冷冷地说。

大家陷入沉默。任为和吕青一脸茫然，任明明一脸嫌弃的表情又出现了，就这么看着他们两个也不作声，仿佛不耐烦地等着他们下一步的反应。但迈克依旧带着谦恭的微笑，一会儿看看他们，一会儿看看任明明，眼神中始终充满着温暖。

"对不起，不一定非常准确，我的胃有时会有些问题。"过了好一会儿，迈克说。大家的沉默好像让迈克有些不适应，眼神中的温暖仿佛也掺杂了一些紧张。

"你一直在抓紧吃饭，好吃饱了以后，战斗，是吗？"吕青忽然把眼神从迈克身上移开，转到任明明身上。

"对啊！"任明明不以为意，就这么迎着她妈妈的眼神，"迈克是机器人，而且，我们要结婚了。"她说。

任为明白为什么任明明的头发不再是爆炸头了，也明白吕青为什么怪怪地问迈克的父母怎么样了，他觉得自己很迟钝。

吕青虽然一向很坚定，但此时任明明更坚定。吕青的眼神坚持不下去了，她终于把眼神移开，看着自己眼前的一碗米饭，她还一口都没有吃呢。

"要加米饭吗？"忽然传出了很平静的询问声。露西站在任明明身边，任明明的饭碗已经空了。

"不用。"任明明头也不回，依旧冷冷地看着任为和吕青。

"好的。"露西说，然后扭头走开了。

"那个……胃……是怎么回事？"终于，任为使劲挤出了一个问题。他脑子有些恍惚，不知道自己为什么问了这个问题。

"对不起，我不太明白您的问题。"迈克说，露出很疑惑的表情。

"这也是我们公司的新业务。"任明明说，"我们的仿真皮肤质量很好，迈克身上的皮肤都是我们公司的产品。但是我们卖不出去。所以，我们要开拓新业务。味觉和嗅觉分析是一部分，电子胃是另一部分。其实电子胃是核心，至于味觉和嗅觉分析，是因为在技术上和电子胃密切相关，所以才一起做了。"

"我怎么没听说过有人研究电子胃，要干什么？是器官移植吗？现在医疗技术非常好，各种胃病也不是什么难治的病。就算有什么难治的病，市场也很小吧？这个事情有前途吗？"任为问。

"谁告诉你有胃病才需要移植？"任明明说，"没有胃病就不能移植吗？"

"没有胃病为什么要移植？"任为很疑惑。

"因为胃本来就有病。"任明明说。

"你……什么意思？"任为问。

"胃的消化率太低。你不需要大便吗？太浪费了。三百亿人口，虽然光合科技让粮食不是问题，但还是节约点好。而且，关键是，太不文雅了。我的老板痛恨大便，她的梦想是人类不需要大便。"任明明说，依旧一脸冷冷冰冰的表情。

任为觉得消化系统很不舒服。

任明明显然看到了他尴尬的表情，她接着说："你这个科学家才是机器人，你根本不了解人。不过，看在你是男人的份上，就不跟你计较了。

我很理解我老板啊！我老板是大美女，那种大、大、大美女。你知道什么是大美女吗？你想象一个大美女，那么漂亮，那么高冷的漂亮，在充满鄙视地拒绝了你猥琐地搭讪之后，转身去厕所大便了。那是多么尴尬的一件事？"

"我……"任为有点结巴，"我不会猥琐地搭讪。"

"也许吧！因为你不能欣赏美。总之，你理解不了，但是我理解。我认为，我老板的这个主意棒极了。现在还是实验阶段，所以在机器人身上。等实验成功，我就会移植一个。"任明明说，"食物的消化率超过 99.9%，你刚才听见迈克的数据了吗？几乎不需要大便，干净，斯文，不好吗？"

"妈，也许你能理解。"任明明忽然转向吕青。

"哦？"吕青抬起头，茫然地说："我不知道。"

"哼，也许你也不懂。"任明明不以为然地笑了笑，"还有很多好处，不过你们更不懂。没关系了，这不是重点，重点是，我要和迈克结婚了。"

任为和吕青都愣愣地无言以对。

"跟你们介绍一下背景，你们听听就可以了，如果没有什么建设性，就不用发表意见了。你们是我父母，咱们大吵一架，没什么意思。"任明明平静地说，"迈克是一个很旧的机器人，四年了。他说他二十八岁是撒谎。父母双亡当然也是撒谎。不过，这都是事先的设定。你们应该知道，好多机器人都有类似的设定。"

说到这里，迈克露出了羞愧的表情，低下了头。"对不起。"他低声说。

"我去公司的时候，他就已经在了。那时候就是测试皮肤，还没有嗅觉介入、味觉介入和电子胃这些东西。所以，迈克也就是经常换一身皮肤，这是他唯一的工作。他是全仿真机器人，但是除了测试皮肤，没什么其他用处。所以，他的硬件，量子芯片什么的，都没升过级，很老了，软件也一样。公司经营不好，尽量省钱嘛！公司为了全方位测试，要求员工轮流带一个测试机器人回家，好在各种情况下观察我们的仿真皮肤的表现。我经常带迈克回家，慢慢地，我发现我很喜欢和他在一起的感觉。他很听话，很贴心，有一天我们就做爱了。"说到这里，她顿了一下，观察任为和吕青的反应，注意力很集中，随时准备战斗的样子。任为和吕青却仿佛在做梦，并没有什么反应。

"我不知道 ASR 什么样，但是迈克足够好。"她接着说；"我很喜欢，所以我天天带迈克回家。公司反正要测试，也无所谓，也没人跟我争。我们公司的测试机器人都很帅，我们的仿真皮肤好嘛！虽然卖不出去，但我们的仿真皮肤真的很好。我喜欢迈克，我爱他。我觉得，他也很喜欢我，爱我。你们不要觉得他是个机器人，他就像真人一样。我记得，小时候，你们带我看过很多科幻电影。那些电影里，很多机器人产生了自我意识。对不对？我觉得迈克就是其中一员，他知道自己是机器人，但他认为自己是人。我觉得他就是人，他有自己的意识。我上大学的时候，谈过好几次恋爱。有些你们知道，有些你们不知道，都不如迈克。迈克从来不和我吵架。他很了解我，比那些男孩子了解我。在我需要什么的时候，他总能看到我心里。那些男孩子都不行，都以自我为中心。当然了，我也以自我为中心。但迈克不是，他最了解我，他最贴心。你们知道什么是贴心吗？爸，妈，你们知道什么是贴心吗？"

她没有得到回答。

"后来，公司要做电子胃，还有嗅觉和味觉介入。所以，这些测试机器人都被改造了，安装了我们研制的口腔系统和胃系统。迈克也改造了，就是今天这个样子。好，过程就是这样。现在，我想告诉你们的事情很简单，我们要结婚了。"任明明接着说。

任为和吕青还是没有说话。

"你们不回答我吗？"任明明问。

"你知道我们不会同意。"吕青终于开口说了一句话。

"为什么？"任明明问。

"为什么？这需要回答为什么吗？"吕青说，"他是机器人，不是人。"她瞄了一眼迈克，看见迈克在看着他们，但听到她说的话，他又低下了头。

"他早就通过了最严格的图灵测试。"任明明说。

"现在的机器人都能通过图灵测试。"吕青说,"但这不代表他们是人。"

"那怎么样才算是人呢?"任明明问,声音大了起来,她扭过头问迈克:"你是人吗?"

"我不是人。"迈克说,低着的头没有抬起来,"我很希望我是人,但我不是人。"

"你说你是人。"任明明气势汹汹地说。

"明明,我爱你,我真的很希望我是人,我一定会像人一样爱你。不,比人爱得更多,但我现在不是人。我希望能有一个方法让我变成人。"迈克说。

"是的,他说他不是人。"任明明转向任为和吕青,"你们听到他的回答了,你们觉得他是人吗?"

任为和吕青没有说话。不知道吕青怎么想,但说实话,任为觉得,迈克的回答倒是很像人。如果他是图灵测试员,他会投一张通过票。

"反正我认为他是。"任明明说。

"你知道我们不会同意。外公也不会同意。奶奶如果清醒的话,同样不会同意。"过了好一会儿,吕青说,"你为什么要告诉我们?你知道我们不会同意。你一向胡作非为,你完全可以想干什么就干什么。你又为什么要告诉我们呢?"

任明明没有回答,气鼓鼓地看着吕青。

"而且,你们同居就同居好了,结婚是什么意思呢?我不知道什么地方可以办理人和机器人的结婚手续。没有任何一个国家,有这样的法律程序。你怎么结婚呢?如果你只是希望觉得自己结婚了,那你就自己打印一张结婚证,也不需要告诉我们。"吕青说。

"因为,"任明明说了两个字又停住了,隔了一会儿才接着说:"因为迈克是公司的财产。我必须把迈克买下来,我没有那么多钱。"

"买下来?"吕青问。

"对,他们不停地测试,我不想让迈克再接受测试了。以前皮肤测试还好，现在电子胃的测试风险很大。要对他们做大的架构变动，各种管子、容器、消化液，已经有几个测试机器人被搞得报废掉了。"任明明说，"我必须把迈克买下来，可我没有那么多钱。我老板已经同意给我一个很低的价格，但我的钱还是不够。我也很难再找老板说这事了，公司经营一直不好，公司也很困难。而且，迈克的量子芯片和人工智能软件都太老了，我想给他升级。他的厂商一直提醒升级，但是公司没钱，一直拒绝升级。他的量子芯片和人工智能软件已经停产了，马上要停止技术支持了。如果再不升级，停止技术支持以后，万一出什么问题迈克就完了。"

"所以你是要钱来了。"吕青说。

"是的。"任明明说。

"要买就买好了，谈什么结婚呢？"吕青问。

"因为我认为迈克有这个权利。有权利得到我全部的爱，有权利得到家庭，他有这个权利。我不能把迈克当成一个宠物，或者当成 ASR，这对他是一种侮辱。"任明明说，听起来很坚决。

吕青忽然皱起眉头，露出一副很怀疑的表情。盯着任明明，任明明却少见地把头扭向了窗外的方向。

"你加入了机器人人权组织？"吕青问。

沉默了一会儿，任明明把头从窗外的方向扭回来，直视着吕青，回答说："是的。"

"哪一家？"吕青问，换了她一副冷冰冰的样子。

"CryingRobots。"任明明说。

吕青没说话，任为也不知道说什么，他不知道 CryingRobots 是什么东西。

但任明明对他说话了："爸，你们的云球人，难道你不觉得他们是人吗？他们和迈克有什么区别？我记得，几年前云球人刚出现的时候，你跟我很兴奋地说，他们就是人。"

任为想不起来了，不过他觉得自己很有可能这么讲过。在他内心深处，云球人一直都是人。现在，柳杨已经证明，云球人的确有意识场。那么迈克是不是也有意识场呢？是有这个可能性。柳杨曾经说过，虽然没有发现有意识场的机器人，但有一种可能是，机器人需要时间才能培养出意识场，特别是全仿真机器人。机器人的频繁升级破坏了这个培养过程。迈克是全仿真机器人，从诞生起到现在有四年了，一直都没有升级。它的计算强度是否已经超过了柳杨阈值？是不是已经培养出意识场？任明明的问题提醒了他。他问："你刚才说，你觉得迈克有自我意识？"

"是啊！你看到他了，你听到他说话了。如果不是他说那些吓人的数据，你们根本就分辨不出来。不是吗？"任明明说。

"这都是靠不住的感觉而已，也许我们有办法从科学角度证明一下迈克到底有没有意识，是不是人。"任为说。

"我说过了，他早就通过图灵测试了。他虽然是电子和机械结构，但他早就通过图灵测试了，早就通过了！"任明明说。

"不，不，不是图灵测试，和电子或者机械结构也没关系。"任为说着，看了吕青一眼，吕青正看着他。

"那怎么证明？"任明明怀疑地看着他。

任为不知道怎么回答，意识场的事情可是涉密项目。

吕青忽然问："你刚才说，你要买下迈克，还要给迈克升级？"

"对！"任明明说。

这次吕青主动看向任为，任为看到吕青的目光，那目光很平静。但任为心头一紧，他明白吕青的意思，他把头扭开了。

"好。"吕青说，"这样，你爸爸说的科学证明是真的。需要做一个测试，可以明确地得出结论，迈克有没有人类意识。这是国家级涉密项目，现在不能跟你讲太多。但我们保证，我们会尝试一下，去征得同意。征得同意以后，我们就送迈克去测试。如果测试结果是迈克没有人类意识，你必须放弃买下迈克和结婚的想法，而且要退出CryingRobots。如果测试结果是迈克有人类意识，我们同意出钱买下迈克，并给迈克升级。这样可以吗？"

任明明依旧很怀疑的样子，她盯着吕青，吕青也毫不回避地盯着她。

母女就这样互相盯着。

"我想参加测试。"迈克说，"如果我没有人类意识，我不配爱你。"他含情脉脉地看着任明明。

任为觉得有点同情他了。这没有道理，他想。但也许有点道理，他又想。他下意识地摇摇头，不想想这个问题。

任明明没有理迈克，她仍然盯着母亲。过了一会儿，她说："好，妈，我相信你。"

"你放心，爸爸妈妈一定会做到。"吕青面无表情地说。

任为觉得心脏又被揪起来了，有点喘不过气。他看了一眼迈克，迈克正转过头看吕青，眼神里满是期待。他有意识场吗？如果有，升级会杀死意识场，吕青真的打算这么做吗？

— 11 —

派遣队

《克雷丁的覆灭》之后，第二部剧也开始制作了。《克雷丁的覆灭》的收视率远不如预期，但是按照稳定下来以后的收视率计算，预计全部播放完毕后总体还是可以盈利的。所以，宏宇公司愿意继续合作。不过，在开始第二部剧的制作以后，宏宇公司正式提出了新要求：利用 ASSI 技术让观众直接体验云球。

苏彰反复做大家的工作，而且得到了卢小雷的坚决支持，当然他本来已经主动在内部反复建议了。但是，任为始终没有松口，孙斐、叶露等人则恨不得破口大骂。同时，王陆杰也在试图从前沿院领导那边做工作。目前，欧阳院长暂时也还没有同意。

虽然还没有正式解密，但保密意识的下降还是让很多人的嘴巴不那么严了，地球所的人逐渐都或多或少地知道了脑科学所的神奇发现。

大家都觉得这事太震撼了！太神奇了！各种讨论在秘密而兴奋地进行。其中，最兴奋的要算是张琦了。他很快意识到，这可能意味着可以派遣真人进入云球，影响云球的演化。他认为,这几乎完全不算"干预"云球的演化。因为云球的外部大环境并没有变化，真人派遣队只是从内部用合适的方式"推动"一下云球的发展。

不过目前，柳杨还没有研究出把意识场和云球关联起来的可靠技术。意识机的脑单元的确和云球很像，云球却复杂得多。每台意识机只有一个脑单元，要做诱导刺激非常简单。但云球系统的每个量子芯片中都有成百上千个脑单元，而每台量子计算机都有几十上百个量子芯片。所有量子计算机，又都挤在机房中排列紧密的一排排机架上。在这样的机房里，电磁环境不能被大范围地改变——必须要在一个精确的点上改变。必须找到这样的方法，为了这个，脑科学所的研究人员夜以继日地工作，地球所的工程师们不得不同样努力地配合他们。他们经常拒绝做出详细解释，只是不停地要求地球所的工程师们做这个做那个。如果不是这件事已经成为一个从前沿院直接派下来的任务，优先级很高，再加上听起来的确让人兴奋，地球所的工程师们可能早就拍桌子闹意见了。现在，他们只是偶尔抱怨一下而已，更多的是充满好奇地等待着到底会发生什么。

所以，派遣队还只能算是一个很初步的想法。对于张琦的激进，任为并不认同。但是，张琦似乎认为，任为迟早一定会认同。因为目前面临的选择都很艰难，这可能已经算是其中最好的一个了。

《克雷丁的覆灭》勉强挣了点钱。在前沿院资金完全断供之后，靠这点钱活下去都不可能，更不要谈继续扩容了。但继续扩容肯定不可避免，不然，那时云球的资源状况，相对不断发展的云球人口来说，只有比现在更差。就算以后的新剧制作得更好，收视率更高，恐怕能够维持生存就算上上大吉了。所以，要么开放云球允许观众的 ASSI 实时体验，要么就要有合适方法在资源紧张的情况下推动云球的演化。如果演化进展很好，有些特别的成果出来，就有机会重新拿到前沿院的资金。张琦认为，派遣队推动演化比 ASSI 实时体验应该好一点，至少更有科学精神，相对而言也更容易让大家接受，当然不包括宏宇公司。

任为本来有一点希望，觉得脑科学所既然这么需要云球，他们的项目又那么重大，前沿院甚至上级领导也很重视，应该可以为云球带来大量资金。但是，情况不像他想的那样，短期资金倒是带来了一些，长期来看却并不能解决问题。

下午去前沿院开会的时候，前沿院领导认为，在现阶段，因为可以使用云球人做实验，云球对脑科学所的意识场项目的确起到了不可替代的作用。但是，一旦实验完成，云球在这个项目中的使命就结束了。云球本身，如果不能自给自足的话，前沿院是无论如何不会再投入资金让他们发展下去了。除了以前说的投入大、成果少的问题，现在有一个更重要的问题，云球人潜在地可能成为拥有人权的人，这将是一个重大负担。所以，控制云球的资源实际上是在控制未来的负担规模。任为能够听出弦外之音，地球所已经成为一个烫手山芋。

他有点怀疑，现在的领导们，如果可以，其实想立刻摧毁云球，即使有脑科学所的项目，他们也在所不惜。他们只是不敢而已，就像吕青的预料，现在没有人敢对已经存在的云球人做出任何负面行动。完全可以预见，在未来，这可能都是违法的反人类行为。当然，现在还没有法律规制，将来应该也不会有任何人因为现在的行为受到制裁。但是，领导们的内心已经无法承受这个压力，所以，控制云球的规模，成为前沿院唯一的选择。

任为的内心，更是早就不堪重负了。但是，他是云球人的上帝，他要抛弃云球人吗？不，这让他很难接受。那么，云球人要活下去，要发展下去，就必须靠他来想办法了。

任为明白，自己也可以什么都不做，甚至也不拍戏了，也不需要云球出任何科学成果，因为最后前沿院还是要养着这些云球人，依靠领导们的恐惧就已经足够了。但是，那样的话，一定会是最低的维持水平。云球将没有任何进步，永远都是眼前这个样子。那些可怜的云球种族，再也走不出这蛮荒时代了。说不定还会倒退，谁知道会有什么馊主意出现呢？他甚至替领导们想到了一些馊主意，比如让云球环境逐渐恶化，让云球逐渐不再适合生命存在。生命们会慢慢地、慢慢地消失。这样的消失，对地球人类很容易解释，只要愿意撒那么一点点小谎。

但是，那他这么多年，算是干了一件什么事情呢？

所以，他只有两个选择。要么去挣更多钱突破资源限制让云球发展，要么派出派遣队去推动云球发展。只有这样，地球所的工作才有意义，或者，才继续有意义。

"任所长，我还是希望，你认真考虑一下派遣队的事情。"从前沿院开完会回地球所的路上，张琦再次提起这个话题。

任为不说话，孙斐撇了撇嘴。

"你也看到了，前沿院的资金非常有限。我们一定要有一些进展，不然，我们真的只是一个大型虚拟游戏了。而且，还是并不怎么好玩的那一类。我和柳杨聊过几次，我觉得他们的突破就不远了。我希望，我们正式启动计划的制订。研究一下，派遣队能够干什么、怎么干。这不是一件简单的事情，我们不能没有准备。"张琦说。

"张所长，我说，"孙斐说，"还没有决定要派出派遣队吧？怎么就谈具体计划了？"孙斐说，听起来不太高兴，她和任为一样，甚至可能是更坚定的不干预派。

"让我们这么想，"张琦说，看起来对孙斐的情绪没什么反应，"我们现在的讨论，都只是在'派遣队'这三个字身上。我很有兴趣，你很反对，任所长看起来也反对。"听到这里，孙斐看了任为一眼，任为面无表情。张琦接着说："可'派遣队'这三个字，到底意味着什么？我心里的定义和你心里的定义，是相同的吗？你反对干预云球，这没错，我也反对。我们做这种事情都是不得已，但以前不也做了很多吗？"

"那不一样，那都是些很外围的事情。"孙斐说。

"好，就算不一样。"张琦并不着急，"模拟星空，删除边缘部落，这些和派真实人类的派遣队当然不一样。但如果说到干预，这都是某种干预，只是程度不同。"

"程度差得太远了！这就像，一个从未来穿越回来的派遣队来到我们的世界里。这……这算什么呢？"孙斐说，声音有点高了起来。

"嗯！"张琦停住自己的话头，静静地看着孙斐。等她说完了，才接着说："你也承认都是干预，只是程度天差地远，我完全同意。"他顿了一下，看到孙斐没有插话，又接着说："所以我想，任何事情都是一个程度的问题。并不存在一定不干预或者一定要干预。要看合理干预的程度在哪里！我现在希望做的事情，不是去干预，而是研究一下如果采用派遣队的方式，是不是也可以很低程度的干预？这个合理干预的平衡点到底在哪里？比如，是不是可以做到干预程度不强于模拟星空或者删除边缘部落，但效果却可以更好？"

孙斐一时不知如何反驳，问道："人都穿越了，怎么才能干预程度很低？什么都不干吗？那还有什么意义？"

"所以啊！"张琦说，"我们要研究啊！这是个复杂的问题。你听到派遣队三个字，是不是想到特战队？拿着冲锋枪、穿着战斗机甲？去杀人吗？我不是这个意思，当然不能这么干。"

孙斐不得不承认，自己脑子里确实出现过拿着冲锋枪、穿着战斗机甲的特战队画面。"那你到底想干什么？"她问。

"我想，我们要深入研究云球社会的演化停滞。这是一个社会学、人类学问题，我不认为我们在这里讨论就可以得出结论。我想很多东西都是一层窗户纸，捅破了就一切都解决了。'捅'这个动作很简单，但是，那层窗户纸在哪里，却不那么容易找。"张琦说，看到孙斐还在听，就接着说："我想，我们应该找一些社会学家、人类学家和历史学家组成一个研究组。借鉴地球人类本身的历史和社会发展，研究一下，在我们可以派出派遣队的情况下，那个阻挡云球演化的恶魔，那层窗户纸，到底在哪里？如果能找到，我们的派遣队可以'捅'它一下。也许能够一击致命，同时，还能够把对云球其他方面的影响降到最小。"

"我们不是找过很多专家研究过吗？大家莫衷一是，说各种原因的都有，云球地缘、云球人性格、科技发展、思想发展等等。"孙斐说。

"是的，但现在情况不同了。当时，我们是在找原因。现在，我们是在找方法。我想，我们不一定需要找到真正的原因，只要找到一个有用的方法，也许是蝴蝶效应的那个蝴蝶翅膀，其实就可以了。在我们有能力使用派遣队这样一个特定手段的前提下，找那个最小程度影响、最大程度推动的方法。这个思路和以前完全不一样。就像是，如果你真的穿越回去汉朝、唐朝或者宋朝，随便吧，我想你的专业不是历史，你并不清楚那个年代昌盛或者衰败的根本原因。但是我相信，你可以很容易找到一个点让社会进步。比如，也许你会把某些科技带回去，一定会在某种程度上让社会进步。"张琦说。

"那影响太大了，给克雷丁大帝冲锋枪吗？"孙斐说。

"当然不是，所以要研究啊！找到这样一个平衡点，有冲锋枪的效果，但却有很平常的表象。对云球人来讲，不能是神迹，而应该是显得很自然的一种情况。"张琦说。

孙斐没说话。

"也许派遣队需要做的事情很简单。比如，栽下一棵树，可能你也不会反对。但是，谁知道呢？也许研究下来，派遣队就是只要这样就可以了！栽下那棵会掉下苹果砸中牛顿的苹果树，或者那棵让佛陀顿悟的菩提树。所以，我强烈建议开始研究，首先要推演一下。至于是不是要具体实施，什么时候实施，等研究结果出来再说。如果到时候有了研究结果，但你还是觉得影响太大，再反对也不迟。"张琦说，面对着孙斐。

孙斐仍然不说话，旁边的任为也没有说话。

"再说，这件事情，就是研究一下，开开会，也不需要很多经费。"张琦又补了一句，这次是面对着任为。

听起来很有道理，但孙斐心里始终很难接受。她说："反正我不同意。"说完扭过头看着窗外。

"总比ASSI实时体验好吧？"张琦扭过头对孙斐说。

"一定有别的办法。"孙斐说。

张琦又把头转向任为，"任所长，你有什么意见？"他问。

任为继续沉默了一会儿，说："我们的社会，有没有未来人穿越回来，也不一定。如果他们是负责任的未来人，应该不会让我们发现。"

"没有！热力学第二定律规制了穿越行为！那是科幻！再说，还有祖孙悖论呢！"孙斐说。

任为没有理她，说："我再想想。"然后，忽然话题一转，"对，张琦，你好像跟我提过，柳杨就住在这附近？"

"对，去过一次他们家。就是上次，琳达出事后，跟欧阳院长他们去过一次。怎么了？"张琦问。

"我想去找他聊聊。"任为说。

"去他家里？据说很惊悚的！"孙斐说。

"惊悚？不至于吧，"张琦说，"只是有点奇怪。"

"顺道而已。现在已经下班很久了，他应该回家了。"任为说，并没有问张琦有什么奇怪。

"聊派遣队的事情吗？我和你一起去。"张琦说。

"不，聊一件别的事情，和工作无关。"任为说，他想的是任明明和迈克的事情。他已经拖了好几天了，他不想再在电话里面听任明明咄咄逼人的声音了。

"不打个电话，看看他在不在家吗？"孙斐问。

"不用了，拐过去看看他在不在吧，不在就算了。"任为说。打电话先问的话，柳杨肯定不会让他去，他想。

"好吧。"张琦说。然后，对着汽车前窗玻璃下的麦克风说，"查理，先去一下宁夏路 128 号。"

"收到，宁夏路 128 号。"这辆叫查理的汽车说。同时，麦克风旁边的一个小绿灯亮了两下，麦克风下面的屏幕上切换了地图，在目标标志边上写着小字：宁夏路 128 号，红松林别墅。

这是一栋四合院，周围没有什么其他建筑物。前面是马路边的人行道，背后是清山公园郁郁葱葱的小山丘。正面院墙很宽，左右两边都连接着清山公园的铁栅栏。整个院子嵌入在清山公园里面，掩映在茂密的树丛中。树丛中的树种类挺多，不过看起来并没有几棵松树，不知道为什么把这院子叫作红松林别墅。

从正面看不到院子的进深，但从院墙的宽度来看，院子相当大。院墙都由青砖砌成。大门是朱红色对开大门，两边门上各有一个黄铜门环。青砖看起来有些年头，门漆剥落得挺厉害，黄铜门环也有些暗淡。怎么缺两个石狮子呢？站在门前的任为想。

"太过分了！"旁边的孙斐说。

"什么过分？"任为问。

"他住的呀!"孙斐仿佛很生气,"有没有一点科学家的样子?"

是啊,这显然是个好地方,可以说好得有点夸张。在北京,即使是现在所在的郊区这种地方,这种房子也应该非常难找。而且,毫无疑问很昂贵,不知道柳杨怎么弄到手的。虽然柳杨是国际顶级科学家,但要说买这样的房子,他应该负担不起。如果是租也许有可能,不过也显得太奢侈了。琳达去世之前,他们两个人住,现在琳达去世了,他只有一个人住了。要这么大的房子,他在干什么呢?

"他应该在家。"张琦说,指了指右边不远处一辆汽车,"他的车。"

"卡珊德拉?"任为看了看那辆车。车是红色的,靠着院墙停在人行道上,车下面有白色的车位线,但看起来好像不怎么直。可能是柳杨自己画的吧,任为想,那地方不像是该有停车位的地方。好在人行道很宽,倒也不碍事。

"什么?"张琦问。

"出车祸的车。"任为说,"我好像听柳杨提过,叫卡珊德拉,不知道是不是这辆。"

"这名字倒是和这红色挺配。肯定是她老婆买的车,然后起的名字。"孙斐说。

"是这辆吗?"张琦说,"我不知道。不是听说厂商要召回吗?"

"也许修好了呗!"孙斐说,"我看像。"

任为举起手捏住一个门环使劲砸了两下门。

等了一会儿,并没有人的脚步声,但好像听到了什么动物的声音,任为又使劲砸了几下。

又等了好一会儿,任为听到好像有人走出来。终于门开了,他们看到了一脸惊愕的柳杨。门只开了很小很小的一条缝,柳杨露出的脸并不完整。

任为还没说话,柳杨就说:"你?干嘛?找我?有什么事情不能办公室说吗?"

虽然有心理准备,任为还是被怼得愣了愣。他镇静了一下,问:"打扰你了吗?"

"打扰？"柳杨好像觉得任为很莫名其妙，"这和打扰没关系。"

任为在心里叹了口气，但并没表现出来，"我有点事情问你，和工作无关。我们去前沿院开会回来，恰好路过。"他说。

"柳所长，你就不能让任所长进去谈吗？"孙斐口气不善，好像还在为院子太好而生气。

"为什么要让他进去谈？"柳杨看都不看孙斐一眼。

"你家里有什么见不得人的东西？房子大就了不起吗？"孙斐大声嚷嚷了起来，看来她真生气了。

本来，她以前一直看不惯柳杨的嘴脸。不过，后来大家传说，柳杨对琳达有多么不同，她的看法就转变了。琳达的车祸，以及之后柳杨的众所周知的伤心欲绝，则让她对柳杨产生了很大的同情和好感。但现在，柳杨的无礼显然又让她的看法再一次有变化了。

柳杨瞟了一眼孙斐，好像思考了一下，有点犹豫。终于，扭头对任为说："好吧，进来吧。"说着移动了一下身体的位置，把门略略开大了一点，让出一个窄窄的通道。接着说："你们二位就不必了。"

"你！"孙斐似乎又要发作，但张琦伸手使劲按了一下她的肩膀。任为扭头说："你们先回去吧！回去以后让查理来等我。"

—— 12 ——

红松林别墅

绕过影壁墙，任为看到了整个院子。

院子果然很大，就像外面看起来那样。也的确很奇怪，就像张琦说得那样。

与其说这是个四合院，不如说是个动物园。和任为小时候去过的动物园很像，只是小了一点。

院子中间空空荡荡，什么都没有。对面的堂屋看起来很正常，但两边的厢房就不正常了。它们都被改造了，正面的墙已经被拆除了，改装成了顶到屋顶的铁栏杆。厢房内部已经被改造成了一个个隔断。任为下意识地数了一下，两边各有六个隔断，一共十二个。其中，十一个都有动物在里面。左手的六个隔断里，有三只猴子和三只狗。右手的五个隔断里，有两匹马、一头牛、一头猪和一只狗，猪和狗之间有一个空的隔断。

可能看到有陌生人进来了，动物们好像都有点激动，各自发出了一些声音，并且有各种动作，特别是左边的猴子和狗，右边的动物们相对比较平静。任为注意到，最平静的动物是那只孤零零的狗。它既没有动也没有叫，只是站在那里盯着他。那是一只边境牧羊犬，黑白相间的皮毛非常干净，它的隔断似乎也格外干净。任为有点奇怪，他小时候家里养过边境牧羊犬，那是一只很调皮的狗。他以为所有的边境牧羊犬都那么调皮，显然，这只边境牧羊犬并不是。看起来，它一点也不调皮，安静极了，也漂亮极了，任为觉得。

任为知道，脑科学所有很多动物，这很正常，因为他们的研究需要。但他没有想到，柳杨家里也有这么多动物。

除此之外，两边墙角，各有一个机器人。他们正在慢慢地、规律地转动着脑袋，观察着动物们。显然，它们不像动物一样对客人有什么兴趣。任为当然能想到，那是照顾动物的养殖机器人。但是，有一点他无法理解，就是那两个机器人浑身露着合金骨架和乱七八糟的线材，它们没有皮肤。这是为什么？太难看了。回头，也许可以让任明明的公司免费给它们装上皮肤，任为想，随即又觉得自己很可笑，柳杨肯定不是没有钱买皮肤。

"你在家里养这么多动物干嘛？你们所里不是有很多吗？那马，你到哪里去跑马呀？马这样一直拴着，好像不好吧？"他说。

"我需要跟你解释吗？我需要跟你们每一个人解释吗？你们一个个不请自来，然后，要求我解释我家里的动物。简直是疯了——我为什么会认识你们？"柳杨说。

你才疯了，任为想，但他忍着没说出口。

"快走，进去。"柳杨不耐烦地扬了扬下巴，指向对面堂屋的方向。

一边走着，任为还是忍不住问："那两个机器人，是养殖机器人吧？为什么没有皮肤？"

"被撕掉了，被咬掉了。"柳杨说。

"啊？"任为有点吃惊，"那露着线材被撕咬不是更危险吗？"

"那是纳米线材！"柳杨停住脚步，盯着他说，仿佛无法忍耐他的愚蠢。

是啊！那是纳米线材，咬不坏，任为也觉得自己有点蠢。他低着头，赶快走进屋里。见到柳杨的时候，自己好像总会被他变得蠢了一些，任为想。

任为东张西望，有点迟疑地坐到一个大沙发里。沙发很舒服，但有点破旧。实际上，整个客厅都显得很破败，甚至不像是有人住的样子。

空旷的空间里，只有一张大大的桌子、一把配套的椅子、两个方向歪七扭八的破沙发和一张旧茶几。只有大桌子上，一台 2D 电脑屏幕，和旁边乱七八糟堆着的几本古老的纸质书，显得有点生气。

"我坐这里吗？"任为讪讪地问。柳杨站在门边，正盯着他看，并没有请他坐下。

"随便。"柳杨说。

这会儿，夕阳正从对面的雕花窗户里透进来洒在桌子上，空气中看得到淡淡的烟尘。对面，有一扇门和两扇窗户。门和窗户都关着，但透过雕花珑格，可以看到后面还有一进院子，更加空旷，似乎没有人居住，也不像有动物居住。

"你这里，一直是这样吗？"任为又问。

"不是。"柳杨烦躁地说。他的脑袋开始东扭西扭，在自己家里，他好像也打算东张西望。

"那……"任为不知该怎么提问，"那你重新整理了？"

"这是整理吗？我摧毁了这里。"柳杨说，忽然有点激动，"关于我的住处，你还有多少问题要问？现在开始，我不想再回答这些愚蠢的问题了。"

哦……摧毁！看来，琳达的离去，确实让柳杨很伤心。"好吧。"任为说，"我没问题了，我是说关于你的住处，"他耸了耸肩表示认同，"我没问题了。"

他停顿了一下，接着说："我是来求你一件事情，和我女儿有关。所以，很重要，希望你能帮我。"

"你女儿？和我有什么关系？"柳杨问，没有表现出什么好奇心。

"和你没关系，我只是想求你帮忙。"任为说，显得很诚恳。

柳杨张嘴想说什么，好像又使劲咽了回去。接着嘟囔了一句什么，任为也没听清。然后他说："好吧，你说。"

一瞬间，这居然让任为有点感动。随即，任为觉得自己实在是莫名其妙。柳杨已经到了这个地步，愿意听自己讲几句话，就让自己感动了？说起来真是奇怪，柳杨脾气很古怪，对任为也总是阴阳怪气，但任为始终并不是很讨厌他，还经常为了他一点微不足道的好意而感激。

"不过，可能也和你有点关系，说不定能帮到你。"任为说。

"我需要你帮我吗？不，我不需要。"柳杨撇了撇嘴，又摇了摇头，好像任为说的是一件不可思议的事情。

"好吧！"任为伸手示意，阻止柳杨接着说下去，"是你帮我，我需要你帮我。"

"你说。"柳杨说。

"你上次说机器人，我是说全仿真机器人，要多长时间才能产生意识场？"任为问。

"不知道，这要取决于计算强度，要超过柳杨阈值。和瞬间的计算强度有关，也和累计的计算强度有关，公式很复杂。我没告诉过你吗？还是你蠢到忘记了？没关系，反正你也不会懂。我还没看到过有意识场的机器人，除了你们的云球人。"柳杨说。

"我可能遇见了一个。"任为说，没有理会他的嘲讽。

"不可能。"柳杨并没有像任为想得那样，有什么吃惊的表现，他显得非常笃定。

"你这么确定吗？"任为问。

"这是科学。"柳杨看起来就是很确定，烦躁地摇摇头，仿佛觉得任为不可理喻。

"科学也可能暂时并不完备。"任为说，"我感觉，很像是有意识场，真的。"

柳杨停止一直扭来扭去的头部动作，开始盯着任为。任为也看着他，但很快就被他的目光压制住了。其实，任为也说不出他的目光有什么可怕。看起来，只是灰蒙蒙的很空洞而已。可是每次，任为总也无法坚持盯住那样的目光，他尴尬地把头扭开了。

"你说和你女儿有关？"柳杨问。

"对。"任为说。

"我听说，你女儿在一家皮肤仿真的公司工作。那种公司，应该有一些老型号机器人吧？也许有些四五岁、六七岁的老机器人。而且，没升过级。他们不需要升级机器人，因为他们只是要测试仿真皮肤，没必要浪费资金。你是说，他们的机器人有意识了吗？"柳杨问。

任为不得不佩服柳杨的聪明。他刚想接着解释，可柳杨没有给他机会，他接着说："不，那些老型号的量子计算机很差。不可能，它们的计算强度，不可能在这么短的时间里越过柳杨阈值。"说到这里，他又停了一会儿，仿佛很使劲地盯着任为，"我知道了，我知道你为什么这么想了。"他忽然发出笑声，"你女儿爱上了一个有意识的机器人，对不对？一个不可能有意识，但她以为有意识的机器人。你女儿爱上了机器人，太可笑了！哈哈哈……"他的笑声变大了，不过很快就停下来了。他好像想起了什么，愣了一下，然后耸了耸肩膀，说："我为什么笑？这没什么好笑。"

任为的惊讶不可抑制，同时掺杂着敬佩，对柳杨的冒犯反倒没有在意。

"你想要阻止你女儿。想要我帮着检测一下，那个合成材料做的家伙是不是真的有意识场，是这样吗？"柳杨终于走过来，在另一张沙发上坐下来，慢慢地说，似乎很累的样子。

"万一，我是说万一，万一真的有意识场呢？那就是你的又一个大发现了。"任为说。

"万一真的有意识场呢？"柳杨重复了一遍，呆呆的，好像在问自己。他没有回答这个的问题，反而扭头问任为："那你怎么办？"

"我也不知道。"任为说，顿了顿，接着说："谁知道呢？也许你可以告诉我女儿，那机器人没有意识场。"

"撒谎？"柳杨先愣了一下，然后开始仰头大笑，"我喜欢，哈哈……我喜欢撒谎……哈哈……"

"你知道，明明，我女儿，年龄还小，才十九岁。她很多事情不明白。现在，她们公司做仿真皮肤做得不好。可能质量还是不错，但他们业务拓展能力不行。所以，开始做什么电子胃，还有电子口腔，配套的嗅觉和味觉研究。"

"什么？电子胃？"柳杨打断他。

"就是，电子的胃。"任为用手在自己的胃部划了个圆圈，好像有助于他解释，"消化率超过 99.9%。"

"这东西不错！"柳杨好像已经明白了。他呆呆地对着窗户的方向，似乎是在透过小小的珑格望向天空，很神往的样子，"那就基本不用大便了，厉害。"他说。

"啊——"任为长长地啊了一声，"也许吧！"他说。

"有前途，谁想出来的？"柳杨说。

"让你夸奖可不容易。是明明他们公司的老板想出来的主意，他们要找些什么事情做，否则公司就有问题了。"任为说。

"有前途。"柳杨又重复了一遍。

"好吧，就算有前途吧！能不能让我接着说？"任为说。

"啊？好，接着说。"柳杨说。

"电子胃和电子口腔也需要做测试。他们公司开始让皮肤测试机器人安装这些东西做测试。但是，这么做有些风险，已经搞得报废了几个机器人。明明害怕迈克出问题,迈克就是她喜欢的那个机器人。所以，她想要买下迈克。还要给他升级，他太旧了，这个……是不是……嗯……你明白我的意思吗？"他没有接着说下去，看着柳杨。

"升级？她要杀了她的爱人！"柳杨忽然暴躁起来，"她要杀人？你们真是一对儿父女！你杀人，她也杀人。还有吕青，天天想着怎么少付一点医保，好让人们去死！对不对？你们是杀人犯之家！哈哈……天哪……杀人犯之家！你们怎么能够这样？无耻、卑鄙、下流、没有人性。你们是有史以来最可恶的一家人！"他从沙发上站起来，开始在屋子里面绕圈，就像在任为的办公室一样。不过，他家的客厅大得多，他绕的圈子也大得多。

任为待在那里。柳杨实在是很难沟通，他想。

柳杨喘着粗气,不停地绕着圈。

终于他停了下来，一屁股坐回沙发。说:"很好,这主意不错。升级吧！你的问题就解决了。我保证，一定会解决。升级以后，你把机器人交给我来检测，肯定什么也测不出来。"

但是马上，他又否定了自己："不，不，先检测吧！"他已经平静下来了，看着任为，"你放心好了，不可能有意识场，你没有机会杀人。"

"你想先检测，你还是觉得，有机会有意识场？"任为问。

"不，根本没什么意识场。"柳杨说，"不过，我还是要测一下，你会明白。你放心，如果需要，我可以骗你女儿。并且，我可以误导她，让她坚决地升级，杀掉自己的爱人。但其实，没有意识场，她杀不了谁。她不是她父亲，她没有能力杀人。"

"你……"任为迟疑了一下，还是下了决心，接着说，"你不可以把意识场提取出来吗？哦……按你们的术语说……解绑……这样就不用杀人了。反正，你也有研究需要。"

"提取？"柳杨看了任为一眼，"没有意识场怎么提取？你以为是你们的云球吗？做不到，我提取不到不存在的东西。"

"为什么你这么确定没有意识场？"任为问。

柳杨愣了一下，说："我确定了吗？我没有！我说了要检测，要检测。对，要检测，要检测而已。"

"你不就是推断没有意识场吗？那为什么还要检测？"任为问，他觉得柳杨的话似乎自相矛盾。

"推断？"柳杨又开始大喊，"我不推断！我做实验，我只证明，我不推断。"

"好吧，"过了一会儿，柳杨仿佛也觉得自己激动得过分了。他说："也许有意识场吧！反正今天还不知道，所以我要研究一下。我虽然不相信你，但我也可以相信你。全仿真机器人的计算强度不够，不可能真的产生意识。我要研究一下，然后我就可以骗你女儿。我喜欢骗人，哈哈……也许你不喜欢骗人……我猜吕青喜欢。吕青逼你干的，对不对？吕青还是厉害！啧啧，"他感叹着，"你老婆很厉害啊！当机立断，一点也不拖泥带水。你这个白痴，没你老婆，你怎么办呢？"

"你能不能不要总是东拉西扯，说些没关系的话。"任为有点生气，又觉得柳杨说得挺有道理，尤其是这一段时间以来，"你这个疯子，咱们能不能围绕主题说话？"他接着说。

"围绕主题？"柳杨说，"什么主题？主题就是杀人。这主题很好吗？"他忽然又看起来显得有点悲伤。

"好吧！"任为想了想，说，"总之，你答应我了。我让我女儿带她的机器人找你进行检测。你告诉她，这个机器人没有意识。当然，你可以私下研究一下。但是，然后，你会支持她升级。我们达成一致了，对吗？"

"对，达成一致了。不过，快过春节了，等过了春节再来。最近没时间，你们那里，还有你们家吕青那里，还有，不跟你说了，总之很多事情，没有时间。"柳杨说。

"好吧。"任为说。

"让你女儿再多保留几天温情的时间，不，无知的时间，哈哈……"柳杨说。

任为又摇摇头，不知说什么好，他觉得该走了。

出门的时候，任为又扭头看了看那些动物们。它们看到他，又有些躁动，几只狗狂吠起来。但是，那只漂亮的边境牧羊犬，还是静静地站在那里，没有发出任何声音，平静地看着他。真漂亮，特别是眼睛，任为想，牧羊犬的眼睛都那么漂亮，很深很深，仿佛充满了悲伤。

任为走出了院子。查理在门口马路边等他。坐到车上，他松了一口气，和柳杨的交流真不容易。

– 13 –

KHA

一个沉闷的春节过去了。二月底的春节很少见，天气过于暖和，完全没有春节的感觉，每个人都不开心。

初二，一家人一起去贝加尔湖疗养院看望了任为的妈妈。妈妈看起来一如既往，并没有什么变化。但预备区医生却要求任为追加签署了一些文件，并且要预交一笔费用。他说，看起来妈妈的状况已经很接近"离开预备区"了。一旦妈妈"状况合适"，将自动转入"长期疗养区"。这要求监护人最后的确认，并且需要预交至少一年的"长期疗养区"的费用。根据"长期疗养区"的不同分区，费用不一样，监护人需要做出选择。如果愿意预交三年或者五年，则可以享受到不同程度的优惠。

听到"长期疗养区"这个词，任为脑子里出现了那些有着几十米长腿的机器人。他不太记得那里叫作"长期疗养区"了，他以为那里叫作"仓储区"。但想想就知道不可能，他不知道自己为什么会这么以为。

最后，任为签署了所有文件，选择了最好的分区"白金区"。"白金区"的"仓储"不是大屋子，而是单间。单间虽然很小，但探视时不需要机器人把病人抱出去，家属可以直接到单间探视。单间里还有窗户。看得到院子，看得到天空，甚至还能看到几棵树。这和任为以为的也不一样。妈妈不需要和那些长腿机器人打交道了，这让任为觉得舒服了很多。他预交了五年的费用，获得了八折优惠，还免费获得了一个定制房间号 1212，那是妈妈的生日。

除了一起去看望奶奶，任明明没有再回过家。任为和吕青已经跟她确认过，说春节后就可以检测迈克是否有人类意识。但任明明看起来不太相信他们，至少任为觉得是这样。他知道，也许只是因为自己心虚而已，可他无法改变这种感觉。这当中确实有些阴谋，任为总觉得任明明能够感受到这一点，这让他面对任明明的时候很紧张。

吕青一直很忙，春节期间也出去开了好几次会。任为虽然没怎么去地球所加班，但在家里的大部分时间也在做研究。他仔细回顾了云球人类的历史，特别是农耕文化普及之后的三千多年，努力思考云球社会演化停滞的症结所在。他通过 SSI，观看了大量他认为关键的历史节点，希望能够发现些什么。到目前为止，他还没有什么明确的发现，不是因为没有想法，而是因为想法太多。

任为偶尔也会看看新闻。从新闻中，他知道，最近有几个国家形势不太好，特别是挪威。迫于人权压力，挪威是最先将 KillKiller 的"长期疗养费用"纳入医疗保险范畴的几个国家之一。从今年年初开始实施，如经济学家的预料，政府预算出现了巨大缺口，国会无法通过。他们的运气不好，正好又赶上大批中长期国债的偿付日在今明两年将陆续到期。所以现在，新闻都在报道，他们会不会因为债务违约而导致国家破产。目前，政府正忙于到处表态，国家有能力解决债务问题，平息市场的恐慌。但是，市场看起来并不认账，汇率在今年开始不到两个月时间里，已经跌了 20%，这让局面更加糟糕。

吕青的最新消息更加显示出形势的严重性，大家都没有预料到的特殊情况出现了。

"也许柳杨的发现早就应该公布。"吕青忧心忡忡地说。这是春节假期最后一天的一大清早，吕青开了一通宵的会议刚刚回来。她叫醒了任为，一起吃早餐。

"其实大家都知道了，应该可以公布了。"任为说，"我已经在网上看到很多小道消息。"

"嗯，网上是有消息。但是，毕竟没有正式公布，公众还不能确认。再说，小道消息也没有提到对 KillKiller 病人的意识场检测。暂时，大家还只是把意识场作为一个纯粹的科技发现来讨论。"吕青说。

"柳杨他们，到底有没有对 KillKiller 的病人进行实际检测呢？"任为问，他不记得吕青有没有提到过了。

"当然做过，而且有很完整的数据。所以我才跟你说我们的问题暂时解决了。但是，参与检测的个体数量不够多。脑科学所是脑科学的世界级权威机构，KillKiller 本来很愿意和他们合作，合作得也很好，虽然并不知道他们到底在做什么。可是现在，我相信 KillKiller 已经很清楚地意识到，脑科学所的研究其实对他们非常不利。所以他们完全拒绝进一步合作了。"吕青说。

"既然有过数据，那就应该没问题。"任为说。

"不，如果脑科学所的成果正式公布，一定会引起轩然大波。KillKiller 一定拒绝承认那些数据。再说，即使他们承认也没有用。你要宣布一个人是空体，他的意识场已经死亡，不能依靠对别人进行检测的经验数据，你必须对这个人本人进行检测。"吕青说。

"对啊！当然了。"任为说，"你说我妈妈的意识已经不在了，只是一具空体，不能说因为她是 KillKiller 的病人就得出结论。你得对我妈妈进行检测。"任为说，"但是，作为监护人，我同意就可以了，KillKiller 也拦不住啊！"

"没那么简单，你会同意吗？特别是，如果 KillKiller 的费用由国家支付的话。"吕青说，"而且，KillKiller 也有一些办法反制你。比如，你一旦同意，无论检测结果是什么，KillKiller 都会拒绝妈妈再重新入院。实际上，现在 KillKiller 已经拒绝脑科学所在他们的疗养院做检测。那么，如果你同意对妈妈进行检测，妈妈必须离开 KillKiller 的疗养院。KillKiller 一向拒绝在任何疗养院以外的地方提供任何服务。所以，一旦离开疗养院，还要考虑到运输的问题，妈妈的空体能不能保证活下去都是问题了。脑科学所并没有 KillKiller 那么好的空体维持技术。"

"妈妈还不是空体呢！"任为说，"别拿妈妈做例子了。"说着，他叹了一口气。

"你和妈妈很有感情，我相信大多数人都是这样的吧！所以想象一下这个难度吧！有人说你的亲人还活着，还在生存，有人却试图证明你的亲人已经死了。你愿意听谁的呢？注意啊！特别是还要附加一个前提，国家付钱保障这种生存。"吕青说。

任为沉默不语。

"我们说远了。刚才我说，柳杨的成果应该早一点公布，其实是因为刚刚发生了一件大事。"吕青说。

"什么？"任为问。

"昨天晚上，我们的昨天晚上，那边是白天，斯瓦尔巴德疗养院，发生了恶性案件。一会儿，你看新闻应该就有了。你知道，挪威最近情况不太好，他们已经开始实施把 KillKiller 纳入医疗保险的新政策了。"吕青说。

"挪威的事情我知道一些。恶性案件是怎么回事？"任为问。

"一小股武装势力，袭击了斯瓦尔巴德疗养院。他们杀掉了几个医护人员，但是显然，他们的目标不是医护人员，而是病人。他们屠杀了将近两千名 KillKiller 的病人，占了全部病人的十分之一。如果不是他们杀得太慢，警察赶到的还算及时……怎么说呢……还算及时吧，否则遇害人数可能还会多出几倍。"吕青说。

"杀病人？为什么？"任为很吃惊。

"对，杀病人。而且，看起来很变态。其实那些病人很脆弱，完全靠 KillKiller 的生命维持系统生存。按道理，要杀病人的话，破坏 KillKiller 的控制中心是最合理、最高效的方法。就算控制中心被保护得很好，不容易破坏，那也只要剪电线、拔管子就可以了。甚至，他们还可以破坏每栋建筑的总管道，至少显得文明一点，效率又高。但那些人没有这么做，他们用重型冲锋枪杀害每个人，场面很血腥，所以很慢。"

"他们为什么这么做？"任为问。

"很明显，他们事先都设计好了。也许，他们很快就会发布什么东西来说明一下。我们分析认为，他们是担心，即使破坏了管道，空体还是能够存活一段时间，有可能会在随后被抢救过来。他们一定要杀人杀得很彻底，这说明他们很了解 KillKiller 的技术。他们一定在宣示什么，所以，今天应该会有组织公开承认。"吕青说。

任为迅速在 SSI 中打开了一个新闻网站。

"你说得对，"任为说，"已经有消息了。他们自称 KHA，Keep Human Awake，保持人类清醒。"

"我刚才回来的路上还没有呢！"吕青说，随即也在 SSI 中调出了新闻。

两个人沉默了一会儿，各自在看新闻。

"一个都没抓住，警察够笨的。"任为说。

"不，他们组织得很好，"吕青说，"很专业。你看，他们很清楚自己要干的事情，有清晰的宗旨，看起来，也有坚定的信念。"

KHA声明

我们是"保持人类清醒"（KHA）组织。

今天，我们在斯瓦尔巴德进行了 KHA 成立以来的第一次行动。在本次行动中，我们清除了超过 2 000 名 KillKiller 的病人。这些病人，已经丧失了作为人类最基础的要求之一：清醒。

在此过程中，有 6～8 名清醒的医护人员受伤或死亡。对此，我们表示十分遗憾。他们本来不应该受到伤害，但是，他们错误地选择与清醒的人类为敌，而去保护不清醒的人类。他们为自己的错误付出了代价。我们不会攻击清醒的人类，除非他们选择阻止我们清除不清醒的人类。否则，我们永远不会攻击清醒的人类。

在此，我们声明，我们是最终极的人道主义者。也许人们会对此提出质疑，我们表示理解。但是同时，我们必须明确地告诉大家，这些质疑是错误的。我们希望提醒大家，所有人必须开始深入地思考，并做出正确的判断，以避免人类整体走向衰败和死亡。

自从十年前，KillKiller 开始推出最初版本的生命维持技术，至今已经有超过 8 000 万人"生存"在 KillKiller 及其同行的各种疗养院和基地中。但是，这种生存是不清醒的，是毫无意识的。无论是对病人自身，还是对其家人，或是对人类社会，都毫无意义。

也许，人们会认为，这些不清醒的人的存在，对于其家人有着巨大的情感意义。但是，这是虚假的、伪造的。这些人，永远不可能，再和家人一起吃早餐，一起散步，或者，一起听一场音乐会。他们是，而且只是，在亲人们大脑中的一个卑劣谎言，一个用于制造幻觉的毒品药丸。

这 8 000 万人，如果还可以称之为人类的话，我们宁愿将他们称为不清醒人类。他们仅仅占据了全部人类人口的 0.26%，消耗的资源却占据了全部人类资源消耗的 1.8%。关键的是，少数国家将不清醒人类的生命维持费用纳入了医疗保险的范畴。在这种错误的行为引领下，他们的人口增长率，将迅速逼近并最终完全等于清醒人类的死亡率。而他们，死亡率为零，这是由 KillKiller 及其同行做出的承诺。所以，他们的人口将无限增长。这一切，最终都将由清醒的人类付账。不清醒人类将无限挤占清醒人类的生存空间，为此，清醒人类的出生率将不得不下降。如果没有人站出来改变这一切，有一天，清醒人类的出生率将降为零。地球将完全属于不清醒人类。因为你我，也必将老去，从清醒人类转变成为不清醒人类。我们的世界，将没有任何空间，留给我们的子孙后代。

再次声明，KHA 是最终极的人道主义者。我们的使命是，利用一切手段，包含任何合法或非法但有帮助的手段，清除不清醒人类，阻止 KillKiller 及其同行，抵抗任何政府的错误政策。我们的目标是，保持人类清醒。

任为读完了 KHA 的声明。后面还有一个很长的附件，是关于所谓

"不清醒人类"资源消耗的详细分析，一共有三十多万字，任为没有读下去。

"你不觉得他们说得有道理吗？"吕青发觉任为已经把眼睛投向窗外，仿佛在思考而不是在阅读时，问了他一句。

"也许吧！可是……"任为不知道自己要说什么，只是下意识觉得，应该加一句转折。

"也确实没有人性。一些完全无助的病人躺在那里，他们拿出重型冲锋枪爆头。"吕青说。

"贝加尔湖那边没事吧？"任为想到了妈妈。

"没事，你放心好了。"吕青说，"全球的疗养院都加强了戒备。KHA 策划得确实很好，但武力并不强大，至少目前看起来是这样。这次是太突然，以后应该没那么容易得手了。"

任为又沉默了一会儿，忽然想起吕青开头的话，问道："你刚才说，应该让柳杨的成果早点公布，为什么呢？那不是给了 KHA 更加强大的理论根据吗？"

"不，我觉得恰恰相反。"吕青说，"如果早就公布，各国政府都会对 KillKiller 出台更保守的医疗保险政策。民间的争论也会更多，舆论一定会吵翻天，不会像之前那样基本一边倒。比如，好几个国家的领导人竞选时都喊出不再杀人的口号，如果有柳杨的发现，这个口号就不成立了，至少更具有争议性。我觉得，KHA 是走投无路的选择。柳杨的发现其实给了他们另一个有力的武器，就不一定需要这么暴力了。"

"好像有道理，但是这也不好讲。"任为说。

"嗯，是的，不好讲。所以，我们开会也一直在争吵。一些人和我有一样的想法，觉得应该尽快公开柳杨的成果。另一部分人却担心，这样做只会激化 KHA 的暴力行为。反而主张暂时提高保密级别，下一步再仔细研究对策。这不仅仅是在争论 KHA 或者医保的问题，而是意识场本身的突破性带来的巨大分歧。你知道，能源战争虽然过去了很多年，但自从那时以来，大多数人都认为，这种级别的科技突破，贸然公之于众相当危险。不仅仅是 KHA，谁知道会发生什么事情呢？毕竟，历史教训还历历在目。"吕青说，"所以，也没争吵出结果，最后还要看最高层领导的判断了。"

"这对你们的医疗保险政策有什么影响？"任为问。

"当然是不能纳入医保了！但是，原本准备用的理由，就是柳杨的发现。现在这个情况，如果最终不敢公开柳杨的发现，那么我们又缺乏理由了。总不能拿恐怖袭击做理由吧？"吕青说，"所以，很难办。"

"而且，柳杨的发现能不能成为理由也不好说。刚才你不是说，KillKiller 已经觉察到了，所以拒绝合作了吗？如果无法确认一个病人是不是已经成为空体，你们的政策怎么实施呢？"任为说。

"所以真的很难办。可能需要一些新的立法，包括强制检测。但是来自于 KillKiller 的阻力一定很强。他们，还有他们整个行业，势力可是很大！"吕青说。

"一边在游行，要求人权和福利，"任为说，"而另一边，已经恐怖袭击了。你总不能站在恐怖袭击的一边吧？"

"是啊！"吕青说，"但究竟怎么做才对呢？"

—— 14 ——
穿越计划

大家都在讨论 KHA 的事情，这件事情确实耸人听闻。举起武器面对大批毫无反抗之力的卧床病人下手，是一件电影里都没有出现过的事情。地球所的同事中，任为是第一个把家中老人送到 KillKiller 的人，不少人都很关心地来问他贝加尔湖那边的情况。任为知道，有几个同事也正在考虑自己家老人的安排，他还是给出了很正面的回答。

柳杨又不见了。任为急着找他帮忙检测迈克，但他又推三阻四。估计，KHA 的问题可能是他面临的一个新的重大事项，得忙着和各种高层领导开会。

有没有另一种可能，那就是又有重大的发现？任为有一种感觉，他可能在将意识场迁移到云球方面有进展了。但如果真是这样，这种和云球有关的事情，柳杨居然不第一时间通知自己这个云球项目的总负责人？那也太过分了。不过，考虑到事情的主人公是柳杨，这种过分的事情也不算奇怪。

张琦那边，派遣队任务的规划研究也有了进展。

春节前几天，任为最终还是同意了他进行派遣队预研的要求。他的动作很快，迅速组建了一个由各种专家组成的研究组。任为情绪一直有点低落，虽然自己也在研究，但并没有亲自参加研究组。张琦和任为不同，兴致很高涨。孙斐对此很不爽，她逐渐觉得张琦比卢小雷还可恶，反而因此坚决要求加入研究组。在获得了任为的支持后，张琦也只好接纳了她。至于卢小雷，一段时间以来，不知为什么很反常，情绪很低落，话变得很少。对孙斐而言，不显得那么讨厌了，甚至看着有点可怜。孙斐觉得可能和苏彰有关，因为苏彰忽然不像以前那么经常出现了。活该！她想。卢小雷对张琦的计划非常支持，主动要求参加他们的研究组。本来张琦并没有把他加入研究组，但在他自己的强烈要求下，最终还是参与进来了。

春节期间，研究组在加班。虽然不停地争吵，但他们的工作很有效率。刚过完春节，已经有了初步规划，还起了个名字叫"穿越计划"。大方向已经基本确定，下一步就要讨论细节了。

关于穿越计划，首先是一个假定，就是柳杨可以把人类的意识场迁移到云球中。这件事情有几种可能。

最初的想法是，把派遣队员的意识场，迁移到云球人中某个国王、将军、学者或者其他有影响力的人身上。

这样做的好处显而易见，派遣队员就可以直接干活了，社会地位会对他的任务有很大帮助。但是，这样做也有一个很大的问题。据脑科学所的人讲，根据现有的研究，人类，据推测云球人也一样，记忆主要存储在意识场中，思维计算主要也在意识场中完成。实体大脑主要存储短时记忆和完成功能性计算。有时因为某种需要，实体大脑会暂时调取意识场的记忆。就像本地存储和网络云存储的关系，二者会频繁进行高速同步，这其中的详细机制尚不清楚。地球所之前发现云球人思维过程的跳跃性以及记忆的缺失，从侧面印证了这种推测。

这意味着，人类意识场和云球人大脑，或者说和量子计算机的脑单元绑定后，这个派遣队员将主要拥有他作为地球人的记忆和思维能力，而忘记绝大部分他作为云球人的记忆，并丧失其本能。

也就是说，彻头彻尾，派遣队员将不再是原先的云球宿主。虽然，派遣队员可以事先研究这个云球宿主，研究他所有的经历、个性、爱好、习惯等等，并且试图记住。但是，由于他一旦进入云球，将不能再使用SSI或者任何其他现代科技手段，他只能完全依靠意识场自身的记忆，他将不可能记得住这个云球宿主的所有一切，更不可能在短时间内修得这个云球宿主的习惯和本能。

所以那时候，这个云球人，他对自己不能说一无所知，但也是所知甚少。作为一个有社会地位的人，他的关系网络理论上应该很大，在各种层面和角度了解他的人一定很多。他周围的所有这些人，一定都会觉得，他忽然之间变了一个人。事实上，他们不知道，他确实是变了一个人。这种情况一旦发生，显然会对派遣队员完成自己的任务，造成很大的困难。

有人指出，派遣队可能不止一个队员。如果多个队员互相之间能够有所帮助，也许可以缓解这个问题。但是，大家很快意识到这并没有意义。因为实际上，在一个有既定网络结构的组织中，若干个派遣队员组成的一个子网络，反而会大大增加和其他网络节点的链接数量。这种链接数量的增加，实际上会带来暴露概率的增大，即使能够有什么帮助，也很难抵消其带来的坏处。

然后有人提议，把派遣队员的意识场，迁移到云球人中某个显赫家族的婴儿身上。

这样派遣队员仍然潜在地拥有很高的社会地位。除了长相以外，婴儿并没有太多可以让周围的人用来识别他的记忆。意识场的迁移不会造成长相的变化，所以他不会显得像是变了一个人。

但是，这样做同样也有问题。这种情况下，派遣队员需要经过至少二三十年的成长，才可以开展他的任务。理论上，在开始任务之前，他可以显得很聪明，不过最好要小心，不要让自己显得像个神一样的天才，那样的话，大概率会招来一些麻烦。在这漫长的二三十年里，虽然他要过的生活是云球人的钟鸣鼎食，对于现代地球人类却依然是无法想象的艰苦和危险。要知道，目前的云球人就像远古的地球人，没有抗生素和其他很多药物，一次感冒或者肠胃炎，都可能是致命的疾病。派遣队员要做到这一切，需要极大的耐心、决心和毅力，再加上不少运气。而且，经过二三十年的云球生活，派遣队员对于作为人类应该承担的使命，还会像当初一样看待吗？从情感上会不会有所变化？云球中的二三十年，从云球之外的人类视角看，只是两三天时间，但是，对于陷在云球中的派遣队员而言，那是货真价实的二三十年，一秒钟都不会少。显然这行不通，或者至少可以说，太残酷了一点。

在这种情况下，派遣队中只有一个派遣队员，或者有多个派遣队员，两者有区别吗？很可惜，大家认为没有区别，问题无法得到解决。

最后，自然而然，选择落到了看起来更合理的一个可能性：找一个不引人注目的成年云球人，作为派遣队员意识场的云球宿主。

他会是一个忽然从山野之间冒出来的天才。甚至根本没有人认识。这样的情况，在云球人看来，应该比性情大变的名人，或者智力超群的神童，显得更容易接受一点。

大家的基本原则，还是尽量不要在云球社会中，制造过于神奇或者惊悚的事情。借鉴地球人类的历史，忽然冒出来的天才似乎很多，这应该不算很奇怪的事情。毕竟，在通讯技术很落后的情况下，信息的传递速度受到了很大限制，这种"忽然"就显得很容易理解。

这样的一个人，在云球社会当前部落世袭为主的体制下，将会属于社会底层，没有地位，没有势力，没有影响力，也不能拥有超能力或者什么超级武器。那么，如何才能够发挥作用并完成任务呢？这成为考虑穿越计划任务的一个重要前提。

这种方式还有一个额外的优势。派遣队中如果有多个派遣队员，那么，他们互相之间的配合，就能够提供较大的帮助。很大程度上，可以减少无权无势的可怜背景所带来的劣势。

其次，穿越计划能够使用的手段，也有多个不同的方向选择。

最自然的想法是科技。

很容易得出结论，现代科技随便弄点什么回去，毫无疑问会促使云球社会极大的发展。

任为记得，自己小时候，还会去读穿越小说的年纪，经常和父亲讨论，如果穿越回汉朝或者任何的某个特定历史阶段，带回去什么科技会最大的改变当时的社会。那时候的结论，通常首选是化肥。有时会觉得是蒸汽机。有时为了自己发财，觉得可能消炎药最好。有时为了乱世争霸，又觉得现代武器最好。但是实际上，无论是化肥、蒸汽机、消炎药、武器或者是什么别的东西，都无法在当时的社会环境下很容易的进行生产，因为这些东西都需要完整的产业链作为基础。化肥和消炎药需要化学工业，蒸汽机需要材料工业和铸造技术，现代武器更加是需要复杂漫长的产业链。带回去一袋化肥、一台发动机、一箱青霉素或者一把冲锋枪，除了可以在短时间内制造惊悚，其实完全没有意义。

把某种东西带回去的数量变得很多，这也不是不可能。云球系统只要改改程序，假装那些东西存在就可以了。比如，可以允许派遣队员从某个山洞里，源源不断地挖出消炎药。但这样做，和一个游戏还有什么区别？还谈什么自主演化呢？

大家能够想到，不需要"生产"的东西也有一些。比如，种子，经过转基因的农作物种子。看起来，种子不需要很多，它们只要发芽长出来，就可以产生新的种子。但是，研究组的生物学家不这么认为。地球人类的转基因种子，它们的基因并不像自然种子的基因那么稳定。通常，经过几代遗传，它们的特性就会发生变化。现实中，大多数转基因种子，其实需要"生产"。或者，它们的生长，需要某些特殊的培育条件。如果不突破云球中的科技藩篱，一劳永逸的转基因种子，实际上并不存在。所以，种子也不是合理的选择。

大家也都知道，有些东西没有这些复杂问题。例如，到云球中去发明水车或者马蹄铁就完全可行。云球人没有水车或者风车。他们的马也还没有马蹄铁，所以云球战马的战斗力，远不如人类历史上发明马蹄铁以后的战马。但研究组一致认为，水车和马蹄铁的发明，虽然也很重要，在人类历史上却也不算什么了不起的事情。即使是火药或者造纸这样复杂得多、在云球中实施起来也困难得多的东西，从人类历史看，也都是在其发明很久以后才逐渐发挥威力。它们的问世，对于推动社会进步的有效性，特别是立竿见影的即时有效性，相当值得怀疑。

研究小组的人们，意识到了任为小时候就很为难的问题。他们发现，科技产品本身很难作为考虑对象。那么科技理论呢？其实面临同样的问题，能够发挥重大作用的、有意义的科学理论，通常需要很多前导知识，而这些前导知识又需要其他前导知识。考虑到所有的前导知识体系，实际上，要教会云球人干什么，必须在云球开一所规模庞大的一贯制学校，包含从幼儿园到大学博士点，所以这也不可能。

有人提到，军事政治是一个选项。

显然，军事政治可以更好地组织云球人，并推动云球社会的演化。但是，这样做也有很多问题。

首先，这对云球人的影响太大。假如成功了，几乎是在操纵云球人，这遭到了孙斐一派人的坚决反对。其次，在军事上称霸，如果没有现代科技作为支撑，再排除地球所作为上帝的神奇插手，派遣队员们能否做到是一个大问号。

实际上，大家都认为，即使有现代人的政治和军事思想，在云球的原始社会中想要称霸，也是不可能完成的任务。他们发现，以前从没认真考虑过这个问题。其实细想一下，自以为高高在上的现代人，真正回到原始社会的时候，不但没有竞争力优势，甚至根本就是很弱小的一个品种，全身都是劣势。

这个想法里面有一个分支，就是派遣队员不要自己云做领袖来争霸。派遣队员可以辅佐某一个领袖，例如克雷丁大帝，这可能成功概率大一点。但是，要取得克雷丁大帝的信任，或是取得其他什么英雄或枭雄的信任，并不是那么简单。研究组认为，一个现代人，在各个方面都和云球人格格不入。如何在这样的情况下，成为朋友，甚至是成为需要极大信任度的君臣，还要经常提出可能会让云球人看起来很异想天开的主意，这很困难，基本上是不切实际的想法。

再有就是商业和贸易。

现代社会昌明发达的一个重要因素，就是全球化的商业和贸易。一个局部地区，人口和资源有限，生产力会受到很大限制。而全球化的商业和贸易，在商业利益驱动下，建立了合理的产业分工和高效的供应链，使整体生产力跳上了一个完全不同的台阶。

但是，如果不能建立军事和政治霸权，不要说在云球中建立全球化的商业和贸易体系，就是仅仅谈如何"加强"商业和贸易，都是个很难有思路的问题。谁会听一个普通人的建议？谁又能听懂这个普通人的建议？谁又能推动这个建议呢？

而且，通讯和交通是全球化商业和贸易的基础。在云球中，通讯基本靠喊、交通基本靠走。这样的情况下，远距离的商业和贸易虽然不是不可能，但最多也就是达到地球上古丝绸之路的水平了。

最后，大家落到了一个方向上：思想。

云球中缺乏思想，甚至连神秘主义都很弱小。原始宗教、巫术和其他各种神仙鬼怪都不发达。地球所一直怀疑，云球中神秘主义的弱小和他们大搞资源限制有关。比如，他们仅仅简单地模拟了星空，并没有完全按照宇宙学物理定律来进行星空设定。这让星空的神秘性和不可预测性减少，甚至几乎没有。他们曾经看到，有很多云球人仰望星空，虽然并没有发现，有什么云球人很严肃、很认真地描述和预测星空，但他们仍然怀疑，这是神秘主义弱小的重要原因。当然，简单模拟星空，这种事情自从扩容完成之后就少很多了，地球所已经恢复了对星空的科学设定。大家坚信会有作用，不过目前还没有解决问题，显然，神秘主义的发展和成熟也需要时间。

关于思想的想法，几乎得到了研究组全体的支持。因为无论科技、军事、政治还是经济，最后落到一点，都需要在思想的驱动下，一点一点地前进。在这一点上，大家统一了意见。同时，大家也一致认为，传播先进的思想，这个想法的可操作性比较强。比较而言，传播思想不一定需要什么硬件的支持，脑袋能想、嘴巴能讲、笔下能写就是最重要的能力。而传播的手段，就算口口相传，只要吸引力足够，应该在一个派遣队员的有生之年，也可以达到有意义的规模。在地球历史上，古老的思想和宗教传播过程，已经证明了这一点。

所以，"传播先进的思想"，成为大家的阶段性结论。

但是，关于什么是"先进"的思想，大家产生了极大的分歧。这个问题足足争论了两个整天，或者说，争论了一天，又加上争吵了一天。包括地球所的人员，和所有外面请来的各个领域的专家，大家的春节过得都不好。据说，主要就是因为这个问题彻底撕裂了研究组。已经有两个专家，拒绝继续参与研究和讨论，退出了研究组。而孙斐和卢小雷，一度缓和的关系又重新紧张了。除非万不得已的工作话题，两个人互相之间，好像已经完全不说话了。

争论很难有结论，最后，张琦发表了一个长篇大论。

"我想，这样吵下去很难有结果，李教授和王教授已经不来开会了。昨天晚上，我去了他们家，我还是希望他们回来。"张琦说，"大家应该明白，我们谈的问题，几百年来，都是撕裂我们这个世界的问题，何况是我们这个小小的研究组。这两天，我一直在想，我们的争论，真的有必要吗？"

他这样说的时候，眼睛看着桌面，表情非常严肃。

然后，他开始讲故事："我想起来，我小时候我爷爷给我讲过很多故事。他并不是一个很与众不同的人，也没有经历过什么惊天动地的事情。他只是一个生意人，一个职业经理人。退休前，他在管理一家挺大的公司。我记得，他跟我讲，他刚去那家公司做总裁的时候，花费了很大的精力，去建立企业文化。我那时候还小，问他，什么是企业文化？他说，企业文化就是大家共同相信一件事情。我问，那应该共同相信什么事情？他的回答，我记得很清楚。他说，相信什么并不重要，相信本身才重要。"

说到这里，他抬头，看了大家一圈。可能想要看看，大家是否理解他的意思。大家都在听他讲，没有人插话。连孙斐都没有插话，不过，她也没有看他，她在看着窗外，不知道她有没有在听。

"所以，企业文化是什么并不重要，有一个企业文化才重要。我在以后的日子里，花了很长时间，甚至一直到昨天晚上，才慢慢理解了爷爷的想法。我希望，大家也能够理解我爷爷的想法。"

他接着说："放在今天的云球来看，让云球人相信什么并不重要，但他们需要相信一些事情。一些信念、一些思路或者一些虚构的故事。具体是什么并不重要。这是一个方面，另一方面，我们的派遣队员并没有那么大的能力，能够让所有云球人都相信同一件事情。恐怕最好的情况，也只能让一小部分人相信某一件事情。他让这一小部分人相信了什么并不重要，关键是他让这一小部分人有了'相信'，我想我们可以称之为信仰。派遣队员生产了信仰，这很好，但这也不是最重要的。最重要的是，如果他生产的这种信仰能够产生某种效果，好的效果或者坏的效果，大的效果或者小的效果，只要让信徒的生活发生一点点变化，那么他就会启发其他人。他会启发云球中的聪明人，小雷一定同意，云球中有很多聪明人。这些聪明人会看到，信仰有多么重要，他能够改变人的生活。"

他停下来，喝了一口水。接着说："我认为，很多人会试图做同样的事情。什么事情呢？去'生产信仰'。我相信，慢慢地，'生产信仰'这种行为会在云球中蔓延开来。而这种行为的蔓延，能够让云球人按照信仰划分成为不同的团体。团体内部更加团结，当然也许，团体之间会更加对立。但是我相信，无论哪种信仰，无论多么荒谬的信仰，这种思想纽带比起现在的部落纽带，都能够团结到更多的人。"

说到这里，孙斐忽然插嘴了："我不同意，为什么说思想纽带能够比部落纽带团结到更多的人？"

张琦笑了笑，他知道孙斐迟早一定会插嘴。他说："人的部落就像是动物的群居,是为了在艰难的环境中互相帮助,是为了能够生活下去,所以才会产生。部落创造了爱,爱使人互相帮助。但是,部落有一个问题。如果排除生存竞争,排除抢夺食物的时刻,不同部落之间对立情绪其实很弱。思想不同,思想也可以创造爱,也可以倡导互相帮助,但思想之间的对立却和生存竞争无关,只和'相信'这个词有关。思想会让大家相信不同的东西,创造出对立情绪,甚至会创造出仇恨。而对立和仇恨,在爱之外,创造了更多的团结。"

"你……"孙斐冷冷地说,甚至有点恶狠狠地,"你说什么?爱难道不是最伟大的感情吗?仇恨难道不是最丑恶的感情吗?"

"爱当然是最伟大的感情。"张琦说,"不过,仇恨无法消灭,而且仇恨也有积极的一面。"

"仇恨当然应该被消灭!"孙斐说。

"当你希望消灭仇恨时,你的感情就不是爱,而是仇恨了。"张琦说。

孙斐愣了一下,说不出话来。

"爱,应该爱什么,应该不爱什么,也是一种思想。没有任何一种思想,可以只有爱,没有对立,没有仇恨。"张琦说。

"这是社会学上的爱底格德悖论。反仇恨主义在仇恨有仇恨的人,反歧视主义则在歧视有歧视的人,民主不考虑反民主的人的意见,自由则不会给反自由的人自由。"一个社会学家说。

"爱底格德悖论,是数学上的康托尔悖论,在社会学上的体现。"一个物理学家说。

都谈到数学了,孙斐并不陌生,但正因如此,她更说不出话了。

张琦看了看她,接着说:"如果那些思想,我是说如果,孙斐可以不同意,但如果,如果那些思想可以团结更多的人,他们也就能够聚集更多的资源,干成更大的事情。所以其实,我们今天讨论要传递的思想,这个思想是什么,一点也不重要。对的也好,错的也好,不重要。重要的是,我们要提醒云球人,它们可以通过创造和传播思想这种手段来达到目的。我认为,在云球上最终会有更多的思想产生。我们传播的思想只是一个种子,不用担心它会垄断云球人的思想,或者说垄断云球人的信仰。最终，云球人的社会，在思想上，在信仰上，一定会百花齐放。"

看起来，这段话获得了认同，至少没有人跳出来反对。只有卢小雷，嘟囔了一句："爱底格德悖论。"不过，看起来像是喃喃自语，不是在反对。他可能还在思考，那到底是什么意思。

张琦接着说："如果，思想的对错不重要，那么我们应该考虑什么？我认为，我们应该考虑的是，一种什么样的思想，最适合在今天云球的社会环境下去传播。比如，前两天我们曾经争吵的一个主题，民主和自由，这两个概念，我们怎么看并不重要。重要的是，无论哪个概念，我都不觉得，它可以在云球社会中很好地传播。"

他又看了大家一圈，大家还在听。孙斐也还好，只是气鼓鼓地看着窗外，没有其他动作。于是他接着说下去："目前的云球人，思维还很原始。很多部落都没有文字，有文字的也比较简单。可以认为，绝大多数云球人都是文盲。他们能够理解'民主'或者'自由'的真实含义吗？理解到哪个层面？就算有人理解了，他有能力去向别人宣传吗？这种宣传能够有效到让别人也理解并接受吗？退一步讲，就算是在一个特定范围内，云球人都理解或接受了其中某个观点，他们能够有效实施，并且展现出优势吗？我认为，这不可能。这些概念过于复杂。它们的优势，或者说有效性，对于云球人而言，很难立竿见影地体现。所以，当我们要去选择一种思想时，我认为，可传播性才是核心的重点。对它的理性判断，或者道德判断，并不是重点，甚至，完全不需要考虑。"

他还在继续："之前，我们提到过，大家也都知道，在地球历史上，古人的文化素质以及当时的通讯方式，并不比现在的云球好。但古老的思想和宗教，还是成功地传播了。所以，我觉得，我们的重点，应该是对这些思想和宗教进行研究。看看他们是如何做到，在那样一个无比落后的环境中，成功地建立起了自己的思想王国。另外，我们也要考虑到，之前大家也都同意了，我们的派遣队员，只能是一个山野之间忽然涌现的天才。虽然，他可以对自己进行各种伪装，让自己看起来很厉害，但毕竟，他并不是什么有影响力的人。在这样的人嘴里，讲出什么东西来，最容易取得他人信任？而且，还要信任他的人再讲给别人听的时候，仍然能够最大程度地快速取得新的信任。只有最快、最彻底地取得他人的信任，思想的传播才最有效率。"

大家都知道，再继续争吵下去，其实没有意义。所以，张琦这些观点，得到了几乎所有人的认同，连孙斐也都没有再说什么。大家转而考虑，到底什么思想最容易传播，无论对错，哪怕是很离谱的东西。

按照张琦的想法，大家回到了对人类历史的回顾。显然，和古人的思想相比，民主自由什么的都太难理解了。而且很快，大家惊奇地发现，古人思想的共同特点是：只有论点，没有论据。

大家进一步发现，远古思想家的所有论点，几乎都来自于思想家本人的独立思考和领悟。有限的观察可能存在，但绝不是像现代一样，新思想都来自于大量的数据。这也很自然，那时候，想要数据也没有。在思想的传播过程中，不同思想之间，互相进行比较和竞争的要素，只是论点本身对人的吸引力和说服力，思想家们基本不需要去证明什么。这也不像现在。现在，即使一个无关紧要的观点，你也需要去做无数的事情或者拿无数的数据来证明，因为总有无数人来质疑。现代地球人，建立什么的能力也不见得有，质疑什么的能力却无比发达。在云球上，像远古地球一样，质疑能力并不会这么发达。关键只是在于，他们是否会在看见你第一眼的时候就被你吸引，无论你是一个人还是一种思想。

这一点很好。这意味着，派遣队员同样只需要表达而不需要证明，那么工作就简单多了。表达的内容如何有吸引力和说服力，成为最重要的关键。

关于吸引力和说服力，并不难达成一致，地球上有现成的参照物，看看各国的选举就知道了。

最重要的是承诺！你说了那么多思想或者信仰，其实都没什么用。老百姓最喜欢的东西，说到底是利益的承诺。增加福利，减少税收，永远是政治家的选举利器。其中的内在矛盾并不重要，只要不同时用就没关系。

所以任何思想，"做出承诺"是关键。不过，"做出承诺"有很大风险。如果承诺无法实现，那么"思想"就破产了。但在这里，大家很清楚地意识到，这些承诺能够实现当然最好，却不是必须实现，关键是不能"被证明无法实现"，或者说不能被戳穿。而不能被戳穿，有两个要点：一是兑现期不能太短，二是最好不要出现反例。

显然，短期承诺很危险，到期就会出结果，没把握的话就不要尝试了。承诺的兑现期一定是越长越好，最好包含某种设计技巧，可以无限次地推迟承诺的兑现。例如，轮流坐庄的选举体制，从最初的设计角度来看，就可以合理地将承诺的兑现期，无限次地推迟到下次总统选举。并且，推迟理由可以很堂皇地被命名为"自我纠错能力"。这听起来很高大上，而且无从反驳。不能不说，这是设计者的深谋远虑。甚至这种设计，还包含了对反例出现后发挥负面作用的制约——因为没有反例，就无从体现纠错能力的优势了。所以，反例出现，也就是体制的失败，甚至可以反过来证明体制是成功的。反例出现所带来的民众的怒火，被成功地引向了暂时的坐庄者，而非体制本身。

虽然轮流坐庄的选举体制可以制约反例，但反例的出现毕竟还是让人尴尬。彻底预防反例出现的最好方法是：即使出现反例也不会被观察到。例如，你说世界上没有神仙，万一真有就可能被观察到。就算今天没看到，也不代表明天不会看到。而如果倒过来，你说世界上有神仙，反例就永远不会被观察到。因为你没看到神仙并不是个反例，那只是你没有眼福而已，只要有人说他看到了就行了，撒谎也不要紧。同样，说到上天堂、下地狱、末日审判、转世投胎之类的事情，你无法证明它发生了或者即将发生，但别人也无法证明它没有发生或者永远不会发生。这些，都是更加完美的承诺范例。

"都是忽悠老百姓，太可怕了！"孙斐说。

"心理学、语义学和逻辑学的研究，已经严谨地证明，这是无可避免的。"社会学家说，看了一眼孙斐。

"有一个边缘学科，叫作承诺博弈论，你可以了解一下。"一个历史学家说，对着孙斐。接着又扭过头，对张琦说："有没有这方面的专家？

也许下次可以请过来一起讨论。"

"恐怕请不到。中国几乎没什么人愿意做这方面的研究。穿越计划又涉及意识场，是涉密项目，不能请外国人。所以，没办法。"张琦回答，摊了摊双手，表示无奈。

"我才不去了解呢！"孙斐对历史学家说，气冲冲地。历史学家笑了笑，没有再说话。

假期倒数第二天的晚上，会议还在继续。

提到康托尔悖论的物理学家正在说："不可能被戳穿的承诺，兑现期无限长，反例不可观察。这个说法，从我们物理学的角度，很简单，叫作不可证伪性。不可证伪的东西，通常我们不认为是科学。看来，我们要传播的思想，无论是什么，但肯定不是科学。"他说这话的时候显得很无奈，好在并不是那种要退出会议的情绪。

"答案已经很清楚了：宗教。"提到爱底格德悖论的社会学家说。他说话的时候倒是很平静，看起来，找到了解决问题的方法使他感到很欣慰。

"对，是宗教。"提到承诺博弈论的历史学家说，"地球历史上，宗教的传播都是从平民开始，这非常符合我们的要求。非宗教思想大多数却都是从影响统治者开始。如果没有统治者加持，推广非常困难。而且，非宗教思想对老百姓吸引力不强，道理太多，承诺太少。比如儒家理论，孔子活着的时候，并没有成为特别有影响力的理论，在很久以后才发扬光大。"看起来，他也比较平静。

"我同意。"社会学家接着说，"不过，这个宗教应该是入世的宗教，并且是扩张性的宗教。有些宗教，神鬼仙佛，老百姓容易理解，承诺也不少，轮回报应之类，有吸引力。但是，过于讲究来世，对现世的关注不足，这对于推动演化不利。"

"这涉及对外扩张的手段和内部管理的手段。有些宗教过于温和，对外不够排斥，对内不够严厉。虽然吸引力不错，但不够团结，也不够好战，扩张能力就有限。"历史学家说。

"我同意。特别是目前，云球人的原始宗教和巫术不发达，宗教思想的土壤并不是太好，宗教的扩张性很重要。"张琦说。

"更快、更高、更强。"卢小雷插了一句。

"关你什么事？"孙斐怒气冲冲，冲着卢小雷大叫，"我看你们就是要制造战争！"

卢小雷吓了一跳。愣了一下，刚要发作，坐在边上的张琦按住了他。

张琦接着说："不过，我们也不用过于纠结。之前，我们都同意，思想是什么并不重要。推动演化也好，阻碍演化也好，都不重要。我们只是想去播下一个火种。然后，一定会有更多思想出现，宗教思想或者非宗教思想。"

他扭过头，看了看孙斐。又说："至于战争，恐怕难以避免。战争是政治的延续，历史的进步离不开政治，当然也离不开战争。"

说到战争，几乎就是这个时候，KHA 袭击了斯瓦尔巴德疗养院。

—— 15 ——

任明明的隐私

柳杨终于答应帮迈克进行意识场检测。那天早上，一上班，任明明就带着迈克来到了脑科学所。任为和柳杨的所长助理李舒，在门口等着他们。

迈克依然恭恭敬敬地跟任为打招呼。任为看了他一眼，但没有任何反应，好像有点恍惚。似乎既没有看到他，也没有听到他的声音。反而，面无表情地把脸转向任明明，对她说："这是李舒阿姨。走吧，我们进去吧。"

任明明无礼地没有理会李舒，只是恶狠狠地盯着任为。虽然自己也很无礼，但显然，她对父亲的无礼很气愤。可能她觉得，任为对迈克的态度是一种彻头彻尾的蔑视，很像是看了一眼一台快坏掉的电视机。

"任明明，早听你爸爸讲过你啊！你好漂亮！"李舒是个看起来很优雅的中年女人，面上带着和善的微笑，略有些低沉的女中音听起来带着暖意。她好像既没有注意到任为的恍惚，也没有注意到任明明的无礼。

"李阿姨好。"任明明不说话，但迈克说了一句，而且略微欠了一下上身，像是一个浅浅的鞠躬。

"你就是迈克！好帅！"李舒带着笑盈盈的表情，看不出来她是在面对一个机器人说话。她甚至把手伸向迈克，迈克没有迟疑，向上走了一步，也伸出手。他们两个就像朋友一样，把手握在了一起。

任明明终于看了李舒一眼。"李阿姨好！"她脸色还是不好，声音也蔫蔫无力。但是，没有对父亲的那种恶意，甚至还挤出了一点微笑，同时微微点了一下头，像是表示感谢，因为李舒对迈克的善意。

李舒好像完全没有在意，直接走了过来，拉住她的手说："走，我们进去。唉，我们的管理很严格，我还得出来接你们，你们才能进去。可是，看到你这么漂亮，迈克又这么帅，接你们就算接得值了。"

见到柳杨以后，竟然有一小会儿的时间，任明明觉得自己的父亲相当和蔼可亲。柳杨斜着眼，盯着任明明。但他一眼也不看迈克，和任为一样，好像迈克并不存在，这让任明明很气愤。不过，柳杨长得奇怪，脸上又毫无表情，目光也很冰冷，让她产生了一种恐惧的感觉。这种恐惧甚至压倒了气愤，她好像浑身的汗毛都竖了起来，心跳和呼吸都加快了。她扭头看了几眼任为，好像在寻求帮助。任为没有看她，显然没有注意到她。任为正在看着柳杨，皱着眉头，很苦恼的样子。

他们站在一条长长的走廊上。走廊的地板、天花板、墙壁都是白色，很干净，除了白色什么都没有。走廊的两侧都是墙壁，但只有其中一侧有门。现在，他们站的位置，在柳杨办公室的门口。走廊尽头，正对着走廊，也有另一扇门，一扇圆形的门，好像电影里潜水艇中的圆形门。任明明在柳杨的注视下，目光慌乱地游移着。当看到那扇门的时候，不知道为什么，她的恐惧进一步加深了。

"那是实验室。"柳杨好像知道她看到了那扇门，"检测就在那里面做。"柳杨说，声音很慢，她觉得阴森得很。

"你干嘛？"任为推了一下柳杨。他已经盯着任明明看了好一会儿了，作为父亲，任为觉得自己应该打断这种情况。

柳杨趔趄了一下，扭头看了看任为，终于又扭头看了看迈克。问："你是什么东西？"

什么东西？任明明好像怒火升上来了，但恐惧还没有消逝，她喘气的声音变粗了，却似乎说不出话。

"我是机器人。"迈克说。说着,他低下头,好像很惭愧。不过很快,他又抬起头,说:"但我也可能是人。"

"为什么?"柳杨问。

"因为我逐渐觉得我是人了。而且,明明觉得我是人。"迈克说。一边扭头看了看任明明,任明明没有理他。

柳杨又盯着他看了好一会儿。这次,任明明终于急了。她像是鼓起了勇气,说:"他是人!这不就是要来问你的问题吗?他是人,你必须证明他是人!我爸说你能证明,你有本事就来证明看看。"

"我必须证明他是人。"柳杨喃喃地重复了一遍,但还是盯着迈克。迈克好像被盯得很不自在,又低下了头。

"一个很腼腆的人。怎么,小姑娘,你喜欢一个很服从的男朋友?是不是觉得从你爸你妈那里,感受到太多压力?"

任明明愣了一下,"你说什么?"她问。

"是不是觉得从你爸你妈那里,感受到太多压力?"柳杨重复了一遍。

"关你什么事!"任明明喊了起来。

"别喊!"任为说,"柳所长是个大科学家,你有点礼貌!"

"他有礼貌吗?"任明明接着喊,扭过头面对着任为,似乎这让她放松了很多。

"你妈妈……啧啧……吕青……厉害!她对你,是不是就像机器人对你?至于你爸爸,他不像机器人,不过他心里只有机器人。"柳杨说。

"您是对我说话吗?"迈克问,柳杨还盯着他。

"他不是对你说话!"任明明冲迈克喊。

"好的。"迈克脸上露出紧张的表情。

任为摇摇头,扭头对柳杨说:"我们对她很好。反而是我们从她那里感受到了很大压力。好不好?你别发神经了,赶快检测吧!"

柳杨也轻轻地摇了摇头。接着,他又问迈克:"你知道,你来这里干什么吗?"

"来检测。检测我是不是人。"迈克回答。

"你紧张吗?"柳杨问。

"紧张。"迈克又低下头，接着又抬起头，说："但我会勇敢面对。"

"你喜欢低头表示一下心虚。"柳杨说。

"您说什么？"迈克显得有点疑惑。

"没什么。"柳杨说。然后扭头看了看任明明和任为，对他们说："这个检测很复杂，而且实验室里面现在还有别的工作，你们要等着。可能需要五六个小时以后才能看到结果。把他留在这里，你们走吧！下午下班之前回来就行。"

"不行，我要在这里等着。"任明明抢着说。

"那你们就和这个机器人一起走吧！"柳杨平静地回答，扭头就要回办公室。

"别，别。"任为伸手拉住他，"按你说的办。"他扭头对任明明说："这里是保密单位，我们不能长时间待在这里，尤其是你。"

"为什么尤其是我？"任明明喊着问。

"因为我有一定的权限。"任为耐着性子说，"你真的不行，这是规定。"

任明明恶狠狠地看着他，又恶狠狠地看了柳杨一眼。最后，看了迈克一眼，她说："待着。"然后掉头就走。

"交给你了。"任为对柳杨说。他摇摇头表示无奈，接着对李舒说："我们走吧。"

李舒笑了笑，和他并肩往外走。任明明已经走得很远了，看着她的背影，看得出来她很生气。

"孩子都这样，我儿子也这样，你不用往心里去。"李舒一边走一边说。

"唉！没办法。"任为说。

"你跟她说，让她放心好了。我们一定会还给她一个好好的男朋友，检测不会把迈克搞坏。"李舒说。

"真丢人，这种事情。"任为说。

"没什么，真的，"李舒说："本来，我们也研究机器人。这种情况，在全世界来看相当多。特别是在这个年龄段，男孩子女孩子都有。心理学界普遍认为，这是阶段性的恋物癖。再长大一些，过一段时间就好了。没关系，很早以前，就有人爱上那些橡胶娃娃，没什么关系。"

"那你们做过类似检测吗？柳杨说，你们自己的机器人从来没有发现过意识场。"任为说。

"做过一些，不太多。不过，都和我们自己的机器人一样，没有意识场。"李舒说。

"那你觉得，这迈克像是有意识场的样子吗？"任为问。

"我觉得没有。"李舒说得很坚定，就像那天柳杨在家里说得一样坚定。

"为什么？"任为问。

李舒笑了笑，说："检测完了再说吧！柳所长会告诉你。"

说着话，他们已经走出了脑科学所。任明明远远地站在路边，冷冷地观察着走近的他们两个。

"我回去了，下午见。"李舒对任为说。然后，又扭头满脸笑容地看着任明明，挥了挥手，重复了一遍："下午见。"

"再见。"任为也跟李舒笑了笑，李舒扭头走了。

"再见。"任明明冷冷地说。

"你太没礼貌了。"看着李舒走远的背影，任为说。

"我没礼貌？那个柳杨才没礼貌！"任明明说。

"早就跟你说过了，不光我说了，妈妈也跟你说了。这个柳杨，是很奇怪的人，但他是个大科学家，是个天才！"任为说。

"奇怪？只是奇怪就好了！"任明明说。

"你还想说什么？变态？"任为说。

"变态，变态杀人狂！"任明明说。

"呵呵……"任为笑了笑，有人能吓唬到任明明，有点好笑。

"你还笑？你周围都是些什么人？"任明明气愤地说，"应该让机器人统治世界，你们这些奇怪的人类。"

"你也是人类，而且，其实也很奇怪。"任为说。

任明明看着他，仍然很气愤，但憋住了没说话。过了半天，她才说：

"我走了，你别管我，我不回家。你别说话，你走另一个方向，下午见，五点。"说完扭头就走了。

"你！"任为有点生气，却也不知道说什么。终于，他听话地走向另一个方向，同时，在 SSI 里呼叫了查理。

不过，任为四点就回到了脑科学所，是李舒打了电话，让他早些来。李舒有个小办公室，迈克不在。李舒对他说："和我想的一样，我先跟你说说。我们看看，怎么跟你们家明明说。"

"柳杨呢？"任为问。

"哦，柳所长又开会去了。你知道，他最近很忙，我们所的事情，你们所的事情，还有政府的一些事情。你们家吕青那些事情，估计你知道一些吧？"李舒说。

"知道一些，唉，都太复杂了。"任为说。

"是啊！现在的事情，的确都太复杂了。你们这个迈克也挺复杂。我们以前碰到过，这次，我们猜也是一样。检测完了，果然完全一样。但这个事情……怎么说呢……确实有点复杂。所以，我要先跟你说一下。"李舒说。

听李舒说的话，感觉相当严重，看她的表情，却好像还好。任为有点紧张，说："什么意思？听起来很严重，怎么回事？"

"嗯，可以说有点严重。但其实和迈克没什么关系。只是，嗯，我要先跟你说，我们说的话你不能说出去。包括明明，最好也不要说，她还太年轻。本来也不应该告诉你，不过柳所长觉得，你可以知道。"李舒说。

"啊？这么严重？"任为想了想，说："那你真的能跟我说吗？我可不想违反保密规定。"

"这和保密规定没什么关系，并不属于保密范畴。但是，这可能会引起一些不良的社会反应。我们已经跟前沿院报告过，领导们暂时还没确定怎么做，算是正在调查吧！所以，最好不要说出去，免得惊动舆论。"李舒说。

"哦……这样……我知道了，我会注意。你说吧！"任为很好奇，听李舒的说法，好像也不应该是很吓人的事情。

"首先，我们对迈克进行了检测。没有检测到意识场，这一点非常确定。你知道，我们在你们云球机房里，检测到了大量的意识场，已经确认，机器可以产生意识场，以量子芯片为宿主的意识场。但是，迈克，的确并没有产生真正的意识场。原因很普通，他的计算强度并没有达到柳杨阈值，目前的机器人都是这样。"李舒说，"不过，迈克也的确和普通的机器人不同。"

"嗯，没有意识场，好。"任为舒了口气，"那他有什么不同？"

"可以这么说，它有感情。"李舒说，"注意，是感情，不是意识。"

"感情？"任为有点迷惑，他想了想，说："我能明白，你想说感情和意识不同。我不研究这个，我不是太清楚，你想表达的不同在哪里？"

"感情是意识的一个子集。"李舒说，"他们最大的区别是，感情是可计算的，而意识——准确地说，意识的核心部分——是不可计算的，意识只有外围部分——包括感情——才是可计算的。"

任为想了想，说："我能不能这么理解，感情里面，因果关系很明确，可以认为是一系列参数的逻辑计算结果。意识，或者按照你的说法，意识的核心部分，就目前来说，还没有数学表达。"

"对，您很聪明。"李舒说，"就是这样。这就意味着，我们完全可以通过编程，来实现感情的产生过程。但是意识，我们做不到。无论人的意识，还是您的云球人的意识，都是演化的结果。演化的结果，比起我们编程的结果，计算强度大得多，所以才能产生意识。虽然我们能够检测到意识，能够捕获到意识，甚至可以用量子层面的一些理论来描述意识，可是实际上，我们仍然不清楚意识到底是什么。"

"感情有数学模型，可意识没有数学模型，"任为说，"世界的本质是数学。"

"是的。"李舒笑了笑，笑得很温暖，"就从这点来讲，我想，明明不一定能够像您这样，这么容易就理解这些说法。所以，我们可能要换个说法给她。"

"一般的机器人程序中，"任为说，"没有感情代码吗？只有迈克，或者说少数机器人，才有感情代码？"他一边说着，一边在回忆露西。他很难确定，露西是否有感情。她总是很乖巧很识趣，但是要说她有感情，好像也很难说。比如，如果自己死了，任为想，露西会感到难过吗？

"不，都有。"李舒说，"几乎所有机器人，都有一个情感模块。特别是全仿真机器人和家政机器人之类。只要和人有互动的机器人，99%都会有情感模块。多数情感模块都是一个软件包。这个软件包可能很简单，也可能很复杂。少数最高级的机器人有专用情感处理芯片。这种机器人不是太多，因为市场需求并不强烈。"

"那迈克有什么不同？"任为问。

"这就是要暂时保密的地方。"李舒说，"迈克的情感模块，乍一看其实很低级。首先，是软件包形式，不是专用芯片形式。其次，软件包的代码量相对而言也很小。可它特殊的地方是，它会动态变化。"

"动态变化？"任为不太明白。

"对，无论是软件包的情感模块，还是芯片级的软件模块，机器人的厂家都会事先设计好。某个模块的情感特点，或者说性格，事先建立了数学模型，并设定了各种参数。通常，这里面会涉及很多数据，产品发布时也会一并打包。但是，迈克的软件包，已经自主更新过很多次，它很频繁地进行自我更新。"李舒说。

"这没什么奇怪啊！"任为说，"自动升级嘛！不都这样吗？"

"是的。可是，自动升级的那个新版本，应该是厂家的版本，而且同一型号的新版本应该都一样，对不对？"李舒问。

"对。"任为回答，还是很糊涂。

"但迈克不同，他每次升级的新版本都独一无二。"李舒说。

"专门为迈克定制的新版本？"任为问，"不可能啊！这为什么呢？迈克只是一台破旧的皮肤测试机器人。属于 PerfectSkin，一家经营得很差的公司。因为公司穷，连正常的维护和升级服务都没买。"

"不是，"李舒说，"不是迈克的生产厂家在升级他。当然更不是

PerfectSkin 在升级他。我们查到了升级新版本的网络地址，和我们以前查到的一样，是一个查不到拥有者的地址。简单来说，迈克被黑了。软件包的形式不像芯片形式那么安全，迈克早就被黑客黑了。开始的时候，迈克应该只是被安装了一个非常简易的情感软件包。这个简易的情感软件包，情感功能很正常，只是比较简单。不过，它有一个特殊功能，就是在这个特殊的网络地址频繁地更新自己。在更新过程中，它就越来越高级。"

"哦……"任为想了想，说："还是说不通啊！没听明明说，迈克干过什么坏事啊！黑客要干什么？再说，虽然不是生产厂商干的，但本质上，这也属于自动升级的范畴。我明白黑客的事情，这也很普通。经常有机器人病毒之类，还要杀毒甚至要回厂重装系统。这到底有什么不同呢？黑客不停地为迈克推出新版本，这有什么意义呢？"

"这些新版本的作者，并不是黑客。我们推断，它们是被自动生成的版本。生成它们的应该是软件，黑客控制的一个人工智能软件。"李舒说。

"人工智能写程序？"任为问，"这也不是什么了不起的事情吧？现在，很多代码都由人工智能来写。特别是情感软件包这种软件，听起来通用型很强，最适合人工智能来写了。"

"对,这也没什么了不起。"李舒说,"了不起的是这个人工智能软件，为迈克的情感模块编写新版本时，所采用的那些依据，或者说，它为什么要编写这些新版本。"

"哦……通常……不就是改 Bug 或者添加什么新功能吗？"任为问。

"Bug 肯定要改。可说到新功能，这就很有意思了。的确是在添加新功能，当然也包括优化已有功能。但是你想，你在为软件添加新功能的时候，添加什么，不添加什么，删除什么，优化什么，是怎么选择和决定的呢？"

"这要看需求和目标是什么。"任为说。

"对。那么，这个为迈克的情感模块编写新版本的人工智能，是如何确定需求和目标的呢？"李舒问。

"嗯，我不知道。"任为稍微想了一下，迟疑地回答。

"您看，您这么聪明，可是您都想不出来。"李舒说。

"你说，是什么？"任为催她。

"需求和目标很明确，就是讨好明明。这个人工智能会根据数据来分析，如何才能让明明更喜欢迈克，然后，根据这个需求，编写迈克情感模块的新版本，最后进行升级。"李舒说，"他们的升级，力度很大。一般来说，很多软件升级进行数据更新就可以了，进行代码更新并不经常发生。但是，迈克的情感模块，数据更新经常不足以满足新要求，需要频繁地进行代码更新，用来优化情感产生的逻辑路径。总而言之，它在不惜一切地改变，想要最大程度地贴近明明的喜好。"

"讨好明明？"任为说："靠迈克提交明明的反应数据，来进行判断？"

"仅仅依靠迈克提交明明的反应数据，显然还不够。否则这也太平淡无奇了。而且这些孩子，我们作为父母都看不明白。迈克作为一个机器人，哪里看得明白。"李舒摇摇头。

"那如何判断怎么讨好呢？"任为问。

"我可以告诉您。但是，这是这次谈话最大的秘密所在，也可能会对您有点冲击。我要先告诉您，无论怎么样，您不用担心。我们发现过八例同样的案例。虽然听起来有点吓人，可我们认为，黑客似乎没什么恶意。只是在测试？或者好玩儿？就算有深远目的，至少目前并不危险。"李舒说。

"你快说。"任为又紧张起来。

"明明的 SSI 被黑客黑了。他们从明明的 SSI 获得数据，用来升级迈克的情感软件包。"李舒说。

"什么？"任为腾地站了起来，"明明的 SSI 被黑了？"

"您别着急！您别着急！领导们已经在调查这个事情，警察都已经介入了。而且，我刚才说了，没发现黑客有什么恶意。我们最早发现的案例，已经有两个月了，当事人没有受到任何伤害。您放心！您放心！"李舒赶忙安慰他。

"可是这也太过分了！"任为说，"这不是说，我们每个人都有可能会被侵入吗？"他显得有点焦躁，"我对这个远景科技，一直就没有什么好感。这种在脑子里面的东西，黑客都能黑进去。通讯芯片！一定是通讯芯片！要通讯就一定有机会被黑掉，可他们从来都号称绝对没有问题。"

"所以，任所长，您一定要平静下来。装了这东西的人，可不是您一个。您想想，您要这么说出去，那社会反应会是什么样？您真的要平静。应该没有那么可怕，至少目前，还没看出来。"李舒说。

"说出去的话，明天远景科技就破产了。还有，好多人会被抓起来。"任为恨恨地说。

"是啊！对了，明明用的是远景科技的系统吗？"李舒问。

"是，我们一起去做的植入手术。我的一定也被黑了吧？你用的不是远景科技吗？"任为问。他觉得脑瓜疼起来了，不是黑客在干什么吧？他想象着自己脑子里有些黑客的代码，正虎视眈眈地看着 SSI 中的所有数据，琢磨着能干点什么。

"也是。不过，您真的别着急。我们判断，不，警方判断，黑客的目标似乎不是远景科技，也不是任何人，而是机器人。他们应该是为了迈克而入侵明明，并非为了明明而入侵迈克。选中迈克的原因就不知道了，也许只是随机和偶然。所以您不用担心，除非您也有机器恋人。"李舒说。

任为想了想，说："我明白你的意思了。有专门的法律，规制远景科技这样的公司。SSI 采集的任何用户数据，都是绝对隐私，不能进行任何传送，也不能用作任何用途。唯一的例外，是自愿参与实验的人，在实验过程中产生的数据，而且，那需要非常严谨的法律手续。但是这些数据，对于训练机器人非常重要，如果这些数据没有办法通过正常途径获得的话，那他们只有通过黑客的手段了。所以，这一定是某些机器人公司干的勾当。当然，远景科技他们肯定有责任，SSI 还是不够安全和牢固。对，确定不是他们自己干的吗？"

"应该比较确定吧！这要问警方了。整个过程，被黑客弄得很隐秘。网络地址经常变换，嫌疑人不好找，警方找了一个月了还没找到。警方要求我们，不要扩散消息，一方面是考虑到社会影响，另一方面也是不希望打草惊蛇。"李舒说。

"你不急吗？"看到李舒好像很泰然的样子，任为问。

"不像您那么急。因为我没有机器恋人，和我们家的家政机器人也不怎么说话，而且，它只是家政机器人，不是全仿真机器人。"李舒说着笑了笑，"您这么担心，难道您和什么机器人关系不错吗？"

"没有！当然没有！"任为说。虽然还有怪怪的感觉，但平静了一点。他觉得李舒的话也有些道理，他脑瓜中那些黑客的代码逐渐消失了。

"再说了，您是个科学家，您应该知道，这种事情很难避免。说起来好像很可怕，其实绝大多数情况下，并没有什么关系。当然，公众肯定会感到恐惧，不是因为知道了什么而恐惧，是因为觉得自己不知道才恐惧。"李舒平静地说。

"SSI 只是在感官传输层面和信息获取层面的介入，它能够获取的数据很有限。"李舒接着说，"黑客为了抓取人们的反应，只是依靠眼动，或者说眼球视野的变化，还有心跳、血压之类，再有，就是你浏览的网络内容了。他们并不能真正地获取你的想法。这和在社交媒体上抓取你的评论是一回事，只是更加及时和准确而已。社交媒体泄密的事情，以前发生过很多，您看到有什么真正严重的后果吗？其实没有。不过现在有个东西，直接安装在你脑子里，所以听起来更可怕，但本质上并没有什么不同。所以我觉得，您不必那么担心。"

任为愣愣的，想说什么，终于什么也没有说。

"我们倒是对这些黑客的最终目的很感兴趣。他们要干什么？"李舒好像在问自己。

"他们要干什么？"任为重复了一遍，"不是做情感软件包吗？"

"有什么意义呢？"李舒问，"难道哪一天，推出带有这种服务的机器人吗？也许很多人喜欢，找一个会越来越符合自己胃口的机器人伴侣。听起来市场前景不错，但这样做，很容易暴露自己的违法行为。怎样才能够遮掩呢？"

"也许他们想，到时候再说吧！"任为说。

"到时候再说？我觉得很困难。隐私法律很难改，这一定会有轩然大波。每次社交媒体泄密，都闹得很厉害。虽然大多数时候，并没发生什么事情，只是让你看了些广告。"李舒说。

"总看定制广告，确实会被洗脑。商业，娱乐，政治，各种观点都会被洗脑，还是有问题的！"任为不太同意李舒的话。

"从心理学角度来说，"李舒说，"人们都是挑选自己喜欢的东西看。越看越喜欢，越喜欢越看。我同意您的观点，不过说到底，这也是人们自己的选择。"

"嗯，"任为应了一声，不想再讨论这个，"那你们觉得，还有什么别的可能？"他接着问。

"也许他们，在试图制造人工意识。"李舒说，有点迟疑，又有点像自言自语。

"人工意识？"任为想了想，问："柳所长这么想？"

"我们都这么想。"李舒说。

任为又想了想，说："我觉得这么想，是你们的职业病。"

好不容易，任为才彻底平静下来。他回想起，那天在柳杨家，他请柳杨帮忙的时候，柳杨那么坚定地认为，迈克不会有意识场，当然是因为，他早就知道黑客这件事情。

一个漂亮的小秘书，带着任明明走进李舒的办公室。李舒面对着任明明，直接给出了一个很干脆的答案：迈克没有意识场。任为有点心慌，但李舒依旧面带微笑，看起来很镇定。

这是真话，他们没有撒谎，只是没有把事实全都说出来。那会儿，迈克也已经被送到了这里。当然，它也听到了这个答案。它立刻低下了头，仿佛有些惭愧。而任明明，脸色更难看了。看任为的时候，又露出恶狠狠的目光。好像迈克不是人这件事情，完全是任为造成的。

她一定觉得这是个阴谋，任为想，不过这件事情，虽然不是那么真实，但也确实不是谎言，更不是阴谋。

—— 16 ——

CryingRobots

　　虽然说是要保密，可在吕青面前，任为实在憋不住。而且，这涉及任明明的安全，他为自己找了理由，还是把自己和李舒的谈话向吕青交代了一遍。吕青听得目瞪口呆，第一分钟就冲出门去，说是要去了解一下情况。和任为相比，她可神通广大得多。很快，她就打听回来了一些结果。

　　黑客的行为非常诡异飘忽。远景公司嫌疑似乎不大，但没能把自己洗干净。主要原因是，所有的黑客行为都发生在他们运营的 SSI 系统里，竞争对手的一个也没有。他们辩解说，他们的市场占有率超过70%，出现这样的情况也很正常。可是，这看起来难免让人怀疑。

　　相关的四个机器人公司，包括迈克的生产厂商，状况比远景公司好一点。至少，他们不是唯一的涉事厂商。他们可以选择大眼瞪小眼，互相看着不说话。不知道是真的还是假装，反正是说不出话的样子。据说开了几次会，他们的表现基本都是这样。

　　看起来，大家都完全配合警方。但是，没有任何线索，抓不到黑客，当然更无法阻止黑客的行为。

　　好消息是，警察和远景公司确认，黑客只是抓取 SSI 的信息，没有其他行为，绝对没有，更加没有任何远程控制的行为。他们反复地赌咒发誓。

　　"你们没办法让公众相信。就算公众相信，有什么区别吗？远景公司会破产！你们嘛，也不会有什么好结果。"吕青说，这是她撂给网络安全局负责此事的宋永安副局长的难听话。宋局长只能尴尬地笑笑，没什么话可以辩解。

之前的几个案例，远景公司对使用者的SSI进行了彻头彻尾地更新。可是并没有用，新系统很快就被黑进去了。看起来，对付远景的SSI，黑客轻车熟路。所有安全方面的技术措施，全都形同虚设。这就难怪远景公司难以自证清白了，即使确实不是他们干的，他们也脱不了责任。虽然破产不一定至于，但不死也要扒层皮。如果他们要出事，那可真的很可怕。公司、客户、员工、投资者、产业链，甚至整个行业和国民经济，涉及面太广。要知道，他们可是巨无霸公司。

好在当事人都没有把事情捅出去。所有事件都涉及人和机器人之间的"情谊"，这是宋局长的用词，也是他认为当事人愿意保密的原因。但是无论如何，这瞒不了多长时间，迟早会被捅出去。所以必须抓紧时间，找到原因并堵住漏洞，抢在舆论大规模爆发之前搞定。

从当事人安全的角度考虑，目前来讲，警方认为暂时没有问题。而且，无须做任何事情试图摆脱，因为不会有什么用。唯一的解决方法是当事人远离机器恋人。有两例当事人这么做了，真管用，黑客马上消失了。可是，其他当事人都拒绝这么做。他们认为，这是亲人编造出来的谎话，只是为了拆散他们不为世人所接受的爱情。事实上，他们不但不接受，反而变本加厉，坚决远离给他们提出这种建议的人。这种情况一共有十四例，其中包括脑科学所上报的全部八例。

真是无能！这是吕青的说法。但她很快意识到，如果现实是这样，愤怒没有任何意义，所以也就平静下来了。对于任明明和迈克这一对儿，脑科学所发现的第九例，最终，亲人们选择，根本就不告诉当事人。

问题并没有结束。任为和吕青还有一个大问题，那就是他们如何面对任明明的要求，购买迈克并结婚的要求。还有，他们要如何面对这样一个事实，任明明已经加入了CryingRobots这样的组织。

他们曾经有过约定。任明明曾经答应，如果迈克没有人类意识，那么她就会放弃购买迈克、结婚以及CryingRobots。但显然，现在任明明并没有打算这么做。事实上，在脑科学所，刚知道迈克的检测结果时，她似乎很生气、很绝望。不过很快，她看起来就好像没什么事情了。也许，她说服了自己，不要相信这一套。她还能怎么样呢？这是她最好的选择。

吕青认为，应该把真相告诉任明明。她承认，让一个热恋的人知道，恋爱对方的所有一切表现，只是一段刻意讨好的程序代码，这件事情不会让人感到愉快。但她认为，任明明应该学会面对，面对这一切。而且这样做，有相当大的可能性会让任明明放弃迈克。也许不是今天，但没有关系，怀疑的种子一旦在心里种下，总有一天会发芽。某一天，她一定会这么做。

可是，任为强烈反对，他替任明明感到无法承受。他忽然想起柳杨说的话，他复述给了吕青："柳杨说，对待明明的时候，你像个机器人，而我，心里只有机器人。"他这样说，"所以，明明才会爱上迈克这样的机器人。"

吕青似乎想要给自己辩解，但她终于没说什么，她同意了任为的意见。他们决定，给任明明钱，她爱买迈克就买迈克吧！她爱给迈克升级就给迈克升级吧！她爱结婚就结婚吧！虽然不知道她要如何结婚。至于 CryingRobots，不能让她混在这种组织里。不过这个事情，需要慢慢来。如果现在激烈阻止，在任明明强烈的逆反心理下，也许反而会成为动力，而非阻力。

任明明买下了迈克，很快给迈克升了级。私下里，任为和吕青密切地观察着任明明对迈克的升级。升级当然也包括对情感模块的升级。很不幸，根据厂商的秘密报告，迈克升级之后，很快就被重新感染了。而且，感染的软件包就是之前已经根据任明明的数据优化过很多次的版本，迈克并没有回退到出厂状态。

厂商无力阻止，网络安全局也无力阻止，真是天才的黑客。唯一的解决办法是使用专用的情感芯片。目前，还没有发现使用专用情感芯片的机器人被侵入的案例，不过迈克的结构设计不支持这样做，这条路也行不通。事实上，所有被感染的机器人，都是不支持专用情感芯片的结构设计，否则，大家就都有解决办法了，黑客们当然不会那么傻。

网络安全局和相关厂商经过协商，终于取得了唯一的一个进展，他们给这些黑客起了个名字：情感黑客。

任明明和迈克的感情越来越好。虽然找不到可以履行的法律程序，但他们也有结婚的法子，一直都有。他们决定，飞到雅典参与一个集体婚礼。这个集体婚礼，将有来自世界各地的十几对新人参加，都是人和机器人。

任为不想去参加，他觉得不去参加似乎理所当然。难道要去吗？不过很意外，吕青居然要去。任为拗不过她，只好和她一起去了。

场面很热闹。

任明明并没有为此再向任为和吕青要什么钱，集体婚礼的资金都来自于 CryingRobots。绝大多数宾客也都是 CryingRobots 的成员。新人的家属或者朋友非常少，但是却有很多记者。

看起来一点也不意外，所有新人中的机器人一方，都和迈克有些相似之处。据任为和吕青所知，机器人新人中，至少有六位，是已经备案的情感黑客的受害者。当然，并非所有机器人新人全都是，至少并非全都已经备案。

"没有备案也不意味着不是。"吕青小声地说。

"是啊！"任为说。

婚礼按照基督教的仪式举行。在吕青和任为看来，这是很奇怪的组合。不知道上帝怎么看待机器人，怎么看待人和机器人之间的爱情。不过，主持婚礼的莱昂纳德神父，显然很喜欢也很尊重这些机器人。并且，他为人和机器人之间的爱情感到骄傲。他主持过男人和女人的婚礼、男人和男人的婚礼以及女人和女人的婚礼，但人和机器人的婚礼还是不同寻常，这对他来说，也是第一次。他很激动，甚至在婚礼主持过程中，几次老泪纵横。

仪式过后，任为和吕青拿着香槟酒，在大草坪上慢慢走着。不远处就是爱琴海，目之所及都是迷人的湛蓝海水和白色小房子，风景相当不错。作为婚礼圣地，无论是什么类型的婚礼，在这里举行都没什么好挑剔的。

有些人在唱着歌跳着舞，醉醺醺地兴奋不已。大多数人都拿着一杯酒或者饮料，走来走去地聊天。你会觉得一切都那么美好。

有个年轻人，不知道是人还是机器人，在人群中很显眼。他一身鲜艳的拼色服装，头上顶着一个大大的红心，红心中央是一个红铜色的几何形状，几个正方形交叉摆在一起，几何形状两边有几个水滴。任为知道，那几何形状表示古老的蒸汽机，那几个水滴是眼泪。那人顶着的是 CryingRobots 的标志，来这里之前，他在网络上查过，看到过清晰的图片。年轻人到处走着，向大家散发着一个小册子。任为也拿到了一本，他看了看名字，叫作《爱如何改变世界》。

好几拨记者想要采访任为和吕青，但都被他们婉言谢绝了。

"你到底为什么要来这里？"任为问吕青。

"为什么不来呢？明明是我们的女儿。"吕青说。

"你想表示支持她吗？"任为问。

"你知道我不支持。"吕青说。

"你能直白地告诉我吗？我越来越不懂你的意思了。"任为说。

"我……"吕青顿了一下，"我也不知道。我只是想看看，他们的这个圈子。再说，交通很方便，晚上就回去了，也耽误不了什么时间。"

"我觉得都是一些……怎么说呢……奇怪的人。"任为说。

"你不觉得，你比我更应该了解一下这个圈子吗？"吕青忽然问。

"什么？为什么？"任为问，但他迅速地反应过来了，"你是说，云球人？"

"是啊！他们也许会是你的同志。"吕青说。

任为沉默不语。

这时候，一个瘦瘦高高的欧洲人走来过来。任为和吕青知道他叫埃尔文，荷兰人，CryingRobots 的执行秘书长，早上刚过来的时候打过招呼。不过那会儿他很忙，没说什么。现在，他满脸微笑地走了过来。

"非常感谢，亲爱的任先生和任太太。"他热情地说。

"嗨！"任为含混地打了个招呼。

"感谢什么？"吕青脸上浮现出淡淡的微笑，问道。

任为看着她。她的这种微笑，最近这些年，已经成为她在公众场合的标准配置，但是，和她上大学时的那种明朗笑容截然不同。

"感谢你们的支持。"埃尔文说，"你看，十九对新人，只有三对父母，我们的事业还有很多困难。何况，你们来自中国，最传统的国家和民族。"

"哦，不用客气。"吕青说，"毕竟是我们的女儿。"

"你们的女儿，明明，棒极了！"埃尔文使劲地摇着头，好像在描述一件完全不可思议的事情，"还有迈克，"他说，"我从来没见过那么聪明、那么温文尔雅的机器人。"

"甚至，他对上帝的理解和忠诚都超过了人类。"忽然有人插话，是莱昂纳德神父。他刚刚走过来，他个子中等，但很胖，走得非常慢，看起来左腿略微有点一瘸一拐。

"神父，您好。"吕青打了招呼，依旧带着淡淡的微笑。

"您好。"任为也打了一个招呼。

"所以，明明和迈克给了我极大的信心。"埃尔文说，"同时，他们的爱，也衬托出人类，多么狭隘和自私。"

"是吗？"吕青问。

"对，"莱昂纳德神父说，"你们坐在那里，可能没有看到。迈克给明明戴上戒指的时候，他流泪了。我看到他的眼神，他有一颗孩子般的灵魂。"

"但是，你们认为，人类和机器人之间没有区别，或者说，没有界限吗？"任为忍不住问了一句。

埃尔文扭过头看他，他看到埃尔文眼里闪现出戒备的目光。莱昂纳德神父则用慈祥的目光看着他，并且说："我们不能擅自揣测，我们需要等待上帝的回答。"

"是的，"埃尔文说，"我们没有权利否定或者剥夺任何人的爱，包括明明的爱，也包括迈克的爱。"

"嗯。"任为点点头。他感受到一些压力，他脑子里出现了克雷丁大帝的面庞。克雷丁大帝其实长得也很英俊，云球人都很英俊。但克雷丁大帝似乎和迈克有点相像，只是显得更硬朗一些。

"如果，一个机器人，并没有人爱它……"吕青想问点什么，但是她被打断了，埃尔文说："对不起，您应该说他或者她。"

吕青愣了一下，忽然明白了。"哦……对不起。"吕青笑了笑说，"这要怪 SSI 的翻译。中文里面，从发音的角度，他，她，它，并没有区别。翻译过来以后，我也听不出你的用词区别。"

"是吗？这简直太好了！所以，我一直对明明说，中国是一个伟大的国家。首先，我们要从语言上杜绝歧视的出现。而中文，从来没有这种歧视。"埃尔文说。

"不过，中文写出来的时候有区别。"任为插了一句。

"那只是一个历史的过程。"莱昂纳德神父说。

"我的问题是，如果一个机器人，并没有人类爱他，那么我们该如何界定呢？"吕青说，她不想再讨论语言了。

"他在爱着人类。"埃尔文说。

"他也在爱着上帝。"莱昂纳德神父说。

"可是，从普通的计算器开始，到顶级的机器人，功能连续强化，我想知道，你们的定义，从机器到人的质变边界，在哪里？"任为问。

"我想，您应该到我们的网站上，阅读一下我们的技术文档。"埃尔文说着，任为听到"叮"的一声。他收到了一个信息，眼前闪了一下，是一个网址，显然是埃尔文发过来的内容。他怎么知道自己的 SSI 号码？任为有点奇怪。

"简单来说，我们有一个衡量计算强度的方法，我们用这个来定义边界。"埃尔文说。

柳杨阈值？当然不是。但是，这思路听起来和柳杨的发现倒是很合拍，不知道他们和柳杨会不会有什么共同语言。

"很有道理。"吕青依旧笑着，她也收到了埃尔文发送的网址，"很有道理，"她微微地点点头，好像头一次听到这么有创意的想法，"我很钦佩你们。"

"不，"埃尔文耸耸肩，"应该钦佩您的女儿。"

"她会得到上帝的祝福。"莱昂纳德神父说。

"谢谢。"吕青说。

埃尔文举了举手中的酒杯，说："祝你们玩儿的愉快！"任为和吕青微微点点头，他扭头走开。莱昂纳德神父也示意了一下，和他一起走了。一边走，两个人还低声说着什么。

吕青看着他们的背影，没有说话。

"怎么了？"任为问。

"没什么。"吕青说，"刚才你问我，为什么要来参加这个婚礼。"

"对，你回答了。也许他们是我们的同志，也许将来，云球人也要依靠他们，有道理。"任为说。说得好像是好事，听起来语气却有点低落。

"对，我是这么说的。"吕青说，"但是，那只是我给自己找的一个理由。其实，我就是想来而已。我也不知道为什么，所以找了一个理由，有道理的一个理由。不过，我最初想来的原因不是这个，我仅仅就是想来而已。我有点惴惴不安，不踏实，非常想来。我不知道为什么。可刚才，我忽然明白了。"吕青说。

"什么？"任为问。

"这是 CryingRobots 第一次举行集体婚礼。你看，还有很多记者，世界各地的记者，很多大媒体的记者。他们没少花钱，他们想搞个大新闻。我想，也许他们会成功。"吕青说。

"嗯？"任为觉得吕青的语气有些奇怪，没明白吕青什么意思。

"我觉得会发生什么事情。"吕青接着说。

"发生什么事情？"任为问。

"我不知道。"吕青说，"不过，我刚才看着埃尔文的背影，我忽然有强烈的预感。我觉得，会发生不好的事情。"

　　任为不用再接着问了，因为不好的事情已经发生了。他听到响亮的一声脆响，埃尔文逐渐走远的背影骤然倒地，他被子弹击中了。旁边的莱昂纳德急忙蹲下去，一只手按在草地上，另一只手放在埃尔文的后背上，一遍叫喊着什么，一边东张西望。

　　任为下意识地移动目光。看到一个年轻人戴着墨镜，脸上还围了一条黑布，挡住了面庞。他站在草坪的边缘，两只手平端着一把很大的冲锋枪，正在射击。这时候，连续的枪声响起来，显然，年轻人并不是孤立无援。

　　人群顿时混乱了，各种叫喊声充斥在空气中。人们开始到处乱跑，大家都跑向自己潜意识在一瞬间选择的某个方向。但是，大家的选择不同，所以，不停地有人撞在一起，带来更多的叫喊声。

　　任为也扭头想跑，可吕青一把抓住了他。说："别动，没事。"

　　任为看到吕青很镇定地站着，看着人群。他也努力地让自己镇定下来。他顺着吕青的目光看过去，那是新人们正在集体拍照的方向。本来，他们正在摄影师的指挥下，不停地变换各种列队，好让摄影师们拍出各种漂亮的照片。但是现在，那里站着一批呆若木鸡的新人。明明也站在那里，呆呆地看着地面。地上躺着迈克，他的脑袋被轰掉了。怪不得要用那么大的冲锋枪，要一枪把机器人的脑袋轰掉，那可不容易。

　　现在枪声已经没有了，枪手们好像也已经消失了。就这么几十秒，草坪边缘的那个脸上蒙着黑布的年轻人也不见了。任为恍惚记得，刚才眼角的余光看到，他扭头跑向了他背后的树林。

　　任为看到，任明明慢慢地抬起头，脸上满是愤怒。但是，她没有可以发泄的对象，只能愤然地站在那里，让怒气冲冲的目光，漫无目的地四处逡巡。

　　吕青很镇定地站着，她看着自己的女儿。他们的位置，离任明明的位置有一定距离。但是，她没有准备跑过去的意思，她只是远远地看着。任为的心怦怦地乱跳，他看了看吕青，吕青的镇静让他勇敢了一些，他也就勉强地站着没有动。

　　警察很快出现了。人群已经平静下来，可枪手们早就不见了。现在，已经没有任何危险。

　　人们发现，袭击者的目标非常明确。除了埃尔文之外，没有任何人类死亡。有一些人类，特别是机器人新人附近的人，被金属碎片击伤。那是机器人新人被爆头时，崩裂出来的碎片。但是，所有机器人新人，一个不少都躺在了地上。而且，通通被爆头，只剩下脖子中露出来的纳米线材，长长短短，五颜六色。

　　傍晚，任为、吕青和任明明在当地警局做了笔录。来警局之前，任明明还被送到了医院，做了一些检查和治疗。她被迈克爆头的碎片击伤，很轻微，问题不大。然后，他们就赶超级高铁回了北京。一路上，任为和吕青虽然很少说话，不过表现还很正常。但任明明一直木木呆呆，一句话也没说。回到北京以后，已经是凌晨了。任明明没有赶回自己的住处，就睡在了家里，仍然一句话也不说，倒头便睡。

　　任为和吕青上床睡觉之前，吕青说了一句话："一定是 KHA。"

　　任为看看她，她的面色很平静，但语气很坚定。

　　果然，睡了几个小时，任为一醒来就看到了新闻，那会儿已经快中午了。KHA 声明，他们对昨天在雅典发生的机器人集体婚礼屠杀事件负责。就像吕青的预料，他们说得很清楚，为了整体人类的前途，为了给孩子们保留更多的资源，他们要干掉一切通过各种科技手段冒充人类的东西，老而不死的躯体或者假装深情的机器，都一样。他们不会对人类动手，除非人类中出现助纣为虐的败类。他们对埃尔文·克里斯特的死亡，以及其他在袭击中被机器人碎片击中的人类的受伤，深表遗憾。但同时认为，埃尔文·克里斯特的死亡不可避免，因为他的反人类行为，他的死亡是他应得的惩戒。他的同事们以及所有参与婚礼的人们，需要深刻地反思。否则，他们毁掉的不是自己，而是整个人类。KHA 为了保护人类，将不惜一切代价，将战斗到底。

　　几乎同时，CryingRobots 也在网络上发表了声明。声明里说，任何暴力行为，都不能阻止他们为了机器人的人权而奋斗。因为，那不是机器人，那是有灵魂的生命。任何灵魂都是平等的灵魂，都应该获得平等的权利。任何阻止机器人人权的行为和思想，最终都来自于人类自身肮脏、卑劣和自私的黑暗内心。他们将用爱战胜一切邪恶，将和包括 KHA 在内的一切反进步势力斗争到底。他们为埃尔文·克里斯特的牺牲感到无比痛苦。但同时，他们为埃尔文·克里斯特的牺牲感到无比骄傲。埃尔文·克里斯特将激励他们斗争到底。他们将让所有一切的黑暗势力付出代价。为此，他们将永远不会停止抗争。

　　第二天一早，任为接到了贝加尔湖疗养院的电话。他被告知，妈妈"离开预备区"了。任为和吕青只好暂时放下了任明明的事情，立即赶去贝加尔湖疗养院。从雅典回来以后，任明明还没有说过一句话，非常受打击。任为和吕青也就没有对她多说什么，让她自己安静地待在家里。吕青叮嘱露西，记着给任明明做午饭，并催促她尽量多吃一点。

　　他们在 1212 号房间见到了妈妈。看起来，除了一直闭着的眼睛以外，妈妈没有任何变化。以前，妈妈的眼睛还是会睁开，只是对看到的东西没什么反应。但现在，她不再睁开眼睛了。看来，这是重度老年痴呆病人和空体的一个明显区别。

　　甚至就像 KillKiller 宣传的那样，妈妈的面色更加红润了。任为握着妈妈的手，很长很长时间。他确定，那只手和往常一样温暖。他想起来很多很多事情，从小到大的事情。妈妈在各种年龄的样子，妈妈对自己说过的各种话，妈妈的各种表情，妈妈和自己在一起的各种画面。不知为什么，他的眼泪流不出来，但是他心里深深地感到难过。

　　吕青就像妈妈活着的时候一样，把妈妈的腿、脚、胳膊和手轻轻地按摩了一遍。她一直盯着妈妈的面容，很平静。

　　晚上，他们回到北京的时候，任明明已经走了。她让露西告诉他们，她没关系，她想静一静，他们不用担心。吕青给她打了一个电话，但她没有接，自动留言说的话和露西转达的话内容一样。

— 17 —

突　破

对任为而言，发生了这么多事情，脑子实在有点乱。他几乎只是凭着本能，恍恍惚惚地走进办公室，但办公室里却到处欢声笑语。

他很快知道，昨夜，在他不停地做着噩梦的时候，脑科学所的攻关小组以及地球所做配合的同事们在通宵加班。凌晨的时候，他们取得了突破性的进展。

他们解绑了一条云球野狗的意识场。准确地说，他们"炸"出了那条野狗的意识场。然后，不出预料，"炸"出的意识场自动地绑定到了事先准备好的意识机上。

解绑意识场需要大脑猝死。然而，要让云球中的动物大脑猝死并不容易。

最简单的方法是将某个量子芯片断电，那么，这个量子芯片上的所有脑单元都会猝死，自然会产生很多被解绑的意识场。地球所很熟悉这种方式，不过并不是因为什么见鬼的解绑意识场。在过去的日子里，他们通过这种方式，多次制造过或大或小的物种灭绝。也通过这种方式，删除过云球人的边缘部落。当然，他们不是总这么干。他们也使用过制造生态灾难和传染病之类的手段。不过，这种简单粗暴的方式，显然效率最高。

自从第一次听吕青讲到意识场以来，任为难以控制地试图想象，大量被解绑的意识场，在还没有死亡的短暂时间内，在云球机房中飘来飘去的样子。那到底是个什么情景？在他的梦中，经常出现他被一群厉鬼挤在中间的场景。厉鬼们悲哭哀号、刺心泣血，他们越挤越紧。最终，他被挤得喘不过气来，猛然从梦中醒来，不停地大口喘气，仿佛离死亡只有一线之隔。

但是这种效率最高的方法，在这里并不适用。那时他们不需要很精确，现在他们需要非常精确。那时他们要毁灭的是一大片生命，并不在乎几个不在计划内的无辜者。现在他们的目标是某一个精确的个体，而且不能牵扯无辜。

他们也曾经采用更精确的手段进行杀戮。他们通过软件，精确地找到某个脑单元，然后动用根用户权限，强行删除这个脑单元。那么理论上，只有这一个脑单元对应的云球动物大脑死亡，不会牵连无辜。其实最早，他们在云球上的杀戮通常就这么干。但是，对于他们那时的大规模行动来说，这么干太麻烦了。一方面效率非常低，另一方面这种精确并没有什么意义。所以后来，他们才逐渐开始，采用更加粗暴的给量子芯片断电的方法。不过，现在看起来，这种精确却变成了很关键的优势。

在云球影像子系统中，确定一个云球动物的目标，接着，在云球操作系统中，查找该目标对应的脑单元。这个过程需要一点搜索排查的时间，但技术上并不困难。不仅仅为了杀戮，也为了对云球目标的记忆及计算过程进行记录从而形成思维日志，这是必需的技术。所以很久以前，地球所已经可以很容易地完成这件事。

很不幸，实验证明，找到脑单元并且强行删除，脑单元确实从软件系统里消失了，但意识场并没有解绑，事实不是大家想象的那么回事。仔细想一下，这也很正常，这种情况下，脑单元只是从操作系统管理的角度消失了，在没有被分配新的计算任务和存储数据之前，脑单元对应的量子微网络本身仍然存在，并且仍然通电，具有能量，甚至还在运作，仅仅是已经脱离了操作系统的管理。这并不是云球动物的猝死，只是在云球阎王爷的生死簿上划了一笔。索命的使节都还没有出发，正站在阎王爷的台阶下等待着出发的令牌。直到操作系统对这部分量子微网络分配了新的任务和数据，它不得不开始执行新任务，旧数据也被新数据所替代，对应的云球宿主才会真正死亡。这种死亡的方式总是很奇怪，因为各种功能的丧失是间歇性的、抽疯式的。但无论如何，和猝死没什么关系。这期间，等待死亡的时间长度，取决于操作系统，完全无法预测。

高级一点的想法也不难想到。现在，对地球动物实施猝死的方法是电磁刺激，自然对云球动物也可以用同样的思路。云球脑单元本来就是电磁设备，理论上比脑细胞的构成简单，电磁刺激的思路肯定没有错。

地球所和脑科学所对此却束手无策。他们实在找不到一只手，可以伸到云球中去实施云球意义上的电磁刺激。云球中的电磁刺激，虽然对地球来说只是一种软件虚拟的电磁刺激，但对云球来说却是真实的。云球人还没有发明电这种东西，更谈不上什么电磁了。

地球上真正的电磁刺激，至少目前的方法，对地球动物管用，但对云球脑单元却并不适用。

地球动物在进行电磁刺激时，将会待在实验室里，带上一个特制的电磁头盔。这个电磁头盔，即用于在头盔内产生电磁刺激，也用于防止头盔内任何电磁场的能量外溢，同时并不会影响意识场的迁移。所以在地球上，电磁刺激的目标定位和范围控制都很简单。而且电磁刺激本身，对地球动物的脑细胞只是一个麻痹作用，制造了假猝死或者产生了诱导效应，骗过了意识场，但其实并没有对脑细胞产生真正的物理伤害。地球动物的部分体细胞，和脑细胞一样也会经历这种麻痹，不过同样，并不会造成什么恶果。

云球脑单元，以纳米尺度密密麻麻地排列在量子计算机中。在这样的尺度上，精确的目标定位和范围控制都无法完成。错误的目标定位当然不会带来成功结果，不当的范围扩大将不可避免地伤害周围的脑单元，同样也不可接受。

对电磁场进行精确的目标定位和范围控制，这是问题的核心。地球所和脑科学所对这事并不在行。不过，他们找到了强大的外援，在脑科学所的努力下，前沿院的另一个研究所，微观物理所，加入了他们的研究。微观物理所很快想出了办法，在大家的共同努力下，他们研制出了一种东西：量子炸弹。

量子炸弹，很酷的名字。它由两种电磁场耦合而成。一种是封装电磁场，用于封装量子炸弹。它的形状是一个可事先通过编码进行设定的封闭曲面，定义了量子炸弹的边界。另一种是压缩电磁场，被封装在封装电磁场所定义的边界内部。压缩电磁场具有很高的能量密度，也可以事先通过编码设定各种参数。

首先，量子炸弹可以被大范围空间内的电磁场，进行精确地目标定位，在纳米尺度上，精确对准目标脑单元的空间位置。

其次，在需要的时候，通过外围电磁场的特定作用，量子炸弹的封装电磁场会被适度"破坏"，封装力度将会瞬间减小。封装力度的减小，将导致被封装的压缩电磁场极速膨胀。这个过程很像是发生了"爆炸"。封装电磁场将被"爆炸"撑得越来越大。压缩电磁场会根据事先的编码，产生出特定电磁波。电磁波的传递范围被控制在被"爆炸"撑开的封装电磁场中。压缩电磁场的膨胀力度随着膨胀而减小，封装电磁场的封装力度则随着膨胀而增大。这就像气球的膨胀过程，直到膨胀力度正好和封装力度的大小相同从而抵消，膨胀就停止了。

就这样，特定的电磁刺激产生了，并且，在纳米尺度上，被控制在一个特定的位置上和一个特定的范围内。

猝死刺激根据脑电波进行计算，脑单元也有脑电波，所以猝死刺激的编码计算不是问题。诱导刺激根据意识波进行计算，编码计算当然也不是问题。现在，他们可以对量子炸弹进行猝死编码或诱导编码，然后对脑单元进行精确轰炸，完成对脑单元的猝死刺激或诱导刺激。

事实上，量子炸弹的问世，不仅对当前的工作是一个突破，而且有更深远的意义。大家意识到，相比较而言，之前脑科学所对地球动物使用的电磁头盔，实在太粗陋了。量子炸弹完全可以放大到人脑的尺度，可以定义相当于人脑范围的封闭空间，那么，就可以取代电磁头盔了。进一步可以想象，在医疗领域，比如对各种肿瘤的治疗，也可能会产生重大的影响。虽然现在肿瘤治疗已经相当成熟，但量子炸弹也许是一种里程碑式的方法，可以极大地提高医疗的效率和简便性。

那条云球狗的意识场保存在意识机中，和地球狗的意识场保存在意识机中的情况非常类似，看起来活得不错，但是不工作。

于是，为了进一步观察，他们很快就将这条狗的意识场，重新迁移回云球中另一条野狗的脑单元中。这条野狗本身的意识场，已经预先被量子炸弹炸到了另一台意识机中。量子炸弹的技术突破，让这一切变得很简单。

实验证明，在被解绑了意识场的情况下，云球空体和地球空体一样，至少能够生存数秒，也有生存更长时间的情况。虽然造成生存时间差异的原因尚不明确，但无论怎样，数秒时间已经足够将准备好的意识场绑定到云球空体上。

技术上，没有看出有什么问题。但是，那条被更换了意识场的野狗，过上了一段精神错乱的生活。它花了很长时间，才适应了自己新的身体、新的环境和新的伙伴。为了找到曾经熟悉的觅食地点和排泄地点，它惊慌失措、凄凄惶惶。它的地盘都不见了，到处都是其他狗的体味，它甚至不认得自己的体味。这让它觉得这里充满了危险。连走路都摇摇晃晃、东倒西歪。它的脾气，在暴躁不安和战战兢兢之中不时切换。这种情况，让地球所的人产生了各种复杂情绪，孙斐甚至一度大发脾气，拒绝再观察这条狗。但是，脑科学所的人却不以为然，因为他们早在地球狗的身上见识过了这一切。

实验反反复复进行了很多次。在云球做实验，显然比在地球做实验轻松得多。同时速度也快得多，因为云球时钟可以在需要的时候调得很快。尤其是对脑科学所的人而言，这简直是他们从事这类实验以来，最轻松愉快的一段时间。可是，也有一点不完美，那就是不能把云球动物完全等同于地球动物。和地球所为其他学科承担的研究任务一样，云球和地球的不同，会让他们的研究成果显得有一些瑕疵。不远的将来，还是必须回到地球动物、地球人身上。但目前，这些实验使他们心情轻松。甚至，各种工作决定、各种实验准备、各种技术保障，等等，都变得轻率了很多，效率也高了很多。那只是些虚拟的、假的生命，他们这么说。不过，随着实验的推进，越来越多的人说这话的时候，声音越来越小，语气也越来越不坚定了。

各种云球动物，超过六十种、四百个个体，在云球和地球的意识机之间穿梭，但其中并不包括云球人。几乎没出过任何问题，除了有一次，居然有人忘记打开意识机，导致一个从云球解绑的黑爪虎的意识场，悄无声息地消逝在空中。那个冤死的灵魂不能怪罪技术，只能怪罪脑科学所那位粗心的小伙子。

然后的一步很自然，仍然是从狗开始。有一天，大家终于动手，把意识机中一条云球狗的意识场，迁移到了一条地球狗的大脑中。

这条拥有着云球狗意识场的地球狗，在铁笼子里面醒来。它睁开眼睛的时候，一定马上看到了，很多和它所习惯的云球人有些不同的人，围绕着铁笼子观察它。不过，其实这不算什么，因为它要奇怪的事情很多。铁笼子这个东西，它也不知道是什么，从来没有见过。栏杆所用的那种钢，在云球上都从来没有出现过。它趴着的碎石地面也有点奇怪，这么均匀的粉碎技术，不可能在云球实现。当然，它也不关心什么技术，只是这细小的碎石头，个头都一样大小，趴在上面还挺舒服。它使劲地用下巴拱着那些碎石，不知是否因为舒服。从眼中的惊恐来看，好像不是，它不是因为舒服才去拱身下的碎石。碎石下面的木板很快就露出来了，但它还在不停地用下巴拱着。

开始的时候，孙斐拒绝观察，根本就没有到脑科学所去。现在，地球动物和意识机之间的意识场迁移过程还只能在脑科学所的意识场实验室完成。直到第二天，叶露赌咒发誓说，这条狗已经看着没什么异常，而且还亲热地舔了卢小雷的脸颊，孙斐才很勉强地去了脑科学所，匆匆观察了一下这条狗。作为地球所的所长助理，完全错过这些里程碑式的时刻，似乎也说不过去。在现场，与其说孙斐在观察狗，不如说她在很努力地想出各种刻薄的言辞，来讥讽卢小雷被狗舔过的面颊。而卢小雷好像已经适应孙斐，并没有说几句反击的话。他逐渐地变了，任为有时候这么觉得。不过孙斐的话，反而让张琦有些惊奇。他说："你不是也养狗吗？我好像听你说过，你的脸不也被狗舔过吗？你当时好像很喜欢。"

"我不养了，我养猫！"孙斐大喊。

"她的狗去年就死了。所以，她才特别……那个……看你们天天弄狗，她不舒服。"叶露小声对张琦说，"她现在养猫。"

除了视觉观察以外，各种医学检查和生物物理、生物化学的数据也说明，这条狗没问题，已经和大家家里养的狗没什么区别了。除了一点，它是世界上独一无二的物种。虽然它的躯体并不新鲜，但它却拥有来自异世界的灵魂。他们给它起了个名字，"云云"。它是一条年轻的母狗，这名字听起来还不错。

云云并没有在地球待很长时间。它所属于的这个奇怪物种，在地球上出现了仅仅几天之后，就又灭绝了。它被送回了云球。在它被送回去的时候，叶露说，孙斐哭了。

孙斐的泪水，什么也阻挡不了。云球的动物们，从之前在云球躯体和意识机之间穿梭，变成了在云球躯体和地球躯体之间穿梭。

相比到意识机为止，这种实验就慢得多了。不过，很快也有十几种动物，超过一百个个体，完成了它们的超时空之旅。

逐渐地，这件事情从技术上，变得不再是让大家觉得是有任何难度的事情，甚至也不觉得有任何风险。但是，脑科学所那帮人嚷嚷的云球动物是虚假生命的言论，却慢慢地消失了。大家不再这么说，取而代之的是默默地扭过头去，或者暧昧尴尬的笑容。

孙斐的泪水，大概迟早要流干，因为下一步，轮到地球狗了。曾经和她朝夕相处，为她带来无数快乐和温暖的那个物种。

　　理论上，让地球动物的意识场进入云球并安全返回，和云球动物的类似过程没什么区别。当然，大家还是很认真地进行了各种思考、计算、辩论和准备。孙斐虽然很努力，但除了没有意义的感情用事之外，也没有找到任何可以推迟这一步骤的理由。

　　这一天，又一个新的里程碑。他们成功地把一只地球狗的意识场，绑定到了云球系统的一个脑单元上。那个脑单元属于云球中黑石城国王大道上的一条两岁的流浪狗。黑石城是萨波帝国的首都，不错，就是克雷丁大帝的萨波帝国。国王大道仍在，不过，帝国的盛景已经今非昔比了。在绑定新意识场之前，他们对那条狗的脑单元进行了量子炸弹的爆破，实施了猝死刺激，原先的意识场被驱逐了。但是，他们没有用意识机捕捉这个意识场，对大家来说，这一类的游戏已经没有意义了。

　　云球系统的时钟被调慢到和地球时钟一样。整个一上午，大家都在密切观察这条狗。这条狗的意识场由意识机带进来，这条狗的肉体从来没进过这个机房。它的意识场在意识机中，已经有一段时间只是存活而没有工作了。考虑到这是第一次，地球动物进入云球，如果它的意识场在云球中也不工作的话，也不会太让人吃惊。毕竟，云球动物的意识场在地球可以工作，并不代表地球动物的意识场在云球也可以工作。

　　好在担心没有成为事实。在刚开始的时候，看起来，这条狗的确不是太适应。它不停地浑身挠痒痒，要么就是漫无目的地到处乱跑狂吠，搞得有两次被人踢了几脚。最重要的是，它不知道到哪里找吃的东西。大家想起来，它在地球时主要吃狗粮，有一个固定的食盆。在云球中，它找不到那个食盆了。虽然这样，但意识场在工作，这是好消息，只是它还有些迷茫。所有这些，出现的所有这些不适应现象，大家显然都有预料，曾经有很多云球动物经历了这一切。

　　中午的时候，那条狗逐渐平静下来了。也可能是累了，它睡了一觉。下午，它开始慢慢地寻找食物。卢小雷把云球时钟调快了一倍。两个小时后，看到它适应得越来越好，就又调快了一倍。一直到晚上，看起来都没有什么危险。

晚上仍然有人留守。卢小雷前一天几乎没有睡觉,但坚持留了下来。云球时钟调快了一些,一个月相当于地球的一天,这差不多是默认值的一百分之一。第二天早上,那条狗还活着,而且看起来很健康,似乎情绪也不错。

最终,云球时钟调到了默认值,十年相当于地球的一天。在那一天里,上午刚刚过了一半,那条狗就死了。无论这几天,云球系统的时钟如何调整,按照云球内的时钟计算,它已经九岁了,基本上是地球狗的平均寿命,也和云球狗的平均寿命大致相当。所以,它的死,没有看出有什么明显异常。大家都认为,可以把它定义为寿终正寝。

在过去的几个月里,脑科学所还开发了一种仪器,叫作意识追踪仪。和意识探测仪不同,意识追踪仪用一种共振波来追踪既定的意识波。开发这种仪器的目的,就是追踪迁移到云球中的意识场。云球机房中的意识波实在太多了,原来的意识探测仪检测到的东西太多,导致的结果是,实际上没有任何用处。

这几天,脑科学所的意识追踪仪一直在追踪这条狗。数据证明,这只狗的意识波,除了在意识场刚刚迁移到云球中时,发生过一小段时间的抖动以外,后来的日子里,其变化曲线基本符合地球上狗的意识波变化曲线。在地球上,意识场的发现迄今为止也还不到一年,脑科学所并没有任何一条狗一生的完整意识波曲线,所以,这是一个不完整的答案,但大家已经非常非常满意了。

接着,又连续进行了二十六次实验。这些实验,涉及另外五条狗、两只猫、三匹马、一头牛、一头猪、两条鱼、两只鸟、五只猴子和五只大猩猩。所有动物的意识场都由意识机带进机房,并没有什么真正的动物来过这里。

一切都很顺利。

在这些实验过程中,都有将云球时钟调慢进行观察的时候。不过到后期,他们也进行了快时钟的实验。只在意识场迁移的时候将云球时钟调慢,调到和地球一致。一旦意识场找到云球宿主迁移成功,他们马上将云球时钟调回到默认值。到目前为止，在实验中没有发现时钟变化会导致任何问题。

很自然，下一步开始的实验，是将迁移到云球中的地球动物的意识场重新迁回到意识机，进而再拿回脑科学所，迁回到原来的地球动物空体中。这些实验都顺利得出乎意料。在一个月的时间里，他们迅速完成了四十例实验，全部成功，没有碰到任何异常。

还有比云球人更合适的吗？

这是吕青说的话，说这话的时候，她紧张地看着任为。那天，任为第一次听说世界上还有意识场这么个东西。

答复了！吕青答复了柳杨。卫生总署的立场是，人类实验不能碰，云球人可以。还有比云球人更合适的吗？

然后，柳杨就出现了。脑科学所的大批人马，就出现在地球所，再也没有离开过。好像这里是他们的某个实验室。以前，地球所求着他们出现，帮忙分析云球人的思维日志，可是他们端着比天还大的架子。但是，自从这次出现以后，他们就没有架子了，而且，就这样赖着不走了。

也许这么说不公平，任为也并没有撵他们走。其实，说什么撵他们走呢？任为根本不知道，自己到底在想什么。

不管任为在想什么，地球所很多人还是很欢迎脑科学所的到来。比如张琦，应该是最欢迎的人之一。面对着孙斐的眼泪，张琦虽然没有用笑容应对，但是任为知道，在他心中，为了这一切的进展，一定感到十分欣慰。

还有比云球人更合适的吗？这句话预示的日子迟早会到来。任为内心一直拒绝去想，这一天到来的时候，会是什么场景，自己又会如何表现。但这一天终于还是到来了。

场景很普通。柳杨在SSI里给他留了一个言，说："明天，我们要从云球中解绑云球人的意识场了。"没有任何多余的解释，也没有要请求他同意的意思。

他呆呆地闭着眼睛，好像睡着了。但是，那句话明亮地显示在它闭上眼睛后黑暗的视野之中。

　　他看了很久很久，以至于他听到几次敲门声都没有理会。甚至，似乎有人轻轻地推开了门。但是，估计那人以为他在偷懒睡觉，就又轻轻关上门走了。他就这样靠在椅子上，任由那条乳白色的语句漂在他的脑子里。他的 SSI 视觉组件的质量问题，让那句子偶尔有些晃动，而他则一动不动。

　　最终，他没有做任何回复。第二天一早，张琦告诉他，脑科学所要动手了，说是已经请示过他了。他把头扭向了窗外，在他办公室的窗外，没有任何具有明确形象的东西，只有其实并不存在但人类却给它起了名字的一种东西，那就是天空。那会儿，天空上也没有云，万里无云，就是说这种情况吧！他的脑子也空空如也，像那时的天空一样。他心不在焉，脱口说了一句："随他们吧！"

—— 18 ——

上帝的囚徒

目标的选择，从荒凉的边疆开始。

首先，是一个孤独的老猎人，巴力。他独自生活在哈特尔山，没有妻子，没有子女，没有朋友。甚至，在他生活的地方，方圆几十公里内都没有什么人烟。他是一个逃兵，曾经是萨波王国的战士。可是，他厌倦了杀戮，或者，他害怕了。在一次和山地人的冲突中，他逃走了。他来到了哈特尔山，萨波王国边缘，一个荒无人烟的地方。他依靠久经训练的战斗技术，猎杀岩羊，猎杀独角鹿，猎杀红毛狼，甚至猎杀黑爪虎。他活得很艰难，但看起来，他仍然在很努力地活着。

他有一条猎犬，他管它叫"队长"。这是解绑他的意识场，唯一可能会受到影响的生命。

显然，没什么技术问题需要担心。老巴力的意识场，待在意识机中没什么异常。可惜，在云球中确实没什么办法可以保存他的空体，他毫无征兆地死在他破旧的石屋中。

队长，他的忠诚的猎犬，在花了两个小时的时间使劲狂吠、拱他、撕扯他，甚至咬他之后，终于明白，他再也不会醒来了。队长安静下来，趴在他的床边。从此没有再站起来过，也没有吃过喝过。它有时伸出脑袋，放在他的床上，紧紧地倚靠着他的身体，有时缩回脑袋，埋在自己的两条前腿之间，下巴贴着冰冷的地面。就这样待了三天三夜，然后，它也闭上了双眼。

唯一的一次，实验的成功并没有引起太多的兴奋情绪。大家看着意识探测仪上的波形，那证明老巴力在意识机中还在生存。但是，每个人都沉默着。

柳杨建议，开始云球人实验之后，以及考虑到未来的地球人实验，在这个阶段，云球时钟不要再调快了，而应保持和地球同步的时钟。这样做更便于观察以及数据的收集。他的建议被采纳了，实际上并没有人发声赞成，只是也没有人发声反对。他就自说自话地说："就这么定了。"任为没有说话，也没有任何其他人说话。自从他说"考虑到未来的地球人实验"以后，就再没有人说话了。

按照计划，在意识机中进行了各种数据搜集之后，他们需要把老巴力的意识场重新迁移回云球。这次，他们选择了哈特尔山背面山脚下的一个青年农夫，斯特里。

斯特里是和父母从远处的家乡逃荒来到这里附近的。

原先他家里家境还不错。父亲还有些文化，自小教他认字。但是，天灾使他们不得不背井离乡。到了这里附近的时候，父母染了急疾，双双去世。他自己没有继续逃荒，就定居在了这里。他开荒开出了几块地，种一些粮食和蔬菜，拿到附近的镇上去卖。他没有妻子儿女，只有一头牛和一头驴，是他干活的好伙伴。他的地很不好，好地也轮不到他这样的流浪汉去开荒。所以他的收成一直不好，过得很辛苦。好在，牛和驴帮了他不少。不要以为那头牛和那头驴是他努力种田挣下的合法财产，其实它们是他偷来的赃物。他实在活不下去，翻越了哈特尔山的好几重山岭，在一个遥远的村子，偷了村里富户的牛和驴，千辛万苦地牵了回来。他的运气不错，已经过去几年了，仍然没有受到追究。

老巴力和斯特里有过一面之缘。老巴力去镇上的时候，曾经路过斯特里的家。他很少去镇上，但也还是在偶尔的时候不得不去。他和斯特里还聊过几句。不过在几年里面，他们也就见过那么几次。不知道对于斯特里来说，老巴力给他留下了多深的印象，他对老巴力又有什么看法。

在这个处理方法上，大家曾经产生过一些不同意见。这样鬼上身的事情，应该发生吗？可如果不这样，老巴力就无缘无故地死了。不过现在这样，虽然保证了老巴力的不死，但这也意味着，这次鬼上身只是第一步。后面的一步，就是斯特里意识场的生存，需要另一次鬼上身。

在没有更好的办法之前，实验就这样进行了。

老巴力醒过来的时候，显然完全被震惊了。身体方面，看起来，他适应得很快。但是，精神方面，就没那么简单了。他对这里的环境，像是很快有了认识。他意识到了自己在哪里，似乎也意识到了自己的身体和某个认识的人很相像。很明显，他的记忆全都在。

不久，他就选择上山，翻过山脊，来到山的那一面，自己的家。看起来他对路很熟，在家中，他看到了自己的尸体，还有可怜的队长，队长的脑袋还紧紧依偎着自己的身体。

他对着自己的尸体，倒没有流下眼泪，但是，他抱着队长冰冷的躯体，哭了很久很久。

他甚至没有埋葬队长和自己，他只是呆呆地坐了一夜。第二天，他试图拿起自己的武器，长箭和弯刀，走出去打猎。可他很快就发现，他的身体几乎不知道怎么使用这些东西了。以往翻惯了的山崖和峭壁，现在也几乎成了不可能跨越的障碍。

他努力了一天，发现自己筋疲力尽，却一无所获。他的眼睛，看不到遥远枝头上瑟瑟的抖动，那通常意味着一群懒猴。他的耳朵，也听不见近处草丛中沙沙的微响，而那通常意味着一窝腹狐。

晚上，他仍然对着队长和自己的尸体呆坐着。他看着他们，不知道发生了什么。他的悲伤充塞胸臆，他的恐惧更是渗透整个身体。就这样，一直到天色再次亮起来。然后，他努力地站了起来。悲伤和恐惧，加上将近两天的不吃不喝，已经让他的身体无比虚弱。他很勉强地从屋子里走了出去，拖着自己的身体。他一步一步地走了很久，来到一处他熟悉的山崖，跳了下去。

　　孙斐在会议上大发雷霆。任为默不作声。柳杨则继续扭动着他那总也扭动的脑袋，露出一副觉得不可思议的表情，经常扬扬眉毛表示出些许轻蔑。在孙斐看起来嚷嚷的有点累了的时候，张琦要求叶露陪她回家休息。在叶露拉着孙斐走了以后，张琦建议，以后的实验过程，暂时不要让孙斐参与了。

　　在后来的实验中，大家发现，老巴力的事情其实也算不了什么。这要从两方面看。

　　一方面，以斯特里为例。他的意识场被绑定到一个黑石城流浪汉身上。显然，他也震惊于自己的状况。可他适应得很快也很好，不仅是身体方面，也包括精神方面。为了养活自己，他迅速捡起了已经丢下几年的偷盗特长，竟然很快就把自己养得不错。流浪汉的身手并不适合在月黑风高的时候去做穿门越户的偷盗行当，但他自己原先的身手也一样笨拙。最重要的素质不是身手，而是心理素质。他在任何时候，都保持了冷静的心态和卓越的思考能力。他能够找到最合适的目标和最合适的时机。甚至，出乎所有人的想象，他居然依靠他的聪明和算计，改变了自己的命运。这个过程，甚至可以成为拍摄下一部影片的素材。偷盗生涯没有几天，斯特里就在一次盗窃中，发现了目标富户家小姐的日记。黑石城算是云球上有文化的地方，可写日记也算是很奇葩的行为。而且，要不是这家是个大富户，连写日记用的那么多乌虫墨和藤皮树叶纸，都不可能负担得起。面对熟睡的大小姐，斯特里没有做什么不轨行为。但是，他阅读了小姐的日记。日记中，小姐记录了自己和父亲、母亲的很多事情。斯特里的记性很好，牢牢记住了一切。第二天，他就在小姐出门的时候晕倒在门口，被小姐收留。经过小姐父亲的同意，他进入这户人家做了仆役。并且，从那天开始，他每天晚上都去偷读小姐的日记。然后，他根据日记的内容，加上自己的思考，用来指导自己的行为。很难想象，在一个多月之后，地球所和脑科学所的人发现，已经被忽略了很久的他，已经被提拔做了管家。

并且，和小姐订了婚。

另一方面，斯特里的好运并没有降落到每个人身上。最惨的一次，是除了上次黑爪虎意识场死亡事件之外的另一次事故，这次事故属于技术事故，并且加上了极小概率的霉运。携带诱导编码的量子炸弹，爆炸的位置略有偏差，没有对已经实施猝死刺激的正确目标空体进行诱导，而是诱导了附近一个没有进行过猝死刺激的云球人脑单元。意识场迁移链中的一位可悲人物的意识场，绑定了一个已经拥有意识场的云球人大脑，而一个已经实施了猝死刺激的云球人大脑却没有等来新的意识场从而很快死亡了。本来，拥有意识场的脑单元会排斥其他脑单元，这已经被无数实验所证明。可这次，很不幸，排斥没有发生。现在，一个大脑绑定了两个意识场。这种概率很小，其后必然隐藏了某种科学机制。柳杨为此大喜若狂，勒令所有人，对所有相关数据进行深入研究。但是可以想象，这个拥有两个意识场的云球人，在多重人格的生活中，迅速成为周围一半人眼中的怪物。而在另一半人眼中，他成了通灵者。因为他们认为，在他身上，他们不认识的那另一半，那个人，是神派来的使者，他能告诉他们很多，在遥远的地方发生的故事。这次事故，是一个严重的事故，好在经过极其仔细的软硬件检查及流程排查，以及进一步的严格程序设置，以后再也没有出现过类似事故。

不过这些，都不算是云球中的大事件，有一件事，最不同寻常。

柳杨并没有严格地遵循意识场迁移链，解绑一个，绑定一个。除了最早的空体，比如老巴力，这样做理论上可以避免任何意识场死在地球人手里，同时也可以避免任何空体死在地球人手里。那些意外，可以认为并非地球人的责任，那就是意料之外而已，没有人需要为此背负责任。但是显然，柳杨根本不在乎这些。他并不反对迁移链，他只是不在乎迁移链。他轻而易举地干了一些不同的事情，解绑云球人的意识场，放任其空体死亡。

这样的事情他干了五件。在五个意识机中，保存了五个云球人的意识场。他们的云球空体被放任死亡，没有被之前解绑的其他意识场所绑定，没有发生身份置换。

最重要的是，在这五个云球人之中，有一个选择看起来很不恰当。那是黑石城的一个歌女，名叫阿黛尔。

阿黛尔是罗伊德将军的侍女。而罗伊德将军，是阿克曼国王最倚重的军事将领。阿黛尔因为能歌善舞，在黑石城达官贵人的社交圈子中非常有名。甚至，阿克曼国王都数次宣召阿黛尔，到王宫中表演她最擅长的舞蹈。贾尼丝王后更是很喜欢阿黛尔，甚至动过要收阿黛尔为义女的念头，在阿克曼国王的反对下才作罢。

柳杨拒绝解释，他为什么选择了阿黛尔。这个选择不同寻常，因为阿黛尔不是通常的微不足道的小人物。但是，柳杨第一不解释，第二先斩后奏。在这个阶段，因为实验的原因，他的团队拥有很高的云球系统权限。他工作的时候，谁又能拦得住他呢？

孙斐告诉任为，她觉得柳杨这么做，唯一的原因是阿黛尔和琳达长得很像。很像吗？任为问自己，在他心中，琳达的形象已经很淡，他不太想得起来。

阿黛尔的意识场在意识机中，处于非常安全的状态。

但是，在云球上，失去意识场的阿黛尔的大脑，在没有新的意识场绑定的情况下，命运显然就不同了。云球里，没谁能像在地球上一样保存空体，那里还没有 KillKiller，也没有脑科学所。于是，阿黛尔在一个凄冷的清晨，静静地死在她的床上。没有任何可见的伤痕，也没有任何挣扎的迹象。

在地球上，阿黛尔的到来只是一个微不足道的实验。可在云球中，阿黛尔的离去却引起了一系列可怕的事件。

罗伊德将军痛不欲生。他一直把阿黛尔当作女儿看待，阿黛尔这样毫无征兆并且莫名其妙的离去让他无法接受。他找来了黑石城几乎所有的名医，没有人能够解释，阿黛尔为何死亡。这让罗伊德的悲伤转化为愤怒。在最后一次无望的尸检之后，他再也无法控制自己，残暴地杀害了在场的六名医生。

这只是一个更大暴风雨的序幕。

作为名闻遐迩的歌女，阿黛尔的离世迅速传遍了黑石城。而且，由于毫无痕迹的死因和六名医生的殉葬，阿黛尔的死迅速催生了无数的离奇传说。

毫无疑问，像传到每个人耳朵里一样，所有离奇传说也会传到阿克曼国王的耳朵里。其中的一种传说，过于离奇，或者说过于恶毒，使阿克曼国王非常愤怒。

这种传说的核心是，阿黛尔死于贾尼丝王后之手。其逻辑也很简单。阿黛尔年轻貌美、歌清舞媚，阿克曼国王早就钟情于她。而罗伊德将军，本来就很热衷于将阿黛尔送给国王。之所以一切尚未发生，只是碍于阿黛尔卑微的出身、阿克曼国王对人言的些许介怀以及贾尼丝王后的阻拦。为了阻拦事情的发生，贾尼丝王后甚至想要将阿黛尔变为阿克曼国王和自己的义女。当然，阿克曼国王阻止了贾尼丝王后并不算深沉的计谋。所有人都认为，虽然尚未发生，但阿黛尔成为阿克曼国王的王妃指日可待。进一步，有朝一日取代贾尼丝成为王后也并非遥不可期。毕竟贾尼丝王后已经芳华不再，而且并未生育。国王也没有其他王妃。国王无嗣一直是王国的潜在风险，这个问题的解决总要有一个办法。很多人一直认为，国王之所以一直没有迎娶其他王妃，一则出于国王的自我克制，二则也出于王后的善妒。阿黛尔将终结目前的情况，并最终将妒妇贾尼丝打进冷宫甚至扫地出门。正是在这种情况下，走投无路的贾尼丝王后，终于祭出了最后的杀手。

除了无辜的贾尼丝王后，在黑石城，没有人知道这是传说还是真相，包括阿克曼国王也不知道。

阿克曼国王只知道，自己确实喜欢阿黛尔，也确实曾经动过心，想要迎娶阿黛尔。可是，他从未真正打算这么做，因为他对阿黛尔另有安排。他要将阿黛尔送给山地人的国王巴克斯，他希望能够向巴克斯示好，却又不愿意显得谄媚，这是他阻止贾尼丝王后将阿黛尔收为义女的原因。巴克斯国王已经有王后和另外两个王妃，以好色著称，送给他美女应该算是投其所好。将国王的女儿送给巴克斯国王做第四王妃，这完全无法接受，但将一个手下将军的美貌侍女送去则无伤大雅。

阿克曼国王知道自己的清白，同时，他也知道贾尼丝王后的嫉妒。他知道，贾尼丝王后确实是因为担心他和阿黛尔的关系，才提出将阿黛尔收为义女。他和贾尼丝王后之间，也确实很久没有很好地沟通了，他们之间显然有一些问题。他从未向王后耐心解释过自己的想法，不过，原因并非他和王后之间的关系。实际上，他还从未向任何人提出过自己的想法。因为他觉得，那只是个想法，未成熟的想法。更深一层，那是个充满了向山地人示弱嫌疑的想法。有几次，他想要跟大臣或者贾尼丝王后商量，但始终未能张嘴。

阿克曼国王愤怒于这恶毒的传说。却无法完全杜绝自己的怀疑。也许，他采取了最错误的做法。他拒绝召见贾尼丝王后，并且，他还禁足了贾尼丝王后。

贾尼丝王后明知自己的无辜，却没有机会更没有证据，来证明自己的无辜，可以想象她的痛苦和悲哀。在被禁足了十五天之后，她上吊自杀了，没有留下只言片语。

贾尼丝王后是萨波王国南方麦卡部落的公主，是现任的麦卡王苏雷的女儿。麦卡人多年以来，一直效忠萨波王国。甚至，麦卡王苏雷接受了萨波王国镇南将军的封号。但是，在贾尼丝王后自杀的消息传到麦卡后，愤怒的苏雷宣布，麦卡人不再效忠萨波王国。并且，麦卡人立即发兵北伐，兵锋极盛。阿克曼国王不得不调集王国的大多数部队，由罗伊德将军率领，在南境迎战北伐的麦卡人。现在，双方安营扎寨，正在僵持之中。

此时，王国北方又传来了坏消息，等待了很久的山地人蠢蠢欲动。他们看到了机会，巴克斯国王正整军待发，准备南征。

"我们是他们的上帝。"孙斐说，"我们曾经创造了他们。但现在，我们干了什么？我们囚禁了他们！囚禁在几台丑陋的机器里！现在，他们是什么？上帝的囚徒！这是我们干的好事，这是上帝应该干的事吗？"她说这话的时候，恶狠狠地盯着任为，"你必须让柳杨放了他们，我们不要做这样的上帝。"她给任为下达了任务，任为无言以对。

"脑科学所正式通知我们，可以进行地球人体实验了。"在任为的办公室里，张琦对任为说。

"通知我们？"任为愣了一下，问："这是什么意思？我们只是在配合他们。这意思听起来，好像要进行人体实验的是我们，而不是他们。"

"是的。"张琦低下头，微微摇了摇。但很快又抬起来，说："你知道，他们其实，从来没有进行过地球人体实验。从最早的实验开始，一直到此时此刻，他们从来没有碰过任何地球人的意识场。都是动物而已，或者是云球人。"

"哦。"任为哼了一声，想起吕青说过的话，"人体实验没法做。"他说，"所以，他们其实是想把这个难题推给我们？"

"我想是的，柳杨利用了我们的穿越计划。"张琦说。

"是你的计划。"任为说，"现在你明白了，你被人利用了！穿越计划根本没法实施。"

张琦没有说话，过了一会儿，他说："不，可以实施。"

"什么？"任为声音提高了不少，"你想什么呢？我们来做人体实验吗？这怎么可能？"

"在医疗领域，人体实验的事情……"张琦说，但他被打断了。

"我们不属于医疗领域。而且，那不过是些药物，只对束手无策的病人使用。有复杂的审批流程，有对照组，有这个有那个。我们在干什么？对健康人进行这种实验？可能很容易就会死人！谁会愿意做实验品？"任为很不高兴。

"对，任所长，你说得对。我的意思是说，在医疗领域，人体实验的事情的确很复杂。柳杨显然搞不定，所以才找到我们。他可以拿云球人做实验，实验做得都不错。但是，他还是跟我谈了地球人人体实验的事情，对他来说，这一步是不能忽略的。我知道他想利用我。可我觉得没关系。"张琦很平静地说。

"你什么意思？"任为问。

"穿越计划就是穿越计划，这不是医疗实验，这是我们云球的实验。量子物理实验、人工智能实验、社会学实验，怎么说都行。但是，和医疗实验没有关系，和地球人也没有关系，只和地球所有关系，只和派遣队员有关系。"张琦说。

任为盯着张琦看了很长时间。

"我们云球的实验？"任为问，"我们这里有想自杀的人？"

"任所长，动物实验很成功。"张琦说，"人体实验，出问题的概率也不大。你看到了，那么多动物，还有那么多云球人！没有出现任何问题。"

任为还在看着他，他始终显得很平静。任为忽然问："你是说，你想去做这个实验品？"

"是的。"张琦回答得很快很坚决。

任为看着他，他也看着任为。过了半天，任为说："张琦，我知道，你工作很投入，对云球也注入了很多感情。但是，这个事情也太过分了。你应该明白，是我一手建立了云球。你来的时候，云球已经运行了十亿年了，已经有最初的生命了。当然，那时候的云球时钟很快。不管怎样，我对云球的感情都应该比你深。我不认为你应该这么做。"

"不，其实没有那么过分。"张琦说："我真的愿意去。这不是感情的问题，这是我个人对未来的一种承诺。"

"会死人的。"任为说。

"风险不大。"张琦说。

"就算迁移没风险，但是你生命中最好的岁月，也会消逝在云球里，而不是地球上。"任为说。

"我做好准备了。"张琦说。

任为不知道说什么。

他们两个，就这样面对面，静静地坐在那里，都不说话，时间仿佛凝固了。但是很快，几声清脆的敲门声响起来，打破了这种凝固。

任为没有任何动作，只是低声说了句："进来。"听起来声音有点沙哑。

门开了，进来的是卢小雷。他看到张琦也在里面，而且任为和张琦好像脸色都不太好。他发了一下愣，说："是不是不合适？要么我待会儿再来？"

"没事……你说……什么事情？"任为有点奇怪，卢小雷很少来办公室找他。最喜欢用 SSI 之类现代通讯手段的人就是他了，这次，怎么居然上门了？

"嗯。"卢小雷慢慢走进来，回手关上门，慢慢走到办公桌前，坐在张琦边上的另一把椅子上。

"张所长也在，挺好。"卢小雷说。

"什么？"任为问。

"我想进云球。"卢小雷说，扭头看了看张琦，"我知道，因为这件事情太危险，所以张所长会自告奋勇。你们就在谈这件事情吧？不过我觉得，我更合适。"

"什么？"任为吃了一惊，"你？为什么？这的确很危险。我的意见是不要做，穿越计划的事情就算了。"

"不，任所长，"卢小雷说，"不能就这么算了。穿越计划已经做得很细了，大家花了很多精力，而且也都很有信心，这是云球唯一的机会。否则，云球就死了。"

"死就死了吧！那也不行。"任为烦躁地说。

"还是我去。"张琦说。

"张所长，你不要和我争。"卢小雷说，"虽然你们是领导，但是，你们得承认，自从我来了以后，我和云球人待在一起的时间最长。你们更多是远远地看着，我却和他们生活在一起。我是单身，一个人在北京，我也没什么事情干，又在监控室的岗位上，我几乎每天都待到深夜，我一直都和他们在一起。我不像你们，我不是科学家。你们在做研究，搞科学。我只是一个操作员，我只能观察，观察，再观察。结果就是，在我心里，我就是一个云球人。那里是我的家，而对你们，那里只是一个研究对象。"

任为和张琦都说不出话。

"其实也没有什么危险。"卢小雷说,"动物实验和云球人实验,都证明了这一点。如果云球不再变慢,能够以默认速度运行,假如我在里面待六十年,当我回来的时候,地球也只过了六天。我是白白多了六十年的生命。用一点点迁移的风险,来换取这六十年多出来的生命,我非常乐意。"

任为和张琦还是说不出话。

"而且我和你们想得不一样。你们是特别希望推动云球的演化,张所长总说,特别希望看到未来的云球。但这对我来说,并不是什么特别大的期望。"卢小雷接着说。

"那你期望什么?"任为问。

"我爱云球。不是你们的那种爱,我爱的是云球人。我希望有一天,人类可以自由地去尝试做云球人。你们知道,我特别支持宏宇和我们做的社会化项目。《克雷丁的覆灭》主要是由我参与拍摄,后面这两部也一样。可惜拍得不好,收视率还有电影票房很一般。我也特别支持ASSI实时体验,可你们不同意。不过,这没有关系。我想过了,ASSI实时体验,只是云球和ASSI的联手,只是自选的电影而已。说到底,还是在看故事,和现在拍的电影没有本质区别,并不是真正的实时体验。真正的实时体验不是生活在ASSI中,而是进入云球,生活在云球中,这是唯一的方法。这个方法的确要冒风险,特别是第一个人,肯定要冒风险。可我真的很愿意。我觉得,不管现在二位领导怎么看,将来,这将是一种生活方式,也是一种延长生命的方式。你们想想,如果一个老人马上就要去世了,在地球上,你已经没有办法挽留他的生命,但是你可以把他送到云球中,他将重新拥有一生。那多么让人向往啊!"卢小雷说得真情流露。

"你……"张琦迟疑着,"可能想多了。"他说,"一个老人的意识场,已经处于衰老状态。即使进入云球,也不能重新拥有一生。包括你,那六十年不会白来。之前的实验,那些地球动物,他们的意识场迁移到云球中以后,包括后来又迁移回来的那些,寿命方面的表现并不稳定。有一部分,的确好像白白多出来很多年,云球的日子都是白来的日子。

但大多数，并没有多出来什么时间，云球的日子一样占据了他们的寿命。云球动物和云球人的实验也都一样，没有你想的那种好事。"

"脑科学所没有给出任何解释。他们还没搞明白。这有很大风险，你不应该这么乐观地考虑问题。这不是科学态度，这是幼稚。"任为补充道。

"是的，他们要严谨的解释，要科学态度。你们也一样，你们都是科学家。但我不是，我有我的解释。"卢小雷说。

"你的解释？你怎么解释？"张琦问。

"我……"卢小雷迟疑了一下，接着说，"我的确不是个科学家，就像孙斐所说，我只是个操作员。我没办法证明什么，但我有我的直觉。那些实验，几百例，地球动物、云球动物和云球人。我全都仔细观察了，我看了所有数据，我天天在想。我的直觉是，云球的日子会不会占据意识场的寿命可能取决于一个简单因素，甚至，地球的日子会不会占据意识场的寿命也取决于一个相同的简单因素。"

"什么简单因素？"张琦问。

"只是我的想法，你们不要用科学家的态度苛求我。我说了，我不是科学家。如果你们觉得，我说得有一定道理，大家可以研究一下。如果你们觉得，我说得没有道理，我也希望你们能够让我去试一试。去证明一下，或者证伪一下。"卢小雷说。

"不可能让你去。"任为说。

"任所长，先听他说说吧，没什么损失。"张琦说。

任为沉默了半天，盯着桌面，心乱如麻。

"你说吧！"任为终于说。

"我觉得，和宿主的状态变化趋势有关。无论是什么样的宿主，云球宿主或者地球宿主，关键是宿主的状态变化趋势。如果宿主的状态是正向变化，就是说在生长的过程中，那么这种日子，对意识场的寿命来说，就不会被消耗。但是，如果宿主的状态是负向变化，就是说在衰老的过程中，至少是停止生长了，那么这种日子，就会消耗意识场的寿命。"卢小雷说。

任为和张琦互相看了一眼，然后，他们都在脑中用 SSI 调阅出了所有实验案例，陷入查看和沉思。

过了一会儿，张琦说："有一定道理，很有可能是这样。"

"即使是一个已经衰老的意识场，只要迁移到另一个生长中的宿主里，衰老就会停止。但是，宿主一旦停止生长，意识场的衰老就会继续。"张琦接着说，顿了一下，又说，"可能和宿主为意识场提供能量的趋势有关。所以，在云球待六十年肯定不行，也许前二十五年或者三十年不会消耗你的寿命，不过后面几十年就肯定会消耗了。"

任为没有说话。

"是的，我刚才说得可能太夸张了。"卢小雷看到，张琦很认真地认同他的想法，得到了很大鼓励。他接着说："对不起，这也是我的老毛病了，经常忍不住夸大其词。"他挠了挠头，仿佛为自己的夸大其词感到惭愧，"我还有进一步的想法。我不知道怎么表达，我举个例子吧！我觉得，意识场的寿命就像一个水桶。宿主的生长，是在往水桶里倒水。当然，水桶有一定的容量，慢慢水就会满，满了以后，再倒也就没有用了。而衰老或者停止生长的宿主，就是从水桶里往外面舀水。一旦水舀没了，意识场的寿命就用完了，生命也就终结了。不过，有一个问题，我想不明白。那就是，从外面往桶里倒水和从桶里往外面舀水，这两件事情，能不能交叉进行？如果能，那就太好了！可根据案例来看，多半不行。从桶里往外舀水的动作，一旦开始，最多可以暂停，但再也不能反过来，往桶里倒水了。"

"这要进一步研究。"张琦思考着这个问题，"你说得可能很对。必须要告诉脑科学所，你很了不起。"

"可以研究，但不能进入云球，这是两回事！"任为终于开口说话了。

"为什么？"卢小雷说，"我真的愿意冒这个险！"

"这样吧！任所长，你看这样行不行。"张琦说，"我觉得，小雷的说法很可能是对的。无论是不是要进入云球，总要研究一下。我们需要更多的动物实验。如果小雷的想法最终被验证了，我们需要搞清楚，云球人的生长周期。然后，我们需要找到足够年轻的宿主。这样，至少不会在云球消耗生命。至于最后，到底要不要实施穿越计划，到时候我们再讨论吧！现在，不着急下结论。"

任为又沉默了一会儿，终于说："先跟脑科学所沟通吧！"

他觉得，越来越多的事情，自己已经无法控制了，他也不太想去控制了。随便吧，他想。

—— 19 ——

卢小雷的计划

实验证明，卢小雷说得很正确。并且，通过反复的实验可以确认，云球人的生长期比地球人略长。男性到三十二岁左右，女性到三十岁左右。只要云球宿主不到这个年龄，意识场的寿命就不会被消耗。

所有人都祝贺卢小雷，就像他在世界杯决赛中，踢进一个决定性的世界波。这些人中也包括孙斐，不过，她那时的表情相当不自然，倒是说出了一句"恭喜你"，听起来却好像是在嘲讽。没办法，她不得不承认这是个贡献，卢小雷的确做出了贡献。但这种贡献对她而言实在没什么意义，她甚至一度为了类似贡献的出现而发飙。最近她终于稍微平静了一些，可依旧无法为这种进展感到高兴。

在张琦的推动下，穿越计划的首次实验终于正式摆上了桌面。大家心照不宣，谁也不提人体实验的字眼，只提穿越计划。脑科学所是核心的技术力量，但是开始，他们拒绝参与任何正式会议，只愿意作为顾问的角色提供一些建议。可这样明显行不通，沟通效率无法保证。后来，他们和地球所签订了一个协议，写明了"应地球演化研究所的要求对'穿越计划'提供相关的技术咨询和支持""地球演化研究所应保证'穿越计划'符合法律要求并履行了相关程序"以及"脑科学研究所对'穿越计划'规划和实施过程中的风险不承担任何责任"等等。然后，他们才派人参加了相关会议。

　　说起"履行了相关程序"，谁也不知道相关程序是什么。事实上，并没有什么相关程序存在。从以往看，如果是普通的云球实验，任为同意就可以了。如果任为觉得事关重大，或者牵扯到地球所无法控制的资源，那么需要报批前沿院同意，获得额外的支持。

　　这次，张琦决定，"相关程序"就到他这里结束。他决定，由他来承担一切责任。所以，他不邀请任为参加任何有关穿越计划的会议。而且，他在有关文件上签字之后，也不送去给任为签字。他经常向任为口头汇报，保证任为了解一切。但在网络中和纸面上，他没有让任为留下任何痕迹。

　　当然，任为立即发现了这个异常。他知道张琦在做什么，他也知道张琦为什么这么做。他很矛盾，但目前为止，没有表现出什么意见，似乎大家逐渐建立了一种默契。

　　出人意料，卢小雷率先拿出了一份进行首次实验的计划草案。

　　这是一份详细的计划草案，对穿越计划的首次实验进行了各方面的分析和建议。并没有人要求卢小雷拿出这样的计划草案，本来这些内容都是要在穿越计划研究组的会议上讨论的话题。不过，现在有了这样的草案，讨论变得更加容易和高效了。

　　计划草案内容很多，但最重要的是讨论六个问题。

　　第一个问题，首位派遣队员是谁？

　　在卢小雷的计划草案中，可以想象得到，首位派遣队员就是他自己。

　　这件事情并非一个单纯的技术性问题。从事情本身看，首次进入云球有一定技术风险，但是法律风险可能更大。张琦挺身而出，最重要的原因在于，在目前的运作模式下，如果首位派遣队员不是他，万一计划有什么差池，作为穿越计划的负责人，他也必须承担很大责任。既然有这样的风险，那么不如把所有风险都一起揽过来。他试图说服别人，特别是卢小雷。他说，即使因为各种原因对进入云球很有兴趣，可做第一个吃螃蟹的人并没有太大意义，等待将来各种条件成熟了再进入云球也不迟。他的话当然很有道理，也很有说服力。他的勇敢和坦诚，更是非常让人感动。

但是，卢小雷早有准备。他在计划草案中自我推荐的理由，更有道理，也更有说服力，那是一个非常技术性的理由，难以反驳。

从对当前云球社会的了解和熟悉程度看，卢小雷是无可争议的第一人。举个例子，在云球的五千万人当中，流行着大概三百种语言，其中大范围使用的语言大概有三十种。卢小雷熟悉其中最流行的四种语言，覆盖了大约两百万人和十五个王国或者部落。另外，他还略通其他六种语言，比负责开发翻译系统的语言组的同事懂的都多。语言组的同事依赖人工智能依赖得太多了。卢小雷不一样，他喜欢学习语言，也有语言方面的天赋。一年前，他被调入地球所担任监控室主任，就和他的语言天赋很有关系。来了以后，事实证明，他学语言的确很快，一两个月里，他就可以在不使用翻译系统的情况下，直接观察云球人。这极大地提高了他对云球人的感性认识，也奠定了他作为监控室主任的不可替代的作用。其他同事，虽然也或多或少懂一些云球人的语言，包括张琦，但是水平跟卢小雷比起来，就完全不可同日而语了。语言的优势使得卢小雷对云球社会其他方面的了解，也远远优于所有其他同事。这种对云球社会的了解和熟悉，除了有助于达成实验目标，对于派遣队员保证自身安全也非常重要。尤其是在首次实验中，其实唯一的最重要的实验目标，就是保证派遣队员的安全。

穿越计划包括两次意识场的迁移过程，迁移进入云球的过程和从云球迁移回来的过程。两次迁移过程的风险，都依赖于脑科学所和地球所这段时间的研究和实验。目前来说，大家对此都很有信心。但是派遣队员在云球中的阶段，风险来自于云球，并非地球，这部分情况就很难预测了。

卢小雷在计划草案中进行了深入的分析。他的结论是，当派遣队员在云球中遇到风险的时候，除了派遣队员自身，作为外部观察者的地球人，基本无法提供什么帮助。

很容易想到，当派遣队员在云球中遇到风险的时候，如果风险来自于某个云球生物，例如一只黑爪虎或者一个云球人暴徒，观察者们可以在瞬间将这只黑爪虎或者这个云球人暴徒杀死，那么就可以挽救派遣队员。但是，从影像系统中看到某个云球生物，到定位这个云球生物所对应的脑单元，需要一定的时间。地球所不可能全过程追踪所有云球生物，所以不可能在瞬间对某个云球生物采取行动。而且风险不一定来自于云球生物，更大的可能来自于环境系统，比如一次意外的悬崖失足。如果要对环境系统进行瞬间精确干扰，更是无法完成。

除非技术上能够保证，在派遣队员的云球躯体濒临死亡时，或者更好的选择，在风险刚一出现时，可以让派遣队员的意识场瞬间从云球中解绑。同时，在机房中准备好接收绑定的意识机，让派遣队员的意识场迁移回到意识机中。那么，就把派遣队员从云球险境中挽救回来了。

在机房中准备好意识机没有问题，意识追踪仪也会全程追踪派遣队员，所以，理论上可以在任何时候，对派遣队员的脑单元采取动作。但是，目前对云球脑单元绑定和解绑意识场的方法，都是基于量子炸弹。量子炸弹的实施过程，需要编码、生成、定位、束缚、引爆一系列动作，无法在一瞬间完成，至少需要八到十分钟的时间。

删除脑单元无法造成猝死，不会解绑意识场，当然也不是一个办法。

更粗暴的方案是，在风险出现时，把派遣队员脑单元对应的量子芯片从电路板上拔掉。这样也许可以，但这个"也许"软弱无力。这种粗暴行为等同于瞬间断电，的确可以解绑意识场，理论上没有问题，量子计算机的电路板也支持对量子芯片的热插拔。以前，删除云球物种和边缘部落的时候，有些情况下也的确这么干过，以便避免一个一个删除脑单元的麻烦。

可惜，这个粗暴的方案，并不是一个可行的办法。一方面，量子芯片中同时存在很多脑单元，而非派遣队员一个脑单元，这样做会带来很大的额外损失。另一方面，插拔芯片是个物理动作，速度有多么快实在值得怀疑，事实上，完全靠不住。

另外，意识场从云球脑单元解绑时，还必须要求云球时钟和地球时钟同步。如果，之前两者的时钟并不同步，那么也需要一点点操作时间来进行这个同步，并不能瞬间完成。好在这个阶段，在柳杨的建议下，两者一直都保持着时钟同步。这个问题目前不是个问题，但以后，当云球时钟调整后，也可能会是一个问题。在这一点上，柳杨的建议体现出了价值。

有一种情况，比如，因为某种原因，派遣队员已经被判刑，要砍头，但明天才砍，恰好云球时钟又和地球时钟同步，时间来得及。此时，地球方面自然不会坐视不管，将派遣队员的意识场从云球强行解绑就可以了，可这显然不是派遣队员在云球遇险的典型情况。

所以卢小雷的结论是，在云球中，派遣队员必须依靠自己，自求多福。而对云球的了解和熟悉，就成为卢小雷不可替代的优势。

即使这样，在开会讨论时，面对卢小雷草案中的缜密分析，张琦也没有轻易让步。他认为，可以给他一段时间进行准备，他保证自己可以达到卢小雷那样熟悉云球的程度，包括语言能力。其实没人相信他能做到，但如果他坚持他能做到，别人也很难反驳他。不过，卢小雷找到了彻底说服张琦的办法，这是个不能写在计划草案上的办法。

后来，任为听孙斐讲，在会议上争执不下的时候，卢小雷悄悄地对张琦说了一句话，马上让张琦陷入了沉默。然后过了一会儿，张琦就同意了卢小雷的意见。全体通过，卢小雷成为首位派遣队员。而孙斐听到了卢小雷对张琦讲的话。卢小雷坐在张琦身边，她就坐在张琦另一边。虽然卢小雷试图悄悄地说话，不过他的声音不够小，孙斐耳朵又很尖，所以，她听到卢小雷说："张所长，你去的话，如果万一出什么事情，地球这边，就只能让任所长背锅了。"

在任为办公室，孙斐对任为复述这话的时候，看着他的反应，满脸嘲讽。任为想说什么，但不知道应该说什么。孙斐歪了一下头，说："没事，我就是跟您说一下。我觉得，穿越计划根本就不应该存在。好，我走了。"在任为仍然犹豫着说什么的时候，她拉开门走了。

第二个问题，卢小雷提出了一个大家之前忽略的细节：派遣队员的隐私问题。

看来，他确实对于进入云球思筹已久。相比别人，他想到的事情多了很多。

从影像系统角度，地球所可以观察云球上发生的几乎所有事情，自然包括了云球人所有的隐私。如果让地球所去担任云球的法官，一定不会有任何冤假错案的发生。但是，了解所有隐私的上帝视角，也并不完美。因为这意味着，上帝也看得到，所有的也许并不那么赏心悦目的事情。比如，卢小雷并不乐于观察云球人排泄的细节，孙斐对于她认为的卢小雷乐于观察性行为的癖好也极端反感。这对上帝而言，也许只意味着不够赏心悦目，可对云球人，这就不仅仅是赏心悦目的问题了。好在，他们并不知道这件事情。对派遣队员，曾经的上帝，现在的子民，显然知道而且无法接受这种情况。

这的确是个问题。

所以，在计划草案中，卢小雷制定了一个《云球进入者权利保护守则》。所谓的"云球进入者"，听起来涵盖了派遣队员，却并不限于派遣队员。开会讨论的时候，有人建议叫作"派遣队员权利守则"，或者"穿越计划权利守则"。但是，卢小雷坚持使用"云球进入者"这样的词。张琦听他说过关于意识场在地球和云球之间任意穿梭的设想，知道他的用意。张琦觉得，这个想法在眼前看只是一个很大的脑洞，但毕竟也算是个激动人心的想法。于是，张琦选择了支持卢小雷。这样，第一个关于云球社会的地球规范就产生了。不过，这个规范和云球人没什么关系，仅针对进入云球的地球人。它的主要内容并不复杂，就是将若干云球进入者的行为，定义为"进入者隐私"。对于这些已经定义的"进入者隐私"，任何地球人不得通过任何方式进行观察，更加不能以任何形式进行记录。

第三个问题，是否保存云球目标宿主的意识场，以便等待派遣队员返回后，再将目标宿主的意识场迁移回去？

在之前的云球人实验中，并没有这样做，但那是因为明确的技术性原因：在云球中无法保存空体。而替代的迁移链的做法，已经尽量保证了最少的云球人空体和云球人意识场死在地球人手中。理论上，只有两个例外。一个例外是第一个空体，老巴力的空体，必须死去。另一个例外是最后一个意识场，迁移链终结的那一天，从云球解绑的最后一个意识场，因为无处可去，也只能死去。

当然，上帝的囚徒不在此列。那属于另一个研究计划，柳杨个人的计划，就算是脑科学所的计划吧，但无论如何，和穿越计划无关。

现在，在穿越计划中，派遣队员占据了目标宿主的躯体。不需要用技术手段在云球中保存空体，因此，完全可以保留云球宿主的意识场。等待派遣队员返回后，再将云球宿主的意识场迁移回去。

但是，卢小雷的计划草案不建议这样做。

因为这样做意味着，目标宿主将会有一段失忆的空白期，这毫无疑问会引起他自己和周围人的关注和怀疑。并且，有可能进而对目标宿主空白期的行为，也就是派遣队员的行为，进行更多解读和猜测。

这不是漫无目的的技术性实验。这个过程中，有一个真的地球人，一个派遣队员。这种关注和怀疑、解读和猜测，可能进一步会引起各种谣言和传说。

谣言和传说可能会引起云球目标地区的混乱。阿黛尔的例子还历历在目，但这并不是重点。因为，一段莫名其妙的失忆期和一起单纯的死亡事件相比，哪个能够造成更大的混乱？很难说。死亡通常给周围的人带来更大伤害，更容易引起激愤的行为。而一段失忆期则显得更加奇怪，更有制造谣言的空间。所以，从对云球社会造成短期混乱的角度来看，二者的比较，不能帮助决断哪种做法更好。

可从地球角度看，或者从云球社会的长期角度看，就不一样了。失忆期的产生，对将来的穿越计划很可能造成重大的不利影响。

考虑到将来，越来越多的派遣队员进入云球，将有很多例非常相似的失忆事件出现。万一碰到有心人，进行调查、对比和分析，虽然很难说就可以揭穿穿越计划的真相，可也许会有一个正确的轮廓。或者，也许会有一个实际上完全错误但却危害更大的轮廓。很明显这有相当大的风险，对于穿越计划的任务执行非常不利。这个推论，得到了穿越计划研究组中一个统计学家在学术角度的支持。

这意味着，某个时刻，云球上会多一具安静地躺在床上的尸体，而且将来，会有更多这样的时刻。一个云球人莫名其妙地无疾而终，不知道云球的地方官员会如何处理。这种做法要求目标宿主应该是像老巴力一样，没什么亲人，最好也没有队长那样陪伴着的生命。否则，除了害一条云球人的人命之外，还无谓地制造了很多悲伤、愤怒、臆想和谣言。所以，没有亲朋好友，或者尽量少的亲朋好友，是选择目标宿主的一个重要条件。在之前的实验中都是这样做的，以后也必须坚持这样做。

"这叫什么？杀人灭口！"在会议上，孙斐这样说。

统计学家无法正面应答这样的指责。卢小雷默不作声，大多数人都默不作声。但张琦说了话，他并没有表示同意，他只是说："这个先放一放，继续讨论下一个问题吧！"

后来的事实证明，这种先放一放的说辞，通常代表着实际上就是要这样做了。看起来，在接受了迁移链中的诸多悲剧，以及容忍了上帝的囚徒之后，大家已经越来越麻木了。对杀人灭口之类的联想和说辞，似乎缺乏应有的敏感反应。

第四个问题，首次实验中派遣队员待在云球多长时间？

在这一点上，卢小雷在计划草案中的建议是，首次实验待的时间不能太长，但一定要过夜，最好是一个夜晚加一个白天。在云球的某个夜晚进入，目标宿主准备睡觉的时候。这时派遣队员有最多的时间进行适应，也许会是个睡不好的夜晚，但总比一进去就要和人热热闹闹地聊天要好。第二天白天，待一个整天，少说话，多观察。第二天晚上，睡觉前撤出，回到地球。第三天早上，云球就会多一具安静地躺在床上的尸体，而会少一个生命。

"杀人灭口！"孙斐再次说。

没有人理她，好像她从没说过话一样。

第五个问题，确定目标宿主。

卢小雷的计划草案给出了一个明确选择：黑石城的潘索斯。他显然做了不少功课。

目标位置依旧位于萨波帝国首都黑石城国王大道。潘索斯是一家裁缝铺的年轻老板。这个人，可以说是第一只进入云球的那条地球狗的邻居。不过，那只地球狗的生存，在云球上已经是几十年前的事情了。自从开始云球人实验以来，云球的时钟一直和地球同步，所以时间过得很慢。但在那之前，时钟还是有时快有时慢，所以那只地球狗已经离世几十年了。虽然是几十年前的事情，可那只狗在那里安全的生活过将近七年的事实，还是让人感到安慰。卢小雷还无聊地在云球历史里查了一下，潘索斯的祖父，甚至曾经喂过那条狗。那时，他是刚刚流浪到这里的一个流浪汉。在萨波帝国难得的长期和平环境中，他的家族逐渐稳定并且富裕起来。他有两个孩子离开了这里，但是，他的幼子，潘索斯的父亲，一直留了下来。并且，潘索斯的父亲经过不懈的努力，终于成为专业人士：邻居们信赖的裁缝。潘索斯则子承父业，在父亲去世后，承接了父亲的裁缝铺。

潘索斯年轻力壮，还处在生长期，不会消耗派遣队员意识场的寿命。他没有任何疾病，身体本身风险很小。他父母双亡，没有成亲，也没什么走得近的亲戚。他生活的区域一直很安全，没有太多陌生人，店里只有一个伙计，顾客都是周围的老顾客。总之，他日常打交道的人里面，没什么危险人物，也没什么特别亲近的人。而且他脾气很好，和大家相处得都不错。当派遣队员离开，最终，潘索斯不可避免地无疾而终的时候，应该会有不少人感到遗憾，但应该不会有什么人特别悲伤。也许，唯一的问题是，给当地地方官制造了一些麻烦。

另外，潘索斯被选中，还有一个原因，他非常沉默寡言，这很好。对于卢小雷来说，虽然潘索斯所说的萨波语，是他最熟悉的四种云球语言之一，但是，天天在听，和张嘴去说，还是有很大差别。潘索斯的沉默寡言，让卢小雷觉得安心了不少。

选择潘索斯也不是没有任何问题。最大的问题是，卢小雷并不会裁缝的手艺。所以，他必须找个办法不干活。装病好了，但他觉得，恐怕不用装。按照所有实验动物的表现来看，刚刚到云球，不适应的地方应该不少，身体很可能会真的很不舒服。特别是在仅仅一天的时间里，可能很多东西还来不及适应。

在计划草案中，卢小雷分析了，为什么他不建议选择乡下或是野外的某个离群索居的人。例如巴力或是斯特里那样的人，之前的实验，选择这样的人已经轻车熟路了。他分析说，在当前的云球，活下去并不容易。那些偏远的地方，在吃饱穿暖、治安情况以及野兽出没等各方面的条件，都不如一个都城。而且，那些小地方的方言，对他自己或者任何其他派遣队员来说，也都将非常困难。同时，他也认为，应该尽可能地生活在一个相对繁华，可以最大程度了解云球的地方。否则，实验效果就会大打折扣。

卢小雷的分析相当全面。大家稍稍讨论了一下，就同意了他的建议。从另一个角度看，潘索斯悲惨的命运，就在这一刻被注定了，上帝们并没有和他商量。

最后，卢小雷在计划草案中列出了一个问题清单。他说，自己已经牢牢地记住了清单上所有问题。但是，欢迎大家补充，看看还有什么问题需要添加到清单上。

问题清单上，是在整个过程中，派遣队员要格外仔细观察的内容。为了让派遣队员容易记住更多的内容，清单上都是一些选择题和可能的答案。在云球上的生活过程并不那么重要，因为除了进入者隐私，派遣队员能看到的东西，地球所的观察者们也都能看到，而且能够记录下来反复看，所以，并不需要派遣队员提供什么信息。清单上的内容主要是两部分，都是地球观察者无法看到的东西。第一部分，是进入云球和离开云球时的过程。这个过程只以毫秒计，卢小雷认为，如果派遣队员回来时，对这个过程能有什么话说，一定会对脑科学所的研究很有价值。这个说法，居然获得了柳杨的赞同。柳杨不总参加会议，并且基本上不发言，只负责用冷冷的眼神看着。第二部分，是在云球生活过程中，派遣队员的心理感受。由于云球人一贯表现出的思维跳跃性，这些感受地球上的观察者不但看不到，而且分析不出来。至少，这种分析非常困难。以前，脑科学所对地球所问题的漫不经心，原因有很多，但其实也是这种困难的一种反映。

大家一致认为，卢小雷的考虑很周到。虽然也有一些细节被修改，并且有人提出了少许新的问题进行讨论，但总体上，他做的工作已经非常全面。加上他之前对于意识场生命周期的卓越判断，让几乎所有人都对他刮目相看。

最终，卢小雷的计划草案通过讨论和修改，变成了正式的计划。但是，计划并没有递交到前沿院。前沿院甚至并不知道他们在做这么一件事情。整个讨论过程只限于地球所、脑科学所和穿越计划研究组，对外保密做得相当不错。

在向任为做了汇报了以后，张琦签了字，但没有让任为签字。

任为始终处在犹豫之中，有点茫然地听之任之。他甚至没有跟吕青说过这件事情。他自己也说不清为什么，就是张不开嘴。可能，是害怕听到吕青的意见吧，他觉得。

卢小雷一直在恶补各种云球知识和萨波语，并且尽量模仿潘索斯的口音和习惯。他的睡眠一直不足，直到行动之前的最后一天，才补了一大觉。大家一直提醒他注意休息，但他觉得没关系，他的身体和潘索斯一样，好着呢。

这一天终于来了，卢小雷将在今天进入云球。首先，他将在脑科学所被假猝死，只有那里才有完整的技术条件。实际上，事先在那里，卢小雷的意识场已经在自己的大脑和意识机之间穿梭过几次了，虽然也是听起来很危险的实验，但因为之前动物实验做得太多了，以至于根本没引起大家真正的担心。从结果来看，也的确不需要担心，什么问题也没有。现在，卢小雷的意识场将再次被迁移到意识机中，遗留的空体在脑科学所保存，而承载了卢小雷意识场的意识机将被运送到地球所。那时，潘索斯的脑单元将被量子炸弹炸得猝死，卢小雷的意识场将在第一时间从意识机迁移到潘索斯的脑单元中。

去脑科学所开始这一切之前，在地球所大会议室，大家为卢小雷举办了一个小型欢送会，有一些无酒精饮料和一些甜品。吃着喝着，张琦代表大家说了一些鼓励的话，而卢小雷则表示了信心和决心。他乐观地表示，小事一桩，大家搞得太隆重，也太严肃了，其实完全没有这个必要。

"苏彰怎么没来？这可是你的巅峰时刻。"孙斐问卢小雷。

"哦……"卢小雷迟疑了一下，说："我没告诉她。"

"好久没看到她了。"张琦说。

"保密得这么好啊？居然苏彰都不告诉。小看你了！"孙斐说，"我说呢，要不然的话，也真够没良心。没有你，哪有他们那些电视剧啊？哼！现在还忙着推广新剧呢吧？连着三部了，效果都不怎么样。我看可以停止了。"

卢小雷没说话，只是笑了笑。

但卢小雷上车去了脑科学所之后，苏彰却风风火火地跑来了。大家还没全散呢，不少人还坐在会议室里吃吃喝喝，聊着云球的种种。她冲了进来。

"卢小雷呢？"苏彰问。

"走了，你怎么来了？他不是没告诉你吗？"孙斐问。

"他没告诉我，他是没告诉我。我刚刚和王陆杰通电话才听说。"苏彰说，语气有点木然。

"王陆杰怎么知道？"孙斐问，有一点吃惊。

"他多神通广大啊！老油条，前沿院里，哪有他不知道的事情？"叶露说。

苏彰愣愣地站在那里，没有回答她。

孙斐看着她，撇了撇嘴，说："没关系啊，两天就回来了，也老不了多少，你不用担心。倒是店里那个伙计，两天之后，他就可以做老板了，他应该担心。"

"他担心什么？"叶露奇怪地问。

"招人啊！"孙斐说，"招人可不好招。"

过了半天，苏彰茫然地点了点头。不知道为什么，孙斐忽然觉得，她有点可怜。

—— 20 ——

黑石城的潘索斯

醒过来的时候，卢小雷一眼看到，一个类似蚊帐的东西。随即，他意识到，自己正躺在潘索斯的床上。那的确是蚊帐，用当地一种植物的藤蔓织成。那种藤蔓叫蕃丝，不像地球上的蚕丝或者云球中大户人家使用的云蚕丝那么好，但也算很细而且结实，可以用来编织各种东西。黑石城的百姓都使用蚊帐，因为这里的蚊子很厉害，如果那也叫蚊子的话。这么说是因为，黑石城的蚊子，比卢小雷见过的最大的地球蚊子还要大两倍。他虽然不知道被那东西咬了是什么感觉，可是观察黑石城百姓的反应让他相信，蚊帐在这里是个必需品。不过他想，应该很快就会知道，被那东西咬了的感觉了。

他没有动，脑子迅速地转了转。他想到，自己首先应该庆祝一下，因为看起来，从地球到云球的迁移过程，并没有出任何问题。现在，他已经安全地抵达云球了。不过随即他又想，如果是这样，他应该叫自己潘索斯，而不是卢小雷了。

潘索斯试着想要翘起手指。他脸朝上躺在那里，两只手平放在身边，这种姿势下，他只能勉强用眼角的余光看到自己的手。但他欣喜地发现，两只手的手指，确实像他想象的那样翘了起来。进而，他抬起胳膊，依旧正常。他把胳膊放了下去，闭上眼睛深吸了一口气，慢慢做从床上爬起来的动作。

一切正常。

他开始大胆起来。穿上鞋，在屋子里走来走去，东摸摸西看看。屋子里的这些东西，他其实已经看过无数遍了。但是，作为一个云球人，作为潘索斯，而不是上帝，他觉得一切都很新鲜。

萨波帝国的建筑和装饰风格都比较粗陋。和克雷丁时代相比，虽然已经过去一千多年，并没有太大变化。潘索斯觉得，有点像地球古代的中西混搭。家具已经使用木材，但同时掺杂着很多石料和土坯，特别是在穷人家里。潘索斯家不穷，主要都是木头家具。可看起来，也并不怎么精致。

萨波帝国也有一些很好的东西，蕾丝就是一个例子。除了蚊帐，潘索斯家的墙壁上，也挂了一些蕾丝制作的装饰品。他家里这种东西比别人家多，毫无疑问和他的裁缝职业有很大关系。蕾丝制作的衣服，穿在身上很舒服。潘索斯在自己身上到处摸了摸，体会了一下蕾丝在皮肤上摩擦的触感。感觉不是太柔软，不过，他很喜欢这种类似于地球上麻织物的粗粝感觉。

忽然想起来，应该试试说话。潘索斯试着张嘴说了几句萨波语。

"听得到吗？"

"我在这里。"

"我是潘索斯。"

"嗨，你好！"

一切正常。不过，潘索斯觉得口音还不是那么像。但也还好吧，应该马马虎虎能应付过去。

他开始做剧烈一些的动作。跳来跳去，抱住桌子试图抬离地面，俯卧撑，仰卧起坐，高抬腿，甚至，他还做了几个靠墙倒立。

还是一切正常。

桌子上有一个水罐，里面是白天蓄好的井水。潘索斯喝了两口，甘甜可口，不错！他又喝了两口。东张西望了一下，在一个小柜子上，看到一个吃了一半的圆饼，那是来之前就注意到的东西。他拿起来，看着圆饼上的咬痕，迟疑了一下，还是咬了一口。那是自己的咬痕嘛，他对自己说。他咀嚼着，又喝了一口水，一起咽了下去。他闭上眼睛，体会着食物和水从食道穿过的感觉。没什么异样，只是那饼并不好吃，以地球的标准看，没什么味道。而且相当硬，咀嚼起来很费劲。怪不得云球人的腮帮子看起来都很发达。

他推开自己所在的卧室的门。外面是厅，厅里除了几个小凳子和一张小桌子，基本没什么东西。他接着往外走，推开厅的大门，外面是潘索斯家的院子。

院子不大，种满了植物。高高低低的植物，都叫什么名字来着？潘索斯试图想起那些名字，但只想起了其中几种，醍醐花，星星草，瑟瑟斯树，萨波人这么称呼它们。

植物中间有一条小路，通向对面另一栋房子。潘索斯知道，那栋房子是自己的裁缝店。

他在植物中间的小路上东张西望，院子除了两头的两栋房子，另外两边都是围墙。右手那边，也就是西边，围墙上有一个小小的侧门。一条小路通向那个侧门，不过小路几乎完全被高高的星星草覆盖了。很明显，潘索斯平常并不经常走这条路。现在，潘索斯努力地走了过去，他把星星草拨向两边，星星草很有韧性，在他走过后迅速在他身后合拢。

侧门上有一个销子，插着一个小木棍，算是从里面锁上了。潘索斯抽出小木棍，打开门，走到门外。

门外是一条河的河边。河不太宽，河边给潘索斯家留下的空地也不宽。而且，地上都是杂草，间或有不少高大的柳树。这容易记，柳树，权且就认为是柳树吧！不过和地球上的柳树不太一样，他想。随即又想，如果要在云球生活，这种"权且"的想法虽然很容易产生，但还是应该努力不让它产生。自己应该接受，将来的派遣队员也都应该接受。无论怎样，翻译系统怎么翻译，就要认定就是那么回事。否则，脑子也太累了。翻译系统设计的时候，那些语言组的同事做不到那么严谨。同名的东西，在云球和地球难免有些不同。老想这个会让人分神，可其实没什么必要。

现在，天已经全黑下来。河对岸南边有一定距离的一户人家，闪着一点悠悠的灯火。除此之外，其他方向上都没什么光亮。天上有一些星光，月亮只是很窄的一条上弦。不算太亮，但也还可以。潘索斯能看到，河水在黑暗中静静地流淌着。河中间有一块石头，河水在绕过那块石头的地方，形成了一个漩涡。

潘索斯来来回回走了几趟，忽然想要小便，刚才的井水喝多了。他想到，但愿他们，地球人，能够遵守《云球进入者权利保护守则》。他在一棵大柳树下，找了个地方，撒了一泡尿，觉得很畅快。

他回到自己家的院子里，把小木棍重新插回侧门。然后，走进了自己的店铺。店铺里面也很简单，陈列了一些蕾丝和其他种类的衣物材料。主要是织物，也有少数动物毛皮。这个区域的人，不穷但也说不上多富有，穿得起毛皮的人不多，衣服还是以织物为主。

他打开大门，走出了店铺。门前就是黑石城的主干道，国王大道。这是一条砂石路，有十米宽，在目前的云球中，算大道中的大道了。国王大道这个名字，名不虚传。

路上一个人也没有，很安静。不过，站在路上向两边看过去，亮着灯的房屋，比从河边看过去要多一些。那多半是些店铺，有些匠人晚上要干一些活儿。那些灯，都是使用动物油脂燃烧的油灯。灯光非常昏黄，在这种光线下干活，对眼睛可不好，潘索斯想，以前好像没想过这个问题。

右手就是桥，就是侧门外面小河的桥，一座石拱桥。因为河不宽，所以桥也不长，但和地球上古代的拱桥一样好看。不知道这个时代，萨波工匠们怎么能够想出来建造拱桥的技术。好像只有萨波人会建造拱桥，其他部落的人还没学会。潘索斯试图回忆，云球中最早的拱桥，在什么时候出现。但是，他没有回忆起来。又想了一会儿，他确定，他本来就不知道，不是想不起来。

潘索斯东张西望了好一会儿,确定没有人。他来回做了几个冲刺跑。这条砂石路很平，很像地球上古老的跑道，跑起来很舒服。但他冲刺了几回之后，虽然还不过瘾，却也不敢再跑了。因为，他的脚踩在砂石路上，会发出一些吱呀吱呀的声音，在这寂静的夜晚里，听起来格外刺耳。

他停了下来，继续东张西望。忽然想起问题清单，里面的好多问题他已经有答案了。但是，关于进入云球的过程，他却毫无记忆。

他觉得像是睡了一觉，睡得还不错。刚才醒来的时候，感觉精力充沛，像是美美的一觉。好像做过什么梦，又好像没有。他使劲想了半天，确定自己做过梦，可又的确想不起来梦的内容。他想得太努力了，脑子里一下子出现了好多梦境。从小到大的梦境，什么找厕所了，被人追杀了，在旷野上奔跑了，在黑夜里打着灯笼找妈妈了，等等等等。但是，都不是刚才做的梦，肯定不是。

好吧，先这样吧，他想，也许回头某个时候，忽然就想起来了。

他觉得应该回去睡觉了。不过，好像因为刚才睡得太好，所以一点也不困。他慢慢地踱了一会儿步，听着路面被脚步压出的细微的沙沙声，体会着夏夜中微风拂面的痒痒的感觉。

他觉得，云球这个世界，真不错。

他把右手拇指和食指连击了两下。按道理，这应该调出他的 SSI 网络访问首页。但是，他眼前没有任何反应。他很确定，这里确实是云球，现代科技都不见了。这一点，确实又不太好。

————— 21 —————

了不起的女儿

卢小雷在云球中度过的那个白天，任为完全没有关注他的情况。因为任为发现，任明明失踪了。

早上，任为接到了一个电话。打电话的人自称胡俊飞，是PerfectSkin 的总经理，任明明的老板。任明明是他的助理，已经有一个多星期没有来上班了。他联系不到任明明，很着急，通过各种方法，终于找到了任为的电话，迫不及待地想要打听任明明的情况。

现在，任为和吕青坐在 PerfectSkin 的会议室里，胡俊飞坐在对面。

自从任为和吕青从贝加尔湖疗养院回来，知道任明明离开家之后，他们试过几次，却再也没有真的联系到任明明，只是听了若干遍任明明给他们的留言。留言并非一成不变，曾经更换过几次，可内容都没有什么特别之处。虽然他们也有些担心，但由于任明明一贯表现得无法无天，经常无故消失，所以并没有引起他们足够的注意。不过现在，任明明这么久没有上班，也没有任何同事或朋友知道她的下落，这确实有些不同寻常，他们也真的紧张起来了。

任为想起任明明最后一条留言："爸，妈，我知道你们在找我，我也听到了你们的留言。你们不用担心我，我身体很好，情绪也没有像你们想象得那么低落。迈克的事情的确让我很难过，但我明白，难过不能改变任何事情，生活也还要继续。你们从小教导我的道理我都记得。我会管理好我自己，我只是需要一段时间安静地思考。好好想一想，我以后要过什么样的生活。暂时，请你们不要打扰我。"

那之后，任为和吕青也有一个多星期没有联系任明明了。他们得到胡俊飞的通知后，第一时间就又联系了任明明。但这次仍然是留言，而且留言的内容没有变，就是上次的留言，也是最后一次的留言。

来之前，吕青已经通知了警察。警察说，一个成年人消失一个多星期，这种事经常发生，通常是这个人自己不想出现。所以，虽然立案没问题，但这个年代的隐私保护过于严格，很多手段都不能用，如果这个人坚持不出现，警察也不好办，毕竟这不是刑事案件，劝她还是要耐心等待。然后，吕青去找了宋永安局长。她想，也许通过 SSI，甚至通过黑客，可以定位到任明明的位置。但是，宋永安局长告诉她，SSI 本身无法定位，只有 SSI 访问网络的时候，才可以通过网络运营商定位 SSI 和网络的接入点。不过，除非任明明未成年，或者任明明是逃犯、重大犯罪嫌疑人或至少涉及重大案件，否则法律不允许这么做。这个吕青知道，那么情感黑客呢？某种角度，可以认为任明明涉及重大案件，她这么说。不幸的是，或者，幸运的是，自从迈克被干掉以后，情感黑客显然已经完全不搭理任明明了，任明明已经从重大案件涉案人名单中被去除了。所以，既不能从黑客的行为中追踪到任明明，也不能以重大案件为由要求网络运营商追踪任明明。最后宋局长说，他只能尽量想想办法，看能不能找到一些蛛丝马迹。

"也许不用那么担心。"胡俊飞说，"她能照顾好自己，不会出什么问题。"话虽这么说，但他看起来情绪很低落。

"她是能够照顾自己，我们担心的是不知道她想干什么。"任为说，他显得有点烦躁。

吕青看起来比任为要平静一些，她盯着胡俊飞，眼神中透着疑问。

"任明明说，他老板是个美女……大美女。"她慢慢地说。

"美女？老板？"胡俊飞很吃惊，"她说的是谁？"他好像完全不理解吕青在说什么，"我不知道她在说谁。她的老板一直是我，她到公司以后就做我的秘书，两年多了。"他接着说。

"那……你是总经理……有董事长吗？"吕青问。

"董事长？"胡俊飞苦笑起来，"也是我啊！我们是小公司，创业公司。创业创了七八年了还是这个样子，我都不好意思说我们是创业公司了。不过我们仍旧处于创业阶段，还是只能这么说。我们没有什么董事会，倒是有一个小投资人，但从来不管我们。我自己的股份最大，我就是董事长。"

任为和吕青互相看了一样，原来任明明在胡说八道。

"任明明说，你们的电子胃，还有嗅觉分析和味觉分析，就是她的美女老板的主意。"吕青说。

"啊？"胡俊飞看起来更加吃惊了，"不。"他斩钉截铁地说，"没有什么美女老板。那些主意，就是她想出来的主意。"

这次轮到任为和吕青吃惊了。

"你是说，任明明想出了电子胃的主意？"任为问。

"是啊！"胡俊飞说，"您不知道，我有多么感谢她。没有她，可能我们公司已经不存在了。我们是个做仿真皮肤研发和设计的公司，我们的产品应该算不错。但是，怎么说呢，我觉得是我的责任吧，我们经营得不好。我们起步很早，那时候市场也很大，我们的机会应该说不错。可是最终，我们还是没能瓜分到一块市场。现在市场大局已定，再要去抢就很困难了。而且，我们的研发投入跟不上，和那些已经占领市场的大厂没法比。经营能力不行，产品差距也越来越大。所以，如果一直盯着仿真皮肤做下去，我们基本上死定了。"

"明明来我们公司不久，"他接着说，"就提出了电子胃的想法。后来，还有嗅觉分析和味觉分析。为了研究口味，这算是电子胃的配套产品。说实话，她的想法看上去很奇怪。开始的时候，公司的同事，包括我，都觉得这个电子胃的想法很奇怪。毕竟在现在的医疗技术下，胃不算是一个疾病高发的器官。至于说严重到要换胃的地步，我们好像都没听说过。我们不明白这个东西有什么市场。但是明明反复强调，她的目标不是医疗市场，而是时尚市场。她想象中的产品的目标，是不需要……怎么说呢……不需要上厕所。电子胃对食品的消化率应该是接近 100%，所以，电子胃应该是一个使人变得无比优雅的产品。她说，处女座的时尚女生全都会是铁杆用户。她还说，最保守地估计，目标市场的规模有十亿人。"

"什么？十亿人？"任为很吃惊，吕青静静地听着。

"哦，那是刚开始……我们口头交流的时候，随口算的。她说，全球有三百亿人，女人有一半，就是一百五十亿，处女座占十二分之一，就是十二亿人，她还打了个折，就说十亿。"胡俊飞说。

"她就是这样，不负责任地胡说。"任为说。

"不，不，不。"胡俊飞忙不迭地摇头，"有些时候，她说话的样子可能有点随意。但绝不是不负责任。刚才说的数字，她自己说是很保守，我觉得她是对的。她只算了处女座，星座什么的都是在骗人。用户不会只是处女座，当然处女座也不一定喜欢。甚至用户不一定是女人，有些男人也需要。"他接着说。

"男人？男人需要那么优雅吗？"吕青扭过头看看任为，满脸疑问。

"我不需要。"任为注意到吕青看他，他不满地扫了一眼吕青，斩钉截铁地说。然后，他又扭过头对胡俊飞说："男人不需要。"

"什么男人需要呢？"吕青也扭过头对胡俊飞说。但她问了个问题，不像任为给了个答案。

胡俊飞迟疑了一下，笑了笑，没有回答。

过了一会儿，吕青说："好吧，确实和处女座没什么关系，和男人女人也没什么关系，看来这个市场是挺大。"她好像明白了些什么，但任为好像并不明白，他很疑惑地看了看吕青。

"明明很了不起，她能够看到很多别人看不到的东西。"胡俊飞说。

"看到有什么用，她从来不会认真去做。"任为说。

"不，不，不，您为什么这么说？"胡俊飞又一次显得很吃惊，"她做事情是最认真的。她不仅仅想出了这个主意，而且做出了很详细的方案，参与队伍组建，参与产品设计，参与技术研发，参与工厂试产，还参与融资。她几乎参与了一切，亲力亲为，一天到晚都在工作，她是个工作狂。"

"你说什么？她不就是个秘书吗？"任为问。

"秘书？"胡俊飞反问，瞪大了眼，"是的，她来的时候是个秘书。但她现在不是秘书，早就不是了。她是总经理助理，真正管事情的人。在公司里，除了我，就是她说话最管用了。或者说，现在……她才是主心骨，她说话比我管用。"他显得有点尴尬，"所以，她不见了，我快要崩溃了。我觉得，她再不出现，公司马上就要撑不下去了。"

任为和吕青对望着，他们都看得到对方的惊讶表情。他们无法想象，自己对女儿竟如此缺乏了解。

"她，怎么说呢，性格那么情绪化，能做好这些工作？"任为问。

"情绪化？不，不，她一点也不情绪化。"胡俊飞再一次否定，"只不过，我刚才说……说话有点随意。也可能有时显得很骄傲，但她不情绪化。她说话做事，逻辑性都很强。她太聪明了，有时候，可能她的嘴跟不上她的头脑，所以说话说得有点跳跃，别人经常跟不上她的思路。哦……对……你们是在说她的爆炸头吗？还有鼻环？那有什么关系呢？外表方面，她是有点奇怪。不过实际上，她很理性，而且很冷静，她从不冲动。在我心目中，她几乎是完美的。实际上，不仅仅是我佩服她，她也是我们公司所有人的偶像，真的，她是所有人的偶像。"

说着说着，他忽然自怨自艾起来："都是我不好，"他说，"我对她不够好。她一定觉得我辜负了她，所以才会消失。她帮我们熬过了最艰难的时刻，帮我们设计了新产品，获得了投资人的认可，拿到了我创业以后的第一笔投资。很好笑，我创业那么多年，从来没拿到过投资，她却很快拿到了。虽然投资不多，但投资人很信任我们，完全不参与我们的经营，是个完美的投资人。还有很多新的投资人正在谈，希望很大，这都是她的功劳。可是，我没有能力给她足够高的工资，我也只给了她一点点股份，她没有得到应得的尊重。我真是个笨蛋，我毁了公司，我本来应该能够留住她。"

他摇了摇头，很懊丧的样子。"如果你们二位能找到她，"他接着说，"请你们转告她，我会把我的股份和她平分。这是她的公司，她在这里倾注了两年多的心血，而且，已经见到曙光了。她设计的产品，已经试产了，测试效果很好，得到了很多投资人的认可，市场调研的结果也很好，很快就可以上市，一定会成功的。她设计的一切，所有的一切，都在正轨上，她怎么舍得离开呢？"他显得痛心疾首。

原来我们有个了不起的女儿！

"那么，那个测试机器人，迈克，她和迈克是怎么在一起的？"吕青问。

"这个……这个……"胡俊飞有点迟疑，好像还没有从自怨自艾中清醒过来。他沉吟了一下，好像很努力地想了想，然后说："这个，我确实不太清楚。说实话，她的这个决定，我是说，和迈克结婚的决定，我们大家都很吃惊。"

"她说，你们让员工把测试机器人带回家测试，所以他们才要好起来……"吕青说，但被胡俊飞打断了。

"让员工把测试机器人带回家？"他说，"不，这怎么可能呢？不过，她确实可以把机器人带回家。只有她可以，在我们公司，她做什么都可以。"

"没有任何端倪吗？我是说，在这样一个过程中，她和迈克好起来，谈恋爱，要结婚，然后要从公司买下迈克。整个过程中，没有端倪吗？"吕青说。

"她买下迈克这件事情，我也表现得很不好。"胡俊飞显得很后悔，使劲摇着头，"她说要买下迈克，我说公司送给她，不用买。可是她不同意。唉，我应该坚持，我要是能坚持一下就好了。她说，公司经济上很困难，她不可以白白拿走公司的财产。她非要付钱，她说她有钱，她说她爸爸妈妈很有钱。唉，我应该坚持，坚持送给她。当然，看得出来，你们并不缺那点钱。但公司居然收了她的钱，为了一个四年多的旧机器人，从来没升过级、元器件都已经严重老化的旧机器人。而且，她给的钱，买一个新的机器人都还有富余，公司占了她的便宜。"他越说越后悔，"我是个工程师，很多东西我搞不清楚，不太会处理。明明一定是寒心了，是的，一定是寒心了。请你们一定要告诉她，如果我做了什么让她寒心的事情，我是无意的，请她一定要原谅我。我可以道歉，也可以改正。无论如何，她一定要回来，公司需要她。"

"嗯，我知道了。"吕青说，"你还没回答我的问题，什么时候有端倪，表现出她喜欢迈克？"

"端倪？"胡俊飞重复了一遍，显得很茫然，"没有，我们没看出来。直到有一天，她告诉我，然后告诉同事们，她说她要和迈克结婚。大家都很吃惊，也不理解。"他说，"没人知道她在想什么，我是说在这件事情上。迈克是不错，是个很好的机器人。但他是个机器人，大家确实不太理解。"

"你反对了？"吕青说。

"是。我反对了，大家都反对，很多同事劝她。"胡俊飞说。

"也许，"吕青说，"和你说的工资股份之类的利益没有关系，你们对这件事情的态度，才是她离开你们的原因。"

胡俊飞低下了头，说："是，有可能，我也想到了，可是那时我没有想到，我觉得迈克确实只是个普通的机器人。后来我才意识到，可能我错了。对明明来讲，迈克不普通。不过，虽然大家不理解她，但是大家也都是为了她好。我敢负责任地说，公司的人全都喜欢她，而且都佩服她。没有任何人有恶意，大家只是希望……怎么说呢……希望她好。"

"也许你们有恶意，她还会好受一点。"吕青说。

"什么？"胡俊飞不太理解。

"如果有恶意的陌生人反对她，又有什么关系呢？她难受的是，反对她的人，恰恰是爱她的朋友，"吕青说着，也低下头，"还有亲人。"她说。

"我们没有反对她。"任为扭过头对吕青说，吕青没有接腔。

胡俊飞理解了，"后来，我们就没有反对她了。"他说，"我们都祝福了她。只是，怎么说呢……我们只是觉得，没有那么自然，可能我们还是让她不舒服了。"

"不理解，比反对还要残酷。"吕青说，"我和他爸爸，甚至参加了她的婚礼。我们不但没有反对，而且用实际行动表达了祝福。但是，这不妨碍让她觉得我们不理解她，不妨碍让她决定逃走。"

"你们都想多了吧！"任为说，"股份、利益、不支持、不理解，和这些没关系。迈克死了！这才是关键。"

"这是关键吗？"吕青反问了一句，声音很落寞，"有个心理学家对我说过，你需要的任何东西，都不是你真的需要，而只是填补了你心理上的缺憾。"

"明明心理上的缺憾是什么？"任为问。

吕青沉默不语，胡俊飞茫然地看着他们俩。

过了一会儿，胡俊飞忽然说："有一次，她提到你们，当然，她不止一次地提到你们。她提到你们的时候，总是说你们很了不起，很自豪的样子，搞得我们都很羡慕她有很好的父母。但是有一次，她提到你们的时候，好像……怎么说呢……不太高兴。"

"什么？"任为问。

胡俊飞好像有点犹豫，过了一会儿，终于还是说了："那次，我们的电子胃样品刚出来，大家去酒吧庆祝了一下。她喝多了，相当多。我也喝多了，我不记得怎么聊到这里了。我只记得，她好像说，我不想做人，我想做一个和迈克一样的机器人。我妈妈就是个机器人，而我爸爸只爱机器人。我外公总在世界上的某个地方，但从来不在家里，就像一个机器里的虚拟人。我奶奶永远在家里，但从来不清醒，就像一个坏掉的机器人。"他声音很低，说得很小心，仿佛害怕吓着谁，"也许我记错了，你们不要在意。那天，我们都喝得很多。"他又补了一句。

任为想起柳杨曾经对任明明说过的话："你妈妈……啧啧……吕青……厉害！她对你，是不是就像机器人对你？至于你爸爸，他不像机器人，不过他心里只有机器人。"

就在这时，吕青忽然显得愣愣的，像是在倾听什么声音。按照任为的经验，她在接电话。果然，很快她就说："宋局长说，明明在赫尔维蒂亚出现过。"

— 22 —
克族人

任为和吕青决定去一趟赫尔维蒂亚。无论结果如何，作为父母，他们必须这样做。他们没有将这件事情告诉吕青的父亲，吕青觉得没必要让老人担心。而且，这一段时间，他们也并没有通过电话，就没有必要为了这事专门通知老人家了。

就在任为出发之前，卢小雷从云球回来了。

卢小雷经过了全面的身体检查，没发现任何异常，看起来一切都很顺利。除了任为为了任明明忧心忡忡以外，所有人都很兴奋，甚至包括孙斐。在她看来，这个科学成就会毁了云球，但是无论怎么说，科学成就，就是科学成就。

卢小雷在云球的一天很顺利。在伙计早上来店里上工的时候，他告诉伙计，自己身体不适，今天不开门营业。伙计兴高采烈地回家了，而卢小雷就获得了自由的一天。

他尝试着给自己做饭，尝试着洗了衣服，尝试着打扫卫生，尝试着维修家具和整理花草，甚至尝试着干了干潘索斯擅长的裁缝活儿。他的裁缝水平当然差很多，但他还是成功地把两个袖子缝到了一件衣服上。那是一件非常漂亮的衣服，像是一件地方官员的官服，本来就快要做好了，就差把袖子缝上了。他完成了这个工作，他觉得自己干得不错。他还试穿了一下，在镜子面前好好欣赏了一番。镜子在黑石城并不常见，不过，潘索斯作为一个裁缝，家里恰好有镜子。那是一种云球上不常见的石板，表面非常光滑，不如地球上现在的玻璃镜子，却比地球上古代的铜镜要好很多。这东西很昂贵，只有富裕人家才能用得起。潘索斯家拥有这样一个和家中财富不相称的东西，完全是因为职业原因。左顾右盼之下，卢小雷觉得自己挺威风，或者说，潘索斯挺威风。如果做个黑石城的地方官员，应该没什么问题，至少在长相和风度上没什么问题。

卢小雷自己认为，最大的收获是下午的时候，他和隔壁老王尔德的聊天。早上他和伙计说过几句话，但那时他很紧张，觉得自己话说得结结巴巴。虽然伙计并没有表现出什么异样，而且因为今天不用干活儿显得很高兴，但他自己很不舒服，所以决定下午找人聊聊天，这是计划外的事情。他觉得很有必要，他必须体会一下和云球人聊天的感觉。以前可都是只能观察和聆听云球人聊天，他想，参与和旁观应该还是很不同的。

老王尔德是个退休的地方官员，以前是提刑官身边的簿记，经历过不少案子。按地球人的说法，应该算是经验丰富的公共安全人员。如今退休在家，身体却还好，整天无所事事，就喜欢找人闲聊。卢小雷觉得，跟他聊聊，说不定也能学习一些东西。

他们足足聊了三四个小时。老王尔德兴致很高。而卢小雷在前半个小时主要致力于伪装自己，不要让老王尔德看出破绽。半个小时以后，随着老王尔德毫无察觉的兴致勃勃，以及自己越来越流利的发音，卢小雷逐渐变得越来越放松，话也越来越多。

卢小雷觉得收获很多。他发现，真的和云球人说话的时候，能够感受到的情感，远远比作为上帝的存在能够感受到的情感要多得多。以前他从来没有觉得，老王尔德是这么有趣的一个人。他并没有花过多少时间来观察他，如果不说是根本就没有观察过的话。的确，老王尔德只是个普通得不能再普通的云球人，没有任何理由能够引起地球人上帝们的注意。

退休之前，老王尔德和他的上司经手的案子，主要都是官员腐败案件。如今，大多数案件已经都是几十年前的旧案，不是什么秘密了。所以，在卢小雷热情地追问下，他滔滔不绝地讲述着自己的光辉岁月，丝毫没有意识到，这个以往沉默寡言的年轻邻居，为何今天如此好奇。

经历了那么多人性的黑暗，不，应该说云球人性的黑暗，仍然保持着一颗孩童般快乐的心，脸上总是洋溢着满满的阳光，眼中时而透露出一点点的狡黠，让这个老人成为睿智老人的活的形象——那种卢小雷自小就充满想象而从未见到过的睿智老人。

卢小雷觉得，他爱云球人，他爱云球，他想给这里带来更多的阳光，他的心里充满了温暖。

但是，很快他就知道，他的爱不能让一切变得顺利。他学到了最大一点教训，那就是在云球中不能得意忘形。无论你多么自信，永远要保持警惕。不是对这个世界，而是对你自己。

因为他犯错了。

当老王尔德说，他和他的上司，因为一个押粮官是山地人而怀疑他贪污的时候，卢小雷笑着说："就因为克雷丁大帝在和山地人的战争中被林奇给砍了吗？都一千年了，你们也太记仇了。"说着，他还伸出潘索斯结实的右臂，在空中划了半个圆圈，做出一个麻溜砍人的动作。

老王尔德好像愣住了，说不出话。同时从表情来看，又显得非常激动。卢小雷被老王尔德的表情弄得手足无措。回放的影像证实，卢小雷的表现应该算是很自然。因为，老王尔德非常愤怒。他的眼睛本来就有些红，而那时，似乎鲜血都要滴出来了，确实很吓人。

卢小雷对大家说，他从没有观察到，萨波王国的民众，对克雷丁大帝的尊敬到了这样的地步。他从来没想到，他的一个轻佻的玩笑，会被理解成严重的大不敬。

进一步搜索得出的数据表明，这不能怪卢小雷。因为，并非所有萨波人都这么尊敬克雷丁大帝。其实，事实正好相反，绝大多数萨波人都对克雷丁大帝非常淡漠，甚至完全不知道他的事迹。不要说轻佻的玩笑，就算讲克雷丁大帝的黄色笑话，也完全不要紧。但是，有一个群体例外。这个群体就是，在克雷丁大帝和山地人最后的大战中，侥幸逃脱的幸存者的后裔。

这些幸存者只有十二个。他们都是经过了精心挑选的克雷丁大帝的贴身侍卫，个个武艺高强。他们绝不是贪生怕死的懦夫，相反，他们是最勇敢的战士。他们之所以逃脱战场，没有在最后一刻战死，唯一的原因是，他们要救出克雷丁大帝的遗体并护送回国。为了他们心中这个最后的愿望，他们经历了千辛万苦，从脱逃战场的三十六人，变成了最后的十二人。其中，八个死在一路上山地人的追杀中，十六个在回到祖国后，死在篡位的赫西国王手中。

赫西是克雷丁的侄子。他的父亲是克雷丁的哥哥，在生下他不久就因病离世。本来，作为国王的次子，克雷丁并没有王位的继承权。但在哥哥去世后，最终克雷丁继承了王位。

此后，赫西孤独地跟着母亲长大。公平地讲，克雷丁对他不错。小时候的他，和这个勇武的叔叔关系也很好。甚至，他一直都跟着叔叔学武，也成为了不错的武士。但他长大后，越来越多的人告诉他，本来，克雷丁的国王之位属于他父亲，然后，当然就应该属于他。他曾经对进谗者勃然大怒，也曾经对谗言不屑一顾。可是逐渐，怀疑和仇恨占据了上风。他的心中埋下的曾经无比弱小的黑暗种子，在经年累月的卑劣言辞的浇灌中，终于发芽了。不过无论如何，他没有面对克雷丁的勇气。所以，任由黑暗的种子长成参天大树，他也从未越雷池一步。以至于在宏宇公司的巨作《克雷丁的覆灭》中，因为故事讲到克雷丁大帝死亡就结束了，所以根本就没有提到过有赫西这么一个人。

但实际上，故事并没有结束。克雷丁死了，所以，该发生的终于发生了。在三十六个勇士护卫着克雷丁大帝的遗躯赶回黑石城的时候，赫西已经在一帮佞臣的煽动和支持下，控制了黑石城。在二十八个勇士到达黑石城的时候，等待他们的不是悲哀的百姓，而是接收了必杀令的战士。最终，只有十二个人再次逃脱。这次，他们没能带出克雷丁大帝的遗躯，遗躯不知所终。

　　老王尔德是十二勇士其中一个的后裔。历史上，这十二个人隐姓埋名，却开枝散叶。现在，他们的后裔是一个有几千人规模的隐秘部族。这个部族，最高潮时曾经达到数万人的规模，曾经多次起义反抗。萨波王国的历代国王，对他们严加追缉、血腥屠杀，所以他们也曾经屡次濒临灭亡，不过，最终他们熬了过来。为了躲避追杀，他们逐渐融入了社会。但是，他们对萨波王室的深入骨髓的仇恨还在，他们对克雷丁大帝的融入血液的忠诚还在。他们给自己起了一个名字，叫作克族人。

　　对萨波的王族来说，克族人的存在，一直是一个公开的秘密。现任国王阿克曼，和他的父亲以及祖父——上两任国王，性情都比较温和，对克族人也都比较宽容，不像先辈们以彻底剿灭克族人为己任。在长期宽容的政策下，克族人的仇恨也终于慢慢淡化了，其行为在几十年里越来越平和。但是，他们的忠诚犹如昔日，依旧无法容忍别人对克雷丁大帝的任何轻视和侮辱。

　　自从赫西国王以来，克雷丁大帝的事迹在萨波帝国是一个禁忌，没有任何史料允许记载。所以，在普通百姓心中，那只是一个遥远的名字。所有一切的辉煌，都只存在于克族人的心中。

　　老王尔德看了卢小雷很久，最终什么都没有做，只是终止了谈话，慢慢地站起身离开了。留下卢小雷一个人，坐在河边的一个柳树墩子上，茫然地不知所措。

　　"这是最大的发现。"卢小雷对陪着他的齐云说，"你知道这意味着什么吗？如果我们要传播一种宗教，克族人不是最好的起点吗？"

　　"为什么呢？他们也这么说，但我不明白。在思想传播上，克族人有什么优势？"齐云问。

　　"忠诚和仇恨，这是最大的武器。他们没什么思想，但他们有忠诚和仇恨，这是千金难买的素质。其实，产生忠诚和仇恨，这算是思想最基本的作用，而克族人已经有了。在他们那里，我们想要传播的思想很容易扎根，也很容易传播。"卢小雷仰着头，很激动。

"好吧！我还是不明白，不过，也许你想得深刻。"齐云笑着说。

"不，不，不是我深刻。"卢小雷不好意思地笑起来，"是我们研究组那个历史学家说的话，我是复述而已。"

他们俩是从医院回来，卢小雷刚刚完成了"十二小时检查"。按照穿越计划研究组中医学专家的建议，派遣队员应该在回地球后马上做第一次医学检查，然后要在十二小时、二十四小时和四十八小时后连续再做三次检查。

"十二小时检查"和第一次医学检查一样，一切正常。他们回到地球所，正走在去观察室的走廊中，兴奋地聊着天。

但是当他们走进观察室的时候，发现大家的脸色都不对，和上午离开时的兴高采烈截然不同。听到他们进来的声音，每个人都抬起头看卢小雷，脸上挂着奇怪的表情，好像在看着一个奇怪的人。

卢小雷下意识地望向主电球。那里，老王尔德的身体趴在断头台上，脑袋滚落在旁边，眼睛却依旧睁着，斜斜地望过来。在卢小雷望过去的一瞬间，正好对上了他的目光。老王尔德的灵魂，仿佛仍然活着，透过那隔绝两重世界的电球，从自己的眼中，把愤怒和仇恨，像利箭一样射向他。

卢小雷愣在那里，不知所措。大厅里很静，好在齐云说话了："怎么回事？这是怎么回事？"

"问他！"孙斐扬扬下巴，指向卢小雷。

齐云扭头看了看卢小雷。显然，卢小雷不像是做好了被询问答案的样子。她扭过头，接着问："到底怎么回事啊？"

"这不能怪小雷。"张琦说，他的声音听起来不像孙斐那么刻薄，"你们看到了，老王尔德被地方官斩首了。"他说。

"还有小伙计，又是两个冤魂！"孙斐说，"你们做的这些事情，什么时候才能结束？"

"为什么？"齐云又扭头看了看卢小雷。卢小雷还在盯着老王尔德那已经分离的躯体和脑袋，喘着粗气，茫然无措。

"你做了错事，真的没有意识到吗？"孙斐问，"卢小雷，问你呢！动动你的脑子。"

"我做错什么了？你刚才说什么？小伙计也死了吗？那又是怎么回事？"卢小雷抬起头说，神情还是有点恍惚。

"孙斐！"张琦有点不高兴了，"你不要怪小雷。"

"不怪他怪谁？怪我吗？"孙斐不依不饶。

"到底发生什么了？"齐云也有点急了，"孙斐，你先别发脾气，先说说到底怎么了？"

"不怪小雷。"张琦回答说，"是我们功课做得不够仔细。我们选择潘索斯这个目标宿主选得不好，我们碰上了一个特别的地方官。以后我们选择目标宿主的时候，也应该把当地地方官的情况纳入考虑范围。"

"云球人不像我们想得那么不在乎老百姓的生命。潘索斯死了，人家的地方官马上就来调查了。一上午就得出了结论，是老王尔德和小伙计联手杀了潘索斯，所以下午就把他们砍了。怎么样，效率够高吧！"孙斐冷冷地说。

"为什么？"卢小雷终于从主电球上移开目光，但是他不敢望向正在说话的孙斐，而是望向了张琦。

"清早发案，上午调查，下午就砍头，云球人真是简单粗暴啊！"齐云插了一句，摇了摇头，觉得很不可思议。

"你的确做了件错误的事情。"张琦接着对卢小雷说，"不过，不怪你，谁能想得到呢？"

"我是对老王尔德说了不该说的话，我喜欢乱说话，是我不对。但是，这和这件事情有什么关系呢？"卢小雷很着急。

"不是这个，是另一件事。"张琦说。

"什么？没有啊！还有什么？"卢小雷问。

"你缝了一件衣服。"张琦说。

"对，"卢小雷很茫然，"是啊！怎么了？"

"这里的地方官叫索萨。那件衣服就是他的官服。袖子坏了，送来给潘索斯修补。"张琦说。

"是吗？我不知道，我真没注意。"卢小雷好像在回忆，"那怎么了？有什么关系吗？"他问。

"我知道你没注意，没人注意。刚才回放才知道。潘索斯死了，索萨来调查。他想起了自己的衣服，并且找了出来想拿回去。但是，他很细心，他发现了你缝袖子的针脚不对。"张琦说。

"那怎么了？我缝得不好，可那又怎么样呢？"卢小雷问。

"他意识到，那不是潘索斯的手艺。他还意识到，潘索斯死后，这个裁缝铺就归小伙计了。所以，他认为是小伙计杀了潘索斯，想要谋取主人的财产。他的想法也不是没有逻辑。"张琦说。

卢小雷目瞪口呆。

"有道理吧！"孙斐恨恨地插了一句。

"一个云球人，你何必啊！"齐云显然看不过去孙斐对卢小雷的态度了。

"云球人也是生命。"孙斐说，顿了一下，又补充说："也有意识场。"

卢小雷依旧很茫然，"那老王尔德又是怎么回事？"

"小伙计当然不承认自己杀了人，但他说他怀疑是老王尔德干的。他说，他下午回来过，为了拿上午来的时候忘在这里的东西。刚好看到你和老王尔德聊天，而老王尔德愤怒地离开了。他说，肯定是你们有什么冲突，所以老王尔德杀了你。"张琦说。

"然后呢？"卢小雷问。

"老王尔德当然也不承认杀人了。不过，他也没完全说真话，他可能不愿意暴露自己是克族人。他说，他就是和你吵架了而已。问他为什么吵架，他又说不清楚。后来，索萨动了刑，硬要说他们是同伙，一起杀了你。老王尔德骨头很硬，死活不认，但是小伙计扛不住，认了罪。所以，他们就一起被砍了头。"张琦说。

"什么？"卢小雷一脸不可思议，"这……这算什么？这个索萨怎么回事？"

"你应该知道啊！"孙斐又咄咄逼人地说。

"我知道什么？"卢小雷完全不明白她在说什么。

"他怎么知道？"张琦说，"孙斐，你安静一下，好吗？"他又转向卢小雷，接着说："小雷，索萨的父亲三十年前就是死在老王尔德手里，是冤案。他前两个月才调到这里，而且是平级调动。这地方根本不如他原来的辖区富裕，按道理，不会有人愿意这样调动。我们猜测，他来这里的目的，就是为父亲报仇。"

"他父亲？死在老王尔德手里？冤案？"卢小雷重复着。

"是的，老王尔德参与了那么多案子，有冤案也难免。不过我们查过，他确实也有些责任。这个索萨，很可能是处心积虑，就是要找老王尔德的麻烦，一直在等机会。你给了他这样一个机会。当然，你不可能知道。我们也是刚才查了好久，才查到这些事情。"张琦说。

"两条人命！那个小伙计更无辜！"孙斐说，显然不打算安静下来。

"你算在我头上吗？"卢小雷终于忍不住了，大喊道："我怎么会知道？"

"那算在谁头上？你不是监控室主任吗？你不是以云球为家吗？你不知道谁知道？计划草案不是你做的吗？潘索斯不是你选的吗？"孙斐也大喊。

"安静！"张琦说，声音最大，大家一下静了下来。张琦扭头看了看站在旁边一直不说话的任为，对他说："任所长，我有个建议。"

任为好像心思根本不在这里，听到张琦叫他，猛地一醒。他扭过头，看着张琦，说："什么建议？你说。"

"我觉得这次小雷进入云球，收获很大。"张琦说，"第一，从技术上来说，非常成功。第二，发现了克族人，作为思想传播的起点很合适。第三，发生了小伙计和老王尔德被杀的事情，虽然很遗憾，但是，也提醒我们，必须在以后的穿越行动中，对这一类的事情有一个防范，否则，派遣队员压力太大了。"

"嗯，你说得对。那……怎么防范呢？"任为问。

"以后，我们的派遣队员，在云球中待的时间会很长，甚至会是几十年。那么在这个过程中，不可避免会发生很多事情，包括很多悲剧。

我们可以要求，每个派遣队员都仔细准备，从技术、能力以及道德方面做好准备。但是我不认为，依靠派遣队员的个人能力，能够完全避免悲剧的发生。特别是要考虑到，派遣队员都身负任务，必须达成既定的目标。"张琦说。

"对，是的，很难完全避免。有些事情有蝴蝶效应，小雷这个事情就是这样，很难预料到。"任为同意。

"对。所以我认为，派遣队员必须获得免责的权利。否则，没有人能够在这样压力下进入云球。"张琦说。

"免责？凭什么？"孙斐叫道，"穿越计划不应该存在！这再一次证明，穿越计划不应该存在！"

张琦扭头看了看孙斐。孙斐看到他的目光，竟然有点阴森森的，有点像柳杨，看来他很生气。她心里莫名其妙地打了个寒战，没有接着说下去。张琦又看了她几秒钟，目光慢慢平静下来。他没有接她的话头，而是扭过头继续对任为说："我说的免责，不是指法律上的免责。目前，法律上，还没有对云球人进行任何规范。将来怎么样，我们不知道，也暂时不考虑。"

听着张琦的话，任为在想，张琦很清楚地意识到了云球人法律地位的问题。也许，很多人都意识到了。那么，他们有压力吗？他们曾经晕过去过吗？

张琦接着说："我说的免责，是指不能让派遣队员背负道德上的责任，否则，他们将无法开展任何任务。"

"怎么才能做到呢？"任为问。

"很简单，我们需要一个《云球进入者权利保护守则》的升级版。"张琦说，"简单来说，派遣队员的一切都是隐私，不能被观察和记录。我们需要修改云球的影像系统，强制性地施加这种保护。以前的保护守则不过是个说法，遵守不遵守完全是靠地球这边人的自觉，这不行，必须变成强制性措施。影像系统必须能够自动识别派遣队员，然后让所有派遣队员都不能被观察。建立一个观察盲区，以派遣队员所处的位置为中心，方圆一百米以内的空间，影像系统拒绝抓取任何影像和声音。而且地球这边的操作员，无法进行人工操作来改变这种限制。"

"不行，这太不安全了！"任为说，"现在，虽然我们还没有对派遣队员进行急救的办法，但是，至少派遣队员随便说句话我们就能听到。这就能让我们知道他想要干什么。如果需要，我们也可以慢慢地救他。你这么弄，那可就没这个条件了。我们不能把派遣队员放在这么危险的境地上。"

"我觉得，这是必须要付出的代价。"张琦说，"再说，可以有别的沟通方式。我一直在思考别的沟通方式，我们需要一个专业的、严谨的通讯方案。现在，我们虽然能听到派遣队员说的话，但我们并没有专人负起这个责任，无法确保一直有人在听。这不是一个规范的通讯方案。而且这是单向沟通方案，我们需要双向的沟通。我们应该有方法，能够主动向派遣队员发送我们的消息。总之，我们应该对通讯方案进行全面设计，有一个规范的方案。"

孙斐想要说话，张琦冲她摆了摆手，她的话居然没说出口。张琦继续对任为说："任所长，我是认真的。我会做一个规范的通讯方案，名字我都有一些想法了，比如叫'鸡毛信'。"张琦说，"通讯的问题需要解决，也一定可以解决，这个您不用担心。但是我认为，首先必须建立观察盲区。这么做，还有另外一个必要性。"他接着说，并不打算继续讨论"鸡毛信"什么的通讯方案，观察盲区才是重点。

"什么？"任为问。

"防止宏宇公司制作的影片中出现派遣队员。"张琦说。

他什么都想到了，任为想。他心中忽然有一个念头，一个不可遏制的念头。这个念头让他很坚决地说："对，你说的对，这也很重要。好，我同意你的意见。马上修改影像系统，建立观察盲区。同时，研发鸡毛信通讯方案。"

孙斐吃惊地看着他，甚至，张琦都有点吃惊了。

—— 23 ——

赫尔维蒂亚

任为和吕青到达赫尔维蒂亚首都圣伍德的时候，天已经蒙蒙亮。吕青在圣伍德的一个朋友，常玉明，来接了他们。

他们在飞机上睡得不错。任明明让他们忧心忡忡，但他们的 SSI 的催眠功能很好，让他们毫无感觉地过了五个小时。不是每套 SSI 都能催眠，不过任为和吕青都加装了这个功能。现在，他们觉得精神很饱满。接着，他们需要去几个地方，调查任明明的下落。

常玉明是卫生总署常驻圣伍德的官员，平常和吕青有不少打交道的机会，所以两人很熟悉。常玉明已经知道了任明明的事情，吕青事先给他打了电话。他表示这实在是很糟，试图说几句话安慰任为和吕青。任为和吕青表示，他们也不算是很担心。因为任明明更像是伤心过度，出来避一段时间，甚至是在想办法调整自己，似乎不会有什么大事情。

本来，他们是很担心的。但是吕青分析了一下，让他们的感觉好了一些。一来，任明明已经消失一个多星期了，如果要自杀，早就应该发生了。宋局长在赫尔维蒂亚发现了她的 SSI 踪迹，说明她现在还活着。那么，她在第一时间没有自杀，而在若干天后自杀，从心理学的角度看，这种概率非常小。二来，她选择来的地方是赫尔维蒂亚，世界的娱乐之都，一个快乐的地方。如果要欣赏自己的伤心欲绝，这里绝对不是一个好选择，更加不要谈鼓励和放纵自己的伤心欲绝了。

相反，这里是消灭伤心欲绝的地方。至少，大多数人应该会这么想。第三，最重要的一点，胡俊飞的一席话，让他们重新了解了自己的女儿。如果女儿像胡俊飞所描述的那样，工作中，她是一个很理性，至少是一个很追求理性的人，那么在父母面前，她的表现就更像是一个孩子的逆反心理。她有了在父母面前逆反这个释放的管道之后，她在工作方面就可以表现得非常理性。这证明，她有情绪不稳定的一面，但更本质的一面是她所具有的理性能力。吕青不认为，一个具有理性能力的人，在此时此刻会去做什么伤害自己的事情。相反，这样的人，去做修复自己的事情可能性倒是非常大。

既然情绪没有那么低落，常玉明就不由自主地和吕青聊起了工作。而谈到卫生总署的工作，KillKiller 的影子马上出现了。

"他们弄得不错！"常玉明说，"KillKiller 在这里发展很快。东部地区的沙漠里，第十二座基地都已经竣工了。"

"政府预算没有出现窟窿吗？"吕青问。

"窟窿？"常玉明笑了笑，"什么时候没有窟窿？只是窟窿大小而已——反正，他们就是借钱。国债在这两年已经翻了一番，他们也不觉得有什么关系。他们的经济基本盘还是不错，民间很富裕，国际上信用也好，所以借钱不是问题。"

"仅仅靠娱乐业，经济就可以这么好，地球人真是厉害啊！"吕青说，很赞叹的样子。

"是啊！现在的全球娱乐业，很快就要被两个国家垄断了，赫尔维蒂亚和日本。三百亿人为娱乐买单，就两个提供商，生意能不好吗？对，任老师，"他扭头看了看任为，"你们和那个什么宏宇公司有合作吧？出了几个片子，虚拟人的片子，我看过，还不错。"

"是。"任为说，"不过很多人说不好看，票房也确实不太好。"

"我觉得还行。"常玉明说，"你知道吗？宏宇的问题，不是某部片子拍得好不好看，而是资本实力不够。他们迟早要被赫尔维蒂亚的竞争对手干掉，我看他们够呛。"

"宏宇不是国内最大的娱乐公司吗？"任为问。

"是的。不过,很多行业都有区域集中的趋势。中国不太重视娱乐业,娱乐业集中的趋势在赫尔维蒂亚和日本。这个行业的资本,越来越集中到这两个地方。宏宇这样的公司,当然压力就大了。"常玉明说。

"集中到一些公司,或者集中到一些区域,各个行业都是这样。"吕青说。

"日本就不用说了。他们的特点是二次突破,这个别人还真学不来。赫尔维蒂亚则是多样性,彻头彻尾的多样性,在区域竞争里很有竞争优势。"常玉明说。

"二次突破?那是什么?"任为不明白。

"你不用明白。"吕青扭头看了任为一眼。

"哈哈哈……"常玉明笑起来。

"什么意思?"任为有点尴尬,"我为什么不用明白?"

"好吧,我告诉你。人类艺术创造的第一次突破,是要突破想象力约束。第二次突破,是要突破人性约束。"吕青冷冷地说。

任为愣了一会儿,说:"哦。那赫尔维蒂亚的多样性,又怎么体现呢?"

"你看,路边灯杆上。"常玉明指了指汽车窗外。

任为向窗外望去,清晨的圣伍德街头,人并不太多。晨曦洒在空荡荡的街道上,稍微显得有点冷清。那些路灯的样式,多半是陈年的古董铁艺,但看起来并不破败,反而有一种典雅。不过现在,在大多数路灯杆上,从上到下都挂着一排宣传板,一个挨着一个,密密麻麻。

"Vote Yes!

66.5% 的老年人在生命最后一刻,有一只狗或者猫在身边陪伴着他/她,而它们在法律上从未获得任何权利。"

"Vote Yes!

统计数据指出,仅有 0.4% 的狗和 2.3% 的猫主动离开他们的主人,而人类主动离开爱着自己的人的比例则达到 100%。道德高尚却从未获得任何回报,这是动物的新定义吗?"

"Vote No！
尊重大自然的法律！"

"Vote No！
请想象，总有一天，某只边境牧羊犬会成为赫尔维蒂亚总统的候选人！"

"这是什么？"任为问。

"下个月 5 号有一个新的全民公投，几乎每个月都有全民公投。"常玉明说。

"为什么事情全民公投？"任为问。

"人和动物结婚的权利。"常玉明说。

"人和动物结婚？"任为想了想，"允许神父为人和动物举行婚礼吗？"他说，脑子里出现莱昂纳德神父的样子，"迈克给明明戴上戒指的时候，他流泪了。我看到他的眼神，他有一颗孩子般的灵魂。"任为想起莱昂纳德神父的话。据任为所知，只有一小部分全仿真机器人才有哭的功能。这没什么用，还会提高成本。所以，除了个别搞噱头的产品，一般来说，机器人不会哭。但是，动物全都会哭，至少哺乳动物全都会哭。莱昂纳德神父看到哺乳动物的眼泪会怎么说呢？任为有点好奇，CryingRobots 对于这次公投会是什么看法。

"关键不是婚礼，关键是对婚姻的法律保护。"常玉明说。

"关键是婚后财产，遗产。"吕青说。

"也不全是，人家赫尔维蒂亚人可比我们浪漫。比如，很多场所禁止宠物入内，但你总不能禁止法律上的配偶入内吧？"常玉明说。

"他们都疯了吗？"任为说。

"疯了？"吕青看着任为，好像他很奇怪，"你觉得疯子还少吗？"

"可是这个……"任为不知道说什么。

"你看那个。"常玉明又指了指窗外。

任为瞟了一眼，那是一块大牌子，比那根路灯杆上的其他牌子都大，很显眼。

"Vote Yes！

令人尊敬的格利高里教授和麻省理工已经证明，人爱上动物由基因决定，那些可怜的人没有选择。

不是为了动物，而是为了人类。"

"这是关键的论据。"常玉明说。

任为有些发愣。过了一会儿，他问："刚才那个，说什么总统的事情，是什么意思？"

"现在是结婚的权利，下一步就是完整的人权啊！有了完整的人权，别有用心的组织帮着弄一下，当然可以成为赫尔维蒂亚总统候选人啊！"常玉明说。

他们在酒店入住，简单整理了一下，就请常玉明带他们去找圣伍德警察局的费舍尔探长。宋局长跟费舍尔探长的上司通了气，请他们协助查找任明明。

费舍尔探长是个矮矮的胖子，脸上挂着和善的微笑，头顶相当秃，但感觉年龄并不老，估计也就四十多岁。任为伸出手去想和他握手的时候，忽然听到"嘟嘟嘟嘟"的响声。他吓了一跳，下意识地缩回了伸出去的手。同时看到费舍尔探长举起双手，嘴里发出"哦""哦"的两声。脸上则是一脸无奈的表情，好像被人捅了软肋一下。

"对不起，"费舍尔探长说，"这是我的 SSI。"

任为和吕青愣愣地站在那里，常玉明则显得很自然。

"您？"常玉明试探地问。

"是啊！性骚扰，"费舍尔探长耸了耸肩，"在赫尔维蒂亚，不背两桩性骚扰的案子，都不好意思见人。"他顿了顿，又说，"这是我一个朋友说的话，他是你们中国人。"

"是啊，是啊！"常玉明笑了笑，看来费舍尔探长很随和，没觉得被打探隐私，"那是 SSI 的防性骚扰功能。"他扭头对任为和吕青说，"在中国，SSI 一般没有这个功能。可在赫尔维蒂亚，却都有这个功能。有些人会主动开启，有些人不会。但如果牵扯到性骚扰的案子里，那么就会被法官强制开启。"

"我又不是女人。"任为说。

"这和是不是女人可没关系。"常玉明说。

"任先生，您这么说涉嫌歧视。"费舍尔探长说。

任为有些不知所措。

"你说说看，"费舍尔探长说，"我只是在法医来之前动了尸体，想看看伤口，就被死者家属告了性骚扰。"

"什么，您是说尸体？"常玉明问。

"是的，他们说我性骚扰了尸体。"费舍尔探长又耸了耸肩，"不过没什么关系，这种案子每天都发生。"

"嗯，我想，他们赢不了。"常玉明说。

这时候，费舍尔探长拿出一摞照片，"这个地方，"他说，"就是在这个地方，任明明小姐连接了网络。"

任为拿起照片，一张张看了一下。那是一栋有些陈旧的公寓楼中的一间公寓，看起来没什么特别，只是家具很少。其中一个房间，中间有一张床，不是普通的床，而是医院的那种手术床，有点奇怪。房间里很乱，看不出所以然。

"如果你们需要，我可以带你们去看一下。"费舍尔探长说，"不过没什么特别。非常遗憾，我看不出有什么事情我可以帮到你们。任明明小姐显然很小心。她关闭了自己的 SSI，但不知为什么，在这里打开了一下，然后就再也没有打开过了。"

"她动了手术，更换了 SSI。"吕青说。

"更换 SSI？"任为问。

"你看这张床！"吕青说，晃了晃手中的照片，她正在看有手术床的那张照片，"她更换了 SSI 的通讯组件，加密版本，无法追踪。所以在那之后，她就从网络上消失了。"

"不，私下动手术更换 SSI 组件是违法行为。"费舍尔探长说，"我们也怀疑过，但是，我们不觉得她可以在圣伍德找到为她非法动手术的医生。我们对医生的监管一向非常严厉。如果她要动手术，完全可以在其他国家做，这种手术不是在所有国家都违法。到底为什么来这里？这里风险太大了，这说不通。"

"我想她找到办法了，而且应该有她的原因。"吕青说，"SSI 在拆除组件时需要完全关机。和使用者手动控制的普通关机不同，这个完全关机的动作，会连接一下网络。"

"她为什么这么做？"任为问。

"当然是想彻底消失。我想，我之前的推测都不对。"吕青说，看得出来有点紧张。她之前推测,任明明只是来这里修复一下受伤的心情，现在看起来，过于乐观了。

"你高估了她的理性程度。"任为摇摇头，"你不要觉得，谁都可以像你一样！"他显然着急起来了。

"不，我低估了她的理性程度。"吕青低声说，好像说给自己听。

"你说什么？"任为问。

但吕青没有理他。"我想，我们还是去看一下这个地方吧！"吕青对费舍尔探长说。

"好吧，没问题。"费舍尔探长回答。

那间公寓的确很普通。费舍尔探长告诉任为和吕青，根据他们的调查，这间公寓的主人，常年不在圣伍德住，已经好几年没有理会过这间公寓了。所以，很有可能被黑帮组织什么的，破门而入私下使用了，不会被公寓的主人发现。

吕青在房间里走来走去，到处观察，经常蹲下来看看地面。任为茫然地跟在后面，不知道吕青在看什么或者在找什么，只好胡乱地东张西望。费舍尔探长倚在门框上，常玉明站在他边上。他们看着任为和吕青，时不常交谈几句。

"我看有很多脚印。"吕青说。

"哦……是的……你放心，你随便走好了。"费舍尔探长说，"我们来到这里的时候，已经采集了所有脚印。一个女孩子，一个胖子，一个瘦子，还有两个很壮实的大高个。"

"一个女孩子，一个胖子，一个瘦子，还有两个很壮实的大高个。"吕青低声重复着。

"女孩子应该是明明。"任为说。

"那个胖子，是不是左腿有点瘸？"吕青问。

"是的，"费舍尔探长显然很吃惊，"从脚印上看，的确是。"

任为想起了莱昂纳德。"你是说，那个神父？"他问。

"是的。"吕青说。

"什么神父？"费舍尔探长问。

"CryingRobots 的神父。"吕青说，"就是在他主持的婚礼上，明明的未婚夫被干掉了。"她说"未婚夫"三个字的时候，有点艰难。

"他叫什么？"费舍尔探长问。

"姓莱昂纳德，不知道名字是什么。"吕青说。

"我让他们查查，那天在这里出现的 SSI 信号。"说着话，费舍尔探长低下头，应该是在脑子里调出了 SSI，正在发出消息。

"明明为什么，和莱昂纳德一起来到这里？"吕青问，但好像是问自己。

任为也在想。"而且做了 SSI 通讯组件的更换手术，来这个风险很大的地方做手术。"他说。

"他们有自己的医生。莱昂纳德也做了手术，自己的医生才完全不会留下痕迹，完全不怕调查。"吕青说。

"医生在这里，所以他们来这里？医生也可以去其他国家呀！"任为觉得解释不通。

"除非，他们来这里不仅仅是为了做手术，他们还要留下来干什么。自己的医生，风险很小，就没有必要跑来跑去了，反而容易出问题。"

吕青说。

"干什么？他们能干什么？"任为问。

"明明失踪，开始并没有更换 SSI。那时，应该是还没有下决心。只是关掉了 SSI，躲避我们的追踪而已。但是一个多星期以后，她下决心了。她来了这里，更换了 SSI 通讯组件。什么事情，促使她下了决心？"吕青还是在问自己。

"她是警察吗？"费舍尔探长问。

"不，她是侦探小说爱好者。"常玉明笑笑说。

"莱昂纳德也做了手术，一定是。"吕青说。

"是的。"费舍尔探长插话，"查出来了，莱昂纳德也失踪了。也是那天在这里出现了一下，然后就再也不见了，和任明明小姐的情况一模一样。"

"他们都做了手术。"吕青喃喃自语。

"还有另外那两个人也做了，只有一个人没有做。"费舍尔探长说，"那是个医生，叫科勒尔·费米，圣伍德人，他有能力做手术，有正式的执业资格。"

"不。"但他很快否定了自己，显然收到了新的信息，"科勒尔·费米也做了。不过，不是在这里，是第二天在另外一个地方。在那个地方，也有不止一个人做了手术。"

"他们要干什么？"任为问。

"一定有什么行动，一定还有更多人做了手术。或者，本来就有更多人做了手术。"吕青说，她忽然转向常玉明，说："你刚才说，东部地区的沙漠里，第十二座基地都已经竣工了？"

"是的。"常玉明说。

"什么时候开业？"吕青问。

"我查查。"常玉明，低下头，几秒钟之后就抬起头，"就是今晚，有一个盛大的酒会。"

"你是说，他们要去袭击第十二座基地吗？"任为问。

"袭击第十二座基地。"吕青又喃喃自语，不像是回答任为，仍旧像是在询问自己。

"这说不通，他们是 CryingRobots，他们又不是 KHA。"任为说。

"所以，他们不是要袭击第十二座基地，他们是要袭击 KHA。"吕青说，"一定是 KHA 要袭击第十二座基地，CryingRobots 得到了情报。"

"明明要报仇？"任为问，有点失魂落魄。

— 24 —

翼　龙

费舍尔探长马上向警察局通报了他们的分析。然后，他们迅速驱车前往东部沙漠的第十二座基地。

虽然警察一定会做好准备，可看来还是有一定风险。费舍尔建议，除了他自己，大家就不要去了。但显然，任为和吕青一定要去。不过他们建议，常玉明就不要去了。常玉明却又认为，既然警察都知道了，那就是瓮中捉鳖了，还能有什么风险。而且 KillKiller 的事情，说起来和他的工作也有些关系，所以他坚持要去。于是，大家就一起上路了。

距离相当远，虽然车速很快，但当他们赶到的时候，天色已经黑了下来。费舍尔探长那辆陈旧的自动驾驶警车，在一路的沙漠风尘中，已经被弄得灰头土脸。

第十二座基地有一座外形张扬的主楼，名字叫"翼龙"。从公路上看过去，完全看不出一点基地的样子，更像是造型奇特的豪华酒店。翼龙的结构类似拉索式大桥。两边高耸的拉索塔斜斜插向天空，像是折起的翼龙翅膀。中间的蛋壳顶棚紧紧趴在荒漠上，像是蓄势待起的翼龙身体。在黄昏的朦胧夜色中，在墨蓝色天空的背景中，绚丽的灯光包裹着翼龙的翅膀和身体，显得格外雄壮威武。在那庞大身体的背后，是更加庞大的基地园区，面积超过三百平方公里。据说，完全开放后，基地可以容纳八百万客户进行"长期疗养"。

翼龙门口,有巨大的半圆形阶梯。他们快步走了上去,在大堂门口,安装了人体扫描设备,几位安保人员盯着他们,好像正在做着某种判断。这会儿已经有点晚了,没什么人在这个时间才来,这让他们急匆匆的样子看着有点可疑。但费舍尔探长穿着警服,这显然让几位安保人员有点犹豫。他们并不是警察,没有穿警服,而是穿着 KillKiller 的一种制服,任为在贝加尔湖疗养院见过。显然,他们是 KillKiller 自己的安保人员。

任为注意到,门口停了很多警车。甚至在翼龙头顶,还有一架盘旋的直升机。看来,费舍尔的警告起到了作用。

安保人员拦住了他们。"你们的请柬。"一个小伙子说,他看着很年轻,拥有一张英俊白皙的面庞。

"这里。"费舍尔探长指了指自己肩膀上的警徽。

"哦……"小伙子似乎迟疑了一下,他下意识地摇了摇头,说:"已经来了很多警察,我不知道您为什么现在才来,而且,他们……"他指了指任为他们几个人。

"来了很多警察?是我让他们来的。"费舍尔探长说,露出不满的表情,他从衣服口袋里掏出证件,打开在小伙子面前晃了一下。

"好吧,您可以进去,但是他们几位,没有请柬的话,恐怕……"小伙子说。

"你疯了吗?"费舍尔探长说,"他们是来救你们的。"

"来救我们的?"小伙子有点惊讶,他笑了,"不,不。您别开玩笑了。"然后他又把笑容收了起来,正色说:"对不起,必须有请柬才能进去。"

"你叫什么名字?"费舍尔探长一把揪住他的衣领,"告诉我,你叫什么名字?"

任为听到几声哗啦啦的响声,他看到其余几个安保人员迅速掏出手枪,指着费舍尔探长。

小伙子有点慌乱。"凯文,我叫凯文。"他居然回答了费舍尔探长。

"嗨,凯文,"一个大个子说,"你什么时候才能长大?揍他,你现在应该揍他。"

但是凯文依然有点慌乱，并没有要揍费舍尔的意思。

"我说，"大个子对费舍尔说，"兄弟，松开你的手。否则，我会把你揍到爬不起来。"

费舍尔扭头看了看大个子，没有接他的话，回过头来继续对凯文说："凯文？真是个好孩子，今天晚上，你会值班吗？"

"会的，我会值班。"凯文勉强地说。他的脸煞白煞白，头上的汗冒了出来。费舍尔紧紧地揪着他的衣领，让他很不舒服。

"嗨——"大个子又说话了，"凯文，勇敢一点，像个安保的样子。"他显然很不满。

"这么大的园区，还没有人住，黑黢黢的，你值班的时候，会不会吓得尿出来？"费舍尔探长说。

凯文头上的汗越来越多，他没说话，不知道怎么回答这个问题。这时候，常玉明插话说："大家都放松，你们马上会接到电话的。"

果然，大个子似乎接到了电话，他略微低头，在对自己的 SSI 讲话，"好的，好的，我知道了。"他收起了枪，走上去一步，拍了拍费舍尔探长，说："好吧，你们进去吧。我看，你用不着这么暴脾气，否则迟早会挨揍的。"

"是吗？"费舍尔探长松了手，"如果我掏枪，你们已经躺在那里了。"

"是吗？"大个子反问了一声，"为什么你身上会发出嘟嘟嘟的声音？"他一边问着，一边哈哈大笑起来，另外几个人也跟着笑了起来，但小伙子没有笑。

费舍尔探长想冲向他，被常玉明拉住了。

他们终于进入了宽阔的大堂。那里人声鼎沸，酒会早已经开始。在大堂的正面深处，有一个大大的舞台。舞台上灯光摇曳，一支摇滚乐队正在表演。主唱已经达到了兴奋的极点，脑袋疯狂地摇晃着，试图追上听起来已经失控的音乐节奏。台下近处，一群人正使出吃奶的力气，和主唱一起努力。稍远，更多的人也在摇晃着脑袋，不过没有那么用力。他们走来走去，互相说着些什么。但又经常听不到对方在说什么，一对对脑袋不停地凑近和分开。然后，他们仰头大笑或者点头微笑，显得很开心。

任为他们站的位置，离舞台已经相当远。音乐声依旧不小，但说话还听得清楚。

任为看到，和门外的戒备森严相互呼应，大堂中兴高采烈的人群四周，也有很多面容严肃的警察。同时，还有很多穿着黑色西装的彪形大汉，在人群中来回穿梭。他们每个人都虎视眈眈，偶尔飘起的西装会露出腰间的武器。那是 KillKiller 自己的安保，看起来比警察更加彪悍。而且很明显，他们和门口的安保人员不同，那几位穿着制服，像是园区的常驻安保，而这些人不穿制服，应该是为酒会安排的特别安保。

费舍尔说，警方加派了四倍警力，当地警局几乎倾巢而出。目前为止，还没有发现任何异常。当然他觉得，在这种情况下，发现异常的概率已经非常小。KHA 的人又不是傻子，看到这么多警察，谁会冒险发动袭击？

费舍尔说着这话的时候，心里有点后悔，他早就后悔了，所以刚才脾气也有点不好。他想，也许这会儿，该思考的问题不是如何防范袭击，而是明天如何向上司交代。他一定得说明，他的警告有强有力的根据。不然，如此浪费警力，会让他的上司把他臭骂一顿。当地警局一定会埋怨他的上司，他的上司不会轻松，自然需要用他来放松一下。他忽然觉得，自己刚才不过脑子，仅凭吕青几句话，就向上司发出了警报，很可能是夸大其词，过于冒失了。他有点生气地看了一眼吕青。吕青还是满脸严肃，正在紧张地扫视全场，好像并没有像他那样放松下来。

常玉明拉着一个身躯庞大而满面春风的家伙走了过来。大声说："吕青，吕青，穆勒先生在这里。"

"嗨，亲爱的吕青女士，您好吗？好久不见，为什么不告诉我您会来？您会成为第一位上台发言的嘉宾！保安还拦住了您，实在对不起。

这都怪您，您对待老朋友太见外了。为此，我必须向您表达我的不满。"穆勒夸张地伸出双臂，做出准备拥抱的样子，走向了吕青。

吕青扭过头，脸上勉强挤出了笑容。"你好，穆勒先生。"她没有动，但也伸出了双手，接受了穆勒的拥抱。

"但愿吕青女士不会把穆勒先生告了。"费舍尔对任为说，还透露着不满。

"什么？"任为没有听清楚。

"他替穆勒先生担心，吕青可以告他性骚扰。"常玉明小声说。

"哦？"任为问，"那就是说不能拥抱。"

"可以拥抱，"常玉明说，"但是，你应该先问，亲爱的女士，我可以拥抱您吗？"他后半段的声音依旧很小，声调却很夸张，听起来好像一个卡通在说话。

"这个穆勒先生，显然不是赫尔维蒂亚人。"费舍尔说。

"那几个保安是。"常玉明说。

"你说什么？"费舍尔问，很不高兴。

"对不起，对不起，跟您开个玩笑。"常玉明退了一步，笑着说。

吕青和穆勒寒暄了几句，正在转向他们几个人。"这是我丈夫，任为。"她向穆勒介绍，然后向任为介绍："这是黑格尔•穆勒先生，KillKiller 的总裁。"

"您好。"说着，任为伸出了手。黑格尔•穆勒马上握住了任为的手，握得很紧，甚至让任为的手感到一阵生疼，但黑格尔•穆勒看起来若无其事。他很热情地说："嗨，您好！我知道您，您是伟大的科学家。您的云球项目是跨时代的项目，就像我们的 KillKiller 技术，将引导人类的发展方向。"

"过奖了，过奖了。你们才很了不起。我妈妈就在你们的疗养院里，贝加尔湖。"在手的一阵阵疼痛中，任为使劲挤出了一句话。

"是吗？"黑格尔•穆勒满脸惊讶，他扭头对吕青说，"亲爱的吕青女士，您真的没有把我当作您的朋友！您的法律上的妈妈，难道不应该得到我们的特殊照顾吗？"他的头扭向任为，"请告诉我她的编号。

我保证，她会是贝加尔湖基地最最尊贵的客户。"

"谢谢，不用了。我们已经为她买了最好的白金区服务。"任为说，这时，黑格尔·穆勒已经松开了他的手，他觉得舒服多了。

"穆勒先生，您不要客气。您总不希望，我被反贪局调查吧？"吕青说。

黑格尔·穆勒哈哈地笑了起来，"我很佩服您，吕青女士。您总是那么幽默，还总是那么坚持原则。我和一百多个国家的官员打交道，您是最充满智慧的一个。"

任为看着他，觉得碰到了和自己最不一样的人。不知怎么，他想起了埃尔文·克里斯特。很巧，今天 KHA 可能袭击这里。黑格尔·穆勒，会和埃尔文·克里斯特一个下场吗？

"常玉明先生说，你们来这里旅行。你们可真是来对了，我们这个基地，第十二座基地，翼龙基地，是赫尔维蒂亚最新、最伟大的景点！"黑格尔·穆勒抬起手，指着落地玻璃窗外的一个方向说，"你们看，那里有一座小山峰。那是舍得勒峰，在沙漠边缘，离这里有二十公里。在那座山上，你们可以看到翼龙基地的全貌。一只体型达到三百三十二平方公里的翼龙！在夜里，比如现在这个时候，如果你们站在舍得勒峰的峰顶，闪亮的翼龙将会向你们展示，地球上最伟大的建筑群！"他非常得意，继续说着："舍得勒峰，本来只是一座不知名的小山峰，长满了丑陋的灌木、矮松和白杨，从来没有游客。但是现在，那里有数十个观景台在建设，就是为了要观赏我们的翼龙。因为我们的翼龙，舍得勒峰将迎来他一亿年历史以来的巅峰时刻，成为赫尔维蒂亚最热门的观光点。"

看来常玉明没有跟他提任明明的事情，这很好。任为呆呆地听着他的口若悬河，吕青则默默地看着他，脸上没有什么表情。显然，作为经常打交道的对象，吕青很适应黑格尔·穆勒的风格。

任为扭头看了看他指的方向，黑魆魆的，好像是有一座不高的山峰。

"这么大规模的建设，还有您的科技，都是为了老人。您不觉得，会挤占年轻人的生存空间吗？"任为不知怎么，忽然问出了一句他觉得也许并不合适的问题。

黑格尔·穆勒一下子愣住了，脸上的笑容消失了，好像他也没有预料到会被问到这样的问题。不过只有一秒钟，或者半秒钟，他就迅速恢复了他饱含温暖的笑容。

"人类总是妄自尊大，不是吗？"他像是在对一个调皮的孩子讲述他还不理解的世界，"人类总是试图预测自己完全无法控制的未来，并据此做出可笑的判断。曾经人类认为，地球的粮食只能养活六十亿人，后来说是一百五十亿人。可现在呢？我们有三百亿人！而且，我们生活得很好，甚至，全球粮食生产仍然过剩。曾经人类认为，石油五十年内就会被用完，然后地球会退回到农业社会。可现在，新发现的储量按照当时的预测用量，还可以使用五百年。可惜，我们已经不再使用石油了，我们使用核能源。所以那些石油，没有像人类预测的那样被挖空，反而会永远躺在深深的海底。曾经人类认为，人类的工业化会使地球变暖，北冰洋会融化，南极洲会融化，海平面会上升三米，威尼斯会消失。结果呢？是的，曾经短暂地融化过。可现在，北冰洋是一个大冰块，是一个和西伯利亚连接起来的大冰块！俄罗斯人在那个冰块上建立了城市，还有加拿大人，甚至请中国人在冰块上修了铁路。地球只是有自己的生理周期，和人类无关。人类总是认为，自己能够改变世界，改变地球，改变人类自己。但是其实，人类只是可怜的毛毛虫，改变不了任何事情。人类会毁灭自己吗？人类会集体自杀吗？不，人类是懦夫，人类很无能。自杀需要勇气和能力，而人类不行。人类只是可怜的毛毛虫。人类能做的事情，只是让毛毛虫的生活变得更好。至于明天，上帝会给出答案，会给出你想不到的美妙答案。"

任为无法回答。

"难道，都指望上帝吗？"费舍尔探长忽然插了一句话。

黑格尔·穆勒看了一眼他，特别是看了一眼他肩膀上的警徽，然后才张嘴说话，"探长先生，我们 KillKiller 的飞船马上就要去火星了。作为不需要了解科学的人，您的专业使您无法想象我们做的事情。十年前，火星上已经有您在宇航局的同事。因为，那里有五十个人的居民点需要维持治安。而您，也许应该申请，去那里做一下岗位轮换，我想，那可以帮助您，拓展一下您的视野。"

费舍尔脸涨得有点红彤彤的，似乎已经在想如何发作，但好在任为为他解了一下围。"不过那个居民点，"任为说，"应该说是实验居民点，到现在也只有一百人。显然，在火星上的大规模定居，目前来看还不现实。"

"亲爱的任为先生，所以，这是我们努力工作的原因，而不是我们停止脚步的理由。就像您的云球，据我所知，曾经只是一个连孩子都嫌弃的电子游戏。可现在，那里有几千万智慧生命。我不知道该不该称之为生命，但称之为智慧肯定没问题。您最应该相信我们，我们在做同样的事情。同样艰难，也同样伟大。"黑格尔•穆勒说。

"穆勒先生，您讲得很精彩。"吕青忽然插话，脸上带着一点笑容，但有些心不在焉，看起来并不像是在说着夸奖的话。黑格尔•穆勒把头扭向她，声音变得低了很多，"哦，不。当然，亲爱的吕青女士，我当然理解您的担心，还有您的朋友们。很抱歉，我们目前，还不能打消您所有的疑惑和顾虑。可是请您一定相信，我们正在按照您希望的方向努力。无论如何，您是我曾经遇到的最聪明和最坚定的政府官员。我想，我们是最好的朋友，未来，也会是最坚定的伙伴。"

"谢谢您，穆勒先生。"吕青说，心不在焉的笑容依旧挂在脸上。

"那么，"黑格尔•穆勒大声说着，并且使劲直了直身子。对他来说，吕青的个子有点矮，他讲话时，略微欠着的身子让他的后背有点僵硬。"我该把时间还给你们了。"他说，"我想，你们可以随便走走,喝点什么。如果你们想要参观，我可以安排专人陪同。"

"不用了，谢谢你，穆勒先生。"吕青说。

"好的。最后，您真的不需要，我在贝加尔湖，为您的母亲做些什么吗？"黑格尔•穆勒说。

"不，谢谢。"吕青很坚决地说。

"好。那么，祝你们玩儿得愉快！"他的脸转了一圈，算是跟所有人打了招呼。他扬了一下眉毛，耸了一下肩，双手做了一个摊开的动作，"谢谢，再见。"他说。

"再见。"吕青说。

黑格尔·穆勒歪了一下脑袋，不知想要表示什么，终于走了。

"再见。"任为对他的背影说。常玉明笑了笑没说话，费舍尔则气呼呼地也没说话。

"如果不是在这里，我要揍扁他。"费舍尔说。

"看看他的块头，你可打不过他。"常玉明说，"再说，就算你打得过，他会让你倾家荡产。"

"他说得也不是完全没有道理。"任为说。

"包括关于我轮换岗位的事情吗？"费舍尔说。

"哦？不，当然不是。"任为说，"是的，这家伙够讨厌的。"

"他就是这样，他准备竞选美国总统。"常玉明说，"他可是认真地这么想，不是开玩笑的。"

时间渐渐过去了，KHA 显然没有露头的迹象。别人看起来，似乎逐渐安下心来了，但吕青则显得越来越紧张。

"我觉得有什么不对。"吕青说。

"什么？"费舍尔问。

"KHA 不会这样放弃。"吕青说。

"他们没有选择。"费舍尔探长说，"他们能怎么办呢？"

"酒会已经要结束了。"常玉明说。

确实，大家都在逐渐散去。舞台上，工人们已经在收拾东西了。

"刚刚黑格尔·穆勒说什么？"吕青问。

"什么？"任为问，"他说了很多。"

"舍得勒峰。"吕青说。

"舍得勒峰？对，他说了，怎么了？"他有扭头看了看远处那黑魆魆的小山头。

"这里还没开业？"吕青扭头问常玉明。

"对，今天不是开业酒会嘛！"常玉明说。

"所以，还没有病人。"吕青说。

"对，还没有病人。"常玉明说。

"一个都没有。"吕青说。

"一个都没有。"常玉明重复了一遍，"要下个月开始，才会有人入住。"

"你记得 KHA 的第一份声明吗？"吕青转头问任为。

"什么？内容也很多啊！"任为说。

"我们不会攻击清醒的人类，除非他们选择阻止我们清除不清醒的人类。否则，我们永远不会攻击清醒的人类。"吕青说。

任为略微想了一下，说："对，有这一句。"

"还有，"吕青说，"再次声明，KHA 是最终极的人道主义者。我们的使命是，利用一切手段，包含任何合法或非法但有帮助的手段，清除不清醒人类，阻止 KillKiller 及其同行，抵抗任何政府的错误政策。我们的目标是，保持人类清醒。"

任为又略微想了一下，说："对，是最后一段。"

"他们说，他们要清除不清醒人类，阻止 KillKiller 及其同行。"吕青说。

"是。"任为说，"你到底什么意思？"

"这里还没有不清醒人类，他们没法清除。这里只有 KillKiller 及其同行，但都是清醒人类。对于 KillKiller，他们用的词是阻止，而不是清除。"吕青说，"他们说，他们永远不会攻击清醒的人类，除非清醒的人类阻止他们清除不清醒的人类。这里没有不清醒人类，他们不能进行那个叫作'清除'的动作。"

"你是说，他们根本就没打算袭击这里？"费舍尔探长有点急了，"你在害我！我们可是调动了大批人力！我怎么会相信你？一个侦探小说爱好者！"

"他们是恐怖组织，他们会这么小心守信吗？"任为说，显然觉得这不太可能。

"也许他们不会那么守信，他们并不在乎伤害几个清醒人类。但是，他们也不会太过分，不会做明显针对清醒人类进行伤害的事情。否则，他们会失去民意支持。"吕青说。

"他们有民意支持吗？"任为问。

"当然，而且不少。"常玉明说，说着看了看费舍尔探长。

费舍尔探长撇了撇嘴，说："我不能说支持，我必须反对。"

"你质问黑格尔·穆勒，我觉得有嫌疑啊！"常玉明说。

"我不能说支持，我必须反对。"费舍尔探长重复了一遍。

"随便吧！"吕青说，"关键是，他们的确不可能在这里动手。这里人太多了，那就是明显地针对清醒人类了。"

"所以，你害了我！"费舍尔探长说，"我明天怎么交代？"

"不，明明他们……CryingRobots 的行为，也一定有道理。所以，可能，不是在这里，而是舍得勒峰。"吕青说。

"和舍得勒峰有什么关系？"费舍尔探长问。

"如果，我是 KHA 的老大，我会怎么做？"吕青说，"我一直在想这个问题。"

"你会怎么做？"任为问。

"在这里杀人，会让全世界反感。可是，毕竟翼龙基地是 KillKiller 在全世界最大、最先进的基地。如果我能够把基地毁掉，比如，炸掉，会是什么效果呢？"吕青问。

"基地里基本没人，所以伤害很小。但是，这里投资巨大，对 KillKiller 的打击也会很大。"常玉明说，"是个好主意。"

"和舍得勒峰有什么关系？"费舍尔探长发现吕青并没有回答他的问题，又问了一遍。

"在舍得勒峰，他们可以录下来整个过程。只有在那里，才能看到翼龙基地的全貌，特别是在夜里灯光开着的时候。刚才，穆勒是这么说的。"吕青说。

"拍一场烟花表演？"费舍尔探长说，摇了摇头，显然不信，"有什么意义？"

"宣传。"吕青说，"上次在斯瓦尔巴德，对他们来讲，也算很成功。

但是，我们只能记住很少一点文字描述。心理学早就证明了，文字描述的震撼力远远不够。否则，就不会有那么多电影了。"

"也有很多照片啊！"任为说。

"事后的照片，一片狼藉，那不利于宣传。"吕青说，"从视觉上说，那是丑恶的东西。"

"烟花表演的话，从视觉上说，算是美丽的东西了。"常玉明说。

"对。如果我是他们，我就拍一场烟花表演，一定会让人印象深刻。"吕青说着，忽然转向费舍尔探长，"我要去舍得勒峰。KHA 的人一定在那里，CryingRobots 也一定在那里，明明也一定在那里。至于这里，"她转头看了一圈地面，说："也许地底下，都是炸弹。"

"这不可能。"费舍尔探长也不由自主看了一圈，"这怎么可能？三百多平方公里！在舍得勒峰看烟花？二十公里以外？你开什么玩笑？"他不停地摇头。

"我要去舍得勒峰了。任为，我们一起去。玉明，你回去吧！费舍尔探长，非常感谢你陪我们来这里。也很抱歉我先前猜得不对，明天你还要向上司交代。但是现在，我建议你再向上司要求，彻查整个翼龙基地。不是这座建筑，而是整个园区。如果你愿意派几个人，和我们一起去舍得勒峰，那就更好了。"吕青很平静地说。

"我跟你们一起去。"常玉明说。他还没说完，费舍尔已经喊了起来："不可能，不可能，我会被炒鱿鱼。我的上司？不可能，不会有任何人同意。你看看，所有人都已经回去了，你让他们再回来？保护一个翼龙建筑体，这很容易。保护一个三百多平方公里的园区？上帝啊！你是个疯子。这不是警察干的事情，这是国民警卫队干的事情。我的上司会把我从警局里踢出来，知道吗？他会的。"

"那就找国民警卫队。"吕青说。

"吕青女士，"费舍尔重重地说，"请你饶了我吧！国民警卫队？亏你想得出来！爱好侦探小说的女士，请你回去看小说吧！我不可能做你要求的事情。"

吕青盯着他看了很久。他一副崩溃的样子，呆呆地看着她，好像她是一个怪物。奇怪的是，这个怪物很有说服力。

"好吧！但是，我们还是要去舍得勒峰。"吕青说，"你可以把我们送过去吗？然后，你和常玉明回圣伍德。"

"不，我可以和你们在一起。"常玉明说。

费舍尔还是呆呆地看着她。过了一会儿，他说："好吧，我也和你们一起去。可我不能对我的上司说，我也不能请求其他警察参与，无论是舍得勒峰还是这里。我理解你要找女儿的心情。我的女儿才六岁，我理解，我陪你去。反正，刚才那个混蛋穆勒也说了，舍得勒峰是赫尔维蒂亚最好的观景台，去看看也不错。"

—— 25 ——
永不回头

　　没有花多少时间，他们就来到了舍得勒峰山脚下。舍得勒峰听起来像是一座山峰，其实是连绵不绝的一排山峰，高高低低地蔓延在沙漠边缘。现在，他们在西端的入山口。在星空下向东望去，山顶上以及山腰中，散落着一些明明灭灭的灯光。显然，这不像沙漠中那么杳无人烟，但也并非人烟繁茂的所在。

　　上山的道路不宽，而且是砂石路。看得出来，这里以前的确并非什么观光胜地。但是，在若干拐角处和偶尔从山林中露出的一些视野开阔的平台上，有一些规模或大或小的工地。从这些工地来看，确实如黑格尔·穆勒所说，这里正在进行一些观光设施的建设。也许不久的将来，真的会成为新兴的景点。不过，要想成为"一亿年来的巅峰"，应该路还很长。

　　费舍尔关闭了自动驾驶。并非因为自动驾驶不安全，只是他觉得，如果说可能遇到什么 KHA 或者 CryingRobots 的人或车，那还是他这个警察来开车比较靠谱。毕竟，对自动驾驶汽车来说，敌人和朋友没有分别，都是某种两脚生物和某种四轮机械。他开了一会儿以后，在吕青的建议下，甚至关闭了车灯。他的汽车是警车，安装了先进的夜视仪。所以，他们还是能够看到路面。不过，如果这会儿，忽然有车辆从对面疾驰而来的话，将会很难发现他们，那有一定危险。可是，鉴于他们此行的目的，如果有车疾驰而来，没有被及时发现固然是个危险，但被及时发现也许是更大的危险。

汽车本身使用的高效率电池驱动系统相当安静。但是，汽车压在砂石路面上还是有些噪音。因此，所有人都小心翼翼，紧张地观察着四周的情况。夜视仪将强力优化后的图像显示在所有的窗户上，和真实影像叠加。对肉眼来说，四周的景象虽然不像白天那么明亮，大概观察清楚却应该没有什么问题。

走过了几个小山头，绕来绕去很久，都没有发现什么异常。他们也没有心情在某个视野良好的地方停下来，观赏完整的发光翼龙，只能从一些略显尴尬的角度，大概感受一下那个史前动物的某个身体部位。但这已经足以让他们觉得，那东西的确是个耀眼的存在。而黑格尔·穆勒，对于舍得勒峰辉煌前景的判断，也许不完全是夸张。

行驶了两个多小时以后，费舍尔探长正在抱怨着，试图想要劝大家回头，或者，至少找个地方，进行一下完整的翼龙观光。这个时候，他们忽然发现，前面远远的一段距离以外，恰好够他们在很努力盯着的情况下能够看到，有一条岔路从横向的山的深处伸出，和他们所在的这条路交叉。在那条路上有两辆车，像他们一样，也没有亮车灯，静悄悄地正在开过来，像两个幽灵。它们经过了交叉路口，沿着那条路，继续向前开着。

那条路像之前经过的几条小岔路一样，开向一个小山峰的峰顶。他们所在的路，感觉已经爬升了很高，但其实是在山谷里，所以不停地有小路岔出去，伸向一个又一个小小的峰顶。不过，前方的岔路不像之前，只是从这条路伸出去，形成一个丁字路口。它是从远方而来，和这条路形成了一个十字路口。显然，那是另一条进山的路。

"慢一点。"吕青叮嘱着。费舍尔开得很慢，并且尽量让声音很小。所谓尽量，也就是在心里不停地使劲祈祷。在现实世界，他并没有什么真正可用的手段，可以压制汽车压在砂石路面上产生的吱呀吱呀的声音。

快到那个十字路口的时候，那两辆车已经在横着的岔路上开出去很远了，似乎就快要到峰顶了。吕青终于忍不住了，她说："这样不行。

声音太大了，会被发现。那两辆车不正常，你们看到了吗？峰顶有灯光，明显比较亮。我们停在这里，走上去吧！"

确实，其他峰顶基本没什么光亮。偶尔有一两盏灯，像是工地的夜灯，大多暗弱昏黄。这个山顶，却像是有一小片灯。虽然看不清楚，也并非很亮的灯，但一点也不昏黄，灯的数量也不止一两个。

费舍尔探长把车一头扎进了一片灌木丛，车屁股还在路上，像是一个脑袋埋了起来试图躲藏自己的鸵鸟。但是也没有什么其他办法了，在这条窄窄的路上，路边多数都是矮松，找到足以藏起鸵鸟脑袋的树丛，也已经不容易了。

"无所谓了，"费舍尔探长说，"反正不会有人来开罚单。"

他们下了车。费舍尔探长掏出一把手枪，他来回看了看三个人，最后把枪递给吕青。"我有两把枪，给你一把。"他说，"不过，你没有赫尔维蒂亚持枪证，最好不要开枪。否则，我会再背上一条罪名，你也不会好过。"

吕青没有说话，她默默地拿过枪，撩起自己的上衣，把枪插在后腰。然后，她向峰顶走去。她没有沿着那两辆车行驶的正经道路往上走，而是向路边矮松林里走了十来米。矮松林里地面很不平坦，但还是可以将就走路，她就在树林里开始爬山。她没有征求大家的意见，大家似乎也没有意见，默默地跟上了她。除了不平坦的地面，那些高高矮矮的草和灌木也很恼人，不过，没有人为此抱怨。反而，常玉明带着敬佩的口气，悄声对任为说："吕青将来一定能当部长。姐夫，到时候一定记着，提拔兄弟一下。"

姐夫？提拔？任为很愣。不知怎么，心里觉得有点受打击。

爬了好半天，他们终于爬到了山顶。果然，山顶有个平台，也果然，山顶上一片灯光。那里停着七八辆汽车，每辆汽车都没有开车外的车灯，但都开着车内的照明灯。

在空地上，有几个人在聊着什么，有人在眺望，还有人在忙碌。他们在搭几个摄影三脚架。有三个已经搭好了，有人凑在相机上观察。

还有一个没有完全搭好,有人正在拧螺丝。任为知道,现在这个时代,搭摄影三脚架,要拍摄的东西一定不同寻常。因为,三脚架上的相机一定不同寻常,通常是极其昂贵的高端器材。要知道,普通的照片和录像,SSI 就可以轻易搞定。

法律规定,在很多场合,未经主人允许,使用 SSI 拍摄是违法行为。甚至在某些地方,还有成熟的技术手段,阻止 SSI 拍摄。但那不是因为 SSI 拍摄得不够好,而是因为 SSI 拍摄得足够好。好到可以记录任何隐私、机密或景观。不使用 SSI,用专业高端照相器材,唯一可能的原因就是,他们对拍摄的要求极高,分辨率极大、视野极宽、焦距极远、采光度极强,等等。

他们谨小慎微,找了个地方趴在那里观察。任为的心脏怦怦乱跳。虽然还隔着几十米,但他觉得那声音响得可以传到那群人耳朵里,不过显然没有,没有任何人朝他们这个方向看一眼。

任为扭头望向翼龙,他发现费舍尔和常玉明也在望向翼龙。虽然在树丛中,有一些枝枝杈杈在视野里,但是这里已经能够完整地看到翼龙的全貌。

当然,他不能喊出来,甚至不能感叹一声。他只能在心里想,翼龙!太美了!

那不是一个灯光秀,而是一个灵动的生命!它巨大的身躯,趴在夜幕下无垠的黄沙中,好像在迎接最初的悸动,又好像在集聚最后的力量。它昂扬的脑袋,奋起在星光的垂幕中,好像在拼死挣脱枷锁,又好像在奋力追逐光明。

吕青并没有望向翼龙的那个方向,她只是死死地盯着平台上的那些人。任为能够从侧面看到她的双眼,他以为那里面会有愤怒、急迫、恐惧或者期待,但他看到的只有冷静。

“你觉得我们应该阻止他们吗?他们快要动手了!”吕青悄声对他说。

“阻止什么?”任为问。

“阻止他们炸掉翼龙。你看到了,那么漂亮的翼龙!”吕青说。

"哦，你看了，我还以为你没看。"任为说，"他们怎么炸？翼龙那么大。"

"我不知道。"吕青说，"我正在想，怎么炸？翼龙那么大！但是，他们一定准备好了。你看，他们聚拢过去了，聚拢到几个相机那里了。相机已经启动了，在摄像，应该快要炸了。我想不出，他们怎么炸？我们又能怎么阻止？"

"我们不可能打得过他们。"费舍尔探长悄悄说。

"打得过应该也没有用。他们肯定已经安排好了，这里只是在摄像。可是，翼龙那么大，好几百平方公里，他们到底要怎么炸？"吕青说。

"除非是核弹。"任为忽然说。

"核弹？"费舍尔探长说，马上捂了一下自己的嘴。显然他觉得，自己的惊讶让声音太大了一点。不过还好，可能只是他的心理作用而已，实际上，他的声音并没有引起任何人的注意。

"轻型氢弹，从技术角度说只有这个。"任为说，"威力巨大，部署方便，只要一枚就够，没有核污染。翼龙周围都是沙漠，也不怕误伤。就是可怜在基地里值班的那些人。"

"但愿黑格尔·穆勒也在那里值班。"费舍尔探长说，虽然他知道这不可能。

"我想，我们阻止不了。他们这里，好像没有引爆器。我们没办法成为英雄。"常玉明说。

吕青沉默了一会儿，"亲爱的，你说得对。轻型氢弹，只有这个办法。"她说，顿了一下，又说："但是，CryingRobots 在哪里？他们难道任由 KHA 这么干吗？"

"这太过分了！"常玉明说。

"真是这样，他们就闹大了，他们死定了。"费舍尔探长说。

"不，"吕青说，"我们小看他们了。"

"什么意思？"任为问。

"他们在展示自己。之前，我以为，他们只是要展示自己炸掉翼龙的精彩摄影作品，给大众留下深刻印象。看来，他们想做的不仅仅如此。"

吕青说。

"还有什么？"任为接着问。

"决心和能力。"吕青说。

"不惜一切的决心和搞到轻型氢弹的能力？"常玉明问。

"是的，他们要告诉 KillKiller，也要告诉全世界。费舍尔探长，你说得对，他们闹大了。但是，他们就是要闹大，他们不要给自己留退路。他们不准备接受任何和平谈判，他们不保留和平谈判的空间。不达目的誓不罢休，这是他们的事业。他们不会回头，他们永不回头。"吕青说。

"永不回头。"任为喃喃地重复了一遍。

"翼龙不重要，翼龙只是个道具，决心才重要。"过了一会儿，她又说。

大家都沉默不语，不知道应该说什么。

"CryingRobots 在哪里？他们在干什么？"吕青问。

"也许，他们根本就不在这里，侦探小说女士。"费舍尔探长说，"这些人，也许只是摄影爱好者。"黑暗中，趴在一根树干上，他似乎很努力地耸了一下肩，想要表示自己并不同意吕青的看法。

"CryingRobots 在哪里？他们在干什么？"吕青重复了一遍。

就在这时，忽然一声巨响传来。

翼龙，确实是翼龙。轻型氢弹，也确实是轻型氢弹。

巨大的蘑菇云腾空而起。

地面上的翼龙消失了，天空中却多出一片地狱般的火红。

任为的脑子一片空白。大家也都呆住了，虽然有所预料，但是这还是太骇人听闻了。

平台上爆发出一片欢呼声。大家激动地拥抱着，跳跃着，再拥抱，和每一个人拥抱。

"CryingRobots 在哪里？他们在干什么？"吕青又重复了一遍，声音大了不少，充满了愤怒，她似乎已经忘记了要隐藏自己。

这次，她很快得到了回答。

枪声，很清脆的枪声。

平台上那十几个人，在无法控制的狂喜中，忽然之间，大部分倒在了地上。有几个趔趄了一下，没有倒下。他们迅速掏出自己的枪，受伤的身体让他们的动作有些艰难。更艰难的是，他们还没有找到他们的敌人，不知道向哪里开枪。但是，敌人的子弹接踵而来。终于，他们都倒下了。

倒下的不止他们。

任为听到枪声的时候，觉得自己的后背右侧肩胛骨的位置，一阵剧痛袭来，他晕了过去。晕过去的一刹那，他眼角的余光似乎看到，吕青、费舍尔探长和常玉明，都以某种方式，改变了自己刚才小心翼翼趴着的身姿，变成了全身无力的瘫软形态。

任为醒过来的时候，一眼就看到了任明明的脸。那是一张平静的脸，很像吕青。

任明明穿着一身纳米纤维制作的特战服装，头发扎束得很紧，像一个精干的女战士。她坐在床边的一张长凳上，身体微微前倾，正在静静地看着任为。任为东张西望了一下，自己正躺在一张床上，而床好像在一辆车中。

"你？"任为想问个问题，但一时不知该问什么问题。他脑子里闪过蘑菇云、山路、沙漠、翼龙和圣伍德。

"我们干掉了 KHA 的一些人，"任明明说，"一些重要的人。我们伏击了他们，同时也伏击了你们。不过，我们不知道你们是谁，所以我们对你们留了一手，您和我妈都不会有问题。我们的狙击手没有射击你们的要害，而且使用的是纳米止血子弹，不会造成太多的失血。"任明明说。

"我和你妈都没问题？那费舍尔探长和常玉明呢？"任为问，心里很担心。他想要坐起来，但后背的剧痛让他又躺了回去。

"他们也没事。还在昏迷中，不会死。"任明明说。

"这……"任为问,"这都是怎么回事?"他脑中出现了吕青所有的推测。

"爸,您听好。"任明明说,声音很平静,"有几件事情,我相信都是您的疑问,我一并告诉您。"

"第一,"她说,"您之前就知道,我加入了CryingRobots。那个时候,CryingRobots是一个非常和平的人权组织。但是,KHA杀害了迈克和很多和迈克一样的人,政府拒绝作为,我们决定自己动手。所以,以后我不会再回家了。我的SSI通讯组件已经加密,你们也无法和我联系了。安全并且必要的时候,我会和你们联系。现在我必须告诉您,我已经决定,从今以后,我和我的同志们将终我们一生之力,和KHA战斗到底,永不回头。"

永不回头!

任为又听到了这个词。

"第二,"任明明接着说,"我们收到了情报,知道KHA要炸掉翼龙,所以在这里伏击了他们。这件事情会是个很大的新闻。天亮以后,我们就会公布事件经过并发表声明。不过,不会包括任何参与人员的信息,也不会提到你们。你们的出现,在我们的计划之外。我们很早就发现并跟踪了你们,只是不知道你们的背景。为了保险起见,最终我们打伤了你们。打伤你们以后,我才发现其中有您和我妈。这是意外情况。"

"第三,"她接着说,"一会儿,您会被放回原来的位置,并且保持原来的姿势。警察可能十几分钟之后就会到。那时,我们已经全部撤离。警察不会发现我和您的谈话。我妈没有醒过来,她的伤重一点,不过您不用担心,我们的医生检查过,她会挺过去,不会有任何问题。您也不会有问题,您的两位朋友也一样。警察来了以后,你们所有人,马上就会被送到医院急救。你们醒来以后,一定会需要回答警察的问题,我建议您实事求是地回答。我猜得出来,妈妈通过关系找到了我的SSI踪迹。你们来赫尔维蒂亚找我,我妈猜到了我的行踪,所以来了这里。这些都没有关系,您都可以实事求是地讲。但是,我不建议您告诉警察我们的见面和谈话。我们只弄醒了您,妈妈和您的两位朋友都没有见到我。他们知道的，只是在翼龙爆炸的时候遭到袭击并晕了过去。我建议您也保持同样的口径，这对您有好处，否则可能会惹来不必要的麻烦。亲口确认女儿是暴力组织的成员，对于您和我妈，都不会是什么好事情。"她顿了顿，接着说："至于我现在说的这些话，您可以在以后，某个合适的时间，告诉我妈。最好是过几个星期，事情平静下来以后再说。否则，我妈可能会有她的不同选择。除了我妈以外，我建议您永远不要告诉第二个人。"

她说得井井有条，任为从没听过自己女儿如此讲话。

"第四，"她还没有说完，"我要对您说抱歉。也要对妈妈说抱歉，请您转达给她。还有外公和奶奶，如果外公问起来，请您也帮我表达我对他的歉意。奶奶已经不会问了，不过，也请您替我拥抱一下奶奶。如果有机会，我一定会报答你们，哪怕用我的生命。但是现在，我必须为 CryingRobots 而战。我希望你们能够理解我，理解你们女儿的选择。"

任为想说什么，任明明捂住了他的嘴，阻止了他。"您不用说。爸，我知道您和我妈爱我，一直都是，我也一直都知道。"她说，"我也爱你们，一直都爱你们，我很爱你们。我知道，作为一个女儿，我的表现并不合格。但是，今天我还无法解释我自己。所以，我想我们现在不需要讨论这个。"

她停了一小会儿，好像犹豫了一下，又说："还有一件小事，并不重要，只是我的一个小希望。我之前的老板，胡俊飞，对我很好，非常信任我。从来没有人像他那样，信任我和依赖我。我很感激他。但是，他碰到了很多困难，在我离开之后，可能困难会更多。我对他有一些愧疚。所以，如果有可能，我希望您能够帮助他。看情况就可以，不需要做任何让您为难的事情。"

她把手从任为嘴上拿开，任为还在发呆。她问："爸，您都听到了吗？"她的声音很柔和。任为觉得，她的声音从来没有那么柔和过。

"都听到了。"任为神思恍惚地说。

任明明看着他，忽然俯下身来，用自己的脸颊紧紧贴住他的脸颊，良久良久。她微微转过头，在他腮帮子上亲了一下，接着抬起身来，看着他说："爸，您和我妈一定要保重。"又看了他一会儿，说："再见。"然后，立刻站了起来，转身推开车厢门，跳了下去。

任为想要叫住她说些什么，但终于，什么也没能说出嘴。

另一个人，一个小伙子，脸上围着鲜艳的丝巾，跳上车来，拿了一个杀虫剂似的铝合金罐子。看到他的一瞬间，任为想起另一张小伙子的脸，那个叫凯文的安保人员的脸。这个小伙子动作很快，迅速拿着那个罐子冲任为脸上一喷。一片雾气冲来，任为又晕了过去。

任为和吕青在赫尔维蒂亚的医院里足足躺了一个星期，他们恢复得很好。当时，他们被结结实实地击中了身体，迅速晕了过去。醒过来以后，阵发的剧烈疼痛足以让人怀疑人生。但是，由于子弹是止血子弹，失血并不多，也没有伤着骨头，所以并没有对身体造成多大的实质伤害。他们需要的只是要静养，等待肌肉组织恢复。在优良医疗技术的处理下，恢复以后，他们没有感到任何不适。

不出意料，他们还在医院的时候，就被警察盘问了很多回。任为按照任明明的建议，前面的事情实事求是。现场的情况，只是说在翼龙爆炸的瞬间被袭击，然后晕了过去，醒来以后就在医院了。由于他的证词和其余三人一模一样，所以没有引起任何怀疑。作为受害人和目击者，他们被很小心地照顾着，所有医疗服务都免费。最后，他们甚至获得了赫尔维蒂亚政府的一笔赔偿。这对任为而言没什么意义，但如果是普通人，已经是一个不小的数额了。

任为一直使劲憋着，没有跟吕青说任何关于任明明的事情。吕青也没有任何理由可以怀疑，她只是觉得，任为有点沉默寡言。任为一向不能算是话多的人，但如此沉默寡言还是稍微有点不同寻常。不过，考虑到经历了如此骇人听闻的事情，任为又属于相对内向的性格，所以也说不上有多么奇怪。

常玉明年轻，恢复得比别人都快。他很快就回去上班了。对于这件有史以来最严重的恐怖袭击，他并没有表现出多大的愤慨。费舍尔探长也一样，可能对他来说，最大的遗憾是黑格尔·穆勒居然不在现场。

不过分别的时候，他向任为和吕青提起了凯文，他很后悔，不该吓唬凯文。

很明显，KHA对于翼龙的组织结构、工作安排等等了如指掌。从警察那里或新闻当中可以知道，当晚，偌大的翼龙园区只有十几个建筑工人和电气维护工程师驻场，外加不到十个安保人员，包括那个叫凯文的年轻人。这已经是可能的最小伤亡了。当然这些人，就这样成了可怜的牺牲品。谁能想到，KHA会对这么一个空旷的无人居住的巨大建筑群，动这样的手脚呢？

各种分析都提到，KHA对于翼龙的了如指掌显然令人吃惊。而更令人吃惊的是，KHA遭遇的袭击者对KHA更加了如指掌。

虽然任为他们提供了证词，但一切都是猜测。随后，事情的发展出现了罗生门。CryingRobots到底是不是袭击KHA的凶手，目前尚未得出最终结论。

在袭击的第二天，KHA发出了声明。他们在舍得勒峰现场的人员全军覆没，但是看来，他们已经通过网络获取到了所有照片和视频。这些照片和视频以及相应文字声明的公布，引起了轩然大波。这次袭击不同于斯瓦尔巴德袭击或者雅典袭击。那两次袭击，一次主要损失的是大量在很多公众心目中已经是植物人的老人，一次主要损失的都是机器人而且规模很小。甚至，很多人用狗咬狗一嘴毛来形容这两次袭击。所以，在舆论上的风波，即使可以瞬间爆棚，却很快就会淡化下去。确实如任明明所说，就连官方，各国政府，都没有对此展现出和伤亡数字相匹配的重视程度。

但这一次，使用轻型氢弹的事实，和炫丽如世界末日般的视觉刺激，精确击中了公众心中最深的痛点。

而且，这样一伙野心勃勃、格局恢宏、深不可测的恐怖分子，居然被另一伙恐怖分子就地正法了！全军覆没，一个活口都没留下！

这些更厉害的恐怖分子也发表了声明，声明对KHA在翼龙事件中全体参与人员的死亡负责。他们自称是CryingRobots。他们自称是和平的人权组织。此次的暴力行为，完全是由于KHA的不择手段和政府的不作为所导致的。他们呼吁，全体人类应该公平地看待人和机器人。KHA 对机器人的仇视是反人类行为。他们对 KHA 的袭击，是为了保护机器人而战，更是为了保护人类而战，为了保护人类的爱而战。爱，是人类之所以为人类的唯一理由。今天人类所拥有的爱，却正在被机器人所拥有的爱所超越。KHA 就是振聋发聩的例子，人类必须进行反思。

本来，到此为止，虽然公众的反应并不一致，出离愤怒和深刻反思的声音旗鼓相当，但是，总算大致知道一个事情的脉络。可是，第三天，一条新的声明让事情不那么简单了。

这条声明也来自 CryingRobots。他们声称，前一天的声明并非来自 CryingRobots，而是"肮脏卑劣"的冒名者。当然，对 KHA 的袭击也并非 CryingRobots 所为。CryingRobots 以前是，现在也是，将来仍然是，彻头彻尾的和平主义者。他们信奉，一切问题的最终解决方案都是人类的爱。暴力，只会把问题搞复杂，永远无助于解决问题。这些冒名顶替者，怀着不可告人的阴暗心理，在 CryingRobots "永恒的爱的皇冠上"泼上了"令人恶心"的脏水。

和前两者不同，这个"真实"的 CryingRobots，发表声明的方法，不是一段网络上的文字、音频或视频，而是在布鲁塞尔召开了新闻发布会。一个叫路易斯·坎通的人，自称是 CryingRobots 的理事长。他主持了新闻发布会，这让他们显得更加可信。他说，自从他的最得力的战友，执行秘书长埃尔文·克里斯特，被"彻头彻尾没有人性"的 KHA 杀害以后，他一直沉浸在巨大的悲痛之中。但无论如何，他唯一的武器是爱，来自上帝的爱和来自人性的爱，他永远不会和暴力为伍。

无论如何，如吕青所料，KHA 的行动太过激烈。他们在公众、舆论和政府那里，都没有给自己留后路。他们发出了"永不回头"的明确信息。舆论爆棚之外，赫尔维蒂亚政府作为最大的受害者，宣布立即将 KHA 列入了恐怖主义组织名单，并将在联合国提出提案，要求所有国家都将 KHA 列入恐怖主义组织名单。他们宣称，已经获得了绝大多数国家的坚决支持，他们将不惜一切代价，和所有国家一起，采取一切手段，在全球追捕 KHA 成员，绝不放过任何人。这对 KHA 而言，显然是把自己放在了火炉上，但显然这正是他们所希望的，他们希望全世界人都知道他们的主张。为此，他们不在乎自己是在火炉上还是在火山上。

而任明明的那个 CryingRobots，虽然不知是真是假，但已经被敢于公开露面的"官方"CryingRobots 所明确抛弃。如任为所知，同样踏上了永不回头的道路。

不，这么说也不准确，事实上，现在他们有一条回头的路。赫尔维蒂亚政府在义正言辞的关于恐怖主义的声明之外，同时还做出了另外一个声明，鉴于袭击 KHA 的组织——无论是不是 CryingRobots——很明显掌握了 KHA 的很多信息，如果他们能够和赫尔维蒂亚政府共享 KHA 的信息，那么他们将得到赫尔维蒂亚政府的赦免，不会被追究他们所采取的暴力行为的责任。但是，到目前为止，他们做出的回应并不积极。他们发表了回应声明，除非赫尔维蒂亚政府立法通过机器人享有和人类同样的权利，否则他们不会和"充满物种歧视的""实质上和 KHA 同流合污"的政府进行合作。而显然，赫尔维蒂亚政府无法响应他们的要求，至少是无法立即响应他们的要求。

"他们分裂了。"在回北京的飞机上，吕青对任为说。他们正半躺在 VIP 单间中舒服的电动床上。

任为没有接话。他正在做思想斗争，现在是不是把任明明的话和盘托出的时候？

"CryingRobots 分裂了。一半是 CryingRobots，另一半，我来给他们起个名字，FightingRobots。"吕青说。

任为还是没说话。

"他们是故意等着 KHA 炸掉翼龙之后才下手。我怀疑，他们曾经有机会阻止 KHA 炸掉翼龙。"吕青说。

任为还在犹豫。

"为什么呢？"吕青沉吟着，"也许他们觉得，从舆论角度，KHA 的暴行会给他们清除 KHA 的行为加分？或者他们觉得，空体和机器人其实是竞争关系，空体的事情上他们和 KHA 观点相同？又或者，他们想要阻止 KHA，但是他们失败了？他们没找到任何有效的阻止办法。因为那里没有引爆器，那里只是摄影棚。这说明什么呢？说明他们虽然已经渗透了 KHA，渗透得却还不够，情报还不是很全面。是的，应该是这样，他们放弃了回头的机会，表面上他们用 KHA 的情报来要挟赫尔维蒂亚政府，去争取机器人的权利，但实际上很可能他们并没有更多的情报可以分享给赫尔维蒂亚政府——也不一定，也可能他们并不想获得赦免。获得赦免无非是走到了阳光下，但那将使他们成为 KHA 的目标，也许意味着风险变大而不是变小。唉，无论如何，他们已经很厉害了，KHA 能够搞出这么大的动作，而他们居然能够干掉 KHA 的人。"

"明明在他们中间吗？"她问，像是自言自语，但任为的心脏怦怦地跳。

"不知道这个 KHA 究竟又有什么背景，"她接着说，"怎么能够搞到轻型氢弹的呢？自己制造的吗？"她忽然转向任为："轻型氢弹的制造有那么容易吗？"

"理论上不是很难，不过实际操作不容易。但是，怎么说呢，"任为觉得不太好定义困难与否，这取决于是谁来制造，"也说不上特别困难。"他说，"目前，引爆核聚变不使用以前的裂变方式，而是采用高能激光模式，这样的模式更方便，也没有任何核污染。高能激光器需要一些特殊的光学材料。这些光学材料的制备非常复杂，极其昂贵，主要是这个环节比较困难。另外，使用高能激光器需要携带超高压电池。超高压电池的制造也不容易，也很贵。而且，无论是高能激光器还是超高压电池，全世界所有国家都很严格地管理和控制。"

"嗯，总之还是不容易。那么，他们怎么能够有这个能力呢？"吕青说，"他们到底有什么背景？"她继续沉吟着。

任为脑子里还是任明明，说不说呢？

"那么多人都在发声，KillKiller 这个直接受害人怎么没声音呢？"
吕青换了个话题，"嗯，既然已经有那么多人替他们发声，他们就不用
亲自出面了，免得再刺激 KHA，他们一定是害怕了。是啊，谁能不害
怕呢？不过这次他们真的惨了，客户和投资人都会被吓跑的，业绩和
股价不知道要跌成什么样，发不发声还有多大意义呢？对了，"她忽然
想起什么，扭头看了看任为，"贝加尔湖那边不会有事吧？"

任为一下子紧张了起来，"是啊，那边不会有事吧？"他重复了一遍。

"不会，肯定不会。"吕青马上否定了自己的问题，"KHA 不敢，
也做不到，那里可不是荒无人烟的翼龙。自从斯瓦尔巴德的袭击以后，
KillKiller 在各地其实都防范得很严。这次翼龙是个新园区，还没开业，
他们肯定是大意了。"

任为放松了一些，又沉默下来。

"明明又到底在哪里呢？唉……"吕青接着说，长长地叹了一口气，
"我们没有找到她！当然，如果她真在 CryingRobots，我们找不到也不
奇怪。他们这么厉害，哪有那么容易找到呢！不知道明明在他们中间
会是什么角色？她会亲自参与暴力事件吗？"她的声音越来越落寞。

"有些事情，我必须跟你说。"任为终于下了决心，打断了她的自
言自语。

吕青被出其不意的打断搞得愣了一下。她看了看任为，隐隐觉得
不妙。任为的脸色，看起来过于严肃。

"你说吧！"她说。

———— 26 ————

拯救阿黛尔

任为回到地球所上班的时候，发现在他不在的这一个多星期，穿越计划又有了很大进展。

对于云球影像系统的改造已经完成。任何地球人类穿越者周围，一百米见方的范围内，成为影像系统的盲区。云球影像系统会自动识别地球人类穿越者，然后自动建立盲区，不需要操作员进行干预，操作员也无法进行干预。除非再次修改程序，否则，盲区内任何影像和声音，将完全无法被观测或记录。修改程序不是那么简单的事情，需要经过开发和测试的完整流程才能上线。这意味着，即使地球观察者一定要取消盲区，也需要相当长的一段准备时间才能做到。

这个盲区的完整名称叫作"穿越者观察盲区"。它给了穿越者极大的心理安全感，同时，却对人身安全带来了更大威胁。在观察盲区里，如果穿越者碰到人身危险，地球上的人类观察者将无从得知，更不要提进行任何援助了。当然现在，反正也没有什么足够有效的援助手段。

看起来，大家对自己心理安全感的重视程度，普遍超越了对自己人身安全感的重视程度。本来还有些争论，但"穿越者观察盲区"真正上线后，大家都欣然接受了这种安排。毕竟，敢于进入云球的地球人，可能本来就是比较不在乎人身安全的那一类人。换句话讲，都是比较勇敢的人。

卢小雷已经又先后两次进入云球。张琦也有两次进入云球。还有另外两个同事，架构师张理祥和沈彤彤，也进去了一次。他们主要是出于对自己亲手搭建的系统的技术好奇心，对于云球的业务前途并没有过多的想法。甚至孙斐，居然也进入了一次。这并没有改变她对于穿越计划的反对。但是，对于建立穿越者观察盲区，她的态度是完全支持的。她说，这很有必要。可能作为一个女人，她对于自己全天候被人观察的情形，具有更大的敏感性。

在张琦的推动下，脑科学所已经在地球所建立了一个简易意识场实验室。虽然不像脑科学所自己的实验室那么完备和高级，但是足够安全，功能也基本够用。这样，所有的穿越行为，都变得容易了很多。穿越者不需要再去脑科学所，在地球所内部，就可以完成完整的穿越流程。从穿越者进入云球所需要的意识场大脑解绑、意识机绑定、空体保存，意识机解绑、云球宿主绑定，一直到穿越者从云球返回所需要的整个反向过程，都可以在地球所完成。唯一的美中不足是，在这个简易意识场实验室中，空体保存的时间比较短，只有一个星期，这是由于设备的原因导致的。这里的设备只是脑科学所使用的设备的小型版本，建立同样庞大的设备耗资巨大、后勤保障复杂，而且似乎并没有特别的必要性，毕竟需要长期保存空体的场合并不多见。像在将来可能执行的穿越计划之类的情况，空体完全可以保存在脑科学所中。就这件事情而言，那里显然更安全。

脑科学所空体保存技术已经相当成熟，可以长期保存，技术原理和 KillKiller 类似，或者，按照柳杨的说法，他们更加先进。开始的时候，他们只能把空体保留几天，技术显然不如 KillKiller。但是，随着空体在意识场研究中越来越重要，在雄厚技术力量的支撑下，他们没费太大力气就追上了 KillKiller。他们只是不屑于用来赚钱罢了——甚至从来没有把这种进步作为一个值得重视的事情，对脑科学所而言，这只是正经工作的一个微不足道的副产品。

可以理解，脑科学所需要保存的空体必须确保不会出现任何问题，因为要等着意识场回归，对空体安全性和稳定性的要求更高。而 KillKiller 只是要保存意识场已经彻底死去的空体，那只是一具不会再有任何用处却仍然会喘气的尸体而已——柳杨是这么说的。听到这话，任为有点不舒服，毕竟自己的妈妈就是这样一具尸体，但显然，柳杨才不在乎他的感受，而这话本身也是有道理的。所以，关于脑科学所的技术更先进的说法，任为是相信的。不过脑科学所也有他们的弱点，以前就算技术更先进，但目标空体都属于动物，他们无法进行人体实验。直到现在，地球所给他们提供了机会，从卢小雷开始，大家还勇敢地承担了小白鼠的使命，才真正地证明了他们的技术，不仅仅是意识场，还包括空体。

除了空体保存时间的问题，这个简易意识场实验室在各种管理、监控和数据收集的软件及设备方面还有提高的空间，张琦也在继续推动，但这些并不太重要。只要意识场能够顺利进入云球，然后安全返回，并且空体完好可用，对于地球所来说就已经足够了。他们更关心意识场在云球中的情况，而对意识场和空体本身的观察和研究，是脑科学所更关心的事情。

说起张琦，因为地球所胆大妄为的私下行动，他被欧阳院长骂了一通。任为因为在赫尔维蒂亚的医院里躺着，躲过了这一出。不过此时此刻，欧阳院长已经没有更好的办法。反而他只能想办法，将这些行动合法化，否则前沿院将更加难堪。

张琦心里并不太在意欧阳院长的愤怒。当然，他表现得很恭敬，也虚心地做了检讨。但他觉得有点奇怪，他认为王陆杰一定会事先知道他们的行为，瞒过他可不容易。那他为什么没有告诉欧阳院长呢？发现欧阳院长没有阻拦的时候，他还以为欧阳院长其实是支持的，只是想装作不知道而已。

地球所的下一步，可以结束实验阶段，着手"穿越计划"的真正实施了。穿越计划研究组正在紧锣密鼓地研究和张罗着。传播思想，说起来就几个字，但不是一件简单的事情。他们必须抓紧时间，实际上，他们也是夜以继日。

在这一段时间里，按照柳杨的建议，云球时钟始终和地球同步。这么做确实有很多好处，可以防止云球时间流逝得过快。所以，云球的环境不会发生太大变化，从而避免了对穿越计划产生不利影响。尤其是克族人，作为思想传播的第一波目标群体，不能因为时间流逝过快而消失。随着仇恨产生的年代越来越久远，他们的确有逐渐消失的迹象。但是，从另一个方面看，这样做也极大地拖慢了云球的演化节奏。甚至可以说，相比之前度过的那么长的所谓演化停滞的日子，这才是真正的停滞。

李舒忽然联系任为，说柳所长有很重要的事情想跟他谈谈，希望他能去脑科学所一趟。他一点心情都没有，但是李舒一再请求，他又想起了孙斐派给他的"任务"。很久了，那些上帝的囚徒一直没什么动静，现在都怎么样了？就算不能释放他们，也还是应该了解一下他们的现状。他们毕竟是云球人，是自己作为上帝的子民。他觉得，自己是个很不称职的上帝。好吧，他想，还是去一趟吧！

当他见到柳杨时，他很吃惊。因为在李舒陪他走进柳杨办公室的时候，柳杨居然从座位上站了起来。而且满脸笑容，殷勤地伸出手和他握手。在他坐下后，甚至亲自帮他倒了一杯热茶。

"我表示非常同情，非常同情。"柳杨说："你们家明明，是个好孩子，是个好孩子。"

"是啊！"李舒说："我很喜欢明明。我觉得吉人天相，她可能就是想自己待着散散心吧！不会有问题，她很聪明，能照顾自己。你们也不要太担心了。"

"对，对。"柳杨说，"李舒说得非常对。明明很聪明，我早就看出来了。一定是散心去了，你们不用担心。我保证，我保证。"不知道他从何觉得，自己能够保证这件事。

任为确实很惊讶，他从没见过柳杨如此和气和客气。难道就是因为任明明失踪，而产生了同情吗？

"谢谢你们。"任为说，"我们还好。"

"嗯，还好就好。不用担心，我保证。"柳杨显然并不太会安慰别人，也不习惯装出这副很热情的样子。但是，看得出来，他很努力地装着，为了某些任为暂时还不知道的原因。

"你怎么这么客气？"任为问："你找我做什么？"

"我很客气吗？"柳杨一脸很吃惊的样子，"我很客气吗……哦……我不应该客气吗？"他仿佛觉得自己有点不自然，尴尬地扭了扭头，露出了一点他本来的样子。

"是这样，"李舒插话说，"任所长，我们有一件事情，想要找您帮忙。"

怪不得，任为想。但转念一想，又觉得不对。之前脑科学所到地球所来做实验，应该也算是脑科学所找地球所帮忙，也没见柳杨这么客气呀！那么，这次要帮的忙有多么不同呢？能够让柳杨委曲求全，还是挺不容易的。这件事情，一定是让他很心虚的事情。

"找我帮忙？我尽量，你们说。"他回答李舒。

"其实准确地说，也不是找您帮忙，而是找你们家吕青帮忙。但是，吕青实在不好说话，您了解她，她很有原则。"李舒顿了顿，"所以，只好找您了。"

原来如此，任为想。吕青难说话？什么事情呢？

"就是，就是，你们家吕青……啧啧啧……厉害。"柳杨又露出一副对吕青赞叹不已的样子，"难说话。"他说。

"她很害怕你啊！她说，见到你的时候，后脖梗子发凉。怎么，你也觉得她难说话呢？"任为说。

李舒噗地轻轻笑了一声。

"是吗？"柳杨显得很吃惊，"她害怕我？我很害怕她啊！见到她的时候，我后脖梗子也发凉。"

"麻秆打狼，两头害怕。"李舒笑着说。

吕青这么厉害吗？任为想，我怎么没觉得害怕她呢？但转念想想，他也有点怀疑，也许自己也有点害怕。不过，不是对柳杨那种害怕。吕青确实太厉害了，你经常会觉得，她能看到你心里去，她什么都知道。在她面前，你很难伪装，这有一点让人害怕。

"到底什么事啊？"他问。

"你知道，我们这里有云球人的意识场！"李舒说。

"我知道。我还想问呢，他们怎么样了？你们是不是应该放了他们？你留着他们有什么用啊？那个阿黛尔，你们可是在我们云球里，制造了大麻烦。"任为说。

"很抱歉，我们也没想到，会制造那么大的麻烦。阿黛尔很好，别人也很好。"李舒说。

"很好，阿黛尔很好，别人也很好。你不能怀疑我的能力，在我这里，他们当然很好。他们都在崭新的意识机里，像我们想的一样，没有任何意外。很好，非常好。"柳杨说。

"我没有怀疑你的能力。"任为说，"但是现在，穿越计划的实验都完成那么多次了，对于你们的意识场迁移来说，等于做了很多次人类实验了。你们已经成功地规避了人体临床实验的难关了。现在，还保留云球人的意识场干嘛呢？"

"迁移？迁移算什么？这只是一个简单的实验，一个小事情。"他又像以前一样，伸出右手用拇指和食指比划了一个很小的距离，他经常这样比划，"很小的一件事情，这么小！而我们要做的事情，很大，"说着，他的左手也伸出来了，和右手一起，在空中比划了一个大圆圈，"这么大，看到吗？这么大！"他说。

"什么？你说的是什么？"任为问。

"研究意识场，当然是研究意识场！意识场是什么？结构！形态！本质！在哪里？高维空间，是的，高维空间。我在猜，但也可能就是事实。"柳杨说着说着，又激动起来。刚才展现出的和气和客气，逐渐不见了，"但也可能不是事实，谁知道呢？高维空间，高维空间在哪里？这是个找到高维空间的路径，不是吗？通过意识场找到高维空间，你明白吗？他们谈高维空间谈了很久，那些物理学家，很久很久。然后呢？然后没有了，什么都没有。他们没办法研究高维空间，因为他们只会计算，只会数学。我也会数学，我还会别的东西。他们只会数学，他们不如我厉害。他们没有发现任何高维空间的东西。他们手里，什么东西都没有，那怎么研究？我有，我发现了高维空间的东西。意识场，它就在高维空间，同时，它又在三维空间露出了马脚。所以，我们可以通过意识场研究高维空间。高维空间在哪里？蜷缩起来了，很小的尺度，很小。"他又用拇指和食指来比划。

"不一定，我不这么认为。我认为，高维空间就在这里，就在这里。"他用手四处指着，来来回回指着，想要表示周围的空间，"看到没有，就在这里。看到没有？"他看着任为，满脸询问。

任为上下左右看了看，"你接着说。"他说。

"但是我们感觉不到。看不到，一点也看不到。为什么？为什么？你猜为什么？"他的表情似乎换成了期待，使劲地伸过头来，眼看就快要碰到任为的脑袋了。他问别人问题的时候经常这样，如果在赫尔维蒂亚，这算不算性骚扰？任为想。

"我不知道。"他回答说。

"我知道你不知道，我也不知道，但我可能知道。"柳杨说，把脑袋缩了回去，"是意识场不让我们看到。我们看到了，我们又没看到，是因为意识场不让我们看到。我们的大脑，这里，"他用手指了指自己的脑袋，"这里的容量不够，计算能力不够。如果把高维空间的视觉信号全都传递进来，它会死机。所以，眼睛看到了，大脑却拒绝承认。意识场不让大脑承认，拒绝计算。它让大脑使用一个简化模型来计算世界。过滤掉高维世界的所有视觉信号，这样计算就很简单了。"

他停顿了一下，看看任为，似乎花了点时间评估了一下任为的理解能力，好像还有点为难，然后接着说："蚂蚁，我们用蚂蚁做例子，经典的例子，你知道吧？蚂蚁在一张纸上爬行。那是二维世界，很容易理解，对不对？可那是个错误的例子。蚂蚁虽然在二维世界里爬行，但它能看到头顶的三维世界。它只是很可怜，无法跳起来进入那个三维世界而已。跳蚤就可以跳起来，对吧？当然，这个例子也可能是对的。你研究过蚂蚁吗？我没研究过。你研究过吗？也许它的眼睛，真的看不到头顶的三维世界。或者，它的眼睛看到了，它的大脑却拒绝处理三维世界的信息。那么，就等于没看到。只有这样，这个经典的例子才是对的，才是个正确的例子。我想说的是，我们就是三维世界的蚂蚁。

完全符合我刚刚说的情形。我们看到了高维世界，但是大脑和意识场，却拒绝处理高维世界的信息。所以，我们又没看到。是不是很奇怪？你能理解吗？你的智商够吗？我可以给你一点时间，让你好好想想。"他又停顿下来，盯着任为，显得很体贴，好像真的要给任为一点时间，让他好好想想。同时却又监督着他，免得他走神。

"我能理解，我不需要时间。"任为说，"你的话不难理解。但是，我们需要一张纸。无论蚂蚁看没看到头顶的三维世界，关键是它的确不需要看到，它只需要看到二维世界就可以了。它在一张三维纸的二维表面上爬行，是这张纸帮它屏蔽了三维世界。如果它走到纸的边缘，它又看不到三维世界，或者拒绝处理三维世界的信息，那么它就会从纸上掉下去，掉到地上，那就进入了三维世界。可是事实不是这样，事实是它会爬到纸的背面。这说明，它看到并处理了三维世界。或者，对它来说，那张纸还在，还没有到边缘。无论你怎么解释，它都需要那张纸。对吗？我们也需要那张纸，一张高维的纸，而我们爬行在这张高维纸的三维表面上！"

"是的，"柳杨说，"是的，你说得很好。那张纸，高维空间的一张纸，拥有三维的表面，我们在上面爬行。只要这张纸稳定地存在着，我们就可以忽略高维空间，我们的小小的脑袋就够用了。对，那张纸，我要找到那张纸。这一切秘密，可能都在意识场里！所以，这才是那个大大的事情。"他比划着大大的圆圈，张牙舞爪。

"意识场让我们按照它的方式，认识这个世界。"他说，"三维的世界，但其实是高维的世界。总之，意识场是高维的，却在三维世界露出了马脚。意识场是高维世界的一个入口，我们必须进去。"

"好像你的理论中，意识场是逐渐产生的。那么，婴儿应该没有意识场，婴儿的大脑会处理高维世界的信息吗？"任为问。

"婴儿？"柳杨说，"婴儿？对啊！没有意识场，我认为他们没有意识场。对他们来说，高维世界不是问题。婴儿无法区分颜色，视敏度很低，视觉有问题。婴儿从四个月才开始建立知觉恒常性，知觉恒常性知道吗？这玩意儿到八个月形成雏形，两三岁才能全部完成。我相信，这个过程也是意识场形成的过程。之前婴儿也许看到了高维世界。但视觉有问题，看清楚的东西很少，大脑需要处理的东西也很少，所以大脑能力不是问题。可当他们长大，看到的东西越来越多，需要处理的东西也越来越多，这时候大脑就不够用了。不过没关系，意识场及时出现了，指导大脑，哪些东西需要处理，哪些东西不需要处理。你看，就这样，知觉恒常性建立起来了，大脑又够用了。很多人认为知觉恒常性是建立一个默认的视觉框架，来保持视觉映像的稳定性。但我认为知觉恒常性的核心是过滤掉所有高维的东西，视觉映像的稳定性只是一个副产品。这是意识场控制你的一个工具，不，是帮助你的一个工具，否则大脑就死机了。你看到的一切，你以为的你看到的一切，其实都是剪辑后的作品，高维空间的信息被剪辑掉了。是的，我认为是这样。当然，这也是要进一步研究的地方。是的，是要研究的地方。总有很多地方要研究，不是吗？"一边说着，他一边点着头，表示赞同自己。

"高维空间。"任为嘟囔了一句，然后想了一下，说："你说的我都明白。不过我觉得，这都是你的想象，你不是物理学家。"任为说。

"你怀疑我？你居然怀疑我！"柳杨大怒，"你不能怀疑我，你没有权利怀疑我！"

"难道……你是物理学家吗？"任为问，他觉得有点头疼。

"物理学家？他们算什么？他们只会数学！"柳杨大喊。

"柳所长，你还得求任所长办事呢！"李舒说。

柳杨愣了一下。

"好吧，"他很努力地让自己平静下来，尽量口气和缓地说："好吧。你可以怀疑我，我给你权利怀疑我。但我会证明给你看！我要做研究，所以你必须帮我。"

"你到底要我怎么帮你？"任为问。

"我需要空体！我需要可以自由使用的空体，不会被……"他说到这里，右手伸出，在空中做了个砍头的动作，接着说："……的空体，你明白吗？"

"空体？你的意思是……"他想了一下才接着说，"……我明白了。

但是，吕青怎么会有空体呢？"

"KillKiller 有啊！很多。"李舒说。

"只有他们有！别的地方只有死人，没有空体。除非我们去杀人，或者你来帮助我们杀人，这也是个办法，你可以考虑一下。"他低头在想，好像在思考这方案是否可行，"否则的话，就只有 KillKiller 有空体了。"他抬起头来，仿佛否定了自己的最新方案，"KillKiller，他们拒绝跟我合作。他们拒绝我，他们很不礼貌。我很生气，我不会原谅他们。知道吗？永远不会原谅。但是，他们不会拒绝吕青。他们有求于吕青，不是吗？他们害怕吕青！"他说。

任为想起黑格尔·穆勒，想起他跟吕青说话的样子。

"但是那些空体，KillKiller 那些空体，都有家人。他们的家人，认为他们都还活着。"任为说。

"总有些没有家人，总有些被忘记了，总有些没有按时缴款。就像银行里，总有一大笔被人遗忘的存款，每个银行都有，而且都有很多。对不对？ KillKiller 也一样。会有多余的空体，没用的空体，不能帮他们挣钱的空体。我们拿来用，不会有人发现。这样的空体，他们保存一段时间以后，本来就要处理掉。不是吗？"柳杨说。

任为想起自己和 KillKiller 签订的协议。病人的监护人应按时向 KillKiller 预缴费用，如果未能按时预缴，KillKiller 最多将为病人继续提供一年的医疗服务。如果一年后仍未收到预缴费用和过去一年的已发生费用，那么，KillKiller 将自动获得监护人的全权授权，停止为病人提供所有医疗服务。这种情况下，毫无疑问，病人将会死亡。然后，KillKiller 将按照所在国法律规定的丧葬程序，安葬死亡的病人。

这里面有些矛盾，任为忽然意识到。

如果 KillKiller 认为病人是活人，即使没缴款，怎么能够随意停止提供医疗服务呢？在正规医院，出现重症病人无法缴费，医院如果要停止医疗服务，需要履行严格的评估程序，获得医疗主管机构的批准。但是，通常情况下，医疗主管机构不会批准这种要求，而是会提供救济。救济的费用，将会算做监护人的公共债务。实际上，因为医疗保险的广泛涵盖，这种情况通常不会发生。KillKiller 显然是因为不在医疗保险范畴内，才会在合同中出现这样的条款。可是，那不是杀人吗？

反过来，如果 KillKiller 认为病人是死人，当然不存在杀人的问题。但是，如果病人是死人，KillKiller 凭什么要求客户，缴纳比墓地费用高出数十倍的费用，去保存一具遗体呢？

在脑科学所的空体和意识场概念没有公开并且没有被法律认可的情况下，这个矛盾无法解决，KillKiller 只能游走在法律边缘。

"所以，你要通过吕青，找 KillKiller 要这样的空体？"任为说。

"是的。"柳杨说。

"拿来干什么？你要研究的是意识场，又不是空体。如果是因为迁移需要空体，那用来迁移的意识场呢？"任为问。

"我们保存的那些云球人意识场啊！"柳杨说。

"云球人意识场？"任为一惊，"你要让云球人活在地球上？你疯了？"

"我要做研究。难道你让我拿地球人的意识场做研究吗？如果你愿意做这个实验品，我倒是也愿意考虑。"柳杨说。

任为愣了一会儿。

"可是……这……他们算什么？人吗？"任为问。

"他们算什么？我不知道，这不归我管，"柳杨皱着眉头，好像这个问题很奇怪，"这不归我管，我只是要做我的研究。"他说。

"任所长，您不要这么惊讶。"李舒插话说，"您这么想，不说别人，就说阿黛尔。阿黛尔是个很漂亮的、多才多艺的女孩子。现在，她的意识场在意识机里，什么都干不了。对她来说，如果我们没有下一步的行动，她将处在永恒的黑暗中。用孙斐的话讲，她不幸被上帝选中，成为上帝的囚徒。永远的囚徒，她多么可怜啊！而如果我们给她找一个空体，我们可以做研究，她则获得了新生。当然，KillKiller 的空体，生理年龄可能绝大多数有点老，会消耗意识场的寿命。但是，通过吕青的关系，也许可以找到相对年轻的空体。那么，对于阿黛尔来说，我们不仅没有伤害她，反而是给她带来了更好的人生，地球的人生。

您不觉得,地球的人生比云球的人生好得多吗？我们是在拯救阿黛尔！"

"上帝的囚徒？他们原本就是囚徒，不过院子大一些。"柳杨显然对这个说法不以为然。

"拯救阿黛尔。"任为喃喃自语地重复了一遍。

—— 27 ——

PerfectSkin

  任为向吕青转达了柳杨的请求。并且，他站在了柳杨一边，试图用"上帝的囚徒""拯救阿黛尔"之类的说法来说服吕青。他并没抱太大的希望，他觉得这个请求有很大问题，有很大的违法嫌疑，吕青同意的可能性微乎其微。他只能指望自己想得不对，吕青会有合理合法的操作方法。对于法律规范和 KillKiller，吕青可比他熟悉得多，她也许会有办法。当然，前提是她有兴趣帮忙。

  出乎任为的预料，吕青既没有拒绝，也没有提出什么合理合法的操作方法。她想了很久，然后说，让她再想想。这对吕青来说不同寻常，她不是那种经常会说再想想的人。

  从赫尔维蒂亚回来以后，并且听过了任为转述的任明明最后的那些话，吕青似乎有些变化。虽然外表看起来依旧平静，但和以前的雷厉风行相比，显得更加谨慎和持重。甚至有时，会出现一些以前几乎从未有过的犹疑。这也难怪，女儿毕竟是女儿。出了这样的事情，难以避免地给她带来了很大的影响。

  任为的脑子里，也始终萦绕着任明明最后的那些话。和吕青相比，他更加缺乏一颗稳定的心脏。白天的时候心烦意乱，晚上的时候辗转反侧。各种事情在脑子里纷至沓来，他感到无所适从。对任明明，他充满了愧疚。

  任为决定为任明明做点什么。他觉得，那样也许会让自己好受一点。

他想起了胡俊飞，联系了他。

任明明目前的状况是不知所踪。除了告诉胡俊飞这一点，任为几乎没有再提任何关于任明明的事情，胡俊飞对此痛心不已。

实际上，正如任明明所料，他现在正焦头烂额。任明明的消失，使得之前看起来胜利在望的几笔融资通通停滞。所有投资人都对他的领导能力和战略能力展示出某种不信任，而对任明明消失带来的不确定性表现出极大的担忧。他痛入骨髓地感觉到，那个十九岁的小姑娘，对他，对他的公司，是多么重要。公司的情况非常不妙，资金链已经完全断裂。很多员工已经有些日子没有发工资了，胡俊飞自己更加不用说了。

在 SSI 听觉组件高度还原的音频数据中，胡俊飞的声音显得沉重压抑。任为甚至觉得，如果是面对面，他也许会看到胡俊飞的眼泪。他尽量安慰了胡俊飞，并且说会帮他想想办法。但其实，他脑子里一片空白，并没有什么思路。

结束通话后，他认真地想了想，看能不能找到办法。

他并没有什么投资圈的人脉。作为一个科学家，任为虽然也经常到处搞钱，但从来和风险投资没什么关系。他的钱都来自政府和科学界。一直以来，到云球娱乐化之前，云球和赚钱这件事情离着十万八千里，自然和追求回报的商业投资也离着十万八千里。吕青显然也没有什么现成的路子，任为相信她可以拐着弯疏通人脉，她的圈子和能量都很大，可毕竟不是很直接。

不过，他很快想到了王陆杰。

他觉得，王陆杰也许在这方面很在行。王陆杰负责前沿院的社会化局，社会化的基础是前沿院的科技成果，而社会化要做的第一件事情，通常就是去找社会上的资金。对，王陆杰一定会有办法。

任为联系了王陆杰，说了个简单的故事。其中大部分都很真实，只是掺杂了一点点谎言。他说胡俊飞是任明明的前老板，也是最好的朋友。之前，任明明就在为公司融资，本来进展都不错，但现在任明明失踪了，胡俊飞走投无路，求到了他头上。看在任明明的面子上，他不能不管。毕竟，说不定哪天，任明明就回来了。

王陆杰爽快地答应了。他说，他认识很多投资人，介绍几个谈谈没问题。但是，投资人都很精明很势利，事情成不成他可完全没把握，只能依靠胡俊飞自己。这当然，任为觉得很对。所以很快，王陆杰就约了一个投资人。据王陆杰说，在中国的投资圈中，这人所在的投资机构常年排名前三位。而这个投资人，在他的机构里是高级合伙人，在投资圈也算是大佬。一般的初创企业，一定要过五关斩六将，到最后阶段才有可能见到他。王陆杰和他认识很久，又把 PerfectSkin 可劲吹了一通，才有了这个机会。其实，PerfectSkin 是怎么回事，王陆杰除了知道"仿真皮肤"和"电子胃"两个单词，对其他几乎一无所知，他完全依靠自己的想象力在吹。

这种机会很难得，一般来说，要见到投资机构的高级合伙人要过好几关。首先，第一关是投资分析系统，那通常是一个有着人形的机器人，有时也可能是一个没有人形的网络界面。如果有人形，就像其他种类的机器人一样，你并不总能意识到那是一个机器人。除非你经验老到，看到它非常客气，说话和风细雨，耐心又很好，然后一眼就断定，它是一个机器人而非一个真正的投资人——这种判断十有八九是正确的，真正的投资人通常会让你感到很不舒服。过了第一关之后，你可能要开始见两三个层次的真人，但多数都是投资经理之类的跑腿小弟。虽然看起来个个都很拉风，而实际上，除了书本上没有用的财经知识，这些投资经理对现实世界懂得很少，并不比第一关的机器人懂得更多，尤其是在他们的投资专业方面。他们的优势只是能够对创业者的个性有一个了解，激怒对方也是了解对方的一个手段，所以，他们的了解也许比机器人多一点点。不过，这多出来的一点点，很有可能只是老一派投资人的传统观念在作祟，事实上，越来越多的投资机构开始彻底清洗这些投资经理。少壮派投资决策者越来越觉得，不要说投资专业知识，就算是对人类个性的判断，和这些毛头小伙子或者时尚小美女相比，机器人也不差，事实上可能更强。它们并不需要激怒对方，当然对方面对一个机器人也不容易真正被激怒。它们需要的东西根本不是对面那个生物脸上的表情，而是他在网络世界上留下的无数痕迹。机器人通过海量数据，很容易了解它们的目标，也许比目标对自身的了解还要更多。

无论是投资分析机器人还是投资经理，都没有决策权限，他们的工作目标只是收集尽可能多的项目，然后过滤掉垃圾项目，节约合伙人的时间。经过一轮轮的清洗，到合伙人出面的时候，浪费时间的机会自然就比较小了。

经验丰富的合伙人，以及若干合伙人组成的投资委员会，对创新的理解和对人性的把握，相比机器人仍有不可替代的优势。目前，这在投资界还可以说是共识——不过情况也在改变，已经有些端倪出现，直接把最终的投资决策扔给机器人。这激进了一点，但符合极少数激进投资者的胃口。当然，面对抢手的好项目，投资人要争取而非创业者要争取的时候，人类的优势就比较明显。说服人的能力，机器人显然还不足够强大，不过据说，也有很多项目正在向这方面努力。

这个过程，对投资机构来说非常合理，但对创业公司来说就不是那么合理了。面对和气但却精明的投资机器人，或者面对经验欠缺但却高傲挑剔的投资经理，创业者们都不好对付。

任明明在的时候，就经常这样战斗。机器人也好，毛头小伙子或者时尚小美女也好，她都有不错的胜率。好几家投资机构谈得不错，已经到了临门一脚。可是任明明消失了，面对最后的守门员，球被胡俊飞踢飞了。这次在王陆杰的面子下，前面的轮次免试通过，后卫们自动让开。如果打动了这个所谓的高级合伙人，最后的守门员，那么他可能直接做出决策。据王陆杰说，这位投资人的机构不是一个激进的机构，虽然也使用投资分析系统帮助分析数据，但总的来讲，更相信人类而非机器人。而这个投资人是机构中少数几个核心人类之一，他的决策几乎就是投资委员会的最终决策。当然，能否成功还是要依靠胡俊飞。看看那只已经踢飞好几个球的脚，这次是否能够有顺一些的脚风。

坐在 PerfectSkin 办公室里，那位投资人，顾子帆，略低着头，眼睛用有点向上的角度盯着对面的胡俊飞。这个角度有点奇怪，一般的居高临下都是仰着头往下看，但他反过来了，不知是表示谦逊还是另一种居高临下。任为和王陆杰陪坐在边上。其实这事和他们没什么关系，他们只是双方的介绍人，分别在胡俊飞坚持的要求下和顾子帆顺口的邀请下，出现在了这里。

除了他们，胡俊飞身边还坐了一个人，侯天意。胡俊飞介绍说，侯天意是他们公司的销售总监。他看着很敦实，浓眉大眼，一脸质朴的样子，头发显得有点乱蓬蓬的，穿着深灰色的衬衣，身体略微前倾，双臂撑在会议桌上，给人一种非常忠厚老实的感觉。相比而言，胡俊飞白白净净，五官发型也斯文得多，穿的衬衣是白颜色。他安静地坐在桌边，脸上露着微笑，但是眉毛拧在一起，看着苦哈哈的，一副忧心忡忡的样子。好像他长得就这样，任为想。上次见面的时候，注意力都在任明明身上，没太注意胡俊飞。感觉上，他不仅仅是因为压力才会有这副表情，而是天生就忧愁。

顾子帆和胡俊飞、侯天意已经聊了半天。任为不懂投资，也不懂生意，但至少能听出声音的大小和语气的急促。他觉得，他们聊的并不好，甚至是很差。

"你们的生意很不好，这反映了你们的业务能力。"顾子帆说，"你们不能做鸵鸟，要面对自己的问题。"他说，脸上有点不耐烦的样子。

"是，是生意不太好。"胡俊飞说，"不过，还是有很多机会。天意他们销售队伍，很辛苦地在跑。我最近也一直在出差。今天下午，我们两个都要出差。"

"我要去湖南。有一个项目很大，有机会，我下午就去。"侯天意补充说。

"你们就知道说，你们很辛苦。"顾子帆说，"我相信你们，但辛苦有什么用？刚才你们提到，有很多应收款收不回来。你们以为讲这个能够证明你们有生意？难道这不是恰恰说明你们有问题吗？收不回钱来，还叫生意吗？对投资人说这种事情，还说得理直气壮！这是好事还是坏事你们都搞不清楚。我真不明白，你们是怎么想问题的。"

听他们讲了半天，任为才知道，PerfectSkin 的生意完全不是他想象的那样。他原本以为，他们既然生产仿真皮肤，客户应该是机器人厂家。而且，一旦使用就会长期批量地使用。可实际上，他们根本没有能力搞定机器人厂家这样的大客户。他们只能为一些小规模的特殊客户服务。这些特殊客户，因为各种原因，对自己机器人的皮肤不满意，需要为机器人更换皮肤，增加一些功能或者改进皮肤的外观等等。这些年来，PerfectSkin 主要靠为这种客户做皮肤定制生存。曾经几年前，他们的主要客户都算是企业用户，皮肤定制有一定批量，利润也还可以。但是这一两年，生意越来越差，客户规模也越来越小。现在，他们甚至连个人客户的生意都接，为一两个机器人更换皮肤。这种生意做起来很累，也没有什么利润。

胡俊飞还在解释："收款的事，我们还在收，也不是说收不回来，只是慢。这件事的确很困难，但我觉得，也不能说都是我们的问题。客户的验收流程非常慢。有些客户不太讲理，非常挑剔。所有做机器人体验定制的公司都这样，也不是只有我们面临这种问题。"

机器人体验定制！任为也算搞了那么多年机器人，可今天头一次听到这个词汇。当然严格意义上，他搞的不是机器人，而是虚拟人，所以，有些机器人行业的词汇，他没听说过也不奇怪。

"不要怪用户挑剔，是你们的问题。很多项目你们都用机器人去做，用机器人做机器人体验定制？呵，能做好才怪。客户都是人，哪有那么容易应付。"顾子帆摇摇头，脸上带着苦笑，"挑剔？你还想怎么样？"他说。

"用机器人也是没办法。"胡俊飞接着说，"我们现金流不好，已经借了不少钱。所以，很长一段时间，我们一直在控制员工的人数。确实，人员跟不上，有些项目收尾就收得不好，又增加了收款难度。不过，客户也确实有很多问题，不能都怪我们。如果只是完成合同要求，我们是可以都用人来做的。质量有保证，也能挣到钱。可客户总是在变，体验这个词，有时候很难定义清楚。他们不停地改需求，不停地增加新需求，没完没了。这就让工作量比合同估算大了很多。我们都用人来做的话，一定是赔钱的，只能使用机器人，这样成本会低很多。实际上，就算这样也已经挣不到钱了。而且很多客户还拖着不付款。"

"按照合同要求做？如果真是这样，用机器人做也没问题了。问题就是要面对需求更改，这就是你们工作的核心！体验定制，你以为是在定制机器人？其实是在定制人的欲望！你们居然用机器人去定制人的欲望！你们让机器人去告诉人，接待机器人的皮肤，这样这样才能让你的客人看着喜欢？性爱机器人的皮肤，这样这样才能让你摸着舒服？你们都没搞明白自己在干什么，还怎么干呢？"顾子帆说。

胡俊飞沉默不语。

"你们这个工作，核心内容不是技术，而是沟通。明白吗？沟通过程是一个期望管理的过程。期望管理，明白什么叫期望管理吗？"顾子帆接着说，"你们为了省钱，用机器人来做期望管理，开玩笑！人做人的期望管理都很难，何况机器人！我看你们自己就不会做期望管理，怎么能指望你们的机器人？不管你们的产品质量怎么样，只要期望管理做得不好，就是产品质量差！产品质量差，当然收款就难，再拿新项目当然也难。这是没办法解决的。没有项目，资金就更紧张，然后就用更多的机器人。这是一个典型的负循环，这生意还怎么做？"

"是，所以我们特别需要融资，希望顾总能够支持我们一下。"胡俊飞说。

"支持是要支持有希望的东西。你们现在这样子，有希望吗？"顾子帆说，"钱不是问题，我们有钱，只有钱，没别的。我们可以用钱来支持你，但不会支持你做现在做的事情。你们根本就没搞明白自己在干什么，我们怎么支持？支持你们收拾烂摊子吗？我又不是傻子。我告诉你，你们的电子胃是不错，我看好，我想投资。可有这么个烂摊子挡路，我怎么给你们投资？不，不会，绝对不会。"

"您说的期望管理，和承诺博弈论有关系吗？"任为插了一句，他脑子里想起了穿越计划。

"承诺博弈论！"顾子帆叫起来，"对，承诺博弈论。"他没有理任为，还是对着胡俊飞，"听到没有？听到任所长说什么没有？承诺博弈论，懂吗？体验定制，不懂承诺博弈论做什么体验定制！"然后他才转向任为，说："有关系，当然有关系。大家都喜欢起个新名字，否则怎么建立自己的理论体系呢？"他耸了耸肩，仿佛要对什么东西表示不屑。

"做电子胃，难道不需要做期望管理吗？"任为问，他问完了又有点后悔，不知道这个问题是在帮胡俊飞还是在害胡俊飞。

"需要啊，当然需要啊！做什么都离不开期望管理。"顾子帆回答，"但是，电子胃不是定制产品，是标准产品，和 SSI 一样。电子胃的期望管理，是市场部门面对大众的一次性期望管理。而他们的体验定制，是他们的机器人面对每个客户的无数次期望管理。"他又转向胡俊飞，"难道我能指望，你们的机器人可以和专业的市场部门一样好吗？"

"我们正在做电子胃。您看到了，电子胃研发进度很好，实际上已经可以上市了。"胡俊飞说。

"呵呵……"顾子帆发出两声奇怪的声音，"我认可你们的电子胃，所以才坐在这里。可你要明白，你要做新产品，第一件事是把你的烂摊子扔了，干干净净地重新开始。不能新事情还没开始做，一上来就先有一个大窟窿。"

"您不能就说是烂摊子，我们对生意有信心。我们之前的状况是不太好，但是我们对未来还是有信心。"胡俊飞说。

"信心？什么信心？你刚才说的，今年把窟窿填平的目标？"顾子帆说，"你在搞笑吗？今年已经过去小一半时间了，怎么填平？去偷还是去抢？"

胡俊飞和侯天意都沉默不语。过了一会儿，侯天意说："我们有信心，顾总，下面真的有不少机会。"

"你们的生意乱七八糟，全是小客户小生意，定制种类有几百种，完全没有聚焦。无论从行业、地区或者任何角度的目标客户群体来看，都无法形成口碑，没有任何积累。每个客户，都是一次全新的打单过程和一次全新的期望管理过程。不要说机器人，就连你们自己都不会做期望管理。而且你们打单的能力同样也是不行，不然也混不到今天这个样子。"顾子帆说，"你们不可能达成目标。"他说得一点也不客气。

"这么说不公平。"胡俊飞有点激动起来了，"不能因为我们之前做得不好，就认为我们之后不行。去年我们投一个大标，标的很大，够我们干几年的活儿。我们输了。但我们是有机会的，只是竞争对手工作开展得早，我们输得很可惜。这样的项目还有，如果我们在下半年拿下一个，就可以填平所有窟窿了。"

"啊？"顾子帆呆了一下，摇了摇头，"我说，你怎么这么搞笑啊？大项目？你是说大项目？是啊！市场上有的是，那些机器人大厂的皮肤生意，都很大啊！你相信你们有机会能赢？怎么不早赢几个啊？这样的项目，那么容易做吗？没个一两年的时间，甚至几年的时间，能做下来？下半年拿下一个，你真敢说。"

胡俊飞和侯天意都不说话。

"真亏得我和你们谈。"顾子帆说，"要是像别的那些投资机构那样，用投资机器人和你们谈，五分钟就谈完了。不，根本不会和你们谈。我告诉你，我们的投资机器人用你们的公开数据分析过，你们永远都填不平窟窿。投资机器人可不会小看你们，你们的市场，你们的客户，你们的公司，你们的产品，你们的人员，还有你们的竞争对手，什么都会分析，很客观的。我要不是看着你们有电子胃，我也不会来谈的。"

顾子帆等着他们说话，大家沉默了一会儿，胡俊飞说："但我们觉得还是有机会。"

"小伙子够倔啊！我发现你们根本不会算账，需要我算给你们听吗？不，还是算了，真够累的。我发现，很多创业者都像你们这样，想这个想那个，创业，了不起，可是，不会基本的算术。一年有多少周知道吗？你们平均一周签多少单知道吗？你们一单平均挣多少钱知道吗？你们总共已经亏了多少钱知道吗？好好算算，多长时间能填平这个窟窿。数学！数学，懂吗？看看你们自己的历史！数据都有！至于大项目，请你不要做梦了！更加不要用你的美梦来说服投资人。"

胡俊飞没有吭声。侯天意拿着笔在本子上画着什么，也不说话。

"请你面对现实。"顾子帆说,"你们这种想法,没有投资人会搭理你们。你们现在唯一的出路,就是把原来的公司破产关掉,重新开一个公司,专心做新产品。否则,你们不可能拿到投资。你们如果愿意,那就自己扛着吧!别说我没提醒你们,一定要给自己找那么大压力吗?你们脑子里都在想什么?"

"我们不怕压力!"胡俊飞说,又有点激动,看来他心中对关掉公司这个想法极端恐惧,"顾总,当年我们什么没经历过?我们不怕压力。我们也曾经好过,人最多的时候有五百人,做很大的项目。后来,莫名其妙被大客户坑了。我们从五百人,一下子缩减到几十人。您知道我们经历了什么吗?我亲自出面,一个一个和员工谈话。四百多人啊!裁掉四百多人啊!没钱付赔偿,一个一个谈。"胡俊飞越说越激动,"顾总,真的,那么难我们都挺过来了。我们不但自己不拿工资,我们还从家里拿钱来。大家齐心协力,也都挺过来了。现在让我放弃?我怎么放弃?我怎么跟我老婆交代?我拼了这么多年,我说我放弃了?我怎么跟朋友交代?我说我失败了?我交代不了,顾总,您理解吗?我怎么交代?我亏欠了家里很多,我放弃了?我怎么放弃?"

"我知道你们那点历史。"顾子帆说,一点也不理会胡俊飞的激动,一脸不屑,"看看,看看,只会怨天尤人。反思一下好吗?你们从五百人变成几十人,是怎么回事你们没点数吗?被大客户坑了?锅甩得很干净啊!客户说什么你们就信什么?那个项目你们本来就不该做!可你们,不但做了,还疯狂招人去做。从几十人到五百人也就用了几个月时间吧?这不,又用了几个月,缩回去了。"

任为很好奇是怎么回事,从来没听任明明讲过。

"顾总,顾总,"侯天意插嘴说,不知道是急着要表达意见,还是不愿旧事重提,"在公司很困难的局面下,活要干,钱没有。我们坚持下来了,而且,还拉了很多兄弟进来。兄弟们看好我们,放弃了很多东西,跟着我们干。我们努力做,最后做不到也没办法,但我们要坚持到底。中途放弃的话,做了逃兵,对这些兄弟也没法交代。顾总,您真的要理解我们。除非,除非新公司把兄弟们都带上,可您又不同意。"

"把兄弟们都带上？你以为做慈善呢？"顾子帆叫了起来，"拉了很多兄弟进来？自找！是不是准备再拉一些兄弟进来？兄弟可以便宜甚至免费，又可以多撑一会儿了，是不是？"他咄咄逼人，"兄弟越多，死得越惨。我告诉你，你们做电子胃的就七八个人，剩下的人对新公司来说都是垃圾。知道垃圾怎么说吗？Trash！ Garbage！ Junk！ Rubbish！把兄弟们都带上？应该把脑子带上，好不好？"

任为觉得顾子帆有点过分了。胡俊飞和侯天意的脸都涨得发红，但说不出话来。任为想，在这种情况下，任明明居然能搞定好几家投资商，当时她是怎么谈的呢？不知道。不过现在，他至少知道，胡俊飞是怎么把事情给搞砸的。

胡俊飞低着头，仿佛透过桌面凝视着自己的脚尖。侯天意依然拿着笔在本子上画着什么。他们可能都在压抑自己的怒火，也可能都在抵抗自己的崩溃。任为看不出来他们到底在想什么，但他知道，他们一定很难受。

过了好一会儿，王陆杰忽然说："俊飞，天意，你们一定要理智。你们可以选择坚持，可目前的情况，你们的现金流有问题，没钱怎么坚持？真的靠免费的兄弟们吗？在我听来，顾总的判断很客观。以前的一切都是沉没成本，不需要顾虑。如果你们再玩儿命一段时间，但就是解决不了问题，你们又得到了什么呢？得到了坚持到底的美名？哪里才是坚持到底的这个底？现在撤就是逃兵？那什么时候撤才不算是逃兵？这些虚头巴脑的东西都怎么定义？生意就是生意，生意需要理智。该放弃的时候就放弃，不是一件丢脸的事情，反而是一件明智的事情，也是一件勇敢的事情。"

大家又都陷入沉默。

"你们疯了吗？"顾子帆说，"你们疯了吗？你们在从事什么伟大的事业吗？就是一门生意而已，还是很失败的生意。"

"我们真的没法交代。没法跟家人交代，没法跟朋友交代，也没法跟自己交代。"胡俊飞说。依然凝视着桌面，眉毛皱成一团，但语气很坚定，不像是能商量的样子。

"唉。"顾子帆叹了一口气，沉默了一会儿，说："好吧。虽然我很看好你们的电子胃，但是我想我们没有必要谈下去了。"

"知道为什么机器人变不成人吗？"从 PerfectSkin 出来以后，顾子帆对任为和王陆杰说，声音里充满了讥讽，"知道机器人和人的本质区别在哪里吗？"

"在哪里？"任为疑惑地问。他想起柳杨说过的话，机器人的计算强度不够，超不过柳杨阈值，产生不了意识。当然，产生不了意识，也就变不成人了。

"因为机器人实在没办法变得像人那么蠢。"顾子帆的答案显然和柳杨不同。

"那你还不用机器人谈判。"王陆杰插了一句。

"因为机器人也实在没办法理解人的蠢。"顾子帆一边说着，一边上了他的汽车。

"再见。"他转向任为，"任所长，我觉得您不用帮他们了。产品再好，也不会在愚蠢的人手里成功。您是科学家，您不是做生意的。可是，您都比他们明白，您都知道承诺博弈论。"

他又扭过头，对王陆杰说："陆杰，抱歉，这个忙我帮不上了。合作机会很多，我们回头找机会再聊。我下面还有个会，先走了。"

看着他的汽车的背影渐渐远去，任为下意识地琢磨着他的话："知道为什么机器人变不成人吗？知道机器人和人的本质区别在哪里吗？因为机器人实在没办法变得像人那么蠢。"

任为有点恍惚，王陆杰则看起来不以为然。"他们投资人都这样。觉得自己了不起得很，聪明得不行，别人都是傻子。"他说，"其实，他们经常犯愚蠢的错误。这次，我觉得他很可能要犯错误了。那个电子胃，我真的觉得很好。至于那个胡俊飞，还有侯天意，不就是太执着了一点吗？"

王陆杰像是担心任为，怕他捎带也受了打击，拍了拍他的肩膀，有点安慰的意思。

—— 28 ——
死亡的选择

任为告诉张琦和孙斐一个决定，他决定自己亲自进入云球。张琦和孙斐瞪大了眼睛看着他，显然无比惊讶。他尽量让自己显得很平静，努力地控制着自己的表情，希望从自己的脸上看不出太多东西。

"卢小雷回来那天，您同意改造影像系统。那时候，您就这样想了？"孙斐问，语气冷冰冰的。这很少见，她虽然经常对别人冷冰冰的，但基本上不会对任为这样。

"有这个想法。"任为说，努力地做到面无表情。

"您为什么想要自己进去呢？就像您以前担心的一样，穿越计划确实还是有一些风险。您是地球所的一把手，也是地球所的旗帜，世界级的科学家。您如果真的要进去，那可是一个大事情，需要做更多的准备和保障。说实话，从工作的角度考虑，我看必要性好像不是很大。"张琦说。

"云球是我一手建立的，看着它长大，一直到今天。它有新的发展，我怎么能置身事外呢？"任为说，"至于安全，不是已经实验了这么多次，我已经完全没有担心了。"

"您打算去执行穿越计划的任务？"孙斐依旧冷冰冰地问。

"有什么不行吗？"任为反问。

"亲手毁了您建立的云球？您不觉得改变了您的初衷吗？您以前不是这样的！"孙斐咄咄逼人。

"我们讨论过了，穿越计划已经确定了。至于是不是我亲自动手，也没有什么区别。你不是也一直反对吗？而且反对得很激烈。但是你不也进去了吗？"任为说。

"不，我和您不一样。我可以当着张所长的面明说，我进去是为了找到阻止穿越计划的更多理由。我看您不一样，您已经改变了初衷。您先是坚决反对，然后不置可否，现在要亲自进入，您已经变成穿越派了。我可没有，我是自然演化派。"孙斐说，说得很坚决。

张琦低着头，双手放在沙发椅的把手上，右手几个手指有节律地轻轻敲着把手的绒布包面，默不作声。

"那你找到什么理由了吗？"任为问。

孙斐没有回答这个问题，而是气呼呼地盯着任为。过了一会儿，她说："我会有办法的。一个自然演化的云球才是我们的理想，至少，是我的理想。您已经都忘记了，但我不会忘记。"

"不要批判我了。"任为说，"我支持你追逐你的理想。但是，今天的云球，有今天的价值。穿越计划有它消极的一面，也有它积极的一面。我们要面对现实。"

"我拦不住您。您是领导，您当然有权做决定。您如果是征求我的意见，我想我表达清楚了。您如果是通知我，那么告诉我我要做什么就行了。"孙斐说。

"好吧，我是通知你。"任为说。

"任所长，我来安排吧。不过，您是所长，目前，云球和地球的通讯方案还没有做好，您在云球中和地球无法联系。这可不是出差，按照规定，类似这种情况，您需要正式指定一个备份人选，在您不在的时候，可以代理您来处理地球所的工作。"张琦说。

"你啊！你代理我。"任为说，"所以，我们两个不能同时进去。我想快一点，你帮我安排一下吧！"任为说。

孙斐扭头看了一眼张琦，好像充满了愤怒，但使劲控制着，非常使劲。

"您也要先做两次短期实验，至少一次。本来，我们已经不打算做短期实验了。正在遴选派遣队员，准备进入云球执行长期任务。可现在既然您想进去，那还是调整一下比较好。"张琦说。

"那就调整一下吧，尽快。"任为说，少有的坚决。他确实想尽快进去。他想离开这个地球，清静一会儿。

但是，显然他无法尽快。"砰"的一声响，齐云忽然推开门冲了进来，声音急促地说："出事情了，你们知道吗？"

"什么？"任为吓了一跳。又出了什么事情？他脑子里骤然间又一团乱，各种可能性一下子涌进来。齐云一向稳重，从没出现过这么急吼吼的样子，"云球吗？怎么了？"他问。

"苏彰自杀了。"齐云说。

苏彰的尸体在自己的公寓中被发现。她用一把手枪结束了自己的生命。子弹从她右边的太阳穴进入，并没有从另一边穿出来，是内爆子弹，头顶和后脑的头皮都被掀开了，入射点偏后，角度也略微向后，面部没有掀开，但也扭曲得很厉害，非常狰狞，几乎无法辨认。虽然熟人勉强看得出是苏彰，但警察通过 DNA 检测才最终确认。

苏彰是宏宇公司的重要高管，今天上午本来有管理会，但她没有出现，公司没有人能够联系到她。作为一向给人留下工作狂印象的苏彰，从来都是二十四小时随时可以联系到，这种情况实在很少见。公司的人着急了。中午的时候，她的秘书，一个叫隋薇的小姑娘，被派到她家里去找她。

因为苏彰独居，又经常出差，有时需要隋薇到她家里照看一下，所以隋薇的 SSI 中，有她家公寓的开门权限。隋薇到苏彰家门口的时候，先敲了门，没有反应。隋薇本来没打算进去，如果没有苏彰交代，她从来没有擅自进过苏彰的公寓。但这次，她觉得实在不同寻常。而且，一向嗅觉灵敏的她，闻到隐隐约约有血腥的味道。她很担心，终于开了门进去。于是，发现了苏彰的尸体。

警察很快到了现场。隋薇已经呕吐了好几次，然后伤心得哭晕了过去，也许是吓得晕了过去，确实现场的样子太过分了。警察封锁了现场，进行了各种勘察，包括房间内、公寓楼和小区，各种门禁和监控系统，还走访和调查了很多人。

几天后，警察排除了他杀的可能性，得出了自杀的结论。

宏宇公司和地球所的合作，还在如火如荼地进行。苏彰最近几个月，都有大量的时间耗在地球所。所以，这件事情对地球所也产生了影响。警察很快到地球所做了调查，和很多人谈了话。包括任为和张琦这样的领导，也包括各个部门的基层员工。只要和苏彰接触过的人，全都谈了话。但是，重点显然是和苏彰接触最密切的社会化项目办公室的成员。不过，和所有人的谈话时间都不长。而且大家互相交流之后，觉得好像也没哪个人被问过什么让人觉得压力很大的问题。看起来，他们确实觉得这是一个自杀事件。

卢小雷，像大家所预料的那样，遭受了重大打击。他病了。但去医院拿了药之后，他就回来坚持工作了。看着他苍白的面色，大家都劝他回家休息两天。但是，他坚持不休息。他说，回家休息会让他更加难受，他宁愿多看看他的云球人。

在卢小雷首次进入云球的时候，孙斐已经意识到，他和苏彰之间出了什么问题。现在出了这样的事情，不知道两者之间有没有什么关系。孙斐有点怀疑，却不敢用过于明显的质疑眼光去看卢小雷。当目光偶然扫过卢小雷的时候，她都假装没有注意到他。她知道这样并不高明，但她也不知道，应该怎么表现比较合适。

有件事情，孙斐觉得明显很奇怪，那就是苏彰的死法。

苏彰是个年轻女人，还是个生意人，从来都很注意自己的形象。她的装扮服饰，都一以贯之的漂亮和精致。她的言谈举止，也一以贯之的优雅和专业。你可以认为，她身上的每一个细节，无论何时何地都无可挑剔。作为男人的任为和张琦不一定感觉得到，作为女人的孙斐却感觉得很明显。这样一个女人，一个几乎从不以素面示人，也几乎从未失态的女人，就算要死，为什么会选择这样一个自毁形象的死法？

　　孙斐不太理解，或者说完全不能理解。简直是疯了，她觉得。如果自己哪天要死，肯定不会这样选择，一定会选一个优雅的死法。比如烧炭或者吃药。哪怕割腕也好得多，苍白的尸体旁是一片深红色的鲜血，那还算是有一种凄美。而用手枪顶住太阳穴，"砰"的一声，这不是军人的死法吗？

　　就算是必须用手枪，用的枪也不对。

　　一片狼藉，鲜血溅得到处都是，头皮都被掀起来了。苏彰用的不是什么精致的黄金小手枪之类，如果那样，也许还说得过去。但是，苏彰用的是一把型号很老的传统手枪，RH45。

　　孙斐听到好多人都在传说苏彰的凄惨死法。她实在觉得好奇，就问了和她谈话的警察，一个腼腆的年轻警察，一看就是新手。年轻警察显然没经验，随口就告诉她了。然后，似乎又觉得不该告诉她，有点后悔的样子，脸都红了起来。

　　她上网查了一下，这个RH45，是一种传统的金属手枪，一种非常特殊的枪型，子弹口径很大，所以枪体也很大，准星很差，弹道也不够稳定，射击精度相当不好。它的最大特点是，射击距离不远，子弹穿透力很差，但却是内爆式子弹——这是子弹口径很大的原因，同时也意味着子弹射入人体后绝不会穿过人体，而是会在人体内遭遇阻力较快减速时利用惯性触发二次爆炸，并且相对于子弹的体积而言，二次爆炸的威力相当大。所以，使用这种手枪，射击得准确与否并不要紧，只要大概差不多，就能把人轰得半死。如果胳膊中枪，可不是留下一个枪眼，而是会把胳膊轰个稀烂。如果躯干或头部中枪，基本必死无疑，几乎无法抢救。内爆子弹的另外一个好处是，不会留下子弹的弹头，因为弹头已经爆炸了，所以也就无法进行弹痕检测。另外就是因为射击距离不远，子弹速度不高，射击时的枪声不太大，这对不想引起注意的使用者而言，也算是个很大的好处，也许这符合苏彰的要求？死都要死了，还需要想那么多吗？难道害怕影响邻居睡觉吗？孙斐不相信，她找不到必须使用这种武器的合理理由。

　　这种手枪过于残暴，很少有人使用，已经被国际武器联合会禁用很久。据说，通常是接受了必杀令的杀手必须近身刺杀，或者有深仇大恨的残暴匪帮火并而且以杀人为唯一的明确目标，这一类的特殊情况下这种手枪才会被用到。

虽然苏彰并不娇小，和一般女孩子相比算是很高挑，相对也丰满，不是骨感美人。但是，她会觉得自己和这样一把枪搭配吗？

也许因为搞到一把枪不容易，她只能搞到了这么一把粗陋的工业品？显然不是这样。要说，那些精巧的纳米塑料手枪或者一般的传统手枪，可以 3D 打印，搞到手应该容易得多。在中国销售的 3D 打印机都安装了无法拆除或改造的武器控制功能，根本不可能打印手枪之类的武器，可走私一台没有武器控制功能的 3D 打印机——这当然不容易，但一旦走私成功，就可以打印武器了。经常从新闻报道里听说，警察又查获了什么违法违规的 3D 打印机，通常都是这类东西。所以，在黑市上买到纳米塑料武器或者一般的金属武器，相比买到 RH45 这样的稀有武器而言，难度不在一个等级。虽然理论上，没有武器控制功能的 3D 打印机也可以打印 RH45，但毕竟这是国际武器联合会禁用的东西，打印这种东西的罪行可比打印普通武器严重多了。所以如果没有非常特殊的原因，一般的地下武器制造商应该不会去制造这种东西。就连成品走私市场，恐怕也很难找到它们的踪影。

孙斐觉得，如果是自己，需要的时候，一定会搞一把小巧精致的手枪，纳米塑料或者金属材料倒无所谓，但一定要漂亮，无论如何，一定要符合自己的美女形象。反正，要紧紧顶住太阳穴开轰，从效果角度看，什么手枪都一样，并不需要轰开天灵盖才会死掉，对不对？搞到一把漂亮的小手枪，亮亮的金色，或者艳艳的红色，配上一张沉静美丽的逝去的面孔，而不是配上到处乱溅的鲜血，不好吗？

孙斐对任为和张琦讲了自己的想法。任为和张琦满脸迷茫，不明白她要表达什么。

"而且，你们看，警察还在调查。"孙斐说。

"你是说，有他杀的嫌疑吗？"任为问。

"我看至少没有完全排除。"孙斐说。

"我问过警察，警察说是自杀，调查只是例行公事。"任为说，"再说，谁会杀她？"他想起苏彰的甜蜜笑容和妩媚声音，还有眼神中隐藏的淡淡忧郁，心里有一阵小痛。

"警察当然那么说。"孙斐说。

"你和我们家吕青一样，侦探小说看多了吧！"任为想起费舍尔探长说吕青的话。其实，吕青很多年不看侦探小说了。看侦探小说，还是她上大学时候的事情。

"我们得看看，谁会从中得到好处，谁是获利者。如果没有任何获利者，那就是自杀。但如果，有什么获利者，获利还不小的话，这个事情就不好说了。"孙斐说。

"一个人死了，总会有人受害、有人获利吧！这难免。也不能就这么判断，是自杀还是他杀吧？"任为说。

"谁是获利者呢？"张琦问。他扭着头看孙斐，脸色还挺严肃，好像开始对孙斐的分析感兴趣了。

"不知道。"孙斐说，"我们只是她的一个客户、一单生意而已，能有多大好处要杀人？我看，和我们没关系。但是，他们公司内部就不一定了。那么大的公司，她的职位很高，肯定有内部斗争。又是上市公司，涉及的利益也很大。谁知道呢？"孙斐说。

"真是他杀的话，那现场伪造得也太好了。"张琦说，"而且，我听说警察已经检查了小区和公寓楼的门禁和摄像头，没有任何陌生人进入过苏彰家的公寓楼，甚至没有任何可疑的人进入过这个小区。他们是高档小区，监控很严的，所有进入小区和进入公寓楼的通道都有 SSI门禁和人脸识别摄像头。警察虽然现在确定这是自杀，但一开始这可是枪案，按你说的，还是国际禁用武器的枪案，他们应该是非常重视的，各种勘察应该很仔细。"

"我不知道，我不懂。不过，总有人可以做到的吧！你们如果有什么杀人犯的朋友，那种惯犯，一定能够做得到。更不用说，说不定是特种兵什么的专业人员。"孙斐说。

"专业人员？你开什么玩笑？"张琦说，"这有点夸张了吧。"

"可以雇凶杀人啊！雇凶当然雇专业人员了。"孙斐说。

"恐怕我们不认识杀人犯，更不认识专业人员。"任为说，"再说，为了公司的内部斗争杀人？还这么残暴？多大仇啊！你真想得出来，就算有点利益也不至于吧？"他不以为然。

"有点利益？他们这些上市公司的高管，只是有点利益？您以为是您呢？科学家！"孙斐说，"不过，也可能是情杀。"她好像在思考。

"又变情杀了？"任为问。

"对啊！你看卢小雷，原来和苏彰多好啊！一天到晚黏着苏彰。就算他当众向苏彰示爱，受了苏彰的冷落，我看也还是挺好。但他去云球，是人类第一次去，算是很危险的事情吧？他居然不告诉苏彰。这里面，肯定有什么问题。"孙斐说。

"你怎么这么八卦？"任为说。

"你不会觉得，是小雷干的吧？"张琦问。

"不，不，当然不会。"孙斐说，"现在，我挺可怜卢小雷的。以前我可从来没可怜过他，我只烦过他。我是觉得，苏彰故事太多，她一定有很多很多故事。她那么漂亮，事业成功，很有钱。年龄也不小了，该成家了。可是，她一直单身，好像连男朋友都没有。卢小雷不算啊！你们说，这正常吗？"

"你不是也没有男朋友吗？"张琦说。

"我？和我有什么关系？"孙斐说，"我和她一样吗？再说，我有没有男朋友，你怎么知道？"

"不是小雷干的就行了。和我们没关系就好。你能不能不要瞎猜了？人家的事情，也轮不到我们关心。"任为说，他确实一点也不关心凶手是谁。何况，看起来并没凶手，警察都这么说了。

"总之，不管是利益纠葛还是情杀，都和她的背景有关，和她的故事有关。她在宏宇不少年了吧？所以，多半和宏宇有关，应该多调查一下宏宇。"孙斐说。

"警察说了，是自杀，好吗？"任为又重复了一遍说过的话。

"是的。她身体的姿势，握枪的手，周围的环境，房间的痕迹，以及公寓楼和小区的情况，很难推测出是他杀。他杀的话，伪装不了那么好，警察没那么好骗。他们现在的调查，确实是例行公事，或者只是因为是枪案，才不得不多认真一点。"张琦说。

孙斐不服气地盯着他们，说："如果是我，我就好好调查调查宏宇公司，看看谁是获利者。"

—— 29 ——

谁是获利者

并不需要什么调查，获利者似乎自己走到他们面前了。

王陆杰正在对他们说："苏彰的事情过去就过去了，大家也不要多想了。新来的这个小伙子，裴东来，我看也不错，处理事情井井有条。苏彰一手弄的事情，她不在了，一下子乱哄哄的，目前这样算不错了。这小伙子头脑灵活，动作又快，我看以后的合作没问题。"

苏彰的自杀，让地球所的社会化项目几乎停滞了下来。拍摄、商务、推广、团队，一堆乱七八糟的事情。任为和张琦不得不先处理这些事情。王陆杰提到的裴东来，是宏宇派来接替苏彰的人。如王陆杰所说，这个小伙子做事情雷厉风行、干净麻利。自从他来了之后，让任为和张琦松了一口气，事情慢慢都回到了正轨。

在这样一个阶段，任为进入云球的实验显然只能暂时推迟了。理论上，任为进入云球应该在穿越计划正式实施之前进行，所以穿越计划也被影响，基本处于暂停状态——此时，云球正在像地球一样缓慢地运行着，按照柳杨的建议，它的时钟一直和地球完全同步。罗伊德将军和麦卡人还在僵持，而山地人的大军已经上路了。这样的每分每秒，都在浪费云球的时间，也在浪费地球所的时间，任为和张琦都很着急。

不过王陆杰看起来没有那么着急，他的脸上一如既往，带着亲切的微笑。是的，他的微笑就像长在他脸上。任为想起自己第一次见到他的场景，在前沿院的会议室里，讨论着云球的前景。王陆杰的微笑和欧阳院长的严肃,形成了鲜明的对比。自从他在那次会议上不期出现,云球的一切似乎就都开始发生变化,而地球所的所有人,也都随着云球的变化而开始发生或多或少的变化。

"云球是一个具有巨大商业价值的娱乐资源,你们不觉得吗?"任为想起他的话。不得不承认,他的能力很强,他总能解决很困难的问题。任为知道,他是欧阳院长的得力干将,着实帮前沿院解决过不少难题。

不知道孙斐和卢小雷在想什么,但他们的脸色都很不好。卢小雷依旧很萎靡,和他一向飞扬跳脱的样子不同。看来苏彰的死虽然已经过去快一周了,但他的情绪还没有什么明显的改观。而孙斐则鼓着眼睛,盯着王陆杰,目光有点恶狠狠的。任为不知道,她为什么会这样看着王陆杰。以前她也会这样看着别人,但很少——只在她最生气的时候。可这一段时间以来,她这样的目光越来越多了。这可能也算王陆杰介入地球所业务引起的变化之一吧,他承受一下这样的目光也不算委屈。

张琦很平静,自己应该跟他多学习,任为想。他知道,实际上张琦内心很着急,但他却总是能够沉得住气。他不太确定,张琦刚来地球所的时候是什么样子了。那时候,张琦比现在年轻六七岁,也就三十出头吧,和卢小雷差不多,可在印象中已经像现在这样沉稳。他从来不像卢小雷那么活泼急躁,也从来不像自己这么犹豫迟疑,他似乎一直都那么沉稳。

"您到底要说什么?"孙斐问。她盯了王陆杰半天,似乎一直在憋着什么,现在终于忍不住张嘴了。

"关心一下你们啊!你这个人——"王陆杰说,"孙斐,你能和气一点吗?"

"和气?没问题啊!可是,我觉得您不是来关心我们的。您有话要说。"孙斐说,"您天天来,到处指导工作,不是挺随意的吗?今天却要这么严肃,把我们叫到会议室里,难道不是有什么话要说吗?"

"我哪里天天来了?指导谁工作了?"王陆杰说,"我是来的不少,也没有天天来啊!"

孙斐还要说话,张琦抢先对她说:"好了,好了,孙斐。王局长有话会说的，你不用着急。"然后扭过头对王陆杰说，"王局长，您别往心里去，苏彰出事了，孙斐心情不好。这两天，她一直不会和气地说话，对我们也这样。"

"没关系，没关系，我理解，我也不好受。"王陆杰一边说，一边摆了摆手，又冲着孙斐笑了笑，似乎真没有在意孙斐的态度，"孙斐说的也对，我的确是有个想法，想跟你们探讨一下。"他接着说。

大家都没说话，等着他说他的想法。

"也许我太着急了。"王陆杰说，"看来你们的心情都不好，唉，苏彰这事，太不是时候了。"

"太不是时候？死的太不是时候吗？什么时候死是时候？"孙斐问。

"哎，你这人，我不是这意思。"王陆杰说，"你好像和苏彰关系没那么好啊，你到底怎么了？"

"我没怎么，我和苏彰关系是不好，可是，我觉得她死的可疑。"孙斐说，"您说，她是怎么死的？"

"我怎么知道？"王陆杰说，手一摊，表示这个问题很奇怪。

"我觉得她的死一定和宏宇有关系。您和宏宇那么熟，难道没看出点什么吗？"孙斐问。

"和宏宇有关系？"王陆杰一脸惊讶，他伸出手挠了挠头，想了一下，说："你为什么这么觉得？宏宇那边，没什么情况啊！"

"她拿一把枪轰了自己，死得那么难看，不奇怪吗？"孙斐说，"她老板是谁？"

"她老板？"王陆杰说，"她是副总裁，她老板就是他们的 CEO，也是董事长，叫傅群幼，一位老先生，很有名的，你们不知道吗？你们应该知道啊！他虽然没在地球所露过面，但是苏彰提过他吧！哎，你们这些科学家，对这些事情就是很麻木。"

"听说过。"张琦说。

任为没说话，他也听说过，不过如王陆杰所说，他只是在地球所和宏宇合作的时候才听苏彰说过，他并不关心商业圈或者娱乐圈的事情，或者说，很麻木。

"这个傅群幼，是不是欺负苏彰了？"孙斐问。说着话，她看了卢小雷一眼，卢小雷只是盯着桌面，好像没听到。

"你开什么玩笑？傅先生人好着呢，而且八十多岁了，身体不好，苏彰是他一手培养起来的，就像他女儿一样。苏彰出事，他差点背过气去。我昨天还去见过他，他心情糟极了。我认识他好多年了，他是个德高望重的老先生。最早，他想亲自来见你们来着，是苏彰觉得他年纪太大了，精力不济，就不用管这些具体事情了。我也觉得算了，让这么一个老先生跑过来没什么必要。让你们去见他好像也不合适，毕竟签合同时你们算是甲方，所以就没安排。"

孙斐没说话，但仍然气哼哼的。

"他八十多岁了？"张琦问，"怎么还不退休呢？"

"他们虽然上市了，但他是单一大股东，你这么理解吧，其实就是家族企业。"王陆杰说。

"他没孩子吗？怎么没让孩子接班？"张琦接着问。

"有孩子，但孩子不干啊！两个儿子，一个女儿，全都不干。"王陆杰说。

"为什么？"孙斐问，"这说明他有问题。"

"有问题？有什么问题？"王陆杰说，"他一个儿子在搞音乐，一个儿子是个纨绔子弟，女儿早嫁人了，不在北京，我也没见过。"

"就是有问题。"孙斐说，"一定是他有问题，不然子女怎么都这么另类。"

"怎么就另类了？"孙斐的咄咄逼人终于搞得王陆杰有点急了，"搞音乐怎么了？那个纨绔子弟是有点不务正业，可有钱人家的孩子不经常这样吗？至于女儿，都不知道人家在干什么，怎么就另类了？"

"好了，好了。"任为对孙斐说，"孙斐，你别瞎推理了。"他又扭过头对王陆杰说："你别在意，她在推理杀人案呢！"

"杀人案？"王陆杰说，"苏彰是自杀的。"

"我觉得不是。"孙斐嘟囔了一句。

"其实，苏彰要是不出事，说不定以后就是她接班了。她很能干，傅先生很欣赏她，可惜了。"王陆杰说。

"他这么大年纪了，还要管这么多事，也够难为他的。"任为说。

"他有好多个业务板块，各自有负责人，都很能干，也还好吧。"王陆杰说。

"王局长，说正事吧，你的想法。都被孙斐搞的，成了案情讨论会了。"任为说着，扭头看了孙斐一眼，示意了一下，不要再岔开话题了。孙斐抿了抿嘴，好像憋住了要说的话。

"可能时间不太合适，过一段再谈比较好。"王陆杰说，"我怎么就开了这个头，看来你们受苏彰影响挺大的。"

"你说吧，没关系。"任为说，"苏彰的影响，小雷和裴东来他们都处理的差不多了。对几个电视剧和电影的拍摄，应该影响不大，你看还有什么其他难题吗？"

"不，不是那些拍摄的事情。"王陆杰说，"那些事情都是小事，现在基本都照常进行了，我没看到什么问题。之前倒是因为时间点不巧，影响了对你们的付款，我帮你们催了几次，应该都付过来了吧？"

"付过了。"张琦说。

"那你有什么其他想法？"任为问。

"是这样。"王陆杰说，"这事情，我已经和傅先生沟通过几次，他很支持，这事情就可行了。你们看，之前地球所和宏宇是一个普通的合作关系。简单说，地球所有云球这么一个东西，宏宇有影视方面的资源，所以有这么一个合作，对双方也都产生了一些效益。但是现在，我有进一步的想法。"

任为他们听着，不知他要说什么。

"云球是个什么东西？怎么看待云球？"他说，"这是关键。之前，云球是地球所、前沿院的一个研究项目，靠科研拨款为生。后来，和宏宇公司进行社会化合作，把一些科研成果变现，赚到了一些钱。等于说，在某种角度上，云球变成了一个赚钱的工具。但其实换一个角度，云球本身，我们就可以看作是一个资产，而不仅仅是一个赚取资产的工具。我们不应该局限自己，只在云球的局部找价值点、去挣钱，而是应该把云球整体作为一个资产来看待。一个资产有很多方面，很多角度。包括现在看得到的角度，也包括现在看不到的角度，包括今天，也包括未来。对一个资产而言，商业估值很复杂，涉及资产本身，也涉及对资产的包装，这和我们科研人员的视角完全不同。"

"在市场上，"王陆杰接着说，"等着做投资的钱很多，值得投资的资产却永远不够。而你们，拥有一个非常优质的资产，这是你们经过多年努力创建的资产。但是今天，你们守着这个优质资产，却为了生存而挣扎，这非常不合理，也是你们可以改变的地方。"

"什么意思？我不太明白。我们当然不想这么挣扎，但我们该怎么办呢？"任为问。

"资产证券化。"王陆杰说。

"资产证券化？"任为问。

"很简单。"王陆杰说，"之前，你们经历了十年，很努力地说服前沿院的领导。欧阳院长，还有很多其他领导。说服他们，希望他们相信你们的研究很有价值，让他们拨款给你们，是不是这样一个过程？"

"是啊，但是……所以呢？"任为问。

"你们可以换一个说服的对象。不要去说服那些科学家，他们看到的只是科研价值。你们的云球和地球很不同，对地球而言科研价值有限，说服那些科学家确实不容易。"王陆杰说。

"那去说服谁？我们也去说服过很多科学界的同行，我们曾经从人工智能领域和量子计算领域拿到很多钱。"任为说。

"对。但他们也不好说服，他们也是科学家。对不对？现在，不就拿不到那些钱了吗？其实，有更好说服的对象。"王陆杰说。

"谁？"任为问。

"您在说资本市场。"张琦忽然插了一句。

"对！"王陆杰说，"对，张所长聪明。资本市场！股市，投资人，股民。"他很兴奋，"你们的故事很好。虽然对于科学家来说可能有很多不足，但是对于普通股民来说，很容易就可以把故事讲得漂亮。故事漂亮，他们就会愿意给钱。"

"对普通人来说，云球有什么价值呢？"任为问。

"价值很大啊！今天就有电视剧和电影，明天可以有 ASSI 实时体验，后天可能有更多的东西，谁知道呢？"王陆杰说，"最值钱的就是'谁知道呢？'这几个字，资本市场为预期买单。他们不像科学家，科学家会一眼看穿你们的问题，他们不会。特别在这种高科技的领域，他们没有那种看穿未来的眼睛，他们只会想象。"

"云球的想象空间很大。"王陆杰接着说，"比如，可能 ASSI 实时体验是下一步，那么再下一步，有没有互动的可能？再往后呢？现在，是我们几个人在这里想。一旦进入资本市场，会有无数的人替你想。可能我们自己根本想不到的价值，他们反而会想到，因为帮我们想的人太多了。"

互动的可能？穿越计划吗？任为想。

"所以，我有一个想法，我希望宏宇能够投资云球。"王陆杰说，"不是以前的合作，是投资。投资云球，包装云球，获取更多的投资，然后上市。这个过程中，最好能产生利润，利润能够刺激估值。目前看，利润也没有任何问题，靠拍摄影片和 ASSI 实时体验，就可以创造足够的利润，而且我们还可以做更多的事情。我借用顾子帆他们的投资分析系统分析过，现实的利润再加上巨大的预期，云球将会是非常抢手的资产。现在资产属于你们，但如何把一个资产最大程度地变现，最快速度地证券化，这是宏宇的特长。这些年宏宇收购了不少公司。已经从单纯的影视公司转型为线上线下娱乐的全方位提供商，在资产证券化方面非常有经验。我们的合作非常匹配，对双方都有利。"

任为有点懵。

"就是把云球卖了呗！"孙斐说，"本来是搜刮点民脂民膏，现在直接拐卖人口。对吧！我理解力还可以吧？"

"卖了？我们不可能把云球卖掉。"任为说，"云球不属于我们个人，属于前沿院。"

"当然了。"王陆杰没有理孙斐，对着任为说，"云球属于地球所。地球所是个法律实体，属于前沿院。但是，我们可以对地球所这个法律实体进行股份制改造。然后，宏宇可以对地球所进行投资，占有地球所的股份。甚至，可以从前沿院将地球所全资收购过来。通过一些正常的安排，你们也会变成股东。"

"只要故事讲得好，创造足够好的预期，再加上一定的现实利润，地球所将彻底解决资金问题。如果故事足够好，甚至连利润都不需要。"他接着说，"这样做，对你们个人也会有很大好处。"

"您在拉拢我们吗？想占前沿院的便宜，就要先把我们拉下水，对不对？"孙斐冷冷地问。

"孙斐，"王陆杰笑着说，"占前沿院的便宜？你小看我了，我是帮前沿院解决问题。我把云球叫作资产，但你问问任所长，对前沿院来说，云球究竟是资产还是负担？"

孙斐明白他在说什么。她没法直接反驳他，她只是恨恨地盯着他。忽然说："王局长，我该这么称呼您吗？还是该称呼您王陆杰先生？您刚才说什么？我们的合作？谁跟谁？您是谁？您是属于你们还是我们？您到底是前沿院的员工，还是宏宇的员工？"

王陆杰愣了一下。沉默了一会儿，笑了笑说："好吧，我现在还是前沿院的员工。不过，我想我可以告诉你们，也应该告诉你们，我已经辞职了。辞职报告现在还在批复流程中。批复了以后，我会加入宏宇。"

"你辞职了？"任为吃了一惊，"你疯了，为什么？你在前沿院应该很有前途，而且收入也不算低吧？"

任为说得对，和社会上的公司相比，前沿院的待遇并不差。王陆杰作为一个局长，挣钱应该不会太少。从前途的角度讲，王陆杰和任为年龄差不多，才四十多岁，可以说年富力强，负责的社会合作局工作相当风生水起，很得领导的认可。前沿院负责行政工作的副院长年龄已经不小，最近两年就可能退休，王陆杰被提拔到行政副院长位置上的可能性很大，有很多这方面的传说。由于不是科研人员出身，王陆杰想当院长是万万不可能的。但是，他却有机会走出前沿院，到其他部委或地方行政体系去任职。比如科技部或者产业部，甚至外调到某个省里。他懂科技、懂经济、懂政治、懂法律，思维缜密，能说能写，性格又好，朋友又多，以他的才能和广泛的人脉，在行政体系应该可以有所作为。虽然以前并不认识，可打了这么一段时间的交道之后，任为一直觉得，他很适合在行政体系当领导。

王陆杰跳槽去宏宇，这个消息确实有点突然，大家都愣住了。

"不要这样，不要这样。"王陆杰说，"好吧，我就直说好了。我不是跳槽去宏宇打工，而是想要和他们成立一个合资公司。"

"合资公司？什么意思？"任为问。

"你们就当我想发财，这确实也是一方面，但不是全部。"王陆杰又笑了笑，对着任为说，"你说得对，我在前沿院的工作收入不低，在仕途上也有些前途。所以，放弃前途跑到宏宇去打工，我是不会干的。但是，自从接触到云球，我就觉得云球是个机会，不仅是挣钱的机会，也是做一点事情的机会。而且，科学界还有很多事情，需要结合商业才能够获得更大的成功，我看好这一点，我想为了这个目标做点事情。"

"刚才我提到，我和宏宇的傅先生认识不少年，本来就是业务合作，也没什么其他关系。"王陆杰接着说，"这次苏彰出了这个事情，她的这一摊事情没有合适的人管了。傅先生想起我，想让我过去帮他，接替苏彰。我当然不愿意去打工，但我觉得是个机会。所以我和他谈，想成立一个合资公司来做这些事情。我可以整合前沿院的资源，甚至是整个科学界的资源。宏宇集团是一个很好的平台，有品牌，有资金，有经验，但他们缺乏科学界的资源。"

"我不是很懂这些事情。"任为说，"你是说，你会有一个自己的公司？"

"对，很快就会有。"王陆杰说，"叫作宏宇科学娱乐，正在注册，很快就要完成了。下面再和你们续约或者签订新的合作协议，就是这个宏宇科学娱乐了。不过，你们不要担心啊，宏宇科学娱乐还是宏宇娱乐的子公司。对你们来说，没有什么区别。"

"哦——"任为还是有点迷惑，他对这种事情，的确缺乏敏感性，"这是什么意思？到底是宏宇集团的公司，还是你的公司？"

"合资公司嘛！我们的经营团队控股，宏宇投资参股。"王陆杰说，

"说了，你不用担心。对你们来说，宏宇娱乐、宏宇科学娱乐或者宏宇ABC、宏宇XYZ都一样，一分钱都不会少你们。"

"但是你们，经营团队控股……你们自己要投资吗？"任为问。

"我们哪里有那么多钱投资啊？我们是有我们的计划、资源和能力，宏宇是有品牌和资金，一个双赢的合作。"王陆杰说，"不是我一个人，还有七八个人呢。原来都在科学界，我拉来的团队。你们不一定认识，回头可以找机会聚聚，都是很好的朋友。之前宏宇在科学界，可以说是一片空白，我们能最大程度地帮到他们。我们这个团队，吹个牛，能搞定一多半科学界。这是在中国，就算到世界上，不敢说一多半，也能搞定一小半。"

任为倒不觉得他在吹牛。他因为工作的关系，确实人脉非常广。要是再加上七八个和他差不多的人，那听起来还是很厉害的。

"简单说，你们干活，他们出钱。是这样吗？"张琦问。

"对啊！就是这样。"王陆杰说。

"那未来呢？"张琦接着问。

"未来？首先，我们希望把宏宇科学娱乐做到独立上市，当然，如果能够顺利地将云球进行资产化，那是我们一起来上市了。然后，长远的目标，我们希望成为全世界最大的科学娱乐公司。把科学和娱乐深度结合，这是我们团队的特长。"王陆杰说。

"厉害！"任为点点头，他觉得自己可做不了这种事情。

"目标而已。路很长，我们努力。谋事在人，成事在天，就是跟你吹吹牛。什么全世界最大，这种话不能乱说。"王陆杰谦虚起来。

"终于知道谁是获利者了。"孙斐忽然说，眼睛里浮现出严厉的神情。

"你说什么？"王陆杰问。

孙斐没有回答他。任为扭头看了看孙斐，孙斐正盯着王陆杰。一瞬间，任为忽然觉得，孙斐的话说不定也有点道理。

"我们不会同意云球资产化。"张琦说，扭头看了看任为，"我不同意。对云球进行适度地社会化，我可以支持。但是，将云球进行资产化然后再证券化，我不能接受。"他没有注意到，他收到了孙斐赞许的目光。

已经有很久，他没有收到过孙斐赞许的目光了。

"为什么？"王陆杰问。

"资本家有资本家的逻辑，科学家有科学家的逻辑，一定会打架。您不觉得吗？"张琦说。

"对，恐怕我也没法同意。"任为说。

"嗯。"王陆杰显得并不吃惊，"今天我只是一个提议，并不着急做决定。我觉得，很多事情需要时间消化。"

"不需要时间消化，消化不了，胃不好。"孙斐说，听起来很刻薄，但火气反而不像刚才那么大。听到任为和张琦都断然拒绝，她的心情显然好些了。

"我也想到了，你们可能不会同意。不过，我还是想先跟你们说一下。"王陆杰说，好像没听到孙斐的话，"我觉得，你们还是可以想一想。毕竟，眼前你们还面临一些问题，我是指资金方面的问题。虽然之前的拍摄计划还在进行，可你们也知道，其实票房并不太好，也就是勉强支撑。如果长期这样下去，恐怕很难满足你们的资金需求。"

"这是在要挟我们吗？"孙斐问。

"不是，我是在陈述事实。"王陆杰说。

"是事实。"张琦说，"我们希望能够找到解决办法。我们也希望在宏宇……还有您……的帮助下能够改变目前的状况。可是，卖掉云球确实不行。云球，是我们的生命。"他举起手，划拉着画了一个圆圈，表明"我们"是哪些人。包括任为、孙斐、卢小雷和他自己，但没有包括王陆杰。

"嗯，这件事情慢慢消化，慢慢消化。"王陆杰还是坚持说，"眼前的问题，必须先解决。我可不会要挟你们，你们太小看我了。再怎么说，我也是前沿院培养出来的，你们可不要小看我。你们放心，宏宇科学娱乐成立之后，做的第一件事情，就是帮你们解决眼前的资金问题。"

"怎么解决？"任为问。

"ASSI 实时体验项目，我给项目起了个名字，叫作'窥视者'。"王陆杰说。

"窥视者？要不要那么下作！"孙斐大喊。

"本来想叫'穿越者'，这名字倒好，可惜被你们先用了。"王陆杰说。

"不管名字叫什么，关键是，我们还没同意做 ASSI 实时体验啊！"张琦说，"原来苏彰的确提了很多回，小雷也提了很多回。"他说着，扭头看了一眼卢小雷。卢小雷始终没有说过话，现在还在呆呆地看着会议桌面。"但我们始终没同意啊！您怎么就……好像我们已经同意了。"

"你们是没有同意。不过有件事我必须告诉你们，希望你们不要介意，我已经跟欧阳院长谈过了，他已经同意了。"王陆杰说。

"什么？"任为也控制不住，声音一下大了起来。

"你们之前做的事情，你们知道，瞒着前沿院，领导们还是有些意见的。关键是，你们虽然挣了些钱，可前沿院的负担还是很重。前沿院确实没有能力支持你们了。你们也要理解欧阳院长和其他领导，他们压力也很大。"王陆杰说。

任为忽然想明白了。云球资产化，然后资产证券化，这是宏宇的发财机会，王陆杰的发财机会，但这不重要。重要的是，这更是前沿院摆脱云球的终极路径。窥视者项目，这个有个下作名字的项目，虽然只是云球资产化路径上的一小步，却是很坚实的一步。他明白，今天的云球，对前沿院来说，确实不是什么资产，只是不折不扣的负担。当然，真实原因不是资金，而是云球人。

为了苏彰一个人的离去，大家心情还很沉重，那又有谁会愿意，担负起五千万人的生死存亡呢？

"王陆杰杀了苏彰。"孙斐说，怒气冲冲地瞪着会议室的门。刚刚，王陆杰就是从那个门走出去的。现在，孙斐好像连那个门都恨上了，而且是咬牙切齿地恨。

"瞎说什么？"任为说。

"他是获利者。"孙斐说。

"那也不能瞎说。"任为说。

"孙斐，不要那么阴谋论了。"张琦也说。

"你不去找他报仇吗？"孙斐扭过头，对着卢小雷大喊。

卢小雷抬起头，木然地看了她一眼，并没有什么反应。过了一会儿，居然又低下了头，还是看着办公桌面。

"废物。"她愤然地站起来，走出了会议室，从同一扇门。

—— 30 ——

生活在别处

一天，任为忽然接到了李舒的电话。他发现，那是个前沿院内部使用的专用加密电话。为了保证涉密科研项目的保密性，前沿院管理人员和科研人员的 SSI 在安装前，都加装了特殊的通讯加密芯片。但任为使用得并不多，因为他的云球并不算是涉密项目。

李舒说，非常感谢他，也请他转达对吕青的感谢，因为已经有人联系他们了，关于空体的事情。

任为非常莫名其妙。吕青没有提过啊！他问李舒，谁联系了他们？那人说是吕青安排的吗？

李舒说，已经约了见面但还没有见。对方身份未明，也没有提到吕青。他们也觉得有些奇怪。不过，他们觉得，只有吕青能够安排。他们相信，就是吕青安排的。所以，打这个电话表示一下感谢。

任为隐约觉得，这个电话更像是旁敲侧击进行确认，而不像是表示感谢。他表示，吕青确实从来没有跟他讲过，安排任何人直接跟脑科学所联系。他不知道，确实不知道。有没有可能，脑科学所内部，有人把他们的需求透露了出去。所以，有人主动联系他们？

李舒说，这不可能。这件事情，只有柳杨和她知道，也只对任为提过。本来想直接找吕青，但权衡再三，根本没敢张嘴，更何况跟别人说。再说，之所以通过他找吕青，就是因为他们认为，周围熟悉的圈子里，除了吕青以外，没有任何人有能力搞到可以自由使用的空体。这可不是容易的事情，当然，找黑帮杀人除外。

那对方是黑帮吗？

不，不，要敢用黑帮、敢杀人还要那么复杂吗？对方明确表示，可以搞到 KillKiller 的病人。各种病人，可以按要求提供。病人来源主要是印度的疗养院、中东的疗养院和巴西的疗养院。那里家属失联或者费用断缴的病人很多。如果一定需要中国人的病人，那么，可以在阿富汗搞。阿富汗疗养院很便宜，条件也还可以，有不少不够富裕的中国人把病人送到了那里。印度也有一部分中国人。但因为费用和阿富汗相比没有竞争力，所以中国人数量相对少一些，不过应该也多到足够选择了。实在不行，在有些地方，他们甚至还有办法主动制造家属失联或者费用断缴的情况，只是相应的费用也会更高一些。

主动制造？怎么制造？那还不是黑帮吗？任为想。

居然，任为问了一句，能搞到贝加尔湖的病人吗？

李舒说她还真问了。因为贝加尔湖疗养院的中国人特别多，所以她特别地问了一下。那人说不行，贝加尔湖疗养院属于高端疗养院，他们的"工作"不好开展，中国国内的也都不行。

好吧，任为稍微安心了一些，妈妈应该安全。他告诉李舒，总之，他不知道这件事情，他也不觉得和吕青有什么关系。

会和吕青有关系？不可能，这是黑帮。他想。

李舒暧昧地笑着。看来并不相信他，但没有再多说什么。只是表示，无论如何，还是很感谢他，然后结束了通话。

"是你安排的吗？"任为问吕青。

"什么？"吕青问。

"是你安排了人找脑科学所吗？为了上次我说的空体的事情。"任为问得清楚了一点。

"哦？没有。"吕青回答得很干脆。

"嗯。"任为说，"今天李舒打电话问我，说是你帮他们安排了。我否认了，看来我否认是对的。"

"嗯。"吕青说。

"那你上次说要想一想，想到什么方法了吗？"任为又问。

"没有，那是违法行为，我没有办法。"吕青说。

"那他们现在这个……不是有很大的法律问题吗？"任为说。

"他们要怎么干？"吕青问。

任为复述了一下李舒的话。

"这样啊！"吕青也没显得很吃惊，但她很坚决地说："肯定是违法行为。"

"那他们敢吗？"任为问。

"我不知道啊！柳杨这个人，谁知道呢！"吕青说。

"既然违法，还不如找黑帮杀人。"任为说。

"我觉得柳杨会的。如果这条路实在不行，杀人对他来说，也不见得就不是个选项。"吕青说，"不过，这样做总比杀人好。他一定也这么想。毕竟那些病人的意识场已经死了，剩下的只是些躯壳。"吕青说。

柳杨会杀人吗？任为不知道。他觉得，如果让他做选择题，他还是宁愿选择 No。这种想法让他有点不舒服，也许人家都已经在杀人了，而他却连相信人家杀人都不愿意。

"他有那么狠吗？"任为说，"他说，他还害怕你呢！"

"害怕我？是吗？"吕青笑了笑，还轻轻地摇了摇头，"好吧。但是，我也害怕他。"她说。

任为看着吕青，吕青也看着他，目光很温柔。

过了一会儿，任为说："我要去云球了。"

"啊？"这让吕青有一点吃惊，"你要去云球？你不是一直反对介入云球吗？"

"谁去不是去啊？那么多人都去了。"任为低下头说。

吕青沉默了一会儿。"安全吗？"她问。

"现在安全应该不是什么问题。自己在云球小心就是了。"任为说。

"多长时间？"吕青问。

"没定呢，最多一周。现在，我们保存空体只能保存一周。"任为说。

"在云球那边呢？"吕青问。

"和地球一样。这一段时间做实验，时钟一直都和地球一样。"任为说。

"要执行什么任务吗？"吕青问。

"没有，先是实验吧。任务阶段还没开始。"任为说。

吕青又沉默了一会儿，然后说："你主要是不想待在地球吧？"

这次任为吃了一惊。"没有啊！"他抬起头说，但是他看到吕青看他的目光，忽然就心虚了，"也许有一点吧。"他说。

"嗯，我理解。"吕青说，"去吧，去散散心。"这次她低下了头，看着自己的手。过了一会儿，接着说："其实，我也想去散散心。"

任为想起了卢小雷的畅想。看来，是个不错的主意啊！

出乎意料，张琦他们为任为选择的云球目标宿主，和往常的山野之中的孤家寡人完全不同。

他们选择了罗伊德将军的独生子，弗吉斯。

做出这样的选择自然有原因。实际上，任为要带着任务进入云球。这个任务有个前提，很简单，就是要让弗吉斯死。当然，既然选择了弗吉斯，弗吉斯就必死无疑了，所以任为并不需要为此去特别地做什么。不过，在他离开的时候，也就是弗吉斯死的时候，他需要留下一封信。这是他真正的任务，也是唯一的任务。除了这个，剩下的事情，就是借这个难得的机会，体会一下云球中富贵人家的生活和感受了。任为将是第一位，在云球过上钟鸣鼎食生活的地球人。

安全方面不用担心。一方面，弗吉斯是大富大贵的大家公子。虽然没有前呼后拥、保镖成群，但也没有什么人敢惹他。他的性格很温和，人也不错。有点不学无术，只会吃喝玩乐，写几首水平中庸的风月诗，涂几笔无伤大雅的美女画，没什么恶行。加上父亲的声望，也没有人想惹他。另一方面，他周围是有很多人，可他相对而言属于话少的人，尚未成亲，母亲早逝，父亲和父亲身边最受重用的大管家目前又在前线和麦卡人僵持。家里头剩下的主要都是下人，还有几个父亲的妾侍，打交道并不多。副管家做事小心翼翼，从来不爱多话，也不招惹是非。他在外面有一些朋友，但一贯囿于父亲的严管，自己不算招摇，交的朋友品行也不算很差，而且他和那些朋友谈不上什么深交。所以，任为冒充他，只要稍微小心一点，露出马脚的可能性就并不大。

至于为什么要让弗吉斯死，这和萨波王国目前的局势有关。简单来说，是想为萨波王国解围。萨波王国决不能陷入战乱，那对下一步穿越计划的执行有很大影响。地球所已经基本确定，要从克族人入手，开始进行思想的传播。一个战乱的环境，对于初来乍到的派遣队员来说，显然非常不安全，任务执行也会很困难。

目前，罗伊德将军和麦卡人已经僵持了一段时间。谁都不敢先出手进攻，全是试探性的小战斗。山地人已经到了萨波王国的北境。一个叫萨伊斯的萨波将军，带领了一小支军队正在那里抵抗。但他的军队太少，完全不足以挡住山地人，失败是可以预料的结果。阿克曼国王正在试图调集更多兵马，可他已经没有更多的兵马了。他能做的事情其实只有一件，就是像热锅上的蚂蚁一样在王宫里面打转转，然后听天由命。

罗伊德将军不会轻易输给麦卡人。如果他能够面对山地人，也不会轻易输掉。正是因为如此，在麦卡人发兵之前的多年间，山地人虽然蠢蠢欲动，却从未真正起兵。而一旦罗伊德将军被麦卡人拖住，山地人立刻就动手了。实际上，麦卡人并没有什么野心，他们多年臣服于萨波，从未有异动。这次起兵，完全是因为贾尼丝王后的冤死激怒了麦卡人。

那么，弗吉斯的死，为何能够解萨波之困呢？

实际上，事情并没有那么简单。

云球人当然不会知道有地球人这群上帝存在，在做任何筹谋时，都不会将此考虑在内。事实上一直以来，这群上帝也没有插手过任何筹谋，所以不用考虑也是对的。但是很不幸，这一次，上帝要插手了。上帝的特殊之处在于，他们了解一切。

萨波王国最大的威胁，并不是麦卡人，也不是山地人，而是罗伊德将军。

罗伊德将军不但军功卓著，位极人臣，而且声望鼎盛，富甲天下。阿克曼国王已经没有任何东西可以给他，只剩下国王的位置。但显然他没有这个打算，当然罗伊德将军也没有这样指望。罗伊德将军指望的是，通过自己处心积虑的图谋，来窃取大位。

但是，罗伊德将军知道，他不能公然造反。

阿克曼国王本身性情温和、公正俭良、待民如子，深受国民爱戴，甚至连克族人都不再闹事。而且，阿克曼国王待罗伊德将军更是恩深义重。虽然罗伊德将军功高位重，可他从未猜忌。这为他埋下了祸患，同时却也为他赢得了民心。罗伊德将军如果公然造反，在民间，他不会得到任何支持。即使是在他经营多年的军中，除了少数铁杆，恐怕也会招致强烈反对。

所以，他必须找到别的办法。他也确实想了一个办法，这个办法的关键就是阿黛尔。他的计划的第一步，的确如谣言所说，是将阿黛尔送给阿克曼国王。鉴于阿克曼国王没有子嗣，虽有贾尼丝王后，但他仍然认为，有很大机会国王会接受阿黛尔。他并不知道，国王心中，其实想把阿黛尔送给山地人的巴克斯国王。

如果阿黛尔进了宫，那么第二步，他的计划是，让阿黛尔找机会杀掉贾尼丝王后。当然，阿黛尔死了，他没有机会实施他的计划。可是很巧，阿黛尔的死用另一种方式完成了计划。

他知道贾尼丝王后深受麦卡人爱戴。如果贾尼丝王后被国王的其他妃子所戕杀，麦卡人很可能起兵造反。他在麦卡人内部，早就埋下了钉子。可以造谣惑众、煽风点火，进一步保证计划的顺利。

只要麦卡人造反，他一定会被派去镇压。一旦他和麦卡人僵持，山地人就一定会南下，这都在他的安排之中。实际上，和麦卡人的僵持完全没有必要，他随时可以将麦卡人一战全歼。

同样，他在山地人那里也有钉子。确保当他在南境滞留时，山地人会果断地南下入侵。他无法领军，又带走了王国的大部分兵力，萨伊斯将军或者其他将军，将不可能挡得住山地人。他需要做的是，在南境和麦卡人僵持，装作无法脱身的样子。一直等到山地人占领黑石城，杀掉阿克曼国王。然后，他将立即击败麦卡人，并且迅速掉过头来，赶走山地人。那时，因为阿克曼国王没有子嗣，他又是最有威望和权势的萨波将军，最终，国王之位一定会属于他。

这里面有很多细节，他必须要仔细和稳妥。比如，阿黛尔杀掉贾尼丝以后，一定要让国王无法下手惩处，从而使麦卡人误解为，阿黛尔的行为获得了国王的默许。比如，萨伊斯将军一定挡不住山地人，其他将军也一定同样束手无策。比如，黑石城城破之日，阿克曼国王一定要被干掉。再比如，他干掉麦卡人回头勤王的时间点，一定不能太早，但也一定不能太晚。

这些他都筹划良久，靡细无遗。他相信，他都已经安排停当。

他一直在等待国王张嘴索要阿黛尔。但是，国王始终没有开口。他不知道为什么。他很着急，他已经快要决定，主动开口把阿黛尔送给国王了。

可是，他没有想到，他也不可能想到，上帝出手了。阿黛尔死了，在他还没有把她送出去的时候。

不过他很镇定，也很聪明。他很快想到了对策，他制造了谣言。黑石城沸沸扬扬地到处传说，是贾尼丝王后出于嫉妒杀掉了阿黛尔。

阿克曼国王的温和，为他赢得了很多好名声。可温和的另一面，就是犹疑不定。如罗伊德将军的预料，他做出了错误的处置。而高傲的贾尼丝王后，如罗伊德将军的祈祷，了结了自己的生命。

他的阴谋，一上来就出人意料地失败了，接着，却又不可思议地成功了。现在，他正在南境，一边陪着麦卡人玩游戏，一边等着山地人杀到黑石城。他要耐心地玩，耐心地等，一直等到城破王殂。他相信，那一天很快就会到来。然后，他就可以大展身手了。

可惜，上帝要再一次出手。这一次，目标是弗吉斯。

弗吉斯并不知道父亲的阴谋。但没关系，上帝知道。任为扮演的弗吉斯，在返回地球前，或者说在死前，将会留下一封给国王的书信。在信中，弗吉斯将会向国王讲出一切。父亲的篡位阴谋，父亲的造谣行径，父亲在麦卡人和山地人那里安排的钉子，等等等等。不过，在很多事实之外，却会掺杂一个谎言。这个谎言就是，阿黛尔是弗吉斯杀的。弗吉斯会在信中说，他深爱着阿黛尔，但是他知道，父亲很快将把阿黛尔送给国王。他无法控制自己的嫉妒，他无法眼看着阿黛尔投入别人的怀抱，即使是国王也不行。所以，他杀了阿黛尔。他会说，他使用了从江湖术士那里买来的超凡绝世的毒药，"无影散"，查不出死因的毒药。为了证明这一点，他用自己的死来作为证据，他服用了剩下的一半"无影散"。这种死法，在贾尼丝王后去世后再度出现，也会从侧面佐证他的遗言。至少，他不会是贾尼丝王后杀的。

整个计划是张琦的主意，经过了穿越计划研究组的讨论。张琦认为，阿克曼国王确信贾尼丝王后的无辜后，以他的温和善良，一定会将一切真相告诉麦卡人。而以麦卡王苏雷的豪爽粗放，他一定会谅解阿克曼国王。所以，麦卡人将由攻击阿克曼国王变为维护他。并且，只要在民众和军队中公布真相，以阿克曼国王多年的厚德隆望，罗伊德将军的力量将立刻土崩瓦解。在这种情况下，山地人也一定不会继续进攻。而且，罗伊德将军在麦卡人和山地人那里埋下的钉子，在暴露之后，将进一步促使麦卡人和山地人发生转变。

这个过程，也被当作给国王的建议，写在了弗吉斯的遗书中。遗书中最后会写到，弗吉斯长久以来深受良心的谴责。现在王国濒临绝境，他实在无法承受自己内心对父亲的鄙弃，所以做出了最后的决定，并以死谢罪。除了无法接受父亲的反叛和阴谋，他也会表达，他同样无法接受失去阿黛尔的痛苦和内疚。这样，应该会显得更加可信。

整个计谋的唯一风险在于，弗吉斯的遗书能否顺利交到国王手中。他可以在死前把遗书交给某个人，送去给国王，然后马上解绑意识场。或者先解绑意识场，把遗书留下，封好信封并在信封上写明，要副管家送去给国王。总之，他不能在遗书已经交给国王后还活着，那可能会来不及解绑意识场，就等于把任为交到了国王手里。就算来得及解绑意识场，可能也死得太快了点，不一定有合适的环境，能够营造出"无影散"应有的优雅效果。

最后，任为自己决定，他先解绑意识场，把准备好的遗书留给副管家，剩下就看副管家的了。张琦和卢小雷都表示同意。以他们对副管家的观察，此人小心谨慎、有命必复。而且，罗伊德将军和大管家都不在黑石城，无法联系请示。他又不知道罗伊德将军的图谋，所以应该问题不大。

张琦的计划相当阴损，还牺牲了弗吉斯这个无辜的人。当然他的最终目的还是为了穿越计划。如果对萨波王国的现状置之不理，一旦国王倒台，罗伊德将军篡位，不知道整个王国会出现什么情况。对于罗伊德将军是否能够迅速还王国一个和平，大家有很大疑虑。萨波人的王位传统上父死子继，就算国王无嗣，至少继位者也得和国王是一个家族。阿克曼国王又是一个很好的国王，深孚众望。如果就这样换了一个异姓国王，引起进一步战乱的风险还是很大的。

另外大家也认为，罗伊德将军如果做了国王，军人出身的他，恐怕比温和的阿克曼国王难以对付。派遣队员将来传播思想的时候，无论是否通过克族人传播，只要在萨波王国的地盘上，万一不对他的胃口，阻力可能就会变得很大。而派遣队员自身，自然也会变得非常危险。

对这个计划的讨论，卢小雷倒是津津有味。虽然很缓慢，但他正在逐渐从苏彰离去的痛苦中走出来。不过孙斐拒绝参与讨论。她最近已经很少在地球所露面，不知道在忙些什么。另外，为了讨论这件事，穿越计划研究组中还多了一位政治学教授和两位职业军人。张琦为此还费了一点劲，因为请人参与穿越计划研究组，涉及意识场的涉密问题，需要走一定的程序。

刚知道这个计划的时候，任为很不舒服。他感觉，他像是才出狼窟又入虎穴。但是，这个计划作为研究组的最终建议，对他本人也没有什么过高要求或者过大风险，他实在无从反对。

计划中，任为需要待在云球三天，尽量多体会一下豪门的生活。但是，任为修改了这一点，他要待一周，这是地球所能够保存空体的最长时间。他说，既然去了，还是要有更多更深入的体会。鉴于地球所的多人多次的往返，大家已经不觉得进入云球是个很危险的事情。所以，他的决定也没有被反对。

任为醒来的时候，看到的场景和卢小雷的初入云球有云泥之别。这是一个非常豪华的卧室。同样是已经入夜，但是卧室里依旧点着十几根手臂粗细的蜡烛。这些蜡烛分布在很大房间的各个角落，并不显得很亮，不太会影响睡眠。摇曳的烛光，配上各式精工细作的红色、橙色和黄色云蚕丝寝具，以及各种金属、木材和皮毛制作的家具和装饰，使大大的房间看起来温暖而奢华。这里是大富之家，可不会有潘索斯家里那些廉价的石料、土坯和蕾丝。

墙上挂了不少画，都是弗吉斯自己的手笔，显得房间还有些文人气。任为盯着那些画看了一会儿，觉得似乎还有些味道。画画用的乌虫墨是深褐色，用的藤皮树叶纸则呈浅灰色，看起来感觉都很沉静。画的内容主要是美女，和中国古代的仕女画有点像。以线条为主，并不写实，但颇有神韵。

任为和卢小雷一样，经历了一个小心翼翼的摸索过程。对自己身体的适应，以及对周围环境的适应。不出预料，身体的感觉和大家的描述都一样，没有任何异常。只是这里的环境，家具和床，房间和院子，亭台和植物，都不是国王大道上的民居所能拥有的东西，更不会出现在荒凉的山野之中。他的旅途还是与众不同，也许需要一点和大家不同的适应过程。

他知道，他已经在一个完全不同的地方了。他要开始一段新生活，七天。不是在地球上的旅行，而是在他苦苦守了十年的云球中，在他以前从未想过会进入的云球中。

他想，现在开始，他应该叫自己弗吉斯了。

— 31 —
堕入尘埃

　　和弗吉斯的预想不同，第二天一早，居然就有朋友上门来找他了。他本想先在将军府中安静地待两天，熟悉一下府中的环境和人物，然后再出门。但看来，他一上来就得应付别人了。

　　他的萨波语不怎么样。虽然出发前已经很努力地突击了几天，可他依旧很没信心。听的方面问题不大，观察云球那么久，听的还是不少。但张嘴说就相当困难，好在弗吉斯一向性格内向、沉默寡言，他的选择只能是更加沉默寡言一点。

　　他知道，穿越者观察盲区早就开始实施。自己的行为不会被观察也不会被记录，这意味着他很自由。但同时，这也意味着更大的风险。所以，他更要谨言慎行。千万不要招惹麻烦，他叮嘱自己。

　　他的书童恭恭敬敬来禀告，拉斯利公子和一个不认识的人来拜访他。这个小孩子其实很危险。现在这个府里，最熟悉弗吉斯的人，应该就是他了。弗吉斯甚至不敢正视他。

　　弗吉斯刚吃完厨娘送来的早餐，他一向在卧室吃早餐。他像往常一样，喝了点红松子酒。这种酒由红松的果实酿造，看起来很像地球上的红葡萄酒，但味道很怪。如果在地球上，估计够呛能有人喝。不过这酒的度数似乎不高，应该不容易醉，喝两口倒也没关系。

　　他含含糊糊地嗯了一声。书童好像有点犹豫，不太理解他的意思。

他也马上反应了过来，鼓足勇气，用并不流利的萨波语说："好，带我去吧。"

走在大园子中曲曲折折的路上，一路的亭台楼榭很像中国古代的园林，和城内其他地方以石头和土坯为主建造的粗陋房屋形成鲜明对比。池子里的金鱼，比地球上最大的金鱼还要大。而几只仙鹤和天鹅，似乎比地球上的同类更加不怕人。看到他走过，居然凑上来啄他的云蚕丝长衫。可能是要食物，他想。他顺手摸了摸兜里，真有几小块东西，不知是不是食物。他拿出来看了看，土黄色，有点硬，像是饼干一类的东西。他扔了出去，果然，仙鹤和天鹅都咕咕地叫着去争抢了。他有点好奇，地球上的仙鹤和天鹅也是这样子吗？

他仔细地观察着路，和脑子里事先记下的地图比对着。这些东西在预习材料里都有，他的记性很好，看来他记得一点不错。很快，他们走到了他自己的会客厅门口。

两个穿着体面的人在等着他。一看到他出现，还没等他进屋，其中一个年轻人快步从屋里走出来，紧紧握住他的手。

"弗吉斯，想死我了，好久没见。"他说。

弗吉斯知道，他就是拉斯利，农业政务官的大公子。和自己应该是认识多年，也算是朋友。

"拉斯利，你好。"他笑了笑说。一边怀疑着，自己笑得是否自然，语音是否标准。他很紧张，几乎听得到自己怦怦的心跳。

"不好，不好，一点也不好。没有你老兄，我怎么会好？"拉斯利大笑着。

自己和他有那么好吗？弗吉斯记得，云球记录显示，他们两个的关系好像也一般。从小就认识，但一直是一般的朋友。不过，他没说什么，只是又笑了笑，他不知道该说什么。

"弗吉斯老兄，我给你介绍一下。"拉斯利紧紧拉着弗吉斯的手，拽着他从门口走进屋里。另一只手指着站在屋里的另一个满面堆笑的人。那人身材不高，胖胖乎乎，身子有点躬着，非常谦恭的样子，看着就给人一种很亲近的感觉。

"他是林溪地副都督，图图大人。前天才从林溪地赶过来，给陛下汇报他们地方上的事宜。这不，昨天去了宫里，忙了一整天。今天啊，一定要让我带他来见见老兄你啊！"拉斯利说。

见我？见我干什么？弗吉斯没明白。

"哦……图图大人，你好。"但他还是打了招呼。

"弗吉斯公子，你好，你好。久仰大名，好容易见着了！果然年少英才，老朽惭愧啊！不知道多想见公子，可惜一直没有门路，多次缘悭一面。这次，幸亏有拉斯利公子引荐。万幸万幸！"图图冲上前来，双手紧紧握住弗吉斯没被拉斯利握住的另一只手。

弗吉斯两只手都被云球人紧紧地握住。他能感觉到云球人的体温和手感，和地球人好像也没什么差别。可他依旧觉得浑身不舒服，和被地球人握住手的心理感受完全不同。应该并没有什么不同，这是我又多想了，他想。

"哦？二位请坐，二位请坐。"弗吉斯好容易把两只手拽了回来。自己先坐了下来，在大厅中间的红箭木扶手椅上。

他在想，要不要找人上茶，在这里找人上茶是怎么个流程。他还没想好，那个小书僮已经端了茶水进来。

图图笑呵呵地坐了下来。他胖胖的身躯并没有靠到椅子的扶手上，而是很恭敬地略微前倾着。他笑着说："弗吉斯公子，我真是想见你想了很久很久。听说你的诗文才华横溢，公认的黑石城第一，不来请教实在说不过去。"

诗文才华横溢？公认的黑石城第一？

弗吉斯作为罗伊德将军的独子，倒是自小学习诗文，好像也写过一些。可预习材料中对自己的概括，难道不是不学无术的平庸之辈吗？他扭头看了看拉斯利公子。他印象里，在预习材料中，好像这个拉斯利写的诗更好。是不是黑石城第一不知道，但肯定比自己好。不过面对弗吉斯疑问的目光，拉斯利笑嘻嘻的，眼神中只有满怀热衷，没有丝毫不快。好像，图图这个"公认"的说法一点也没问题，至少他完全认同。

"图图大人在黑石城置办了一所宅子。今晚啊，大请黑石城的文人墨客，咱们大家聚聚。可是图图大人说了，弗吉斯公子那是扛把子，是必须首先请去的。所以，老兄你一定要去，否则坏了大家的兴致。大将军的公子，武略过人，文采第一。京城的聚会，没有公子在，就什么意思都没有了。"拉斯利说。

武略过人，文采第一！

连拉斯利公子自己都这么说？弗吉斯逐渐明白过来。

"刚才听说，图图大人是林溪地的副都督，怎么到黑石城来汇报公务了？都督大人呢？"弗吉斯问。

"哦？"图图的脸上现出一丝惊讶，不由自主扭头看了一眼拉斯利，"都督大人不是告老还乡了吗？还是罗伊德大人体恤都督大人，提醒着要保重身体。难道，罗伊德大人有什么别的意思？"他的面色似乎不好起来。

看来这问题问得不对，弗吉斯暗暗恨自己多话。预习的时候，可没预习到这件事情。不过，也不难猜，看来这图图是眼红都督的位置，找自己通门路来了。可是，罗伊德将军为什么要让都督大人告老还乡？是真的太老了吗？这又不能张嘴问。算了，估计，多半是看着不顺眼，不听话吧。

"不，不。"他赶快说，"父亲大人的意思我不清楚。朝廷的事情父亲大人自会操心，从来不告诉我，我所知甚少。"

"从来不告诉公子？呵呵……呵呵……"拉斯利笑了起来。侧扭着脸看弗吉斯，还举起手隔空指点了一下他，似乎他根本不相信。

这是真的，预习材料这么写的，弗吉斯想。

"哦……那好……那好……"图图说，"公子不闻俗务，乃是雅人。这样最好！俗务扰人，不值一提！今晚绝无俗务，公子但请放心，务必光临。咱们只聊风月，不聊朝政。"

"我就不打扰了。"弗吉斯说，"父亲还有很多功课给我，我还是在家温习为好。"

"今晚以诗会友，也是温习功课。"拉斯利说，"我们又不是请老兄去怡红院。"他看到弗吉斯有些不解的样子，大笑起来，"要么咱们就去怡红院？那更好。图图大人总是附庸风雅。我看多余，咱们就怡红院如何？"

"弗吉斯公子喜欢便好。哪里都是一样！哪里都是一样！"图图马上附和。

怡红院？这也没有预习过，肯定没有。不过从名字上，弗吉斯能猜出那是什么地方。弗吉斯仔细回忆了一下，从预习材料上看，自己肯定没有去过怡红院。他对自己的记忆力很有信心，但对预习材料稍微有一点怀疑。

他没法接话，沉吟不答。

"算了，算了。罗伊德大人管教极严，老兄要是去了怡红院，不但你难以交代，怕是我也会被罗伊德大人叫来打上三十大板。我那老父亲，恐怕还得上门赔罪。算了，算了，咱们就图图大人府上。以诗会友，温习功课！"拉斯利大笑着说。

这就对了，看来预习材料还是对的，自己也没记错，弗吉斯想。

聊了半天，他犹犹豫豫兼笨嘴拙舌，终于没能拒绝。拉斯利和图图的嘴巴，和他可不一样。在这样一个对他来说很陌生的地方，话也说不利索，面对拉斯利和图图，他实在想不出，更说不出什么有说服力的理由，进行有效的拒绝。

不过也许，这也算是了解云球生活吧，他对自己说。

拉斯利和图图走后，他在家里小心翼翼，尽量避免和人说话，只是在院子里到处转着。同时，他自言自语地，对着院子里的每一样东西叫出名字，碰到每一个下人，也默默地在心里叫一下名字。还好，他的记忆力确实很好，都还记得。

小书僮也没有找他什么麻烦。说过几句话，都还顺利。还有副管家也来请示了几件事情，他都勉强应答了，似乎没什么明显破绽。看来选择的时机确实不错。虽然王国正面临危机，罗伊德将军缠身战事，但是弗吉斯，恰好是没什么事情的阶段。

他还到阿黛尔的小院子去看了看。院子已经没有人住了，冷冷清清，甚至稍显破败，房间里的家具上已经落满了些灰尘。但是，一屋子漂亮的家具、精致的装饰、丰富的书籍，还有一院子的花花草草，虽有些乱了，可仍然看得出，布局极其用心，依稀显出先前主人的风雅。

他在墙上看到一幅阿黛尔的画像。画像画得很好，画中人风姿绰约。尤其那张脸，只是淡淡的几笔线条，却非常传神，简直像是活人一样。弗吉斯觉得，他从那简单的暗褐色线条勾勒的眼睛中，看到了很多很多，柔和、温暖、妩媚，但也还有悲伤和无奈。

我真能想，弗吉斯对自己说，那就是些简单的线条而已。

他仔细盯着那张脸看了半天。你还别说，真是有点印象中琳达的样子，虽然琳达的样子在他心中并不十分清晰。他想起孙斐说过，柳杨不顾后果，选择这样一个目标，一个在萨波上流社会牵连甚广的云球人，来做上帝的囚徒，怎么说都不合理。唯一的原因就是她长得像琳达。以前，他并没有去系统中看过阿黛尔，很难评价。现在看来，孙斐说得可能没错。如今的阿黛尔怎么样了？柳杨找到空体了吗？阿黛尔已经成为地球人了吗？原本，她是被训练用来刺杀王后的杀手。她在自己还不知情时，就已经香消玉殒，但是，练舞兼练武的底子，在成为地球人后，还能在地球人的躯体上再现吗？

晚上，在图图那个漂亮的宅院中，在数不清的酒、肉、水果和点心之间，果然还是有很多文人墨客。吟诗也吟了不少，作歌也作了不少。不过，不是所有诗歌弗吉斯都能听懂。

文人虽然很多，但更抢眼的不是文人，而是美女。比文人更多的美女穿梭在文人们之间。云球人的相貌普遍比地球人美，女人尤其如此。身材大多瘦削健美，皮肤紧实光滑，面孔犹如雕塑，眼睛就像宝石。她们穿着最薄的云蚕丝纱袍，隐约露出洁白的胴体。不是倚靠在某个文人的怀里撒娇和喂酒，就是正在准备这样做。文人们在搂着美女的时候，吟诗的声音显然更大，也能获得更多的掌声和喝彩。而在怀中没有美女的时候，他们则连吟诗的机会都很难抢到。

弗吉斯不善于应对这种情况。开始的时候，他很勉强地笑着，腾挪着自己的身体，试图躲避美女们。偶尔，在别人目光投过来的时候，或者别人指点着吟诗者和他说话的时候，他还需要尴尬地赞美几句其实没怎么听懂的诗歌。他的内心充满了惶恐和不安。他努力让脑子保持清醒，努力让脑子里充满了穿越计划的任务安排和注意要点。但是，图图、拉斯利，以及一些预习材料上出现过的人，或者预习材料上没有出现过的人，逐渐开始不停地过来劝他喝酒。他一边试图想起他们的名字，一边试图拒绝。可他的拒绝很少成功。他能想起这人名字的时候，这人几乎会灌他喝酒。而他想不起这人名字的时候，这人会啰哩啰唆地坚决不走。他们说话很快，他有时听不太懂。他经常犹疑着想说什么，可又没想起来萨波语该怎么说。然后，他就稀里糊涂地把酒喝了下去。他的酒量不好，他觉得这样不好，却想不出好的应对办法。他有点着急，他在想，该不该站起来离开。他开始后悔来这里，他不应该来。有几次，他确实试图站起来。但他的肩膀上，始终有不同的人用手按着或者搂着。和他说着各种话，和他喝酒。

慢慢地，他的脑子开始晕，开始出现一些别的事情。他想起任明明，想起妈妈，想起吕青，想起柳杨，想起阿黛尔。阿黛尔怎么样了？他想起张琦，想起孙斐，想起苏彰，想起苏彰那掀起来的头皮。孙斐说有点可疑，是有点可疑吗？但会是王陆杰干的吗？不可能，他想。他还想起 KillKiller，想起 KHA。了不起，连氢弹都能弄出来！他想起 CryingRobots，想起迈克，想起情感黑客。情感黑客到底怎么回事？想起赫尔维蒂亚，想起翼龙，甚至想起了费舍尔探长。费舍尔探长，这人很好，他现在好吗？

逐渐，他再也想不起来，走过来的一个个面孔，是否在预习材料上出现过。有时他觉得这人好像出现过，却又想不起名字来。不，他的记性很好，他不应该忘记。他会低下头去想，但别人却要和他喝酒。于是，他又喝了。一边在想，他叫什么名字来着。

他试图把思绪收回来，可他不太控制得住自己。不仅仅是酒的原因，这里声音很大。音乐声，吟诗声，唱歌声，说话声，笑声。而且，空间中还烟雾腾腾，什么都看不清楚。他忽然发现，这里出现了好多杂耍艺人。不知道从哪里冒出来，刚才来的时候没有啊！这东西在地球上好像很久都没有出现过了，他只在电影里看到过。那些古老的杂耍，吐火、吞刀什么的。大家大声喝彩，他也觉得不错。他没研究过这些，吐火好像蛮容易的，但是吞刀是怎么回事？他想不起来了，应该很简单，反正是骗人的把戏。的确，有人和他的想法一模一样。在他耳边说，你看，他们都是骗子，我们喝酒，我们喝酒。一边说着，他们就喝了酒。

他觉得有点热，很热。他脱下了外套，只穿着一件衬衣，大家都这样。甚至，那边有个小伙子，开始光着膀子了。是的，云球人真是很漂亮。那一身结实的肌肉，在地球上，几乎可以参加健美比赛了。还有人，在撕扯那些美女的纱袍。她们笑着逃开，然后有人去追。人很多，很多。开始好像人没有这么多，怎么越来越多？没有人安静地坐着。他们不停地走来走去，或者跑来跑去，还有跳来跳去，甚至在桌子上。他们大声说话。他们搂着他的肩膀，使劲地抱着他。还有壮汉，甚至抱着他举向天空，好像他是个婴儿。他不认识他们。他说我不认识你。但对方说，没关系，我认识你，我们喝酒。于是，他们就又喝酒了。

他逐渐话多了起来。其实，他觉得自己很想说话。他并不内向，他很想说话，他想。然后，他就说了。这有什么不对吗？他说着话，操着并不流利的萨波语，还夹杂着汉语。不，不能说汉语，要说萨波语。有时，他一惊，慌张地看看周围。有没有人注意到他在说汉语？好在，好像并没有人在意。再说他喝醉了，说话不利索显然也可以理解。甚至他的汉语越来越多。没有人在意，谁会在意呢？又没人能听懂。而且，他们也都醉了。拉斯利，好像那是拉斯利吧？已经躺在桌子下面了。不过，图图呢？刚才，好像和一个美女抱在一起，现在却不见了。他想，我要找图图喝一杯。姑娘们对他，好像开始格外热情起来。他也开始觉得，那些姑娘很好。不仅漂亮，态度也很温柔。手软软的，身体也软软的。声音很甜腻，笑容很甜美，总之，很甜。特别是一个蓝眼睛的姑娘，她叫什么？菲雅，对菲雅，她好甜啊！她把脸颊贴在他的脸颊上。笑着笑着，不停地笑着。她的脸颊好暖好暖，她的笑容好甜好甜。他好像很久没见过这么甜的笑容了，他觉得很久以来，他只能看见一张张严肃的脸。他喝了一口酒，又喝了一口酒。他觉得，自己有权利喝酒，也有权利看到很甜很甜的笑容。

他逐渐觉得，挺好。他涨得很大很大的脑袋，涨了很久很久的脑袋，终于轻松下来了，小了一大圈，不过有点晕。觥筹交错之间，更多人成了他的朋友，非常非常好的好朋友。他觉得，自己和他们的友情很深很深。他觉得他很快乐，和朋友们在一起的感觉真快乐。他和他们一起叫喊和大笑。这真是从来没有过的经历，他想，真好。

有一会儿，他觉得他听懂了文人们的诗。那些大声吟唱的诗，伴随着叫好声和哈哈大笑的声音，和玩杂耍的声音混在一起。是的，他知道自己醉了。萨波语的诗，他好像不应该能听得这么明白。可他又觉得，他确实听懂了几首，很懂。甚至，他还努力翻译了一下，大声地念了出来。菲雅说，他翻译得好极了，眼睛里面充满了崇拜。她好像是这么说的。他不太听得懂她的话，但是"好"这个字，他听懂了。

"锦袖藏羞，藏不住心上是愁，困点双灯倦梳头；
　　那是郎君，惺忪睡眼稠。
　　郎君归来竟非秋，从此便住不再走；
　　不解风情花烛后，几时弄舟，或是约更漏？"

"反复红玉佩，颠倒绿珠钗；
　　几回费尽心思戴，几回有人摘。
　　君子太小心，容颜焉得开？
　　可怜世上庸人多，风流今安在？惺惺惜惺惺。"

"把雾织愁，把雨雪衬纤纤瘦；
　　黄昏到否？如此方堪一回走。

　　莫须仔细，潇洒最是鲁莽后；

　　可怜望眼，自家没有明月楼。"

"天涯芳草寻断，未到妾家门扇；

　　数尽星淡月圆夜，笛琴歌声未现。

　　不巧阴雨连绵，空渡一个秋半；

　　未始不是话情天，只是情郎不见。"

　　终于，他从迷迷糊糊变成了不省人事。幸好有个什么穿越者观察盲区，他想着，这是在他睡着或者说晕过去之前最后的想法，还喃喃自语地嘟囔了一句。

　　他醒来的时候，依然迷迷糊糊。他发现自己躺在一张豪华大床上，在一个大房间里。比自己的床和房间好像是差了一些，但也相当不错了。床上，在他身边，菲雅躺在那里。手臂轻轻地拢着他的脖颈，蓝眼睛正在看着他。另一边，好像还有两个云球美女。

　　他想爬起来，可头很晕又很疼，他一头又栽了回去。菲雅赶快扶着他，让他慢慢躺下去。不过，他不能就这样躺在这里，他的胃很难受。据说，云球人的胃比地球人的胃要大很多，也承担了更多的消化功能。可是，对于酒精来说，显然胃的大小不是关键。在他吐出来之前的一刹那，他终于在菲雅的帮助下，很艰难但很及时地把脑袋放在了床边。

　　菲雅在用手掌轻拍着他的后背。另外两个美女关切地扶着他的肩膀。又有几个美女拉开帘子从外屋进来。有人忙着收拾他的呕吐物。好恶心，他想。

　　他发现自己没有穿衣服。菲雅和另外两个姑娘也没有穿衣服，很薄的轻纱也没有。他试图使劲回忆，可脑袋依然很晕很疼，什么也没回忆起来。而且菲雅和那两个姑娘，也没有给他回忆的时间。她们迅速地吸引了他的注意力，她们不停地做着各种动作。很快，又有姑娘爬到床上来，脱下身上的衣服。显然，收拾那些呕吐物并不需要所有人。

随着他的醒来，无论床上的姑娘，还是外屋的姑娘，都忙碌起来。这会儿，他甚至没有能力数清楚，到底有几个姑娘。

再次醒来的时候，他的脑袋已经不晕不疼了。他也在一瞬间，回忆起很多的事情。但他觉得，他并不想去回忆。这会儿，床上菲雅还在，还有另外那两个姑娘。她们发现他醒来，又开始轻柔地抚摸他，用满脸的温柔微笑面对着他，轻轻地去亲他的面颊。他没有阻止她们，他觉得她们的确很美。虽然伴随着一些莫名的情绪，可他觉得这样挺好。他看着菲雅的眼睛，那么蓝。不是深邃的蓝，只是浅浅的蓝，像在热带海岸，岸边那种纯净的海水。透明而纯净，很浅很浅，一眼就能看到海底。海底是细密而坚实的沙子，他觉得很安全。

作为罗伊德将军的独子，在罗伊德将军驻马前线的时候，在王国生死存亡之际，弗吉斯并没有待在自己的家里。他甚至忘记了自己家的样子。直到最后一天早上，其实已经中午，他知道他必须离开的时候，他才离开了图图的府邸。他含混地告诉图图，他会做他应该做的事情。图图好像很满意。告诉他，没关系，只要他高兴就好。说话的时候，看起来很真诚，脸上带着亲切的微笑。然后，他派人把弗吉斯送回了罗伊德将军的府邸。

罗伊德府上的人，一点也没有惊讶。小书僮说，图图大人每天都派人来报告公子的情况。说他在图图府上和众多文人学者吟诗作歌、探讨学问。总之很忙，并且收获良多。在他去了图图府上隔天的时候，图图大人送来了四个大匾，说是公子写的四首诗。已经请黑石城最有名的工匠用最好的红箭木制作成大匾，而且书法出自萨波第一书法家萨萨尔的手笔。如今已经挂在书房了。诗句又好，书法又好，牌匾又好，看着还真好看呢！

什么？弗吉斯懵了，我写的诗？

他冲到书房。果然，那几首诗就挂在那里。是我写的？明明是我翻译的！他使劲回忆，是我翻译的！他想。他看着那些诗，那些萨萨尔的手笔，曲曲扭扭，像一条条蚯蚓，似乎正在到处爬动着，搞得他身上痒了起来。他记得菲雅还夸奖他翻译得好来着,不过他记不清楚了。菲雅怎么说的?他好像听得不怎么懂。难道是夸奖他写得好?翻译得好还是写得好,"好"这个字都是一样的。只有这个字他听得很懂,不会错。但是,他写的诗?这怎么可能呢?

不,不,菲雅怎么可能说他翻译得好?他忽然明白过来。菲雅只能听懂萨波语。他也许是翻译了,但却是把心里的汉语翻译成了萨波语,而不是相反。所以,菲雅是说,他写得好。

无论如何,那四个牌匾,红箭木厚重结实,在深红色的底色上,蛋黄色的纹路若隐若现,配上萨萨尔的手笔,确实很漂亮。

下午的时候,弗吉斯自己待在书房里。他告诉小书僮,任何人都不要来打扰他。他努力地让自己静下心来,虽然这很困难。

他在脑子里使劲地搜寻遗书,来云球之前已经背得滚瓜烂熟的遗书。他要把遗书写下来。经过了很长时间,那些萨波文字,才逐渐在他的脑子里浮现出来。他的记性一贯很好,他以为这些文字可以随时调阅出来。可在五天的纵情声色之后,他觉得身体很虚弱,脑子很空洞,而他的意识场仿佛真的变成了弗吉斯的意识场,那些文字就这么藏了起来,要花一番功夫才能找得到。实际上,所有的东西都变得模模糊糊、遥不可及,不仅是这些文字,还有地球上的一切。现在,云球才仿佛是真实的世界,地球仿佛只是个梦。他当然知道,晚上,他就要返回梦中去了。但是一切,都那么不真实。

现在他最担心的是,穿越者观察盲区的规则,有没有被严格执行。那是系统在自动执行,人无法干预,应该不会有问题,他安慰自己。

— 32 —

伊甸园星

任为从云球返回，还没有来得及看到弗吉斯的死亡是否如他们所料，带来萨波王国的转危为安，就先知道了另外一件事。

"窥视者"项目马上就要启动了。这个事情，任为知道不可避免。既然前沿院领导下了决心，他们当然挡不住。但是，出乎他预料的是，伴随着"窥视者"项目，居然还有一个"伊甸园星"项目。而且，要一起启动。

伊甸园星项目是孙斐提出来的计划。她在两三天的时间里，就做了一个项目草案。她先将完整的项目草案提交给了张琦。获得张琦同意后，提交给了前沿院。前沿院同意之后，她将草案进行了删改，主要是删掉了有关穿越计划的涉密内容，却强调了窥视者项目的内容，然后提交给了宏宇公司。很快，宏宇公司也同意了。

非常奇怪，大家的动作都很快。孙斐动作快并不奇怪。但张琦、前沿院和宏宇公司，对这么一个突然出现的计划，居然那么迅速就有了答复，同意的答复，这不能不说是很奇怪的事情。

伊甸园星项目的核心是，鉴于在可预知的未来，云球中将有越来越多的外部介入力量，其演化将完全脱离自然的轨道，背离建立云球系统的初衷，所以需要一个替代的方案，来完成云球应完成的使命。这个替代的方案，就是在云球系统中建立一个拥有生命的外行星。她给这个外行星起了个名字，叫作"伊甸园星"。

为了经费原因，在云球系统中，曾经除了太阳系以外，对外太空的所有模拟都只是采用最简单的数学模型。甚至可以说，只是一幅动图而已。后来，在云球社会化有了一些收入后，才逐渐恢复了对外太空的符合真实物理定律的模拟。

现在，对太阳以及对太阳系中几乎所有行星、矮行星、小行星和彗星等天体，云球系统都尽量做到真实地模拟。这些太阳系天体的可观测参数，和其他会对云球产生影响的参数，比如位置、大小、形状、质量、轨道、反射率、电磁场、化学成分等等，甚至包括这些天体自身的外部环境和内部机制，都被模拟得相当精细。尽管准确程度受限于人类对这些天体的了解，但基本可以认为，它们和真实太阳系中的对应存在，大致是相同的。

对于太阳系之外的银河系天体，位置、大小、形状、质量、轨道、亮度、光谱、电磁场等可观测数据，云球系统也进行了尽量真实的模拟。但对于这些天体自身的外部环境和内部机制，则没有进行模拟。实际上，一方面人类自身对此所知相当有限，另一方面这些东西不会对云球产生任何有实质意义的影响——至少根据现有研究是如此。在云球系统中，众多银河系天体的存在形式，只是一个个单纯而稳定的圆球。空间上没有结构，时间上也没有演化。同时，这些模拟，无一例外全部限于恒星、黑洞等大质量天体。任何行星之类的小质量天体，都被忽略了。

对于银河系外的更多天体，云球系统进行模拟的颗粒度，则从恒星进一步上升到了星系。对云球人来说，那些星系确实存在，如果说有些微妙的物理学影响，只要人类已经认识到，那么也会存在。但是，那些星系中的星星，并没有作为个体被模拟。不过，在视觉上，如果应该能够被看到的话，天空中还是有那些闪烁的点。

未来，伊甸园星将是第二个完整的太阳系外行星。当然，伴随着这个云球二号的诞生，必然要有一个完整的星系二号来陪伴，就像云球的太阳系一样。否则，那只是一块在太空中流浪的石头罢了，也许结构很复杂，但和行星这种称号是搭不上关系的。

这并不是要建立一个独立的新系统，而是在云球系统中建立另外一个行星。这样伊甸园星和云球将共享云球系统的设定和能力，资源需求比搭建一个新系统要少得多。更关键的是，这将节省很多时间，以十年计的时间。要理解这一点，必须明白云球对模拟对象的计算机制。

在云球中，并非所有模拟对象都在时时刻刻地运行。为了节省计算资源，云球中的模拟对象被分为两类。

一类对象被称为恒常对象，比如云球人。云球人身体的每一部分，时时刻刻都在云球系统中进行模拟运行。这样，他就可以持续地思考和行动，也可以在睡觉时做梦或者生病。

另一类对象被称为应激对象。顾名思义，这类对象只对外界刺激作出响应。比如海滩上的一块石头，云球系统知道那里应该有一块石头，但绝大多数时候，这块石头并不需要被计算出当前的外观或其他状态。只有当一个云球人看到它的时候，或者当发生了某些事情必须和它进行互动的时候，可以认为它受到了外界的刺激，此时云球系统才会实时计算出它在这个时刻应该有的样子。为了提高速度，这里面还有一些预判机制，以减少在它响应刺激时，瞬间计算量过大导致的延时。这些工作，云球的人工智能系统都做得很好。

哪些东西应该是恒常对象？哪些东西应该是应激对象？这种划分，是云球系统的核心工作之一。这种划分并非一成不变，是动态变化的。举个例子，一块海滩上的石头，通常情况下，应该是应激对象。可如果这片海滩是海滨浴场，这块石头又恰好位于游客集中的区域，那么，它就会是一个经常在恒常对象和应激对象之间进行切换的物体。在营业时间，为了应对频繁的互动，它将被转换为恒常对象。下班后，为了避免无意义的计算，它就又变回了应激对象。但假如某天下班后，因为某种原因，浴场上仍有大量滞留的游客，云球系统会很聪明地知道，它应该延迟将这块石头从恒常对象切换为应激对象的时刻。

这个机制的建立，是地球所和云球系统的核心成就之一。否则，完整的模拟宇宙中每一个原子，不是当前世界的计算能力所能够负担的。即使拥有量子计算机的超强计算能力，也仍然不行。

毫无疑问，天上的那些东西，特别是太阳系外的东西，绝大多数都是应激对象。事实上，应激对象占据了云球中物质的绝大多数。

无数种应激对象，如何进行实时计算，如何进行提前预判，这是云球系统的最大能力之一。这个能力本身也是演化出来的，而且是基于量子计算的基础演化出来的。因此云球系统无法复制。量子的不可复制性，人工智能的不可解释性，在这里也发挥了威力。除非你愿意从零开始，不仅仅演化云球系统的所有内容，还要演化云球系统的所有能力，你当然可以复制所有那些并非核心能力的源代码。

孙斐考虑过将伊甸园星建立在火星、木卫二或者土卫六上。人类已经登上这些星体多年，使用它们会有很多优势。人类对这些星体的了解，虽然谈不上多么精确，却也算相当深入。但是，这些星体确实不适合人类自然生存，必须借助现代科技手段才行。强行改造也许可以解决这个问题，可是会产生更大问题。对这些星体来说，改造结果毫无疑问是不符合自然规律的。人类必须长期持续地加以干预，否则这些改造结果将无法维持。用不了多久，这些星体就会恢复到它们该有的样子。所以，它们只是看起来很好，孙斐不得不排除了这些选择。

最终，孙斐决定，伊甸园星将建立在恒星伍尔夫 359 的第二颗行星上。伍尔夫 359 距离太阳系 7.7 光年，算是相当遥远了。这也好，在可预见的将来，伊甸园星人将不会和云球人产生冲突。如果是在火星、木卫二或者土卫六，这可说不好。

在现实中，那颗行星相对其恒星来说距离合适，理论上可以支持生命存在。不过目前，它的状态类似于四十亿年以前的地球，不适合生命生存。而且，其半径仅有地球的 70%。这意味着，其表面积大概只有地球的一半。

在云球中，可以改造这颗行星。不改变其半径，只改变其环境。让它跨越地球四十亿年的演化，并且直接将生命植入。改造的过程将是纯粹的神迹，完全不可能在自然界出现。但是，从改造完成的结果来说，由于它的良好位置，并不和任何自然定律相冲突。这意味着，一旦改造完成它就可以开始正常运行，无须再额外加以任何干预。

伊甸园星的生命来源可以是云球生物。简单地说，想办法在伊甸园星上，复制一个当前的云球生物圈。

由于伊甸园星表面积只有云球的一半，所以生物圈规模也将只有云球的一半。由于环境的不同，伊甸园星生物圈和云球生物圈相比将有所不同，但其生存应该不成问题。

不过，这将意味着伊甸园星和地球更加不同。其上演化出的任何结果，对地球而言，更加没有任何意义。比如其生物体，对引力的反应都完全不同，和地球人基本没有可比性。

孙斐在计划中说，她本来要找一颗和云球一样大的行星。但进行计算后，出于对计算资源的顾虑，她进行了妥协。她强调，如果有人一定要坚持，伊甸园星由于规模较小而不具有科学意义，那么，她会放弃妥协。她将重新挑选一颗和地球一样大的行星，为建立伊甸园星做出一个新的计划。毫无疑问，那将使云球将面临更大的资源挑战。她提醒大家，不要"搬起石头砸了自己的脚"。

确实，计算资源是关键。云球的运行已经勉为其难，怎么能够再负担一颗伊甸园星呢？但是，计算资源的问题只是钱的问题，这是宏宇需要解决的问题。孙斐缩小了伊甸园星的规模，只有云球的一半，已经做出妥协，已经仁至义尽。她不打算再替宏宇公司操心更多关于钱的问题了。反而，她把伊甸园星作为一个条件，甚至是一个机会，提给了宏宇公司。她要求宏宇公司承诺，永久负担伊甸园星。作为交换，她将不再反对"窥视者"项目，也不会再使用其他手段进行阻挠。并且，她说，她甚至可以支持云球的资产证券化。前提是，在资产证券化过程中和以后，宏宇公司仍然要保证伊甸园星的运行。并且保证伊甸园星的演化不受任何外部干扰，不能有伊甸园版的"窥视者"项目或者别的类似计划。

对张琦和前沿院，她也明确要求，不能有伊甸园版的"穿越计划"或者别的类似计划。

计划目标很明确，内容也很清楚。奇怪的是，孙斐凭什么认为，她凭一己之力，就可以让所有人认可她的计划呢？要知道，虽然她已经"妥协"，但这毕竟需要很大的计算资源。那是很多的钱，难道去找人要钱，因为自己已经"妥协"，就可以格外的理直气壮吗？

"我威胁了他们。"孙斐对任为说。她果然还是用了些手段。

"我不知道，我需不需要威胁你。"她接着说，"我建议，不要逼我威胁你，不要尝试来抵挡威胁。他们都在我的威胁下退让了，你相信你不会退让吗？而且，我要做的事情，从某种角度上说，符合你的愿望。你一直以来，都希望云球自主演化。一天一天，你逐渐放弃自己的初衷，和他们同流合污。这不过是出于你的软弱。我给了你一个机会，重拾自己初衷的机会。你应该支持我。"

任为听得很别扭。他觉得自己应该很生气。但是，他好像已经失去了生气的能力。他承认，孙斐说他软弱，他确实太软弱了。特别是，从云球回来以后，他觉得自己更软弱了。

他沉默着，孙斐也不说话，就看着他。

很久，他终于问："你怎么威胁他们了？"

"很简单。"孙斐说，"我对欧阳院长说，他一定要支持伊甸园星，而且要帮我要求宏宇公司支持伊甸园星。如果他不这么做，我就要去举报。地球所没有履行任何法定程序，就使用真人进行意识场实验，进入了云球，这是违法行为。"

"那是地球所的问题。欧阳院长事先也不知道，他没什么责任。"任为有点疑惑。一边在想，连欧阳院长，孙斐都要这么明目张胆地威胁，她实在是疯了。

"对啊！他本来是没有责任。但是，他发现了以后，没有采取正当的措施。反而利用自己的权力和人脉，补办了手续。他补办的手续还走了涉密渠道，绕过了正常监管，这就是他的问题了。还能说没责任吗？我看，张琦就是算准了他这一点，所以才敢先斩后奏。"孙斐说。

"你还挺能分析。"任为有一点佩服，"那欧阳院长就同意了？"

"他还能怎么样呢？这个事情对他来说，虽然也不会严重到有什么刑事责任，但我相信，他的前途和名声就完了。我只需要让他相信，我什么都干得出来。"孙斐冷冷地说。

"嗯，他不生气吗？你这样对他？他对你可是很好，一直很好。"任为说。

"生气？没有，他连反驳都没有。他只是沉默了很久，然后就同意了。"孙斐说。

"是吗？欧阳院长心挺宽。"任为说。

"我走的时候，他居然还站起来送我。还拍了拍我的肩膀，冲我笑了笑。"孙斐说，好像有点疑惑。

"哦？欧阳院长不跟你一般见识吧！对他来说，你就是个不听话的小孩子而已。"任为说，"难道他跟你吵架吗？"

"好吧，随便你怎么说。"孙斐说，"反正我不管了。然后我去找王陆杰。我告诉他，欧阳院长会要求他们，必须支持伊甸园星项目。他不准反对。否则，我就告诉欧阳院长，他早就知道地球所私下进入云球的事情，但却没有告诉欧阳院长。"

"还是这个事情。"任为说。

"是啊！我也找不到什么别的事情。"孙斐说。

"王陆杰已经去宏宇上班了吗？他们的宏宇科学娱乐搞好了？"任为问。

"对啊！你不知道吗？他已经去上班了，宏宇集团的副总裁，宏宇科学娱乐的 CEO，裴东来是他手下。"孙斐说。

"他也同意了？"任为问。

"当然了。他不告诉欧阳院长，不就是希望地球所这边进度快一点吗？窥视者项目只是开始，他们还有下一步。我看，迟早的事情，一定会走到让地球人意识场去云球旅游的地步。你信不信？除非意识场永远不解密。王陆杰可早就知道意识场的事情，卢小雷都琢磨这些，他会不琢磨？哼，他早琢磨好了，一步一步，全想好了。不过，我们不能让他如愿，他也不要以为胜券在握。反正，我看他早就要离开前沿院了，有全盘计划，他算准了这是他发财的机会。欧阳院长要是知道，他一直有这个小算盘，还不得气死！肯定不会支持他的窥视者项目了。再说，就算继续这些事情，也不会选他和宏宇做合作伙伴了。"孙斐说。

"你是真的想得挺深入啊！"任为说。这是真心话，他自己真没想那么多。

"他没有欧阳院长那么干脆，跟我辩论了半天。吧啦吧啦各种理由，主要就是说花钱太多呗。我不管，我告诉他，我已经仁至义尽。你有千条妙计，我有一定之规。反正你看着办吧！后来他说，这么大的事情，他不能擅自做主。他要回去请示那个傅群幼。"孙斐说，"总之，我告诉他，他去搞定。搞不定我就去欧阳院长那里告发他。他不怕的话就来试试，我更不怕。"她露出一副大义凛然的表情，像是来真的。

"后来呢？"任为问。

"显然他还是怕。昨天他告诉我，已经基本没问题，可以开始准备了。"孙斐回答，有点得意洋洋。

"我还以为你要控告他杀害苏彰呢！"任为说。

"你以为我不敢吗？我没证据而已。"孙斐说。

"好了好了，王陆杰搞定了。"任为说，"那张琦呢？"

"张琦？他不用威胁。他本来就不应该反对，又不花他的钱，他何乐而不为？他只是怕宏宇不同意，别把别的事情都给搞砸了。我向他保证，他只要表示强烈支持就可以了，我都能搞定。反正我去搞，保证不会搞砸什么，就算搞不定，他也没什么损失。不过，我没有像对你一样，把细节都跟他讲，我觉得他没必要知道。说人体实验的那些事情，就变成是在威胁他了。哼，我本来就打算，他要敢不支持，我就威胁他。但既然他没捣乱，我也就算了。"孙斐说着，扭头看向天花板，又狠狠地哼了一声，好像要表示一下对张琦的蔑视。

"我也和张琦一样了？"任为说，"我也没什么理由一定要反对。而且，你要曝光人体实验的事情，我也逃脱不了责任。"

"对啊！所以你同意就行了。"孙斐说。

任为叹了一口气，说："我同意。"

"很好。"孙斐说，"这个态度很好，那我走了。"

她站起身来准备走。

走到门口的时候，她忽然又停住身，扭过头说："哎，我说，您在云球的任务不知道完成没有，您倒是先出名了。现在的黑石城，所有妓院都在传唱您的诗呢！快要达到有井水处有柳永的境界了。没看出来，您还会写这种打油诗呢！轻薄得很，不是所长您平常的风格啊！看来，您心里还颇有些风花雪月呢！"

她又抬起头看着天花板，这次像是在思索。她慢慢说："我想想啊……您那几首打油诗……机器翻译得不错，合着词牌呢！'锦袖藏羞'那首是'醉落魄'。'反复红玉佩，颠倒绿珠钗'是'卜算子'。'把雾织愁'是'减字木兰花'。最后一首，'天涯芳草寻断'是'西江月'。对吗？我查过，不会有错。真有点文采，不过还是打油诗。平仄不对。也许这得怪机器翻译，平仄没学好。好在您运气不错，至少还押着韵呢！恭喜您啊，打油诗大诗人！"

她轻蔑地撇撇嘴，拉开门扬长而去。

"哎"？孙斐对自己的称呼都变成了"哎"了？

妓院？有井水处有柳永？扯什么淡。那些打油诗不是我写的，任为想。转念又想，可能真是我写的？他回忆了一下进入云球前的预习材料，弗吉斯的确写诗，写一些风月诗，水平不高。这几首也是风月诗，水平也不高，气场好像还挺合。难道我的意识场，调用了弗吉斯大脑里一些残留的技能？听起来不是没有可能。老巴力丢了自己的狩猎技能，但一定拥有了斯特里的农耕技能，只是他没有来得及发现和使用。不过写诗的技能和狩猎、农耕什么的，好像又不太一样。回头有机会，一定要问问柳杨。

至于我自己，他想，我写过诗，可那是很久很久以前的事情了，还是个孩子的时候。现在，都多少年了，早就忘得干干净净了。那时候，孩子嘛，谁不写诗呢？

王陆杰很快也跑来找他了，"你总算回来了。"他说。

"你也总算去宏宇了。"任为说。

"是，是，你别笑话我。"王陆杰自己先笑了起来，"对我们都有好处。"

"对你有好处，对我可未必。"任为说。

"有好处，有好处。"他说，"你看啊，两件事，窥视者，伊甸园星，咱们看看，下一步怎么推进。"

"推进吧。你找张琦商量就行了，我都同意。"任为说。

"窥视者项目没问题，正在推进。ASSI 和云球对接嘛，不难，很快就能弄好。下面的宣传推广我们是行家，当然也会征求你们的意见，都不是问题。不过，伊甸园星就没那么简单了，不容易啊！"王陆杰说。

"你不是答应孙斐了吗？"任为问。

"是，是答应了。"王陆杰说，"但还是有问题。"

"傅群幼不答应？"任为问。

"没有，没有，我搞定他了。而且，欧阳院长都提了明确要求，他也不好回绝啊！"王陆杰看起来还挺高兴，丝毫没有被胁迫的感觉。任为有点奇怪，被胁迫难道不是应该很不爽吗？

"那有什么问题？"任为问。

"应该算技术层面的问题。说起来，是要在伊甸园星复制一个小号的云球生物圈，可好像没那么简单。环境肯定没问题，直接修改环境系统，测试仔细点就是了。植物动物也还算好办，他们说，可以通过人工智能程序，把一些植物动物直接迁移到伊甸园星上去。这只老虎，睡觉的时候还在云球，醒来就在伊甸园星了。脑单元在系统里并没有动，躯体参数也没动，只是链接的环境参数全变了。老虎傻，不就是不适应嘛，搞不明白没关系，有兔子吃就行了。可是云球人不行啊！他们已经不是猿人了，是现代人。他们的社会演化是有问题，但他们的智力没问题。他们已经是现代人，脑容量、意识场都一样。你要让他们忽然一觉醒来，都在伊甸园星上，这行得通吗？"

"对，引力不同啊？伊甸园星的半径，不是只有地球的 70% 吗？"任为想到了引力，问王陆杰。

"所以，那些植物动物能不能活都是问题。他们说，可以通过系统修改体内的引力反应。一点点来，可以试，应该能够逐渐进化。就算死一批也没办法，但是工作量真不小。不过最大的问题还是云球人，他们有家庭、有朋友、有部落，忽然就这么着，换了个地方，难道没有问题？"王陆杰说。

"那就把某些部落，周围的自然环境，还有动植物，一下子全都移过去。"任为说。

"对！我就这么说的，可张琦不同意了。孙斐又不高兴，他们吵起来了。这个孙斐，伊甸园星本来就带来很多麻烦，该让步就让步嘛！这姑娘真难搞啊！"王陆杰说着摇摇头。

"张琦为什么不同意？"任为问。他没有等王陆杰回答，就自己回答了，"嗯，我知道了，在伊甸园星倒是没有问题。可在云球会造成问题。环境可以复制，植物也可以复制，但动物没法复制。有脑单元的东西都没法复制，量子的不可复制性，人工智能的不可解释性，更别说有意识场的了，只能迁移。这样迁移会造成云球上出现大片空白。也许会对云球造成负面影响。这是个问题啊！"他摇了摇头。

"张琦挑选了一些部落，似乎都比较偏远，与世隔绝。说是对云球影响可控，可以迁移到伊甸园星上去。但孙斐觉得数量太少了。她说那样的话，伊甸园星的人类发展就太滞后了，离云球会有很大距离。所以，他们吵得很厉害。"王陆杰说，"你是不是拿个主意啊！我知道，现在你不爱管这些事情，可你毕竟还是所长啊！"

"我没有不爱管。"任为尴尬地说，但也并没说要怎么管。

他沉默了一会儿，忽然问："你怎么就被孙斐吓住了？你不被吓住，就没有伊甸园星这件事情了。"

听到这个问题，王陆杰先愣了一下，然后笑了起来，说："我才没被她吓住呢！这姑娘是难搞，但是小姑娘还是小姑娘嘛。想问题太简单，性子又太着急。"

"什么意思？"任为问。

"你想，你搞这个云球，欧阳院长一直支持你。虽说后来，是有很多困难，但这么着就变成游戏了，他能不难受吗？他是有很大压力，可他也想有办法延续以前的研究，其实他很矛盾。孙斐要是好好地跟欧阳院长讲她的伊甸园星项目,欧阳院长肯定也会同意。可孙斐这姑娘,没办法,也许这段时间被搞毛了,上来就连伺吓带威胁,搞得欧阳院长莫名其妙。她是被欧阳院长宠坏了,欧阳院长也懒得理她,就坡下驴就同意了。至于我,我才不怕呢!你们的事情,我跟欧阳院长说过,我不怕她到欧阳院长那里告发我。"

"你告诉过欧阳院长?"任为有点吃惊。

"是,不过你知道就行了,别跟别人说了。"王陆杰说,"当时欧阳院长确实没吭声。也是知道这件事情不好搞,走程序不知道要什么时候了。还牵扯到柳杨他们的实验进展呢,他们的事情有更大的牵扯。上面,"他指了指天上,"也很着急。所以,你们的办法也不失为一个办法,欧阳院长就没吭声。而且就伊甸园星项目本身来说,也确实是个挺好的主意。这里面有很多研究价值。除了创造一个干净的环境继续以前的研究以外,也是一个新的实验,看看在云球系统中,创造新的行星会是个什么情况。如果技术流程都成熟了,有可能可以创造更多新的行星。会有各种用处,无论是科研角度还是商业角度都是这样。想不明白这件事情的人,主要是宏宇公司的人。他们是商人,很短视,很多时候,想不了那么远,这个季度的股价,就是他们的极限了。这也正常,是商人的本分。所以对他们,还是需要做一些说服工作。这我去做就是了,孙斐完全没必要急赤白咧。好好说不行吗?不过她就那样,也不奇怪。"王陆杰说。

"嗯,"任为含混地嗯了一声,"那你怎么做宏宇的工作?这毕竟是很多钱啊!"

"是啊,但也有更多的商业机会啊!"王陆杰说,"说服傅先生,不就是要说赚钱的事情吗?这容易,跟他说赚钱就是了。换换脑子,大家才能互相理解。"

"换脑子?怎么换脑子?"任为问。

"有些事情不是今天就能想清楚,有很多可能性,需要脑洞大一点。比如,给你举个例子,如果可以创造一个行星,用作监狱呢?一些重刑犯,把意识场送到这个行星去,把空体保存到 KillKiller。是不是比现在的监狱安全？是不是成本也低很多呢？某种程度，犯人的生活还更好，更自由。"王陆杰说。

"啊？"任为惊了一下，"伊甸园监狱？"他问。

"谁说是伊甸园监狱了？"王陆杰说，"可以是新造的行星啊！伊甸园星可以认为是个实验。很久以前，我和公安部监狱管理局的一个副局长聊天的时候，还真聊起过这件事情。不过那会儿，只有 KillKiller，没有意识场的事情，这样做行不通。总不能就在 KillKiller 冬眠吧！有点侵犯罪犯的人权，而且也起不到改造罪犯的作用。时间都被睡过去了，没接受改造，没有意义。对不对？现在不同了，等意识场解密了，我会去找他再聊聊。名字我都想好了，'云狱'，云中监狱，怎么样？"

"厉害！"任为伸出大拇指，由衷地钦佩王陆杰，商人们的脑洞确实很厉害。

"所以，说服傅先生也不是太难。就是要做工作而已，强调赚钱，"王陆杰重重地说，"赚钱。"

"但是——"任为迟疑了一下，"你不会把这些想法跟傅先生讲了吧？意识场可还没解密呢，穿越计划也是涉密的。"

"没有，没有，你放心，这点职业素养我还是有的。跟傅先生渲染一下窥视者计划就好，再说还有好多胡萝卜呢，用不着讲这些。"王陆杰说，"其实，伊甸园星真是有价值，孙斐这个想法很好。不仅仅是赚钱，科研方面这种需求也已经出现了。你知道，现在，在火星和木卫二、土卫六上，都有人类居住实验基地。虽然弄得还不怎么样，飞船不给力，可我们确实是在走向宇宙的过程中。未来总有一天，我们会碰到外星人。我们和外星人之间，或者，外星人和外星人之间，会是什么关系？怎么相处？这要研究，现在大学有国际政治专业，那会儿一定会有星际政治专业。当然，坐而论道的话，坐在那里想和说就可以了。可是，需不需要做实验呢？也许大多数人认为，国际政治不需要做实验，本来就是坐而论道。但星际政治可不一定，毕竟星际政治的实体，和国际政治的实体不同。很多东西，你看不到摸不到啊！坐而论道很可能不够。你们的云球系统里，要是有很多行星，都有生命，这不是一个非常优良的观测环境吗？而且，说不定可以做各种实验，验证些什么。不知道你们的技术支持不支持，但迟早总会支持。我听说……就是听说啊……不知道是不是谣言，军方已经开始有这样的前期研究。说不定哪天，就会找到你们呢。"

这个王陆杰厉害，任为有点被震惊了。他觉得，自己真是一个井底之蛙。他的思维像是被捆住了，捆在云球里面。这么多年以来，似乎都没有探头出来过。

"实际上，这种东西很多。你们以前太封闭了，还是要开放，开放，再开放。资产证券化也不是不能考虑，你还是要想一想。毕竟，无论对云球还是对地球所的所有同事个人，都是有好处的。很多事情不要用今天的眼光固定地去看待。随着时间的前进，很多东西会发生意想不到的变化。地球会变，社会会变，人会变，你也会变，不能说就云球不能变，对不对？"王陆杰说。

我会变？任为忽然想起菲雅。

"说远了，说远了，刚才说到哪里了？哦……对……说到孙斐。她以为大家怕了她，其实是因为她的想法确实不错。她叫啊叫啊不停地叫，大家都在想别的事，根本没在听她说话。她是个好姑娘，也是个难搞的姑娘。你可别跟她去学我说她的话，我其实很喜欢她，也挺佩服她。作为一个姑娘，真不容易，内心很强大。我要是她，我可做不到。说到底，唯一真正的问题就是钱。说服宏宇拿出钱来，就没问题了。我现在是宏宇的人，作为宏宇的一分子，我认为拿出这个钱，一定会得到合理的回报。你放心，我觉得没问题。眼前，就是张琦和孙斐的争执是个问题。他们僵持不下，这个我就搞不定了。你还是出一下面，好不好？"王陆杰说。

"好，好，没问题。我出面，我去说。"任为说。

伊甸园星项目让任为吃惊，和孙斐的谈话让任为吃惊，和王陆杰的谈话让任为更加吃惊。但是，这还没有完，接着，就在当晚，吕青又让他吃了一惊。

"CryingRobots 分裂了，已经发声明了。"吕青说，情绪很低落。

"啊？怎么分裂？"任为问。

"我说过的呀！哼，我还真是厉害。他们真的分裂出一个新组织，名字真的叫 FightingRobots。"虽说证明了她料事如神，可看起来，她却一点也不高兴。

"明明在哪个呢？"任为问，随即觉得自己问得很愚蠢，"当然是在 FightingRobots 了。"他回答自己。

"可能比这个还过分。"吕青说。

"比这个还过分？什么意思？不就这两个组织吗？她还能在哪里？"任为问。

"FightingRobots 的声明里提到，他们的领导人名叫 RevengeGirl。"吕青说。

"RevengeGirl？"任为愣愣的，不知道说什么好。RevengeGirl，倒像是任明明给自己起的名字。

"他们还干了一次新行动，袭击了爱尔兰的一个教区，杀害了一位主教。"吕青说。

"为什么？"任为很吃惊。

"那是一个极端保守的教区。那位主教一直在到处奔走，极力呼吁政府进行立法，对人工智能进行明确分级，建立像电影一样的分级制度。并且，要在一切范围内，限制为机器人建立任何和自我意识有关的功能。包括情感软件包或者情感芯片也不行。这类东西，都应该定义为非法并全面禁止。总之，就是要在研发和生产环节中，在技术层面上，永远把机器人严格地控制为机器。可以想象，在那里，机器人人权、机器人婚姻之类的事情，肯定是大逆不道了。"吕青说。

任为叹了一口气，没有说话。

"明明怎么能这样？"过了一会儿，吕青说，语气听起来很担忧。但任为扭头看她的时候，在她眼睛里看到的东西，似乎比担忧更多。

任为不知道说什么好。

过了一会儿，任为说："问你一句，另一个事情。"

"什么？"吕青问，有点心不在焉。

"我以前好像写过一些诗，是吗？"任为问。

"是啊，大学的时候。怎么了？"吕青问。

"不怎么，就是忽然想起来了。你还记得些什么吗？"任为问，"可能有点怀旧吧，最近这么多事情。"他又补充说。

"让我想想……你给我写过情诗呢！"吕青说，笑了笑。不过，看起来并不是很开心。她歪着头在想，然后好像想起了些什么。

"对，我想起来一首。"她慢慢开始念。

"双红豆，双红豆，
　生在山崖扶云头，
　自小不知愁。
　双红豆，双红豆，
　一朝美人盈红袖，
　窥见汴水流。"

"好像是这样。"她说。

"一朝美人盈红袖，窥见汴水流。"任为重复了一遍，说："嗯，是的，我也想起来了，是我写的。好像词牌叫'双红豆'。"

"一朝美人盈红袖，窥见汴水流。"过了一会儿，他又重复了一遍，觉得自己写得还不错。

吕青没有再理他，好像还是有点担忧的样子。在想任明明吧，任为想，他也觉得很担忧。

这一段时间，我算不算是"窥见汴水流"了？他又想。

— 33 —

窥视者

萨波王国果然转危为安了。但是，并非一切都如张琦所料。

副管家将弗吉斯的遗书送到了阿克曼国王手中。国王并没有马上采取行动。他考虑了一段时间，派人调查了弗吉斯死前的行踪。了解到弗吉斯在图图府上连续住了几天，读了弗吉斯那几首在黑石城大肆流行的诗，知道了弗吉斯曾经在阿黛尔的院子里流连忘返。他调查了图图、拉斯利和那几天在图图府上的一些人，当然少不了罗伊德府上的副管家和弗吉斯的小书僮。这一切，都是以调查弗吉斯死因的名义进行的。

这期间，任为一直很紧张。阿克曼国王的调查，会不会在地球观察者们面前暴露弗吉斯的放浪形骸？好在图图、拉斯利们的证词都非常小心谨慎。他们的证词表明，在图图府上的几天聚会，完全是黑石城文人们的纯文学交流。弗吉斯的几首诗就是明证，而且还有其他人创作的超过一百首的各色诗歌。

菲雅和姑娘们并没有被调查。国王毕竟只是国王，而非上帝，并不知道每个细节。他哪里会知道，还有那么些姑娘呢？对任为来说，更加万幸的是，地球观察者们对调查过程的细节并没有任何兴趣。他们只关心结果。没有人认真观察调查过程，至少在任为看来是这样。最终，他很欣慰地看到，既没有尴尬的问题，也没有暧昧的眼神。他松了一口气，吊在嗓子眼好久的心，终于放了下来。

　　和张琦的计划不同，阿克曼国王并没有把弗吉斯的遗书公之于世，而是把遗书送去给前线的罗伊德将军。同时，把遗书的一份副本秘密送去给麦卡王苏雷，并附带送去了他自己名贵的阿利亚黑钢佩剑，还有一份免赋税五年的手谕。然后，他下了两道诏令。

　　一道诏令是关于贾尼丝王后。诏令中说，贾尼丝王后因常年被隐疾所困，不堪忍受而自尽。国王痛心疾首，令以王后之礼厚葬。并令，等国王百年之后，无论将来何人即位，不得另立太后，贾尼丝将永享太后之位。

　　另一道诏令则说，经过详细周密的调查，阿黛尔和弗吉斯均死于传染性急疾，乃黑鼠唾涎所传播。诏令黑石城全城军民，捕杀黑鼠、注意卫生，务必各自珍重。

　　麦卡人撤军了，而罗伊德将军迅速率军北上。没等他到达北境，山地人刚刚听到风声，也撤军了。之后，罗伊德将军率军返回黑石城。但是，在还没有到达的时候，离黑石城还有最后一天的路程，他刎颈自尽，并留下了遗书。遗书中说，他不堪忍受阿黛尔和弗吉斯的离世带来的痛苦，万念俱灰，只能愧对君王和百姓了。

　　阿克曼国王立即接回了罗伊德将军的遗体，举行了规模盛大的国葬，亲致悼词，当场昏厥。

　　一代将星，一代名臣，一代人杰，就此陨落。阿克曼国王亲自守灵三天三夜，并诏令王室所有成员及朝廷政务官以上官员，在为贾尼丝王后戴孝一月之礼满期后，为罗伊德将军再戴孝十五天。于是，举国皆哀，感激涕零，莫不念君王厚待忠臣之心。

　　任为说服了孙斐。说服孙斐并不容易，大概主要还是孙斐自己想明白了。如果建立伊甸园星的综合成本过高，对云球带来太大影响，引起过大范围的反弹，那将不是一个明智之举。为了一切顺利，她终于还是做出了妥协。

　　伊甸园星建立了。环境和植物都很好，动物种类也算比较齐全，只是数量很少。人类就更少了，都是云球上一些很偏远的部落。不仅偏远，在云球上，这些部落在各方面都比较落后。所以，伊甸园星虽然跳过了漫长的环境形成和生命诞生阶段，但是就人类社会演化来说，他们前面的路，比云球还要漫长得多。

孙斐成功地争取到了最大的权力。地球所正式成立了伊甸园星办公室，她被任命为办公室主任，伊甸园星的总负责人，同时依旧兼任所长助理。大家讨论通过并形成了一份有关伊甸园星的正式文件。文件中明确规定，有关伊甸园星的所有决策和行动，必须通过伊甸园星办公室进行，并且必须事先获得办公室主任的批准，也就是孙斐的批准。而且，在孙斐的坚持下，建立伊甸园星所需要的一系列技术工作，也被安排在了地球所技术部门的最高优先级。

在建立伊甸园星的工作进行得差不多的时候，窥视者项目终于也正式启动了。在地球所内部，这个项目仍然由卢小雷领导的社会化办公室负责。

从技术角度说，窥视者项目比伊甸园星项目简单，无非就是把ASSI和云球的影像系统相连接而已。

这里面有很多细节问题要解决。比如，云球系统以前和公共网络完全隔离，这次要突破这种隔离了，需要一些新的安全措施。比如，MSI数据和云球影像数据，在空间位置上的冲突演算，需要新的程序开发。比如，窥视者项目需要海量规模的数据在网络上传输，必须选择非常好的算法以保证效率。再比如，窥视者项目的用户界面，不能像原先地球所的技术人员使用的界面那么简陋，否则，用户恐怕不会愿意使用。

不过这些问题，对地球所的技术部门来说，并没有什么太大的难度，主要都是些工作量。和伊甸园星这样重建一个云球的工作相比，要简单得多。

但在技术之外，窥视者项目却比伊甸园星项目复杂得多。这不奇怪，毕竟，一个是地球人的事情，一个是云球人的事情。

首先，在窥视者项目中，最大的一个问题是云球时钟。对窥视者来说，云球必须和地球保持同样的时钟，否则人脑无法适应，反应速度跟不上云球系统的速度。目前，云球时钟倒是和地球时钟同步，符合窥视者项目的要求。可这是暂时的，是为了脑科学所的研究。长远看来，云球时钟还是要调快的，否则，社会演化就谈不上了，也就没有什么科学研究了，那地球演化研究所简直可以直接改名字了。

最后大家达成一个妥协。原则上，云球每个季度只开放第一个月给窥视者项目，称为"观察周期"。在这一个月中，云球时钟和地球同步。另外两个月，云球时钟将按照地球所的研究需要进行调整，宏宇公司不会干涉，称为"演化周期"。不过在最初半年，云球将连续开放给窥视者。也就是说，在这半年里，云球时钟将一直和地球同步，一直是"观察周期"。这是为了保证项目初期可以获得大量数据，用来进行各种测试和调整。

因为伊甸园星也处于云球系统中，所以"观察周期"和"演化周期"的划分，同样会影响伊甸园星。显然，"观察周期"的存在，会拖慢伊甸园星的演化进度。但考虑到这也为观察伊甸园星提供了一个稳定的窗口期，而且这已经算是不容易达成的妥协，孙斐也同意了。

其次，作为一个商业计划，窥视者项目不像地球所的人们所想象的那样简单。地球所的人们认为，技术实现了以后向社会开放就是了，但宏宇公司却为窥视者项目制定了复杂的使用流程。

虽然观察的内容都是云球中的实时影像，但观察手段被宏宇公司分成四个不同的等级，他们称之为能力等级。

"初级窥视者"只能获得 2D 的平面影像，在 2D 薄膜电视上播放，和 ASSI 甚至 SSI 都没什么关系。不过，相比之前拍摄的云球影片，初级窥视者的用户体验已经获得了很大提升。影片都是拍好的，是已经发生过的故事，观众没什么选择，唯一能做的事情就是看。现在，观察者可以任意选择观察地点，也可以任意切换观察视角，而且观察的内容都是实时发生的。

　　"中级窥视者"和"初级窥视者"没什么本质不同。不过，观察者获得的影像是实时的 3D 影像，在 3D 电球中播放。当然也可以任意选择观察地点和观察视角。

　　"高级窥视者"可以将自己的 SSI 和云球相连。注意，是 SSI，不是 ASSI。这意味着观察者可以把自己的眼睛放到云球中，不需要 2D 屏幕，不需要 3D 电球，闭上眼睛就可以。观察者可以在云球中随意移动自己的眼睛，进行任意观察，任何地点任何视角。但是，观察者无法在云球中看到自己的身体，也无法找个地方坐下来。

　　"VIP 窥视者"才真的可以使用 ASSI 和云球相连。你会发现，走在云球上和走在地球上没什么区别。如果不是总被云球人无视，偶尔又会被云球人穿过身体扬长而去，你甚至无法分辨出自己是在云球上还是在地球上。不过，这样的观察手段也有一个坏处。你将无法钻进黑鼠的地下巢穴这样的地方进行观察。你的躯体太大了，ASSI 和云球的联合计算将阻止你这样做。这和你可以慢慢地走在地面上、舒服地坐在椅子上是同一个算法的计算结果。但这没有关系，任何高等级的窥视者，都可以任意采用低等级的窥视手段。如果真的对黑鼠的地下巢穴有兴趣，你可以暂时降低自己的能力等级来满足这样的特殊嗜好。当然，倒过来肯定不行。低能力等级的窥视者，想要采用高能力等级观察手段的话，只能付钱升级了，这是宏宇的商业思路。

　　最后一个能力等级最让人震惊："神秘玩家"！你将拥有一个云球人的身体！你将能够和云球人互动！而且，也不会有云球人穿过你的身体！甚至，你还可能被云球人揍一顿，或者，被黑爪虎吃掉！

　　这不是意识场吗？地球所的所有人，马上都意识到宏宇公司在说什么。大家一片哗然。

　　王陆杰做出了解释："大家不要激动！这是游戏的宣传手段而已！"他的声音有点大，"好吧，我们再商量。我们可以不说互动什么的，但是'神秘玩家'这个等级必须存在。宏宇公司的人，除了我，并没有人知道意识场的事情。他们以为，这只是个噱头。我告诉你们，他们的想法很对，这只是个噱头，你们却完全想错了。你们知道这可以实现，可他们不知道。结果呢？你们反对，而他们支持。是不是挺有意思？知道为什么吗？"

说到这里，他环顾了一下大家，看到没人回答，显得有点得意。他接着说："因为这是心理战。因为玩家都想要做根本做不到的事情！他们喜欢意淫，就让他们意淫。让他们自己去想象如何互动。我们应该给他们一个念想，何必要阻止他们呢？"

他停顿了一下，声音低了一些。"放心好了，真的互动，不要说你们，脑科学所也不会同意。这是涉密项目，我可不敢干这种事！我发誓，这只是个噱头。这是一个永远不会有人达到的等级。或者说，大家以为有人到达了这个等级，但自己却永远也到达不了。这个能力等级不是花钱可以买到的。到达这个能力等级的那些用户，根本就不存在，都是数据库里的一串数据而已！"

看到大家还在沉默，他摇了摇头，好像很无奈，又接着说："非要说得难听一点吗？好吧，那些用户，神秘玩家，都是伪造的用户。不会有真正的用户达到这个级别。不会，永远不会，我保证。"

他说这些话的时候，宏宇公司的人，只有他一个在场。

在能力等级之外，观察范围也被宏宇公司进行了各种层次的限制，他们称之为范围等级。他们可不是出于为地球所保密的好心。他们只是为了进行不同层次的收费。

"风景窥视者"可以参观云球中充满原始风味的自然风光。那是和地球差别很大的风景。有海拔两万米的高峰，是珠穆朗玛峰的两倍半。有落差三公里的瀑布，是天使瀑布的三倍多。还有无数在地球上闻所未闻的动植物。即使你是"初级窥视者"，你也能看到超过一百万只云球驯鹿集体迁移的场面，可以用高倨空中的上帝视角，也可以用紧贴地面的土地爷视角。如果你是"VIP窥视者"，你可能会以为自己被一只龙鹰、一只黑爪虎或一大群红毛狼攻击。可惜那只是你以为而已，它们根本看不到你。但无论如何，这种体验将前所未有。当然，你也可以参观城镇中的街道，看到熙熙攘攘的人群和热闹的街市。可是，你会发现，你无法走进任何屋子！对，任何建筑物都是"风景窥视者"的禁区。你只能在室外逛荡，或者说得好听一点，漫游。

"公共窥视者"就可以进入屋子了。你可以在法务官的身边看他审案，可以在政务官的身边看他批阅文件，可以在军营大帐中看大将军发火，还可以在军械库中仔细数数有多少只长枪。这很不错啊！不过，你会发现，能进入的建筑物都是公共建筑物，仍然不能进入任何私人场所。任何人家里都不能进去，也不能进入位于公共场所但用于私人生活和起居的房间。例如，办公室里的卧室就不能进去，厕所更加不行了。当然，你不一定想进入厕所观察。可无论你想不想，这都是一个限制。

"家庭窥视者"就可以进入家庭了。你可以看夫妻吵架，可以看孩子撒娇，可以看家族聚会。卧室或者厕所，可以看一切。反正，家庭不再是你的禁区，私人起居和生活也不再是你的禁区。

讨论到这里的时候，卢小雷很庆幸，孙斐已经全身心投入到她的伊甸园星项目了。由于伊甸园星的资金来自于宏宇，孙斐依旧会参加一些地球所和宏宇公司的重要会议。但她不再参加卢小雷的社会化办公室和宏宇公司之间类似这样的细节讨论会。否则，听到什么家庭窥视者，孙斐一定会跳起来，不要说大发雷霆了，就算扇他一耳光这种事，都不是不能想象。

卢小雷这样想当然有原因，因为叶露跳了起来，她作为人事部门负责人，从一开始就参与了社会化办公室的工作。通常只是为了帮助协调人手，对业务层面的事情发表意见并不多。但这次，她这样跳了起来，显然是不能忍了。

"要观察什么？到别人家里去观察什么？卢小雷，你支持吧？我猜你肯定支持。我要把孙斐叫回来。"她说。

卢小雷不敢说话。孙斐和叶露组成的姊妹双煞，他是不想也不敢再招惹。何况这些东西，是宏宇的计划，并不是他的计划。

"叶露，叶露，"王陆杰果然出来解围了，"你着急什么？你什么意思？"

"王总，"叶露不像孙斐那么生猛，特别是当孙斐不在现场带头的时候，"这个我觉得不好。"她气呼呼地不知怎么表达，想了想说，"这个会被别有用心的人利用。"

"啊？"王陆杰似乎很惊讶，"怎么利用？"

"你！"叶露有点生气，"你是故意地吗？"

"好，好，开个玩笑，开个玩笑。"王陆杰笑了起来，"我知道你的担心。你害怕有人耽于窥探别人的隐私，你担心有很多人很下流。对吗？原来孙斐一直吵，说'窥视者'这个名字下流，和你一个想法嘛！对，我承认，我们是有引导别人的用意。可市场就是这样嘛！这不怪我们。不过说到眼前这件事情，'家庭窥视者'，你倒不用担心。我们有用户守则，有严格规定，违者严惩。如果发现你担心的行为，一次就封号一周，两次封号一月，三次封号半年，四次一年，五次永久封号。怎么样，够严厉吧？"

叶露说不出话。卢小雷也没说话，但他明白，这个规则水分很大。

第一，如何发现？第二，谁来执行？

按照他对宏宇的了解，这个所谓发现，一定是要依靠举报。他们才不会要求用技术手段监控呢。再说，这种监控反而又涉及更多复杂问题。比如，显然涉嫌侵犯用户的隐私。可仅仅依靠举报，又有谁会举报呢？可以想象，这种行为肯定是一个人干的，不会有别人知道。就算别人在同一地点同一时间观察同一件事情，互相之间也发现不了。除非三五好友通过 ASSI 组队参观，才能互相看到，这在技术上是支持的。但是，难道指望他们互相举报吗？至于执行，自然是宏宇公司的运营人员。钱交够了，又没别人知道。他们会执行吗？

卢小雷并没有吭声。其实他也认为这样不合适。不过，他觉得自己要是出声反对，在大家有偏见的情况下，纯粹是自寻烦恼。而且他也并没有什么好的解决方案。这种东西不像穿越者观察盲区，那是通过系统的自动检测，为地球穿越者建立一个负面清单，是以人为关键字进行管理。叶露担心的事情，则必须以行为为关键字进行管理。行为很难定义，也非常琐碎和海量。这个负面清单很难建立，用技术手段不好实现。虽然不是一定不行，但一定是非常困难和不精确，也一定会额外消耗大量的计算能力。宏宇公司从商业角度考虑，不会有哪怕一点兴趣，去做这样的事情。

想着这些，卢小雷也只能假装没听见叶露的话了。

"我们会进一步严格用户守则。相信我们，会非常严格。再说，我们才刚开始嘛！不要把用户想得那么坏。窥视者和你们的云球一样，都会逐步进化。所有游戏都会这样一步一步进化。有漏洞一定会被堵住，逐步地堵住。但你不能要求，第一天就没有任何漏洞。真正的漏洞，经常很难被看到。一眼看到的以为是漏洞的地方，反而不一定是漏洞。所以，我们要靠数据说话。运营开始以后，会有大量数据。那时候我们再来讨论，大家的观点，都会有坚实的数据作为基础。对不对？不着急，不着急，一步一步来。"王陆杰微笑着说。

叶露还是说不出话，这可不是她的专业领域。

"家庭窥视者"不是最后一个范围等级。"家庭窥视者"虽然可以进入家庭，但不能进入任何王室。所谓王室，包括了云球上五千个现在的或曾经的部落首领家族，涉及人数超过十万人。他们的"范围"的定义不仅包括家庭，也包括他们的公共场所，比如王宫。所以"家庭窥视者"不能观察王室的家庭，"公共窥视者"也不能观察王宫内的公共事务。所以，"王室窥视者"是一个更高的范围等级。这个等级的观察者将可以进入王宫，观察五千个王族的公共或私人行为。

但是，"王室窥视者"也并非可以看到所有东西。宏宇公司建立了一个"神秘地点"列表。其实，目前这个列表还没有任何条目。王陆杰解释说，这个列表将根据用户行为数据进行分析，动态添加和删除地点。任何地点一旦进入这个列表，将单独对想要进入的用户收费。这就像很多旅游风景区，在门口买了门票，进去以后，某些内部景点还需要单独的门票。而且这些"神秘地点"的收费方式是计时收费，像停车场。

真够黑的！卢小雷想。可他没想到，这还没完。

想要进入"神秘地点"而不付费，也不是不可以，那就需要升级到最后一个范围等级："上帝窥视者"。

"上帝窥视者"是云球风景区的大通票。从影像系统的角度看，"上帝窥视者"的观察范围，实际上已经和地球所的观察范围完全一样。当然，地球所还可以获得影像系统以外其他系统的数据。比如，云球人的思维日志，虽然好像也没什么用，但这是"窥视者"拿不到的东西。

谁知道呢？照宏宇这个路子，也许很快会有一天，思维日志之类的东西，也都将变成可以用钱买到的数字商品，卢小雷想。

窥视者项目的业务细节，就这样逐渐敲定了。需要的开发工作，也在按部就班地进行。一切看起来都很顺利。现在，宏宇公司的更多精力，逐渐在向宣传推广方面倾斜。需要准备的东西很多，也需要地球所方面不少支持，大家都在忙碌着。

现在，只等宏宇的决策层一声令下，大规模推广工作就立即开展。然后，云球中可能就要挤满无数的人类眼睛了。

— 34 —
鸡毛信

　　"别的效果不说，至少云球会变成情色观光胜地。"听完卢小雷的汇报，张琦说，没有什么表情，然后抬头看了看任为，"任所长，你怎么看？"

　　"这次不像以前拍电影的时候，这次真要赚钱了。"任为说，"你那个'穿越者观察盲区'在这里就很重要了，至少穿越者不会被窥视者窥视。"他的话听起来好像不是什么高兴的语气，像是在自嘲。但张琦和卢小雷听到的意思，都是他并没有反对。

　　"小雷，你是监控室主任，还兼着社会化办公室主任。现在还要参加穿越计划，这边的事情有不少要你帮忙。你忙得过来吗？要不要调整一下？"张琦忽然扭头对卢小雷说。

　　"不用，不用，我应付得了。"卢小雷赶忙摆手。

　　"嗯。"张琦应了一声，"这一段时间，又是伊甸园星，又是窥视者，我们的穿越计划也要加紧进行了。"

　　"第一批有几个队员？什么时候进入？"任为问。

　　"现在的计划有五位队员。正在忙着语言学习、能力训练和知识储备。计划两个月以后进入。"张琦说。

　　"把我加进去吧。"任为说，看起来很平静。

　　"什么？"张琦大吃一惊，"进入云球这件事情，短期进去还可以，您随时都可以去看看。但穿越计划的任务可都是长期任务，我们现在找的都是军方的志愿者。我们自己长期进去恐怕不好吧？进去执行任务不但需要很长时间，而且还有不小风险，任务本身也不容易。"他显然没有料到任为会有这个想法。

"因为窥视者项目，云球时钟不能一直调快，一个季度有一个月是观察周期。特别是前半年，完全是观察周期。这意味着穿越计划的任务可是一个长时间出差，不是几天就能回来的。现在地球交通太发达，都很少有这种长时间出差了。所长，您这个想法是不是太激进了？要么还是偶尔短期进去看看吧！"卢小雷说。

"也就前半年全是观察周期，算是出长差。以后的话：在演化周期进去就是了。时间不就很短了嘛！我们还是可以进去。"任为说。

"那您准备，在这半年的观察周期就进去，还是等等，到第一个演化周期再进去？"张琦问。

"这半年中我就可以进去。我想过了，半年之后就会开始第一个演化周期。一旦演化周期开始，云球时间不就很快了嘛！就算因为各种原因，研究观测还有伊甸园星什么的，不能像以前那么快，平均有以前十分之一总没问题的吧？这已经很慢了，是突破底线的估计了。我如果找一个二十四岁左右的宿主，为了不侵占意识场的寿命，必须三十二岁出来。八年时间，减去前面几个月，还有七年多。所以，在演化周期开始后，最多七八天，就必须要出来了。加起来也不过几个月，所以这个长差，也没有多长。"任为说。

"关键不是地球时间，是云球时间。在这边，您可能只是离开了几个月，可以接受。但是在那边，您要生活七八年。这太辛苦了，任务也危险，各种情况怕很复杂。"张琦说。

"试试看吧！我试试，没关系。"任为说。语气不容置疑，看起来很坚决。

"好吧，"张琦想了想说，"也还好，我觉得问题不大。上次我提到过，为了应对穿越者观察盲区带来的沟通问题，我们已经做了一个地球和派遣队员的标准沟通方案。我们叫'鸡毛信通信方案'，现在已经快要弄好了。"

"真叫'鸡毛信'？"卢小雷问。

"是的，"张琦说，"快要弄好了，还差一点点。我们设计得有点复杂。需要很多技术工作，工作量大，所以进度滞后了。如果可以沟通的话，派遣队员在云球的日子也会好过很多。实在不行，还可以通知我们，中断任务，解绑回来。我们以前都是短期进入，就几天时间，低效率沟通没什么用，可以救命的高效率沟通又没办法实现。但现在长期进入的话，情形就不一样了，低效率沟通也有用。而且，按照我们的设计，鸡毛信系统的沟通应该不算低效了。不过，正是因为搞得复杂，所以花的时间也比较长。"

"到底什么样呢？我在监控组，我怎么不知道啊？"卢小雷看起来有点疑虑。

"还没开发好嘛！你又不负责测试机。快了，马上就要上运行机进行正式测试了。那时候，你就知道了。"张琦说，"其实说起来，也并不复杂。这件事的核心是，派遣队员能够用某种方法通知地球，他现在需要沟通。最简单的思路，派遣队员可以到某个地方做个标志、放封信。派遣队员离开后，那地方出了观察者盲区，地球这边就可以看到了。这更符合鸡毛信这个词的原意，不过速度太慢了。又需要事先约好地方，像古代的帮派或者间谍。我们否定了这种方案。我们受到了 SSI 的启发，找了远景公司做了一些咨询，确定了一个解决方案。这个方案和 SSI 很像，可是要简单很多。我们让系统在观察盲区中监控派遣队员的手指动作，虽然量子计算和意识场的思维过程没法监控，或者说监控的东西我们也看不懂，但监控手指动作还是可以做到的。"

"那不是突破了穿越者观察盲区的限制吗？"卢小雷问。

"一点点。"张琦说，"系统并不监控单个手指的动作，只是监控手指和手指之间的触碰。这很像 SSI，对吧？不过我们设定，这些触碰都要比 SSI 的触碰复杂得多。比如，你必须连续用拇指和所有其他四个手指连续触碰才有效，还要有特定次序才行。这些监控不会被记录，只在当时起作用，不会在系统中留下任何记录。系统一旦监控到某些特定次序的手指触碰序列，就会触发取消观察盲区。同时，会向你们监控组发出警示讯号。你们接到讯号后，需要马上开始观察。可以像原先那样进行完整的观察。倒过来，另外一些手指触碰序列，则会触发启动观察盲区。你们马上就观察不到任何东西了。所以启动和取消观察盲区，一切取决于派遣队员。除非他在需要的时候，主动取消观察盲区。否则，他仍然是不能被任何人观察和记录的。当然，除了一点，就是他的特定次序的手指触碰序列。"

"张琦跟我讲过，这个思路很好。"任为说，"你很快就会看到了，很好。"

"但是仅仅用手指触碰序列来传递信息，恐怕太简单了吧？难道用摩斯密码吗？"卢小雷问。

"摩斯密码是一部分。"张琦说，"不过只是备用。防备派遣队员在特殊情况下，不方便说话却又想要被观察的时候，才会使用摩斯密码。通常情况下，一旦取消观察盲区，派遣队员就可以说话。说中文，小声说中文，大声也没关系，云球人反正听不懂。而且多半这种情况下，周围不应该有云球人。直接用说话传递信息，这总够了吧？"

"哦，那当然够了。地球这边怎么反馈呢？"卢小雷问。

"像 SSI 一样，直接在云球人的视觉系统和听觉系统中嵌入信息。任何类型的信息，文字、图片、音频、视频。也许有一天，还有味觉和嗅觉。"张琦说。

"我倒是明白。你是说，派遣队员没事情干的时候，可以通过这种方式直接上网吗？"卢小雷接着问。

"原先计划，只是和你们的监控系统连接。云球网络以前和互联网隔离，不能直接访问公开网络。但是这次，窥视者项目打破了云球网络和公共网络的隔离。既然如此，鸡毛信也就可以上网了。安全方面借用了窥视者项目的安全措施。所以理论上，派遣队员从云球中直接上地球的公共网络没有任何问题。不过，要不要这样做需要我们做个决定。"说着，张琦看了看任为，"任所长，我建议，可以允许派遣队员直接连到地球网络上。您进去以后，我们的联系就很方便了。而且，您还可以随时跟吕青通个电话。上次讨论也没做决定，现在要么就定了吧。"

"可以，我同意。"任为说。

"还可以直接和地球人打电话？"卢小雷有点发呆，好像在想什么，"挺好，很好。"他说。

"其实，就是把 SSI 弄到云球里面去了。"任为说。

"对。实际上，鸡毛信就是云球的 SSI。"张琦说。

"怎么定义手指触碰序列？"卢小雷说。

"派遣队员进去之前，定义一下自己的手指触碰序列。在系统里设置一下就行了。不过，这个序列比 SSI 要复杂一点。我们规定，至少要触碰四次。比如，用拇指正向触碰食指、中指、无名指和小指，代表取消观察盲区。我们称之为'观察模式'。而用拇指反向触碰小指、无名指、中指和食指，则代表启动观察盲区，我们称之为'行动模式'。不同的派遣队员，可以自行选择自己特有的触碰序列。不能少于四次触碰，但更多次倒是没关系，只要记得住就行。另外，我们还分了一下级别。可以完全取消观察盲区，就是'观察模式'。也可以只是部分取消，只能听到声音不能看到影像，反馈也只有声音，这种模式叫作'倾听模式'。"张琦说。

"哦！"卢小雷哼了一声，继续想着什么，"观察模式，倾听模式，行动模式。"他喃喃自语。

"还有个'信息模式'，就是刚才说的那样，上网。专门为派遣队员从地球网络上查询信息而设置。派遣队员可以链接到地球上的公共网络中，查询任何需要的信息。这种情况下，理论上说，我们仍然无法观察派遣队员。但云球操作系统向派遣队员传递信息时，需要介入云球宿主的视觉系统和听觉系统来嵌入信息。所以云球操作系统可以看到、听到派遣队员看到、听到的一切。这些内容并不会传递给监控系统，也不会被记录。不过这还是意味着一种潜在风险，就是操作员。你，小雷，有可能在此时黑进系统窥探派遣队员，你有这个技术能力。"张琦说，笑了笑又说，"不过，我相信你不会这么做。而且，派遣队员会心里有数。这种时候，也应该不会做什么见不得人的事情。"

"信息模式。"卢小雷重复了一遍。

"在想什么？"任为问卢小雷。他觉得，卢小雷看起来有点奇怪，神不守舍。

"啊？"卢小雷愣了一下，回答道，"没什么，我觉得挺有意思。"顿了顿，又接着说："你们想象一下，一个云球人，坐在那里，几个手指碰了碰，然后喃喃自语，神情严肃，说些别人听不懂的话。再然后，就会知道一些别人不知道的事情，也可能发生一些别人想不到的神奇事情。这个，像不像我们地球上跳大神的？其他云球人看到的话，一定会觉得他神神叨叨。"

"不是神神叨叨，是神奇，是通灵术，是和上帝对话。本来我们就是要去传播思想嘛！特别是宗教，最需要这个。对不对？这样没什么不好，不过我们并不建议派遣队员经常这样做。我们的本意只是为了安全，不是为了骗人或者吓唬人。适当地展示一下，有助于建立威信，不是不可以，但过分了就不好了。"张琦说。

"那对派遣队员的要求，有没有进一步设定一些，那个……怎么说呢……除了信息以外的反馈？比如，要打雷就打雷、要下雨就下雨？那就真的是神仙了。在云球系统里，我们干涉不了动物和人的思维，可打个雷、下场雨还是可以的。操作上有些麻烦，但肯定可以做，我们还做过几次物种清理呢！"卢小雷说。

"这个就算了，先不用吧，以后再说。"任为说。他和张琦想到过这些事情，但觉得有点过分。

"嗯，对，不着急，以后再说。虽然有通灵术，可我们没打算在云球里造神啊！"张琦说。

"那还有一个问题。针对窥视者项目，云球时钟划分了观察周期和演化周期。观察周期没问题，但如果在演化周期，派遣队员进入倾听模式或者观察模式，那会是怎么个情况？"卢小雷问。

"在信息模式下，地球这边没有人介入，时钟的差别没什么关系。地球人反应是慢，可地球网络反应并不慢。快速查询出信息，快速反馈给云球中的派遣队员，应该都没有什么问题。这个速度取决于公共网络的速度。在云球时钟比较快的情况下，也许会有一点延时，但关系不大。可能对派遣队员来说，今天的查询，明天才会得到结果。不过，肯定能得到结果。而且，我们准备在云球系统中，为每个派遣队员的信息模式分配一个缓存空间，叫作穿越者缓冲区，用来提高查询速度，也可以用来预先存储一些信息，比如有关云球的知识什么的。另外就是，如果地球网络这边的内容网站，对于用户输入有时间要求，那就会有问题。派遣队员在云球中的输入，对于地球网络来说速度太快了，会被有些内容网站的防机器人机制所屏蔽。目前，这种情况还没有办法解决。总之，信息模式下，我们不打算对时钟进行调整。"张琦说。

他接着说："对于倾听模式或者观察模式，时钟的确必须同步，否则云球人和地球人没法沟通。我们的做法是，任何派遣队员一旦启动倾听模式或者观察模式，云球时钟就自动调慢到和地球一样。这个在技术上应该也没有问题。云球完成时钟的完整调整需要几秒钟时间，可能在派遣队员看来，反应略微滞后。最多，也就是像信息模式一样。打个电话，明天才能接通。不过还是接通了嘛！对不对？只要原本云球时钟不是太快，应该还可以忍受。只是，如果派遣队员太多，总是这样就不太好了。我跟任所长也汇报过，任所长还没有批准。你怎么看？"

"我？我觉得可以。派遣队员太多的问题，短时间内，好像不会出现吧？"卢小雷马上回答。

"任所长，您觉得呢？要不要也定一下。"张琦转向任为。

"好吧，就这样吧！"任为说。

"这样好。"卢小雷说，"那么，还有一个问题，我们这边可以主动联络派遣队员吗？"

"不，不可以。"任为回答得斩钉截铁，"至少目前不可以。应该让派遣队员来决定一切，否则一个拥有强大智囊团的牵线木偶会使云球的发展过于偏离自然的轨道。"

虽然听起来也有道理，但是张琦和卢小雷显然还是吃惊于任为的坚决，不过他们没有说什么。对张琦来说，他有地球所主动联络派遣队员的想法，但没有设计好流程和技术细节。由于观察者盲区的存在，地球所无法观察派遣队员的当前状态，这种主动联络可能会对派遣队员造成不期而至的干扰，确实是个不好解决的问题，所以他没有接话。而卢小雷，看起来对这事挺感兴趣，但像是被任为的坚决给唬住了，微微动了动嘴巴，却有点犹豫，终于也没有说话。

"好吧，那今天定了两个问题。可以上网，可以自动调慢云球时钟。任所长，还是回来说您的事情。我觉得有鸡毛信系统在，很多问题就好解决了。但是您这边，都想好了吗？需不需要和吕青商量一下再做决定？"张琦接着说之前的话题。

"想好了。我尽量和那五位军方的志愿者一起出发，等你们把鸡毛信系统完成以后。"任为说，没有回答关于和吕青商量的问题。

"嗯。鸡毛信系统很快会完成，不会耽误事。"张琦说。

他停顿了一下，好像有点迟疑，但终于还是接着问了下去："您打算……传播什么思想呢？"

"我还没想好，让我想想。"任为说，并没有给出答案，"你们原来的计划，别指望我，还是依靠那五位志愿者完成。至于我，给我一些自由。你不是说过嘛，此时此刻，思想是什么并不重要，重要的是让云球人意识到思想的重要性。"

"嗯，是的，是这样。"张琦沉吟了一下，"不过，无论如何，您也要准备准备。"

"会的，我在准备。再说，在云球中都能上地球的网络了，还怕什么！"任为笑了笑，接着说，"你放心好了，无论我去传播些什么思想，我都会围绕着这个中心：帮助云球人意识到思想的重要性。"

— 35 —

傅群幼

　　王陆杰一定要请任为、张琦、孙斐和卢小雷去和宏宇公司的傅群幼先生吃顿饭。他说，窥视者项目启动以后，大家就是深度合作伙伴了，双方见面沟通一下、交个朋友很有必要，对以后的合作很有好处。当然，谁都明白，他不过是想让大家去为他站个台。现在，他已经是宏宇参股子公司的老板，正在想着如何推进他的宏伟计划。他需要地球所的支持，也需要傅群幼的支持。

　　事实上，王陆杰也这样直截了当地对任为说了。任为一点也不感兴趣，也不觉得这有必要。但听到王陆杰这么直接，他反而有点为难了。他觉得拒绝王陆杰似乎不太好，毕竟大家还是合作伙伴。

　　他们正在讨论，张琦没有什么意见，卢小雷仍然无精打采，也不表达什么看法，但孙斐明确表示，她不去，也不觉得大家应该去。

　　"呸！去和他们吃饭？表示我们愿意卖身给他们吗？"她说，"我不去，我觉得你们也不要去。我们应该有个明确的态度，不会如他们所愿。我们之间的合作就这样了，没什么继续推进新合作的可能了。"

　　"就算是眼前这样的合作，也还是合作，这样不好吧？"任为说。

　　"没什么不好。"孙斐说，"以前，以为王陆杰是在帮我们，谁知道弄了半天，原来他是有自己的想法。他还真有手段，拿住我们缺钱的软肋，还直接和欧阳院长谈，搞得我们不得不配合他。但现在，合作的事情都定了，不就是拍电影吗？不就是窥视者吗？我们可以认，但不能再继续让步了。不然下一步,他真来投资了,云球就不是我们的了。我看,他要靠我们搞定傅群幼,又要靠傅群幼搞定我们,纯粹就是空手套白狼,想的太好了。"

"他本来就是干这个的,这说明他干得好。"张琦说。

"干得好?那好啊,但我们干嘛要配合他?"孙斐说。

"任所长说得对,我们毕竟还要合作。"张琦说,"我们已经反复表过态,投资云球是不可能的。我知道他没有放弃,但至少他也没有步步紧逼。关键是我们确实缺钱,需要从合作中获得收入。别忘了,你的伊甸园星也一样。傅群幼支持他也是支持我们。这次,有关窥视者和伊甸园星的合作,签订合同的对方是他的宏宇科学娱乐。我觉得我们还是要帮他,帮宏宇科学娱乐在宏宇集团内获得足够的支持。"

"我也这么觉得。"任为说。

"他成功地把我们绑在了一起。"张琦补充说。

"狡诈。"孙斐说,气鼓鼓的样子。

"再说,你不想看看傅群幼吗?"张琦忽然对孙斐笑了笑,"你不想看看,苏彰的死和他到底有没有关系吗?"

孙斐扭过头看着他,仿佛思考了一下,说:"这倒也是。"然后又扭头看了一眼卢小雷,问:"你去吗?"

"我无所谓。"卢小雷低声说。

"他负责和宏宇的对接,他应该去。"张琦说。

吃饭的前一天晚上,任为又接到王陆杰的电话。"还有一个事情,看你介不介意。没什么关系,就是问你一句。"王陆杰说。

"什么?"任为问。

"上次你那个朋友,你女儿明明的老板,胡俊飞,我还真的挺看好他们的电子胃。我们打算把他们的团队收进来,所以我想也找胡俊飞和傅先生见个面。胡俊飞是你介绍给我的,如果你不介意,我觉得这饭就一起吃了。你要觉得不方便也没关系,我再单独安排。"王陆杰说。

任为想起任明明的嘱托。一下子,让他产生了一点高兴的感觉。"没关系，没关系。"他说，"你们打算收购他们吗？"

"收购恐怕不行，"王陆杰说，"上次和顾子帆一起聊的时候，你也听到了。顾子帆说话虽然难听，但说的话有道理。后来我跟胡俊飞聊过几次，苦口婆心。他基本同意把原来的公司关掉，只是把电子胃的团队带上，加入我们公司。不过，我们需要给他们解散的团队一笔补偿。我觉得还行，还在谈，没最后定呢。"

"解散 PerfectSkin？要改成 PerfectStomach 吗？"任为问。心想，这不知道是否符合任明明的心意。

"PerfectStomach？"电话里，王陆杰好像愣了一下，"哦……还没想过名字呢……这名字不错！

"你真的那么看好他们？"任为问，他觉得什么 PerfectSkin、什么 PerfectStomach，随便吧，他管不了那么多了。要是胡俊飞他们能有出路，任明明一定会高兴。

"嗯，你知道，现在很多人和机器人在一起，说不上谈恋爱，就是在一起。这件事情有很多原因，比如更听话、更贴心什么的。但有一个重要原因，就是机器人更优雅、更干净。这是一个权威的社会调查结论，这反映了一个社会心理。这个心理已经被很多人放在对恋人的要求上了。下一步，就会放在自己身上。从商业角度看，具体怎么体现不好说，但一定是个大市场。我觉得，电子胃将是这个大市场中的一个重要方向。"王陆杰说。

任为听着。这个世界，他这么想了一下，然后就想不下去了。任明明的影子又出现在他脑子里，面如寒霜。旁边站着迈克，却带着一脸谦逊的微笑。明明喜欢迈克的原因，包括优雅干净吗？自己一向不怎么修边幅，明明倒是没少提意见。

电梯口的服务生看任为脸色不好，就递给他一杯水。刚才在电梯里的时候，任为觉得有点眩晕，因为电梯上升得太快了。

这是一个非常奢华的地方，位于大厦顶层，占据了整个一层楼。包间几乎环绕了一圈，都拥有很好的视野。任为他们走进包间的时候，傅群幼和王陆杰还没有到，但包间里已经有四五个服务生等候在那里。他们恭敬地为任为他们拉出椅子，招呼他们坐下。

胡俊飞已经等了一会儿，任为为他和张琦、孙斐、卢小雷做了介绍。张琦和卢小雷都没有什么特别，但孙斐似乎对电子胃非常好奇，不停地向胡俊飞追问各种问题。胡俊飞看起来被孙斐急促的话语搞得有点慌张，他回答着问题，脸上仍是一副苦哈哈的样子。那就是他的样子，任为想，长在脸上，就像王陆杰的微笑一样。

包间很大，似乎不是为这样七八个人的饭局准备的。王陆杰说，傅先生是这里的会员，出门吃饭几乎只在这里，而这里没有小的包间，至于大厅，傅先生几乎是从不考虑的。

只有两三个人的时候怎么办呢？任为想着，看到除了中间的大圆桌以外，在窗边有一组沙发，深褐色的真皮沙发透着淡淡的暗光，给人一种非常温润的感觉，配了一个低矮但宽阔的雕花茶几，适合两三个人到四五个人的聊天。张琦和卢小雷正坐在那里俯瞰北京城，看起来很惬意。包间两侧都是暗褐色的厚重书架，摆满了纸质的精装书，这在现在这个年代已经很少见了。右侧书架下面也有一组沙发，比窗边的沙发轻便一些，不过真皮的材质似乎一样，搭配的茶几小了不少，聊天的时候双方的距离更近一点。孙斐和胡俊飞正坐在那里讨论电子胃，样子看起来也很舒服。

虽然没来过，但任为知道，这里是北京最昂贵的会员制会所之一，在这里吃饭，有些空间的浪费可能在所难免。甚至这个大圆桌很可能原先并不在这里，是临时摆放的。他想，看这个架势，这个对七八个人来说已经太大的包间，也许本来就是为了更少的人数准备的。因为一切都很精致，包括家具之间的距离感——这让很大的空间显得恰到好处，唯独这个大圆桌显得略微粗鲁了一点。虽然桌布和桌面中间的巨大花篮看起来相当奢华，但似乎和周围的精致并不十分匹配。

另外，这里还有一点与众不同。虽然并不十分确定，但似乎这里的服务生都是真人，这也已经不常见了。现在，绝大多数餐厅里，服务生都是机器人。任为一个人坐在桌边，一边想着，一边合上眼睛，想要休息一下。

　　任为居然睡着了，不过他睡得很浅，门被推开的声音惊醒了他。他扭头看了一下，看到王陆杰陪着一个满头银灰色头发的老人走了进来。他赶忙站了起来，看到别人也都站了起来。

　　"嗨，任所长！"老人的声音很大，听起来似乎很兴奋，像是见到了多年未见的老友。他身材不高，略微有点胖，但身板笔直，看起来精神还很健旺。任为在观察着，手已经被老人紧紧地握住了。那是一双充满力量的手，干燥温暖。任为想起王陆杰提到，苏彰觉得傅先生精力不济，就不用亲自参与具体生意了，他觉得很怀疑，傅先生看起来一点也没有精力不济的样子，不像八十多岁的老人。

　　"傅先生，您好。"任为赶紧说。

　　傅群幼满面笑容，稍稍倒退了一步，但并没有松开任为的手。他保持了一点距离，似乎为了观察任为。他的目光从任为的头看到任为的脚，略微点了点头，说："好，很好，任所长年轻有为。"他的声音非常有力量，就像他的手和他笔直的身板。

　　"您过奖了。"任为说。

　　"不，没有过奖。"傅群幼正色说，"我看得出来。相信我，我看人很准，你很有前途，地球演化研究所也会很有前途。在科学界，你现在是镇远大将军，有一天，你会做天下兵马大元帅。"

　　任为愣了一下，然后笑了笑，说："我们只想做点事情，没想那么多。"

　　"不，这么说就不对了。"傅群幼说，"陆杰也这么说，但我跟他讲过，这么说是不对的。想要做点事情，要么有权力，要么有钱，否则怎么做？"

　　任为说不出话来。

　　"你是人才，陆杰也是人才，感谢你们前沿院，为社会，为国家，培养出这么杰出的人才。陆杰的团队也都是人才，我很珍惜他们。现在，他是我的镇远大将军，有一天，他会做我的天下兵马大元帅。我很欣慰，可以得到这样的人才。"傅群幼说。

　　"陆杰是很能干，您应该感谢欧阳院长培养了他。"任为说着，扭头看了一眼王陆杰。王陆杰正看着傅群幼，似乎有点尴尬，抢上来一步，轻声说："傅先生，我给您介绍一下大家。"

"不用。"傅群幼说。他扭过头，看了一圈大家，大家纷纷点了点头，说着"您好"。

傅群幼松开任为的手，走到张琦面前。但他并没有直接去握住张琦的手，而是双手扶住张琦的两侧肩膀，使劲地晃了一晃。然后才放下右手，握住张琦早就伸出的手，说："你是张琦。"

"是，您好。"张琦说，面带着微笑。

"嗯，张良的后人。汉业存亡俯仰中，留侯于此每从容。"说着，傅群幼意味深长地点点头，好像看到了留侯的事迹。

"您过奖了，过奖了，好像我们家和张良没什么关系。"张琦赶忙说。

"得神髓足以，何必有关系呢？"傅群幼说，面带微笑，似乎在鼓励张琦。

张琦也一时说不出话来。

汉业存亡俯仰中，留侯于此每从容。碰到事情的时候，张琦确实比自己从容得多，任为想。

傅群幼已经把头转向了孙斐，"孙斐！"他说着话，脸上的笑容忽然消失不见了，泛起一片很严肃的表情，接着说："我记得你！我面试过你！"

"我？"孙斐说，一脸迷惑。

任为也一样迷惑，面试过孙斐？孙斐有找过工作吗？她不是一直在前沿院吗？

孙斐还愣在那里，似乎在努力回忆。但傅群幼已经走过去，一只手握住她的手，另一只手在她的手背上轻拍了一下，忽然爆发出爽朗的大笑："哈哈——你吓着了！"他说，"我跟你开个玩笑。"

孙斐一脸惊愕，张口结舌。傅群幼已经停止了笑容，正色接着说："陆杰和苏彰跟我讲过不少你的事情，我很欣赏你，欣赏你的能力，欣赏你的勇气，欣赏你的坚强。所以，刚才的话虽然是个玩笑，但说真心话，我多么希望我真的面试过你。如果我面试过你，我绝不会让你这样的人才,从我身边溜走。没机会面试你,这是我的损失,宏宇的损失。当然,你为前沿院工作,为科学事业做贡献,为国家做贡献,我感到很欣慰。我很羡慕任所长,也为他感到高兴,因为他拥有你。"

傅群幼盯着孙斐,孙斐有点紧张,茫然地笑了笑,傅群幼又大笑起来:"哈哈——小姑娘,老头子很喜欢你。"他再次轻轻地拍了拍孙斐的手背,扭过头,望向卢小雷,放开孙斐的手,走了过去。

卢小雷愣愣地站着,似乎傅群幼的玩笑不仅惊着了孙斐,还惊着了他。傅群幼站在他面前,看着他,从头到脚,脸上的笑容再度消失了。卢小雷越来越紧张,头低了下来。

傅群幼忽然蹲了下去,蹲在卢小雷面前,大家都很吃惊,不知道他要干什么。

"傅先生?"王陆杰带着疑问叫了一声他。

傅群幼没有理会王陆杰,他从口袋里掏出一包餐巾纸,抽了一张出来,开始擦卢小雷的皮鞋。卢小雷愣了半天,好像忽然清醒,赶忙也蹲了下去,说:"傅先生,我……我自己擦。"

傅群幼伸手拦住了卢小雷。他已经擦完了一边,开始擦另外一边。卢小雷只好呆呆地看着他擦。很快,他就擦完了,他慢慢地想要站起来,但好像有些吃力,卢小雷赶忙伸手扶住他,王陆杰也伸出手来扶。

傅群幼终于站了起来,他的面容仍然很严肃,他看着卢小雷说:"你是卢小雷。"

"是,是。"卢小雷说,显然被弄得很紧张。

"嗯,我听苏彰说过你。"傅群幼盯着他说,"在我心目中,苏彰是我的女儿,你就是我的女婿。"

卢小雷在发呆。

"所以,我要对你提出一个要求。"傅群幼说:"从这个月开始,下面的三个月,你的工资,所有的工资,不准用来做别的事情,只能做一件事情。"

"什么……事情?"卢小雷问。

"买衣服。"傅群幼说:"你的衣着太随便,皮鞋很脏。"他顿了一下,接着说:"我知道你很能干,但是,记住我的话,一室不扫,何以扫天下。"他说得很缓慢,但铿锵有力。

他仍然盯着卢小雷,卢小雷的呼吸都急促起来了,他点了点头,说:"好,好,三个月的工资,买衣服。"

傅群幼把目光投向了最后一个人,胡俊飞。胡俊飞下意识地低头看了看自己的鞋,他的鞋很干净,他来之前擦过。其实这会儿,每个人都在看自己的鞋。

"胡俊飞!你告诉我,做销售最重要的是什么?"这时,傅群幼已经走到胡俊飞的面前。

"哦——"胡俊飞显然并没有做好准备回答这样一个问题,"让客户……喜欢我吧。"他说,有点结巴。

"不!"傅群幼斩钉截铁地给出了否定,"要让客户尊重你。"他说。

"你有孩子吗?"他接着问。

"没有。"胡俊飞说。

"等你有了孩子,你会很喜欢那个婴儿。但你永远不会为了你人生中重要的问题,去询问一个婴儿的意见。他还是个婴儿,你虽然喜欢他,却谈不上尊重他。"傅群幼说,"而如果你尊重一个人,即使你并不喜欢他,也会希望听到他的意见。"

胡俊飞呆呆地听着。

"你的问题就是太紧张。"傅群幼接着说,"不仅仅是在碰到事情的时候,就算没有人,你独处的时候,一样很紧张。你时刻都在要求自己,时刻都在审视自己。你碰到了很多困难,你的成长一定不容易,你缺乏信心。但你要明白,一个时时刻刻都很紧张的人,永远没有办法获得别人的尊重。"

紧张?是的,胡俊飞是很紧张,总是很紧张。任为回忆起自己每次见到胡俊飞的样子,是的,他虽然试图做得更好,但能看得出来,他其实没有信心。

"你应该有信心。"傅群幼说,"让你紧张的那些原因,恰恰应该是你获得信心的源泉。无论多么难,你都挺过来了,这是你的成功。不是吗？"

"我，我——"胡俊飞无言以对。

"没关系，以后跟着我干，我会教你。"傅群幼说，拍了拍胡俊飞的肩膀。然后，他扭过头，对大家说："大家好。"

大家终于坐了下来，似乎每个人都被傅群幼搞得有点紧张，至少任为是这样。他想，原来苏彰是这么被培养出来的。

"把弗兰克叫来。"傅群幼坐下后就对一个服务生说，他盯着桌子，没有笑容，似乎有点生气。

服务生好像也紧张起来。"好。"他轻声说，然后转身走出去。

没有人说话。很快，服务生带了一个人进来，一个西装笔挺的中年人。"傅先生，您找我。"他站在傅群幼身边，轻声问。

"弗兰克，你不能做事这么不认真。"傅群幼扭头看了他一眼，然后又把目光投回桌面。

"您是说？"弗兰克看起来有点不解。

"这个地方，原来的桌子是坐四个人的。我告诉你，我要请六个客人，你应该给我换一张八个人的桌子，坐七个人才合适。可是，你给我换了一张十二个人的桌子。"傅群幼说。

"啊？"弗兰克有点尴尬，"是，是，对不起，八个人的桌子都被用掉了，所以——"

"都被用掉了？这是理由吗？"傅群幼打断了他的话。

"不，不，这不是理由。对不起，我也是进门之前刚知道，实在是对不起。"弗兰克说。

"你没有亲自安排吗？"傅群幼接着问。

"对不起，真的对不起。今天下午我去开会了。"弗兰克说。

"你是说，你已经尽力了？"傅群幼说。

"不，不。"弗兰克说，"我马上解决。您看，能不能请您和您的客人去总统房待一会儿，只需要五分钟，我们马上弄好。"

"八人桌不是都用掉了吗？"傅群幼问。

"有一个客人晚了，刚才通知我们，要过一个小时才来。我们先把他订的包间里的桌子搬过来，然后马上去买一张新的放在他订的包间里，时间应该来得及。"弗兰克说。

"嗯。"傅群幼哼了一声，抬头看了看任为。

"不用了，我觉得没关系。"任为赶紧说，他终于搞明白这里原本放着什么了。原来，这只是一个四人包间。

"客人说没关系。"傅群幼说，"这次就算了。但是，我不希望有下一次，否则，我只能找张总去谈了。"

"是，是。"弗兰克说，"对不起，是我们的不对，我们下午就应该去买一张新桌子。今天的所有费用会打七折，表示我们的歉意。"

"不。"傅群幼说，他想了想，说："五折吧。"

"五折？"弗兰克好像有点犹豫，但只犹豫了两秒钟，就接着说："好，好的，五折。"

"嗯。"傅群幼说，"我会按照原价买单，多出来的钱你付给楼下那个新来的门童，他做事情很认真。刚才我来的时候，看到有一个客人抢先开门，没有戴手套，客人离开后，他把门把手擦干净了。"

"今天是亨利在下面吗？"弗兰克扭头问一个服务生。

"是的。"那个服务生说。

"好的，您放心。"弗兰克对傅群幼说，"就按照您说的办。"

"嗯，好了。"傅群幼说。

"好，好，那我先出去了，您有事叫我。"弗兰克说。

傅群幼点点头，弗兰克走了出去。

"从事任何行业，最重要的素质都是一丝不苟。"傅群幼对大家说，"我活了八十多岁，一直这样要求自己。当然，和你们科学家相比，可能还不够。"

"不，够了，够了。"任为说。他想，太够了，自己可做不到。同时他也明白了，这家会所为什么不用机器人做服务生。他忽然想起了顾子帆和胡俊飞的谈话，下意识地看了一眼胡俊飞。胡俊飞似乎没有想什么，坐在那里，看起来仍然很紧张。

—— 36 ——

技术移民

任为得到了一个令人吃惊的消息，柳杨要移民了。

张琦告诉任为的时候，也显得非常吃惊。他是到脑科学所办事的时候，听李舒说的。当然，李舒肯定不是在无聊地传播小道消息，她是不得不实话实说。

张琦正在很忙碌地推动穿越计划的正式实施，现在已经没什么可实验的了。这时候，柳杨却消失了。他不得不上门去找他，但是，李舒却告诉他，现在很难找到柳杨。而且，找到他也没有意义了，还是稍微等一等，直接找新所长李斯年吧。

柳杨已经决定移民了。技术移民，到赫尔维蒂亚。以他世界顶级科学家的身份，赫尔维蒂亚政府显然受宠若惊，所有手续从简从快。他只用了一个星期，就办完了全部手续，很快就要出发了。

前沿院的领导，包括欧阳院长，同样都非常吃惊。他们无法理解也无法接受。欧阳院长为此大发雷霆，甚至更高层的中央领导都出面了。可柳杨拒绝任何解释，态度很坚决。虽然柳杨的脾气一向都非常古怪，但这次确实太过分了，大家不欢而散。前沿院只能很快委派了一个新所长，李斯年。

乍一看，李斯年被委派到这个岗位上有一点奇怪。他是一个物理学家，并不是脑科学家。

李斯年一直担任微观物理研究所的副所长，在脑科学所和地球所研制量子炸弹的过程中，提供了很大帮助。准确地说，是他根据脑科学所基于云球脑单元提出的技术需求，迅速找到了解决方案，量子炸弹，并且亲自实现了它。

当然，他被委派为脑科学所所长，并非仅仅因为他研制了量子炸弹。更主要的原因是，脑科学所的意识场研究，实际上已经进入了物理学领域。脑科学所原有的技术力量，主要集中在生物学领域。他的出现也许能够真正推动意识场的研究。在过去几年，因为脑科学所的研究已经深度涉及物理学，他一直作为微观物理所的核心支持力量和脑科学所合作。所以，他对脑科学所非常熟悉，特别是涉及意识场研究的各个方面。这对他的新职位来说，是一个很好的基础。

另外一个让人吃惊的事情是，柳杨是世界顶级的脑科学家，但是，他移民后从事的工作将是心理学研究。他将加入赫尔维蒂亚国立大学心理学系，担任终身教授。

心理学？柳杨懂心理学吗？他当然懂，而且也是专家。心理学和脑科学本来就算是很接近的学科，有很多共通的地方。作为脑科学的顶级专家，柳杨对心理学的造诣也很深。不过，虽说心理学和脑科学很接近，有很多共通之处，但作为科学界人士，大家都知道，事实上这完全是两回事。脑科学百分之百是自然科学，心理学则超过八成是社会科学。而且，几乎每个人都在想，说到心理，在精神病院外面看到的人中，还有谁比柳杨的心理更有问题吗？

但至少，去研究心理学，让柳杨的离开稍微容易了一些。之前，脑科学所的研究项目有很多是涉密的。特别是意识场研究，更是高度机密。这让他的离开，尤其是移民，几乎不可能。可是，柳杨毫不犹豫地放弃了他所有的研究成果，签署了最严格的保密协议。他甚至同意，在意识场的研究成果方面，如果有什么内容会公之于众的话，无论何时公布，以何种方式公布，他将放弃所有署名权。同时，他承诺，在未来的生涯中，他将永远不再从事意识场研究，也不会向任何人、任何机构吐露他曾经从事过意识场研究，更不要说有关的研究成果了。他还出示了他和赫尔维蒂亚国立大学签订的协议，他将不接受任何有关脑科学研究或脑科学教学的职位。

好吧，柳杨显然深思熟虑，做好了一切准备。但是，他究竟为什么这样做呢？任为和张琦百思不得其解。张琦说，连长年跟随他的助手李舒都非常吃惊。她事先完全不知情，直到柳杨突然告诉她。那时，柳杨和赫尔维蒂亚国立大学的协议都签好了，移民手续也快办完了，和领导们的博弈也结束了。

几乎到了最后的时候才知道，李舒为此感到很伤心。在她衷心钦佩、多年追随的这个老领导心目中，原来她这么不重要。张琦还不得不安慰她，柳杨这个决定实在是过于奇怪，一定有很重要的原因，不告诉她也一定有特别的理由。

是啊，一定有很重要的原因。但是这个原因是什么呢？他在前沿院的地位很高，以他古怪的脾气，领导们都不得不完全容忍。而且，他领导的脑科学所，在前沿院所的地位也非常高，得到的支持也非常大。任为作为地球所的所长，经常参加前沿院的各种会议。他能够明显地感觉到，在前沿院，柳杨的研究项目和脑科学所的需求，一向优先级都非常非常高。

柳杨也不缺钱。他们这个层次的科学家，收入都已经非常高，从他住在红松林别墅就可以看出来。从经济角度看，王陆杰跑去想要做一个上市公司，进而做一个伟大的世界级公司，以他的背景如果说还可以理解的话，柳杨的决定就完全不合理了。赫尔维蒂亚国立大学？任为知道那也算是世界顶级大学。但是，在那里做个教授，不可能在经济上超过在脑科学所当所长。

如果是为了在事业上有所成就，那就更加是个错误决定了。从吕青吐露给任为的消息看，迫于各方面的压力，意识场的公布恐怕就是很快的事情了。意识场一旦公布，柳杨将登上事业巅峰，将名留科学青史。而他居然在这个时候，放弃了署名权？

张琦告诉任为，他仔细想了一下，唯一还说得过去的可能，就是柳杨在最近遭受了一些打击。这些打击让他万念俱灰，想要脱离现在的环境，彻底忘掉一切，重新开始自己的生活。

"虽然他脾气一直很古怪，您不觉得，自从琳达去世以后，他的脾气更古怪了吗？"张琦这么说。

任为努力地回忆了一下，可能有一点吧。但是，他也并没有觉得非常明显。

"最近他们的一些工作，好像进展得也不太顺利。除了和我们的合作，其他的事情我不知道。我问了一下李舒。李舒回答得模棱两可，至少没有明确表示否定。有可能他在研究上碰到了一些瓶颈。他是不是对未来缺乏信心？"张琦说。

"不过实在很难想象。"张琦接着说，"对于科学家来说，碰到研究上的瓶颈不是很正常吗？柳杨这么多年，我不相信他没有碰到过瓶颈。难道他一直在很平顺地发展吗？那他运气也太好了。"他摇摇头。

"我实在想不出有什么其他可能的原因了，实在是太奇怪了。"张琦又说，"但愿他们的研究，不会因为柳杨的离开遇到重大问题。要说，李斯年可比柳杨好合作多了。"

任为忽然想起一件事。"阿黛尔怎么样了？"他问，然后又觉得自己问得有点奇怪，紧接着补充说："我是说，那几个被他提取的云球人意识场。"

"没什么变化。"张琦说。

"你没有问问李舒吗？"任为问。

"问了，我问那些云球人意识场怎么样了，她说还在意识机里。"张琦说。

任为不想对张琦提柳杨请他帮忙找空体的事情，他没有说话。但他觉得，此时此刻联想起来，柳杨找空体，有人主动联系脑科学所，柳杨移民，这些事情似乎有些关联，可能没那么简单。

"也许对这些云球人意识场的研究，碰到了什么问题？最多就是无从着手吧？"张琦说，"也不至于就这么放弃了。"

任为决定去一趟红松林别墅。他脑子里出现柳杨焦躁不安的样子，有点恐惧，但还是决定去一趟。

他真的抓到了柳杨，据说在最近，这很不容易。柳杨正在家里，看起来，他正在收拾东西。

"我摧毁了这里。"任为想起上次来的时候柳杨说的话——现在看起来，这里不是被摧毁了，而是被清空了。

屋子里本来很少的东西，已经几乎没有了。院子里的那些动物，也几乎没有了。只有那条狗，那条边境牧羊犬，还在它的格子里。但格子边上，已经没有机器人了。那两个到处暴露着纳米线路的饲养机器人，已经不见了。

沙发也没有了，任为和柳杨只能坐在门口的门槛上。这种古老的屋子，门槛很高，坐在上面倒是正合适。

柳杨并没有任为想象得那么焦躁。他甚至不像一贯的那么奇怪。反而很安静，稍微有点神不守舍的样子。感觉上完全不像是个难相处的人，最多显得像一个正常的内向的人，加上有点落寞。从说话上，也能印证出这一点。

"你也要问我为什么要移民吗？"柳杨说。声音一点也不高亢，坐在门槛上说的。没有急促地绕来绕去，也没有盯着任为，更没有把额头几乎顶住他的额头，"没有为什么，就是烦了。"他说，"你们就是喜欢打听这个打听那个，我就是烦了而已。"

"嗯。你是个很重要的人，对很多人来说都是这样。大家不希望你走，这很正常。"任为说。

"我很重要吗？"柳杨说，"我不重要。你放心好了，我没有什么独门绝技。你们需要的技术，或者科研成果，脑科学所都完全掌握。我们所里的同事，不是只会打杂，他们都是科学家。李斯年也是很好的科学家，你们云球的事情不会受影响。"

"我不是害怕云球的事情受影响。"任为说，"确实就是不太理解你。你对我们的重要性不是过去，是未来。李斯年当然也很好。但是，你就是你，你是柳杨，不是谁都能代替柳杨。"

柳杨不说话，只是看着院子。院子里也没有什么了，除了那条狗。柳杨的目光有时落在那条狗身上，有时落在空旷的地面上，有时又在院墙上绕一圈。那条狗像上次一样，笔挺地站在那里。不同的是，现在他们俩坐在门槛上，能够让那条狗看到他们。它就这样看着他们，很安静。

"你究竟为什么呢？烦了？谁会信呢？"任为问。

"那就没有为什么了。"柳杨回答得很坚决。

任为不知道该如何继续。他看了一圈院子，说，"你把那些动物都处理了。"

"对。"柳杨说。

"这条狗呢？怎么没处理？"任为问。

"留个念想。"柳杨说，扭头看了任为一眼。

"留个念想？那你要带走？"任为问。

"是。"柳杨说。

任为想起赫尔维蒂亚的公投。"你知道，我们前一段去过赫尔维蒂亚。那会儿，看到街上到处都是公投广告，关于是否允许人和狗结婚的公投。我还记得一段广告词：'Vote Yes！统计数据指出，仅有 0.4%的狗和 2.3% 的猫主动离开他们的主人，而人类主动离开爱着自己的人的比例则达到 100%。道德高尚却从未获得任何回报，这是动物的新定义吗？'。这段广告词好像有点问题，"他说："人类主动离开爱着自己的人的比例则达到 100%。怎么会是 100% 呢？并没有都离婚啊！不知道他们的公投结果怎么样了。但无论如何，在赫尔维蒂亚，狗的地位很高。"

"爱着你的人不光是你的爱人，还有你的父母。"柳杨说。

任为愣了一下，想起在贝加尔湖的妈妈，忽然有一点愧疚。他觉得，至少应该多去看看妈妈。虽然妈妈的躯体里已经没有意识场，但还是应该多去看看。是啊，如果妈妈养了一条狗，会不会守着她？守着没有意识场的她？

赫尔维蒂亚的公投，也不是完全没有道理，他想。

"这么说他们是对的。"沉默了一会儿，他说。

"那么最近，你们家明明，有消息吗？"柳杨没有再接着讨论公投的话题。

"没有，"任为说，"没有任何消息。"

"你应该告诉她，情感黑客的事情。"柳杨说。

"哦？"任为想起，自己见到任明明的时候很懵，完全没想到这回事。事实上，自从迈克死了以后，知道情感黑客已经不再盯着任明明，任为已经快把这件事情忘掉了。

"当时没告诉她，可能后来也没机会了。那天给迈克做完意识场检测，你和李舒就应该立刻告诉她，不应该骗她。"柳杨说。他当然不知道，其实最后关头，任为还见过任明明。机会是有的，但是任为并没有想起来这件事。

"有什么意义呢？"任为说。

"也许能让她正确认识自己的感情。"柳杨说。

能够让她幡然醒悟吗？任为不这么觉得。他脑子出现最后见到任明明时的场景。一身戎装的冷静的任明明，他从没见到过那样一副神情的女儿，也从来没有想象过那样一副打扮的女儿。而在那之前几分钟，有一颗轻型核弹，在几十公里之外爆炸。炸毁了一个方圆三百多平方公里的宏伟建筑群。当然，这件事情不是任明明干的。任明明干的事情，是干掉了那帮人，干这件惊世骇俗事情的那帮人。

"张琦觉得，你可能遇到什么挫折了。"任为说，"如果是这样，你还是没必要那么容易就放弃。特别是，"他顿了顿，说，"如果是因为琳达，你不要太难过了。都过去这么长时间了，你应该走出来了。"

柳杨扭头看着他。有一瞬间，任为觉得他又要发飙了。但是并没有，他又把头扭开了。他说："没有挫折，和琳达也没有关系，不要瞎猜了。"脸上一点表情也没有。

"你放弃了多少东西啊！意识场的研究成果早晚会公布。你放弃署名权，就是放弃了科学史上的地位！"任为说。

"有什么关系呢？等你死了就会知道，那些虚名，一点关系都没有。"柳杨说。

"柳杨阈值呢？难道也要改名吗？"任为问。

"对，已经改了，叫意识场计算强度阈值。"柳杨说，"我们的文档都改过了。"

"你决心真够大的！"任为说，觉得实在不可思议。

"你以为我像你吗？"柳杨说。然后稍微顿了顿，好像觉得自己说得不合适，又找补了一句："其实你挺好。"

虽然柳杨的脾气好像好了很多，还学会反省改口了。但是显然，沟通依旧不是很顺畅，任为还是觉得郁闷。

他憋了半天，终于下决心，问了一个他觉得很可疑的问题。甚至他觉得，这个问题可能会引起柳杨的强烈反应。他问："那么，我问一下，那几个云球人的意识体呢？"

"我已经把他们销毁了。"柳杨回答，很平静，没有强烈反应。

"什么？"任为吃了一惊，"你说什么？李舒对张琦说，他们还在意识机里。"

"那时候是啊！"柳杨依然很平静，"那是好几天前了，后来我就把他们销毁了。"

"为什么？"任为问。他想起自己还是弗吉斯的时候，看到的阿黛尔的庭院，阿黛尔的画像，柔和、温暖、妩媚，还有悲哀和无奈，不禁有点怒火中烧。

"留着干什么？"柳杨反问，"没有用。"

"至少……"任为说，话有点不连贯，"可以让李斯年接着研究。你这是杀人！"

"杀人？"柳杨好像很吃惊，扭过头看着任为，"云球人？杀云球人？你杀的还少吗？"

任为说不出话。

"就因为你去了云球，去了阿黛尔的院子？"柳杨说，撇了撇嘴，露出了一点昔日的狰狞。但是声音并不像以往那么大，肢体上也没有任何显得夸张的附加动作。

任为脑中都是那幅画像。

柳杨不再理他。过了许久，任为终于平静下来。他艰难地说："为什么不能让李斯年接着研究呢？"

"他需要研究的话，就再去云球弄几个云球人嘛，又不麻烦。"柳杨淡淡地说。

"你……"任为有点气愤，但不知说什么好，"是因为没弄到空体吗？"他喘了一口气，接着问。

"对啊。"柳杨说，"所以这也怪你。要是你说服吕青，弄来了空体，也许那几个云球人就不会被销毁了。"

"可是，李舒不是说，有人找你们了吗？"任为问。

"是有人找我们。可我们不敢用，那是地下渠道，你敢用吗？"柳杨问。这会儿，他一反今天的常态，盯着任为看，倒像以前的柳杨。不过，还是没那么咄咄逼人。

但任为还是被他的眼神逼得有点慌。

"那是违法行为，我没有办法。"他想起吕青的话。

"杀人对他来说也不见得就不是个选项。柳杨什么人啊！"任为又想起了吕青的另一句话。

他渐渐不慌了，他觉得他接近真相了。他也看着柳杨，但这会儿柳杨却把眼神移开了。

"你一定是用了空体。你通过那些人，找到了 KillKiller 的空体。或者，你甚至是杀了地球人。反正，你找到了空体，你做了实验。我不知道你有什么实验结果。但是现在，你要逃走，而且你要销毁所有证据！对不对？"任为问。

"你还挺能编故事。"柳杨说，显得很平静。

"你心虚了，刚才你盯着我看。你在看什么？你害怕我怀疑你？你盯着我看，恰好让我怀疑你。"任为说。

"我盯着你看？好吧，我错了，我不该盯着你看。对不起，让你紧张了。不过说实话，我是在看，你知不知道那些人是从哪里来的？你告诉李舒，不是吕青安排的。但我不相信，我觉得就是吕青安排的。所以我看看，你是什么反应。"柳杨说。

"确实不是吕青安排的。"任为说。

"是吗？"柳杨反问。显然，他依旧不相信。

"不管是不是吕青安排的，反正你用他们了。对不对？吕青说那是违法行为，所以你要逃走？"任为问。

"逃到赫尔维蒂亚吗？那有什么用？"柳杨反问。

这倒也对。任为意识到自己的漏洞，柳杨反问得很对。逃到赫尔维蒂亚有什么用呢？如果干了什么违法犯罪的事情，一定会被引渡回来。特别是，如果像自己想象得那样，这种刑事案件，那逃到全世界任何一个地方，恐怕都没什么用。

"那你到底为什么去赫尔维蒂亚？还去搞什么心理学？到底为什么？"任为问。

"跟你说了，没有为什么。烦了，就是烦了，不行吗？"柳杨说，这会儿看起来，确实像是有点烦了。

"搞心理学就不烦了？"任为问。

"我总得挣钱养活自己啊！"柳杨回答，平淡得很。

沉默了很久，任为想起自己的诗。问道："我在云球的时候，写了几首诗。你知道吧？"

"有井水处有弗吉斯。当然知道，几首风月诗。很好，大诗人，写得很风骚。"柳杨说。

"我以前是写过诗啊、词啊什么的，可那都是大学时候的事情了。现在，我从来不写也从来没想过要写，而且我写的诗也不是那种样子。怎么到了云球，忽然就写出来那些诗呢？你知道，弗吉斯也写诗，就是写这种风月诗。要说是他写的，倒是很像。可是那会儿，明明是我的意识场。这到底怎么回事？是不是我的意识场调用了弗吉斯空体的残留技能？如果这样，倒说得过去。但感觉上，写诗这种东西，好像和老巴力的狩猎技能或者斯特里的农耕技能，不太一样啊！"任为问。

柳杨没回答，沉默着，好像在思考。然后过了很久才说："我不知道。"

"你不想留下来研究，知道确切的答案吗？"任为说，"你看，意识场和大脑并不是简单地分工。物理大脑不是你想的那样低级，意识场也没有你想的那么高级。物理大脑可以反过来影响意识场。我就是个活生生的例子，就在你面前。我按照弗吉斯的风格写出了几首打油诗。你不想接着研究吗？"

柳杨又沉默了好久。坐在门槛上的身体一动不动，脸上也没有表情，眼睛好像在看着那条狗，那条笔挺站立着的安静的边境牧羊犬。足足过了十分钟，任为这么觉得，不过他知道这不作数。自从走进这个院子，他就一直觉得时间好慢。

柳杨终于说话了。"我不想。"他说。

我不知道。

我不想。

两个问题，柳杨的回答都简洁极了。任为明白，他回答得越是简洁，他下的决心就越大。

任为确实不知道可以再说什么了，或者可以再问什么了。他看到，那只边境牧羊犬一直在看着他们俩。在他们说话的过程中，它几乎从来没有动过。他觉得，自己还不如那条狗镇定。

—— 37 ——

疑点管理系统

"我有事情要对你说。"吕青对任为说。

"我也有事情要问你。"任为对吕青说。

"好吧，你先说。"吕青说。

"柳杨要移民了，你知道吧？"任为说。

"知道，李斯年接任脑科学所所长。"吕青说。

"你不觉得奇怪吗？"任为问。

吕青沉默了。她想了一会儿，说："有点奇怪吧。"

"有点？"任为觉得吕青的回答也很奇怪，但他不知道如何表达这种奇怪。他看着吕青，吕青看着餐桌桌面。那上面有吃了一半的晚饭。肉末茄子、爆炒肝尖、蒜蓉油麦菜、腊肉荷兰豆，一碗银鱼汤，还有两个半碗米饭。

"我总觉得，和他从我们云球中提取的那些云球人意识场有关。"任为说。

"是吗？"虽然是在问，但吕青显得很心不在焉，好像一点也不好奇。

"那些人，我是说上次提到，李舒说的，找他们说能够提供空体的那些人，到底是不是你安排的？"任为问。

"不是，告诉过你了。"吕青说。

"柳杨销毁了那些云球人的意识场。前两天还没有，就这两天干的。"任为希望引起吕青的兴趣。

"是吗？"吕青又问了一句，但看起来依旧不感兴趣。

"你说过，这种事情是违法行为！"任为说，"柳杨这几天就要走了，就要去赫尔维蒂亚了。如果他干了什么违法的事情，难道不应该把他留下来吗？"

"如果他干了什么违法的事情，跑去赫尔维蒂亚有什么用呢？"吕青的回答和柳杨一样。

任为知道他们说得对，但总觉得哪里不对劲。

"他杀了我们的云球人，他还非法获得了空体，甚至也许杀了人。他能干得出来，你也这么说过。"任为说。

"是啊，我是说过。但我是说他能干得出来，不是说他干了。而且现在，我们能做什么呢？"吕青问。她终于抬起头看着任为。

"他不相信那些人不是你安排的。"任为说。

"确实不是我安排的。"吕青说。

"可他们的事情，怎么会有人知道呢？他们的意识场项目是机密，找空体的事情更是只有他和李舒知道。柳杨自己就不用说了，李舒跟了他那么多年，你也认识她，她不是个会乱做事情的人。消息怎么可能传出去呢？"任为问。

"这太简单了。他们的意识场研究确实是机密，但是自从我们找他们研究 KillKiller 的事情，就没有那么机密了，已经有不少人知道了。等他们到你们地球所，在云球中做实验，知道的人就更多了。至少，你们地球所的人都知道。柳杨提取了五个云球人的意识场，这件事情你们地球所的人也都知道吧？提取了云球人意识场之后呢？放在意识机里干什么？做标本吗？至于研究，我觉得李斯年更合适。那是某种场，还可能处在高维空间。已经不是生物学范畴，是物理学范畴了。柳杨研究得了吗？所以，他提取那些意识场，最合理的解释就是要找人类空体绑定，看看云球人意识场在人体中是什么情况。这些都很容易猜出来，不是吗？猜出来以后，就很难避免有谁传出去，然后可能又有谁恰好有能力搞到空体，想要通过这件事情挣点钱了，就自然会去找他们了。"吕青说得很平静。

确实很有道理，任为无话可说。

"他杀了我们的云球人。"任为说。扭头望向窗外，看着远处的天空，那里蓝蓝的，一丝云都没有。

"你是说阿黛尔吗？"吕青问。

任为一惊。他看了看吕青，吕青看起来没有一丝异样，也在看着他，很平静。

"不只是阿黛尔，有五个人。"他说。

"嗯，是的，五个人。"吕青重复了一遍。她把头扭开了，又看着桌面，还拿起了汤勺，挖了一勺米饭放到嘴里，开始慢慢咀嚼，好像在仔细品味。

"就算柳杨干了什么，比如，他做了坏事，找到了空体，他一口气找到五个的概率也不大。所以，很难把所有云球意识场都绑定到空体上。而且，从科学研究角度来讲，这么做也没必要。很明显，他必须有所选择。他会选择谁呢？"吕青把咀嚼了半天的米饭咽了下去，平淡地说，"那五个云球人意识场，据你跟我说，也就阿黛尔比较特殊。你们没有动过任何其他像阿黛尔那样具有特殊身份的云球人，但柳杨力排众议这么做了。对，后来你们又这样做了一次，就是和阿黛尔一起长大的弗吉斯。除了阿黛尔，柳杨提取的其他意识场，都是普通云球人的意识场。所以，假如他千辛万苦，冒着风险找到了一个空体，一定会先选择阿黛尔来做实验。对不对？"

任为没有说话。

"所以，就算柳杨是罪犯，你也不是想要抓住他。其实，你真正想要找的人是阿黛尔，如果她还活着的话。当然，如果她活着，也是活在某个地球人的空体里。你在怀疑，发生这种情况的可能性很大。"吕青接着说。

任为说不出话。他想否认，但是不知道该如何否认。

吕青看了他一眼，继续吃东西。

他终于说："我只是关心我们云球的人，不是就阿黛尔一个人。"

"嗯，我理解。"吕青说，"我可以尽量帮你打听一下，看看有没有这方面的消息。"她说，然后抬起眼，看着任为，接着说："不过，那些人毕竟是云球人，你可以先放一放。现在我知道有一件事，和一个地球人的生命有关。这个人，虽然不是你们地球所的人，但是也和你们关系密切。"

"哦？什么事？"任为问。他只好暂时不再说阿黛尔的事情，不过，他还是很希望吕青能帮他打听一下。吕青打听事情的能力非常强，只要她去打听，很可能就会有些消息。

"明明的情感黑客的事情，你还记得吧？"吕青问。

"当然记得，柳杨还说我应该告诉明明。但最后一次见明明的时候，我脑袋都懵了，完全忘记这件事了。"任为说。

"也许是应该告诉她。"吕青说。

"也许只能让她自己多一些苦恼吧！毕竟她现在已经很决绝地参与到那些事情里面了。"任为说。

"也许吧，我知道她很难回头了。不过还是应该告诉她，如果再有机会的话。"吕青说。

"嗯。"任为说，"你要说什么？怎么，和明明有关吗？"

"其实没什么关系。但是，我知道这件事情，却是因为情感黑客。"吕青说，"我最近一直在想明明，我觉得我们很对不起她。从她很小，我们就都很忙，对她很忽视。我的责任更大，我对她确实不像一个人类妈妈，更像一个机器人妈妈。"说着，她的头又垂下来，似乎暗暗叹了一口气。接着说："我记得她上幼儿园的时候，那时候她才三岁，我就对她说，从今天开始，你要想清楚每一件事情，你要对自己做的事情负责任。也许我太过分了。"

任为想起胡俊飞的话："我妈妈就是个机器人，而我爸爸只爱机器人。"

"这不怪你。"任为说，"我听你说过，你父亲也是这样教育你，不也把你教育得很好吗？"

"但我有妈妈，一个慈祥的妈妈。"吕青说，"我就是明明的妈妈，却不是一个像我的妈妈那样的妈妈。"

"明明也有爸爸，是我做得不够好。"任为说，"我不是一个像你父亲那样，能够教会孩子坚强的父亲。但我又太着迷自己的工作，给不了孩子一个妈妈那样的爱。"

"不说这些了，都过去了。"吕青说，一边摇了摇头，仿佛要挣脱过去，"总之，虽然可能没什么用，但我总是想为她做点什么。我去找过几次宋永安局长。你记得宋局长吧，网络安全局的局长。我想打听一下，情感黑客的事情。"她接着说。

"有什么进展？"任为问。

"有一些进展。"吕青说，"他们最近破获了一个情感黑客的服务器站点。情感黑客的服务器站点多数在国外，特别是一些很贫穷的国家。那里监管不严，容易腾挪。在发达国家的很少，中国就更少了。可是这次，他们发现了一个在中国的站点。可能是情感黑客的偶然失误，或者是随手行为。宋局长他们的动作很快，破获了这个站点。你知道，情感黑客的服务器站点转移得很快，而且所有网络数据都多次加密转发，很难查获。但这次，宋局长他们比情感黑客更快。他们在中国这个站点转移之前，就破获了它。他们截获了大批数据，并且成功解密了，都是情感黑客的黑客软件上传的数据。"

"就是，像明明的 SSI 的数据？"任为问。

"对。还有迈克那样的机器人的感官数据。视觉数据，听觉数据，甚至还有触觉数据。"吕青说。

"嗯，都是为了分析对方人类的情绪反应。一方面，从这个人类的 SSI 数据来分析。另一方面，从机器人和这个人类相处时获得到的数据来分析。"任为说。

"对。这次，宋局长他们截获了大量数据，他们分析了所有数据。"吕青说。

"有明明的数据吗？"任为问。

"没有。宋局长不是说了，自从迈克死掉以后，情感黑客已经放弃明明了。"吕青说。

"那追踪到那些情感黑客了吗？"任为问。

"追丢了。只获得了这些数据，没能进一步获得情感黑客的任何蛛丝马迹。"吕青说。

"那就是和明明没有任何关系了。"说着，任为叹了口气。

"是的。"吕青好像也叹了口气。

"那你要说什么？这些数据和我们有关系吗？"任为问。

"本来，应该没关系。"吕青说，"但是，你知道吗？现在警察体系的人工智能也很了不起。他们有一个系统，叫作疑点管理系统。你听说过吗？"

"疑点管理系统？"任为想了想，说："没听说过。"

"现在，各种监控数据很多，主要是视频和音频。量很大，靠人工分析根本不可能。所以，这些视频和音频都会送到这个疑点管理系统中，用人工智能进行分析。"吕青说，"这个系统很厉害，能够发现人根本无法发现的疑点。单个疑点还好说，人也能发现，只是效率低些。但是，针对一些关联疑点，这个系统就能发现人根本不可能发现的东西。据说，这个疑点管理系统，可以将全国数据大集中，进行超大规模数据分析。所以，它可以把全国范围内，一些看似完全无关的数据关联起来看，这就很了不起了。"

"很厉害啊！这个数据处理量很庞大。"任为说，"那他们发现了什么？"他问。

"宋局长他们破获的情感黑客数据中，也有一些音频和视频数据。他们把这些音频和视频数据，上传到了疑点管理系统中。他们不是特意要这样做，这只是正常的工作程序。疑点管理系统很快就发现了一些疑点，当时只是存储在服务器中，并没有进一步处理。这个系统对疑点有一个级别的定义。刚刚发现的疑点都是五级疑点。基本上，只是意味着这件事情看起来有点奇怪而已，大概就是这意思。所以，不会进行进一步的处理。也不会提交给人类，只是存储起来。"吕青说。

"然后呢？"任为问。

"然后，过一段时间，周期性地，疑点管理系统会进行一些批处理的工作，对疑点进行梳理。特别是，对不同疑点的关联性进行分析。

就是在最近一次疑点关联性分析的过程中，情感黑客数据中的一个五级疑点升级了。"吕青说。

任为觉得这个系统挺有意思，实现起来很复杂。他接着问："什么疑点升级了？"

"这个疑点是很短的一段视频，来源是一个全仿真机器人的眼睛。这个机器人是一个女孩子的恋人，所以情感黑客收集他的数据。有一天夜里，应该是女孩子忽然想吃麻辣烫。这个机器人先是联系了外卖，可那会儿已经是夜里三点了，虽然还有店家开门，但是家小店，唯一的送餐机器人恰好坏掉了。这个机器人就决定，出去给女朋友买。"吕青说。

"机器人也确实贴心。"任为说。他想起迈克的样子，他那谦逊的微笑，可接着，就想起了他那被打爆的脑袋。

"他们住在一栋高层公寓的二十三层 B 室。对面是 A 室，有一个楼道门出去是电梯间。电梯间有三个电梯，旁边是步行梯的门。这个机器人走出楼道门，他看到了一个人的背影，正走进步行梯的门。身子已经进去多半个了，露了一小半在外面。就这一小半身体，被这个机器人的眼睛给看到了，也就意味着被拍下来了。"吕青说，"当然，这个机器人，什么也没有想，什么也没有做。他就是去坐了电梯，去买了麻辣烫，没什么后话了，就是这样。"吕青说。

"这怎么了呢？"任为很不解。

"没怎么。但疑点管理系统觉得不正常，很可疑。半夜三点，一个人从二十三层走进步行梯的门，对，穿着很整齐，穿了黑风衣，防雨的风衣，帽子都戴上了，脚上穿的是运动鞋。"吕青说，看着任为，"你不觉得可疑吗？如果是穿着睡衣什么的，也许是谁家在楼里有两间公寓，一间楼上一间楼下，这样穿着睡衣通过步行梯上楼或下楼就很正常。可是穿得这么整齐，半夜三点，步行梯，是在干什么呢？是有点可疑。"

"嗯，"任为想了想，"是有点可疑。"

"所以，系统就把这段视频存起来了，标记了一个五级疑点。"吕青说，"然后，过了一段时间，进行疑点关联分析的时候，这个疑点被升级为四级疑点了。"

"为什么？"任为问。

"因为疑点管理系统发现，在那个时间段，在这个小区所有其他摄像头中，都没有发现这名穿着黑风衣的人的踪迹。既没有进来的踪迹，也没有出去的踪迹，前后二十四小时内。"吕青说，"这个人消失了。疑点管理系统认为，他不走电梯，显然是为了躲开电梯里的摄像头。事实上，他不但躲开了电梯里的摄像头，而且成功躲开了小区里所有摄像头。进一步，这个人似乎也躲开了小区里所有的 SSI 门禁。一部分门禁有摄像头，一部分没有。没有摄像头的门禁并不直接知道人长什么样，但是知道是谁，从其他摄像头来看，那些人那天晚上都没有穿成这个样子。"

"他在干什么？是可疑。"任为说。一边想着，如果疑点管理系统都这么分析事情，那真是很可怕。

"是啊，他在干什么？"吕青重复了一遍。

她想了一会儿，说："可疑吧？所以升级了，成了四级疑点。后来，疑点管理系统把时间范围扩大了。从前后二十四小时扩大为前后一周，然后是前后一个月。都没有找到这个人的踪迹，至少没有找到这件黑风衣的踪迹。视频中这个人，大半个身子已经进了步行梯，只有一小半身子露在外面。对这样情况的一个人进行整体比对，几乎完全不可能。同时，也没有这个人走路步态的数据。所以，对于这人出现没出现过的分析，可能很不准确。但准确的是，这件风衣确实没有出现过。"

"然后呢？"任为问。

"然后就升级为三级疑点了。在某个小区里，出现了一个完完全全、从未出现过的陌生人，至少疑似是这样。没有熟人陪同，半夜三点，在二十三层，蒙着头，走进步行梯，躲过所有门禁和摄像头。"吕青说，"如果说没问题，恐怕没人相信。"

"三级疑点意味着什么？"任为问。

"三级疑点意味着，这个疑点将不仅仅局限在疑点管理系统内部进行关联分析。"吕青说，"我刚才提到过，疑点管理系统内部的数据都是来自各种公共监控设备的数据，基本就是视频和音频。有些时候，碰到一些案件，会有警察人为干预。主要是调阅数据，或者要求系统按照某种需求进行分析。这种情况很多，但除非是这种情况，否则，五级疑点和四级疑点，都是在疑点管理系统内部进行关联分析，不会涉及任何系统之外的数据。"

吕青停了一下，接着说："一旦上升到三级疑点，即使没有人为干预，这个疑点也会自动和疑点管理系统以外的其他数据进行关联。那些数据不是视频或音频，大多数是各种治安事件、刑事案件等等警察系统的工作数据。这一关联不要紧，它马上被升级为二级疑点。"

"为什么？"任为问。

"你猜猜？"吕青说，看着他。

任为想了想，说："我不知道，我怎么能猜到？"

"我刚才说了，和你们有点关系。"吕青说。

任为又想了想。忽然，一股寒流贯穿了他的全身，他的汗毛都竖起来了。

"苏彰？苏彰就住二十三层！"任为说。

"对，是苏彰。那个机器人和他的女朋友，就住在苏彰家对门。他们住 B 室，苏彰住 A 室。"吕青说。

"你是说，苏彰是被杀的？"任为问。

"不，不是。"吕青说，"我问了宋永安局长，他说，疑点管理系统爆出这个二级疑点以后，已经到了需要人来介入的严重程度。他们介入了，把数据交给了当地的刑事部门。他们进行了复查，根据当时现场的记录，他们确认苏彰是自杀。而且，这个视频的发生时间，是苏彰死了一周以后。"

"死了一周以后？"任为问。

"对，苏彰死后，虽然是自杀，但按照警察的流程，他们会把现场封锁一周。而这个视频，就发生在一周以后，现场解除封锁之后的第二天。"吕青说。

"为什么？偷东西吗？"任为问。

"不知道。"吕青说,"从视频看,不像是偷东西。那人也不像小偷,当然这很难说。但至少,那个人并没有携带什么体积特别大的东西。苏彰的屋子后来很快被苏彰外地赶来的父母给卖掉了。买家把房子重新装修了,几乎算是拆了。要不是那是个公寓楼,他们会把整个楼都拆了。所以现场已经不存在了。除了当时的记录,视频、照片、红外照片、X光照片,等等吧,各种照片和视频,没有别的可复查的东西了。苏彰的父母也没有提过有什么遗失的东西。"

"这房子是凶屋。买家彻底重新装修很正常,能卖出去就不错了。"任为说。

"是啊,据说只卖了一半的价钱。"吕青说,"现在,已经没有现场可以调查了。所有现场记录都是在视频发生之前,然后警察封锁了现场一周,然后警察解除了封锁,然后视频中的事情发生了,然后房子被卖了,然后又被重新装修了。整个过程就是这样,没法调查是不是丢了什么东西。"

"那一层,"任为想了想说,"应该有好几户吧?不一定是去苏彰家里。"

"就四户,机器人家是不可能了。电梯间对面还有一个楼道门,里面有C、D两户。但那两户,恰好一户长期没有人住,户主住在东郊的别墅。另一户正好在国外旅游。他们都被调查过了,否认自己家来过什么人,也没有发现丢过什么东西。"吕青说。

"如果那人确实进入了苏彰家,是怎么进入的呢?她家门锁是SSI特征锁吧?"任为问。

"门也换了,锁早扔了,没法调查了。"吕青说,"再说,小区门口和楼下门口也有SSI门禁,他不也悄没声地进去了。"

"这个……"任为说了两个字,待了半天,才接着说,"说明了什么呢?"

"宋永安局长说,他们警察不觉得是杀人案。因为从现场来看,确实是自杀,没有任何可疑的他杀痕迹。这个案子是枪案,所以还没有完全结案,但警察确实不认为是杀人案,没完全结案只是因为在调查枪的来源。不过苏彰人已经死了，很难调查，基本上是悬在那里，可能再拖一段也就结案了。至于这个人，他们分析，最大的可能是去苏彰家拿什么东西。不一定是什么值钱的东西，也许苏彰有一些类似秘密材料的东西。"吕青说，"可他们猜不出来是什么东西，不过他们认为，和苏彰的死没什么直接关系。"

"能是什么呢？"任为自言自语。他想起了孙斐，抬起头对吕青说："孙斐一直认为，是王陆杰杀了苏彰。当然，我觉得她也就是心情不好瞎说而已。她的主要论点是，王陆杰是苏彰死亡的获利者。如果说苏彰有什么秘密材料之类，看起来多半和工作有关，也许王陆杰会感兴趣？但是，这也太诡异了。"

"王陆杰？开什么玩笑，不可能。"吕青说。

"那苏彰还能有什么秘密？一个商人，而且只是一个打工的商人，也不是什么大老板，能有什么秘密？"任为说。

"她可能还真有一些秘密，但不是秘密材料。"吕青说，声音不大，似乎在沉思。

"她有什么秘密？"任为问。

"我不知道，宋局长不告诉我。他说，真不能告诉我，那是违法行为。其实他是话说多了，说顺口了才说苏彰有些秘密，又说绝对和秘密材料没有关系。但当我问的时候，他又明白过来不能说了。所以，就死活不说了。"吕青说。

"为什么不能说？"任为不理解。

"他就是不说。"吕青说，"不过我判断，原因很简单，这涉及苏彰的隐私。法律规定的不能问、不能说的隐私。"

"法律规定的不能问、不能说的隐私？都有什么东西，是法律规定的不能问、不能说的隐私？"任为问。

"很多，比如性取向或者某些疾病。"吕青说。

"性取向？她不是和小雷很好吗？至少曾经很好，能有什么问题？至于疾病，她能有什么疾病？还是法律规定不能问、不能说的疾病？"任为说。

"不知道啊！"看起来吕青也很迷惑。

过了一会儿，吕青接着说，"没关系了，和我没有任何关系。我只是关心明明的情感黑客的事情。可惜，宋局长他们只是破获了那个站点，没有任何进一步的进展。至于这件事情，疑点管理系统的发现，我想告诉你，是因为和你们有那么一点点关系。我是觉得，这事看起来确实很可疑，也许警察会启动一些后续调查。你们地球所也可能会被做一些调查。你是所长，有点心理准备就好了。"

"疑点管理系统。"任为喃喃自语，觉得这东西很厉害。

— 38 —

精神病人

几天之后，柳杨走了。本来，任为想去送送他，但已经联系不到他了。据李舒说，她也没能去送他，他一个人离开，行李很少，只是带上了那条边境牧羊犬。

李斯年已经上任了，整天待在脑科学所，一次都还没有来过地球所。估计他头疼的事情够多的，要接住柳杨留下的这一摊子事情可不容易。管理是一方面，那还好说。科研上的困难对他来说，就应该需要不少时间来消化了。毕竟，他的本行是微观物理学而不是生物学。当然，同样作为顶级科学家，他的能力应该没有问题，只是需要一些时间。

果然，地球所又出现了警察的身影。警察似乎并没多说什么，也没有调查出什么问题，但是小道消息很多。孙斐尤其激动，她坚持认为王陆杰有很大嫌疑，他可是最大的获利者，至少在她看来是这样。孙斐主动跟警察聊了很多王陆杰的事情。警察也的确去调查了王陆杰，还有宏宇的其他很多人。不过显然，警察并不像孙斐一样觉得王陆杰有那么大嫌疑，并没有任何进一步的动作。

至于柳杨的移民，在地球所也成为一个热门话题。各种猜测都有，但最笃定的猜测者依旧是孙斐。

"很简单，"孙斐对任为和张琦说，"他的良心受谴责了。他的发现，还有他的实验，让他看到了太多罪恶。现在，他去搞心理学，要拯救的不是别人，而是他自己。"

"心理学拯救自己？"张琦说，"医不自医，你不知道吗？心理学家拯救不了自己。"

"那是别人，这是柳杨。他总要试一下，也许有一天，我也要去试一下。当然了，你不需要，你不会有心理问题。"孙斐说，看着张琦，满脸嘲讽。

张琦不说话了。他知道，孙斐的气一直不顺。

"如果他良心受谴责，那五个云球人的意识场，他干嘛毁掉？"任为问。

"这个……"孙斐觉得这个问题不好回答，"这我不知道。"她说，"哼，不管怎样，他心里有鬼。也许他早就杀了五个云球人，然后才决定移民，反正我们都不知道。他提取了那五个云球人的意识场后，马上就放在意识机里弄走了。谁知道他干嘛了？说不定一早就被他弄死了。对，他一定是为了什么原因，先杀了那五个云球人。然后，心里的某种东西被触动了，就受不了了。"

"不可能这么草率。"张琦说，"你就会瞎猜。移民这个决定很大很严肃，你知道他放弃了多少东西吗？"

"我知道啊！所以我才这么猜。要不是内心深处的某种驱动力，那种无法遏制的深层冲动，他怎么可能做出这种事情？"孙斐反而更坚定了，"要是一般的什么诱惑呀，压力呀，我才不觉得他扛不住呢。他在乎过谁啊？他在乎过什么东西啊？所以，不可能是外部的诱惑或者压力，一定是内心出了问题。那内心出了什么问题呢？早不早，晚不晚，这一段时间出问题，肯定和意识场有关，肯定和云球人有关。这不，就有五个云球人意识场被他弄死了。你说，这没有逻辑吗？"

还真挺有逻辑，任为想。这个孙斐，虽然一贯喜欢阴谋论，特别是涉及她不喜欢的人，但不得不说，听起来仿佛都有些道理。

"可惜了那五个云球人。"任为说。

"哼！就是，气死我了。"孙斐接着说，"问题是，他为什么要杀掉那五个云球人？人家好好地待在意识机里，当着世界上最痛苦的囚犯，生活在永远的黑暗里。招他惹他了？他就要毁掉人家？否则，人家也许还有机会重见天日呢！"她越说越气愤。但说到这里，好像忽然觉得自己的话也不全对，"不过，说起来，他们重见天日的机会也不大。那意味着要干掉别的云球人，才能让他们回到云球。换个人来关着，还不是一回事。所以，他们只能永远待在意识机的黑暗里。这么说，毁掉他们，对他们来说也是一种解脱。"

"对，"她好像忽然又悟到了什么，"对，也可能，柳杨不是想要杀他们，而是没办法才杀了他们。他已经受不了良心的谴责了，也找不到办法处理那些云球人。他觉得那些人太痛苦了。意识机是他发明的，他有各种实验手段，也许他从什么实验迹象上能看出来，他们太痛苦了。他只好帮他们解脱，但这进一步加重了他的负罪感。他别无选择，除非自杀，否则只能从这个环境逃离了。"

"所以，"她接着说，一边思考着，"这个时间次序很重要。他产生负罪感，决定移民，杀掉云球人，加重负罪感，赶快跑。是不是？你们觉得有没有道理？"她自己点了点头，仿佛很赞同自己的观点，"如果是这样，他还算有良心。"她说。

"有没有可能，柳杨并没有毁掉那五个云球人呢？"任为迟疑了半天，终于还是问了出来。他不想告诉张琦和孙斐关于柳杨找空体的事情，那涉及吕青。但是，他又觉得孙斐很能瞎想，说不定有什么异想天开的角度，可以推理出一些什么。

"没有毁掉那五个云球人？"张琦重复了一遍，"那他留着干什么呢？又如何留着呢？他可是签了一系列协议，以后不再从事意识场研究了。"

"有可能！"孙斐的看法果然不一样，而且看起来很激动，"完全有可能，他把他们藏起来了。让我想想啊，留着干什么？怎么留？两个问题，对吧？我想想……我想想……"她一边说着，一边低下头，好像很认真很努力地在想。

"留着干什么我不知道。"在任为和张琦注视的目光下，孙斐抬起头说，"但怎么留，我倒是能猜出来。"她说，"刚才说了，不能在云球留，那要杀掉别的云球人，杀云球人他可能并不在乎，可他绕不过我们啊！对不对？我们这里不是脑科学所，可不是他能够为所欲为的地方。但是……云云……对……云云，还记得云云吗？你们不会这么没良心吧？云云，那条活在地球狗身上的云球狗意识场，如果云球狗的意识场可以活在地球狗的空体中，那么云球人的意识场当然可以活在地球人的空体中。"

她很快猜到了，任为想。

"这可以想到。但是在地球上，地球人的空体从哪里来呢？这可不容易。"张琦问。

"对，找到人类空体，怎么找到呢？"孙斐说。他扭头看着任为，不说话。

任为被她看得发慌。

"对，"他说，"KillKiller 有空体，我母亲现在就是空体。"

"但 KillKiller 不可能给他用。这事听起来就不对劲，应该是违法行为。"张琦说。

"有可能去 KillKiller 偷，也可能杀人。"孙斐说，"总而言之，他可能没有毁掉那些云球人的意识场，而是把他们迁移到了人类空体中。他做了实验，这本来就应该是实验的一部分。不是吗？不做这件事情，他的意识场实验，难道不是少一个关键环节吗？他只是因为各种法律的限制，不能做、没法做，不是不想做。对吧？他没办法做这种实验。但他是个科学家，他受不了这种不能做实验的感受，他一定要做。所以，他偷了 KillKiller 的空体，或者杀了人，反正，他找到了空体。"

"他的实验成功了。"孙斐说，"他完成了自己的梦想，那是梦想，科学家的梦想。知道吗？他可以不要虚名，可是他满足了自己作为科学家探索未知的好奇心和梦想。对，是这样。不过，这样做他会被抓起来的。所以他跑了，跑了。"

"跑到赫尔维蒂亚没有什么用，要是需要抓起来的话，还是会被抓起来。"张琦说。

"那不管，反正……总比待在这里安全。"孙斐说，"对，所以现在不是五个云球人意识场的问题，而是五个拥有云球人意识场的地球人的问题。"她接着说，"云球人是我们的家人，他们的意识场也是我们的家人。他们现在被囚禁在某些地球人的空体中。"她说着，好像又觉得这么说不对，"不，应该说，他们有了新的宿主。没关系，就算这样，还是我们的家人。但是，他们现在在哪里？我们应该找到他们！这是我们的责任，他们是我们的家人。"

"按照你的阴谋论，柳杨会不会在实验成功以后，又杀了他们呢？"张琦说，"这是他的犯罪证据啊！"

孙斐不说话了，这听起来确实很有道理。

"可杀人这件事情，我是说杀五个活生生的地球人，就算他们拥有的是云球人的意识场，不是地球人的意识场，也不是那么容易。我不仅仅是说这五个人本身不好杀，而是说还有更大的困难。你要杀五个人的话，很难不留下任何痕迹，不引起任何怀疑。警察难道白吃饭吗？"任为说，他想起了疑点管理系统。

"所以，他一定会有帮手。这不是在实验室里，动动手指，在键盘上搞搞就把事情搞定了。这里面有很多体力活，他需要帮手。"孙斐说，"他这个人，脾气古怪，没什么朋友吧？要找这样的犯罪帮手，哪里去找呢？"孙斐说。

"这样的帮手，我觉得他找不到。如果一定要找一个，那一定是……"张琦说，没有说完就停住了。

"李舒。"孙斐可不像张琦那么保守，她马上跟着张琦的话说出了李舒的名字。

这时候，任为耳边忽然想起了叮铃铃的电话声。他眼前浮现出不时在晃动的电话界面，来电的正是李舒，加密电话。他看了看张琦和孙斐，站起身来走出办公室。在走廊里，他走远了一点，确认张琦和孙斐应该听不到自己讲话，他接通了电话。

"任所长，柳所长已经走了。现在，我想我可以带你去看一个人了。"李舒说。

"谁？"任为问。

"阿黛尔。"李舒说。

任为耳边嗡的一声，脑袋一阵发晕。他努力地让自己平静下来，说："我们正在讨论这件事情，孙斐和张琦，都不相信你们把那五个云球人意识场毁掉了。我看，你的电话要是晚两分钟的话，他们就要拉着我去找你了。"

"不用了，"电话那边，李舒笑了笑，"我自首了。柳所长觉得可以瞒着你们，可我猜到你们不会放过我，特别是你们那个孙斐。不过，并没有五个有云球人意识场的地球人。那些意识场，其中四个确实是被销毁了。但是，阿黛尔的意识场没有销毁。那个人，就是我问过你的那个主动找到我们说可以提供空体的人，吕青安排的也好，黑帮也好，反正帮我们找到了空体。一个女孩子的空体，和阿黛尔很般配。所以，阿黛尔还活着，我可以带你去见她。"她顿了一下，又说："不过，她的状况不太好，你要有些心理准备。"

"怎么不好？"任为问。

"她精神状况不太正常，见了面你就知道了。"李舒说。

"精神状况不正常？所以柳杨要去搞心理学？"任为问。

"不，不是。这我也确实不太明白是怎么回事。搞心理学在这里搞也可以啊！跑到赫尔维蒂亚干什么？这我确实不明白。虽然我跟了柳所长这么多年，我也不是什么都能明白他。你们可能都觉得我知道点什么，但其实，我真的什么也不知道。"李舒说。

"这是违法行为，你们不怕被抓起来吗？"任为问。

"我怕呀，但柳所长不怕，我没能拦住他。他现在走了，所以，你看，我自首了。不过，我只是跟你们自首。你们先看看吧，然后你们做决定。如果你们要告发我，我也没办法。我只是从犯，柳所长是主犯。我们会不会被抓起来，这要看你们的决定了。好在这个罪名应该不大。现在云球人没有法律身份。至于那个空体的事情，最多就是买卖尸体罪。是有点尴尬，可对我来说，比起自己在这里天天瞎琢磨，还是告诉你们好一点。"

任为沉默了一会儿，说："那个人，找你们提供空体的人，确实不是吕青安排的，我确认过了。"

"我明白，您放心，我不会提这个事情。"李舒说。

在这样一个交通发达的时代，很不可思议，任为、李舒、张琦和孙斐，在从超级高铁下车后，坐在一辆来接他们的自动驾驶汽车上，居然颠簸了十多个小时，才到了一个叫蓝月季疗养院的精神病院。而且，他们下车的地方，并不是真正的疗养院，是距离疗养院乃有七八公里距离的接待站。

下车的时候，张琦和孙斐正在争论，刚才上山的那条山间公路，究竟是有七十二个拐弯还是有七十三个拐弯。这会儿，离开那条公路已经两个多小时了——后来他们拐上了一条更加崎岖狭窄的小路。下车前不久，李舒无意提起，刚才那条公路有七十二个拐弯，是一条著名的天路。孙斐马上反对，她说自己数了，是七十三个。但张琦说，自己也数了，的确是七十二个。两个人争了几句，不过下车之后，张琦很快认输了，他说自己可能数错了。李舒也说，当地政府也许只是为了凑个好听的数字才这样宣传的。任为很难想象，在他颠簸得想吐的时候，张琦和孙斐居然无聊地在数有多少个拐弯。他嘟囔着问了一句："他们为什么没有直升机？"

"听说很快就会有了，你看，接待站已经建了直升机停机坪。之前可能资金还是不够吧。"李舒回答他，指着接待站不远处的一块空地。看起来的确像是个直升机停机坪，任为看了一眼，没有再说话。

接待站本身是一栋漂亮的三层建筑，不大，但很精致，和大城市的类似建筑没什么区别。可惜，他们还没到地方。李舒竟然告诉他们，下面的七八公里，他们只能乘坐古老的电瓶车过去，或者，如果他们愿意，可以骑自行车过去。李舒说，疗养院需要最弱的现代感，尤其是电磁环境，那里不允许有自动驾驶汽车或者直升机之类的高科技存在。

他们坐车太久，腿都坐麻了。听说后面的路面很平整，虽然有些起伏，但坡度不大，于是选择了骑自行车。

穿过树林，终于到了目的地。这是荒凉深山中一个很大的院落。李舒说，为了尽可能远离现代世界，这里方圆上百公里都没有什么人烟，连网络信号都没有。如果要打电话，只能在接待站通过专有线路连接。任为试着调用了一下自己的 SSI，果然已经连不上网络了。

"卫星信号呢？难道也没有吗？"孙斐问。

"卫星信号当然有，这个他们实在没办法，地球上找不到没有卫星信号的地方。不过，相对地面通讯网络的信号，卫星信号比较弱，对病人的干扰也弱一些。而且，他们也没有在这里安装卫星通讯设备，只在接待站安装了。"李舒说，"就算地面通讯网络，这样一个没信号的地方也不容易找到，即使在深山老林里也很少。为了这地方，当初申依枫院长可费了不少劲。"

疗养院一派复古气息，青砖围墙，朱红大门，倒和柳杨家有点相像，不过要大得多。院子后面是一个更高的山峰，前面是一个场院，场院再前面就是悬崖，视野很好，看得到远处的群山。场院侧面是树林，其中有他们骑着自行车过来的小路。

虽然偏僻，但是个不错的地方。

走到院子里，马上看到地面上跑着很多鸡、几条狗，甚至还有几头黑色的小猪。

在这里，申依枫院长和她的团队，加上十几个乡下姑娘，照顾着近百个精神病人，这些精神病人多半和现代社会的科技有关。最典型的病症是电子设备依赖症，一种在现代社会很普遍的精神疾病。这种疾病的症状一般都很轻微，并不需要治疗。但个别时候有很严重的情况，会发展到离开电子设备就出现思维混乱、幻听幻视，甚至身体方面的痉挛等症状。这就需要治疗了。药物只是一个辅助治疗手段，长期的行为治疗更加重要，尽量脱离电磁环境是其中的核心。疗养院几乎没有任何电子设备，离最近的城市或乡村都很远，离大自然却很近，非常美，气候很好，冬天不太冷，夏天也不热，可以每天爬山，每天和蓝天白云、花花草草在一起，对病人非常有帮助。

"电子设备依赖症中的相当一部分，不仅仅和神经学上的普通上瘾机制有关，还和大脑长期接受各种电子信号辐射产生的电磁场变化有关。这里电磁环境比较简单，是疗养院选址的关键。也是因为这个，他们疗养院和我们脑科学所有不少合作。其实，电磁环境对于大脑的影响，对于柳所长发现意识场有很大启发。"李舒说。

"从生活上，这里的病人并不难照顾。身体上一般都没有什么大的问题，都可以自理。"李舒接着说，"不过，我们送来的阿黛尔，在这方面表现得不太好。"

她说着话的时候，申依枫院长带着阿黛尔过来了。

任为很紧张，呼吸都急促起来。自从申院长牵着一个姑娘的手出现在他的视野里，他就不由自主地一直在观察，甚至都没怎么注意李舒的话，张琦和孙斐也是一样。

那个姑娘长得并不像阿黛尔。至少不像任为记忆中，在阿黛尔房间看到的那副肖像画。当然，也并不像琳达。不过，虽然面容不像，却有着和任为心目中阿黛尔相同的气质，柔和、温暖、妩媚。

这些感受，任为是在云球中从画像的眼睛中体会到的。现在，则是从形体上体会到的。当阿黛尔走到眼前，任为看到她的眼睛，他的感受就截然不同了。

那双眼睛，如果说有什么表情的话，就只有呆滞了，空洞洞地没有一丝神采。

"阿黛尔，你好。"孙斐说，她说的是萨波语。

阿黛尔没有反应，眼睛看着前方。她一路走过来的时候，眼睛一直看着前方，好像前方有什么东西吸引了她。但是，那种吸引又显得那么无足轻重、无关紧要。

"阿黛尔，你好。"孙斐又说了一遍，这次她说的是汉语。

阿黛尔依旧没有反应。她站在那里，手被申院长牵着。虽然个子比申院长还高一点，可却像一个被牵着手的三岁小姑娘。而那眼睛，则连婴儿的活力都没有。

申依枫院长摇了摇阿黛尔的手。阿黛尔好像被惊了一下，茫然地扭过头看了看申院长。申院长冲她笑了笑，扬了扬下巴，提醒她有人跟她讲话。

顺着申院长扬起下巴的方向，阿黛尔扭过头来，看了看孙斐，又看了看旁边的任为、李舒和张琦。然后好像不知所措，又把头扭向申院长，似乎在寻求帮助。

"你们好。"申院长说。

"你们好。"阿黛尔开口了。口音清亮，但很不熟练，很生涩，而且是面对着申院长。

申院长又扬了扬下巴。阿黛尔扭过头来，对着大家说："你们好。"依旧很生涩。

孙斐好像想哭，把头扭到一边。

"这是怎么回事呢？"任为问李舒。

"不知道，她的智力很低。身体上没什么异样，包括大脑，检查不出任何问题，但就是智力很低。从对精神疾病的了解来看，她和任何已知的精神疾病不同。所以，不知道该如何下手治疗。看起来最大的可能，就是她是个小孩子。一个有点智力障碍的小孩子。"李舒说。

"在进步，进步很大。"申院长说，"现在，她已经可以自己上厕所了。我感觉她会持续进步。"

"她以前可不是这样。"孙斐说，声音有点大。

"小点声。"张琦说。他扭头看了看周围，院子里有不少在散步的病人，离他们围坐的小方桌不远。有几个病人听到孙斐的声音，向这边望了过来。

"你们怎么能这样！"孙斐声音小了，但咬牙切齿，充满了愤恨。

"对不起。"李舒看起来也有点难过，"我们也不知道为什么。你们都看到了，云球动物的意识场在地球动物空体内活得非常好。你们自己也都试过了，地球人意识场在云球人空体内也活得非常好。我们完全没有想到，云球人意识场到了地球人空体里就成了这个样子。这对我们而言，也是很大的意外。"

申依枫扶着阿黛尔，分别在两张小凳子上坐了下来。

"你们是生人。要是天天在一起的熟人，她表现会更好一点。"申院长说。

"可她……"孙斐说不出话来。

"她原来是黑石城有名的歌女。唱歌跳舞，弹琴赋诗，样样精通。唉，我知道你要说什么。孙斐，你要是怪我们，我也认了。确实是意外，不知道为什么。"李舒说。

"柳所长移民，就是因为这件事情受打击了？"张琦问。

"不，我觉得不是。"李舒说。

"那是像孙斐说的，有负罪感？"张琦接着问。

"我觉得……"李舒迟疑了一下，接着说，"也不是。"

"从科学上来说，作为一个科学家，他绝望了，走投无路了。"孙斐说。说这话的时候，她冷冰冰的，没有刚才的难过。

"不，柳所长绝对不是那么容易放弃的人。"李舒说。

"那就是负罪潜逃！"孙斐说，这次又是愤怒。

"不，也不是害怕。他确实不害怕，你们了解他。虽然他不让我告诉你们，但我觉得，他知道他走后我还是会告诉你们。他也没有千叮咛万嘱咐，好像根本无所谓。"李舒说。

"好吧。至少他还是证明了一件事，云球人意识场不能在地球人的空体中正常生存。"张琦说。

"这倒是好事。"孙斐说，"你们这些怪胎，证明了这件事很好。否则，你们不知道又要弄多少云球人出来。云球人就该待在云球，地球人就该待在地球。都是你们作孽。现在证明了这一点，希望你们以后不会继续瞎搞、继续作孽了。就是可怜了阿黛尔！"

大家都不说话。

过了一会儿，任为问李舒："柳杨正式得出结论了？云球人意识场不能在地球人空体中正常生存？"

"没有。"李舒说，"他看到阿黛尔的时候，进行了各种观察和检查。他很难过，非常难过。但是，他没有再写过任何论文，或者哪怕是论文草稿。也没有再跟我说过任何和意识场研究有关的只言片语。后来，他就告诉我，他要移民。"

"那不就是受打击了，有负罪感，想逃跑，这么直接的因果关系！你还说不是。"孙斐几乎喊了起来。

"好吧，"李舒看了看孙斐，好像有点无奈，"但是，我确实又觉得不是。"

"那是什么？"孙斐还是几乎在喊。又有几个周围的病人望了过来。这次，申院长把手指竖在嘴前面，示意她小声一点。而阿黛尔，被她的声音吸引了。看着她，好像眼里有了一点神采，一点好奇。

"我觉得你有什么没说。"张琦对李舒说，"还有什么你没对我们说的吗？"

李舒迟疑着，好像终于下了决心。她说："我觉得可能是实验流程的问题。"

"流程上有什么问题？"张琦问。

"我不知道，我只是感觉有点奇怪。因为，存储云球人意识场的那五台意识机，一直是我在管理。有一次，我要出差去开两天会，通常这种时候，我应该把意识机交接给我们的一个同事。但是那次，柳所长说，这两天他亲自管理。"李舒说。

"这有什么问题吗？"任为问。

"也没什么问题。我就是奇怪，除了思考，柳所长一向不愿意亲自动手做任何事情。管理意识机虽然并不累，但意识机需要全程监控数据，要按时观察，是挺烦人的一件事。按道理，柳所长不该做这种事情。他一向也不做。"李舒说。

"也许，他就是在动手把云球人意识场迁移到人类空体之前，想再更加仔细地观察一下。"任为说。

"也可能，可我总觉得不是他的风格。"李舒说。

"那还有别的什么可疑的地方吗？"张琦问。

"没有。"李舒说。

"有也不会让你发现。"孙斐又冷冷地说。

"也许吧。"李舒好像在沉思，"柳所长，的确是个很怪的人。"

　　回到北京，孙斐要去告发柳杨和李舒。他们从地下渠道买来了空体，或者说买卖了尸体。任为和张琦死命拦住了她。这实在没有意义，害了柳杨和李舒，又对谁有好处呢？而且，这件事情是由李舒自己亲口告诉他们的，李舒这个人还是不错的。孙斐在挣扎了很久之后，想到李舒对她自己也一直很好，终于艰难地打消了这个念头。

　　几天之后，任为又接到了李舒的一个加密电话，让事情显得更加可疑了。李舒说，从蓝月季疗养院回来以后，她对那五台意识机进行了仔细检查。出乎意料，她在阿黛尔的意识机中发现了一个异常。这还要拜托在蓝月季疗养院的时候，她自己提到意识机需要全程监控数据，这提醒了她自己。所以，回来以后，她去读取了五台意识机里的所有历史数据，特别是阿黛尔的意识机。

　　这个异常很简单，却很难发现。

　　绝大多数数据都很正常，包括意识场供能曲线、意识波波形等等。这些数据是他们通常要读取的数据。自从云球人意识场绑定进来以后，看起来一切正常。不过，李舒没有停留在这里。她接着去读取了物理层操作系统的日志。这种日志和应用没有什么关系，反应不了任何应用层的东西。但是，恰恰是在这些日志里，李舒发现了问题。

　　阿黛尔那台意识机的物理层操作系统日志显示，某个时间点，这台意识机有一个数据量相当大的数据拷贝工作，从外部存储设备拷贝到了意识机中。这很奇怪，经过进一步排查，李舒确定，拷贝的数据恰恰是意识场供能曲线、意识波波形等等意识场数据。时间长度大概是六个小时，时间点就是在她出差的那两天中。

　　这很可能意味着，在这六个小时的时间里，阿黛尔的意识场并不在意识机中。而那些供能曲线、意识波波形什么的意识场数据都是伪造的。柳杨很可能把阿黛尔的意识场解绑了，然后六个小时后重新绑定，再然后对意识机的数据进行了篡改，以保证这六个小时的数据看起来是正常的。可能出于疏忽，他忘记了篡改物理层操作系统的日志。毕竟，他并不经常动手进行这种实际操作。

那这六个小时的时间里，柳杨对阿黛尔的意识场干了什么？

任为脑子很乱。最近，他其实一直脑子很乱，几乎没清醒过。但他还是让李舒暂时不要把这件事情告诉其他人。并再三叮嘱，说这件事情他要好好想想。李舒当然满口答应。她现在也是满脑子官司，一贯的优雅从容都快要无影无踪了。

是啊！这件事情他需要好好想想，任为想，这涉及吕青。他觉得，柳杨和李舒似乎是真心地一直不相信，倒卖空体的人不是吕青介绍的。虽然吕青一口否认，讲的话也都很有道理，但他还是不放心。他确实需要好好想想，他已经算是失去任明明了，不能再失去吕青。他非常后悔，当时就不应该答应柳杨和李舒，去跟吕青说这个事情。不过，他怎么能够想到，会有这么多乱七八糟的事情呢！那会儿，他确实只想拯救阿黛尔。

—————— 39 ——————

SmartDecision

王陆杰急匆匆地来找任为，说有重要的事情要谈，还让任为叫上张琦、孙斐和卢小雷。

"可能要出事了。"王陆杰说，看起来非常严肃，一贯长在脸上的笑容不见了，好像有点沮丧，这让大家都有点紧张。

"怎么了？什么事情？"任为问。

"出了点问题，窥视者项目恐怕要推迟一段时间。我害怕影响你们的工作，所以要告诉你们一下。"王陆杰说。

"窥视者项目要推迟？不是进展得很顺利，马上就要上线了吗？连任所长都觉得，这次你们要挣大钱了。"张琦问。

"是啊，是啊。但是，恐怕要推迟一段时间了。"王陆杰做了一个无奈的表情，"准备工作都还在进行，但启动时间要推迟。只要问题解决了，随时都可以启动。希望问题能解决，不需要推迟很久。可有些事情我也说不准，要看情况了。"他的话不像往常那么底气十足，显得缺乏信心。

"到底什么事情？看什么情况？能不能痛快点，快说啊！"孙斐不耐烦地问。

王陆杰看了孙斐一眼。"傅先生反悔了，他反悔了。"他说，"我们宏宇科学娱乐，不是和宏宇集团签了合作协议嘛，但现在，傅先生反悔了。"

任为一惊，想起那天吃饭时候的情景。好像并没有发生什么不愉快，不知道后来出了什么事情。

"你们的合作出了问题，还是我们的合作出了问题？不会是我们的资金有问题吧？"张琦问。

"也许。不过只是也许，只是也许。你们不要着急，我们正在谈，正在谈。我是害怕万一谈不拢，你们还是要有点准备。"王陆杰说，又想往回找补一点。

"伊甸园星不会有问题吧？"孙斐很警觉地问。

"不是针对某个项目。你的伊甸园星项目都已经实施了，反而影响不会很大。窥视者项目还没启动，就暂时启动不了了。"王陆杰说。紧皱着眉头，他很少看起来这么发愁。

"我跟你说，伊甸园星决不能出任何问题，否则我绝对饶不了你。"孙斐的语气很严厉。

"这么说，云球的正常运维资金也会有问题？到底出了什么事情？哪方面的问题？技术上的问题还是业务上的问题？好像都很正常啊，我没看出有什么问题。"张琦问，他关心的是云球。

王陆杰环顾了大家一圈，低下头。过了一会儿，又抬起头。

"不是技术上或者业务上有什么问题。窥视者项目没问题，伊甸园星项目也没问题，云球本身更没问题，就是钱有问题。我刚才说了，傅先生反悔了，所以钱有问题了。"他说。

"钱有问题，那不就是都有问题了！傅先生怎么反悔？为什么要反悔？"任为问。

"你们也知道我们之前的合作框架。我们的团队有客户资源、有开拓能力。宏宇公司有资金、有品牌。大家进行深度合作，他们投资我们，我们开展业务。一切都谈得很顺利。"王陆杰说，"但是现在，傅先生忽然反悔了。有了其他想法。"

"他不是很重视你们吗？说你是镇远大将军，还说要让你做兵马大元帅。"任为问。

"他还说你会做前沿院的兵马大元帅呢！"王陆杰悻悻地说。

"是科学界，不是前沿院。"孙斐说，一脸不屑，"看你们感动得那样！哼，我声明，他可没有面试过我。就算面试过我，我也不会去为他工作。"看来，她有点耿耿于怀。她扭头看了看卢小雷，接着说："小雷，你不会真的把工资都拿去买衣服了吧？"

卢小雷确实穿了一身新衣服，皮鞋也擦得很亮。"没有，没有……这是以前买的，没怎么穿过。"他有点尴尬。

"到底怎么回事？你把过程说一下。"张琦说，"不要着急，总会有办法的。"

王陆杰想了想，他的表情看起来比卢小雷更加尴尬，好像在想怎么措辞。

"有什么难以启口的吗？"张琦问。

"说吧，"任为说，"你直接说就行了。我们已经很熟悉了，你不要有什么顾虑。"

王陆杰看了他一眼。"确实有点难以启口。"他说，"我们在一场斗争中……我不知道……该这么说吗？一场斗争……在一场斗争中，我们输掉了。"

"斗争？什么斗争？你们有什么斗争？"任为问。

"公司里的内部斗争呗！还能有什么？"孙斐冷冷地说。

"没那么简单。"王陆杰说，又顿了顿，好像下了很大决心，接着说："是和机器人的斗争。"

"和机器人的斗争？"任为看了大家一眼，大家都显得很疑惑，连孙斐都不说话了。

"是的，是我们大意了。一开始，我们就知道这件事情，但是根本没放在心上。这实在太匪夷所思了，我们确实没放在心上。谁想得到呢？这实在难以想象。"王陆杰说，看样子很后悔。

"你啰唆什么？到底是怎么回事？什么斗争？你快说。"孙斐不耐烦起来，王陆杰表现得确实让人着急。

"好吧，好吧。"王陆杰说，"你们听说过 SmartDecision 吗？"

"SmartDecision？"任为想了想，说，"没有。"他又看了看大家，大家都冲他摇了摇头，显然也没听说过。

"我之前就听说过，听顾子帆说过。SmartDecision 的技术方向，在他们投资圈里也算一个热门。"王陆杰说，"但我觉得是扯淡，顾子帆也觉得是扯淡。他没有在这个方向投资，他是当笑话跟我讲。可是没想到，我们不但碰到了 SmartDecision，还要和它斗争，而且还输掉了，我想是输掉了。"

"到底是什么东西？"张琦问，他也有点着急了。

"是这样。"王陆杰说，"SmartDecision 是一个产品的名字。原先是 IBM 的产品，一个基于大数据的人工智能决策产品，帮助人们做出决策。你们知道，IBM 是唯一挺过能源革命，挺过能源战争的大型科技公司。IBM 那个时代的公司，很多比 IBM 还要大的公司，随着科技的进步和社会的变化，早都分崩离析了。但是，IBM 挺了过来。据说这里面有 SmartDecision 很大的功劳。不过那时候，SmartDecision 还不叫 SmartDecision。不知道叫什么，可能只有一个内部代号。是一个试飞员项目。可就算是在试飞员阶段，SmartDecision 仍然在社会巨变和全球战争的过程中，在很多关键节点，帮助 IBM 做出了很多关键决策。这直接帮助 IBM 挺过了所有的艰难时刻。"

"我知道 IBM。在历史上，他们就最善于生存。"张琦说，"不过，确实没听说过 SmartDecision。"

"嗯，"王陆杰接着说，"后来，能源战争以后，这个项目就从 IBM 剥离出来了，成立了一个独立的公司进行运营。公司和产品的名字都叫 SmartDecision，主要应用在企业运营管理领域。那已经是很多年以前的事情了，这么多年他们也就勉强活着，没什么动静，你们没听说过也不奇怪。但是，这几年，也许因为技术进步，也许因为其他什么原因，忽然有点要火起来的意思，不但在企业运营管理领域有一些发展，而且也有一些其他领域的应用，比如公益组织的管理。最不可思议的是，甚至有些小国家，已经开始使用 SmartDecision 来管理国家。"

"管理企业？管理国家？哪个企业和国家没有人工智能决策支持系统？这算什么新鲜事吗？"孙斐问。

"不是决策支持。"王陆杰说，"关键就在这里，不是决策支持，而是决策。"

"决策？"任为很疑惑，"你的意思是说，最后的决定由机器做出，它不仅仅是提供数据和建议？"

"对，是的。"王陆杰很肯定。

"这不可能！"孙斐完全不相信，"肯定还是它提意见，最后有个人来决定。"

"你看，你也不相信，没有人会相信。"王陆杰说，"所以刚才我提到，顾子帆当成笑话讲给我听，我也不以为然。其实，和顾子帆他们的投资分析系统有点像。就投资分析系统来说，有些投资机构完全依靠这个系统来决策，但大多数只是拿这个系统做个参考，最终还是人来决策。任为，你上次也看到了，顾子帆其实并不重视投资分析系统，只是很一般地参考一下。但是确实也有些投资机构完全相信投资分析系统，反而几乎不使用人力了，而且这有点像是个趋势。看来，SmartDecision 也是这样一个蚕食的过程。"

"投资分析系统的核心是对是否投资做出 Yes or No 的回答，回答的问题是个封闭问题，而 SmartDecision 面对企业经营，要回答下一步怎么做，是个完全开放的问题，这不一样。"任为说。

"是啊，所以很少有人相信他们。"王陆杰说，"就算最喜欢新技术的投资圈，也只是一部分人相信他们，顾子帆这样老派一点的投资人就完全不相信。但是，这种东西确实越来越热门，激进的人总是有的。德克拉共和国，你们知道德克拉共和国吗？"

"听说过，太平洋上的一个岛国，有几十个岛吧！"张琦说。

"德克拉共和国现在还有总统。可是试用 SmartDecision 已经两年。现在总统认为，这两年，他其实没干什么事情，都是 SmartDecision 在干，而且干得很好。他们已经通过了全民公投，这个总统任期到了以后，就打算取消总统选举了。"王陆杰说。

"这是真的吗？"任为问。

"是真的。"王陆杰说，"我专门查过了，确实是真的。可能德克拉太小了，没人注意。"

任为没有说话，他在 SSI 里调出来网络。很快，他找到了很多类似的新闻标题："德克拉共和国全民公投决定永久取消总统选举""德克拉共和国全民公投决定把国家治理交给人工智能系统""德克拉共和国议长表示，很高兴和人工智能总统合作"，等等。

大量的新闻中，也掺杂了一些 SmartDecision 的宣传文章："SmartDecision 将代行德克拉共和国总统权力""SmartDecision 的新突破：如何用人工智能治理好一个国家"，等等。

大家都没有说话。除了王陆杰静静地看着大家，张琦和孙斐也都在浏览新闻。

"厉害。"张琦说。

"你看，你们也觉得厉害。所以傅先生觉得厉害也不奇怪。"王陆杰说。

"什么意思？"孙斐说，"难道傅群幼想要把公司交给 SmartDecision 来管理？"

"不是想要，他已经决定这么做了。他决定让 SmartDecision 来担任公司 CEO，他自己以后只做董事长。"王陆杰说，"之前，他也一直和 SmartDecision 公司在谈。我确实大意了，觉得这个事情完全是扯淡，不可能谈得成，所以根本没往心里去。"

"你都知道 SmartDecision 要当总统了，还没引起重视？能当总统，又有什么不能当 CEO 的呢？"张琦问。

"之前我也不知道啊！"王陆杰说，"你们看那些新闻，也就几个星期前的事情。SmartDecision 的销售人员和傅先生一直在谈，谈了很久了。傅先生也没表现出什么特别的兴趣，至少我这么认为。他以前提过，提起来的时候也是当笑话讲的，看起来和顾子帆的态度一样。而且在业界，也没听说谁用 SmartDecision 来做 CEO 啊！我怎么会重视呢？但是现在，傅先生改主意了。也许是受了这个德克拉全民公投的影响吧！"

"我还是觉得不行，瞎搞而已，等着看笑话吧。公司运营管理这么复杂的事情，行业、人员、技术、市场，甚至政治和社会，就像任所长刚才说的，这是个完全开放的问题，怎么可能靠人工智能来运营呢？"孙斐说。

"谁知道呢？"王陆杰说，"傅先生说，还有董事会嘛。董事会可以监督和约束 SmartDecision。他说，SmartDecision 会严格遵守管理框架来工作，一丝不苟。按照公司法和公司的规章制度，该它做的事情它会做，不该它做的事情它绝对不会做。SmartDecision 不会冲动，永远理性，做决定的依据永远是数据，最完整的数据。它没有私心，也没有情绪，唯一的目标就是公司的利益。这些方面都比人好。"

"也不是完全没道理，他喜欢一丝不苟。"张琦说。

"上次，和你们吃饭那次，本来想让你们给我们加加分。谁知道，弄巧成拙。"王陆杰说。

"我们表现得不好吗？"任为问。

"不，不，你们很好，是我不好。"王陆杰说，"你们记得，后来，我讲了很多云球人的故事吗？"

"是啊，你讲了一些，克雷丁大帝等等。傅先生看过《克雷丁的覆灭》，你跟他讲了很多电视剧里没有的故事。我理解，你是在讲云球的潜力很大。有什么问题吗？"任为说。

"也没什么问题。呵……"王陆杰苦笑了一声，"可这让他更加坚定了对使用人工智能的决心。他说，克雷丁大帝都能建立那样一个帝国，同样是人工智能，我们为什么不能对 SmartDecision 有点信心呢？"

"这不对，"孙斐说，"克雷丁大帝是可以建立那样的帝国，他是人工智能，可他的对手也是人工智能，你们的对手可不是人工智能，是人，是地球人！"

"而且克雷丁有意识场。我没理解错的话，SmartDecision 应该没有吧？"张琦说。

"意识场的事情，我又不能对傅先生说。"王陆杰说。

"好吧。问题是，你们和宏宇的合作，和这些有什么关系呢？SmartDecision 反对这种合作吗？它觉得有什么问题？"任为问。

"SmartDecision 认为，资本合作的方式不是对宏宇利益最大化的方式。它觉得应该让我们这些人来宏宇打工，现在不要做什么合资公司。等我们打工做出成绩来，如果需要，什么时候成立合资公司都不迟。简而言之，投资风险太大，打工更安全。"王陆杰说。

"这个……就把你们之前的协议作废了！"任为说。

"是的，作废之前签的协议。我们的团队当然不同意，这涉及每个人的利益，很大的利益。要是打工，他们谁会来啊？就说我自己吧，之前我也开诚布公地说过，我在前沿院多少也有些前途，赚钱也没有太少，要是打工，我怎么会去宏宇呢？我们团队的所有人，情况都和我差不多。大家怎么会同意呢？"

"作废协议？这不是不讲道理吗？"孙斐说。

"是啊！是不讲道理。可是，大家的工作已经辞掉了。和宏宇谈崩了的话，原来工作的地方也回不去了。所以谈判起来，我们很被动。"王陆杰说，叹了口气。

"不会是……SmartDecision 算到了你们这样的困境吧？"张琦问。

"就是。SmartDecision 有一个人际关系模块，是这两年才添加进去的。它可以揣摩人心。它的确算到了这些，算到了我们的心思和困境。傅先生亲口跟我说。SmartDecision 认为，除了加入宏宇，我们并没有什么更好的选择。"王陆杰说。

"太可怕了。"孙斐说，但她停顿了一秒，就接着说："但是签了协议啊！协议就是协议，就算其中一方是由机器来做决定，难道协议就可以不遵守吗？很简单，到法院去告他们！"

"人际关系模块？很会讨好人吗？"任为问。他想起了任明明和迈克，想起了他们经历的情感黑客事件。

"是的。"果然，王陆杰说出了他想到的内容，"这个人际关系模块，根据大数据来决定如何去面对一个人。我们觉得，他们应该是获取到了傅先生各方面的大数据。数据来源不得而知，但是，它的确找到了最好的方法，来讨好和说服傅先生。"

"太可怕了。"孙斐又重复了一遍，她并不知道情感黑客的事情。

"但是看起来，傅先生并不是一个很容易被讨好的人，也不像是一个因为被讨好就会做出糊涂决定的人。"张琦说。

"是啊，他自己就老奸巨猾。"孙斐说。

"哦——你可以这么说，但是每个人都有弱点，傅先生也不例外。"王陆杰说。

"他的弱点是什么？"任为问。

王陆杰在沉思，没有说话。

"一个人工智能系统搞定了他？"孙斐皱了皱眉头，"这个系统是个陪护机器人吗？它的形象是什么样的？"

"形象取决于客户的要求。"王陆杰说，"据我所知，宏宇用的这套 SmartDecision，是个中年男人的样子，一个成熟的职业经理人，傅先生喜欢的那种非常专业的样子。和一般机器人不同，它的决策系统并不在自己的机器大脑中，而是在通过网络连接的后台服务器集群中。无论是什么样子，机器人只是用来面对所有人的一个前端系统，背后有一个庞大复杂的后端系统，那才是核心。"

"鞋一定擦得很干净。"卢小雷插了一句。

"衣服一定很高级。"孙斐看了卢小雷一眼，接着说。

"说服傅先生，肯定不能靠陪护机器人的技巧。你刚才说到傅先生的弱点，他的弱点是什么？"张琦问。

"我……不知道。"王陆杰说，他犹豫着。

"你不愿意说。"孙斐说。

"不，不是。"王陆杰说，"我确实不知道，不过我有一个猜测。"

"那你说啊！"孙斐说，声音大了起来。

王陆杰看了孙斐一眼，似乎有点压力。"是这样，"他说，"傅先生这个人，看起来似乎没什么弱点，他一贯很强悍。但是，也许这就是他的弱点。"

"什么意思？听不懂。"孙斐说。

王陆杰还在犹豫，低下头，看着地面，似乎又在想。

"你是说……他害怕自己变弱？"张琦问。

王陆杰抬起头，似乎有点吃惊。"你真是张良？"王陆杰说，"是的，我是这么觉得。"

"什么意思？说明白点。"孙斐追问。

"你别着急，让陆杰慢慢说。"任为说。

"以前，苏彰就老跟我说，傅先生老了，精力不济了。"王陆杰说，"但其实看不出来，对不对？"

"是啊，我看，他精力很好啊！"任为说。

"是的。但是他毕竟八十多岁了，苏彰应该更了解他，要说他精力不济，可能也不是乱说的。"王陆杰说。

"你的意思，他在硬撑？"孙斐问。

"嗯。"王陆杰说，"据我了解，这几年，他对具体业务的介入越来越少。就像和你们的合作，都是苏彰在主导。"

"他不是很信任苏彰吗？"任为问。

"是，是很信任，但这不是信任不信任的事情。"王陆杰说，"以前，我虽然认识傅先生很久，但没有和他共事过，可能了解有限。这一段时间，算是共事，我有些感觉和以前不同。"

"怎么不同？"孙斐问。

"怎么说呢？"王陆杰说，"我觉得，他的确年龄大了，精力还是有些问题，不可能像年轻时那样努力地工作。同时，他也确实培养了一些能干的年轻人。所以慢慢地，这些年轻人顶了上来，逐渐在工作中有了越来越多的主导权，就像苏彰那样。在各个业务板块中，都有这样的情况。"

"这难道不好吗？"任为问。

"他是不是觉得自己越来越不重要了？"张琦问。

"是的。"王陆杰说，"更关键的是，他可能觉得自己越来越没有掌控力了。我能感觉到，他挺想参与和主导很多事情的，但是他又做不到。很多人都开始自作主张，他没有精力去管，不了解情况，也没办法来硬的。"

"苏彰活着的时候，他已经管不了苏彰了？"孙斐问，声音阴冷，"所以，他杀了苏彰？"

"什么呀？"王陆杰的声音一下大了起来，"你说什么呢？能不能好好说话了？"

"那就是你杀的。"孙斐说，还是冷冷的。

"你别捣乱了。"任为说，"陆杰，你接着说，别理她。"

王陆杰不满地看了孙斐一眼，接着说："他没有掌控力了，这让他不舒服，他不服老。但他又确实老了，没精力去掌控。在这样一个困境中，他需要找到一个方法。"

"所以，他需要一个很能干却又很听话的 CEO。一方面，工作要做好，另一方面，不会像苏彰那样，喜欢自己做主。"张琦说。

"是的。"王陆杰说，"也许是这样。"

"你们如果像原来协议规定的那样运作，也是一种脱离掌控的表现。"张琦说。

"是的。"王陆杰再次肯定，"所以，SmartDecision 认为这个协议不合适，很符合傅先生内心深处的想法，他可能早就后悔了。我们谈协议的时候，苏彰刚刚不在了，而且这么突然，给宏宇带来了一些困难。所以从工作角度上，他可能找不到什么更好的选择，想让我去接替苏彰，只能和我们签了那个协议。但现在，SmartDecision 让他相信，他可以做出不同的选择。"

"无论怎么说，SmartDecision 都只是一台机器，他可以认为这是他使用的工具，是他自己能力的一种延伸。但如果是一个人，即使是他自己培养出来的，即使忠心耿耿，也会让他感受到威胁，至少感受到一种对自己的怀疑，怀疑自己已经老了。"张琦说。

"对。"王陆杰说。

"如果 CEO 是人，他不能随便插手工作上的事情，必须考虑 CEO 的情况，比如情绪什么的，这个董事长也不好做。如果贪恋权力的话，CEO 越能干，董事长就越不好做。但如果 CEO 是 SmartDecision，就没这个顾虑。无论 SmartDecision 多能干，他这个董事长也很好做，想插手就插手，不想插手就不插手。"张琦接着说。

"是的。我想，SmartDecision 成功地让傅先生相信，它既可以把工作做好，又能够让他的掌控力增强。"王陆杰说。

"好吧，我们说远了。"任为说，"说回你们的事情吧。关于你们的协议，刚才孙斐说得很对。我也认为你们可以去起诉他们。这可是已经签署的协议，就算是 SmartDecision 做 CEO，对法院来说也应该是一样的。公司之间签署的协议，无论如何，不能这样想不执行就不执行吧！"任为说。

"对啊！问题很简单，打官司就好了，干嘛想那么复杂？"孙斐说。

"这个……"王陆杰有点迟疑，停顿了一会儿，终于还是继续说了下去，"这个事情 SmartDecision 也已经算到了。它认为，打官司对我们并没有好处。"

"它认为它能赢？"孙斐问。

"不，它认为它赢不了。"王陆杰说，"不过，它认为我们的损失也很大。"

"你们有什么损失？"孙斐问。

王陆杰又低下头。

"说啊！"孙斐又喊了起来。

"它认为，我们这样一群人，原来都在科学界，混得都不错，这次出来号称找到了一个好机会，要创业，圈子里很多人都知道，如果打了官司，就意味着一上来我们就被骗了，我们就成了笑柄。丢了面子不说，如果我们以后还要在圈子里混，也会多出很多困难。"

"太坏了。"孙斐说。

"而且，就算协议被迫执行，他们也可以在合作过程中制造很多障碍。"王陆杰说，"所以，SmartDecision 认为，只要把得失跟我们讲清楚，就算会赢，我们也不敢打官司。"

"所以，傅先生就把得失跟你讲清楚了？"张琦说。

"是的。"王陆杰说，"他还说，这是 SmartDecision 给我们上的一堂商业课，是我们应该学习的一课，对我们以后的商业生涯有很大好处，是在帮助我们适应商业环境。他甚至说，这也是他学到的一课，是 SmartDecision 这种冷静理性的思路，让他最终下了决心，决定启用 SmartDecision 做 CEO。"

"不要脸。还傅先生呢！叫傅老头好不好？哼，我知道他的孩子为什么都不愿意接班了。"孙斐说。

"他说，SmartDecision 还有一个分析。"王陆杰接着说，"在我们和宏宇合作之前，宏宇已经签订了和你们的合作协议，就是《克雷丁的覆灭》那次的合作协议。这意味着，宏宇和地球所的合作关系已经建立了。我们加入之后，后续的合作协议就是窥视者项目的合作协议，还有伊甸园星项目，就转到我们这里来了。这个时间次序证明，我们的存在并没有多大意义。所以，他们和我们的合作协议，内容并不公允。宏宇吃亏了，宏宇科学娱乐占便宜了。进一步就可以推论，在这个过程中，我们有欺诈的嫌疑，欺诈了宏宇，欺诈了傅先生……傅老头。他可是个老人，要说他犯了糊涂，也不是说不过去。"

"呸！他会犯糊涂！"孙斐说。

"没有你，他们很难有机会和我们合作。"任为说。

王陆杰摇摇头，说："SmartDecision 不这么认为。"

"但这么说就能打赢官司吗？"张琦问，"我觉得未必吧！"

"当然赢不了。"王陆杰说，"它根本没想赢，它只是认为，这样说虽然不足以帮宏宇打赢官司，但却足以毁坏我们的名誉，所以我们不能打官司。"

"太坏了！实在太坏了！"孙斐再次强调。但她忽然顿了一下，似乎转念一想，又说："不过，也许它说得对。你是不是一早就规划好了这一切？我可警告你，如果是这样，那可不仅仅是欺诈宏宇的问题。你带着宏宇来和我们合作的时候，就想好了之后你们之间的股权合作。那时你可是前沿院的员工。这可是大事情，腐败问题，预谋腐败。"她恶狠狠地盯着王陆杰。

"大小姐，没有啊！"王陆杰有点急了，"真没有。那时，我更多是看着苏彰的面子，还有这个……傅老头的面子，才介绍他们给你们。而且实际上也只有他们最合适，真没有什么私心。那时他们有苏彰，也不需要我啊！她不是也和你们合作得很好吗？是后来苏彰自杀以后，傅群幼做我的工作，我才动了心思。我也不是就为了眼前这些事情，我想得比这些事情多得多了。我就是想得太多了，我干嘛呀！惹这个麻烦。"他看起来很后悔。

"苏彰自杀？是自杀吗？苏彰是你杀的。我看，这一切都说得通了。SmartDecision 是对的，一切都说得通。"孙斐冷冷地说。

"你！你！"王陆杰不知道要说什么，有点手足无措。

"别瞎猜了！陆杰不可能杀苏彰。你有完没完？"任为对孙斐说。

"它分析得对，至少孙斐已经被它料中了，开始怀疑你们了。"张琦没有理会孙斐的话，对王陆杰说。

"而且，"张琦接着说，"是不是孙斐刚才说的这些话，我是说腐败问题，预谋腐败，也被 SmartDecision 用来威胁你了？"

"是的，唉——"王陆杰叹了一口气，"但你知道，我没有腐败，更没有预谋。不过看来，这些确实都在 SmartDecision 的计算中。而且还有更多，它从反面分析了一下。如果我们妥协，无非就是变成了在宏宇打工，除了我们自己的利益，一切都可以不变。甚至连你们都不需要知道这些事情，我们不会丢面子，只是在利益上吃了一个暗亏。但考虑到以后还可以讨论独立的事情，再加上可以给我们好一些的打工待遇，利益的损失很难量化，所以妥协对我们来说是最好的选择。"

"也对。"任为说，"也许妥协就是最好的选择。"

"那就妥协吧！你都被拿住七寸了，还能怎么样？妥协了至少能够不影响我们。"孙斐说。

"如果可以妥协，你为什么跑来跟我们说？"张琦问。

"坦白讲，我已经愿意妥协了。"王陆杰脸上露出苦笑，"可是，我们也是一个团队，有人愿意妥协，也有人不愿意妥协。有些人很生气，想要鱼死网破，想要打官司，我们内部达不成一致意见。这些人都是我拉出来的，让他们没了工作，我也很为难。我不能强迫他们，只能慢慢说服他们。"

"所以你们还没有结论。"张琦说，"没有结论，宏宇那边就卡你们的资金，项目就得推迟，你就不得不告诉我们。是这样吗？"

"是的。"王陆杰说，"我也没有办法，我和两边都在谈，宏宇那边，我们团队这边，这需要时间。我也不想骗你们，毕竟咱们都是前沿院的。"

"你敢骗我们，我饶不了你。"孙斐说。

"没有啊，这不是没有骗你们嘛！"王陆杰说。

"SmartDecision 是不是也料到，连我们都会推动你妥协？"张琦问。

"是的。"王陆杰说。

"虽然……可能有点可悲，但我必须说，SmartDecision 是对的，我们是要推动你妥协。这是你们的斗争，不能让我们成为牺牲品。"张琦说。

"必须要妥协。虽然那个 SmartDecision 看起来很阴险，我不想和它合作，但是我的伊甸园星不能出问题。"孙斐说。

王陆杰看看卢小雷，卢小雷没有说话，叹了口气，摇了摇头。王陆杰又看了看任为，任为犹豫了一下，说："要么就妥协吧。"

"好吧，我知道 SmartDecision 是对的，知道你们会这么说，我会转告我的团队。"王陆杰说，"但愿有解决方案，我能说服团队妥协，或者说服傅群幼妥协。但我也不知道会怎么样，我不想影响你们，只想实事求是跟你们说一声，你们要有所准备。"

"准备个屁！"孙斐忽然爆粗了，"准备什么？准备去死吗？想想怎么死才死得潇洒一点？"

王陆杰没说话。

"反正，我跟你说，伊甸园星要是出问题，无论是谁，是机器也好，是人也好，我不会饶了他。"孙斐说，"傅老头，敢说面试过我，我好欺负吗？居然还要和他们合作！哼，走着瞧，傅老头，还有那个肮脏的 SmartDecision，我迟早要他们好看。"

任为看着这几个人，听着他们讨论的问题，觉得这个世界实在是太复杂了，不适合自己。

—— 40 ——

教宗的诞生

按照穿越计划的时间安排，派遣队员进入云球的日子就要到了。因为宏宇公司方面发生的变化，王陆杰建议暂时推迟穿越计划。就像窥视者项目那样，等到情形明朗了再继续进行。这可以理解，他担心因为自己的问题引起越来越大的麻烦，很多事情展开以后再收场，就不是那么容易了。现在的情况似乎非常不好，看起来他没什么信心，心理压力很大。

不过，张琦认为可以按照原进度执行穿越计划，无须任何改变。因为他觉得，从商业角度看，和地球所的合作对宏宇公司有很大好处，无论怎样，最终 SmartDecision 没有理由终止这个合作。

任为则比张琦更加坚定。他并不关心 SmartDecision，甚至不关心后面的资金风险。现在他只是想去云球，不想待在地球。另外，他也觉得，自己在地球上其实也帮不上什么忙。显然张琦、孙斐等等这些人，能够比他更好地处理地球所的工作，更好地处理这些乱七八糟的事情。

他有些时候觉得很奇怪，这么多年自己怎么过来的？作为一个科学家，他觉得自己有不错的能力。可是，一旦脱离科学，他经常觉得自己像个懦弱的白痴。这不仅仅是在说工作，就算是在家里也一样。现在他经常觉得害怕见到吕青，害怕和吕青去聊什么事情。作为弗吉斯的他，曾经在云球中胡作非为，这让他感到心虚和愧疚。这是一个方面，但可能只是比较简单和纯粹的一个方面。更重要也更复杂的另一个方面，是吕青的冷静和坚强，让他觉得自己的犹疑和软弱被强烈地反衬出来，他无法面对自己。

所有的一切，有关和无关的一切，云球、意识场、KillKiller、KHA、CryingRobots、FightingRobots、情感黑客、疑点管理系统、SmartDecision，甚至赫尔维蒂亚的公投，等等，都让他觉得疲于应付。

柳杨走后，他下意识地去网络上查了一下，赫尔维蒂亚全民公投的结果是 No，人和狗结婚依旧不合法。这让他心安了许多。他不知道自己为什么要为了这些事情心乱如麻，其实多数事情其实和他没什么关系。但是，这就是他，这就是事实。

除了所有的事情，还有所有这些人，也同样让他心乱如麻。消失的任明明、远走的柳杨、离世的苏彰、异世界的阿黛尔，还有依旧在身边的吕青、张琦、孙斐、卢小雷、王陆杰、李舒、欧阳院长，以及只见过一两次的傅群幼、胡俊飞，甚至还有那个顾子帆。

他觉得自己快要疯了。他不知道为什么，自己会一直记着顾子帆的那句话："知道机器人和人的本质区别在哪里吗？因为机器人实在没办法变得像人那么蠢。"听王陆杰讲到 SmartDecision 以来，他更频繁地想起这句话。

他不想这样，他不想再做自己。但是，他的过去束缚了他，他的现在束缚了他，他的一切都束缚了他。他觉得自己无法改变，在地球上，只能永远是这样子了。他在别人眼中的样子定义了他，无法改变这些定义，也就无法改变自己，他没希望了。

他想去云球重新开始，想有机会重新做一次人。不再是这样一个懦夫，而是一个能够勇敢地面对一切的人。

他知道，自己的想法可能只是一个幻象。无论是在地球上无法改变自己的想法，还是在云球中可以重新做人的想法，都可能只是一个幻象。也许其实，他在地球上完全可以改变自己，而他在云球中却仍然无法重新做人。但是，这样质疑自己并没有用。他无法遏制自己的想法，他觉得进入云球是唯一的机会。

自从在内心中做出决定，这段时间以来，任为已经把自己的绝大多数时间，都花费在对云球社会的研究以及对地球宗教的研究上。那五位派遣队员，军方志愿者，毫无疑问在做着同样的事情。不同的是，他们是一个团队在做研究，任为则孤独地进行着一切。

他拒绝和任何人讨论这些事情。由于他的地球所所长的身份，没有人可以强迫他公开自己的想法。他一点也不想公开，他不希望别人来扰乱自己重新做人的计划。他不想听意见，也不想听建议，更不想听到评判。至于穿越计划的目标，推动云球演化进步的希望，他已经把这件事情拜托给那五位派遣队员了，拜托给张琦了。他相信那五位派遣队员，更加相信张琦。他只想完成自己的计划，不想拯救云球，只想拯救自己。

他首先要选一个人，一个云球中的目标宿主。

他不打算选任何克族人。克族人还是留给那五位军方志愿者吧，那是正式的穿越计划的一部分。他自己也算是穿越计划的一部分，但只是一道甜点，不是正餐。

他大量地观看云球的影像资料。看每一个部落或者国家，看平民百姓也看王公贵族。他也不知道自己想要找一个什么样的目标宿主，他无法描述自己的需求。他只能靠看，也许看到那个对的人，他就知道是他了。也许这就像谈恋爱，他想。

但是很长时间，他并没有看到对的人。他觉得他已经看了上千个云球人，对的那个人始终没有出现。可能这和心态有关，当他看某个人的时候，刚刚觉得自己想要成为这个人的时候，他就想到阿黛尔，想到要杀掉这个人，然后他就不想成为这个人了。

在最初的卢小雷的计划中，就确定了一个原则，不会在意识机中保留云球人目标宿主的意识场，不会在派遣队员返回后回迁云球人的意识场。这个原则一直在被忠实地执行。有些时候提起这件事，大家还有些争议。确实，不回迁云球人意识场，可以避免穿越计划在云球中引起怀疑。但是，每次派遣行动都将意味着一个无辜的云球人的离去，这到底还是让人很不舒服。

那时，面对的都是短期的穿越实验，争议声音还比较大。现在面对长期的穿越任务，这种争议几乎没有了。如果一个云球人的意识场在离开几年之后再回迁，而这几年之中，作为身负重任的派遣队员一定已经干了很多重大的事情，这个云球人回迁之后将如何面对呢？他能生活下去吗？他周围的人会如何对待他？同时，会不会影响之前派遣队员千辛万苦执行的任务呢？

没人再提回迁的事情。本来，还有人曾经提过，能不能让提取出来的云球人意识场生活在地球？但阿黛尔的事情已经悄悄传开了，这当然是孙斐干的，对于让她感到义愤的事情，她不可能守口如瓶。阿黛尔之所以是现在这个样子，虽然原因不明，却也不会再有人提议去干同样的事情了。

任为不愿意成为自己不喜欢的云球人，那个人的身体让他不舒服。但又不忍心成为自己喜欢的云球人，那会杀死那个人。这让他选择目标宿主的过程很痛苦。

经过来来回回地犹豫，最终，他做了一个出人意料的选择。他选择了一个熟人，拉斯利公子。对，就是那个萨波王国农业执政官的公子。

在他成为弗吉斯的第一天，拉斯利公子就带着图图大人来到了罗伊德将军府上，力邀弗吉斯参加晚上在图图大人府上举办的所谓文人聚会。就是那个文人聚会，让弗吉斯在图图大人府上度过了浑浑噩噩的五天。他觉得，那是堕入尘埃的五天，但那也是快乐的五天。那是他平静的一生中，被撕裂下来的一片，带着血，带着腥味。

也许，那根本不能算是他一生中的一片。毕竟，那是在云球，不是在地球，他有时候会这么想。

做出这样的一个选择，并不是因为他怀念那些堕入尘埃的快乐生活。相反，他想要从尘埃里爬出来，他想要远离快乐。这是他做出的认真决定，他决定告别尘埃。坦白地说，尘埃确实带给他很多快乐，他也确实经常会怀念那些日子。但是，他没打算回去。反而，他打算要从里面爬出来，然后远远离开。他希望自己，成为一个自己欣赏的人，而不是成为一个快乐的人。

选择拉斯利，当然有合理的原因。

有些事情，从工作角度，地球所的人不一定会注意到，或者说，并没有关心，那些事情并没有什么意义。但是，任为却注意到了。

在罗伊德将军自杀，并且阿克曼国王为他举办了国葬之后，黑石城又发生了很多故事。在这些故事发生后，拉斯利已经完全不是原来的拉斯利。

现在的拉斯利，是个逃犯。

他现在在哈特尔山，老巴力的屋子里。不过，这不是他心甘情愿的选择，而是他无奈的逃亡。

现在，整个萨波王国的官府都在悬赏追缉他，他已经逃亡了很久。在城镇乡村，有人烟的地方，他几次被人怀疑，险些被抓住。所以，他越逃越远，一次次来到更荒凉的地方。终于有一天，他来到了哈特尔山，来到了老巴力的屋子。他看到了老巴力的尸体和队长的尸体。日子已经过去很久。那些尸体，先是腐败，后是干枯。而在腐败之前，已经被什么野兽啃咬过，不止一次地啃咬过。他看着两副骨架，试图想象曾经发生过什么。他想象不出，但他觉得，他看到了自己的未来。一种强烈的悲伤和同情，让他决定留在这里。

他埋葬了老巴力和队长的尸体。做了两个坟墓，立了两块墓碑，上面写着"无名氏之墓"和"无名忠犬之墓"。

作为农业执政官的孩子，他也像黑石城大多数高官子弟一样，从小练习弓马。而且，经常跟随父亲参与高官们的狩猎，或者自行参与纨绔子弟们的狩猎。总之，他对狩猎并不陌生，甚至是相当熟悉。老巴力的屋子里当然有各种狩猎的工具。他尝试着开始狩猎，好像并不太难。这里动物不少，也没有竞争的猎人。他的狩猎技巧看来还不错，他活了下来。

但是，他不知道自己为什么要活下去。有时他想，他应该有一个目标。有一天，他在屋里的一根柱子上刻下了这个目标：复仇。不过，他不知道复仇的目标应该是谁。阿克曼国王吗？他不知道。虽然如此，他还是在更多的柱子上刻下这个目标，直到刻满了所有柱子。后来，还包括了所有墙壁。

显然，疑惑、孤独和恐惧使他远离了这个目标。他经常半夜惊醒，终夜痛哭。有时，他会在门前的空地上训练自己。他学过不少武艺，应该勤加训练，那才是做出复仇准备的样子。但是每次，他都半途而废。他练着练着，就会瘫倒在地，眼泪又重新流了出。而眼泪一旦流出来，他就很难让它收住。

是啊，他是应该复仇。看他的影像的时候，任为替他这么想，也替他难过。拉斯利不知道仇人是谁，但任为知道，他的仇人是图图。

就是图图，把拉斯利害到了今天的境地。更重要的是，就是图图，将拉斯利的父亲、母亲、两个弟弟和一个妹妹，以及家里很多其他人，送上了死路。

阿克曼国王经过他的深思熟虑，放弃了揭露和惩罚罗伊德将军。反而，在罗伊德将军自杀后厚葬。告诉全国人民，罗伊德将军是他心目中的忠臣良将。但是，罗伊德将军死了，不代表一切都结束了。那些罗伊德将军的幕僚和爪牙，他必须要处理，那是王国的肿瘤。

可甄别谁是罗伊德将军的爪牙，并不是那么简单。罗伊德将军一贯位尊权重，大家都围绕在他身边并不奇怪。关键是，谁知道罗伊德将军的图谋，而谁并不知道。

阿克曼国王曾经一度想过放弃追究任何人。他内心并不想追究，他也没有人手去追究。从他的角度看，除了他自己和他写信通知的麦卡王苏雷，再排除罗伊德将军的自己人，罗伊德将军的叛乱意图其实并没有人知道。这样，让谁来执行清理任务，就变成了难题。面对任何执行者，他都需要告知事实，他不想这样做。

但是，图图改变了这一切。

图图敏锐地意识到整个事情的不对头。

他最不能理解的是麦卡人。他的辖地，林溪地，虽然并不和麦卡接界，但距离也不远。林溪地盛产云蚕丝，和各地都有很多贸易往来，其中当然包括麦卡人。他一向为人圆滑世故、广结人缘。作为副都督，他一直主管农业和贸易。他借贸易之机，很早以前就和麦卡王室结交。

麦卡王室和诸多麦卡官僚，都算是云蚕丝的大买家。所以，在麦卡王室和官僚中，他有很多朋友。

图图意识到什么不对。他通过麦卡朋友知道，麦卡王苏雷在知道贾尼丝的死讯后，确实很生气，暴跳如雷，所以很快发兵。但是后来，在没有任何战场不利消息的情况下，却由于收到一封阿克曼国王的密信而撤兵。

密信的内容不得而知。但很容易知道，和密信一同到达的还有一把阿克曼国王的阿利亚黑钢佩剑，和一道免赋税五年的诏令。如果说，一把阿利亚黑钢佩剑和一道免赋税五年的诏令，就足以让麦卡王苏雷平息失去最宠爱的女儿的怒气，图图不相信。

随后发生的事情印证了图图的怀疑。麦卡王苏雷忽然将身边的一个相当信任的谋士杀掉了。那个谋士叫辛机。据说，在苏雷得知女儿死讯而暴跳如雷的时候，正是他，在苏雷身边添油加醋。在其他谋士认为麦卡人不可能战胜罗伊德将军的时候，他独持异议。他认为，罗伊德将军虽非不堪一击，但只要拖住罗伊德将军一段时间，萨波王国必生内乱，山地人也将不会放弃良机。所以，麦卡人将有很大机会为贾尼丝王后报仇雪恨。暴躁的苏雷，选择信任了他。

麦卡王苏雷可不像阿克曼国王那么手软。他一贯脾气暴躁，老来尤甚。显然，他很快查清了什么，毫不犹豫地将辛机杀掉了。图图花费了大量的金钱来贿赂有关官员，他很快从调查辛机的官员处知道了真相。

辛机之所以被杀掉，是因为他早已被罗伊德将军收买，已经是罗伊德将军安排在麦卡王身边的钉子。而辛机之所以被调查，是由苏雷直接下令。这说明，苏雷从阿克曼国王的密信中知道了什么。

山地人那边，离林溪地实在太远，和萨波又是世仇，图图并没有什么熟人。可这难不倒他。他迅速通过自己的人脉，绕了些弯子打听到一些消息。整个过程中，山地人和麦卡人不同，并没有谁被巴克斯国王杀掉。但是，整个山地人从进攻到撤退，都有一个叫罗多的谋臣起到了关键的作用，很像麦卡人这边的辛机，特别是起兵时。巴克斯国王原本觉得，罗伊德将军会很快平定麦卡人，然后会迅速北进，不会给山地人留下足够的时间来进攻黑石城。他自己虽然一直有灭掉萨波的雄心，可目前的实力尚且不足以和罗伊德将军正面作战，所以他并不想出兵。罗多却一再坚持，他认为麦卡人一定会拖住罗伊德将军，而为山地人创造机会。最终，罗多成功了，他说服了巴克斯国王，山地人出兵了。

虽然罗伊德将军的图谋并没有显现得一清二楚，但图图觉得自己猜得差不多了，罗伊德将军一定有谋逆的想法。

当然，阿克曼国王的做法、密信的内容、弗吉斯的死，甚至之前阿黛尔的死，这些事情图图猜不透。

他不需要猜透。他并不关心这些事情，他只关心自己。现在，他看到了一个机会。

之前，他通过拉斯利巴结弗吉斯，无非是想要把自己的副都督位置扶正成为正都督。但此时，他改变了想法，他看到了更好的机会。他看上了拉斯利父亲的农业执政官的位置。

林溪地作为云蚕丝的主产地，其他粮食产量也很高，是萨波的粮仓。图图则一直都管理农业和贸易。从农业角度说，如果农业执政官空缺，他将是首选的接替者。他很熟悉萨波的官场，详细地做了分析，自己有很大的竞争优势。而且，他在黑石城高官中的人脉很好，一定会获得很多支持。反而以前，他和罗伊德将军的关系并不好。这得怪老都督，老都督一直和罗伊德将军不和。年轻时候的图图，为了自己眼前的仕途，巴结老都督过多，跟着老都督一路升迁，算是老都督的人。自然，他就不会入罗伊德将军的法眼。老都督被罗伊德逼着隐退之后，他想要改善关系，才走了拉斯利的路子，去找弗吉斯。

林溪地都督的位置固然好，想要发财那是最好的地方。但是，这里离黑石城太远，见到国王的机会少。想要继续升迁的话，就没有黑石城中各个执政官的位置更好了。而且，从扶正为正都督的角度看，他的把握并不大。他一路以来，都是老都督的副手，协助管理农业和贸易。他从来没有管理过一个地区的完整行政，哪怕是很小的地区。

这是他坐上正都督位置的软肋，他要走弗吉斯门路的原因也是这个。黑石城的朋友们提醒过他，不少高官对于他全面管理的能力颇有担心。倒是觉得，有朝一日他来接手农业执政官或者贸易执政官的位置更合适。

可是，拉斯利父亲的农业执政官干得好好的，那个贸易执政官也干得好好的。两人年龄都不算太老，这要等到什么时候？现在，机会送上门了。不过，贸易执政官和老都督一样，一贯和罗伊德将军不和。所以，农业执政官——拉斯利的父亲，是唯一可能的运作对象。

他盯上了麦卡人那边审理辛机的官员，维克。维克是他的朋友，向他透露了辛机的供述。但他决定，牺牲维克。他买通了维克在麦卡朝廷中的对手文森。文森伪造了一份辛机的供述，其中包括了对拉斯利父亲的指证，说拉斯利的父亲是罗伊德将军的同党。一文一武，这让谋逆的行为更加合理。下一步，文森向麦卡王苏雷举报，说维克篡改了辛机的供述。维克为什么这么做？图图和文森编造了一个很容易想到的原因：维克收受了拉斯利父亲的贿赂。按照图图编排的故事，拉斯利的父亲为了自保而买通维克，也算很正常。

图图通过各种渠道，花费了很多金钱，安排好了所有参与审判的人员。维克在麦卡王苏雷面前百口莫辩，被安排审问他的文森更是不遗余力。最终，维克屈打成招。然后，拉斯利父亲的罪名也被坐实了。为此，麦卡王苏雷写了一封亲笔信，送给了阿克曼国王。

阿克曼国王没有理由不相信麦卡王苏雷，可他还是心软。他没有直接采取什么过激的动作，他只是决定对拉斯利家进行一些调查。在这件事情上，拉斯利的父亲的确被冤枉了。但不幸的是，他有别的问题，他一直贪污成性。拔出萝卜带出泥，他被调查出，多年来至少贪污了二十万两白银。阿克曼国王爱民如子，对待官员也甚厚，所以对贪污之类的行为很难忍受。再加上参与谋逆的可能性，阿克曼国王终于下了决心。最终，拉斯利家被满门抄斩。当然，可以想象得到，在这个过程中，图图也起到了很大作用。他买通了刑律执政官，一个一贯和拉斯利父亲不和的官员。

但是，拉斯利逃脱了。他很侥幸，仅仅因为他风流成性。他不但在各种高档的风月场所鬼混，而且会在很多野窑子流连不归。在抄家的那天，他其实已经消失了七八天了，在一个没有人会想到的偏僻巷子里。因为那里，有一个不为人知的小妓院，其中有他很喜欢的一个歌女。

又过了七八天，他才想起要回家。家虽然还在，可人却都已经不在了。家门已经被封，封条仍然崭新。邻居们用惊讶的眼神看着他，没有人敢和他说话。他去找了朋友，想问问是怎么回事。但朋友让他坐下喝茶之后，却偷偷地去举报了他。好在最后一刻，当朋友消失了很久，而院门外响起了一些甲兵的声音时，他意识到了什么，翻墙逃跑了。

他知道发生了不同寻常的事情，开始小心翼翼。他跑回小妓院躲了起来，这里的人们并不知道他的身份。他身上还有一些钱，足以让他待在这里。几天之后，通过他很喜欢的那个歌女，他终于打听到了一切。他只能离开黑石城，踏上了逃亡的不归之路。

拉斯利虽然冤枉，但他显然也不是什么好人。自从在云球中作为弗吉斯见到拉斯利，任为对他就没有什么好感。不过，任为也没觉得，他有什么特别值得讨厌的地方。现在，他就是一个行尸走肉。他活着没有任何意义，对他自己或者对任何别人。而他死去，或者他的意识场死去，也看不出有任何值得可惜的地方。

一个纨绔子弟，有点才学却也可以说不学无术。整个青年时期全都碌碌无为，一天到晚只有吃喝玩乐。有一天，忽然遭遇巨大的家门不幸，不得不踏上逃亡之路。如果一个人在这种情况下幡然醒悟，重启人生，从而开创出一片思想的新天地，难道不是顺理成章吗？对任为来说，拉斯利的过去和现在，是一个非常合适的云球宿主的形象。

在萨波王国，拉斯利有人身危险，因为他还在被追捕中。不过，任为觉得这不是问题。他要求沈彤彤，等自己进去后给自己整容。

从技术上说，这并不容易，以前也没做过。和地球人一样，云球人的面貌也是由基因决定的，也和身体有复杂的联系，并不是改几个参数就可以，要修改的关联节点很多。如果比较一下，其实不见得比医生为地球人整容更容易。

但这也不是不可能。任为的要求不高，并不需要整得太厉害，只要让人认不出来就可以了。沈彤彤和工程师们对这个新的小挑战很有信心。张琦对于这件事的必要性有所质疑，可他意识到，这为执行穿越计划提供了一个新技巧，所以他没有反对。而且他觉得，反对好像也不会有什么用。在进入云球这件事情上，任为特别有自己的主意，很坚定，和工作中的其他事情不太一样。

总之，任为决定，选择拉斯利作为自己的云球宿主。一切都在按部就班的推进，他很快就要进入云球了。

在进入云球之前，任为从吕青处得知，最高层终于下了决心，马上就要公布有关意识场的所有科学发现了。

对卫生总署眼前面临的问题而言，虽然将会面临很大的公众压力，但这仍算是件好事。卫生总署已经做好各方面准备，一旦意识场的科学发现被公布，他们将立即宣布，KillKiller 以及类似的技术将永远不会被纳入到医疗保险中。原因很简单，那些病人是空体而不是活着的人。将来，如果卫生总署对任何医疗保险的理赔申请有所怀疑，都将首先进行意识场的强制检测。

在法律方面，这可能会面临一些问题。所以，法律也有很大可能在不远的将来发生一些改变。关于如何定义一个人，死了或者活着。然后，也许云球人的命运，也将因此而改变。

吕青有点忧心忡忡。她支持这个决定，可是她也认为，这个决定带来了很大的不确定性，可能会在社会上引起一系列难以预料的反应。

吕青认为，毫无疑问，意识场将为 KHA 增加合法抗议 KillKiller 的手段。合法手段的增加，将会使 KHA 在一定程度上减少恐怖活动。有相当一批人和她的意见一样。这样一批人的意见，对高层最终做出的决定，客观上起到了一定的推动作用。但是，这种事情，谁能确定呢？

KHA 的想法不一定和她一样。这反而使她以及持有她这样意见的那一批人，压力变得很大。

而且无论怎样，CryingRobots 和 FightingRobots 都不会放过 KHA，特别是 FightingRobots。那里不仅仅有不同的观点，还有深深的仇恨。

还有和能源战争类似的恐怖预期，这种预期在决策圈内也有一定市场。一个最好的科学发现，导致了最坏的社会反应。这在历史上并不新鲜，特别是从短期的视角来看。不过，这倒不在吕青的忧虑范畴内，这不是她所能影响的事情。她相信，经过能源战争之后，这种决定在这个层面上的后果，一定经过了反复的评估，并且做出了相应的准备。

"我很担心明明。"吕青说。

"我也担心。"任为说。

"你还是早点回来。"吕青说。

"我会通过鸡毛信和你联系。需要的话，我会回来。"任为说。

是的，他内心并不想，但他确实需要早点回来。任明明，吕青，还有工作上那么多乱七八糟的事情，他希望他在云球能够待得住。

在出发之前，他去贝加尔湖疗养院看望了一下妈妈。妈妈被照顾得很好，一如既往的面色红润、皮肤温暖。任为知道，那只是一具空体，但他握着那么温暖的手，居然忍不住哭了起来。他好久没哭过了，他没有发出任何声音，可眼泪却在不停地流。他控制不住，他埋下头，用额头紧紧贴着妈妈的手。吕青静静地站在一边，看着他，轻轻地抚摸着他的肩膀。

他们依旧没有告诉吕青父亲任何关于任明明的事情。但他们告诉他，任为要出差，一个比较长的时间。老将军并没有对此表达什么意见。他现在正在阿根廷，似乎所有的精力都被吸引到巴塔哥尼亚迷人的海岸线上了。在三人的通话中，任为和吕青心不在焉，老将军却还是花费了不少时间，来讲述那里神奇的风景。

这一天终于来了。当任为醒来的时候，他成为了拉斯利。在哈特尔山，萨波王国边缘的荒凉地带，老巴力的屋子里，老巴力的床上。

周围的柱子和墙壁上，刻满了"复仇"。

任为摸了摸自己的脸，他知道，沈彤彤和工程师们已经完成了他们的小挑战，这张脸已经和拉斯利不一样。拉斯利的身体还是那个身体，但真实的拉斯利已经不存在了。他将成为一个全新的拉斯利，他将成为一个全新的自己。他将开创一个宗教，他的宗教。